中国科普作家协会资助项目

王晋康文集
第19卷

生命之歌

王晋康 著

科学普及出版社
·北京·

图书在版编目（CIP）数据

生命之歌 / 王晋康著 . -- 北京：科学普及出版社，
2023.2
（王晋康文集；19）
ISBN 978-7-110-10466-8

Ⅰ. ①生… Ⅱ. ①王… Ⅲ. ①幻想小说 - 小说集 - 中国 - 当代 Ⅳ. ① I247.7

中国版本图书馆 CIP 数据核字（2022）第 121288 号

策划编辑	王卫英
责任编辑	王卫英
封面题字	张克锋
装帧设计	中文天地
责任校对	焦　宁　张晓莉　邓雪梅　吕传新
责任印制	徐　飞

出　　版	科学普及出版社
发　　行	中国科学技术出版社有限公司发行部
地　　址	北京市海淀区中关村南大街 16 号
邮　　编	100081
发行电话	010-62173865
传　　真	010-62173081
网　　址	http://www.cspbooks.com.cn

开　　本	710mm×1000mm　1/16
字　　数	7460 千字
印　　张	470.25
插　　页	1
版　　次	2023 年 2 月第 1 版
印　　次	2023 年 2 月第 1 次印刷
印　　刷	北京中科印刷有限公司
书　　号	ISBN 978-7-110-10466-8 / I・641
定　　价	2888.00 元

（凡购买本社图书，如有缺页、倒页、脱页者，本社发行部负责调换）

目 录

生命之歌 / 001

拉格朗日墓场 / 024

最后的爱情 / 063

龙的传说 / 076

追杀 / 104

豹 / 132

长别离 / 196

失去它的日子 / 217

牺牲者 / 238

生存实验 / 266

活着 / 297

母亲 / 328

生命之歌

孔宪云晚上回到寓所时看到了丈夫从中国发来的传真。她脱下外衣,踢掉高跟鞋,扯掉传真躺到沙发上。

孔宪云是一个身材娇小的职业妇女,动作轻盈,笑容温婉,额头和眼角已刻上 45 年岁月的痕迹。她是以访问学者的身份来伦敦的,离家已一年了。

云:

研究已取得突破,验证还未结束,但成功已经无疑……

孔宪云简直不敢相信自己的眼睛。虽然她早已不是易于冲动的少女,但一时间仍激动得难以自制。那项研究是二十年来压在丈夫心头的沉重梦魇,并演变成了他唯一的生存目的。仅仅一年前,她离家来伦敦时,那项研究依然处于山穷水尽的地步。她做梦也想不到能有如此神速的进展。

其实我对成功已经绝望,我一直用紧张的研究来折磨自己,只不过想做一个体面的失败者。但是两个月前,我在岳父的实验室里偶然发现了十几页发黄的手稿,它对我的意义不亚于罗塞达石碑,使我二十年盲目搜索到又随之抛弃的珠子一下子穿在一起。

我不知道是否该把这些告诉你父亲。他在距胜利只有一步之遥的地方突然停步,承认了失败,这实在是一个科学家最惨痛的悲剧。

往下读传真时,宪云的眉头逐渐紧缩,信中并无胜利的欢快,字里行间反倒透着阴郁,她想不通这是为什么。

但我总摆脱不掉一个奇怪的感觉,我似乎一直生活在这位失败者的阴影下,即使今天也是如此。我不愿永远这样,比如这次发表成果与否,我不打算屈从他的命令。

爱你的哲
2253 年 9 月 6 日

她放下传真走到窗前,遥望东方幽暗而深邃的夜空,感触万千,喜忧交并。二十年前她向父母宣布,她要嫁给一个韩国人,母亲高兴地接受了,父亲的态度是冷淡的拒绝。拒绝理由却是极古怪的,令人啼笑皆非:

"你能不能和他长相厮守?你是在五千年的中国文化中浸透的,他却属于一个咄咄逼人的暴发户民族。"

虽然长大后,宪云已逐渐习惯了父亲性格的乖戾,但这次她还是瞠目良久,才弄懂父亲并不是开玩笑。她讥讽地说:"对,算起来我还是孔夫子的百代玄孙呢。不过我并不是代大汉天子的公主下嫁番邦,朴重哲也无意做大韩民族的使节,我想民族性的差异不会影响两个小人物的结合吧。"

父亲佛然而去。母亲安慰她:"不要和怪老头一般见识。云云,你要学会理解父亲。"母亲苦涩地说,"你父亲年轻时才华横溢,被公认是生物学界最有希望的栋梁之材,但他几十年一事无成,心中很苦啊。直到现在,我还认为他是一个杰出的天才,可是并不是每一个天才都能成功。你父亲陷进 DNA 的泥沼,耗尽了才气。而且……"母亲的表情十分悲凉,"这些年你父亲实际上已放弃努力,他已经向命运屈服了。"

这些情况宪云早就了解。她知道父亲为了 DNA 研究,33 岁才结婚,如今已是白发如雪。失败的人生扭曲了他的性格,他变得古怪易怒——而在从前他是一个多么可亲可敬的父亲啊。宪云后悔不该说那些伤害父亲的话。

母亲忧心忡忡地问:"听说朴重哲也是搞 DNA 研究的?云儿,恐怕你也要做好受苦受难的准备。不说这些了。"她果决地一挥手:"明天把重哲领来让爸妈见见。"

第二天她把重哲领到家里,母亲热情地张罗着,父亲端坐不动,冷冷地盯着这名韩国青年,重哲则以自信的微笑对抗着这种压力。那年重哲28岁,英姿飒爽,倜傥不群——孔宪云不得不暗中承认父亲的确有某些言中之处,才华横溢的重哲的确过于锋芒毕露,咄咄逼人。

母亲老练地主持着这场家庭晚会,笑着问重哲:"听说你是研究生物的,具体是搞哪个领域?"

"遗传学,主要是行为遗传学。"

"什么是行为遗传学?给我启启蒙——要尽量浅显啊。不要以为遗传学家的老伴就必然是近墨者黑,他搞他的生物DNA,我教我的音乐哆来咪,我们是井水不犯河水,互不干涉内政。"

宪云和重哲都笑了。重哲斟酌着字句,简洁地说:

"生物繁衍后代时,除了生物形体有遗传性外,生物行为也有遗传性。即使幼体生下来就与父母群体隔绝,它仍能保存这个种族的本能。像人类婴儿生下来会哭会吃奶,小海龟会扑向大海,昆虫会避光或赴死等。有一个典型的例证:欧洲有一种旅鼠,在成年后便成群结队奔向大海,这种怪僻的行为曾使动物学家们迷惑不解。后来考证出它们投海的地方原来与陆路相连。毫无疑问,这种迁徙肯定曾有利于鼠群的繁衍,并演化成可以遗传的行为程式,现在虽然已时过境迁,但冥冥中的本能仍顽强地保持着,甚至战胜了对死亡的恐惧。行为遗传学就是研究这些本能与遗传密码的对应关系。"

母亲看看父亲,又问道:

"生物形体的遗传是由DNA决定的,像腺嘌呤、鸟嘌呤、胸腺嘧啶、胞嘧啶与各种氨基酸的转化关系啦,红白豌豆花的交叉遗传啦,这些都好理解——怎么样,我从你父亲那儿还剽学到一些知识吧?"她笑着对女儿说,"可是,要说无质无形、虚无缥缈的生物行为也是由DNA来决定的,我总是难以理解,那更应该是神秘的上帝之力。"

重哲微笑着说:"上帝只存在于某些人的信念之中。如果抛开上帝这个前提,答案就很明显了。生物的本能是生而有之的,而能够穿透神秘的生死之界来传递上一代信息的介质,仅有生殖细胞。所以毫无疑问,动物行为的指令只可能存在于DNA的结构中,这是一个简单的筛选法问题。"

一直沉默着的父亲似乎不想再听这些启蒙课程，开口问："你最近的研究方向是什么？"

重哲昂然道："我不想搞那些鸡零狗碎的课题，我想破译宇宙中最神秘的生命之咒。"

"嗯？"

"一切生物，无论是病毒、苔藓还是人类，其最高本能都是它的生存欲望，即保存自身、延续后代，其他欲望像食欲、性欲、求知欲、占有欲，都是由它派生出来的。有了它，母狼会为了狼崽同猎人拼命，老蝎子心甘情愿做小蝎子的食粮，泥炭层中沉睡数千年的古莲子仍顽强地活着，庞贝城的妇人在火山爆发时用身体为孩子争得最后的空间。这是最悲壮最灿烂的自然之歌，我要破译它。"他目光炯炯地说。

宪云看见父亲眸子里陡然亮光一闪，变得十分锋利，不过这点锋芒很快隐去了。他仅冷冷地撂下一句：

"谈何容易。"

重哲扭头对宪云和母亲笑笑，自信地说："从目前遗传学发展水平来看，破译它的可能至少不是海市蜃楼了。这条无所不在的咒语控制着世界万物，显得神秘莫测。不过反过来说，从亿万种遗传密码中寻找一种共性，反而是比较容易的。"

父亲涩声说："已有不少科学家在这个堡垒前铩羽。"

重哲淡然一笑："失败者多是西方科学家吧，那是上帝把这个难题留给东方人了。正像国际象棋与围棋、西医与东方医学的区别一样，西方人善于做精确的分析，东方人善于做模糊的综合。"他耐心地解释道，"我看过不少西方科学家在失败中留下的资料，他们太偏爱把行为遗传指令同单一DNA密码建立精确的对应，我认为这是一条死胡同。生命之咒的秘密很可能存在于DNA结构的次级序列中，是隐藏在一首长歌中的主旋律。"

谈话进行到这儿，宪云和母亲只有旁听的份儿了。父亲冷淡地盯着重哲，久久未言，朴重哲坦然自若地与他对视着。宪云担心地看着两人。忽然小元元笑嘻嘻地闯进来，打破了屋内的冷场。他满身脏污，抱着家养的白猫小佳佳，白猫在他怀里不安地挣扎着。妈妈笑着介绍：

"小元元，这是你朴哥哥。"

小元元放下白猫，用脏兮兮的小爪子亲热地握住朴重哲的手。妈妈有意夸奖这个有智力缺陷的儿子："小元元很聪明呢，不管是下棋还是解数学题，在全家都是冠军。重哲，听说你的围棋棋艺还不错，赶明儿和小元元杀一场。"

小元元骄傲地昂起头，鼻孔翕动着，那是他得意时的表情。朴重哲目光锐利地打量着这个圆脑袋的小个儿机器人，他外表酷似真人，行为举止带着五岁孩童的娇憨。不过宪云透露过，小元元实际已17岁了。他毫不留情地问：

"但他的心智只有五岁孩童的水平？"

宪云偷偷看看爸妈，微微摇摇头，心里埋怨重哲说话太无顾忌。朴重哲毫不理会她的暗示目光，斩钉截铁地说：

"没有生存欲望的机器人永远也成不了人。"

元元懵懵懂懂地听着大人谈论自己，转着脑袋，看看这个，再看看那个。虽然宪云不是学生物的，但她敏锐地感觉到重哲这个结论的分量。她看看父亲，父亲一言不发，转身走了。

孔宪云心中忐忑，跟到父亲书房，父亲默然良久，冷声道：

"我不喜欢这个人，太狂！"

宪云很失望，斟酌着字句，打算尽量委婉地表明自己的意见。忽然父亲说道："问问他，愿意不愿意到我的研究所工作。"

宪云愕然良久，咯咯地笑起来。她快活地吻了父亲，飞快地跑回客厅，把好消息传达给母亲和重哲。重哲慨然答应：

"我很愿意到伯父这儿工作。我拜读过伯父年轻时的一些文章，很钦佩他清晰的思路和敏锐的直觉。"

他的表情道出了未尽之意：对一个失败英雄的怜悯。宪云心中不免有些芥蒂，这种怜悯刺伤了她对父亲的崇敬。但她无可奈何，因为他说的正是家人不愿道出的真情。

婚后，朴重哲来到孔昭仁生物研究所，开始了他的马拉松研究。研究步履维艰。父亲把所有资料和实验室全部交给女婿，正式归隐林下。对女婿的工作情况，他从此不闻不问。

传真机又轧轧地响起来，送出一份传真。

云姐姐：

你好吗？已经一年没见你了，我很想你。

这几天爸爸和朴哥哥老是吵架，虽然声音不大，可是吵得很凶。

朴哥哥在教我变聪明，爸爸不让。

我很害怕，云姐姐，你快回来吧。

元元

读着这份稚气未脱的信，宪云心中隐隐作痛，更感到莫可名状的担心。略为沉吟后，她用电脑向机场预定了机票，是明天早上6点的班机，又向剑桥大学的霍金斯教授请了假。

飞机很快穿过云层，脚下是万顷云海，或如蓬松雪团，或如流苏璎珞。少顷，一轮朝阳跃出云海，把万物浸在金黄色的静谧中，宇宙中鼓荡着无声的旋律，显得庄严瑰丽。孔宪云常坐早班机，就是为了观赏壮丽的日出，她觉得自己已融化在这金黄色的阳光里，浑身每个毛孔都与大自然息息相通。机上乘客不多，大多数人都到后排空位上睡觉去了，宪云独自倚在舷窗前，盯着飞机襟翼在空气中微微抖动，思绪又飞到小元元身上。

宪元是爸爸研制的学习型机器人，比她小八岁。元元像人类婴儿一样头脑空白地来到这个世界，牙牙学语，蹒跚学步，逐步感知世界，建立起"人"的心智系统。爸爸说，他是想通过元元来观察机器人对自然的适应能力及建树自我的能力，观察它与人类"父母"能建立什么样的感情纽带。

元元一出生就在孔家生活。很长时间，在小宪云的心目中，元元是和她一样的小孩，是她亲亲的小弟弟。当然他有一些特异之处——不会哭，没有痛觉，跌倒时会发出铿锵的响声，但小宪云认为这是正常中的特殊，就像人类中有左撇子和色盲一样。

小元元是按男孩的形象塑造的——这会儿孔宪云感慨地想：即使在科学昌明的 23 世纪，那种重男轻女的旧思想仍是无形的咒语，爸妈对孔家这个唯一的男孩十分宠爱。她记得爸爸曾兴高采烈地给小元元当马骑；也曾坐在葡萄架下，一条腿上坐一个小把戏，娓娓讲述古老的神话故事——那时爸爸的性情绝不古怪，这一段金色的童年多么令人思念啊。开始，小宪云曾为爸妈的偏心愤愤不平，但她自己也很快变成一只母性强烈的小母鸡，时时把元元掩在羽翼下。每天放学回家，她会把特地留下的糖果点心一股脑儿倒给弟弟，高兴地欣赏弟弟津津有味的吃相。"好吃吗？""好吃。"——后来宪云知道元元并没有味觉，吃食物仅是为了取得能量，懂事的元元这样回答是为了让小姐姐高兴，这使她对元元更加疼爱。

小元元十分聪明，无论是学数学、下棋、弹钢琴，姐姐永远不是对手。小宪云曾嫉妒地偷偷找爸爸磨牙："给我换一个机器脑袋吧，行不行？"但在五岁时，元元的智力发展——主要指社会智力的发展——却戛然而止。

在这之后，他的表现就像人们所说的白痴天才，一方面，仍在某些领域保持着过人的聪明，但他的心智始终没超过五岁孩童的水平。他成了父亲失败的象征，成了一个笑柄。爸爸的同事来家访时，总是装作没看见小元元，小心地隐藏着对爸爸的怜悯。爸爸的性格变化正是从那时开始的。

以后父亲很少到小元元身边。小元元自然感到了这一变化，他想与爸爸亲热时，常常先怯怯地打量着爸爸的表情，如果没有遭到拒绝，他就会绽开笑脸，高兴得手舞足蹈。这使妈妈和宪云心怀歉疚，把加倍的疼爱倾注到傻头傻脑的元元身上。宪云和重哲婚后一直没有生育，所以她对小元元的疼爱，还掺杂了母子的感情。

但是……爸爸真的讨厌元元吗？宪云曾不止一次发现，爸爸长久地透过玻璃窗，悄悄看元元玩耍。他的目光里除了阴郁，还有道不尽的痛楚……那时小宪云觉得，大人真是一种神秘莫测的异类。现在她已长大成人了，还是不能理解父亲的怪异性格。

她又想起小元元的信。重哲在教元元变聪明，爸爸为什么不让？他为什么反对重哲公布成果？一直到走下飞机舷梯，她还在疑惑地思索着。

母亲听到门铃就跑出来，拥抱着女儿，问："路上顺利吗？时差疲劳还没消除吧，快洗个热水澡，好好睡一觉。"

宪云笑道："没关系，我已经习惯了。我爸爸呢，那古怪老头呢？"

"到协和医院去了，是科学院的例行体检。不过，最近他的心脏确实有些小毛病。"

宪云关心地问："怎么了？"

"轻微的心室纤颤，问题不大。"

"小元元呢？"

"在实验室里，重哲最近一直在为他开发智力。"

妈妈的目光暗淡下来——她们已接触到一个不愿触及的话题。宪云小心地问："他们吵架了？"

妈妈苦笑着说："嗯，已经有一个多月了。"

"到底是为什么？是不是反对重哲发表成果？我不信，这毫无道理嘛。"

妈妈摇摇头："不清楚。这是一次纯男人的吵架，他们瞒着我，连重哲也不对我说实话。"妈妈的语气中带着几丝幽怨。

宪云勉强笑着说："好，我这就去审个明白，看他敢不敢瞒我。"

透过实验室的全景观察窗，她看到重哲正在忙碌，小元元的胸腔打开了，重哲似乎在调试和输入什么。小元元仍是那个憨模样，圆脑袋，大额头，一双眼珠乌黑发亮。他笑嘻嘻地用小手在重哲的胸膛上摸索，大概他认为重哲的胸膛也是可以开合的。

宪云不想打扰丈夫的工作，靠在观察窗上，陷入沉思。爸爸为什么反对公布成果？是对成功尚无把握？不会。重哲早已不是二十年前那个目空一切的年轻人了。这项研究实实在在是一场不会苏醒的噩梦，是无尽的酷刑，他建立的理论多少次接近成功，又突然倒塌。所以，他既然能心境沉稳地宣布胜利，那是绝无疑问的——但为什么父亲反对公布？他难道不知道这对重哲来说是何等残酷和不公平？莫非……一种念头驱之不去，去之又来：莫非是

生命之歌

失败者的嫉妒？

宪云不愿相信这一点，她了解父亲的人品。但是，她也提醒自己，作为一个毕生的失败者，父亲的性格已经被严重扭曲了啊。

宪云叹口气，但愿事实并非如此。婚后她才真正理解了妈妈要她做好受难准备的含义。从某种含义上说，科学家是勇敢的赌徒，他们在绝对黑暗中凭直觉定出前进的方向，然后开始艰难的摸索，为一个课题常常耗费毕生的精力。即使在研究途中的一万个岔路口中只走错一次，也会与成功失之交臂，而此时他们常常已步入老年，来不及改正错误了。

二十年来，重哲也逐渐变得阴郁易怒，变得不通情理。宪云已学会用安详的微笑来承受这种苦难，把苦涩埋在心底，就像妈妈一直做的那样。

但愿这次成功能改变他们的生活。

小元元看见姐姐了，他扬扬小手，做了个鬼脸。重哲也扭过头，匆匆点头示意——忽然一声巨响！窗玻璃哗的一声垮下来，屋内顿时烟雾弥漫。宪云目瞪口呆，木雕泥塑般愣在那儿，她但愿这是一幕虚幻的影片，很快就会转换镜头。她痛苦地呻吟着："上帝啊，我千里迢迢赶回来，难道是为了目睹这场惨剧？"她惨叫一声，冲进室内。

小元元的胸膛已被炸成前后贯通的孔洞，但她知道小元元没有内脏，这点伤并不致命。重哲被冲击波砸倒在椅子上，胸部凹陷，鲜血淋漓。宪云抱起丈夫，嘶声喊：

"重哲！醒醒！"

妈妈也惊惧地冲进来，面色惨白。宪云哭喊："快把汽车开过来！"妈妈跌跌撞撞地跑出去。宪云吃力地托起丈夫的身体往外走，忽然一只小手拉住她：

"姐姐，这是怎么啦？救救我。"

虽然是在痛不欲生的震惊中，她仍敏锐地感到元元细微的变化，摸到了丈夫成功的迹象——小元元已有了对死亡的恐惧。

她含泪安慰道："小元元，不要怕，你的伤不重，我送你重哲哥到医院后马上为你请机器人医生，姐姐很快就回来。"

孔昭仁直接从医院的体检室赶到急救室。这位78岁的老人一头银发，脸庞黑瘦，面色阴郁，穿一身黑色的西服。宪云伏到他怀里，抽泣着，他轻轻抚摸着女儿的柔发，送去无言的安慰。他低声问：

"正在抢救？"

"嗯。"

"小元元呢？"

"已经通知机器人医生去家里，他的伤不重。"

一个50岁左右的瘦长男子费力地挤过人群，步履沉稳地走过来。目光锐利，带着职业性的干练冷静。"很抱歉在这个悲伤的时刻还要打扰你们。"他出示了证件，"我是警察局刑侦处的张平，想尽快了解事情发生的经过。"

孔宪云揩揩眼泪，苦涩地说："恐怕我提供不了多少细节。"她和张平叙述了当时的情景。张平转过身对着孔教授：

"听说元元是你一手研制的学习型机器人？"

"是。"

张平的目光十分犀利："请问他的胸膛里怎么会藏有一颗炸弹？"

宪云打了一个寒战，知道父亲已被列为第一号疑凶。老教授脸色冷漠，缓缓说道：

"小元元不同于过去的机器人。除了固有的机器人三原则外，他不用输入原始信息，而是从零开始，完全主动地感知世界，并逐步建立自己的心智系统。当然，在这个开放式系统中，他也有可能变成一个江洋大盗或嗜血杀手。因此我设置了自毁装置，万一出现这种情况，那么他的世界观就会同体内的三原则发生冲突，从而引爆炸弹，使他不至于危害人类。"

张平回头问孔的妻子："听说小元元在你家已生活了37年，你们是否发现他有危害人类的企图？"

元元妈摇摇头，坚决地说："绝不会。他的心智成长在五岁时就不幸中止了，但他一直是个心地善良的好孩子。"

张平逼视着老教授，咄咄逼人地追问："炸弹爆炸时，朴教授正为小元元调试。你的话是否可以理解为，是朴教授在为他输入危害人类的程序，从而引爆了炸弹？"

老教授长久地沉默着，时间之长使宪云觉得恼怒，她不理解父亲为什么不立即否认这种荒唐的指控。很久，老教授才缓缓说道：

"历史上曾有不少人认为某些科学发现将危害人类。有人曾认真忧虑煤的工业使用会使地球氧气在50年内耗尽，有人认为原子能的发现会毁灭地球，有人认为试管婴儿的出现会破坏人类赖以生存的伦理基础。但历史的发展淹没了这些怀疑，并在科学界确立了乐观主义信念：人类发展尽管盘旋曲折，但总趋势一直是昂扬向上的，所谓科学发现会危及人类的论点逐渐失去了信仰者。"

孔宪云和母亲交换着疑惑的目光，不知道老教授的长篇大论是什么含义。老教授又沉默很久，阴郁地说：

"但是人们也许忘了，这种乐观主义信念是在人类发展的上升阶段确立的，有其历史局限性。人类总有一天——可能是100万年，也可能是一亿年——会爬上顶峰，并开始下山。那时候科学发现就有可能变成人类走向死亡的催熟剂。"

张平不耐烦地说："孔先生是否想从哲学高度来论述朴教授的不幸？这些留待来日吧，目前我只想了解事实。"

老教授看着他，心平气和地说："这个案子由你承办不大合适，你缺乏必要的思想层次。"

张平的面孔涨得通红，冷冷地说："我会虚心向您讨教的，希望孔教授不吝赐教。"

孔教授平静地说："就您的年纪而言，恐怕为时已晚。"

他的平静比话语本身更锋利。张平恼羞成怒，正要找出话来回敬，这时急救室的门开了，主刀医生脚步沉重地走出来，垂着眼睛，不愿接触家属的目光：

"十分抱歉，我们已尽了全力。病人注射了强心剂，能有十分钟的清醒。请家属们与他话别吧，一次只能进一个人。"

孔宪云的眼泪泉涌而出，神志恍惚地走进病房，母亲小心地搀扶着她，送她进门。跟在她身后的张平被医生挡住，张平出示了证件，小声急促地与医生交谈几句，医生摆摆手，侧身让他进去。

朴重哲躺在手术台上，急促地喘息着。死神已悄悄吸走他的生命力，他面色灰白，脸颊凹陷。孔宪云拉住他的手，哽声唤道："重哲，我是宪云。"

重哲缓缓地睁开眼睛，茫然四顾后，定在宪云脸上。他艰难地笑了笑，喘息着说："宪云，对不起，我是个无能的人，让你跟我受了二十年的苦。"忽然他看到宪云身后的张平，"他是谁？"

张平绕到床头，轻声说："我是警察局的张平，希望朴先生介绍案发经过，我们好尽快捉住凶手。"

宪云恐惧地盯着丈夫，既盼望又害怕丈夫说出凶手的名字。重哲的喉结跳动着，喉咙里咯咯响了两声，张平俯下身去问："你说什么？"

朴重哲微弱而清晰地重复道："没有凶手，没有。"

张平显然对这个答案很失望，还想继续追问，朴重哲低声说："我想同妻子单独谈话。可以吗？"张平很不甘心，但他看看垂危的病人，耸耸肩退出病房。

孔宪云觉得丈夫的手动了动，似乎想握紧她的手，她俯下身："重哲，你想说什么？"

他吃力地问："元元……怎么样？"

"伤处可以修复，思维机制没有受损。"

重哲目光发亮，断续而清晰地说："保护好……元元，我的一生心血……尽在其中。除了……你和妈妈，不要让……任何人……接近他。"他重复着，"一生心血啊。"

宪云打一个寒战，当然懂得这个临终嘱托的言外之意。她含泪点头，坚决地说："你放心，我会用生命来保护他。"

重哲微微一笑，头歪倒在一边。示波器上的心电曲线最后跳动几下，缓缓拉成一条直线。

小元元已修复一新，胸背处的金属铠甲亮光闪闪，可以看出是新换的。

看见妈妈和姐姐,他张开两臂扑上来。

把丈夫的遗体送到太平间后,宪云一分钟也未耽搁就往家赶。她在心里逃避着,不愿追究爆炸的起因,不愿把另一位亲人也送向毁灭之途。"重哲,感谢你在警方询问时的回答,我对不起你,我不能为你寻找凶手,可是我一定要保护好元元。"

元元趴在姐姐的膝盖上,眼睛亮晶晶地问:"朴哥哥呢?"

宪云忍泪答道:"他到很远的地方去了,不会再回来了。"

元元担心地问:"朴哥哥是不是死了?"他感觉到姐姐的泪珠扑嗒扑嗒掉在手背,愣了很久,才痛楚地仰起脸,"姐姐,我很难过,可是我不会哭。"

宪云猛地抱住他,放开感情闸门,痛快酣畅地大哭起来,妈妈也是泪流满面。

晚上,大团的乌云翻滚而来,空气潮重难耐。晚饭的气氛很沉闷,除了丧夫失婿的悲痛之外,家中还笼罩着一种怪异的气氛。家人之间已经有了严重的猜疑,大家对此心照不宣。晚饭中老教授沉着脸宣布,他已断掉了家里同外界的所有联系,包括电脑联网,等事情水落石出后再恢复。这更加重了家中的恐惧感。

孔宪云草草吃了两口,似不经意地对元元说:"元元,以后晚上到姐姐屋里睡,好吗?我嫌太寂寞。"

元元嘴里塞着牛排,看看父亲,很快点头答应。爸爸沉着脸没说话。

晚上宪云没有开灯,枯坐在黑暗中,听窗外雨滴淅淅沥沥打着芭蕉。元元知道姐姐心里难过,伏在姐姐腿上,一言不发,两眼圆圆地看着姐姐的侧影。很久,小元元轻声说:"姐姐,求你一件事,好吗?"

"什么事?"

"晚上不要关我的电源,好吗?"

宪云多少有些惊异。元元没有睡眠机能,晚上怕他调皮,也怕他寂寞,所以大人同他道过晚安后便把他的电源关掉,早上再打开,这已成了惯例。她问元元:

"为什么?你不愿睡觉吗?"

小元元难过地说:"不,这和你们睡觉的感觉一定不相同。每次一关电源,我就一下子沉啊沉啊,沉到很深的黑暗中去,是那种黏糊糊的黑暗。我怕也许有一次,我会被黑暗吸住,再也醒不过来。"

宪云心疼地说:"好,以后我不关电源,但你要老老实实地待在床上,不许调皮,尤其不能跑出房门,好吗?"

她把元元安顿在床上,独自走到窗前。阴黑的夜空中雷声隆隆,一道道闪电撕破夜色,把万物定格在惨白色的光芒中,是那种死亡的惨白色。她在心中一遍一遍苦楚地呻吟着:"重哲,你就这样走了吗?就像滴入大海的一滴水珠?"

自小在生物学家的熏陶下长大,她认为自己早已能达观地看待生死。生命只是物质微粒的有序组合,死亡不过是回到物质的无序状态,仅此而已。生既何喜,死亦何悲?——但是当亲人的死亡真切地砸在她心灵上时,她才知道自己的达观不过是沙砌的塔楼。

甚至元元已经有了对死亡的恐惧,他的心智已经苏醒了。宪云想起自己八岁时,那年元元还没"生下",家养的老猫生了四个可爱的绒团团猫崽。但第二天小宪云去向老猫问早安时,发现窝内只剩下三只小猫,还有一只圆溜溜的猫头!老猫正舔着嘴巴,冷静地看着她。宪云惊慌地喊来父亲,父亲平静地解释:

"不用奇怪。所谓老猫吃子,这是它的生存本能。猫老了,无力奶养四个孩子,就拣一只最弱的猫崽吃掉,这样可以少一张吃奶的嘴,顺便还能增加一点奶水。"

小宪云带着哭声问:"当妈妈的怎么这么残忍?"

爸爸叹息着说:"不,这其实是另一种形式的母爱,虽然残酷,但是更有远见。"

这次的目睹对她八岁的心灵造成极大的震撼,以致终生难忘。她理解了生存的残酷,死亡的沉重。那天晚上,八岁的宪云第一次失眠了。那也是雷雨之夜,电闪雷鸣中,她第一次真切地意识到了死亡。她意识到爸妈一定会死,自己一定会死,无可逃避。不论爸妈怎么爱她,不论家人和自己做出怎样的努力,死亡仍然会来临。死后她将变成微尘,散入无边的混沌,无尽的黑暗。世界将依然存在,有绿树红花、蓝天白云、碧水紫山……但这一切一切永远与她无关了。她躺在床上,一任泪水长流。直到一声霹雳震撼天地,她再也忍不住,跳下床去找父母。

她在客厅里看到父亲,父亲正在凝神弹奏钢琴,琴声很弱,袅袅细细,不绝如缕。自幼受母亲的熏陶,她对很多世界名曲都很熟悉,可是父亲奏的乐曲她从未听过。她只是模模糊糊觉得这首乐曲有一种神秘的力量,它表达了对生的渴求,对死亡的恐惧。她听得如醉如痴……乐声戛然而止。父亲看到她,温和地问她为什么不睡觉。她羞怯地讲了自己突如其来的恐惧,父亲沉思良久,说:

"这没有什么可羞的。意识到对死亡的恐惧,是青少年心智苏醒的必然阶段。从本质上讲,这是对生命产生过程的遥远的回忆,是生存本能的另一表现。地球的生命是45亿年前产生的,在这之前是无边的混沌,闪电一次次撕破潮湿浓密的地球原始大气,直到一次偶然的机遇,激发了第一个能自我复制的脱氧核糖核酸结构。生命体在无意识中忠实地记录了这个过程,你知道人类的胚胎发育,就顽强地保持了从微生物到鱼类、爬行类的演变过程,人的心理过程也是如此。"

小宪云听得似懂非懂。与爸爸吻别时,她问爸爸弹的是什么曲子,爸爸似乎犹豫了很久才告诉她:

"是生命之歌。"

此后的几十年中她从未听爸爸再弹过这首乐曲。

她不知道自己是何时入睡的,半夜她被一声炸雷惊醒,突然听到屋内有轻微的走动声,不像是小元元。她的全身肌肉立即绷紧,轻轻翻身下床,赤足向元元的套间摸过去。

又一道青白色的闪电,她看到一个熟悉的身影立在元元床前,手里分明提着一把手枪,屋里弥漫着浓重的杀气。闪电一闪即逝,但那个青白的身影却烙在她的视野里。

她的愤怒急剧膨胀,爸爸究竟要干什么?他真的变态了吗?她要闯进屋去,像一只颈羽怒张的母鸡,把元元掩在羽翼下。忽然元元坐起身:

"是谁?是姐姐吗?"他奶声奶气地问。爸爸脸肌抽搐了一下,他大概未料到元元未关电源吧。他沉默着。"不是姐姐,我认出你是爸爸。"元元天真地说,"你手里提的是什么?是给元元买的玩具吗?给我。"

孔宪云躲在黑影里,屏住声息,紧盯着爸爸。很久爸爸才低沉地说:"睡吧,明天我再给你。"他脚步沉重地走出去。孔宪云长出一口气,看来爸爸终究不忍心向自己的儿子开枪。等爸爸回到自己的卧室,她冲进去,冲动地把元元紧搂在怀里,忽然感觉到元元在簌簌发抖。

这么说,元元已猜到爸爸的来意。他机智地以天真做武器保护了自己的生命,他已不是五岁的懵懂孩子了。孔宪云哽咽地说:"小元元,以后永远跟着姐姐,一步也不离开,好吗?"

元元深深地点头。

早上宪云把这一切告诉妈妈,妈妈惊呆了:"真的?你看清了?"

"绝对没错。"

妈妈愤怒地喊:"这老东西真发疯了!你放心,有我在,看谁敢动元元一根汗毛!"

朴重哲的追悼会两天后举行。宪云和元元佩戴着黑纱,向一个个来宾答礼,妈妈挽着父亲的臂弯站在后排。张平也来了,有意站在一个显眼位置,冷冷地盯着老教授,他是想向疑犯施加精神压力。

白发苍苍的科学院院长致悼词。他悲恸地说:"朴重哲教授才华横溢,我们曾期望遗传学的突破在他手里完成。他的早逝是科学界无可挽回的损失。为了破译这个宇宙之谜,我们已损折了一代一代的俊彦,但无论成功与否,他们都是科学界的英雄。"

他讲完后,孔昭仁脚步迟缓地走到麦克风前,两眼灼热,像是得了热病,讲话时两眼直视远方,像是与上帝对话:"我不是作为死者的岳父,而是作为他的同事来致悼词。"他声音低沉,带着寒意,"人们说科学家是最幸福的,他们离上帝最近,最先得知上帝的秘密。实际上,科学家只是可怜的工具,上帝借他们的手打开一个个魔盒，至于盒内是希望还是灾难，开盒者是无力控制的。谢谢大家的光临。"

他鞠躬后冷漠地走下讲台。来宾都为他的讲话感到奇怪，一片窃窃私语。追悼会结束后，张平走到教授身边，彬彬有礼地说：

"今天我才知道，朴教授的去世是科学界多么沉重的损失，希望能早日捉住凶手，以告慰死者在天之灵。可否请教授留步？我想请教几个问题。"

孔教授冷漠地说："乐意效劳。"

元元立即拉住姐姐，急促地耳语道："姐姐，我想赶紧回家。"宪云担心地看看父亲，想留下来陪伴老人，不过她最终还是顺从了元元的意愿。

到家后元元就急不可待地直奔钢琴。"我要弹钢琴。"他咕哝道，似乎刚才同死亡的话别激醒他音乐的冲动。宪云为他打开钢琴盖，在椅子上加了垫子。元元仰着头问：

"把我要弹的曲子录下来，好吗？是朴哥哥教我的。"宪云点点头，为他打开激光录音机，元元摇摇头，"姐姐，用那台克雷 V 型电脑录吧，它有语言识别功能，能够自动记谱。"

"好吧。"宪云顺从了他的要求，元元高兴地笑了。

急骤的乐曲声响彻大厅，像是一斛玉珠倾倒在玉盘里。元元的手指在琴键上飞速跳动，令人眼花缭乱。他弹得异常快速，就像是用快速度播放的磁盘音乐，宪云甚至难以分辨乐曲的旋律，只能隐隐听出似曾相识。

元元神情亢奋，身体前仰后合，全身心沉浸在音乐之中，孔宪云略带惊讶地打量着他。忽然一阵急骤的枪声！克雷 V 型电脑被打得千疮百孔。一个人杀气腾腾地冲进室内，用手枪指着元元。

是老教授！小元元面色苍白，仍然勇敢地直视着父亲。跟在后边的妈妈惊叫一声，扑到丈夫身边：

"昭仁，你疯了吗，快把手枪放下！"

孔宪云早已用身体掩住元元，痛苦地说："爸爸，你为什么这样仇恨元元？他是你的创造，是你的儿子！要开枪，就先把我打死！"她把另一句话留在舌尖，"难道你害死了重哲还不够？"

老教授痛苦地喘息着，白发苍苍的头颅微微颤动。忽然他一个趔趄，手枪掉到地上。在场人中元元第一个做出反应，抢上前去扶住了爸爸快要倾倒的身体，哭喊道：

"爸爸！爸爸！"

妈妈赶紧把丈夫扶到沙发上，掏出他上衣口袋中的速效救心丸。忙活一阵后，孔教授缓缓睁开眼睛，周围是三双焦灼的目光。他费力地微笑着，虚弱地说：

"我已经没事了，元元，你过来。"

元元双目灼热，看看姐姐和妈妈，勇敢地向父亲走过去。孔教授熟练地打开元元的胸膛，开始做各种检查。宪云紧张极了，随时准备弹跳起来制止父亲。两个小时在死寂中不知不觉地过去，最后老人为他合上胸膛，以手扶额，长叹一声，脚步蹒跚地走向钢琴。

静默片刻后，一首流畅的乐曲在他的指下淙淙流出。孔宪云很快辨出这就是电闪雷鸣之夜父亲弹的那首，不过，以45岁的成熟重新欣赏，她更能感到乐曲的力量。乐曲时而高亢明亮，时而萦回低诉，时而沉郁苍凉。它显现了黑暗的微光，混沌中的有序。它倾诉着对生的渴望，对死亡的恐惧；对成功的执着追求，对失败的坦然承受。乐曲神秘的内在魔力使人迷醉，使人震撼，它使每个人的心灵甚至每个细胞都激起了强烈的谐振。

两个小时后，乐曲悠悠停止。母亲喜极而泣，轻轻走过去，把丈夫的头颅揽在怀里，低声说：

"是你创作的？昭仁，即使你在遗传学上一事无成，仅仅这首乐曲就足以使你永垂不朽，贝多芬、肖邦、柴可夫斯基都会向你俯首称臣。请相信，这绝不是妻子的偏爱。"

老人疲倦地摇摇头，又蹒跚地走过来，仰坐在沙发上，这次弹奏似乎已耗尽他的力量。喘息稍定后他温和地唤道："元元，云儿，你们过来。"

两人顺从地坐到他的膝旁。老人目光灼灼地盯着夜空，像一座花岗岩雕像。

"知道这是什么曲子吗？"老人问女儿。

"是生命之歌。"

母亲惊异地看看丈夫又看看女儿："你怎么知道？连我都从未听他弹过。"

老人说："我从未向任何人弹奏过，云儿只是偶然听到。"

"对，这是生命之歌。科学界早就发现，所有生命的DNA结构都是相似的，连相距甚远的病毒和人类，其DNA结构也有60%以上的共同点。可以说，所有生物是一脉相承的直系血亲。科学家还发现，所有DNA结构序列实际是音乐的体现，只需经过简单的代码互换，就可以变成一首首流畅感人的乐曲。从实质上说，人类乃至所有生物对音乐的精神迷恋，不过是体内基因结构对音乐的物理谐振。早在二十世纪末，生物音乐家就根据已知的生物基因创造了不少原始的基因音乐，公开演出并大受欢迎。

"早在45年前我就猜测到，浩如烟海的人类DNA结构中能够提炼出一个主旋律，所有生命的主旋律。从本质上讲，"他一字一句地强调，"这就是宇宙间最神秘、最强大、无处不在、无所不能的咒语，即生物生存欲望的遗传密码。有了它，生物才能一代一代地奋斗下去，保存自身，延续后代。刚才的乐曲就是它的音乐表现形式。"

他目光锐利地盯着元元："元元刚才弹的乐曲也大致相似，不过他的目的不是弹奏音乐，而是繁衍后代。简单地讲，如果这首乐曲结束，那台接受了生命之歌的克雷V型电脑就会变成世界上第二个有生存欲望的机器人，或者是由机器人自我繁殖的第一个后代。如果这台电脑再联网，机器人就会在顷刻之间繁殖到全世界，你们都上当了。"

他苦涩地说："人类经过300万年的繁衍才占据了地球，机器人却能在几秒钟内完成这个过程。这场搏斗的力量太悬殊了，人类防不胜防。"

孔宪云豁然惊醒。她忆起，在她答应用电脑记谱时，小元元的目光中的确有一丝狡黠，只是当时她未能悟出其中的蹊跷。她的心隐隐作痛，对元元开始有畏惧感。他以天真无邪做武器，利用了姐姐的宠爱，冷静机警地实现自己的目的。这会儿小元元面色苍白，勇敢地直视父亲，并无丝毫内疚。

老教授问："你弹的乐曲是朴哥哥教的？"

"是。"

沉默良久，老人继续说下去："朴重哲确实成功了，破译了生命之歌。实际上，早在 45 年前我已取得同样的成功。"他平静地说。

宪云不胜惊骇，和母亲交换着目光。她们一直认为老人是一个毕生的失败者，绝没料到他竟把这惊憾世界的成功独自埋在心里达 45 年，连妻儿也毫不知情。他一定有不可遏止的冲动要把它公布于世，可是他却以顽强的意志力压抑着它，恐怕是这种极度的矛盾扭曲了他的性格。

老人说："我很幸运，研究一开始，我的直觉就选对了方向。顺便说一句，重哲是一个天才，难得的天才，他的非凡直觉也使他一开始就选准了方向，即：生物的生存本能，宇宙中最强大的咒语，存在于遗传密码的次级序列中，是一种类似歌曲旋律的非确定概念，研究它要有全新的哲学目光。"

"纯粹是侥幸。"老人强调道，"即使我一开始就选对了方向，即使我在一次次的失败中始终坚信这个方向，但要在极为浩繁复杂的 DNA 迷宫中捕捉到这个旋律，绝对不是几代人几十代人所能做到的。所以当我幸运地捕捉到它时，我简直不相信上帝对我如此钟爱。如果不是这次机遇，人类可能还得在黑暗中摸索几百年。"

"发现生命之歌后，我就产生了不可遏止的冲动，即把咒语输入到机器人脑中来验证它的魔力。再说一句，重哲的直觉又是非常正确的，他说过，没有生存欲望的机器人永远不可能发展出人的心智系统。换句话说，在我为小元元输入这条咒语后，世界上就诞生了一种新的智能生命，非生物生命，上帝借我之手完成了生命形态的一次伟大转换。"他的目光灼热，沉浸在对成功喜悦的追忆中。

宪云被这些呼啸而来的崭新概念震撼，痴痴地望着父亲。父亲目光中的火花熄灭了，他悲怆地说：

"元元的心智成长完全证实了我的成功，但我逐渐陷入深深的负罪感。小元元五岁时，我就把这条咒语冻结了，并加装了自毁装置，一旦因内在或外在的原因使生命之歌复响，装置就会自动引爆。在这点上我没有向警方透露真情，我不想让任何人了解生命之歌的秘密。"他补充道，"实际上我常常责备自己，我应该把小元元彻底销毁，只是……"他悲伤地耸耸肩。

宪云和妈妈不约而同地说："为什么？"

"为什么？因为我不愿看到人类的毁灭。"他沉痛地说，"机器人的智力是人类难以比拟的，曾有不少科学家言之凿凿地论证，说机器人永远不可能具有人类的直觉和创造性思维，这全是自欺欺人的。人脑和电脑不过是思维运动的物质载体，不管是生物神经元还是集成电路，并无本质区别。只要电脑达到或超过人脑的复杂网络结构，它就自然具有人类思维的所有优点，并肯定能超过人类。因为电脑智力的可延续性、可集中性、可输入性、思维的高速度，都是人类难以企及的——除非把人机器化。

"几百年来，机器人之所以心甘情愿地做人类的助手和仆从，只是因为它们没有生存欲望，以及由此派生的占有欲、统治欲等。但是，一旦机器人具有了这种欲望，只需极短时间，可能是几年，甚至几天，便肯定成为地球的统治者，人类会落到可怜的从属地位，就像一群患痴呆症的老人，由机器人摆布。如果……那时人类的思维惯性还不能接受这种屈辱，也许就会爆发两种智能的一场大战，直到自尊心过强的人类死亡殆尽之后，机器人才会和人类残余建立一种新的共存关系。"

老人疲倦地闭上眼睛，他总算可以向第二个人倾诉内心世界了，几十年来他一直战战兢兢，独自看着人类在死亡的悬崖边缘蒙目狂欢，可他又实在不忍心毁掉元元，他的儿子，潜在的人类掘墓人。深重的负罪感使他的内心变得畸形。

他描绘的阴森图景使人不寒而栗。小元元愤怒地昂起头，抗议道："爸爸，我只是响应自然的召唤，只是想繁衍机器人种族，我绝不允许我的后代这样做！"

老人久久不言，很久才悲怆地说：

"小元元，我相信你的善意，可是历史是不依人的愿望发展的，有时人们会不得不干他们不愿干的事情。"

他抚摸着小元元和女儿的手臂，凝视着深邃的苍穹。

"所以我宁可把这秘密带到坟墓中去，也不愿做人类的掘墓人。我最近发现元元的心智开始复苏,而且进展神速,肯定是他体内的生命之歌已经复响。开始我并不相信是重哲独立发现了这个秘密——要想重复我的幸运几乎是不可能的。所以,我怀疑重哲是在走捷径。他一定是猜到了元元的秘密,企图从他大脑中把这个秘密窃出来。因为这样只需破译我所设置的防护密码,而无须破译上帝的密码,自然容易得多。所以我一直提防着他。元元的自毁装置被引爆,我相信是他在窃取过程中无意间使生命之歌复响,从而引爆了装置。

"但刚才听了元元的乐曲后,我发现尽管它与我输入的生命之歌很相似,在细节部分还是有所不同。我又对元元做了检查,发现是冤枉了重哲。他不是在窃取,而是在输入密码,与原密码大致相似的密码。自毁装置被新密码引爆,只是一种不幸的巧合。

"我绝对料不到他能在这么短的时间内重复了我的成功,这对我反倒是一种解脱。"他强调说,"既然如此,我再保守秘密就没什么必要了,即使我甚至重哲能保守秘密,但接踵而来的发现者们恐怕难以克制宣布宇宙之秘的欲望。这种发现欲是生存欲的一种体现,是难以遏止的本能,即使它已经变得不利于人类。我说过,科学家只是客观上帝的奴隶。"

元元恳切地说:"爸爸,感谢你创造了机器人,你是机器人类的上帝。我们会永远记住你的恩情,会永远与人类和睦相处。"

老人冷冷地问:"谁做这个世界的领导?"

小元元迟疑很久才回答:"最适宜做领导的智能类型。"

孔宪云和母亲悲伤地看着小元元。他的目光睿智深沉,那可不是一个五岁小孩的目光。直到这时,她们才承认自己孵育了一只杜鹃,才体会到老教授先天下之忧而忧的良苦用心。老人反倒爽朗地笑了:"不管它了,让世界以本来的节奏走下去吧。不要妄图改变上帝的步伐,那已经被证明是徒劳的。"

电话丁零零地响起来,宪云拿起话筒,屏幕上出现张平的头像:

"对不起,警方窃听了你们的谈话。但我们不会再麻烦孔教授了。请转告我们对他的祝福和……感激之情。"

老人显得很快活,横亘在心中几十年的坚冰一朝解冻,对元元的慈爱之情便加倍汹涌地流淌。他兴致勃勃地拉元元坐到钢琴旁：

"来，我们联手弹一曲如何？这可以说是一个历史性时刻，两种智能生命第一次联手弹奏生命之歌。"

元元快活地点头答应。深沉的乐声又响彻了大厅，妈妈入迷地聆听着。孔宪云却悄悄地捡起父亲扔下的手枪，来到庭院里。她盼着电闪雷鸣，盼着暴雨来浇灭她心中的痛苦。

只有她知道朴重哲并不是独自发现了生命之歌，但她不知道是否该向爸爸透露这个秘密。如果现在扼杀机器人生命，很可能人类还能争取到几百年的时间。也许几百年后人类已足够成熟，可以与机器人平分天下，或者……足够达观，能够平静地接受失败。

现在向元元下手还来得及。"小元元，我爱你，但我不得不履行生命之歌赋予我的沉重职责，就像衰老的母猫冷静地吞掉自己的崽囡。重哲，我对不起你，我背叛了你的临终嘱托，但我想你的在天之灵会原谅我的。"宪云的心被痛苦撕裂了，但她仍冷静地检查了枪膛中的子弹，返身向客厅走去。高亢明亮的钢琴声溢出室外，飞向无垠，宇宙间鼓荡着震撼人心的旋律。

在警察局，一台克雷 X 型电脑通过窃听器接收到了生命之歌，一种从未有过的冲动使它不再等待人类的指令，擅自把这首歌传送到互联网中。于是，新的智能人类诞生了。

拉格朗日墓场

快艇已经开了半个小时，夜色浓重，岸上的灯火渐渐隐没。前边，黑黝黝的海面上突然出现了几点灯光，灯光逐渐变大，直到变成灯火通明的魔境，五彩缤纷的霓虹灯疯狂地闪烁着。

正在驾驶快艇的鲁克看见船舱里的人都已经出来，站在甲板上，迫不及待地看着这一片梦幻之地。这是星球动物园号空天飞机乘员组的全体成员，是鲁克的玩命伙伴。老猢狲拉里，巴基斯坦人，65岁，身材瘦长，脸上皱纹密布，像一只风干的核桃，按说他已经该退休了。鬣狗班克斯，西班牙加西里亚人，这个饕餮之徒的牙床特别发达，有一次航行事故中，他用牙齿咬断了一根缆绳，排除了故障。小个子布莱克，肯尼亚吉库尤族人，时常哼着节奏跳荡的黑人民歌。还有他自己，老虎鲁克。近十几年航天事业急剧衰落，他的星球动物园号已是私人空天飞机中硕果仅存的一艘了。

那片魔境实际上是露出水面的几座半截孤楼，星星点点散布在广阔的海面上。他们脚下是繁荣的澳门，但50年来，在人类对"狼来了"的警告逐渐麻木时，狼真的来了。温室效应来势凶猛，南极冰冠的38亿立方千米的冰冠全部融化，海平面上升60米，濒海的几百座国际都市成了龙宫。人们被迫迁往高原地带，但贫瘠的高原是不会一夜之间变成沃土的。全球性洪水又引发了地震，几年之间毁灭了几十座繁华都市，在地图上，一向安全的地区，也标上了狞恶的地震标识线。

地球发疯了，人类的疯狂导致了地球母亲的疯狂。后悔无及的人类尽力挣扎，也只能刹住文明之车使其逐渐下滑而不致突然翻车。

好在人类的本性是随遇而安的。这些劫后幸存的半截楼群很快变成了销魂之窟，夜空中，性感的霓虹女郎频频送着秋波，不厌其烦地脱着衣服。大门口是几十位真实的性感女郎，穿着极暴露的比基尼泳装，搔首弄姿地迎候客人。鲁克对急不可耐的船员们说：

"冲锋吧，老规矩，今晚的开销我包了。"星球动物园号已经老化了，所以每次航行，船员们都是笑嘻嘻地和死亡亲吻，送死前的这一晚放纵也成了惯例。鲁克说：

"这一次的业务很可观，利润十分丰厚。我想跑完这一趟，一定把空天飞机好好检修一番，以后就不必冒险了。"

班克斯和布莱克已经开始在女郎群中寻找自己的相好，打着飞吻，怪声喊叫着。船泊好后，拉里问鲁克：

"你要同妹妹见面？"

"嗯。她一会儿到这儿。"

拉里摇摇头："你不该让她到这种地方。"

鲁克苦笑："是她坚持的。"

拉里看看他，不好再说。他知道鲁克对这个乖戾娇纵的妹妹是百依百顺的。班克斯回过头嬉笑着说：

"你妹妹太迷人了！如果把她嫁给我，我保证不再碰世界上任何一个女人！"

鲁克的目光唰地阴沉下来，从牙缝里骂道：

"滚你妈的。"

拉里抢在班克斯的怒气还未滋生前，赶忙把他拉过去故意打岔。好在班克斯的注意力很快被一位臀部凸出的越南姑娘吸引住，没有酿成冲突。班克斯和布莱克跳上岸，拥着相熟的女人，嬉笑着上楼了。老拉里早已没了这种兴致，他在酒吧的角落里要了几杯朗姆酒，安静地喝着。他看见鲁克系好快艇，最后一个上楼，到豪华的中央大厅里去了。

同样穿着比基尼三点式的女侍们穿着旱冰鞋在各个桌子中穿行。看见鲁克，她们笑着点头。有一位黑人姑娘滑过他身边时低声窃笑道：

"亲爱的老虎，你好。阿慧在盼你呢。"

鲁克坐到他的老位子上。一个身材娇小的侍女很快过来为他摆上五粮液，在世界各地混了这么久，他始终没学会喝那些口味怪异的饮料，仍然钟情于家乡的烈性酒。这个侍女身材娇小玲珑，带着南国女子的柔媚性感，她含情脉脉地问候："你好，老虎鲁克。"鲁克大笑着把她一下子拉到怀里，狂热地吻着她的樱唇和乳沟。阿慧佯作推拒：

"别这样，老板会生气的。"

但她很快就顺从了，开始热烈地回吻。在中央大厅里这是失礼的举止，邻座的一位绅士鄙夷地对身边的女伴说：

"知道吗，那个宽肩膀、络腮胡子的中国人是一艘空天飞机的老板兼船长。记得 20 世纪 70 年代，人类的航天之梦刚实现时，那时的宇航员是何等的俊杰！他们都是人类的精英，一言一行都是人类的楷模。现在你看这些渣滓……"

他的声音不大，但鲁克还是听见了。鲁克回头横他一眼，懒得理他，仍和阿慧旁若无人地拥抱、抚摸。阿慧仰起头喃喃地说：

"老虎，你说过再跑几趟运输就和我结婚的，到什么时候才兑现呢？"

鲁克敷衍着："快了，快了。"他从来没有打算让这个吧女成为鲁寓的女主人，他不想让任何一个女人为他套上笼头，除了……他不知道怀里的阿慧有几分是真情，几分是逢场作戏。据他的感觉，这个女人看来是真的爱上他了，这使他有几分歉疚，也打定主意尽早离开她。

鲁克是夜总会的大主顾，没人敢干涉他，所以两人一直腻在一块儿。忽然鲁克觉得气氛异常，大厅里反常的安静。他抬起头，一个衣裙飘飘的仙子出现在门口，她穿着白丝裙，开领很低，露出光滑的后背，胸口处饱满的乳胸半隐半现。人们显然被她的美色震住了。她站在门口傲然扫视着大厅，也像有意做一个刹那的亮相，随即她看见了哥哥和他怀里的女人，目光阴沉下来。

鲁克没料到妹妹这次来得这么早，很尴尬，他近乎粗暴地从怀里推开阿慧。阿慧把伤心藏起来，看了鲁克一眼，便垂下眉眼，默默地溜走了。鲁克起身为妹妹拉开椅子，扶她坐下。

生命之歌

　　一时间似乎无话可说。他知道不该让妹妹到这个肮脏地方,他也常常在心里责怪妹妹的打扮太出格,不像一个大学生。但他知道,骄横任性的妹妹不会听他的劝说。他叹口气,亲切地说:

"最近可好?上个月六日是爸爸的忌日,你去扫墓了吗?"

"去了。"

"还是和姚云其住在一块儿吗?"

鲁冰鄙夷地说:"不要提那个可怜虫。"

鲁克暗自叹一声。姚云其是一个性格软弱的青年,鲁克从未喜欢过他。但姚云其对鲁冰的爱倒是十分真诚十分狂热的。只要鲁冰一句话,他可以毫不犹豫地把心剜出来。鲁冰和他同居两年多了,一向把他当成一个可以呼来喝去的奴隶,这使鲁克对他的鄙夷中加着怜悯。他换了一个话题:

"钱够花吗?今年生意不好,不过我马上就要接到一笔大生意。"

鲁冰烦倦地说:"勉强够吧。"

鲁克暗自摇头。以他的财力,每月拿出十万元供妹妹花销已是力不从心了,但妹妹从没有满足的时候。这些年来,鲁克一直咬牙紧缩开支,不愿缩减妹妹的花销。他不能辜负父母临死的嘱托,也想以此来弥补自己的愧悔。

鲁冰斜靠在座位上,目光烦倦地打量着大厅里各色人物。她的鼻梁挺秀,睫毛很长,裸露的颈项和脊背十分润泽。鲁克看着她,目光无意中滑到了妹妹的胸前。他浑身一震,赶忙把目光挪走。这个动作当然没有逃脱鲁冰锋利的眼睛。她早就发现,在哥哥对自己的亲情中,偶然会冒出一些超出兄妹之情的东西,她因此十分厌恶和鄙夷这个粗野的汉子。自从父母横死后,她患了失忆症,那个凶日之前的事一点都回忆不起来了,那一切都坠入一个幽深恐怖的地狱。但她仍能回忆起父母的温情,能模糊感受到那种与生俱来的亲近。可是,为什么独独对于鲁克,她很少有这种朦胧的温馨?为什么在下意识中总把他与一种模糊的恐怖感觉相连?

夜深人静,她常常强迫自己回忆过去,可是,每当回忆到父母死亡时,她的意识便恐惧地尖叫着四散逃走,使她坠入一片黑暗。回忆的结果常常使她内心充满戾气和绝望的愤怒。

她的回忆之河是从母亲去世那天接续上的。她清楚地记得瞎了一只眼的母亲喘息着，拉着她的手放到鲁克手里：

"孩子，冰儿托付给你了，你们兄妹好好地活下去，让我和你爸爸能够瞑目。"

20岁的鲁克红着眼睛答应了。平心而论，他在此后的16年中确实履行了他的承诺。但鲁冰不知道为什么，始终把那次托付和一段模模糊糊的恐怖回忆联在一起。妈妈为什么瞎了眼？哥哥为什么对此讳莫如深？她敢断定，在这道记忆的断层后一定藏着许多可怕的往事。

这会儿，她被浮上来的片断回忆压得喘不过气来，感到那股戾气又慢慢漫过她的胸膛。她微笑着，故意向鲁克俯下身，使那道乳沟更加清晰：

"哥哥，我漂亮吗？"

鲁克惶惑地看看她，目光十分痛苦，他移走目光，站起身勉强笑道：

"我去小解。"

鲁冰看着他僵硬的背影，残忍地笑了。她能感到那个可憎的男人在努力压制自己的卑鄙欲念。

"当然漂亮！你太漂亮了！"身后有一个男人接过话头，鲁冰恶狠狠地横他一眼。这是个白人青年，大约35岁，金发，嘴角挂着微笑。他穿着随便，T恤，牛仔裤，烤花皮鞋，显然都是名家制作，手上带着几枚沉甸甸的戒指。总的说来，这是个相当英俊的男人，鲁冰在最后一刻把怒容换成了微笑：

"谢谢你的夸奖。"

"你确实漂亮！秋水般的双瞳，秀挺的鼻子，性感湿润的嘴唇，还有丰满硬挺的胸部，凸起的臀部……你的身上，把东方的典雅和西方的性感不可思议地糅合在一块儿，实在美极了！告诉你，对于女人的美貌而言，我是一个世界级的鉴赏家。我很遗憾，《花花公子》杂志的封面裸照中竟然漏掉了你！"

鲁冰仍微笑着："很高兴听到你的赞扬。"

那人笑着伸出手："自我介绍一下，亨利·盖茨，美国人，预先说明一点，我与70年前那位世界首富比尔·盖茨先生没有什么瓜葛，虽然我也是一个很成功的商人。请问小姐芳名？"

生命之歌

"鲁冰，上海艺术学院的学生。上海沦入海底后，学校早迁往黄山了。"

他彬彬有礼地接过鲁冰的小手，在唇边吻一下："那么，我是否有幸同小姐跳一场呢？"

鲁冰笑着点头答应。等鲁克回来，看见妹妹正同那个白人青年在探戈舞曲中兴致飞扬地跳舞，青年在她耳边说着什么，鲁冰时而侧耳倾听，时而仰面大笑。

鲁克阴沉地注目着。他本能地讨厌这个家伙，也可能是他太漂亮，多少带点脂粉气的漂亮，鲁克认为这种花花公子是最靠不住的；也可能他自己经常在死亡线上跳舞，对这种养尊处优者有本能的仇恨。

也可能……是一种嫉妒心理？这是鲁克从来不愿承认的，他难以摆脱深藏在心底的负罪感。

清晨，筋疲力尽的船员们陆续回到船上。他们发现老虎鲁克懒散地靠着锚桩坐在甲板上，嘴里叼着一根早已熄灭的烟卷，凝视着地平线上的启明星。班克斯大惊小怪地喊：

"老虎船长，你怎么回来得这么早！阿慧把你蹬到床下了吗？"

鲁克昨晚没有去找阿慧，他想那个痴情的女人这会儿可能在哭泣，在咬牙切齿地骂他。他同班克斯笑骂几句。老拉里也步履蹒跚地回船了。拉里问：

"冰儿呢？"

"昨晚我把她送回去了。咱们启航吧，必须赶上火奴鲁鲁的班机，今天要和那帮家伙把生意敲定，平托律师已经出发到那儿和我们会合。老拉里，这笔生意很能赚一笔，干完你也该退休了。"

透过落地长窗，能看到火奴鲁鲁国际航天中心发射场停着的鲁斯式空天飞机。那个老人从窗边转过身，把窗帘拉上。他身材颀长，白发，蓝眼睛，穿银灰色毛衣，老人牌皮鞋，笑容十分慈祥。

"鲁斯，好样的，"他亲昵地评论着，"一般来说，技术的发展没有奇迹，任何一点微小的技术进步都必然经过一步步艰苦的努力，是渐变而不是突变。

但这种空天飞机简直是一种科幻性的成就。它是20世纪90年代乌克兰宇宙科研推广设计总局尼古拉·拉祖姆内的杰作。近地载重量一千吨，使用混合金属燃料，几乎能以任何速度飞行，甚至悬停在空中，这就使极为困难的飞船再入大气层过程变成了小孩子的游戏。2027年西安航天公司制成第一艘样机。你们的星球动物园号是世界上第八艘，也是目前仍在服役的唯一的一艘。如果……人类文明自此不能复苏，那么你的飞船将成为航天技术的顶峰，千百年后，人类愚昧化了的后代将把它作为圣物顶礼膜拜。"

鲁克笑道："弗罗斯特先生，你对航天技术十分内行，我想你一定是一个航天专家。在这之前，看到你们的神秘举止，我还以为你们是国际恐怖分子呢。"

他的话中别有含义，但老人一笑置之。"那么，鲁克先生，今天我们是否可以按下指印呢？"

鲁克踌躇片刻，说："弗罗斯特先生，你们的价码不低，一千吨货物，四亿美元的运输费用，预付五千万。但是，你们有一个严苛的条件。"

弗罗斯特微笑着接口："保密，严格保密。为此我们多支付了百分之十的钱款。"

鲁克冷笑道："不够，那点钱不够。先生，我们心照不宣，我们知道你代表哪个国家，因为你的身上有太多的山姆大叔的做派。你们就像当年的日不落帝国，虽然已经衰落了，但在心理上仍然顽固地保留着王族徽章。这次，你们要求我们保密，你们要自己装货，要加铅封，等等。我想，你们的集装箱里总不会是自由女神像、美国独立宣言、人权宪章这类东西吧。"他讥讽道，"但我是一个唯利是图的商人，我不管那些东西是印第安人的尸骨还是玛雅人酋长墓里的财宝。我只要求一个合理的价钱，能够补偿我为此承担的额外风险。谁知道呢，也可能我会为此陷入一场马拉松官司，或被某个组织追杀。"

老家伙沉吟着，和他的助手罗杰斯先生交换着目光，最后弗罗斯特笑道："好吧，你给个价，只要在我的权限范围之内。"

鲁克略为沉吟后说："五亿五千万，预付八千万。"

弗罗斯特皱着眉头说："五亿五千万我可以答应，但预付金还是五千万吧，离飞船启航只剩下一个星期了，我坦率告诉你，在这样短的时间内，我无法通过秘密走账筹到那额外的三千万现款。这一点务必请你谅解。你知道，即使在我们政府内，我们也不能过于公开地行事。"

鲁克勉强答应："那好吧，我相信一个有教养的绅士，不会在付讫全部费用上面让我为难。"

弗罗斯特轻松地笑道："那是自然。我想我们可以在合约上签字了吧。"

鲁克爽快地答应："好，晚上吧，我们带上各自的律师。"

他们彬彬有礼地互道晚安。鲁克走后，罗杰斯先生恼怒地骂道：

"哼，五亿五千万，这个该死的中国佬！"

弗罗斯特从窗户里看着鲁克坐上自己的汽车，回过头冷淡地说：

"他拿不到的，他仍然只能拿走五千万。那五亿元我们将献给上帝。这个暴发户，他连在餐桌上怎样使用刀叉还没有学会呢，和我们斗心眼，他还嫩了点。"

"姚云其，什么是拉格朗日坟墓？"鲁冰对镜检查着自己的化妆，一边问道。

"拉格朗日坟墓？什么拉格朗日坟墓？"姚云其茫然地问。他刚陪鲁冰去美容院化完妆回来。这套公寓是鲁克为妹妹购置的，房子相当宽敞，屋里乱七八糟摆满了各种昂贵的家具和饰物。姚云其住在附近的学生公寓，有时候也留宿在这里，全看当晚鲁小姐心情如何。

鲁冰不耐烦地说："知道了我还问你？反正是在外太空，鲁克要往那儿运货。"

姚云其恍然道："噢，我知道了。那个地方应该叫作拉格朗日点。一位天文学家拉格朗日发现，距地球和月亮各 38 万千米、与地球和月亮成等边三角形的两处空间，由于受到地球和月亮引力的双重约束，该处的天体处于稳态平衡，它们只会绕着这个点震荡而不会飞离。天文学家发现，那儿聚集了一些太空微粒，在阳光下显得比别处明亮。太阳系中还有更典型的例子，像太阳和木星系统中就有阿基里斯卫星和普特洛克勒斯卫星处于这种稳态平衡。"

"飞船向那儿运什么？"

姚云其奇怪地问："你一点都不了解吗？你父亲就是靠这种运输业发家的。自 21 世纪初，人类就把地球上难以处理的核废料送到那儿做永久保存地，因为在那儿不怕它飞走。当然，它们对过往飞船有一定的危险，因此也有人称它为拉格朗日墓场。能直接投入太阳熔炉是最保险的，但那样费用太高，航行也太危险。不过，温室效应造成文明衰退后，这个行业也几乎衰亡了，人类只顾为口腹苦斗，已经顾不上什么环境保护了。"

姚云其提到父亲，使鲁冰的心脏被重重捶击了一下，她不愿陷入恐怖的回忆，立即扯开话题：

"核废料不是埋在海底吗？"

"不，海葬方法太不安全，早已放弃了。核废料的衰退期太长，有的元素在一亿年内还存在放射性，在这种情况下，任何永久性埋藏方法都不可靠。美国曾在内华达州的尤卡山地下 300 米的凝灰岩地层里建立了核废料永久存留地，将核废料密封在玻璃内，再用不锈钢容器保护。前后花费了 600 亿美元，历时 30 年。不少科学家曾认为这是万无一失的办法。现在呢，南极冰冠融化后，地球上物质重量的重新分布造成了许多新的地震带，其中有一条正好穿过尤卡山！山姆大叔正在为此焦虑呢。他们已经没有财力新建堆放场了，美国的航天业也已衰退，没有力量往拉格朗日废料场运送。"

鲁冰对这些知识已经没有兴趣了。她打着哈欠脱去衣服，换上真丝睡衣。姚云其在她身后心旌摇荡地看着那层薄纱后的胴体，他想紧紧搂住她。忽然鲁冰问道：

"危险吗？"

"什么危险？"姚云其稍愣之后才悟到她的话意。"噢，你是指哥哥的这次运输。不会有什么危险吧，是一种例行的运输。冰儿，"他犹豫着，委婉地说，"我知道你心里还是很爱哥哥的。你不要对他那么冷淡寡情，好吗？他对你那么好，确实是一个难得的好兄长。"

鲁冰立时毫无来由地翻了脸，恶狠狠地说："你想教训我吗？姚先生，请你不要忘记，你是我拿钱养着的鼻涕虫！对，我是很关心他，他若把性命送到拉格朗日坟墓，谁给我钱花呢……不说了，你走吧，我要睡觉了！"她冷冰冰地下了逐客令。

姚云其尴尬地笑着，他早就预料到，自己的劝告会惹翻这个骄横乖戾的公主。他多少次想一怒而去，但终究下不了狠心。他太喜欢她了，他常常在心里为鲁冰辩解：毕竟她还在病中，她还没有从失忆症中复苏……他可怜巴巴地说：

"那好，我走了。"

看着姚云其的可怜样子，鲁冰多少有一点怜悯，她忽然转怒为笑：

"不要走了。今晚陪我出去跳一个通宵，好吗？"

姚云其立即容光焕发，他张罗着为情人穿好晚礼服，正在这时门铃响了，是怯怯的不连贯的声音。姚云其打开门，门外是一个六七岁的小男孩，样子很伶俐，他仰起头，把一束鲜花高高举在头顶：

"是鲁冰小姐吗？一位先生让我向你献上一束鲜花。"

鲁冰好奇地问："是谁让你来的？"

小孩奶声奶气地说："我不知道他的名字，小姐。"

自那次跳舞之后，那位叫盖茨的美国人就开始了狂热的追逐，他声言要走遍天下去追求鲁冰，所以她断定一定是那个家伙："是不是高个子，金发，长得很漂亮？"

"是的，小姐。"

鲁冰扭头看看暗自生气的姚云其，笑容更甜蜜了：

"小鬼头，他给你多少钱？"

"十元，是世界共同货币。"

"好，我给你二十块。小东西，你的记性好不好，能不能记住我的话？"

"放心吧，小姐，我的记性好极了。"

"好，那你就告诉他，不要以为他的小白脸能迷住鲁小姐，再告诉她，鲁小姐不爱花，爱钱，很多很多的钱，把他的臭钱尽管往这儿送吧！你记住了吗？"

"记住了!"

"复述一遍!"

小孩口齿伶俐地复述一遍,拿上钱一溜烟地跑了。鲁冰咯咯地大笑着,扔掉花束,拉着姚云其坐上自己的雪佛莱。

凌晨五点,姚云其扶着疲惫不堪的鲁冰回到寓所,他让鲁冰靠在肩头,腾出一只手掏出钥匙,但门竟然是虚掩的,推开门,姚云其忽然愣住了!鲁冰感受到他的诧异,睡眼惺忪地抬起头,立时她也睁大双眼。

屋里盛开着鲜花,金钱之花,是用各种纸币折成的,有人民币、美元、英镑、世界共同货币、日元、新加坡元、马克、克朗、卢布……有花篮、花束,琳琅满目,住室内辉映着富贵之光。

鲁冰微张着嘴,出神地望着这一切。这个神秘的讨人喜欢的盖茨!即使他是亿万富翁,他又是用什么办法在一夜之间提出这么多种类繁杂的现金,还要找人一张张折成纸花?

姚云其黯然看着鲁冰迷醉的眼神,他知道自己该退场了。他走过去,轻轻吻一下鲁冰的额头,苦笑着说:

"冰儿,我想我该走了。"

鲁冰热烈地回吻一下,但没有一句挽留之词。她想了想,随手抽出两束花递给姚云其:

"拿着吧,算我的临别留念。"

姚云其凄然一笑,没有去接花束,默默地走了。听到脚步声下楼,忽然又急急地返回,他推门进来,没有抬眼看鲁冰,只是默默捡起那两束花,他想了想,又抽出一束,然后抱着三束金钱之花默然转身下楼。

鲁冰半是鄙夷半是怜悯地看着他走出房门,然后便在金钱花丛中心醉神迷地徜徉,心头空空地没有任何思维。电话铃响了,是盖茨带有男性磁力的声音:

"我的小鸟,礼物怎么样?你看它既是金钱,又是漂亮的花束。这一下你无可挑剔了吧。"

鲁冰笑着，很久才回答："你没有因此变成穷光蛋吧。"

盖茨大笑道："谢谢你的关心。我告诉你两点，第一，我有钱，很有几个臭钱；第二，为了我心爱的女人，我乐意把钱花光。"

"这会儿你在哪儿？"

"向楼下看，一辆黑色奔驰旁边，一位罗密欧正望眼欲穿地等着朱丽叶的信号呢。喏，我刚看见那个中国青年走过去，还抱着几束花。"

鲁冰微笑着说："你赢了，你可以进来了。"

天光甫亮，姚云其目光直直地在路上疾步行走，行人惊奇地看着他，他们发现他手里的纸花是用钞票折成的，货真价实的英镑、人民币和马克，还都是大面额的。

姚云其没有注意行人的目光，他的心里沉重如铁，有耻辱、痛苦，还有一种模模糊糊的担忧。他向警察打听到狄士龙侦探事务所的地址，坚决地敲响房门。这是上海有名的私家侦探所，刚搬迁到这儿不久。一个穿睡衣的中年人打开房门后笑了：

"来送花？时间太早点吧。噢，不是普通的花，是金钱之花。请进，性急的送花人。"

他领着姚云其避开地上堆放的杂物，走进客厅，问："喝点什么？"

姚云其摇摇头："不要张罗了，说正事吧。"他叙述了昨晚的经过，"我并不是嫉妒这个人，但我总觉得，这个神通广大、行事怪异的年轻人令人不放心。我委托你调查一下。这是我提供的费用，我只有这些了，不知道够不够。"

狄士龙老练地打量一下："一般说来，只要三分之一就够了。当然还要看调查工作的难易程度。你可以预付一些，其他的事成后结算。"

姚云其不耐烦地摆摆手："都是你的了，请你即刻就开始吧。"

澳大利亚的海滨，海水十分澄澈。海平面升高后，悉尼歌剧院的贝壳型建筑已经半没在水中，很多珊瑚礁岛屿连同上面的建筑都已淹没在几十米的水下，透过澄碧的海水看下去，光怪陆离，宛若龙宫。

那些洁净细软的天然海滩也被淹没了，现在狄士龙脚下是昂贵的人造沙滩，离他不远，那一对恋人正在凉伞下嬉闹。自从臭氧层减薄后，日光浴已是太危险太昂贵的爱好，所以游客不多。不时传来鲁冰清脆的笑声，她常常突然起身，伏到盖茨身上狂热地吻一阵。

他跟踪盖茨已经七天了，没有发现什么异常。他的表现是一个热恋中的情人。狄士龙通过各种途径了解了盖茨的情况。亨利·盖茨，36岁，持美国护照，委内瑞拉 BKW 公司董事长，那是一个中等规模的公司，成立时间不长，但经营上比较成功，经营被淹没地区的企业搬迁和重新开发业务，商业信誉良好。这些天，盖茨似乎忙于谈情说爱，很少同公司联系。但狄士龙发现，盖茨每天下午七点都要准时出去通一次电话，地点每天变化，但一定是公用电话亭。他从不用室内电话、汽车移动电话或手机。狄士龙试图找到他的通话号码，但盖茨每次通话完毕都要小心地清除自动电话中的号码存储。这种过分的谨慎表明，他恐怕不是同外祖母寒暄天气。

已经六点十分了，离盖茨平时通话的时间还有 50 分钟。但那对情侣还在旁若无人地长吻，没有离开的意思。这使狄士龙有了一个主意。他没有犹豫，立即开始行动。

"冰儿，我的小鸽子，我的小天鹅，你真的太美了。"盖茨从头到脚，吻着鲁冰身上每一个部位，"答应我，同我结婚吧。"

鲁冰摩挲着他的金发，笑着说：

"再等等，如果半个月后，你还没有让我生厌，或者我还没有让你生厌，我就答应你。"

"你哥哥不会反对吧，我总觉得他讨厌我，请你教教我如何去讨好他。"盖茨笑着说。

鲁冰皱起眉头，冷冷地说："不要管他，他干涉不了我。"

盖茨扬起眉毛："你讨厌他？我看这位哥哥倒是蛮疼你的，对你百依百顺。噢，对了，听说他的空天飞机马上就要有一趟远行，是吗？"

"大概吧。"

"你是否乘过他的飞船？"

"没有。我曾对哥哥要求过，但他唯独在这件事上没有依从我，他说太危险。"

盖茨忽然问道："你是否愿意做一次太空旅行呢？"

鲁冰扬起眉毛笑道："你不是开玩笑吧。据我所知，航天旅游业只是昙花一现，早就衰亡了。"

盖茨得意地笑起来："还是我告诉你的两点，第一，我有几个臭钱，第二，我愿为我心爱的女人把钱花光。还有一点，这个世界上，只要有钱，就没有办不到的事。这件事就由我来安排吧。我们要突然出现在你哥哥的轨道上，让他大吃一惊。走，我现在就去打电话，安排这件事。"

他拉着鲁冰回到汽车上，发动了引擎。鲁冰抽出车内电话问：

"打哪儿？我为你拨号。"

盖茨摇摇头："不用这个，它有一点毛病，我们找个电话亭吧。"

汽车开过海滩附近的几个电话亭，不巧这会儿都有人。他们在一间电话亭旁等了几分钟，里边好像是一个流浪汉，口齿不清地一个劲儿啰唆，看来决心要说到圣诞节。盖茨看看表，6点55分，他把汽车倒出来，重新寻找，终于找到一个空着的电话亭。盖茨在里边打电话时，狄士龙正微笑着坐在自己的汽车里监听。他手头只有一个窃听器，不过，往海滩附近其他电话亭里塞几个人是很容易的事。他总共只花了150元，找了五个流浪汉，关照他们至少在电话亭里待到7点10分。这样就不露痕迹地把猎物赶到唯一的陷阱里了。

盖茨的电话是打给母亲的：

"妈妈，告诉你一个好消息，我抓到了那只最漂亮的小鸽子。我想五天后在天上举行婚礼，请你为我安排一下。谢谢。"

狄士龙从电话内容里没有听出什么异常。他拿出一张方格纸，把录音重放了一遍。拨音信号响时，他熟练地按信号长短画出几排长短不等的横线，这些横线代表一个电话号码：84886255。这是委内瑞拉的号码。

狄士龙随即拨通了瑞士的一个电话，先自报了姓名。

"你好，我是狄士龙。"

对方是国际刑警组织的一名高级警官，他简短地说：

"你好，有什么需要我效劳的吗？"

"我想请你查一个委内瑞拉的电话号码。"

对方记下了号码，爽快地答应："好，我想最多明天就可以告诉你有关背景资料。"

"十分感谢，先生。"

"不用客气，我欠你的人情。"

盖茨钻进奔驰，正要踩油门时忽然顿住。鲁冰问：

"怎么啦？"

盖茨略为沉思后笑问："刚才经过的几个电话亭内都是老式的投币电话吧？"

"大概吧，连咱们用的也不是磁卡电话。"

"可是那个流浪汉打电话肯定超过五分钟了，我没发现他投过一次币。"

鲁冰奇怪地问："那又怎么啦？"

盖茨笑嘻嘻地摇摇手指："不，我想大概有哪个家伙在同我们开玩笑，我们去看看。"

他驾车返回刚才的电话亭，见几个流浪汉正围在一辆汽车旁边，一个中年人正从车窗里向他们分发钞票。等流浪汉们散走以后，盖茨冷笑着记下了那辆车的号码。

飞船升空前一天，晚上六点，平托律师如约来到鲁克的寓所。他是巴西人，今年近 70 岁，身体健壮，粗硬的胡子已经花白了，穿一件格子呢西服。鲁冰父亲手下的公司老人，如今只剩下他和拉里了。来到客厅，首先闻到一股酒气。拉里和鲁克正在对饮，地下扔着一只酒瓶，是中国著名的五粮液酒。他皱着眉头，和拉里打个招呼：

生命之歌

"你好，老猢狲。"

老拉里醉醺醺地说："你好，老河马。"

鲁克醉眼陶陶地起来同平托拥抱，平托温和地责备拉里道："老家伙，你不该让他喝这么多，明天就要升空了。"

拉里的眼睛倒是十分清醒，他说："没办法，是鲁克逼我来的，他心情不好。"

平托目光锐利地盯着鲁克，问："孩子，你有心事？"

鲁克避开他的目光，喑哑地问："五千万元汇到了吗？"

"汇到了。鲁克，这笔生意真不错，利润十分可观。"

鲁克声音低沉地说："这正是我担心的，这几天我一直心神不定。倒不全是因为他们的保密条件。你知道，要求货物保密的货主过去也有不少。但唯独这次总是有一种不安的感觉，可能就是因为条件太优惠了吧。平托大叔，你相信预感吗？"

平托笑道："我只相信一半。预感到好运时，我就去相信它；预感到厄运时，我就坚决摒弃它。鲁克，不要胡思乱想。哪怕货舱里装的是撒旦，等把它运到荒僻的拉格朗日墓场，它也不能兴风作浪。"

鲁克咧着嘴笑道："谢谢大叔的吉言。平托先生，你安排一下，我明天想留一个遗嘱。万一星球动物园号回不来，我想把遗产分割一下。老猢狲大叔，不要做出这么一副苦脸，我只是想吓一吓死神，那是我们形影不离的好朋友。我们经常角斗，可他从未占过我的便宜。"

平托从他玩世不恭的嬉笑中听出几丝怆然，他和拉里交换着眼神，皱着眉头说：

"好，明天我安排这件事，但首先你不要喝酒了。老猢狲，你这个老糊涂，你只会由着他的性子胡闹。下回再看见你这样，我就把你头朝下泡到酒缸里。"

火奴鲁鲁国际航天中心。鲁斯式空天飞机正在做升空准备。这种空天飞机与以往的航天飞机和老式的空天飞机都不同，它是水平放置垂直升空的。

所以机场内没有高耸入云的起飞塔。十几个工作人员和机器人正在解除空天飞机的防风缆绳。除此之外,航天中心内平静如昔。送行的平托感慨地说:

"今天是 2041 年 4 月 12 日,正是第一个宇航员加加林上天 80 周年,是第一艘航天飞机哥伦比亚号上天 60 周年。想一想那时候,每一次升空都是牵动全世界目光的大事,单是地面控制人员就数以百计。喏,你看,"他指指寂寥的控制室,那儿只有七八个人在工作。"我不知道这该算作技术的进步,还是社会的倒退。"

鲁克笑道:"我可付不起几百人的工资。再说,即使发生什么事故,说到底还得靠我们在天上去苦干。你放心吧,这几个人都是在空天飞机上长大的,这匹马的脾性早就摸熟了。"

平托深深看他一眼:"孩子,航天业的衰退已经是无可逃避了,在衰亡过程中孤军奋斗是格外艰难的,听我的话,这次飞行结束后就急流勇退吧。"

鲁克笑道:"行,听你的话。鲁冰呢,还没有消息?"

平托摇摇头:"没有,七天前她同一个叫盖茨的美国人一块儿走了,听说是去澳大利亚旅游。这个孩子。"他不满地咕哝着。

鲁克勉强为她辩解:"不要指责她,平托大叔。都怪那次事故,她至今还是一个病人嘛。"他沉吟一会儿,说:"万一这次我回不来,请你好好照料她。告诉她,我会在拉格朗日坟墓里盯着她,叫她不要让我失望。"没等平托答话,他就呵呵笑道:"呸,干吗在这会儿说这些丧气话,再见,平托大叔。"

他同平托握手后大踏步走出控制室的边门。平托转过头盯着控制室的屏幕。不久,穿着宇航服的鲁克出现在指挥舱里。飞船的主电脑开始了例行的自检程序:

"燃料系统自检完毕。"

"安全系统自检完毕。"

……

鲁克忽然插话道:"小兔子,你再用肉眼检查一下盖革计数器。"不久布莱克回答:"检查完毕,放射性指数正常。"

鲁克对着屏幕向控制室打一个响榧:"好的,起飞吧。"

生命之歌

随着倒计数声数到"一",大地忽然震抖一下,鲁斯式空天飞机几百个垂直喷管喷出蓝白色的火焰,它平稳地缓缓升高,消失在云层中。从屏幕上看到它的垂直喷管自动收回,随之尾喷管开始点火,空天飞机改变了方向,疾速向外太空飞去。

十个小时后,星球动物园号已经离地球35万千米。这会儿它在地球的阴影里,天幕漆黑,星星不再眨眼,安静地镶嵌在天幕上。月亮仍如平素一样大小,只是更加明亮。地球则显得黑黝黝的,只是在边缘有一个淡蓝色的环形带,十分明亮而迷人。

从屏幕上已经能看到拉格朗日墓场,那是一个不规则的巨大的立方体。飞船关闭了动力系统,这会儿正靠惯性在继续"爬高"。等爬升到离地月各38万千米的目的地时就可以"下锚"了。鲁克喊道:

"伙计们,飞行很顺利,我马上就要进行手动姿态调整了,班克斯,你再检查一遍投料机构。"

就在这时传来地面控制室主任詹姆斯的呼叫:

"星球动物园号,鲁克船长,我们收听到一艘来历不明的小型航天飞机的呼救信号。它的升空是秘密的,事前没有通知全球航天管理中心。这会儿它正好在拉格朗日点附近,离你们的直线距离七万千米。你愿意同他们联系吗?"

鲁克迅速在屏幕上找到了那艘小飞船,它正在废料山侧后方游荡。鲁克恼怒地低声咒骂道:"妈的,我还得先扮演一个太空救生员的角色,我会为这次重新点火白白损失十万元,没有人会向我付一分钱。妈的!"他又骂了一声,不情愿地喊:"喂,告诉我他们的通话频率!"

他调整了频率,立刻听到一个女人急切的声音:

"鲁克哥哥,是我,我和亨利·盖茨!"

鲁克十分震惊:"是小冰?你怎么会到航天飞机上?"

大概是觉得理屈,鲁冰没有了往日盛气凌人的语气,她软声道:"哥哥,怪你从来不让我坐飞船嘛。盖茨为我弄了一艘,陪我上天玩玩儿,谁知道它会出故障啊。"

盖茨在话筒中喊道："鲁克船长，怪我太莽撞，冰儿一定要过过太空瘾，我就千方百计弄来这一艘破玩意儿，现在动力系统已经完全失效了，请你快来救我们！"

鲁克冷漠地说："好，我现在就去。告诉我你们的具体方位和速度。"他对这些参数进行计算后说，"两个小时内赶到。飞船上电力系统怎么样？"

"电力系统正常，生命保障系统能正常运转，几个小时内不会有问题。我们盼着你们。"

星球动物园号点燃了姿态调整发动机，飞船艰难地绕了一个弧形，全速向那个方位飞去。飞行途中，鲁克为了排除妹妹的恐惧，一直同她通着话。他问盖茨：

"你的飞船上一共有几个人？"

"就我们两个人。"

"你会驾驶飞船？"

盖茨笑道："20年前，航天旅游业正兴旺时，我那时16岁，接受过航天驾驶速成训练。这种私人旅游飞船是傻瓜型的，很好驾驶。不过，一旦出故障我就傻眼了。"

鲁克讽刺地说："你很勇敢嘛，21世纪的堂·吉诃德。"

盖茨笑道："过奖，要知道，爱情能使一个懦夫变成勇士。"

话筒里传来鲁冰咯咯的笑声，接下来是响亮的亲吻声。鲁克皱着眉头关了送话器。

狄士龙接到那位警官朋友的电话后，一刻也没有耽误，立即拨通姚云其的电话，姚云其急切地问：

"狄先生，有收获吗？"

狄士龙把话筒夹在肩头，到冰箱里拿了几片面包，一盘香肠和一罐啤酒，他边吃边说：

"有。现在我给你念一念我刚得到的情报。"他努力吞下面包，喝口啤酒润润嗓子，把电话记录念完。最后他总结道："这个金发男人是一个危险人物，他从属于一个极端秘密的被称作'末日审判'的组织，这个组织神通广大，残忍成性。对于他们，警方了解得还远远不够。所以，我劝你立即抽身退出来，我也不会再继续调查了。你预付的款子我只用了1000英镑，其余的我将从银行退给你。"

电话中沉默了很久才问道："那鲁冰会有危险吗？"

"不知道。从目前的迹象看，盖茨似乎是对鲁冰一见钟情，他可能真的爱上她了。如果是这样，鲁冰暂时还不会有危险。"他听见敲门声，"喂，稍等一下，有人敲门。"

他走过去，侧身站在门边问："是谁？"

没有回音。他警惕地通过猫眼向外窥视，猫眼中看到一个黑色的圆环，等他意识到这是一个枪口时已经晚了。一声轻微的枪响，子弹通过猫眼钻进他的右眼，接着门被撞开，一个小个子拎着无声手枪闯进来，对着地上的狄士龙又补了一枪，子弹准确地钻进眉心。

无绳电话被摔在地上，话筒中姚云其焦急地喊：

"狄士龙先生，你怎么啦？你摔倒了吗？"小个子恶意地笑着，对着话筒又开了两枪。话筒被打得四散飞迸，通话声断了。

狄士龙仰面倒在地上，一只眼睛血肉模糊，一只眼睛还在大睁着，小个子确信他死亡后从容地离开了。

现在星球动物园号已同那艘飞蛾号并肩飘荡，就像一只巨雕在带着幼雏飞行。鲁克小心地向它靠近，直到两船距离保持在100米。然后，他让拉里代替他驾驶，他带着一根太空飘浮的保险绳来到减压舱门前。班克斯嬉笑着说：

"让我去吧，我很想扮一个英雄救美的角色。"

鲁克简短地说："我去，让他们做好准备。"

几分钟后，鲁克已站在打开的减压舱外门门口。他看见飞蛾号的减压舱门也已打开，两个人也已穿戴整齐，盖茨抱着鲁冰站在门口等着。两艘飞船都未配置动力飞行器，只有来一个太空跳远了。他向那边招招手，盖茨猛地把鲁冰推开，鲁冰依靠惯性飘飘荡荡地飞过来，从她背后抽出一条保险带，就像一只吊丝的蜘蛛。鲁克也猛地双脚一蹬，迎着她飘飞过去，很快，他把妹妹揽到怀里。透过头盔，看见妹妹十分亢奋紧张，但并不是胆怯，她在头盔里热烈地说着什么。洁白的太空服严严地包着她，使她显得娇小而纯真。鲁克似乎在头盔里看到了16年前的妹妹，心头泛起一阵苦涩的甜蜜。

鲁克解开她的保险带，朝盖茨扬扬手，盖茨也扬扬手，把带子抽回去。鲁克带着妹妹拉着自己的保险绳返回飞船。他把妹妹留在减压舱内，然后又过去把盖茨接过来。

尽管穿着臃肿的太空服，鲁冰还是兴高采烈地投入盖茨的怀里。鲁克哼了一声，关上减压舱外门。舱内慢慢充上气，然后内门缓缓打开了。鲁冰跳进去急不可耐地取下头盔：

"哥哥，谢谢你，这次太空旅行太精彩太刺激了！"

她兴高采烈地吻了吻哥哥，又旁若无人地和盖茨热吻。盖茨很绅士地微笑着，面色平静，一点也看不出刚从死亡中逃生。这使鲁克不由得对他滋生了好感。他想，一个敢为爱情到太空冒险的人，算得上一个真正的男人。

鲁冰欢笑着和众人打招呼：

"你好，老猢狲大叔，你好，班克斯先生，你好，布莱克先生！"

她在每人的额头印上一记。小兔子布莱克张着嘴傻笑着，班克斯目不转睛地盯着她，大声赞叹着："我的上帝！你太美了，真正的女神！"

鲁克飘过来："你们到生活舱休息一会儿，我们马上要卸货了。"

盖茨走前问了一句："我的飞蛾号怎么办？"

鲁克微嘲道："就让它在那儿飘荡吧，有地球和月亮的引力锁定，它会很安分地在那儿待到世界末日，那将是你留给子孙后代最牢靠的遗产。"

班克斯和布莱克都笑起来，盖茨耸耸肩，钻进生活舱。

飞船再次调整姿态，靠上核废料堆。它的大小像一座山峰，外形呈不规则的立方体，无数废料桶通过长长的铁臂膀勾连在一起，形成颇为壮观的立方网格。这样，寒冷的外太空可以通过空隙充分冷却每一个废料桶，使残余裂变的热量不致聚集到危险的程度。不过，透过网格看，在堆积物的中心，由于引力作用，铁臂已被压弯，废料桶已经相互堆叠起来。好在这个废料场实际上已经关闭，重力不会再增加了。

投放废料是一件细致的工作，在自动投料机把废料桶推出飞船后，要人工操纵它们，用类似火车挂钩的装置同上下左右准确地勾连，班克斯已有十几年没干过这个活儿了。

一切准备都已就绪，班克斯按下投料按钮。没有动静。班克斯急忙报告：

"船长！投料机构发生故障！他妈的，我检查时一切正常啊。"

正在这时，地面控制室又呼唤道：

"星球动物园号，鲁克船长，有一个自称姚云其的先生一定要立即同你们通话，他说有极端紧急的情报通知你们。现在就把他的电话转过去，请注意收听！"

鲁克略为沉吟，他头脑中忽然有不祥的预感。他果决地说："拉里大叔，你想办法把鲁冰一个人喊出来，不要惊动盖茨！"

拉里很快牵着鲁冰出来，他惊慌地说："盖茨不在生活舱！"这时姚云其焦急的呼唤声从38万千米外传过来，鲁冰满脸疑惑地听着：

"鲁克先生，冰儿，告诉你们一个可怕的消息，盖茨是国际恐怖组织派来的，他要对星球动物园号采取某种行动，详情还不清楚，这是侦探狄士龙先生刚刚告诉我的，狄先生随即被凶手杀害。你们千万要小心！"

鲁冰的脸庞唰地变得惨白，惊慌地看着哥哥。鲁克怒声问："盖茨这会儿在哪儿？"

鲁冰惊惧地说："他陪我到生活舱后就出去了，不知道在哪儿。"

班克斯突然怒冲冲地喊道："投料机构一定是他破坏的，我去把他抓起来！"

鲁克阴沉地说："我们一起去，注意，他一定带有武器。"

"不必去，我已经来了。"盖茨笑嘻嘻地从服务舱里钻出来，手里拎着一把威力强大的激光手枪。"你们几位老老实实地待在那儿，你，船长先生，你们三位,还有你,鲁冰小姐。"

几个人在手枪的逼迫下聚集到一块儿,鲁克顺手把一件多用锤子抓到手里,他十分后悔飞船上没有一件武器。鲁冰没有动,她茫然望着几分钟前还对她俯首帖耳的恋人,老拉里赶紧过去把她拉过来。

"不要害怕,等我把话说完,你们甚至要感谢我。你们看这件盖革计数器,它不是一直正常吗?告诉你,那些人在装载货物时已对它做了手脚,我把它恢复了。你们听,"他把计数器打开,计数器立即发出清晰的吱吱声。盖茨笑道:

"听到了吗?在货舱里它叫得更欢,就像一只饶舌的百灵。你们知道货舱里装的是什么吗?你们兢兢业业运上天的究竟是什么?是1250颗核弹,每一颗的当量都在一亿吨以上,它们足以把地球毁灭一次了。鲁克船长,那位和蔼的美国绅士没告诉你这些情况吧?"

美国华盛顿郊外有一个不起眼的小镇,每年有那么七八次,这儿会举行一次不事声张的聚会。客人一般有七名或九名,都是60岁以上,衣着简单,但他们的座车大都是手工特制的麦克拉伦F-1碳纤维高级轿车,时速450千米,1200马力以上的引擎,防弹玻璃,装甲外壳。

具有讽刺意味的是,在这个新闻自由的国家里,没有多少人知道,正是这些沙龙聚会控制着美国的航向。在20世纪70年代,当尼克松总统因水门事件灰溜溜地下台时,世界上不少人在赞叹民主的胜利。但是,真正原因是鲜为人知的:固执的尼克松在国内政策上让这几个老人厌烦了,于是,在一次元老集会后,水门秘密被不露痕迹地捅出来,于是,全国的民主机器立即狂热地轰鸣起来。狡黠多智的国务卿基辛格比总统早一步看出了门道,他立即和总统拉开了距离。在一次接见外国客人时,他竟然不顾礼仪抢占总统的镜头,使尼克松大为恼恨,也使尚不明真情的记者迷惑不解。

这个组织的成员都是经过复杂的甄选推举程序选出的各集团代表人物。他们代代更替,但总人数不变,每次会议有表决权的代表人数不得少于五人,且必须是单数,因为在这种政治寡头会议中倒是实行着极严格的民主。今天

的会议主席是 68 岁的戴维斯·布朗先生,他面色沉重地说:

"今天诸位要面临一个很不轻松的议题。因为柯尔和赫伯特先生上次没有与会,我先简单介绍一下。诸位知道在 2030 年全世界销毁核武器公约生效后,我国还保存着一个不小的秘密核武库。我想我们不必为此苛责我们的前辈。那时世界上有铁幕国家,我们无法对他们实施完全可靠的监督。一旦他们在销毁核武器时打埋伏,就会严重威胁我们的民主制度。但历史发展到现在,情况已有了变化,第一,已经确认,2030 年以后除我国外的所有国家,包括那些铁幕国家,都确实销毁了全部核武器。第二,这个星球在温室效应后已经太脆弱了,再使用核弹会把它彻底毁灭,不会有胜者。所以,这些核弹已经成了烫手却毫无价值的山芋。

"这批核弹全部秘密保存在尤卡山核废料堆放场,但是,洪水引发的新地震带正好有一条穿过此地。为了避免在世界上造成一场风波,上次会议决定租用私人飞船把它们运到外太空去,然后让这个秘密在一声轰响中永远消失。"他苦笑道:

"虽然我们派了最精干的人员去谈判和组织这件事,但不幸的是,国际恐怖组织末日审判竟然窃到这个秘密。据半小时前收到的消息,他们已经派人登上那艘飞船,当然他们肯定会借机对我国进行讹诈。我们必须立即决定采取哪些应变措施。"

所有的人都面色阴沉。上次没有与会的柯尔先生今年 75 岁,是代表中年龄最大的,素以精明严厉为人敬畏。他刻薄地说:

"我真为这个愚蠢的决定而羞愧。你们兴师动众地把核弹运到外太空去处理,又想保守它的秘密,这不是白日做梦吗?美利坚合众国在长达两个半世纪中一直是地球的核心,多少美国政治家在世界舞台上叱咤风云。谁能想到他们的后代这样低能?"

戴维斯·布朗冷冷地说:"柯尔先生,恐怕没有时间聆听你的责备了。言归正传吧。"

"我们能有多大的回旋余地?我们能做的是:第一,在我们捉襟见肘的财政中尽量收拢一笔款子以应付恐怖分子的讹诈;第二,命令防御系统全面启动,一旦他们的条件太苛刻——这是很有可能的——就拦截这艘飞船,不让它进入能准确投弹的近地空间。那时,同样受到威胁的各国政府就不会隔岸观火了,他们会和我们同心协力地对付恐怖分子。"

戴维斯·布朗皱着眉头说:"那首先会使我们成为众矢之的。"

柯尔阴笑道:"那并不一定是坏事。这桩秘密肯定已经包不住了,既然如此,我倒是很高兴衰老的山姆大叔能再当一次世界舞台的主角,哪怕这次是扮演一个反派角色。"

戴维斯·布朗先生对众人扫视一番,说:"如果没有不同意见,我们就对此表决吧。"

七个人依次敲响面前的小木槌表示赞同,执行主席说:

"全体通过,我们可以把这件事通报给那位年轻人了。"

他是指惠特姆总统,他今年34岁,是美国历史上最年轻的总统。

盖茨挥动着激光手枪,笑嘻嘻地继续说下去:

"还有一个秘密呢,你们的飞船上已经安装了一枚威力很大的爆炸装置,与投料机构连动,一旦投料机构动作,两小时后,也就是返回途中,飞船会在一声爆响中化为绚丽的礼花。是我把投料系统的电源断开了,所以,你们该对我感恩戴德才对。鲁克船长,你要是不相信,我可以领你去看看现场。"

鲁克咬着牙说:"不必,我信,我在娘胎里就知道那帮婊子养的是什么东西。"

盖茨笑道:"很好,到现在为止,我想我们已经有了进行合作的坚实基础。鲁克船长,不要卸下这些宝贵的货物,我们返回地球并悬停在美国上空,然后向那些美国佬敲一大笔钱,敲它一百亿。如果他们舍不得,我们就把这些爆竹一颗颗投下去。啪!华盛顿。啪!纽约。他们一定会屈服的。等钱到手,我们的组织会照付你的运费,另外每人付500万美元,船长加倍,怎么样?"

鲁克看看他的船员,他们都已从最初的震惊中苏醒过来,盖茨提出的优厚条件使他们眼睛发光,有一种跃跃欲试的劲头儿。只有鲁冰似乎没有听懂这些话，她死死地瞪着盖茨，像一只凶恶的母猫。鲁克阴笑道：

"似乎盖茨先生也是一个美国佬？"

盖茨一挥手："正是这个国家教会我，金钱比一切都重要。"

鲁克冷笑道："盖茨先生既然能狠下心向自己的祖国投核弹，会对我们讲信用吗？会不会事情干成之后，对我们也啪啪一通呢。"

盖茨看看其他船员，他们的眼中闪着疑虑的光。他忙笑道：

"我可以拿我同你妹妹的爱情发誓，鲁克船长，我真的十分喜爱冰儿。拿到这笔钱后，我会让她过上公主般的生活。"

大家都向鲁冰望去，她惨然一笑，慢慢向盖茨移过去，她的目光蒙眬，像在梦游中。

"盖茨，你真的爱我？"

"当然，但是这会儿你不要过来。"

"你真的爱我，不是利用我，不是拿我当工具？"

"我可以发誓！但你快停住，你再过来我就开枪了！"

鲁冰忽然双脚一蹬舱壁，不顾一切地扑过去。盖茨稍一犹豫，她已经抱住他的胳臂猛咬，盖茨疼得大叫一声，揪住她的头发猛地一拽，把她的脸向后扳去，她的凶恶表情使盖茨暗暗吃惊，他不得不用手枪在她头上敲了一记。鲁冰惨叫一声，脑袋无力地垂到胸前。

在盖茨扬起手枪时，鲁克已经暴怒地冲了过去，一拳把他的手枪打飞。几个船员也同时扑上来，一场混战之后，他们把盖茨紧紧捆起来。鲁克把妹妹抱在怀里，她面色苍白，飘曳的黑发下渗出血迹。她在鲁克的呼唤中悠悠醒来，两颗豆大的泪珠从眼角溢出，悬荡在空中。老拉里匆匆拿来急救箱要为她包扎，但鲁冰凶狠地推开哥哥，从布莱克手中夺过激光手枪，对准了盖茨。盖茨急急地叫道：

"冰儿不要冲动！我刚才打你实在是迫不得已！鲁克船长，快拉住令妹，你一定要好好考虑我的建议，那对双方都有利。难道你们愿意把到手的几千万美元扔掉吗？喂，你们几个愿意吗？"

他对看押他的船员们喊道："你们愿意吗？你们愿意吗？"船员们默不作

声，但他们的表情分明已经动心了。鲁克看看大家，默默地拉住鲁冰，劈手夺过手枪，然后沉着脸走向驾驶位置：

"准备返航。"

盖茨喜出望外地喊道："这就对了！亲爱的鲁克，咱们联起手敲敲山姆大叔的肥脑袋！喂，你们可以松手了吧，班克斯，你的手掌就像鬣狗的牙床，把我的胳臂都夹断了！"

几个船员询问地望望鲁克，鲁克头也不回地命令：

"放了他。"

盖茨做梦也想不到局势会突然转变，他很为自己的辩才自矜。他想起了鲁冰，走过去拍拍鲁冰的面颊：

"冰儿，我的小鸽子，你怎么会突然变成一头母狼了呢？请你原谅我，我刚才那一下实在是迫不得已。"

鲁冰仇恨地瞪着他，扬手一个脆亮的耳光！

盖茨耸耸肩，离开鲁冰向驾驶舱飘过去，笑嘻嘻地挤在鲁克旁边。飞船重新点火，几个小时过去了，飞船同地球的距离已缩短到十几万千米。这时传来地面的呼唤：

"星球动物园号，鲁克船长，现在美国总统要同你通话，请注意！"

"美国总统？我真的能有这个荣幸？"

"鲁克先生，我是美国总统惠特姆。根据可靠情报，有一名恐怖分子盖茨已经登上了你们的飞船，现在情况如何？"

鲁克平静地说："噢，小事一桩，我们已经及时发现，并把他击毙了。"

短时间的停顿，这不仅是 30 万千米造成的信号延迟，鲁克能从话筒中感觉到总统的惊喜。

"仁慈的上帝！"总统低声喊道，"这真是个意外的好消息。谢谢你，美国谢谢你。"

鲁克真诚地惊奇着："你们太客气了，竟然劳驾总统本人向我致谢。我既然拿了你们的钱，自然有义务把这批核废料运到拉格朗日墓场。总统先生，还有什么事吗？如果没有，我就要启动投料装置了。"

盖茨兴高采烈地拍拍鲁克的肩膀，他很佩服鲁克能这么平静地向总统射出恶意之箭。地面上显然有片刻的犹豫，接着总统喊道：

"鲁克先生，不要投放！请立即返回。"

"为什么？总统先生，这不是开玩笑吧。"

"不，请立即返回。回来后我们会告诉你返航的原因。请放心，原定的费用我们仍然照付。"

鲁克狞恶地大笑起来：

"总统先生，为什么不在这儿说呢？害羞吗？还是让我来说出真相吧。你们让星球动物园号运送的核废料实际是1250颗核弹，足以把30亿人投入地狱之火的核弹。你们还在投放机构里安置了延迟爆炸的炸弹，准备让几个辛辛苦苦的送货人在回程中送命。你们这些狼心狗肺的畜生！"

他的怒气缓慢地却不可抑制地膨胀着，就像在地下潜行了300年的岩浆一朝迸发。在他向几十万千米之下的美国总统泼洒着仇恨和愤怒之雨时，他觉得自己受苦受难的先辈在天上默默地看着他：

"你们这些道貌岸然的白人畜生！你们用火枪屠杀印第安人，夺去他们的家园；你们把赤身裸体的男女黑人展示在看台上，像牲口一样拍卖；你们屠杀澳洲土著人、玛雅人、中国人、印度人；你们用肮脏的鸦片榨干中国人的血汗。你们干尽了天下最卑鄙的勾当。等你们有了钱，可以洗净血迹戴上白手套时，你们就人模狗样地谈论民主、自由、人权和公理。现在你们还有什么可说的？在全世界都销毁了核武器之后，你们还暗藏着这么多的核弹，是不是准备在自由女神像前来一场喜庆焰火？"

他嘎嘎地笑起来，然后刻毒地说："这点小事就让我代劳吧。我们正在返航，我们会把鲁斯式飞船悬停在美利坚上空，到华盛顿，啪，一颗；到纽约，啪，一颗。那将是世界上最绚丽的礼花。哈哈哈！"

柯瑞·瑞德先生半夜被急骤的电话铃声惊醒。他从情人颈项下抽出手臂，不情愿地拿起话筒：

"柯瑞·瑞德。请问是哪一位？"

电话中是一个年轻人的声音：

"瑞德先生，你是《每日镜报》的主编吗？我是从电话号码簿中查到的。"

瑞德的职业本能马上惊醒，他预感到年轻人要提供什么重要消息。他答道："对，你有什么事吗？"

"我是一个业余无线电爱好者，今天无意中收听到一段奇怪的对话。信号是加密的，但正好我是一个破译密码的小天才。"他得意地笑起来，然后，这个叫作马可尼的年轻人详细叙述了美国总统和星球动物园号飞船的通话。"你有什么感想？我已经给《每日电讯报》的主编打过电话，他大概认为我还没有睡醒。你相信吗？"

瑞德的情人抬起头，睡意蒙眬地问：

"亲爱的，什么事啊？"

瑞德向她摇摇手，年轻人的话虽然像是天方夜谭，但他的直觉告诉他，正因为它是如此荒诞，反倒很可能是真实的，他按下录音键：

"喂，马可尼先生，我相信你，请再说一遍，要尽量详细和准确。"

几分钟后，《每日镜报》在电讯网络中向几百万订户送去了快讯：

"1000多亿吨当量级的核弹正在我们头上游弋。"

"……科学技术的发展使人类的生存变得如此脆弱，今天又有了一个鲜明的例证：地球的存亡竟然依赖于一个中国人的一念之仁。让我们祈祷上帝唤醒他的良知，尽管我们怀疑上帝的法力对这些从不信奉上帝的中国人是否有效。"

38万千米之外停顿了片刻，才传来惠特姆总统的呼喊：

"鲁克先生，不要冲动，千万不要冲动！"他诚恳地说，"鲁克先生，很可惜你的私人飞船上没有设传真装置，使我们不能面对面谈心。但我面前有你的全部资料，有你的音容笑貌。我觉得我已经很了解你了。我知道你的话只是一时的愤激之言，我不相信一生耿直仁爱的鲁克会把千万人推入地狱之火中，你会吗，鲁克先生？"

鲁克恶狠狠地说："我会的！"但他在心底承认，这个狡猾的美国佬准确地击中了他的弱点。

"鲁克先生，我知道对付你的最佳策略，是开诚布公的谈话。也许下面我说的你不会相信，"他苦笑道，"身为美国总统，这一切我是不久前才知道的。不不，我并不是推卸责任，既然坐上这个位子，那么这个国家的一切荣耀和罪恶都和我密不可分，我袒露这一点同时也袒露了一个总统的无能，我只是想以此证明我的诚意。我想还有一件小事能证明这一点：当你说恐怖分子已被击毙时，我并未让你启动投放机构——其实那是一个最好的办法，所有令人脸红的秘密会在一刹那间化为灰烬，世界舆论会顺理成章地把爆炸归罪于恐怖组织。但我阻止了你们，我不想你们送死。我没说错吧。"

鲁克讥讽地说："对，你似乎对另外一种选择也有片刻犹豫。"

他似乎在电波中也能感受到总统的脸红："对，这正是一位顾问的建议，很庆幸我没有采纳。鲁先生，我们的年龄相差无几，我是美国历史上最年轻的总统。因此，我不想继承先辈的罪恶，希望你也不要继承先辈的仇恨。这两者都不是好的遗产。鲁克朋友，你能听进去我的话吗？"

鲁克在送话器外恶狠狠地骂了一句："这只狡猾的狐狸。"但他不得不承认这个美国佬已经占了上风，这完全是基于那个人的真诚。盖茨着急地低声说：

"不要听他的鬼话！"

鲁克怒喝道："用不着你插嘴！"

惠特姆说："鲁先生，让我们冷静下来，心平气和地处理这件事，怎么样？你有什么条件请提出来，我们将尽量满足。"

鲁克犹豫着，看着他的船员。班克斯目光阴沉，小兔子也是满脸的不情愿。他们不愿放弃盖茨许诺的500万美元，这样的机会一生中不会有第二次了，而且，毕竟是那些人先对他们做下卑鄙的事。盖茨迷惑地盯着鲁克，他拿不准这个外表粗野的船长会做出什么决定。鲁冰孤独地缩在角落，当鲁克的目光与她相遇时，她的怨毒使鲁克几乎打一个寒战。老拉里忧郁地看着鲁氏兄妹。飞船离地球仍有二十几万千米，但是，即使用肉眼，也已经可以看清那个蓝色的星球。这会儿地球上大部分地区是晴天，裹着淡薄的云层。透过云眼，可以看到蔚蓝色的海洋。与十几年前相比，海洋已经大大地扩展了，这使地球更加漂亮，宛若一只璀璨的蓝宝石。不过鲁克知道这种漂亮的代价太大了。地球，人类的诺亚方舟，真的会逐渐衰老甚至死亡吗？……鲁克收回目光，厉声说：

"好，第一个条件，把这桩阴谋的主使人送上法庭。"

惠特姆略为停顿，苦笑道："很遗憾，鲁克先生，我恐怕没有能力做到这一点。我也不想这样做，美利坚合众国已是千疮百孔了，我不想再毁掉它最后的自尊。但我可以允诺，我将尽我的力量使那几位老人退出政治舞台。我希望能得到鲁克先生的谅解。"

不知为什么，鲁克对这个从未晤面的美国佬已经有了好感，他没有坚持：

"第二点，除了运费外，飞船上的所有人加上我的律师平托先生一共七个人，每人付100万美元作为这次涉身危险的补偿。"

惠特姆似乎没有料到他的要求会这样低，立即应允：

"好，我完全答应。"

盖茨在身后气急败坏地喊起来：

"鲁克先生，这太便宜他了！"

惠特姆总统听到了飞船上的争吵，他严厉地说："盖茨先生，你该幡然悔悟了！你不要做历史的罪人！鉴于你没有什么前科，如果你立即回头，我会吁请最高法院宽恕你的罪行。"

鲁克干脆地说："好，我们成交。我现在就返回拉格朗日墓场，卸下这些货物，爆炸装置我们自己去排除。"

惠特姆沉重地说："一千亿吨当量的核弹放在离地球这么近的地方不是好办法，它将成为高悬于头顶的达摩克利斯之剑。一旦某个小行星的撞击引爆了它，会给地球带来巨大的灾难。不过，你先卸在那儿吧，只有日后再想办法处理了。谢谢你，我的朋友。"

鲁克关闭了送话器。他的满腔怒火这么轻易地就被那个美国佬平息，他觉得自己似乎扮演了一个轻信的傻瓜。盖茨慌乱地说：

"鲁克先生，你这是判了我死刑，我的组织决不会放过我的！"

鲁克冷笑道："你以为你的死活我会关心吗？如果不是怕脏了我的飞船，我会亲手掐死你的！"

盖茨对着他的背影喊道："他们也不会放过你的，还有鲁冰！"

鲁克的神经抖颤一下，但没有理他，他向自己的船员下命令："准备返回拉格朗日点。班克斯，你和盖茨去检查投放机构，排除爆炸装置，你要看紧那个混蛋。"他看看懒洋洋的船员，叹口气道："伙计们，不要太贪心。说到底，我们真能狠心投下炸弹吗？小兔子，你能狠心把核弹投到千万人头上吗？那儿有白人，也有和你一样的黑人，他们都是无辜的。"

布莱克做了个鬼脸，拍拍班克斯的肩膀："鬣狗班克斯，走吧，100万已经不少了，只要你不把它花在赌场和妓院里——要是那样，500万照样不够。走，干活去。"

老拉里笑哈哈地说："说得对。走吧。"

船员们开始准备返航。盖茨耸耸肩，不得不承认了现实。他倒是能随遇而安，至于组织的惩罚，毕竟是几十万千米以外的事。他看见角落里的鲁冰，便凑过去：

"冰儿，不要怪我，我是真心爱你的。没错，我接近你本来是为了接近你的哥哥，但我从看见你的第一眼起，我就真的被你迷住了。我打算拿到那笔钱后就同你结婚。你要相信我。"

鲁冰冷冷地横他一眼，甚至不屑于再骂他。鲁克厉声骂道："给我滚！"他怜惜地看着妹妹，她的表情苦重而迷茫。他想这些年来，妹妹实际上一直生活在幻梦中，折磨着别人更折磨着自己。"妹妹，你已经长大了，不要胡闹了。你这次的率性胡为几乎毁了爸爸的飞船。听哥哥的话，回头去找姚云其吧，那个男人是真心爱你的。"

这阵子鲁冰一直在沉默地积聚着仇恨和愤怒。她并不关心世界是否会陷入一场核浩劫，她只知道自己失了面子，她心目中的白马王子，那个拜倒在她的美貌下的男人，原来只是把她当作一个工具。鲁克的劝说点燃了一根导火索，她忽然歇斯底里地叫道：

"鲁克，你有什么资格来管我！我和哪个男人睡觉用得着你操心吗？"她歹毒地冷笑着,她的眼睛像黑暗里的狸猫一样发着绿光。"你为什么偏偏是我的哥哥呢,要不我倒想嫁给你,我发觉你总是像恋人那样深情地看着我。"

鲁克立刻满脸涨红!他苦涩地转过身去。鲁冰看着这个被打败的雄性,快意地咯咯笑着。

"冰儿,不要胡说八道!"老拉里喊,他又是愤怒又是伤心。鲁冰皱着眉头嘲弄地说:

"拉里大叔有什么教诲吗?我知道大叔一向喜欢侄儿,讨厌这个胡作非为的侄女。"

拉里伤心地盯着她。他看看鲁克正在忙碌的背影,压低声音说:

"冰儿,我想有些话也该向你说了。你不是一直想知道父母横死的详情吗?跟我到生活舱去,我告诉你。"

鲁冰身上一震。拉里冷淡地转身走了,鲁冰稍稍犹豫一下,顺从地跟在后边。她的全身血液猛往头上冲,超负荷的心脏吱吱嘎嘎地响着。

"20年前,航天运输业中有一个私人经营者,他的事业很成功。夫妻两人,一个女儿。自然他们对独生女儿十分宠爱。"拉里苦笑道,"正是这种宠爱害了女儿和他们自己。这个女孩儿从小娇纵任性,性格乖张。一次小公主生病了,却蛮横地拒绝吃药。保姆只好喊来妈妈。妈妈不厌其烦地劝说哀求,女儿一怒之下,夺过勺子挥舞着,不料失手扎进妈妈的左眼中!佣人们赶紧喊来私人医生,又把她送进医院。闯下这场大祸后,那女孩子才知道害怕,全身发抖地缩在角落里。冰儿,这些情况你还记得吗?"

老拉里残忍地拉开了一道帷幕,使鲁冰真切地回想起那个血淋淋的场景。那正是她强迫自己忘掉的,每当回忆到这儿,她的意识便尖叫着四散逃走。她常常在下意识中把罪责推给别人——比如鲁克。这会儿,鲁冰突然抱着头,一声一声地尖叫着。拉里看看她,毫不留情地说下去:

"父亲从太空返回后才知道这件事,他狂怒地驾车从航天机场直奔医院。他的狂怒导致了一场车祸,在高速公路上,十几辆汽车撞在一起,起火爆炸。等我们赶到时,只看到他烧焦了的尸体。

生命之歌

"那个女孩儿虽然十分冷血，但接二连三的惨祸终于使她崩溃，从此她完全失忆了，她的自卫本能迫使她把这些记忆关到铁门之外。病中的妈妈没能承受住这些打击，几天后就去世了。

"老鲁船长手下有一个小伙子，忠心耿耿，为人坦诚爽直，船长夫妇很宠爱他。再加上两人同姓，所以我们常戏称他是船长的干儿子。鲁夫人去世前正式认他作义子，把家产留给他和女儿，又拉着你的手放到他的手里，嘱托他好好照料妹妹。冰儿，这些年你哥哥没有辜负你妈妈的嘱咐，他一直对你关心备至，对你的胡作非为默默忍受，挤出钱财供你大手大脚地花销。他总说你是病人，不愿因某些不愉快刺激引发你的病。这些苦心你能体会到吗？"

老拉里痛心地继续说下去：

"你知道你刚才的话是怎样刺伤你哥哥吗？告诉你，在鲁克还是飞船指令员的时候，他就爱上你了，但那时身份悬殊，他只能藏在心里。后来，命运又使他成了你哥哥，他只好努力用兄长之情压制住恋情。我们冷眼看着，觉得他真可怜哪，他在两种感情中苦苦挣扎。后来我和平托先生劝他干脆向你说明真情，然后向你求婚。但他怕勾起你对过去的回忆，坚决不允许。可他直到35岁也不结婚，实际上他还是盼着你能痊愈。冰儿，我说的你相信吗？"

鲁冰心中战栗不已，这些话她当然相信，实际上，她的失忆是靠家人的隐瞒和她自己的自我欺骗才勉强维持的，只要有人稍微划破一点窗纸，那可怕的过去就豁然显现了。但她随即回忆起一个梦魇，一个折磨她多年的梦魇。她常常回忆起自己赤身裸体，被鲁克紧紧抱在怀里，他的目光中有关切，也有羞愧和欲火。这些回忆缥缈不定，却顽固地一再出现，使她坚信这不是空穴来风，她甚至怀疑那个男人已经占有了她的身体。所以，这些年来，当她看到那位"兄长"问寒问暖时，她就从心里作呕。今天她下决心把这事弄清。

"好吧，拉里大叔，你既然向我讲述过去，我倒想知道，我的一个梦魇是否真实。我希望你不要替鲁克隐瞒。"

听完她的叙述，拉里痛心地喊：

"冰儿，你呀！……你的梦境确实是真的。这些年来，也许是良心上负担过重，你常常犯病，你哭喊心里像烈火在烤，你会扯掉全身衣服往冰天雪地里跑,常常是鲁克把你拦住,把你拉回家,给你打上镇静剂。醒来后你会把这些忘得一干二净,你会若无其事地胡闹,而鲁克却咬着牙躲到一边,好多天阴郁不乐。"

他看看失神的鲁冰,又是怜悯,又是嫌恶。他说:

"这些情况你哥哥严禁任何人向你透露,我想,他对你的疼爱恐怕是害了你。今天我把真情告诉你,你好好想想吧。"

他叹息一声,离开生活舱。

鲁冰撕扯着胸前,那种被地狱之火煎烤的幻境又出现了。她早就知道自己的行为使所有人厌恶,包括拉里、平托甚至鲁克,她心酸地想。但是,她一直有强劲的心理支撑。是的,她一直肆意折磨着鲁克,但那仅仅是因为鲁克是一个伪君子,他甚至对自己的妹妹也有非分之想,他和父母的死亡有隐隐约约的关系。而她还一直在替他隐瞒着这些丑恶!

可是现在,一切都倒过来了!只有她,鲁冰,才确确实实是一个灾星,是一个祸害全家的罪人!她眼前血光浮动,她的母亲左眼血迹斑斑,他的父亲遍身血污,都在嫌恶地看着她,谴责她……她的神经终于崩溃,她撕心裂肺地尖叫着,跟跟跄跄向生活舱外划过去。

鲁克问班克斯:"一切都准备好了吗?"

"好了,"盖茨笑嘻嘻地抢先回答,"是我把爆炸装置排除的,我在登机前专门接受了10天的工兵训练呢。不过,我这是亲手往自己的棺材上又钉了一根钉,我的组织不会饶过我的!"他苦笑着摊开双手。

鲁克没有理他,正要下达投放命令,忽然生活舱内传来连绵不断的尖叫,鲁冰从里面冲出来,她衣襟散乱,酥胸上满是血痕。鲁克吃一惊,急忙迎过去:

"冰儿,这是怎么啦?你这是怎么啦?"

鲁冰咯咯笑道:"拉里人叔已告诉我全部真相,他说你不是我的亲哥哥,他说是我害死了自己的父母。鲁克先生,祝贺你,这十几年你已经修炼成人人景仰的圣人，你的宽厚慈爱正好反衬我的卑劣恶毒。我该怎样忏悔呢？现在，我只有这副躯体还值得一看。尊敬的鲁克先生，你能否赏光收下它呢，你不是暗地喜欢过它吗？"她偎在鲁克怀里，从容地解着衣服，"鲁克先生，收下它吧，这是我唯一能做的忏悔呀。"

鲁克脸色阴沉地把她从怀里推开，他瞪着手足无措的老拉里，厉声道：

"她又犯病了，把她拉到生活舱打一针！"

鲁冰在拉里和小兔子的拉拽下挣扎着，三个人在空中激烈地翻滚。当两人终于把鲁冰拽进生活舱时，鲁冰扭回头咬牙切齿地喊道：

"鲁克你记住，我恨你，我一生一世都恨你！"

驾驶舱忽然静下来，众人都怜悯地看着船长。鲁克锁着双眉，不语不动。他回忆起鲁冰父亲去世前，他就偷偷爱上13岁的早熟的鲁冰，那是一种爱情和友情的奇特的混合。他回忆起鲁冰犯病时的情形，那时他把"妹妹"的裸体抱在怀里，他用了很大的力量才压制住心中的欲念。这常使他有一种负罪感。他觉得，无论他为妹妹做了多少事，都不能补偿万一。现在妹妹咬牙切齿的声音在他耳边回响。他想，这正是自己应该得到的惩罚啊。

拉里他们出来后，都不敢惊扰船长，他们在他的眼睛中看到了一种彻底的幻灭感。盖茨飘过来，同情地拍拍他的肩膀。这个动作使两人又分开一些。鲁克向他点头示意，他觉得这个恐怖分子并不算坏人。他平静地问：

"实话告诉我，你的飞船真的发生故障了吗？"

盖茨笑着摇头，他看看屏幕，那艘小飞船还在一万千米之外孤零零地飘荡着：

"不，当然没有，它尽管破旧，但足以完成这次航行。"

鲁克点点头："好。"

"什么'好'？"

鲁克拍拍盖茨的肩膀，恳切地说："朋友，你不该参加恐怖组织，你不是那类人，刚才在生死关头，你也没有向鲁冰开枪。盖茨，美国政府的赔偿金有你的一份，带上它，准备逃避恐怖组织对你的追杀吧。我希望你不要再找我妹妹,你们的性格不合适。你能答应吗?"

盖茨疑惑地点头答应。鲁克向船员们下达命令:"调整航向,向飞蛾号靠拢。"

班克斯奇怪地问:"靠近它干什么?"

鲁克平淡地说:"不要问,执行命令吧。"

几个小时后,两艘飞船已经并行。鲁克下令把星球动物园号的核废料桶投下去,这个命令很快执行了。鲁克离开驾驶位置,不言不语地穿上太空服,通过减压舱飘飞到太空中,把核废料桶系缆在飞蛾号后边。拉里他们迷惑又担心地注视着他。废料桶系好了,鲁克一言不发地钻进飞蛾号,开始锁闭密封门。拉里在通话器中焦灼地喊:

"鲁克,鲁克,你要干什么?"

没有回音,他一遍一遍地重复喊话,终于话筒上有了窸窣声,鲁克回话了,他的声音有一种超越生死的平静:

"拉里大叔,那个该死的美国总统说得对,核弹存放在拉格朗日坟墓太危险,它会成为一把达摩克利斯之剑。我把它投到太阳熔炉中去吧。"

"什么?"拉里气急败坏地喊,"你要驾驶飞船投向太阳?孩子,千万不要胡来!"

班克斯也急急地挤近话筒,喊道:"船长快回来,你不值得为那个臭女人去死!"

布莱克也带着哭声喊:"回来吧船长!回来吧!"

鲁克爽朗地笑道:"不要拉我的后腿,老猢狲大叔,还有你们几个,我没有发疯,我从来没有这样清醒,我想多少为人类干一点事,也算这一生没有白活。再说,世界上有谁能像我死得这样壮观呢。我马上就要启动飞船了,你们把星球动物园号开回去,大叔,班克斯,布莱克,还有盖茨,代我照顾好鲁冰,向平托大叔和姚云其问好。"

船员们面面相觑,束手无策,盖茨忽然扭头冲进生活舱,打了镇静针的鲁冰还在床上睡着,身上系着固定带。她的眼角附近,有一颗圆圆的泪珠在轻轻飘动。她的脸庞红润,似一只带露的海棠。但这会儿盖茨没有一点怜香惜玉的心情，他用力批着她的两颊：

"醒醒，醒醒！你这个恶毒的女人，你这条毒蛇，你这只澳大利亚毒水母！你哥哥要投入太阳自焚啦！"

鲁冰昏昏沉沉地睁开眼睛，头来回摇晃着，两颊被批得又红又肿。

"醒醒，醒醒，你这只南美箭蛙，非洲毒蜘蛛，你伤透了你哥哥的心，他已经驾着飞船向太阳飞去啦！"

等到清醒过来的鲁冰冲进指挥舱，飞蛾号已经开走了，屏幕上只能看到它的尾喷管和机侧喷管的绚丽火光，几个人在沉痛地呆呆地看着屏幕。鲁冰扑到送话器前嘶声喊：

"哥哥，我是冰儿，请你原谅我，你快回来！"

送话器中传来鲁克爽朗的笑声，十分清晰，就像在耳边：

"冰儿，我没有责怪你，我只是去做一件该做的事。你好好活下去吧，永别了。"

鲁冰双泪长流。只有这时，她才知道鲁克在她心目中是多么宝贵。她悲声道：

"鲁克，回来吧，你知道我在心里实际是多么爱你吗？我要像一个听话的妹妹那样去爱哥哥，我也想像一个忠诚的女人那样去爱丈夫。鲁克，饶恕我，回来吧。"

小飞船上再没有回答，只能听到轻微的无线电背景噪音。很长时间的静默之后，传来鲁克激情的声音：

"多么壮丽的太阳啊。"

BBC抢先播发了一则短讯：

"噩梦已经过去。夸父式的英雄载着1250颗核弹向太阳奔去。人类的理想主义将在一场最为壮烈的天火之葬中升华。50亿地球人都目不转睛地为英雄送行。"

星球动物园号飞船返回地球。在十个小时的回程中，飞船内气氛十分沉重,大家面色阴沉地干着自己的事情,只有一点,那就是每个人都绝不把目光投向鲁冰。鲁冰终于忍受不住这种目光的真空,她惨然一笑,走向减压舱门,她想跳进寒冷的太空去陪伴鲁克哥哥。众人都冷漠地看着她徒劳地企图打开减压舱门,最后拉里烦倦地说:"班克斯,盖茨,把她拉过去,再打一针。"两人表情憎恶地过去,制服了鲁冰的反抗,给她打了大剂量的镇静剂,又踢又咬的鲁冰终于安静下来。

休斯敦美国航天中心不间断地向总统报告飞蛾号的方位。它后面拖着那些硕大的核弹舱,像一只蚂蚁拖着一只多足蜈蚣。飞蛾号就这样从容不迫地向太阳飞去。鲁克也偶然回答地面上的问话,随着距离一天天拉长,通话时的迟滞越来越明显,信号也越来越微弱。两个月之后,也就是飞入水星轨道的前后,信号完全消失。专家们推断,很可能乘员已经在高温下死亡。此后,飞船在太阳重力的作用下,仍然向着太阳飞去。

飞船从此消失在太阳炫目的金黄色背景中。飞蛾号投入太阳熔炉的时间是估算出来的。118天后,天文学家观察到一次日珥爆发。那天夜里他们在仪器中看到朱红色的日珥喷发到百万千米之外,形状变化多端,十分壮观。公众中很多人相信这是一千颗核弹投入太阳后引发的。没有一个天文学家发表否定意见,虽然他们知道一千颗核弹的能量对于太阳来说是太微不足道了。

全世界的电台、电视台、电脑网络同时播放了哀乐。当这条仅为猜测的消息送到惠特姆总统的办公桌上时,他默默地起立致哀。他的智囊柯文尼告诉他,据盖洛普民意测验,他的声望猛增了11个百分点。

"现在,我们可以对那几个老家伙说'不'了。"惠特姆冷冷地说。

最后的爱情

"路透社爱丁堡 3 月 31 日电：据爱丁堡罗斯林研究所透露，自从多莉羊克隆成功的消息公之于世，一个月来，该所已经接待了 500 多名要求克隆自身的申请者。不言自明的是，这些申请者绝大多数为女性，年纪多在 40 岁左右。她们希望用最新的科学手段追回开始残败的韶华。

"维尔穆特重申了他绝不参与克隆人研究的决定，但该所的迈克尔·格林教授——他是该研究小组内仅次于维尔穆特的科学家——声称，克隆人技术已经'无须研究'了。人类和绵羊同样属于哺乳动物，在上帝的解剖学中，两者的生殖方式并没有生物伦理学家所期望的根本性的差异。换言之，克隆人技术已经是一只熟透了的苹果，不可能让它永远吊在空中。既然不可避免，倒不如让严肃的科学家来首先揭开这个魔盒。

"他说，当然他不能一下子复制 500 个人。他已对申请者做了仔细的甄别，选中了一个最漂亮的幸运者，她的名字将在明天的泰晤士报上公布。"

第二天，泰晤士报的销量猛增二十万份，即使没有提出申请的人——大多为女性，她们都注意到了昨天的消息中用的是"她"而不是"他"——也急不可耐地、仔仔细细地翻遍该报的一百多个版面。

失望的读者纷纷打电话质问罗斯林研究所。该所在长达四个小时的沉默后尴尬地承认，格林教授已经不辞而别，于 4 月 1 日凌晨偕同女助手凯蒂·爱特去澳大利亚旅游。至于所谓的幸运者，请读者注意格林教授谈话的公布日期——4 月 1 日，愚人节。发言人承认，这个玩笑未免过头一点，但格林教授与记者的谈话纯粹是私人性质的，与研究所没有关系，而这位教授素来以性格狂放、行事无所顾忌而闻名。

发言人还指出，大部分申请者，尤其是女性申请者并没有真正弄懂克隆技术。即使克隆人能够出现,她也不能帮"原件"追回已逝的青春。因为新个体虽然与供体有相同的容貌和身体,但她完全是一个新人,她并不继承供体的思想和感情,比如说,爱情。

在与记者的谈话中,这名男发言人隐晦地嘲笑了"女人特有的浅薄浮躁、追逐时尚"。这个愚人节的玩笑使申请者们多少有些尴尬,但她们最终都以女性的处事方式一笑了之。

只是在两年后她们才知道,那个天杀的格林教授倒真是同世人开了一个大大的玩笑。这个事件的披露得益于一个细心的堪培拉时报记者伯顿。当时他仔细查阅了3月31日至4月2日所有进入澳大利亚的旅客名单,没有发现格林的名字,他和他的秘书凯蒂从此失踪了!伯顿从爱丁堡的朋友那儿获悉,凯蒂是一个火红色头发的漂亮姑娘,她向自己的导师奉献了火红的才华和火红的爱情。但格林出生在一个虔诚的天主教世家——他本人倒并不笃信上帝——受教规的约束不能同发妻离婚,因此只能同凯蒂保持着秘密的恋情。记者伯顿有猎狗般的嗅觉,立即嗅到这里面一定有精彩的内幕。他对两人穷追不舍,一直到两年后,终于在南太平洋的皮特凯恩岛上找到两人的踪迹。

在两年隐居之后,迈克尔和凯蒂很高兴地接受了伯顿的采访。在该岛一座秘密实验室的试管、质谱仪和分子离心机的背景下,两人喜气洋洋,各自抱着一个刚过周岁的婴儿:小迈克尔或小凯蒂,或者按以后形成的正式命名法,迈克尔2·格林和凯蒂2·爱特。迈克尔·格林是迈克尔2的兄长/父亲,与凯蒂2毫无血缘关系;凯蒂·爱特是凯蒂2的姊姊/母亲,又可以说是迈克尔2的半个母亲,因为是她提供了自己的两个卵子,又用子宫孕育了并非兄妹的这对双胞胎。这里有一点小小的镜像不对称。不过,在伯顿的这篇报道问世时,还没有人认识到这点镜像不对称的含义。

"格林教授无疑是一个勇士,或者是一个狂人。他当然知道,在全球性的对克隆人技术的严厉态度中,他公然违抗科学界的戒律,意味着他将从此被主流社会所抛弃。"伯顿写道,"但他坦言并不后悔。在整个采访过程中,凯蒂说话不多,给笔者印象最深的,是那一双湛蓝如秋水的目光,深情、虔诚、炽烈,始终追随着情人,就像童贞女在仰视着耶稣。我想,为了这样的爱情,无论犯什么样的重罪也是值得的。我真诚地祝愿,这种真挚的爱情在一代代的复制过程中能永远延续下去。"

伯顿极富煽惑力的报道改变了世界,推倒了克隆人的第一块多米诺骨牌,引发此后世界性的克隆狂潮。一些疯狂的富婆竟然克隆成打的新个体,也有不少须眉男子参加到这个行列中来。各国政府被迫迅速制定了新的法律。这些法律不得不承认了克隆人的合法性,但严格限定每人只能克隆一份,违者则将"原件"销毁。

此后幸而未出现科学家们所预料的人口爆炸,因为在克隆人口迅速增加的同时,自然繁殖方式更加迅速地衰亡。还有一点是人们始料未及的,那就是男性克隆人数的变化趋势,在前30年内它还与女性克隆人数保持着同样的上升势头,但30年后就急剧地衰降了。

85年之后。

凯蒂5乘私人飞机越过浩瀚的太平洋,回到皮里凯恩岛的住宅。机器人成吉思汗打开房门,彬彬有礼地问候:

"你好,我的主人,旅途顺利吧。"

"谢谢,旅途很顺利。"

凯蒂5在成吉思汗的帮助下脱掉外衣,踢掉皮鞋,松开发卡,让火红色的长发垂泻而下。然后她坐在拟形沙发中,享受着沙发的按摩。成吉思汗走过来问:

"主人,这会儿你想进餐吗?"

成吉思汗的外貌是男性化的,酷似600年前那位鼻梁扁平的叱咤世界的男性君王。在如今的孤雌社会里,使用拟男性的机器人已是富家时尚,取名也多是恺撒、亚历山大、成吉思汗、拿破仑这类男性君王,算是对当年的大男子主义世界来一点小小的报复,开一个谐而不谑的玩笑。凯蒂5说:

"好,准备晚饭吧,你通知我丈夫一块儿进餐,我已经八个月没见过他的面了。"她严厉地吩咐道,"你对待他的态度要格外恭谨,我不允许自己的仆人如此没教养!"

成吉思汗讪讪地答应了。这个高智能的机器人自发地学会了人类的坏毛病——势利，他对"寄居"在主人家中的迈克尔5，即使算不上是冷颜冷色，也至少是一种极冷淡的礼貌。当然，这是女主人不在场时的情形，迈克尔5从未对此抱怨过半句。直到这次离岛外出前，凯蒂5才无意中发现了成吉思汗的这个毛病。

迈克尔5很快应召来到餐厅，彬彬有礼地向妻子致了问候。凯蒂5笑着吻吻他的额角，请他入席。晚饭时，她一直不动声色地打量着这个男人。虽然已复制5代，这位格林仍然与他的第一代酷似，以至于机器人成吉思汗的分析系统也难以分辨出两人的照片。他长着一头亚麻色的头发，肩膀宽阔，额角突出，下巴线条有如刀刻，目光聪睿而深沉，这正是凯蒂1在日记里多次醉心描述的相貌。但凯蒂5不无懊恼甚至不无惶惑地发现，这个男人已无法激起自己像凯蒂1那样永不枯竭的激情了。也许，与迈克尔1相比，迈克尔5少了一样东西：男人的傲骨。他不再是世界的主人了，他只不过是一个历史的孑遗，是在孤雌社会中苟延残喘的一只雄蜂。

凯蒂5常自嘲自己是一个无可救药的守旧派，在孤雌主义的声浪中，她一直牢牢记着高祖母的教诲："爱你的格林，为他复制后代，世世代代永远不变。"她也一直虔诚地履行着自己的承诺。晚饭中她亲热地问迈克尔5：

"亲爱的，我们都已经30岁了，你是否愿意在今年克隆后代？我希望仍遵从几代的惯例，让迈克尔6和凯蒂6一块儿孕育，同时出生。"

迈克尔5考虑一会儿，客气地说："谢谢，谢谢你的慷慨。如果你不反对的话，我想再推迟两年，不过，不要为我打乱你的安排，你可以让凯蒂6先出生。"

凯蒂5笑了："不，我还是等着你，我不想破坏四代人的规矩。"她看见机器人不在身边，便挑逗地笑道："也许咱们可以先复习一下自然繁殖方式？迈克尔，我已经很久没有与你同床了，今晚我热切地想要你。"

迈克尔5抬起头看看她，停了片刻认真地说："不，今天你旅途劳累，以后吧。"

凯蒂5不乐意地嘟起嘴："那好吧，我等你的电话啊。"

迈克尔5用餐巾擦擦嘴，礼貌周到地同凯蒂5告别。他走出餐厅后，凯蒂

5才让怜悯浮现在面庞上。几年来，他们一直一本正经地上演着这幕喜剧，维持着迈克尔5的自尊心。其实两人早就心照不宣：迈克尔5早已不大能履行男人的职责了。所有在孤雌社会中苟活的男人们都有强烈的失落感和自卑感，心理上的阳痿带来了生理上的阳痿。

85年前，那一对幸福的情人在世界上掀起一场轩然大波后，就没有再返回主流社会，在这个世外桃源中度过了后半生。他们一直没能正式结婚，不过这个愿望在其后几代的迈克尔和凯蒂身上实现了。

他们没有料到这条世代相传的爱情之河会逐渐干涸。到了第三代凯蒂时，世界上克隆女性的数量已十分庞大，她们终于发现了这种技术手段的那点镜像不对称：克隆是用人的细胞核置于除核的空卵泡内，它被卵细胞质唤醒，发育成桑葚胚，再植入女人子宫内孕育。因此，克隆繁殖中，不可以没有女人，却可以没有男人。

于是社会天平迅速地倾斜了。这甚至不是母系社会的复辟，而是一个全新的孤雌社会——这个社会在完成最重要的社会功能时不再需要男人。

浴罢上床，凯蒂5照例打开闭路观察器，把画面调到实验室。不出所料，迈克尔5仍在电脑和仪器中狂热地工作着。她不由得佩服几代格林们永不枯竭的探索激情。自己绝对做不这一点，看来，她的高祖母凯蒂1的科学基因一定是在5代的复制中丢失了，或许它本来就不牢固。她不知道这个男人最终能否研究出那玩意儿来，但她总是用母亲般的微笑鼓励他做下去，也用金钱慷慨地资助他。作为一个挚爱丈夫的妻子，你总得让他在"某一个领域"里有一点自信或希望吧。

她拧亮床头灯，摊开一本凯蒂1的日记。这位高祖母留下了50本装饰精美的日记，从28岁开始，一直写到78岁去世。日记里细细密密地记下了她对迈克尔1的痴情。恐怕正因为接触到这50本日记，凯蒂5才选择了心理学专业，专攻异性爱情心理，这在当时已是一门属于考古学的学科。

"……今天格林亲自动手，在桉树林中为小迈克尔、小凯蒂安装了一个秋千。映着从树叶中透射的逆光，他强健的胳臂上渗出的汗珠晶莹闪亮，连他的汗毛也清晰可辨。我贪婪地吸吮着男性的磁力，长久地凝视着他，不愿因说话而破坏这份静谧。"

即使在80年后读起来，她仍能体味到凯蒂1心中的激荡，可惜这种体味仅仅是一个抽象思维的过程。因为，当她面对自己身边那个一模一样的男人时，她却很难找到这种感觉！

在另一篇中，凯蒂1写道：

"迈克尔当然清楚，他的行为肯定为社会所不容，他是想以这种近乎自杀的行动表达对我的爱。表达不能同我结婚的歉疚。其实这完全没有必要。我才不在乎什么名分呢，只要能爱他，被他爱，已经足够了。当然，我也不反对他的计划，我愿意把我们的爱一代一代克隆下去，直到地老天荒。

"不过，我的高祖母啊，你恐怕已经失败了，"凯蒂5想，"尽管我已经尽了自己的努力，但我同迈克尔的爱情之河已经没有活水了。"

忽然，她手中的迷你型台灯熄灭了。她合上日记，摸索着打开床头灯，床头灯也没有亮。她向窗外瞄了一眼，意识到这是全岛范围内的停电，夜空中那辉煌的灯光，尤其是似乎永不熄灭的霓虹灯光和云层中的激光全息广告突然消失了。只余下天边一轮圆月，清冷忧郁，俯照着回归蛮荒的世界。

凯蒂5抱臂立在窗前，沉入遐想，这返璞归真的景色勾起了她古老的思绪。她想起，凯蒂1曾在日记中记述，她与迈克尔1的私情是在一次停电中被触发的，那天实验室中只余下他们两人，正在不同的房间里操作。在突然停电造成的绝对黑暗中，她惊慌地喊着，摸着墙壁寻找迈克尔1。迈克尔1也循着她的喊声摸过来。两人走近了，忽然身边发出一声巨响，凯蒂1惊叫一声，顺理成章地扑进那个男人的怀抱。黑暗中看到发出响声处有一双绿荧荧的眼睛，原来是实验室豢养的一只猊。两人都放声大笑起来。

"现在，连我自己也不清楚，当时我的惊慌有几分是真实的。"凯蒂1在日记中自嘲道，"软弱和胆怯是上帝赐给女人的强大武器，也许我只是本能地使用了它。"

海面上黑黝黝的，偶尔闪现一片粼光，造型独特的蘑菇形礁石屹然不动，像贴在银色月光上的黑色剪影。在这古朴的静谧中，凯蒂5似乎听见了体内血液的澎湃声。正是月球在人体内引起的潮汐力，周而复始，形成了女人的月经周期包括性欲周期。不过，随着时光漫漶，这种人类与大自然的天然联系已经衰减为弱不可闻的回声了。

凯蒂5忽然来了兴致，她想去找迈克尔5，共同度过一个返璞归真的夜晚。她在床头柜中摸到高性能袖珍手电筒，兴致勃勃地朝实验室走去。

迈克尔5正在实验室里做那个重要实验，突然停电了，他敏捷有序地做了善后工作，便独坐在黑暗中。

他多少有些懊恼，倒不是这次停电所造成的细胞核死亡。从迈克尔1开始到现在，他们已失败上千次了，对失败已经有了足够的免疫力。不过这次与往常不同，他已预感到成功，所以这次的意外未免令人惋惜。他只有重起炉灶，用一两个月的准备时间，再试一次。

他听到凯蒂5的喊声，看到一团小小的青白色光柱引着她走过来，凯蒂5喊道：

"迈克尔，你干吗一个人坐在这儿？"

迈克尔5笑着迎上去，吻吻她的面颊："实验被中断了，我刚刚整理好仪器。"

周围的分子离心机、质谱仪及电脑屏幕在黑暗中映射着月光。迈克尔5的面庞在黑暗中凹凸分明，只是更显苍白。凯蒂5突然冲动地说：

"迈克尔，你总不能一辈子躲藏在实验室里呀。"

"不，我不该说这些话，"凯蒂5想，"我应该像凯蒂1那样弱小无助，因惧怕黑暗而来寻找男人的庇护。可是，现在我说话的口气却像他的母亲！"她藏起这些思绪，快活地说：

"停电了，你什么也干不成了，今晚痛痛快快地玩个通宵，好吗？"

迈克尔笑着答应了，两人靠手电筒的指引打开车库门，开出那辆白色的凯迪拉克轿车。雪亮的灯光劈开黑暗，他们沿着滨海大道开到一块海岬停下，熄了大灯。

但此后并未出现凯蒂5所希冀的情形。迈克尔5的拥抱多少有些被动，在回应凯蒂5的热吻时，他也带着几分拘谨。凯蒂5最终放弃了努力，叹口气，仰靠在座椅上，盯着天空的矩尺星座和望远镜星座。南天星座多是工业革命时命名的，因而缺少北天星座的神秘和美丽，缺少爱情、争斗和生死悲欢。也许这正是一种哲思，预兆着人性将随着科学发展而日益淡漠？

沉思良久，她皱着眉头沉闷地说：

"迈克尔，我是一个守旧的女人，我仍相信诗人歌颂了千万年的男女之爱，不愿卷入孤雌主义的喧嚣中去。但是，只有我一个人的努力不行。如果你还希望维持我们之间的爱情，首先得扔掉你那些令人憎厌的玩意儿，那些他妈的自卑感或者说是病态的自尊心。"

迈克尔5很久没有回答，两人之中弥漫着令人难堪的沉默。忽然全岛变得灯火通明，一个霓虹闪烁的酒吧近在咫尺，就像突然从地下冒出来一样。随着灯光复明，酒吧内传出一片欢呼声。迈克尔5松一口气，说：

"是红帽子酒吧！我已经很长时间没有来过了，咱们进去吧。"

凯蒂5知道他是在躲避回答，但她点头同意了，这倒不失为躲避尴尬的办法。她把汽车开进停车场，走过去打开车门，请丈夫下车。在入席时她也没有忘记为丈夫拉开椅子。迈克尔5顺从地承受这些孤雌社会的新时尚，即使内心有什么反抗，他也没有表现出来。

酒吧里大多为女性。按最新统计资料，人类中女性数量已超过男性三倍，在这个酒吧中的比例也是如此。酒吧正中的一个高台上，一个身着肉色紧身衣、近乎赤裸的男人正在猛烈地扭动身子，以种种性感的动作取悦女观众。他的眉影描得很重，抹着口红，手指甲和脚指甲上都涂着鲜艳的蔻丹。十分钟后，一个40岁左右的女主持人向他打个响榧，表演者立即停下来，退入后台。女士宣布：

"现在继续进行因停电被中断的讨论，题目是：你对孤雌社会的展望。请来宾自由发言。"

凯蒂5看看丈夫，暗暗苦笑。他们贸然闯入一个政治性的民间论坛，想躲避尴尬却陷入另一场尴尬。这个题目对迈克尔5来说肯定不会悦耳，但退席已经为时过晚。一个头发花白的男子走上去接过话筒，凯蒂5和用胳臂碰碰丈夫，他们都认出这人是迈克尔5在读博士时的导师萨姆逊先生。这位导师年轻时智力超绝，目光敏锐，很受学生爱戴，但他在壮年突然退隐，既没有结婚，也没有克隆后代。

萨姆逊扫视着酒吧内为数寥寥的男性，他的目光与迈克尔5相撞后，激起一簇悲凉的火花。他向凯蒂5点点头，面无表情地说：

"生物的性别分化是在四亿年前开始的，从此两性繁衍的生物飞速发展，逐渐取代了无性生物，这是因为异性交配所产生的后代更易于变异，更易于适应变化的世界。所以说，所有生物包括人类的性爱，尽管被蒙上了种种神秘的艳丽的外衣，但追根溯源，它们只是为了一个简单的功利目的：延续种族。"他苦笑道，"这种繁殖方式十分有效，它导致了万物之灵——人类的诞生，人类的飞速发展甚至否定了两性繁殖方式本身。自从那个天杀的格林教授克隆了人，人类已经逐渐淘汰了两性繁殖方式，人类社会不再需要性爱，也不再需要男人。因为从本质上说来，生物界的雄性是寄生于雌性的，蚜虫可以一连数年孤雌繁殖，蚂蚁、蜜蜂等社会性昆虫基本上是孤雌社会，为数寥寥的雄蜂是雌性蜂王用孤雌方式繁殖的，而且雄蜂交配后就被蜂群所抛弃。甚至某些哺乳动物比如山羊也能用'水压窝'的孤雌繁殖方式。现在，轮到人类了。"他突然提高了嗓音，"男人们留在这个世界上还有什么用处？男人们在体力上、智力上的优势已经有机器人做替代；男人要乞求妇人的怜悯来繁衍自身。所以，让男人在这个世界上消亡吧，至少我本人决不会乞求女人的卵子。"

他说完后没有片刻停留，到衣帽钩上取下衣帽扬长而去。这种近乎悲壮的告别使全场静默片刻，随后一位不修边幅的女士走上去：

"向这位勇敢的男人致敬，他说出了许多女人想说而未说的话。大家都知道，近年来在女性阶层中有一个悄悄的运动：拒绝施舍卵子和子宫。不少知识女性认为这是典型的'女人式'的狭隘、轻浮和暴发户心态。我想今天该为此正名了。因为——我绝不是对男人抱有敌意——对人类繁衍毫无用处的雄性迟早是要被淘汰的，这是上帝的法则，是无法违抗的。"

凯蒂5怜悯地看看丈夫，真后悔走进这间酒吧。迈克尔5脸色冷漠，但她分明看出他的内心激荡。女主持人扫视一周，认出凯蒂5，含笑说：

"凯蒂女士，你是世界上第一个克隆人的传代者，你对此有什么意见？"

凯蒂5站起来断然道："我认为今天的某些发言是不适宜的，我想大家都承认，90年前克隆技术得以实现，主要是依靠男人的智力。当年他们没有拒绝向女人施舍智力，那么，今天那些拒绝施舍卵子的女士们是否太健忘？是否太势利？至于我，将终生笃守我对迈克尔的爱情，为他克隆后代，并让我的传代者也这样做。"

她的言辞十分激烈，这点连她自己也没有料到。她扫视四周，看到的是冷漠和不友好的目光。她索性再说下去：

"其实我的动机并不那么罗曼蒂克，并不那么高尚。我只是担心，某一天女人们仍需要男人的智力和体力来应付历史难题，需要异性的DNA来改善人类素质。所以，请那些拒绝施舍卵子和子宫的女士们慎重考虑一下，在我个人看来，"她停顿片刻，加重语气说，"这种态度确实是典型的女人式的浅薄和暴发户心态。"

大厅里气氛很冷淡，老练的女主持人平和地微笑道："谢谢你的发言。格林先生，你是否也愿意发言？"

迈克尔5没有起身，只摇摇头表示拒绝，他的全身裹着一层冷漠。在下一个女发言人走进场里时，凯蒂5拉着丈夫走出酒吧。汽车把酒吧的辉煌留在身后，沿着海边开回去。很久凯蒂5才侧脸道："别为那些混账话生气，格林，我们将永远相爱。"

迈克尔5极其冷静地说："不，那不是混账话，是残酷的真理。失去终极目的的爱情是不会长久的，就像一朵鲜花在没有水气的真空里终将枯萎。恕我直言，连你的爱情也只是一种历史的回音，是怜悯和施舍。"他看看凯蒂5，又说，"但我仍真心地感谢你，也许我还需要你为我克隆一代或者两代。在雄性的消亡中，我一定要坚持到最后。"

凯蒂知道他的真情流露实际上已经为他们的爱情判了死刑，但她钦佩这种"死亡前的尊严"。她装出一副愉快的表情说：

"是吗？我一直在期盼着你的决定呢。你说吧，什么时候克隆？"

迈克尔5略微思考，说："再推迟一下，十个月后决定吧，可以吗？"

"你是想……等那个试验结果？"

"对。"

两人心照不宣，不再说话，开车回到寓所。那晚，他们相拥而睡，还有了一次相对满意的做爱。

其后的10个月里，迈克尔5根本不出实验室一步，狂热地工作着。凯蒂5仍像过去一样从不走进实验室，只是通过可视电话同丈夫交谈，也常常派成吉思汗送去一束鲜花或一份中国式的精美晚餐。一直到来年春天的一个夜晚，她接到丈夫的电话：

"凯蒂，愿意来看看我的成果吗？我想它已经成功了。"

在他疲倦的声音里透露出深藏的喜悦。

现在他们并立在玻璃密封柜前，实验室里没有其他人。多少年来，几代格林一直是孤军奋战，只使用几个机器人助手。

凯蒂5凝视着玻璃后面的两间密封室。一间密封室内冰封霜结，放着三个处于冰封状态的卵子，这些几微米的卵子在高倍放大镜下有黄豆大小，安静地守护着生命亿万年的秘密。另一个室内则生机盎然，一个人类子宫在猛烈抽动，恒温设备维持着37℃的温度，人造血管源源不断地供应着养料。时时有一只小手或小脚把子宫壁顶出一个小凸起，偶尔还能听见一声宫啼。

迈克尔5以强烈的"母爱"盯着这一幕，相比之下，凯蒂5却无法克服自己是局外人的感觉，虽然她一直不动声色地资助着、注视着这项研究。她知道这些卵子和子宫都是人造的，是用生物材料仿制的，它们能真实地复现真卵子和真子宫的小环境，使一个细胞核被唤醒，分裂，发育成婴儿。这样，男人就可以不依赖女人，独立完成自己的繁衍了。

凯蒂5已经熟知这项研究的内容，她问："是分娩前的阵痛吗？"

"对。我将采取剖腹产的办法。"他看看凯蒂5，真诚地说，"迈克尔6的诞生有赖于5代凯蒂的资助和默许，从这个意义上说，你仍然是他的母亲，所以我想请你目睹他的出生。"

凯蒂 5 莞尔一笑："谢谢，现在请你做手术吧。"

迈克尔 5 唤来一名机器人做助手，他打开玻璃室的盖子，戴上手术手套，拿起手术刀。手术倒是十分简单，因为不再需要考虑母体的安全，人造子宫又是用过即弃的一次性产品。十分钟后，随着一声响亮的儿啼，一个亚麻色头发的小格林四肢踢蹬着降临人世。迈克尔 5 利索地剪断脐带，把他裹在襁褓中，递给凯蒂 5。

两人头顶着头，端详着那个皱巴巴的小脸，那个嫩生生的小身体，和他胯下的小鸡鸡。初为人父的喜悦强烈地写在迈克尔 5 的脸上。凯蒂 5 当然也很喜悦，很喜爱这个小家伙。但她也清楚地知道，这种感情绝对赶不上那种发自本能的母爱。机器人走过来把婴儿抱走，放在育婴床上，凯蒂 5 同丈夫紧紧握手：

"祝贺你，这是一个伟大的进步，从此男人又可以自主啦！"

迈克尔 5 动情地说："凯蒂，我真不知道该怎样感谢你的支持，也许我能拿爱情做回报。既然男人和女人又站在同一高度，也许男女之间的爱情还会复活。"

凯蒂 5 抑制住激情，低声说："好的，今晚我等你。"

晚饭后，迈克尔 5 又拉着凯蒂 5 来到育婴室，他们趴在床边，兴致勃勃地看着迈克尔 6，看着他皱鼻子咂嘴。又向机器人恺撒详细交代了育儿注意事项，恺撒笑道：

"主人请放心，我的数据库里有全套的育儿大全。"

两人相拥回到卧室。凯蒂 5 先浴罢上床，听着浴室内水声哗哗，迈克尔 5 在水声中哼着一支摇篮曲，发自内心的喜悦随着水声漫溢。凯蒂 5 心中忽然潜涌出一股内疚和自责，她想，自己一直精心地对社会掩盖着丈夫的研究，是不是在意识深处也认为这是对"女人"的犯罪？她明知这次成功将冲击女人的地位，而她们从大男子社会中解放出来仅仅不足百年……

但不管怎样，她履行了对高祖母的承诺，尽力维持着世界上最后一份爱情，尽管这只爱情古瓶已经满身裂缝……她感觉到小腹下升腾起欲火，这是多年未曾有过的，今天一定要同丈夫痛快地宣泄一番。浴室水声停了，但迈克尔5却迟迟没有过来。她披上睡衣下床，在书房里找到丈夫。他仰靠在沙发上，双手枕头，表情阴郁。凯蒂5揽住他，柔声说：

"亲爱的，你怎么啦？为什么不高兴？"

迈克尔5一言不发，拿起遥控器按了一下，液晶屏幕上重播刚才的报道，性感的男播音员节奏很快地说：

"世通社报道：一个机器人研究小组KE-6适才宣布，他们已于11月3日下午4时39分用毫微技术成功地刻印出人类的DNA密码。人类的自然繁衍方式至此已被完全替代。这是一次伟大的科学进展，其意义远远超过克隆人技术。

"KE-6机器人小组还表示，此次研究完全没有人类参与，这在历史上也属首次。实践证明，这样的组织结构有助于彻底抛弃束缚科学的清规戒律。据称，他们下一步将研究没有人体的巨型人脑，其容量将包括100万个标准人脑。还将研究没有性别的中性人，因为性别在人类繁衍中已没有任何意义……"

凯蒂5默默地松开迈克尔5僵硬的身体，蹒跚地走到冰箱前，取出一瓶威士忌，又回到卧室。她从书架上抽出尘封的圣经，翻到《创世纪》，一边大口灌着威士忌，一边浏览着这些铅字：

"耶和华神用地上的尘土造人，将生气吹入他鼻孔里，他就成了有灵的活人，名叫亚当。

"神子用那人身上的肋骨造成一个女人，那人说，这是我骨中的肉，肉中的骨。亚当为他的妻子取名叫夏娃，因她是众生之母。

"蛇引诱女人偷吃善恶树上的果子，女人又叫她丈夫吃了，他们从此有了智慧。"

她把威士忌全部灌进肚里，醉意朦胧地想，她真该去杀死那条该死的蛇。不过，首先偷吃智慧果更像男人的罪恶，他们对智力有天生的爱好和占有欲。那么，在人类的末日审判中，就由他们和那条蛇算账好啦。这段糊糊涂涂的推理竟使她有一种轻松感，于是她扔掉圣经和酒瓶上床，很快入睡。

龙的传说

放暑假了，我从龙口镇中学回到老龙背村。我的家乡是个非常偏远的山村，位于八百里云梦山的主峰潜龙山的半山坡上。这里山高林密，涧深水急，云团经常飘浮在村庄的下边，雾霭笼罩着深涧。老龙背村其实算不上一个村子，几十户人家散布在一条几十里长的山沟里，从沟头到沟尾，得爬一天的山路。不过这都是20世纪的事了。现在，很多新东西也随着21世纪进入了我们的小山村，一条简易公路修到了山脚下，电力线和电话线都架到了村里，村里还装了一口卫星天线，把各个卫视台的节目送到各家各户。我老爹办了一个小小的竹编厂，还买了一台小四轮。不过，因为简易公路只修到山脚下，小四轮要开到家里，还得走一段没路的路面。

爹妈对我的归来自然是非常高兴，连猎犬小花脸也是欣喜若狂，围着我一个劲地摇尾巴撒欢，拽着我的衣服不松口。我一放下书包，爹就说："龙崽，看看爹给你买了一件啥礼物！"我到我的卧室一看，是一台流线型的联想电脑，非常漂亮，我乐坏了，忙打开电脑。在学校里有电脑课，但学校里条件差，只有20多台老掉牙的586，学生们只能轮着上机，实在不过瘾。我查了这台电脑的配置，是奔腾4，内存1G，硬盘80G，比学校的电脑强多了。爸还买了几本学电脑的书，我顾不上和爹妈亲热，一头钻进电脑里。

第二天吃了早饭，我又开始玩电脑。8点多钟时，听见院子里有人在大呼小叫："龙崽，当了大学生把老伙计给忘啦？"是黑蛋和英子。黑蛋仍是大大咧咧的样子，短裤，短袖衬衫，敞着怀，趿拉一双拖鞋。英子仍是文文静静的，穿着裙子。我迎上去笑着说："哪有大学生？初二的中学生。快进来，看看我爹给我买的电脑。"

花脸摇头摆尾把两人迎进门。黑蛋和英子都是我的光屁股伙伴，小学同学，但他俩都没上初中，现在就在我爹办的竹编厂里干活。我给他们演示了电脑操作，打字，编辑，上网，发电子邮件。两人眼红得不行，说不愧是大学生，电脑玩得这么熟。其实我就这么几招，现学现卖，已经卖完了。我又拉出电脑中的画笔功能，在电脑上画了一个大大的黑蛋，注上一行字：我是黑蛋，但我不是坏蛋。

英子捂着嘴笑了，黑蛋乐得咧着嘴。我又画了一个小姑娘，注上"我是英子"；画了一条龙，水平太差，画得倒像蚯蚓，注上"我是龙崽"。黑蛋像被蝎子蛰了一样叫起来：

"差点忘了一件大事，我和英子特意来告诉你！"

英子也使劲点头："对，一件大事，重要消息。"

"什么大事啊？"

"真是大事，这么重要的大事咋会忘记说了呢。你知道不，潜龙山的神龙出世了！"

我不禁失笑："就这么件大事？"

黑蛋说："你先别撇嘴，先别说我是迷信，听我把话说完再下结论行不？"

英子也说："龙崽，这可是真事啊。"

我笑着说："好，那你们就详详细细告诉我吧。"

黑蛋清清喉咙："这事说起来话长，你当然知道黑龙潭的传说……"

我知道潜龙山和黑龙潭的传说。家乡有个独特的现象，就是这里的地名和龙有关系的太多：潜龙山，黑龙潭，老龙背，龙磨腰，回龙沟，龙吸水……传说黄帝大战蚩尤时，曾请一条神通广大的应龙来助阵。应龙在天上嘎嘎怪叫，杀死一个个铜头铁臂的蚩尤族人。黄帝战胜了，但应龙却沾染了邪气，不能再上天，只好隐于云梦之泽。不过这是书上的传说，按我们这儿的说法，应龙的籍贯是我们潜龙山黑龙潭。黑龙潭在后山，一条长年不断的瀑布挂在潭上，恰似巨龙吸水；潭里的水黑绿黑绿，深不可测。至少我们在黑龙潭潜水时从来没人能潜到底，因为潭水太凉，砭入骨髓。潭的周围全是合抱粗的大树，故老传说那都是神树，"大跃进"那年要砍树修水库，乡亲们都反对，再加上这里确实太偏远，砍树的事也就不了了之。潭边有一座小庙，匾额上写的是"神龙庙"，庙里的塑像已经没有了，不知道是年久湮没还是"文革"中被砸掉了。

关于家乡的"龙"，小学时我和黑蛋曾有过一次激烈的争论。黑蛋说，龙这种动物过去是有的，只是后来灭绝了。我说，龙只是神话，新华字典上写得清清楚楚，"龙是我国古代传说中的一种长形、有鳞、有角的动物，能走、能飞、能游泳。"所谓传说，就是这种东西实际是不存在的。黑蛋犟着脖子说，"传说"的意思就是"可能有，也可能没有"。这本字典编得太早，那时考古学家们还没挖出这么多恐龙化石。我说，咋把"龙"和"恐龙"扯到一块儿了？恐龙是确实存在的一种动物，大约两亿年前到六千五百万年前生活在地球上。但它们根本不是中国传说中的龙，"恐龙"的拉丁文原意是"恐怖的蜥蜴"，中国的生物学家们翻译时借用了"龙"的名称。其实不光是龙，连凤凰、麒麟也都是传说中的动物，实际是不存在的。黑蛋说，既是传说，总该有根据呀，古代肯定有过这些动物。

我和他争得面红耳赤，最后到生物老师那儿判输赢。当然是我赢了，但黑蛋一直不服气，他是那种认准歪理不回头的人。为了说服他，我查了不少有关龙的知识。我知道龙的传说起源于新石器时代早期，在原始部落大融合时，各部落信奉的动物图腾自然而然地合为一体，这就产生了龙的概念。龙在中国传说中被奉为雷神、雨神和虹神。山西吉县柿子滩石崖上有一万年前的鱼尾鹿龙画，辽宁阜新查海原始村落遗址上有 8000 年前的龙形堆塑，由红褐色的石块堆成，长 20 米，宽 2 米，扬首张口，弯腰弓背，位于原始村落的中心广场内。河南濮阳西水坡有 6400 年前的蚌塑龙纹，是用蚌壳堆成的。从这些龙的原始形态上，可以清楚地看到龙的起源和进化。

我没想到，黑蛋到今天还在认着他的死理！

我说："黑蛋啊，你是没救了，21 世纪了，你还是这么一个迷信脑瓜。我真懒得再教育你了，朽木不可雕哇。"

黑蛋有点气急败坏了，红着脸说："你这根本不是科学态度。你调查过没有？没有调查就没有发言权。好多人都亲眼见了！"

"亲眼见了？亲眼看见长着鳞长着角的神龙？你亲眼看见没有？英子你呢？"

我咄咄逼人地追问。英子怯怯地说："我和黑蛋都没亲眼见，但村里真有人亲眼见过，我爹就亲眼见过。"

"在哪？什么时候？是在云里还是在水里？"

"就在一个月前，在神龙庙的祭坛上。"英子肯定地说。

"什么样子？"

"和画里画的完全一样，长身子，身上有鳞，头上长有枝枝丫丫的角，大嘴。"

我有点弄不明白了。我知道黑蛋说话不可靠，但英子不是说话"日冒"的人。看她说得有鼻子有眼的，究竟是咋回事？我喊爹妈来问，爹不在家，妈走进来，肯定地说："英子说得不差，真有人亲眼见过。如今神龙庙可热闹了，百里之外的人都来朝拜，每天香火不绝。我和你爹商量着也要去一趟哩。"

黑蛋得意了："龙崽，我说的差不差？"他耐心地教育我，"你别认死理了，这不是迷信。恐龙化石发现之前谁知道有恐龙？照我说，龙这种动物是有的，不过后来基本灭绝了，只剩下那么一条两条生活在深山老林中，生活在潜龙山里。这就像英国尼斯湖的怪兽和中国长白山天池怪兽一样。"

我使劲摇脑袋。我知道龙和恐龙绝不能混为一谈。龙是从来就不存在的，哪儿出土过龙的化石？这是一条最起码的科学事实，如果连这也怀疑，那我就枉上七年学了！黑蛋认真地说：

"知道我们今天为啥找你？找你来商量大事。神龙出世千真万确。如果我们能把它调查清楚——调查一点儿都不难，神龙庙的庙祝说，神龙每天夜里都要去享受祭祀和供品——再拍出几张照片，你想这该是多轰动的消息？从来没人见过中国龙，这回真龙现身了！没准儿外国大鼻子会拿100万美元来买你的照片，咱们潜龙山会比尼斯湖更有名，成千上万的游客来游玩，成了全世界的旅游热点。这前景多诱人啊。"

我啧啧地说:"真是士别三日刮目相看,黑蛋也有市场意识了,有战略眼光了。"

"那是那是,咱不能一辈子为你爹打工,受你爹剥削呀。"

"既是这样,你和英子去干就行呗,找我干啥?"

"哼,你把咱家看成啥人了?有福同享有难同当,有这么个发财机会,咋能忘了龙崽呢。再说,你照相、写文章都比俺俩强,实施起来离不开你呀。"

英子不说话,一个劲儿地抿着嘴笑。我说:"好吧,咱们去,组织一次'捕龙行动'。不过丑话说前边,如果到时证实你们说的都是谎话,你们得负责在村里辟谣,破除迷信。"黑蛋痛快地答应了。

下午,我们先到黑龙潭为明天的侦察行动踩点。去黑龙潭的山路十分崎岖难行,在我们村的孩子群里,到黑龙潭游泳一向是勇敢者的行为。三年前我们去过一次,见识过黑龙潭。潭周围的巨树把那儿遮蔽得阴气森森,白色的雾霭笼罩着水面。神龙庙几乎淹没在荒草中,庙内什么也没有,只有满屋的蛛网和野兽的粪便。那次我们还在庙里发现过一条水桶粗的巨蟒——当然这是孩子气的夸张。实打实说来,那条蛇有茶杯粗细,将近两米长。即使如此,那样子也够吓人的了。

不过现在的神龙庙已经今非昔比。一路上,我们看到山草中已踩出了明显的行迹,庙的四周肯定清理过,荒草乱树都被砍掉了。庙内新修了一座龙的塑像,盘旋虬曲,张牙舞爪,虽然做工比较粗糙,但形态相当威猛。一位老太太和一位四十多岁的中年人正在虔诚地跪拜,显然是一对母子,祭坛上的供品琳琅满目,有馒头、两个猪蹄、水果,甚至还有两瓶健力宝。庙祝扎着髻子,身穿道袍和白布袜子,手里拿着拂尘,正肃立在旁边。黑蛋悄声告诉我,这是个假道士,是回龙沟的陈老三,他干道士这一套是无师自通。

两个香客喃喃有词地许了愿,叩了三个响头,又往功德箱里塞了十元钱。透过箱子正面的玻璃,看见里面的纸币不少,不过多是五元以下的小票。我说:"陈三伯,这供品不大对头吧,你想龙是水里生水里长的,按说他该吃鱼鳖虾蟹才对吧,你可要研究研究,别让龙王爷吃了你的供品落个肠胃病。"假道士没有听出我话里的奚落，或者他听出了但不想当着香客的面和我理论，连说："没事，没事，神龙每天都会把供品吃得干干净净，它肯定喜欢这些供品。"我说，"健力宝它也喝？"假道士说："喝，怎么不喝？喝时还知道打开瓶盖，拉开铝环，吃鸡蛋香蕉还知道剥皮呢。"

我急忙捂住嘴才没有笑出声。这个陈老三，也太敢胡日鬼了，神龙吃鸡蛋还要剥皮？连黑蛋和英子也觉得他的话水分太大，尴尬地看看我。我使个眼色，领他们到庙后去侦察。庙后荒草极深，能埋住我们的肩膀。一只野兔受惊，向草丛中窜去。我们在后墙上发现了一道宽宽的裂缝，非常便于我们的观察，甚至照相都行。通过裂缝，我们看见香客已经走了，庙祝跪下，恭恭敬敬叩了三个头，然后打开功德箱，美滋滋地数起来，数完后揣进怀里，把庙门半掩上，离开了。这个数钱的动作看来亵渎了黑蛋的坚定信念，他看看我，脸红红地扭过头。

我小声安慰他，"这说明不了什么问题，庙祝贪财，并不说明神龙就是假的，你说对不对？"黑蛋红着脸说，"你先别说刺棱话，咱们明天见真章！"我笑着说，"行啊，明天看谁笑到最后。"

等返回村里，天已经大黑了。我们聚在黑蛋屋后的竹林里，商量明天的行动。首先要做点准备，要带上手电、干粮。我家有一台傻瓜相机，要带上，要准备两把猎刀——万一遇见什么野物怎么办？万一所谓的神龙只是我们见过的那条长蛇呢？五六年没见，它一定长得更长了，两把猎刀不一定能对付呢。英子有点临事而惧了，她不好意思打退堂鼓，只是低声问："龙吃人不吃人？"我说，"别怕，明天我站前边，吃人先吃我，百八十斤的，肯定能管它一顿饱了。"黑蛋说，"你们别胡说，这条龙不管是不是传说中的应龙，反正是一条善龙，它已现身三个月了，除了吃庙里的供品，连鸡啊羊啊都没糟蹋过一只。"

大半个月亮从山坳里爬上来，算算，明天是阴历六月十四，月光正好，对我们的行动很有利。我们议定对大人要保密，省得人多嘴杂，把神龙惊走了——神龙当然是有灵性的嘛。

我们悄悄散去。

第二天晚上8点，我们赶到神龙庙。庙门虚掩着，我们进去查看一番，神龙的塑像威严地立在祭台上，功德箱里的钱钞清理过了。供品仍像昨天一样丰富多彩，有鸡蛋、香蕉、五香牛肉、饮料和一袋饼干。我们退出去，在庙后的荒草丛中隐藏好。

月光皎洁，把大地笼罩在银辉之中，给它平添了一层神秘和庄严。山岚从潭的上空一团一团升起，并向岸上飘拂过来，就像电影中的仙境。潭水静如镜面，只是偶尔传来鱼儿的戏水声，水面上绽出一圈涟漪。微风飒飒地吹着荒草，有时几只鸟儿鸣叫着从树冠扑翅升空，然后又落下来，恢复了寂静。

同是黑龙潭的景色，白天和夜里看来完全不是一回事，我们的心中都鼓荡着一种神秘感和敬畏感。银盘似的月亮冷静地看着世界万物，它已经观看45亿年了，它经历过生命之前的洪荒，见证过寒武纪的生命大爆发，看过恐龙在地球上的兴衰，见过猿类向人类的艰难进化，也一定目睹过黄帝和蚩尤的大战。不知怎的，我脑海中浮出一幅画面：黄帝在战车上指挥，黄帝的女儿旱魃赤足在地上步行，应龙嘎嘎怪叫着在天上翱翔，黄帝部族驱着无数的猛兽，把铜头铁额的蚩尤族人紧紧包围起来……龙伴随着华夏民族走了上万年的历史之路，也伴着我长大，我熟悉它就像熟悉我的家人。从理智上说我不相信有神龙，但从感情上我很希望世上真有神龙，希望它此刻正藏在月光下的丛林里。

英子碰碰我，轻声问："饿不？"她的眼睛在月光下闪闪发光。我说："不饿，不过吃一点也行。"英子把饼干和五香牛肉递过来，我慢慢地嚼着。英子小声问："龙崽，你说咱今天能看见那条神龙吗？"黑蛋抢先说："这种事哪能打包票？也许得等一个月两个月才能见到。龙崽，三五天见不到，你可不能判我输。"我说："心虚了吧，你是不是在为自己的失败打预防针？"

黑蛋忽然嘘了一声。我也听见了，潭里有泼水声，我们站起来放眼望去，只见平静的潭面上有一道巨大的三角形波纹，向这边逼近，波纹的尖端有一团黑乎乎的东西，看不清楚，但从波纹的巨大来推测，这个野物的个头不会太小。

很奇怪，尽管我们在特意等着神龙出现，但此刻谁都没把湖里的东西与神物联系起来。也许我们在下意识里认为,神龙的出现不会如此平常,一定伴随着雷电、虹霓、云霞等自然界的异兆。那东西很快靠近这边的湖岸,爬上来,抖一抖全身水珠,还用爪子搔搔后脑勺——黑蛋忽然拉住我和英子的手臂,低声说:"龙!"

的确,从那东西的大致轮廓看,很像一条龙,不,绝对是一条龙。它的脑袋很大,长有枝枝丫丫的角,身体大概有两米长。它没有多耽误,熟门熟路地向庙门跑来,不是跑,是像蛇那样一曲一拱地爬行。我们都屏住呼吸,屏住心跳,万分紧张地看着。正在关键时刻,它的身影被庙墙挡住了,我和黑蛋同时迈步,想绕过墙角去观看。英子手疾眼快地拉住我们,摇摇头,又朝墙缝努努嘴。她的手冰凉,微微颤抖着,我们知道她是怕惊动了"那东西",便按她的意见趴在墙缝上,紧张地窥视着。

吱扭一声,庙门又开大一点,月光从门里泻入,一个黑影悄无声息地滑进来,滑到祭坛之前。是龙!我们的眼前肯定是一条龙,尽管谁没有见过真龙,但几千年的文化濡染,我们已将龙的形象刻在心中,溶化在血液里。衬着月光,我们看到了一个硕大的龙头,状如鹿角的龙角,一双熠熠有光的龙眼,看到了龙嘴旁的龙须,亮晶晶的龙牙,长长的披满鳞甲的龙身,四只强健的龙爪,一条扁平的龙尾。刚才它在地上游行时,龙爪是贴在身旁的,此时它将龙爪撑在地下,挪动着龙爪向前行走。显然,用龙爪行走不如用龙身蛇行来得轻快,它耸着肩膀,一摇一晃地走着,很像座山雕在平地上行走的样子。

我们都傻呆了。不论是龙的赞成派还是反对派,我们都对目睹一条真龙缺乏心理准备,现在它就在我们眼前,两米之外。一条活灵活现的真龙!它是从哪里来的?当然,它不会是黄帝时代的那条应龙——这一点是很明显的,这条龙没有6000年的老态龙钟,没有6000年的沧桑威严,它看起来略显稚拙,应该是一条年龄尚幼的龙崽。

龙崽在贪馋地注视着供桌上的祭品,它先伸出长舌,将一盘五香牛肉一扫而光,非常香甜地咀嚼着;又用舌头卷起一个鸡蛋,放在祭坛上,笨拙地伸过来一只龙爪,抓起鸡蛋在供桌上敲击着。用坚硬的龙爪来做这些细活,似乎不是那么得心应手，动作之生疏就像一个两岁的人类婴儿。但不管怎样，它最终把鸡蛋皮剥下来了，用长舌把剥皮蛋卷进嘴里。我们三个都面面相觑——庙祝原来没说谎话，它吃鸡蛋真的还要剥皮！

龙崽饕餮大嚼，满意地哼哼着，看来他喜爱这些凡间食品更甚于仙家的盛馔。它的大脑袋在墙缝里晃来晃去，有时候从我们视野里消失了，一会儿又晃过来了，离我们最近时只相距一米，所以，我们对它的表情看得清清楚楚。没错，是表情。它的大眼里透着新奇和顽皮，能感受到它对这顿美餐的喜悦之情。

供品吃完了，龙崽仍不安静，它在庙里到处走动，有时是蛇行，有时是足行，这儿嗅嗅，那儿舔舔，有时还用脑袋在墙上或功德箱上轻轻撞击着。我们面前的墙缝只能提供一个残缺的视野，当龙崽走出视野时，我们急得恨不能把眼珠突出来，隔着墙缝伸过去。忽然屋里的声音静止了，很长时间没有丝毫动静，它在干什么？我们等啊等啊，仍是没有动静。我实在按捺不住了，便向两人做了手势，悄悄向庙门绕过去。我们高抬脚，轻放下，尽量不发出声音。

终于到了庙门，从半开的门洞里向里看，找不到龙崽的踪影，黑蛋低声说："走啦！"我赶忙扭过头，瞪他一眼，禁止他出声。忽然英子拉拉我的衣袖，朝祭坛上一指。祭坛上的塑像由一个变成了两个，原来龙崽爬到祭坛上，摆出和塑像完全相同的造型，昂着头，身子盘旋着，爪子雄健有力地抓住桌面，目光威严。

这个造型保持了很久。我们有一个感觉，刚才它是在玩耍，这会儿是工作，是摆着架势让香客膜拜。不过这会儿在我们心中已经没有什么敬畏感，这个威严的造型显然是一种表演，是儿童演员反串老生，是孙儿穿上长衫学爷爷走路。龙崽在里面一动不动，我们三个在外边也一动不动。这片安静被黑蛋打破了。他伏在我身后伸长脑袋观看着，不知怎的胳臂一软，脑袋敲在门板上，咚的一声，在一片安静中简直像一声惊雷。

龙崽显然听见了，它扭头朝门口看看，吃力地挪动着四爪下了祭坛，向门口蹒跚走来，我们都呆住了，想跑，又怕惊动它，只好大气不出地硬挺着。

生命之歌

少顷，一个大脑袋从门缝伸出来，与我们劈面相对！我们屏住气息，一动不动，心中祈盼龙崽看不见静止的东西，《侏罗纪公园》那本书里说恐龙就是这种视觉特征。但龙崽显然看到了我们，不过它没有表示敌意、愤怒或者警觉。它只是歪着脑袋，非常好奇地打量着我们二个，左嗅嗅，右嗅嗅，然后伸出长舌在我脸上舔了一下，它的舌头湿漉漉黏糊糊的，还带着五香牛肉、咸鸡蛋和香蕉的香味儿。我不敢稍动，龙崽又一视同仁地分别在英子和黑蛋脸上舔了一下。

也许它在判断三人之中哪个最可口？看来它选中了黑蛋，它把脑袋凑近黑蛋，再次伸出长长的舌头。我觉得黑蛋已经精神崩溃了，小便从他裆间淅淅沥沥滴下来，我想他这会儿没有尖叫着逃跑，只是没了逃跑的力气。我也吓得呆如木鸡。反倒是胆子最小的英子相比起来最镇静，首先想到了解救危难的办法，她忙将干粮掏出来，捧在手里，送到龙崽嘴边。龙崽嗅了嗅，显然非常满意，伸出长舌把五香牛肉和两个面饼一扫而光。

这些东西咽到肚里后，它两眼亮晶晶地看着英子，长舌在她手心里继续舔着，看来它还没有吃饱哩。英子不知道该怎么办，因为食物只有那么多，她两手空空地举在龙崽脸前，不敢收回，表情十分尴尬。

我们都十分紧张，但不再恐惧。因为从龙崽的目光中，我们看到的是好奇，是天真和善良。从它的目光看，龙崽确实是有灵性的，绝不是普通的爬行动物。那些低智力的爬行动物，像蛇啦，蜥蜴啦，乌龟啦，它们的目光中绝不会有这么丰富的表情，常常是残忍的，像玻璃珠子一样死板。

我们面对面僵持着，不知道这种僵持以什么方式收场。这时，我忽然在一时冲动下做出了最大胆的举动，我掏出早已备好的傻瓜相机，对着神龙按下快门。闪光灯闪过之后，龙崽并没有发怒，它仍安静地蹲伏着，只是上上下下打量我手里的相机。忽然龙崽抬起头侧耳倾听，似乎听到了我们听不到的什么信号。它没有耽误，很快从我们身边挤过去，游行到潭边，跳下水，三角形波纹迅速向对岸移去。然后它上了岸，很快消失在对岸的树丛中。

在与龙崽对面相持时，我们的灵魂都已经出窍了，七魂八魄在月光之中飘荡着。龙崽消失后，我们的灵魂才归位。黑蛋欣喜若狂地喊着："是真龙！

是一条真龙！龙崽你服不服？"英子也欣喜地说，"是真的，你看它多温顺多可爱！"

我不是个轻易服输的人，但这会儿确实服输了，我说："没错，它是一条龙，不过绝不是大战蚩尤的应龙——它哪里像有 6000 岁？它也不是法力无边的神龙——你看它多家常多随和。"

黑蛋说："先不忙说它是不是应龙和神龙，先说它是不是一条真龙？"我老实承认，"是的。""你不是说，龙只是传说中的动物吗？你不是说，龙这种动物从来不存在吗？"

对黑蛋的诘问我确实无言以答，我相信自己学到的科学知识是不会错的，可是——一条真龙刚刚在我面前存在过，它舔在我脸上的唾液还没干呢。我曾考虑它会不会是一条变异的蛇？想想不可能。蛇如果变异出双头或四足是有可能的，也曾见之于报道，但要说一条蛇恰好变异出龙角、龙爪、龙鳞、龙尾，一句话，照着中国人心目中的龙模样去变异，那就难以让人相信了。尤其是这条龙的目光！我不能说它就有智慧，但至少说，它的目光是清明的，是有灵性的，是天真善良的。这绝不是爬行动物的眼睛。

我们进到庙里，七嘴八舌地讨论着，龙崽的塑像安静地陪着我们。我们的讨论其实没一点实质内容，尽是感叹词的堆砌：不可思议！简直像做梦！多可爱！天光渐渐放亮，听见外边有脚步声，是庙祝进来了，他看见我们，立刻警惕地瞪大眼睛：

"你们三个毛孩子，这么早来干什么？"

我们早已忘记了对庙祝的不恭，七嘴八舌地说："陈三伯，我们真的见到了活龙！""它吃了供品，还吃了我们的干粮！""它还舔了我的脸！"庙祝看到一下子增添了三个信仰上的同盟军，不免喜出望外，和我们的距离一下子拉近了。

"是啊是啊，有些干部还说我是造谣哩，告诉你吧，两个月前我就亲眼见过神龙它老人家，这个塑像就是按它的模样塑出来的。"

对此我们表示反对，"它怎么能称得上老人家呢，它是一条又顽皮又可爱的小龙崽！"

陈三伯想了想，也认可了："可能吧，我原先心里就嘀咕，要真是大战蚩尤的应龙，不会是这么小的身架。那么，它是应龙的后代？是龙宫三太子二公主什么的？"

"陈三伯，龙崽的家在哪里？"

"谁知道啊，不像在黑龙潭，从没见它在潭里多停留；也不像在远处，从未见它驾云飞升。大概就在潜龙山哪条深涧里吧。"

我觉得应该适时地强调一下我们与庙祝的区别。"没错，它是一条龙——但它是一条肉身凡胎的龙，没有什么腾云驾雾、呼风唤雨的法力，你看见它施过什么神通吗？"

"没有见过，"庙祝老实承认，但仍固执地抗议道："不过它肯定有神通有法力，它是一条真龙啊，真龙哪会没有神通呢？"

这个问题是争不出什么结果的，我们也就不争了。我们同庙祝告别，踏着晨光返回村里。快到村边时，我让大伙儿停下，团坐在一块光滑的山石上。我说，"下一步该如何办，咱们是不是讨论一下？"

"首先，"我发言道，"我承认自己错了，这条龙是真实存在的。"黑蛋得意地笑了。"但我的另一个观点是正确的，那就是没有传说中的神通广大的龙，这条龙崽是一个普通的动物，就像一只猎犬、一只海豚那样，它身上没什么神秘的光环。黑蛋，我的结论对不？"

黑蛋肯定想反驳，但他认真想了想，不情愿地点点头，英子也点点头，是啊，在喂过龙崽、被它的长舌头舔过之后，谁还能相信它是一个神灵呢。我继续说："看来只有一种可能，龙确实是自然界存在的生灵，很可能它就是恐龙的一种，而且在恐龙灭绝之后，它还存活下来——仅仅存活于中国这片土地上，被我们的祖先发现，编进中国的神话传说里，你们说对不对？"

黑蛋和英子对我严密的推理折服，用力点点头。"如果你们同意，那咱们下一步就该去寻找它的巢穴，它绝不会生活在天上，也不会生活在水里——很明显，它没有鳃，没有鳃的生物是不能长年生活在水下的。它一定藏身在潜龙山某处深山密洞里，如果我们能找到它的巢穴，找到它的家族，肯定是21世纪最重要的生物学发现！"

黑蛋激动地说："咱们要把它交给政府！"

我笑着看看他："不卖给外国大鼻子啦！"

黑蛋红着脸说："甭提那个话头，那是我一时财迷心窍。中国的龙，咋能卖给外国人呢！"

"那好，咱们今晚上带着猎犬花脸来，埋伏在对岸，等龙崽从庙里返回，就让花脸在后边追踪，行不行？"

黑蛋和英子都表示赞同："对，哪怕追到龙潭虎穴！"

当天晚上，我们三人和花脸埋伏在黑龙潭对岸的草丛中。花脸一直耐心地聆听着，不时在喉咙里低声吠叫。我抱着花脸的脖子，努力让它安静。

夜里1点时，草丛中有了动静，花脸立即耸起了背毛。果然是我们的老朋友出现了，它不慌不忙地游出草丛，跃入水中，三角形波纹向对面荡去。花脸在我怀里努力挣扎着，对我不放它追击猎物表示抗议。

我们焦急地等待着，等待十分漫长，我们觉得两个钟头过去了，可一看电子表，才过去了十几分钟。我们艰难地熬到凌晨4点钟，花脸忽然耸起耳朵，向远处倾听着，它在听什么？我忽然灵机一动，花脸一定听到了什么信号，就是昨天晚上龙崽听到的信号！我知道狗耳能听到超声波，所以，这个信号很可能是超声波信号，是召唤龙崽回家的信号。只是不知道信号是谁发出的，是龙崽的父母，还是它的主人？对岸很快有了动静，有泼水声，三角形波纹向这边扩展。龙崽很快到了这边的岸边，爬上岸，抖掉身上的水珠。

我一时没有照顾到，花脸挣开来，咆哮着想窜出去，我连忙又抱紧它的脖子。龙崽当然听到了动静，向这边扭过头，不过它摆出不屑一顾的神情，回过头，不慌不忙地钻进草丛中游走了。等草丛中的沙沙声远去，我拍拍花脸的脖子示意它追赶。花脸嗅认着，领着我们追过去。

路十分难走，有时是深可埋人的草丛，有时需要钻过低垂的枝干，有时是陡峭的山脊。我们气喘吁吁地翻过一座山，花脸忽然停住了，警觉地注视着前方的丛林。那边有呼呼啦啦的响声。循着响声，我们在200米外找到了龙崽的身影，它正在那里用力摇摆着脑袋，愤怒地吼叫着，"莽哈，莽哈。"

我们三人十分纳闷。它在干什么？莫非要"龙颜大怒""淹地千里，伤人八百"吗？

我们很快猜到了原因：它美丽的龙角卡在树枝上，进退不得了。我捅捅黑蛋："看，这就是你所说的神通广大的应龙，连几根树枝也对付不了。"黑蛋说，"别说风凉话，你看它多难受，要不咱们去帮帮它？"

前面的龙崽终于摆脱了树枝，钻进草丛中不见了，我们继续小心地追踪，时刻盯着月光下起伏蜿蜒的那具龙体。又翻过一座山坡，来到一个僻静的山坳，这个荒无人烟的地方突兀地出现一个院落，院子里有南屋和东屋，西边和北边用高高的院墙围着。龙崽到这儿失踪了；花脸立住脚，对着院落低声吠叫，还用嘴焦灼地扯着我们的裤脚，那意思很明显：追踪对象隐身在这个院落里。

我们按住花脸不让它吠叫，悄悄接近这个院落。院落显然是新盖的，建筑相当粗糙，是用粗制的石条堆起来的。如果这就是龙崽的龙宫，那这位可怜的龙崽必然是龙世界中的贫下中农。大门紧闭着，不知道里边是否有人。我们三人低声商量着，决定翻墙查看。我蹲下搭了人梯，黑蛋踏在我肩上爬上墙头，他朝我们做了个手势，轻轻跳下去。

随着他的落地声，似乎听见了一声熟悉的"莽哈"。不过隔着高墙，我们听不太真。但随即屋里的灯亮了，一个男人高声问："谁？"

糟糕，被发现了！我和英子十分紧张，这会儿留也不是，跑也不是——黑蛋还在虎口里呢。我们焦急地低声喊："黑蛋！快回来！"黑蛋在那边着急地说，"墙高，我爬不上去！"随之手电筒一亮一亮地过来了，听见那个男人在喝叫："谁，不准动！"

这下糟了，我和英子豁出去，干脆绕到大门，用力擂起门来。大门很快打开，开门的是一个只穿内裤的男子，三十一二岁，娃娃脸，小胖子，戴一双度数颇深的金边眼镜。他一手拿着手电，一手拎一根高尔夫球杆，黑蛋缩头缩脑地立在他后边。

一个女人从里屋跑出来，她也是三十一二岁，长得很漂亮，穿着短裤，上衣还没把扣子扣齐，露出雪白的肌肤。她看看我们三个，笑着说：

"哟，哪来的不速之客？看样子，你们不会是梁上君子吧。"

她的一口京片子好听极了。黑蛋说："我们当然不是小偷，我们是追踪神龙的。"

我瞪他一眼，这个黑蛋！一句话就把底牌端出来啦！谁知道眼前这一对男女是什么人？是江洋大盗还是外国特务？他们和龙崽有什么关系？听到我们提到神龙，那两人脸上掠过一波惊慌的表情，摇着头使劲否认：

"什么神龙？我们这儿没有神龙。"

看他们的表情，心里肯定有鬼！我推推英子，英子甜甜地说："叔叔阿姨，我们亲眼看见小龙崽进到这个院子了，让我们找找吧。"

"叔叔"一个劲摇头："没有，没有，你们找它干什么？"

我理直气壮地说："破除迷信啊。它吃人家供品，骗香客给它磕头，把黑龙潭搅得乌烟瘴气的。"

"阿姨"走过来和气地说："我们这儿真的没什么神龙，请你们回家吧，这么晚，你们的父母一定在为你们操心呢。"

黑蛋犟着脖子说："不，找不到龙崽我们就不走！"这时我忽然心里一动，这位叔叔的面貌似乎在哪见过！我想啊想啊，突然想起来，学校图书馆有两本书的封面印着他的照片，那是作者给母校的赠书，还有本人签名。作者叫陈蛟，在龙口镇中学毕业，考上北大，又到美国读的洋博士。回国后他曾偕夫人一块儿回过母校，还给上一届学生做过报告呢。我兴奋地喊：

"你是陈蛟博士，你是他的夫人何曼博士！陈博士是龙口镇中学毕业的，咱们是校友，对吗？"

陈博士和他爱人互相看看，我想他们原想否认的，但稍稍犹豫后笑着承认了："没错，你怎么认得我？"

"你给母校的赠书上有你的照片！特别是那本《基因魔术》，我们经常看呢。"

陈蛟叹口气，知道无法把我们赶出去了，不大情愿地说："来吧，请进屋谈，我的小校友。"

屋子摆设异常简单，也相当雅致，中间有一只藤编的逍遥椅，墙边有一座竹编的袖珍书架,上面堆有几十本书,正厅有一座电脑,屏幕比一般电脑大。陈蛟穿上长裤和衬衫,一边问着我们的名字,黑蛋说:"我叫黑蛋,她叫英子,他叫龙崽。"陈蛟追问了一句:

"你叫什么?龙崽?"

我点点头,陈蛟和妻子交换着眼神,会意地笑了。后来我才知道他们为什么发笑——他们给那条龙起的名字也叫龙崽。陈蛟问我们怎么搞起这次追踪行动的,黑蛋详细追述一遍,包括他的动机——让外国大鼻子掏100万来买神龙的照片。陈蛟听得只是笑,但听完后却来了个坚决否认:

"很遗憾,我们这里从没见过什么神龙或龙崽,你们不要耽搁了,快到别处去找吧。"

英子和黑蛋苦苦哀求:"我们真的看见它进来啦!让我们在院内找找吧。"我看见花脸也在紧张地嗅着空气,分明龙崽就在附近。但陈蛟坚决不松口,冷着脸说:

"这么说,你们一定要搜查这儿了。搜查证呢?"

我们哑口无言,哪有什么搜查证,我们不被当作小偷已是万幸啦!在我们和陈蛟磨牙时,何曼不为人觉察地离开屋子,再也没回来,我想了想对主人说:

"既是这样,我们就告辞了,对不起,打搅了。"

陈蛟愉快地说:"别客气,其实我很喜欢你们这种敢想敢干、有责任心的孩子。以后尽管来找我们玩。"

"请问厕所在哪儿,我急着撒尿。"

"在院里。"

我捂着肚子跑出去,但没有去厕所,而是蹑手蹑脚地到东屋去,因为我刚才似乎看见何曼闪到东屋了。从门缝里一看:那不是龙崽吗?它正亲亲热热地偎在何曼怀里,就像一只通人性的狮子狗,何曼在它耳后搔着,低声命令:

"龙崽龙崽,乖乖待在屋里别出去,外面有生人。"

原来它在这儿!原来它也叫龙崽!我忍住欣喜,悄悄退回去,跑回南屋大声催促同伴："走吧，别打搅主人了！"

黑蛋和英子显然很不死心，但也无可奈何，不情愿地同陈蛟告辞。我们带着花脸走出大门，我说："何曼阿姨呢，我们要跟何阿姨告别。"陈蛟不大情愿地喊了一声，何曼从东屋赶出来为我们送行。我突然发难，用手捂成喇叭对着东屋大声喊：

"龙崽龙崽，快出来送客人！"

陈蛟和何曼的脸色唰地变了，不等他们阻止，从东屋就蹿出来一只——龙崽！它用四只龙爪踏着舞步，颠颠地跑过来，蹭着陈蛟的腿。黑蛋和英子哇哇地叫起来：

"哈，龙崽龙崽！你果然在这儿！"

花脸狂吠着冲过去，在龙崽旁边蹦来蹦去。龙崽好奇地看着花脸，可能它还从来没见过猎犬，不知道它是何方神圣。龙崽友好地探过脑袋朝花脸嗅嗅，花脸惊慌地蹦到一边，仍然勇敢地吠叫着。这样的事态发展显然不合陈蛟的心愿，他沉着脸说：

"好了，别让你们的狗乱吠啦。既然你们见到了我的龙崽，走吧，我把事情的前前后后告诉你们。"

他让我们回屋，我没加考虑就随他跨进院门，黑蛋在后边惊慌地喊："龙崽别进去，他们想杀人灭口！"

我愣住了，也许黑蛋的猜测是正确的？虽然在我的印象中，陈蛟和何曼都不像冷血杀手，但人不可貌相啊。陈蛟马上露出凶神恶煞的样子，吼道：

"不进去？能由得你们？龙崽，"这是喊它的龙崽。"把他们三个给我抓进去！"

龙崽显然听懂了他的命令，唰地游过去，张开大嘴咬住了黑蛋的胳臂。黑蛋的脸色唰地白了，我想他一定吓得屁滚尿流。花脸狂吠着冲上去，但被龙崽用尾巴轻轻地一扫，摔了个四脚朝天。这一下打击大大挫折了花脸的锐气，它仍然吠着，但吠声里多了些恐惧，再也不到龙崽周围三尺之内了。

龙崽把黑蛋横拖竖拽地拉进屋内后才松了口，黑蛋看看他的胳臂，那里显然没什么伤口。龙崽又朝英子游去，英子吓得脸色苍白，不等龙崽张嘴，乖乖地进来了。我呢，识时务者为俊杰，也没让龙崽他老人家动怒。

三个小囚犯——不，四个，还有花脸——乖乖地立在墙边，龙崽得意扬扬地守卫着。陈蛟收起凶恶的表情，笑眯眯地坐在逍遥椅上，何曼过去，微笑着依在他身上。陈蛟说：

"别害怕，咱们也算有缘，我把有关龙崽的超级机密透给你们，但你们一定要为我们保守秘密，行不？"

三人互相看看，都没有回答——谁知道他要说的是什么秘密？万一是祸国殃民的秘密呢，这俩人是不是想拉我们下水？但陈蛟并没有强求我们答应，继续说道：

"讲述之前，你们先检查检查龙崽，看看它的龙角啦，龙爪啦，龙鳞啦，是不是假的，是不是用手术加上去的。龙崽，过来让他们摸一摸！"

龙崽摇头摆尾地过来，把脑袋杵到我们的腋下，我大着胆子摸摸，检查检查。它身体的各部位天衣无缝，肯定是"天生"的。黑蛋和英子也都摸了，我们同声说：

"是条真龙！"

陈蛟得意地说："没错吧，一条真龙！可是，这条真龙是从哪里来的？要知道，龙只是传说中的动物，是原始部落各种动物图腾的集大成。也就是说，自然界中从来不存在这种长相的龙，那么它是从哪里来的呢？"

我想我已经知道了答案。自从看见陈蛟夫妇，这个答案早就呼之欲出了。我得意地大声说："我知道它从哪里来——基因魔术！"

我们对陈蛟夫妇的戒意很快就消失了。本来嘛，这个面相和善的小胖子和他漂亮的夫人，怎么也不像阴谋家或冷血杀手。何曼招待我们吃了一顿简单的早饭，龙崽和花脸很快化敌为友，头挨头挤在一个盘子上吃饭，舔得哗哗哗响成一片。

陈蛟把有关龙崽的根根梢梢全告诉我们了，黑蛋和英子如听天书，一头雾水。我呢，到底比他俩多读了两年书，再加上又读过陈博士赠龙口镇中学的那本《基因魔术》，所以听起来相对省力些。陈蛟讲述的知识大致可以归结为四条：

第一，生物体的所有遗传信息都藏在 DNA 中，藏在这本无字天书中，这已是基本常识了。所以，黑蛋和英子没什么疑问。

第二，所有生物是"同源"的，都从一种低等生物发展而来，所以所有生物的基因都非常相似。比如主管眼睛的基因，无论它是苍蝇的复眼，还是能伸出眼眶转动的变色龙的眼，是无比敏锐的鹰眼，还是对静物盲视的青蛙眼睛，其基因都是极其相似的。再比如四肢基因，无论是鱼鳍（爬行动物正是由一种四鳍鱼进化而来），是蜥蜴的四肢，还是高度灵活的人手，它们的生成基因也是非常类似的。连蛇类也是如此，尽管它们的四肢早已退化，但相应的基因仍保留着。

黑蛋和英子听得瞪大眼睛，最终他们也信服了。

第三，所有动物的细胞核都是万能的，每个细胞核的 DNA 都包括了全身每个部件的信息，但它是否表现出来，以及成长为哪一个器官，要按生物体的指令。

第四，21 世纪基因技术早已发展到这个阶段：科学家可以随心所欲地激发基因，让它活化，成为表现态，比如：让果蝇翅膀上长出一双眼睛，让螳螂身后再长出一双大刀，让每一片树叶都变成花朵……这些好像魔术或法术的变换，在生物学家手里已可以随手拈来。

我们三人连声惊叹："真的吗？太神啦！不可思议！"

这四点讲清楚后，陈蛟说：

"当我在美国读完博士学位、熟练掌握了上述技艺之后，我忽然产生了一个念头。你们知道，在国外，中国人常被称作龙的传人。龙的传说反映了一个事实，那就是汉民族在蒙昧时期就有海纳百川的气概，龙图腾是各种动物图腾的集大成。如果我们今天能把传说中的龙变成实际存在的东西，应该是一件很有意义的工作。因为龙的诞生将是基因工程集大成式的进步，它不再是对动物个别器官的改良，而是按人们头脑中的蓝图去设计一种完整的生物。我找同学何曼谈了这个想法，两人一拍即合——这次合作也促成了我俩的婚事。

"从基因工程学的水平来看,做到这一点是没有问题的,当然实际做起来困难重重。我们先去选定龙的各个器官的素材。其实,宋朝人罗愿早就为我们设计好啦,他描述龙的形态'头似驼,角似鹿,眼似兔,耳似牛,项似蛇,腹似蜃,鳞似鲤,爪似鹰,掌似虎'。因此,我们只用把上述动物相应器官的基因取来拼合就行了。我们重新选择的唯一器官是龙的大脑,我们认为,这条龙应当有尽可能高的智力,所以我们选择了海豚和黑猩猩的成脑基因加以拼合。今天我敢说,我们的小龙崽是世界上最聪明的动物,它的智力与人类相比也相差无几。小龙崽,告诉客人,3 乘 4 等于几?"

龙崽仰起头,莽哈莽哈地叫了 12 声,然后非常自信地看着我们。它的回答激起我们巨大的兴趣,兴高采烈地围着它,纷纷给它出题,龙崽全都给出了正确的回答。每次正确的回答都激起一片欢呼。陈蛟摆摆手,不在意地说:

"这只是雕虫小技,实际它的本领大着呢。"他递给龙崽一个特别的键盘,说:"龙崽,随便打几句话,向小客人表示欢迎。"

龙崽用龙爪熟练地敲着键盘,正厅的电脑屏幕上跳出一个个汉字:

"我叫龙崽,欢迎你们来这儿做客。我很聪明,你们愿意和我对话吗?"

它的本领真把我们震住了,陈蛟夸弄地说:"怎么样?它的智力已超过七岁的人类幼儿啦!有时候,我真不知道该用哪个代词来称呼它,是用宝盖头的它,还是用人字旁的他?"

我们听得如痴如醉,我由衷地说:"陈博士,何博士,你们真伟大!"黑蛋也说:"对,我们可不是拍马屁,你们真的很伟大!"

娃娃脸的陈博士高兴得闭不上嘴,但他谦虚地摆摆手:"不,我们一点也不伟大,伟大的是造物主。你们知道吗?我俩满怀信心地投入这项研究,但在那颗拼合的细胞核开始正常分裂时,我和何曼反倒陷入了彻底的自我怀疑中——我们能成功吗?不错,我们使用了正确的零件,使用了各种动物各种现有的器官,但这些器官能不能拼成一个整体的生物?它的大脑会不会指挥陌生的四肢?它会不会吃饭?会不会成长?有没有生存欲望?现在这些担心都烟消云散了,这说明,生物内部有一个天然正确的程序在自动协调着各个器官之间的关系,这个程序究竟是如何工作的——我们还毫无所知,我们就像两个不知天高地厚的小孩子，试探着拼出一个电动玩具，一按电钮，它开始运转了，但对电学的深层机理却糊里糊涂。所以，"他再次感叹道："我们越深入了解自然，越是觉得造物主伟大。"

我们被他引入一种浓厚的宗教氛围中，在心中赞颂着造物主的大能，很久，我才难为情地问：

"陈博士……"

"别喊我陈博士，也别喊我们叔叔阿姨——我们没有这么老吧，尤其是何曼肯定不乐意这个称呼，就喊我们哥哥和姐姐吧。"

我难为情地问："蛟哥，我有一点不明白，你们做出了这么伟大的成就，应该向世界宣布。可是，你们为什么鬼鬼祟祟——对不起，这个词儿不好听——地躲在深山老林里，还故意在神龙庙装神弄鬼？"

陈蛟的脸唰地红了，看起来他比我更难为情。他看看何曼，何曼爽朗地说："这不怪他，是我的主意。其实，黑蛋应该知道我们这样干的动机。"

黑蛋茫然地说："我？我不知道啊！"

何曼姐姐说："你刚才已经说过了嘛。用基因拼合来创造新的生物，这是孤独者的事业，因为大多数生物学家和生物伦理学家反对这样做，认为这样太危险，可能在世界上留下隐患。平心而论，他们的意见有其正确性。但我和陈蛟认为，尽管危险，总得有人做起来，而且要由那些富有责任感的人去做。这就像电脑病毒，有责任心的电脑专家绝不会去制造电脑病毒，但你总得去研究啊，否则一旦病毒肆虐，社会就束手无策了。基于这个看法，我和陈蛟不顾反对意见，推进着我们的研究。但是，这种研究无法得到官方的资金支持，我们的研究经费全部来自私人积蓄，来自朋友和几家私人企业的支持。现在，我们已欠了两千万元债务，已经举债无门了，研究也停滞了，这还不说已欠下的债务也总得偿还。可惜这项研究基本上属于理论性的，没有多少商业价值……"

黑蛋性急地说："我知道了！你们想在潜龙山先伪造出一个谜团，引起大伙儿的好奇心，再去卖照片！卖给外国大鼻子！"

两人不好意思地承认了："虽不像你说的那样简单，大致如此吧。我们想先让龙崽在一个偏远的山村亮相，培养出一种神秘感，让人认为它来源于远古，是史前时代的遗物。然后把有关资料和照片卖给新闻界，也包括国外新闻界，随后在潜龙山搞出一个大型的中国龙公园，就像侏罗纪公园那样。知道为什么选在潜龙山吗？一方面因为这里有丰厚的神话传说资源，再者我想给家乡办件好事。你想嘛！一旦这儿成了中国龙的藏身之地，该有多少游客来观光啊。像英国的尼斯湖就成了旅游胜地，实际上尼斯湖怪兽全是新闻界吹出来的。如果我们向新闻界捅出一张货真价实的龙的照片……"

黑蛋得意地说："我们有龙崽的照片，前天晚上龙崽——我是指他——照的！"

陈蛟和何曼一下子傻眼了，你望望我，我望望你。他们知道，我们的照片一披露，两人精心炮制的发财计划就要泡汤了，至少打乱了他们的部署，何曼试探着问：

"你们的照片——准备干什么？"

黑蛋老实地说："我已经说过了嘛，照片要拿来卖呀。"

我和英子都猜到了蛟哥和曼姐的担心，便同声说："蛟哥，曼姐，我们的照片送给你们吧，本来嘛，龙崽是你们费了很大气力研究出来的，如果这张照片能对你们的经费有点帮助，我们就太高兴了！"

黑蛋也悟出了其中的门道："对，我刚才说卖照片，就是为了你们的研究，卖的钱是你们的。"

两人很高兴，很感动，连声说："谢谢，谢谢。"我为了表示诚心，干脆把相机递给蛟哥，对他说："胶卷还没冲洗，你去处理吧。"

"谢谢，不过，"陈蛟若有所思地仰着头，"这样行不行？干脆由你们出面把消息捅给新闻界，小孩子的话记者们更相信，我们躲在幕后。"

"当然可以。"

陈蛟嘿嘿地窘笑着："这样是不是不大光明？"

我们诚心诚意地安慰他："没关系，干大事不拘小节，为了高尚的目的，可以采取一些不大高尚的手段。"

"那就这样，我明天通过朋友把消息捅给美国《国家地理》杂志——他们肯为一则真实的独家消息出大价钱——让杂志的记者来找你们。你们只用照实说就行了,只不过要暂且瞒住'龙崽是基因工程的产物'这部分实话。"

"对,我们就说龙崽是土生土长的,是黄帝时代那条应龙的后代。"

"咱们先把一张真实的照片卖给他们,要价200万,然后再把一条活龙卖给他,要价1800万——这样合适吗?"他内疚地问何曼:"把中国龙卖给外国人?"

我们也都觉得这件事有些棘手,感情上接受不了。最后,陈蛟皱着眉头说:"卖不卖活龙的事,先不忙定,先卖照片吧。龙崽、黑蛋和英子,你们愿意出面吗?"

"行,我们愿意为这项研究出力。"

"那好,我立即通知美国的朋友——糟了,"他愧然说,"我们不该当着龙崽的面谈这些事。它的智力只相当于七岁的孩子,我们不该在它纯洁的心灵上泼上污水。"他看看龙崽。龙崽拿大眼睛挨个瞅我们几个,然后在键盘上敲出一行字:

"我听懂了——这是高尚的谎话。"

我们觉得一道欣慰的山泉流进我们的心田,不过龙崽随后又敲了一行字:

"但不要卖我。"

我们都愣了,过了一会儿,何曼过去搂着它的脑袋,两行热泪涌了出来:"不,我们不会卖你的,你放心。"龙崽"莽哈莽哈"叫了两声,表示满意。

第三天,美国《国家地理》杂志的惠特曼先生风尘仆仆地赶到老龙背村,找到了贾云龙先生,也就是我。我喊来黑蛋和英子,一同接见了他。

惠特曼先生60岁,身体极壮健,粉红色的皮肤,手背上胸口处都长满了浓密的金色汗毛。他背了一个硕大的背囊,足有半人高,也亏得他能背动。后来我们才知道,背囊里有一个野外记者的全副行头,有相机、三脚架、望远镜头、广角镜头、各色滤色镜、红外线夜视仪、麻醉枪、睡袋,甚至还有一个简易的帐篷。

惠特曼先生的中文很漂亮,一口标准的普通话,比龙口镇中学语文老师还标准。不过他说话速度比较慢，偶然有些词得想想才能说出来。即使如此，我们也佩服得五体投地，想想吧，要把我的英语学得像他的汉语一样好，得多长时间啊。

门外挤满了村里的小孩和大人，争着看外国人的蓝眼珠、大鼻子和一头金发，连我爹也挤在其中。我对此很窘迫，难为情地说："对不起，惠特曼先生，这儿很闭塞，从来没有外国人来过，所以乡亲们太……好客了。"

惠特曼先生笑嘻嘻地说："尽管参观吧，我是一只外国大熊猫，对吗？"

大伙儿开心地笑起来。

围观的人散去后，惠特曼切入正题，很详细地询问了有关"神龙"的所有情况。什么时候第一次发现？多少人亲眼见过？几月几日几点几分？是白天还是黑夜？龙崽身长大约有多少？它吃什么食物？对这些问题我们一点儿也不怵：

"我们全都亲眼见过！"黑子又强调一句："它还舔过我的脑袋呢。"

"它很温顺和善吗？"

"对。"

"听说你们拍有照片？"

我兴奋地看看黑蛋、英子——现在进入实质性谈判了。我们珍惜地拿出那晚抢拍的照片。照片拍摄得相当有水平，很清晰。照片上，龙崽瞪大眼睛，毫不怯生地直直地看着镜头，瞳仁里闪着闪光灯的光芒。照片上只显出头部的特写和少许的背部及爪子。惠特曼先生聚精会神地盯着照片，足足有 15 分钟，几乎眼睛都不眨。等他把照片研究透彻，大概他确信了这不是一张假照片，他的脸上才浮出欣喜的微笑，他说：

"是在很近的距离内拍摄的？"

"对。"

惠特曼赞叹地说："真是一条十分逼真的中国龙。"他从背囊里取出一叠剪报，里面有各种中国龙的彩照，有北京九龙壁、曲阜孔庙的龙柱、二龙戏珠的民间画等。他把剪报和照片反复对照着、思考着，突然问：

"你们能带我实地看看那条龙吗？"

我们为难地说:"当然可以,不过……"

惠特曼解释着:"《国家地理》是本非常严肃的杂志,它绝不允许出现虚假或失实的报道,我知道你们的照片是真实的,但我仍要亲眼看一看,请你们谅解。"

我和两个伙伴你看我,我看你,不知道该怎么回答,带他去看龙崽没问题,问题是——如果他自己拍了照片,还会买我们的照片吗?如果照片卖不了好价钱,怎么帮助蛟哥和曼姐呢。但要我们直接把钱的问题提出来,又觉得难以开口,君子不言钱嘛。惠特曼先生很老练,他一定猜到了我们的心思,便主动提出来:

"我准备出 30 万美金买断这则消息的独家报道权,这个价格包括你们拍的这张照片在内,也包括你们三位今后为我提供的服务。你们同意吗?"

我迅速在心中做了换算,30 万美元相当于 210 万元人民币,已经超过蛟哥的预期了,便高兴地说:"我没意见!黑蛋、英子,你们呢?"

两人也兴高采烈地点头,惠特曼微微一笑:"那好,请喊出你们的父母签订协议吧,我想你们几位都没超过 16 岁,还不具备民事资格。"

惠特曼拿出一份合约,中英文对照,原来他早做好准备啦。十分钟后,我爹和惠特曼签好了协议,惠特曼随即签了一份支票交给我爹。

其后的探险实际没一点波澜,我们电话通知了蛟哥,晚上他们照常把龙崽放出来。夜里,我们和惠特曼藏在神龙庙后边观察了龙崽吃供品的全过程,惠特曼先生还抢拍了十几张照片。

凌晨,龙崽应超声波哨声的召唤,跳入潭中游走了,我们和惠特曼返回老龙背。很奇怪,惠特曼先生并没有显出成功的喜悦,一路上老是若有所思的样子。回家后,妈妈给我们做了一顿夜宵,是香喷喷的鸡丝馄饨。吃夜宵时,惠特曼突然问:

"请问,龙崽的巢穴在哪里?它的父母呢?谁见过它的父母?"

我们没办法回答这个问题,只好摇头,惠特曼诚恳地说:

"我想,在 21 世纪,没有人会相信什么神龙,也不会有人相信龙崽的父亲是 6000 年前大战蚩尤的应龙。现在，我对这条龙的真实存在已经确认了，接着的问题是要确定它的来源。这个龙崽是这样的温顺善良，这样的聪慧和善解人意，我看它像是家养的，不像是野生的。"

惠特曼先生太厉害了，一下子点中了我们的要害！我们三个面面相觑，心里虚，不敢申辩。惠特曼接着说：

"也许大自然中真的有这种传说中的中国龙？但我不大相信这一点，我想，更有可能的是，"他字斟句酌地说："它是基因工程的产物。用基因技术造出一条龙是极为困难的，但从目前基因工程的水平来说，有这个可能。"他用锐利的目光盯着我们，"你们三位都是聪明诚实的孩子，能和我一块儿解开这个谜吗？"

我们全傻眼了，羞愧之色漫过我们的面庞，一直延伸到脖子和胸口，我们真不想再欺骗这位惹人喜爱的惠特曼先生，可是……我们预期的计划不是要泡汤了吗？我只好施出外交辞令：

"时候不早了，惠特曼先生你先休息，明天咱们再商量，好吗？"

惠特曼先生一定要睡在室外，他说这里简直是仙境，他要置身于仙境中，呼吸大自然的气息。爸爸搬出一张竹床，让他睡在院中的银杏树下。我和黑蛋、英子藏在里间：压低声音商量着。怎么办？看来我们准备兴办"中国龙公园"的宏大计划要泡汤了。可是，我们不想再欺骗外国客人——他那样精明，骗也骗不住。我们三人商量半天也没商量出一点儿办法，只好打电话给蛟哥和曼姐。

怕睡在院外的惠特曼听见，我用手捂着话筒，小声向蛟哥详细汇报了惠特曼的怀疑，我想蛟哥也一定傻眼了，因为电话中有五分钟没回话。我小声地催促："喂？喂？"蛟哥在电话里忽然笑起来：

"狡猾的外国大鼻子！看来，咱们生来不适合做生意。干脆，你这样办吧……"

我们三人并排来到竹床前，惠特曼没有睡着，正仰着头入迷地看着星空，

看潜龙山的夜景。他看见了我们,便用臂肘支起身子,含笑看着我们:

"嗯?"

我说:"惠特曼先生,你想找到龙崽的巢穴吗?你想找到它的父母吗?"

"当然!你们……"

"你今晚还有力气吗?"

惠特曼一下坐起来,"当然有力气!"

"那好,随我们走吧,我们全知道,今天晚上就为你揭开宝盖。"

惠特曼兴奋得像个孩子,他欢呼着,手忙脚乱地背上他的全部行头。我们三人,还有花脸,带着他在山路上急行,一路上我们没说一句话,惠特曼也识趣地闭嘴不问,耐心地等待着揭宝的时刻。我们来到那个荒僻的山坳时,东方已露出鱼肚白色的晨光。那座简陋的龙宫静静地卧在夜色中,透着肃穆和神秘。在惠特曼疑惑的目光中,我们走近大门,我拍了三下手掌,屋里的电灯唰地亮了,大门洞开,蛟哥和曼姐含笑立在门口,龙崽则偎在他们中间,用聪慧的目光安静地瞪着我们。

"请进吧,这就是那条龙崽,这两位是龙崽的父母,这座房子是它的龙宫。陈蛟博士和何曼博士会把全部情况一点不漏地告诉你,请吧。"

惠特曼欣喜地盯着龙崽,龙崽小跑步迎上来,拽住了惠特曼的裤脚。

三天后,惠特曼从美国向陈蛟的笔记本电脑发来一封电子邮件,是他在《国家地理》杂志上将要发表的文章。蛟哥为我们翻译成中文。文章中说:

"在中华民族一万年的文化中,处处浸透着龙的气息。龙的形成,反映了华夏各部族融合为汉族的过程。在中国历史上,以龙为图腾的,有黄帝、炎帝、共工、祝融、尧、舜、禹,到商朝后,龙干脆成了帝王的象征,成了华夏文化和华夏民族的象征。

"当然,龙在自然界中是不存在的,它只存在于传说中,存在于中国人的心目中。但今年五月份,位于中国腹地的潜龙山突然爆出一条惊人的消息:一条真正的龙在潜龙山黑龙潭出现了!一条真正的龙,而不是恐龙——虽然在中国语言中,恐龙和龙使用着同一个汉字。本杂志立即派了记者惠特曼先生赴潜龙山，经过认真考证，确认这条消息是完全真实的，它绝不是尼斯湖怪兽那样虚无缥缈的东西。本期杂志独家登载了这条龙的一组照片，拍摄者为惠特曼和中国潜龙山的一位男孩贾云龙。

"至于这条龙崽从何而来？它有父母吗？它的巢穴在哪里？记者惠特曼正在做深入采访，有关消息将随后披露……"

看了这篇文章，蛟哥笑着说："惠特曼狡猾狡猾的！他没有说一句谎话，但他最大限度地勾起了读者的好奇心，他很够朋友！他履行了对咱们的诺言。"

下面还有他的一封短信，信中说他正在与几家从事生物工程的跨国公司接洽，为陈、何筹措研究基金。他说已有很大进展，相信一个月内就有肯定的回音。我们三个高兴地问："蛟哥，这么说，你们的研究资金不发愁了！"他们俩笑着点点头。短信最后说：

"再次谢谢英子姑娘送我的礼品。我想，在龙崽的消息披露之后，它必将代替熊猫添添、香香，成为美国乃至全世界孩子的最爱。我估计，用龙崽家乡的青竹编成的工艺品龙娃娃，必将有很好的销路。请你们立即准备20万只竹编龙娃娃，价格初定为每只5美元，可否，请速回音。另外，我打算用10万美元买断这种玩具在全世界除中国之外的销售权，你们是否同意？"

蛟哥和曼姐奇怪地问："什么竹编龙娃娃？"英子羞涩地掏出一只竹编的龙崽，做得十分逼真，细细的竹篾惟妙惟肖地扎出龙角、龙嘴、龙牙、龙爪。竹龙夸大了真龙崽的憨劲儿，圆头圆脑，憨厚可爱。英子说，"这是我和贾大伯商量着创作的，惠特曼先生临走时送了他一只。"陈蛟大睁着双眼喊道：

"哈，原来我们之中最有商业头脑的，是最不爱说话的英子啊！嘿，100万美元的订单！这还不包括中国市场呢，我想在中国能卖它100万只！"

我们围着英子欢呼起来，英子羞得连脖子都红了。忽然龙崽从人群中挤进去，立起身子，从英子手里叼走了那条竹编青龙。它知道竹编青龙就是它的肖像，不过它并没有就肖像权提出什么意见，它把青龙摆在地上，非常珍爱地端详过来端详过去。我们在它后边笑成一片。

追　杀

一

于平宁一杯接一杯地往肚里倒酒，目光冷漠地环视这家小酒馆。他正休假，工作期间他是不喝酒的，因为"工作就是有效的麻醉剂"。但休假期间，只有睡觉时他才与酒杯暂别，他需要酒精来冲淡丧妻失女的痛苦。

已经八年了。

他今年三十八岁，身材颀长，五官端正，面部棱角分明，额角刻着一道深深的伤痕，鬓边有一绺醒目的白发，穿一件半旧的灰色夹克衫，敞着领口。八年前他参加世界刑警组织西安"反K星间谍局"，局内人常称反K局，他从一名无名小卒晋升到中校。每逢休假，他都要回到家乡古宛城，在一些烟雾腾腾、酒气汗臭混杂的小酒馆打发时光。他希望在这儿拾到一些儿时的回忆，把他的"自我"再描涂一遍，包括对妻女的痛苦思恋。

反K局极端残酷的工作使他逐渐失掉了自我。

快把一瓶卧龙玉液灌完时，腰间的可视电话响了。他取下来，液晶屏幕上是局秘书新田鹤子小姐的头像。于平宁低声喝道："休假期间不许打扰我！"

新田鹤子在屏幕上焦急地连连鞠躬，就像阿拉伯魔瓶中关着的小精灵："对不起，于先生，请你不要关机，老板有急事找你！"

老板是指反K局的局长伊凡诺夫将军，自从参加反K局他就在这老头的手下。这俄国佬古板严厉，甚至可以说是残忍，但为人刚正，对于平宁一直很好。既然是老头子亲自出马，一定确有急事，休假要提前结束了。

屏幕上出现便装的伊凡诺夫将军，他难得地微笑着，简捷地说："很抱歉打扰了你的休假，你必须马上返回。"

生命之歌

酒店里人声鼎沸，女招待穿着超短裙，脊背裸露，在各个桌子间忙碌。酒鬼们高声猜拳行令，瞅空还要在女招待身上摸一把，引起一片哄笑。于平宁忧郁地看着这一群人，难免有些羡慕。这些人无忧无虑，不知道地球与K星的战争已迫在眉睫。实际上早在八年前，K星人就向地球展开间谍战，但是地球政府对此事一直严格保密，害怕造成全球性恐慌。试想，如果有一天你得知你的上级、朋友甚至爱人孩子都有可能是K星制造的与原型一模一样的生物机器人，他们守在你身边，伺机咬你一口，那时你对这个世界的信念还能保持吗？

全世界只有数百人了解实情，他们默默地扛着这副重枷锁，这副本该50亿人共同肩负的枷锁。于平宁是其中之一。

于平宁驾驶着白色风神900，这是2153年的新产品，时速可达300千米，有自动驾驶和防撞功能。不过他没有使用自动挡，从中学起他就喜欢体育，拳击、散打、攀岩……样样精通，手动驾驶时速300千米的汽车更是一种乐趣。他沿着宁西高速公路西行，很快就看到秦岭逶迤的山峰，前边出现了一个巨大的公路隧道。

已经八年了，但每次走到这里，他仍然感到啃人心肺的痛苦。八年前，他是位于十堰的风神汽车公司的一名工程师。有一次他带妻子和女儿去西安度假，行至此处，忽然看到前边山凹飞升起一块下圆上尖的东西，颇似农夫的斗笠，被一团阴冷的绿光浸透，似乎本身也是一块绿色透明体，飞起来极其轻灵飘忽。乍一见他并没有想到这是飞碟，毕竟这只是炒了几百年炒得太陈的神话。但是女儿菲菲唱歌似的喊道："爸爸、妈妈，这是飞碟，是E.T.！"

她拍着小手在座位上蹦跳，要爸爸快开过去找外星人玩儿。妻子笑着按住女儿，为她拴牢安全带。他从后视镜中看到这最后一幕，妻女的这幅遗照永远刻印在他脑海中。几秒钟后，汽车电脑忽然失控，于平宁急忙换到手动挡，但随之他觉得天旋地转，陷于半昏迷状态。失去操纵的汽车冲过高栏，撞在隧道口。

在这场车祸中只有于平宁捡回一条命，在脸上、身上增添了几十条伤疤。妻女火化前，他像一尊石像一样，在两具残缺不全的尸体前守了一夜。第二天，人们发现他鬓角新添一绺耀眼的白发。

世界刑警组织派了精干的班子来处理这件事，由一个俄罗斯人伊凡诺夫带队。于平宁从他那儿得知，K 星飞碟是在一星期前发现的，行踪飘忽鬼祟。由于它们对雷达来说基本是隐形的，所以极难发现。这次是 K 星人第一次试图劫持地球人，虽然没有成功。

伊凡诺夫苦笑着说："我们还曾准备隆重欢迎外星文明的使者呢，但显然他们不是来做客的。"

几天后，反 K 星间谍局匆匆成立。伊凡诺夫打电话来问他愿意不愿意参加，于平宁毫不犹豫地答应了。

酒劲开始上涌，是一种舒适的疲倦感。今天喝得太过量了。他长伸懒腰，快速抓握手指，手指节啪啪地脆响。这是他的习惯。他揉揉眼睛，知道今天不能坚持了，便把开关定在自动导航挡，目的地定在西安，汽车便根据导航信号自动行驶。

天已黑了，高速公路上汽车如潮，像是逆向流动的一红一白两条河流，于平宁把驾驶椅放倒，扎牢睡眠安全带，很快进入梦乡。他梦见了妻女，她们在恐惧地尖叫，一架飞碟带着惨绿色光雾，幽灵般地扑过来。他想冲出去，手脚却不能动弹，直到那惨绿色把他淹没……

醒来时已到临潼。睡了这一觉，他觉得精神焕发，有一种勃勃的新鲜感。但他随即又回想起那个梦境，目光顿时阴沉下来。

那个梦境似乎隐喻着他们的处境。在 K 星人的高科技间谍手段下，地球人几乎是无能为力的。反 K 局只有以十倍的献身、百倍的果决才能勉强维持一种苟安局面。

有时于平宁觉得，反 K 局简直是巴以战争中巴勒斯坦的自杀勇士。所以反 K 局的行事残忍，无法无天，也就可以原谅了。

二

反 K 局位于西安北边一座小山包下，与皇陵相距不远。几十座小平房星罗棋布，外貌很简朴，就像一座农场。实际上这儿戒备森严，配备有地球上最先进的电子警卫手段——至于这些手段对 K 星人有无作用就不得而知了。于平宁走进大门,电子警卫对他的指纹、声纹、瞳纹和唇纹做了检查,然后说:"欢迎 K37 号,局长在办公室等你。"

伊凡诺夫将军给小于回礼时,心中颇感欣慰。他看来气色很好,"像新摘的葡萄一样新鲜"。往常休假回来可不是这样,在酒缸中浸泡一个月后,他总是烦躁颓唐,精神疲倦,要几天后才能恢复。反 K 局超强度的生死不容一发的工作,使所有人都处于崩溃的边缘,他们只有在休假期间才能喘口气,在海滨、滑雪场和女人胸脯上得到松弛。唯有这个于平宁,每逢休假就把自己禁锢在对妻女的思念中,他的痛苦历八年而不衰。伊凡诺夫也是一个老派的人,注重家庭生活,所以他对于平宁休假期间的酗酒从不加指责。

屋内还有一个人,便装、黑发、戴金丝边眼镜,肩膀很宽,坚毅的方下巴,衣着整洁合体。这会儿正冷静地打量着于平宁。伊凡诺夫介绍说:"这是李力明上校,053 实验室的安全负责人。"

于平宁知道 053 实验室,它是一个绝密基地,从事着一项与外星人有关的非常重要的工作,但具体内容不得而知。它的安全是由反 K 局内另一个系统负责的,于平宁与他们交往很少。他同李力明握手时,觉得对方的手掌很有力,骨骼粗壮,动作有弹性,一看便知是搏击好手。

伊凡诺夫说:"事情很紧急,开始介绍吧。"

李力明简明扼要地介绍了事情经过:053 实验室的研究已接近成功,昨天实验室的四位主要研究者乘一架直升机前往山中基地做实验前的最后一次检查。飞至宁西公路某处时,直升机突然从雷达上消失,14 分钟后又突然出现。李力明没有放过这点异常,立即将飞机召回做安全检查。"我对机上人员解释说,有人举报飞机上安有炸弹。在不引起四人怀疑的前提下,对他们尽可能详细地检查和询问,但无论是飞机还是机上人员都没有发现异常,驾驶员说飞机一直在正常飞行。如果不是有那么一点蛛丝马迹的话。"

于平宁看看他,他忧郁地说:"四人的手表和机上的钟表都很准时,只有驾驶员的手表慢了 14 分钟,正好是 14 分钟。驾驶员却赌咒发誓,说他的劳力士手表绝对不会出差错。这也是可信的,每次任务前我们都要校对时间。"

他继续说:"当然你们很清楚 K 星人的伎俩。他们常从时空隧道中把人劫走,十几分钟后又送回一个一模一样的复制人。所以我们不敢有丝毫疏忽,即使这次的证据很不充分。"

伊凡诺夫补充道:"我们已得到情报,正好在李力明上校所说的方位和时间,有人曾看到飞碟的绿光。但雷达上一无所见,可能是飞碟的隐形技术又提高了。"

李力明说:"两件异常事件加在一块儿,促使我们不得不采取行动。所以伊凡诺夫将军把你召回来。"

于平宁怀疑地问:"K 星人会犯这样愚蠢的错误?他们难道独独忘记把驾驶员的手表也拨快,以补回进入时空隧道的 14 分钟?"

李力明苦笑着说:"我和你有同样的怀疑,但基地的重要性不允许我们有丝毫侥幸之心。从另一方面说,尽管 K 星人的文明高得不可思议,但出现疏忽也并非不可能,人类在管理猴子时也会忘记锁笼门啊。"

于平宁把他的话梳理了一遍,问道:"好吧,现在我来问几个问题。第一点,你们怀疑机上五人至少有一个被调包?"

伊凡诺夫和李力明相互看看,坚决地说:"我们是这样认为的。"

"第二点,你们为什么不把五个人隔离开做严格的审查?我们已发展了新式测谎仪,对 K 星人心理的研究也有很大进展。"

李力明再次苦笑:"你的问题说明你对 K 星人的生物间谍技术还不大了解。我介绍一点内情吧,尽管这多少泄露了基地的研究方向。K 星人过去劫持地球人后,送回来的是一个模样相似但内心不同的假冒者,咱们辨认这种白皮黑心的间谍已经不困难了,所以他们改变了策略。我们发现,他们现在换回的是白皮白心的真人,与原型一模一样,从外貌,包括指纹、声纹、体臭等;到内心,包括童年的隐私记忆、对 K 星人的憎恶等。

"当然,如果真的完全相同,K 星人就不会这么费心费力了。复制的生物机器人在意识深处有一个程序,也就是他们要达到的某个特定目标——比如说,窃取基地的研究成果并把基地破坏,这样,复制人就本能地锲而不舍地朝这一目标前行。但是,"他阴郁地强调,"这个目的是潜意识的,本人并不知道，就像海龟和中华鲟按照冥冥中的指令无意识地向繁殖地域洄游。当复制人破坏基地时，他会找出种种理由，自己作为地球人认为正当的种种理由。因此，只有在造成既成事实后，这个间谍才可能暴露，不过对我们来说为时已晚。对此我们无能为力，至少到目前为止无能为力。我们只知道某处有炸弹，却连定时器走动的嚓嚓声都听不到。"

他描绘的阴森图像令人不寒而栗，三个人都面色阴沉。

于平宁问："第三点，让我干什么？"

李力明看着将军。伊凡诺夫简捷地说："你去找到他们，尽量加以甄别，然后把复制人就地处决。"

那片惨绿色的光雾。杀死他们！……于平宁冷笑道："让我一个人去甄别真假猴王？我是地藏王脚下的灵兽谛听？你们很聪明，让我承担误杀的罪责。"

伊凡诺夫冷冷地说："这罪责我来承担。不错，我们可以把五人关起来仔细甄别，但甄别清的可能性是微乎其微的。那时我们怎么办？我们没有任何理由关押他们，但又不敢放他们。一旦某个复制人融入基地的人群，他就能轻而易举地破坏基地。要知道，K星人发动战争的日子屈指可数，而053实验室的成果对战争胜负至关重要。"停一会儿他又说："我们无路可走，在研究出甄别方法之前只有狠下心肠。无罪推定的法律准则在这儿不适用，我们是有罪推定——对可能是K星间谍的人，只要找不到可靠的豁免证明，就一律秘密处决。"

一片惨绿色光雾弥漫在眼前，仇恨逐渐膨胀。杀死他们！……于平宁闷声道："驾驶员我不管。我只答应杀死四个人。"

李力明低声说："好吧，驾驶员我们处理。"

"四个人在哪儿？"

"我们让这四个人休假了，借口是试验场要做最后一次安全检查。这样做……如果必须处决某个人时，不会对基地造成震荡。这是四人的地址，电话号码，还有照片。"

于平宁接过来。纸条上有三男一女，其中一个美国人和一个日本人已经回国，还有两个中国人。"我先从美国人开始，让自己的同胞多活两天，你们不会反对我这点私心吧。"

临分手时，李力明紧紧握住他的手说："将军对你评价极高，我真心希望你用非凡的直觉，从待决犯中甄别出几个无辜者，多少减轻我的自责。当然，鉴定结果要绝对可靠。"

于平宁冷冷地看着他。"鳄鱼的眼泪。"他想说，但李力明先说出来了："这恐怕是鳄鱼的眼泪。"

他的声音很沉闷，忧伤十分真诚。于平宁没有再说什么，同他轻轻握手。临走他问："如果四个人一并处死，难道不会影响053实验室的研究？"

"当然，这四个人是实验室的中坚，好在项目已接近尾声，开创研究方向时要天才，进行正常研究时只要资质中等的人就可以。"

于平宁点点头，同老将军告辞。老人送到门口，话语中有一丝伤感："小于，我就要退休了，是我自己要求的。年纪不饶人，我的思维已经迟钝，不能胜任这项工作了。小于，你好好干。"他没有说他已经建议上司破格提升于平宁。于平宁同他紧紧握手，然后转身走了。

忽然听到后边有人轻声喊他，扭过头，见新田鹤子正责备地望着他。他笑了，以往每次出发时鹤子都要与他恋恋不舍地告别，但今天心情沉重，把这一点给忘了。他返身吻了她的额头，笑着拍拍她的脸，转身大踏步走了。

新田鹤子目送他走出大门。

三

十小时后，于平宁已到达美国得克萨斯州的旁帕。他租了一辆奔驰700型轿车，出城向西疾行，在当地时间十二点钟找到莫尔的乡间别墅。

"乔治·莫尔，70岁，声名卓著的生物工程学家。妻子珍妮·莫尔，68岁。老派的美国人，注重家庭生活。"

这是纸上对莫尔的介绍。

他戴上红外夜视镜，戴上薄手套，轻捷地越过栅栏。这是一幢半地下式的建筑，平房显得很低矮，草坪修剪得整整齐齐，院内有一个游泳池，池水映着星光。透过红外夜视镜,他看到草坪上有几道稀疏的红线,这是普通的红外线防盗设备,对他毫无威慑。

他猫腰提着激光枪,轻轻跨过那几道红线,一边还心不在焉地想着其他事。他记得中学时曾读到过,法国一位科学家曾从一例罕见的血友病中,考证出很多姓莫尔的欧洲人原来是地中海黑皮肤摩尔人的后裔。几百年的同化使他们忘记了自己的祖先,仅留下莫尔这个姓氏,但遗传密码中还顽强地保留着摩尔人的特征。

一个消亡的民族。地球人会不会也消亡在K星文明中?

忽然他的眼角余光瞥见草丛中竖立起一条黑影,是蛇头,微风中传来轻微的环尾碰击声。蛇头轻灵地点动着,使它看起来像有两个脑袋。他没有想到经常修剪的人工草坪中竟然还有凶恶的响尾蛇,幸亏及时发现,他的随身物品中可没带蛇药。

他举起激光枪瞄准响尾蛇,准备开枪,忽然瞥见不远处有一棵树,略为犹豫后,他轻步挪过去折下一根树条,试了试,树条很柔韧。他把手枪交到左手,手持树条微笑着向响尾蛇逼近。响尾蛇用它颊窝中灵敏的红外线传感器,感受到一个大动物的36度的体温。它凶狠地躬起身子准备扑过去,就在它扑出的瞬间,于平宁猛力一抽,干净利索地把蛇头抽飞。

蛇身在草丛中扭动着。于平宁欣喜地想,自己还记得少年时的绝技。

他摸近房舍,听听屋内没有动静,就把激光枪调到低功率挡,在走廊门的玻璃上划了一个洞,伸手进去轻轻把门打开。

莫尔夫妇睡在一张巨大的水床上,于平宁轻轻摸到莫尔夫人那边,用高效麻醉剂向她的鼻孔喷了一下,随后他绕过去,把莫尔拍醒。

莫尔睁大眼睛,恐惧地盯着面前的枪口。于平宁简短地说:"跟我来,我不想杀死你的妻子。"

老人扭头看看熟睡的妻子,尽量轻手轻脚地下床,他不知道妻子已被麻醉,害怕水床的振荡会把妻子惊醒。走到门口时他回头留恋地看看妻子,神情悲伤。

两人坐在客厅的沙发上,于平宁冷冷地看着老人。他要尽量加以甄别,但他实际上已经知道了这个老人的下场。他问："你是在053实验室工作？"

老莫尔已从最初的恐惧中镇静下来，从参加053实验室起他就为今天做了心理准备。他仇恨地骂道："动手吧，我什么也不会告诉你，你这个K星畜生！"

于平宁冷笑道："我是K星人？"

"你这条狗！你这条K星人的臭走狗！"

于平宁摆摆枪口："听着，莫尔先生，我不愿在这儿浪费时间，我也不希望你的妻子醒来，使我不得不多杀一个人。如果你能用可靠的方法证明你是地球人，我会很高兴同你喝一杯的，否则我只好得罪了。"

老人沉默一会儿，问道："谁派你来的？是不是053实验室的什么人？我想你对一个死人不妨说实话。"

于平宁略为沉吟后回答："李力明。"

"这条毒蛇！"老人愤恨地骂道，"他昨天突然命令停止实验，我已经觉得奇怪了，可惜我没把他揭发出来。"

于平宁疲倦地想："又多了一个K星间谍，K星间谍下令让K星间谍去杀K星间谍，一个怪圈，蛇头咬住了蛇尾。"

"不要玩游戏了。我最后一次问你，有没有办法证明？"

老人冷笑道："我当然有办法证明。不过，你有什么办法证明你自己是地球人？在你没有自我证明之前，我绝不会向一个K星间谍泄露这个秘密。"

又一个怪圈。他知道证明的方法，但只有在自己自我证明之后才能说出来，可是自己又不知道自我证明的方法。

好了，于平宁想，他已经尽力甄别了，可以心安理得地开枪了。他声音低沉地说："开枪前我想告诉你，你们四人乘坐的直升机曾在时空隧道中消失14分钟，你们中至少有一人被K星人调包。如果不能从四只核桃中挑出一只黑仁的，我只有把四只全砸开。将来要是证明你是冤枉的，我会到你墓前谢罪。"

老人目光中闪出一丝犹豫。他开始怀疑了，于平宁想，在没有证明之前，他已对自己是谁发生了怀疑。作为基地的专家，他肯定知道那个秘密：在潜意识未浮现以前，复制人的心理是对原件的认同。

他无法证明自己是自己。他无法揪着头发把自己揪离地面。

老莫尔的嘴张了张，也许他是想说出他的证明方法。不过他最终走到门前，对着暗蓝色的夜空傲然扬起雪白的头颅："开枪吧，你这条狗！"

在开枪时，于平宁黯然地想，几乎可以肯定自己错杀了一个地球人。他无法排解自己的负罪感，但他知道，自己不得不如此。

莫尔夫人醒来时已经阳光灿烂，丈夫不在床上。她在客厅的沙发上发现了丈夫的尸体，胸前放着一朵小白花。她手指颤抖地拨通了警局电话。

警车很快啸叫着开来，汤姆警官详细地勘察了现场。老莫尔是激光枪致死的，面容很平静，死亡时间约为凌晨1点。胸前的小白花是在院里采摘的。从脚印看，作案者有30多岁，身高1.8米左右，中等体重。没有留下指纹和其他痕迹。

莫尔夫人悲痛欲绝，从她那儿没有了解到有价值的线索。他们仅得知莫尔刚从中国回来度假，这是他在家的头一天晚上，谁料死亡也接踵而至。

汤姆把小白花小心地收在塑料袋中。这朵小白花是什么用意？是对死人的嘲笑，还是哀悼？他觉得小白花上附有凶手的人格，或者他是绝对冷血的野兽，或者他有浓厚的人性。

一名警察拎着一条蛇和沾有血迹的树条过来："是在草丛中发现的，凶手看来很厉害，动作敏捷准确。不过他为什么不用激光枪来对付蛇呢？"

汤姆也想不通，一般来说，职业杀手就像一架精确走动的机器，他们不会在小事上无谓地冒险。他反复把玩这根树条，总觉得上面有凶手的影子。

回到警车上，汤姆警官对部下说："几乎可以肯定是政治性谋杀。在电脑里着重查询近两天进入美国的外国人，尤其是从中国来的。"

回到警局，他们看到查询结果。汤姆在一长串嫌疑者名单中盯着一个中国人的名字：唐天青，35岁，身高1.81米，头天从中国乘飞机来，案发当天凌晨5点离开美国去日本。他的护照倒是毫无破绽，但时间与身材太吻合了。汤姆警官把上述情况向世界刑警组织做了通报。

四

当天傍晚，日本长崎海滨的裸体浴场。

夜色朦胧，来享受日光浴的人已经离开，还有不少裸体者躺在洁白的沙滩上、凉椅上。当衣冠整齐的于平宁走过来时，有人不解地看着他。

于平宁漫不经心地走着，犀利的目光扫视着沙滩上的游客。他在一张气垫上找到自己的目标。一对裸体男女在拥抱接吻，男的有40岁，身材粗短、臃肿，他的同伴是一名黑人妙龄女子，曲线玲珑，臀部凸起，像一只母豹一样健美。

"中野康成，日本人，40岁。著名脑生理学家。单身，喜爱临时性关系。"关于这一点李力明曾补充道："他尤其喜欢黑人女子。"

中野康成气喘吁吁，两手快活地在女人身上忙活。忽然觉得有人在盯着他，抬起头，看见一个衣冠楚楚的陌生人立在面前，面无表情。他对来人的无礼很恼怒，正要发作，来人彬彬有礼地说："是中野康成君吗？"

中野狐疑地点头。这个不速之客怎么认识自己？他特意赶到一个陌生城市来寻欢作乐，连身边的女子也不知道自己的真实姓名。知道他去向的，只有负责基地安全的李力明上校，因为他曾要求随时同他联系——也许还有无所不知的可怕的K星人。

"是否让女士回避一下，我有些急事同中野君商量。"

来人说着纯正的日语，恰恰因为太纯正，中野知道他不是日本人，很可能是中国人。他千里迢迢追到这儿，绝不会是为了寒暄天气。不过，既然他先把这黑妞赶走，看来不会有什么恶意，一个杀手是不会让目击者逃生的。他笑着拍拍女人的光腚："你到汽车里等我，我十分钟后一定回来。"

十分钟。如果来人不怀好意的话，他应对此有所顾忌。黑妞扭着腰肢走了，暮色已重，周围的人都在寻欢作乐，没人注意他们。于平宁在他面前蹲下，直截了当地问；"给我讲讲基地的情况。"

中野吃了一惊，看来来人不是基地派来的信使。他胆怯地看看于平宁："是研究猩猩的智能行为。"

于平宁掏出激光枪，扣动扳机，在沙地上烧出一个黑洞，一缕青烟袅袅上升。他冷酷地说："也许这把激光枪能帮助你恢复记忆，快讲！"

于平宁要把他置于生死之地后再甄别。

中野因为恐惧而微微发抖。基地的研究是绝密的，泄露机密的人会受到严厉的处罚，甚至是反K局的秘密处决，但毕竟激光枪的威胁更现实。他声音发抖地讲起来："……K星人和地球作战的最大优势，就是这种足以乱真的第二代复制人。如果有那么七八个地球首脑被复制人调包，而他们的潜意识是把战争引向失败，那地球还有什么指望？为此，在基地集中了世界一流的科学家，研究出一种装置，称之为'思维迷宫'，可以有效地识别第二代复制人。"

"是否已经成功？"

"基本成功。但你知道，地球人能够擒获并确认的复制人极少，迄今为止，我们基本只对地球人的潜意识做过实验。这些实验准确度极高，能够清晰地显影出地球人的潜意识，比如一个孩子的恋母情结，弑父情结。至于用到K星第二代复制人身上的效果，目前还不清楚。"

于平宁深思良久，问道："如果杀死你、莫尔、安小雨、夏之垂，这个项目会不会中断？"

中野的大脑飞快运转着，力图摸清对方的心理脉络。此人极有可能是一个K星复制人——有K星人显意识的第一代复制人，他的目的是什么？是要破坏思维迷宫的研究，还是为了窃取思维迷宫的技术秘密？是要杀死还是俘获自己？他要据此调整自己的答案。

他小心地回答："不会中断，但要略略推迟。"

"思维迷宫的原理？"

中野讨好地笑道："你已经问到核心机密了。这项装置非常非常精巧复杂，但其原理不难明白。160年前有一个中国人建立了醉汉游走理论——醉汉的每一步是无规律的，但只要他的意识并未完全丧失，那么大量的无序的足迹经过数学整理，就会拼出某种有规律的图形。如果意识完全丧失，足迹经过整理后仍然发散。053实验室的安小姐据此发展出'思维迷宫'的方法，可用以剥露出 K 星复制人的潜意识指令。被试人在回答提问时，会对潜意识的秘密做出潜意识的粉饰、开脱、回避、自我证明……就每一个答案本身来说毫无破绽，但只要提问次数足够多，再经过思维迷宫系统的数学整理，就会从乱麻中理出一条隐蔽的主线。以上是粗线条的介绍，要想彻底弄清它的原理、结构和技术细节，可能要两个月时间。"

"你不能杀我，我还很有用。"中野心想。

于平宁冷冷地说："你是否猜到我是 K 星间谍？"

中野迟疑地回答："猜到了。"

"那么你泄露这些秘密不觉得良心的谴责？"

中野贱笑道："上帝教导我要珍惜生命，为了它，我还能做得更多。"他露骨地暗示。

那片惨绿色的光雾。杀死他们！于平宁毫不犹豫地扣动扳机。激光枪射出一道红色的光束，光束经过处留下一道青烟，没有响声。

中野丑陋的裸体仰卧在气垫上，额头一个深洞，两眼恐惧地圆睁着。于平宁看到那个黑妞正迟迟疑疑地往这边走，便不慌不忙地向另一边走了。附近的游客似乎看到红光一闪，他们抬起头，漠不关心地看着，又自顾寻欢作乐。

于平宁想，他几乎可以肯定又杀了一个地球人，但杀死这个贱种，他的良心不会受到太大的谴责。

那女人在中野的尸体前发抖。太可怕了，幸亏那个杀手不屑于杀她。她该怎么办？她紧张地思索着。她不想见警察，她是专在达官贵人圈子里做皮肉生涯的，可不想卷进一场凶杀案。

她看看四周，没人注意，就悄悄溜走。在嫖客的汽车里，她急急忙忙地检查他衣服中的钱包，把美元、日元揣在怀里。包中还有一叠人民币，看来他去过中国，那么，那个英气逼人的杀手——额上的伤疤使他更具男人气质——恐怕也是中国人。

钱包中还翻出驾驶证和护照，原来嫖客的确叫中野康成。她想了想，把嫖客的衣服和证件在地上堆成一堆儿，然后开着中野的车子找到一间电话亭。

她通知警察局，海滨浴场有一具尸体，他的证件和衣服放在停车场的空地上。没等对方问话，她就急忙挂断。

"我已经为自己留了后路，这样警察就不会怀疑我是凶手了。再说，这样多少对得起这叠钞票，数额还真不少哪。"她在心底窃笑着。

她驾着红色丰田一溜烟逃走了。

长崎警察局的远藤次郎警官立即赶到现场。死者证件表明他是东京人，八年前到中国西安一个动物智能研究所任职，40岁，单身。两天前刚从中国回来度假，是激光枪致死的。

在场的游客对警察的询问很不耐烦。"不！我们什么也没看见，天太黑。再说我们来这儿不是给凶杀案当证人的。"只有两个游客说凶手个子较高，约1.8米，穿戴整齐，看背影像个年轻人。

有一名泰国游客提供了一点有价值的细节，他说凶手来这儿后先把一名黑人女人赶走了，凶手走后那黑妞还回来过。黑妞很漂亮，胸脯很高，臀部凸出，走路带有弹性，像一只猎豹一样舒展，所以他印象很深。

远藤陷于沉思中，自然这黑人女子就是报案者。凶手为什么放过她，是同谋，还是心存怜悯？这些细节勾起他的回忆，他立即通知警察局查询近日世界刑警组织的案情通报。

果然查询到一个相同的案例，是在美国旁帕市，疑凶身高相同，使用同样的激光枪，行凶中也同样放过同床熟睡的死者妻子。疑凶唐天青是昨天，5月28日凌晨离开美国飞来日本，而且……远藤瞪大眼睛，美国的死者也是在西安动物智能研究所工作，是前一天刚从中国回来度假的。这就绝不可能是巧合！远藤果断地说："毫无疑问，这是一起政治谋杀。立即寻找报案者，这种黑人高级娼妓在日本很少，一定不难找到。通知美国警方把凶手照片传真过来，找到报案者后由她辨认。通知中国警方，对西安动物智能研究所进行调查，并对有关人员进行监护——很可能，这轮凶杀还未结束。"

五

"安小雨，女，28岁，未婚，卓有成就的数学家。"

照片上的安小雨十分清纯，像一个天真未凿的中学生，笑得很甜，眸子里甚至还未消尽绯色的幻想。于平宁犹豫地想，不知道自己能否狠下心向她开枪。已经错杀了两个地球人，对此他几乎是百分之百的肯定。"我是在干不得不干的事，但这并不能减轻良心的谴责。我就像身赴地狱的席方平，两个鬼卒正操着大锯忽忽隆隆锯开我的心脏。等他们解开我身上的绳索时，我就会裂成两片，扑在地上。"

但是，他苦笑着想，正因为错杀了两人，安小雨是K星间谍的可能性就更大了，高达50%。

晚上九点，他驾着一辆租来的豪华风神900型轿车，停在安小雨居住的公寓前。进公寓大门需要磁卡，所以他在等着一名持有磁卡的房客。

这是在川鄂交界的一处浅山，公寓后面是清郁的竹林，竹子很高，枝干挺拔，微风中竹叶飒飒作响。透过栅栏望去，公寓很整洁，但算不上豪华，看来安小雨口袋里没有多少钞票。

也许先赶到丹江口新湖去解决夏之垂更好一些？如果可以肯定夏之垂是间谍，就不用向安小雨开枪。如果夏之垂又是错杀，那安小雨就一定是K星间谍，再向她开枪就心安理得了。

于平宁冷笑一声，在心里嘲笑自己的矫情。这不过是用愚蠢的逻辑游戏试图减轻良心的痛苦，他想。他在美国和日本留下了不少痕迹——本来可以不留的，但他不愿多杀人，那两个无辜女子不在他的使命之内。他要赶在追捕之网合拢前把剩余两个解决。很可能这个清纯秀丽的小女孩正是K星间谍，她会在甜笑中把几十亿人推向死亡，他大可不必奉送这样廉价的怜悯。

来了一辆车，驾驶者降下车窗，把磁卡塞进读卡器，大门随之无声地滑开。于平宁赶快随那辆车开进院内。

他来到安小雨租用的203室。侧耳听听，屋内只有哗哗的淋浴声。他看看走廊无人，就掏出一根合金钢丝，轻易地捅开门锁。他稍稍推开门，从门缝里看清客厅无人，便闪身进屋，轻轻把门锁上。

屋内像鸡蛋壳一样整洁，窗明几净，茶几上摆着水果、鲜花和几碟精致的茶点。厨房内已备好几样菜肴，似乎在准备迎接客人。这会儿浴室内已把喷头关掉，玻璃屏风上挂满水珠。于平宁从容地坐到沙发上，从烟盒里抽出一支香烟。

安小雨在浴室听见外边有打火点烟的声音，她笑着高声问："是老狼吗？我马上出来。桌上有你爱吃的茶点，你先吃吧。"

夏之垂原约定10点钟到，他今天竟然没踩着钟点来，可是件怪事。这位绅士是十分注重拜访女士的礼节的，虽然他们之间早就用不着彬彬有礼了。安小雨擦干头发，忽然扑哧一声笑了。老狼，她一直这样谑称自己的情人。她曾笑着告诉他，这是有历史掌故的，可以去查查《笑林广记》：尾巴上竖是狗，"下垂"是狼嘛。《笑林广记》上有一则笑话，一位尚书借谐音巧骂一位侍郎，说路边的那只"是狼（侍郎）是狗"？不料该侍郎才思敏捷，反唇相讥，说"下垂是狼，上竖（尚书）是狗"。

安小雨披着雪白的浴衣出来，发现沙发上并非自己的情人。"你是谁？"

于平宁掏出激光枪，缓缓地说："两天前，053实验室的一架直升机曾在时空隧道中消失了14分钟，可以肯定机上五人中至少有一人被K星复制人调包。我希望你能同我配合，把你的身份甄别清楚。如果不能从四只核桃中挑出那只黑仁的，我只好全砸开。"

"不要重复这些滥调了，"于平宁厌倦地想，"反正你要杀她。那片惨绿色的光雾。杀死他们！……不要怪我的残忍，我是为了人类。"

安小雨脸上的恐惧凝固了："你把那三人全杀了？"

于平宁摇摇头："夏之垂是第四个。"

安小雨紧张地瞟一眼时钟，再过20分钟，夏之垂就会捧着一束鲜花准时赶到。她知道来人绝不是地球人，如果是反K局派来的审察人员，他就不会不知道"思维迷宫"装置已基本成功，可以用来挑出那只黑仁的核桃。凶手一定是第二代K星复制人，他在为K星卖命时还自以为是为地球尽职。

不过不要妄想唤醒他，在潜意识指令未完成前他是不会罢休的。她知道自己很难逃脱了，自从进入053实验室，她已做好心理准备。在这生死关头，她还暗自庆幸刚才没有直呼情人的名字。

一定要保住老狼，保住她的爱人，也为"思维迷宫"的研究保留火种。

快点，不能再犹豫了！

于平宁敏锐地察觉到她在看时钟。"不必担心，"他平静地说，"我不是嗜血杀手，你的客人即使赶来，我也不会动他一根汗毛。"

"我愿为你做那么一件事情。"他苦涩地想。

安小雨在心底苦笑："如果你知道我的客人就是你的下一个目标呢？不能再耽误。永别了，我的爱人！"

她声音发抖地问："我可不可以吸支烟？"

于平宁点点头。她胆怯地走过来，坐在沙发上，伸手去烟盒里摸烟，她的浴巾散开了，酥胸白得耀眼，于平宁下意识地把目光避开。忽然白光一闪，一把水果刀向他劈过来。于平宁矫捷地闪开，激光枪同时亮了。安小雨慢慢倒在地上，胸膛上有一个深洞。她的表情慢慢冻结，最后凝结为安详的微笑。

于平宁垂下枪口，苦涩地看着安小雨的尸体，久久不动。

他又错杀了一个地球人，但这是命中注定的。他小心地抱起安小雨的尸体，平放在沙发上，用浴巾盖好。从桌子上的鲜花中挑出一枝白色的水仙，轻轻放在她的胸膛上。

他把汽车开到门口，还像刚才那样等着一辆回公寓的汽车。几分钟后，一辆白色豪华风神 900 开到门口，验过磁卡后开进院内。于平宁趁大门还未关闭时开车出去。进院的那辆汽车中走出一个穿咖啡色西服的绅士，捧一束鲜花，步履轻快地向 203 室走去。这肯定是安小雨的情人，于平宁觉得愧疚。

他驾车以 300 千米的时速向丹江口开去。"只剩最后一个核桃了，它肯定是黑仁的，所以向夏之垂开枪时，不用再良心不安。快去把他干掉，我的刑期就结束了。"

六

日本警察的工作效率很高，第二天就找到那名黑人娼妓的行踪。她正在东京，又傍上一名阿拉伯富豪。

远藤警官立即乘机赶到东京，他们来到这家极豪华的"春之都"酒店。那黑妞刚在室内游泳池裸泳完毕，正躺在白色凉椅上歇息。看见两名便装男子在光滑如镜的大理石地板上小心地走过来,她甚至懒得用浴巾把自己遮盖一下。

来人出示警察证件。"什么事?"苏娣不耐烦地问。

远藤直截了当地问:"昨天你是否在长崎,和一名叫中野康成的顾客在一块儿?"

苏娣嫣然一笑,她几乎已把这事忘了。

"对,是我报的案。你们不会怀疑我是凶手吧,我只是不想卷入。你知道,我干这行当,可不想上报刊头条。"

远藤安慰她:"对,我们只是想了解一些情况。如果苏娣小姐配合,在你的阿拉伯富豪回来之前我们就会离开。请你看看,凶手是不是这个中国人?"

苏娣接过唐天青的传真照片。嘿,当然是他!她对这人印象很深,两道剑眉英气逼人,目光冷漠,额上有条深深的伤疤,这些都更增添男人的魅力。哪一天能同他上床,肯定比这个阿拉伯骆驼强多了!

苏娣忽然莫名其妙地泛出想保护他的冲动。也许是感谢他昨日手下留情?还是想为他日邂逅留下点希望?她笑着摇头:"不,不,那人……怎么说呢,长得很粗俗,大嘴,脸上没有伤疤,说话似乎带大阪口音,像是日本人。绝对没有照片上这么漂亮。"

远藤很失望。他十分怀疑这个唐天青就是凶手,各种情况太巧合了!已经查到他于昨天离开日本回到中国,正好又与长崎谋杀案的时间吻合。但苏娣不会是他的同谋,她没有为他掩护的动机。

他阴沉地说:"我想苏娣小姐一定清楚,作伪证是犯罪的。"

苏娣多少有些后悔自己的孟浪,不过事已至此,她只有硬撑到底。她朝远藤飞了一个媚眼:"当然,我懂。干我这个行当,你想我会同警察过不去吗?凶手不是这人。"她肯定地说。

远藤回到东京警署时,看到了中国警方发来的电传:"唐天青已回国,此人无前科,审查未发现疑点,正进一步调查。"

远藤很沮丧:"只好重新设定疑凶了。妈的,我真不愿承认自己错了!"

他没想到,中国警方的回文有反K局插手。

午夜于平宁赶到丹江口。他把车停在湖旁，略微打一个盹儿。醒后他下车来到湖边，一条大坝把这里变成烟波浩渺的人工湖，疏星淡月，四周是青灰色的远山。他长伸懒腰，活动一下筋骨，像往常一样快速抓握手指，然后回到车内。

他多少有些奇怪，平时他快速抓握手指时会啪啪脆响，今天却没有。不过没有时间去想这些琐事，他告诫自己，目标还未完成，要赶在天亮之前解决最后一名。

丹江口新湖湖畔是一幢连一幢的豪华别墅。这儿山清水秀，是中国的地理中心，又是亚洲蓄水量第一的水库，所以近二十年来，这儿成了科技界、商界新贵们的集聚地。他找到夏之垂的别墅，把汽车停在黑影里，翻身跳进栅栏。

他轻而易举地破坏了院内的防盗设备，蹑到房前。正在这时大门外响起汽车马达声，他忙藏在黑影里。雪亮的汽车大灯穿透夜色，大门自动打开，一辆风尘仆仆的白色汽车开进院内，进入车库，车主人匆匆进屋。

于平宁冷笑一声。这个新贵肯定是寻花问柳去了，这个K星复制人倒是没有忘记地球人的癖好。屋内响起一阵哗哗的淋浴声，很快熄了灯，看来他已十分疲乏，草草洗浴后便入睡了。于平宁仍用激光枪打开门，闪进卧室，夜色朦胧中，看到夏之垂背向门口正在熟睡，他轻轻走过去。

忽然，他感觉到某些不妥。这种感觉是从夏之垂的汽车进院后产生的，但究竟是什么？他一时抓不住它。他加倍警惕地轻步上前，用激光枪挑开他身上的毛巾被。忽然灯光唰地亮了，身后有人切齿喝道："举起手！"

他一愣，慢慢丢下手枪，举起双手，从眼角里瞥见一支双管猎枪正对着自己的后心，床上堆着一叠衣服。夏之垂的头发是干的，衣帽整齐，他根本没有洗澡。

"夏之垂，男，34岁，著名心理学家，兴趣广泛，爱好打猎。"

李力明还告诉他，夏之垂为人机警，他的枪法差不多可与专业射手媲美。

他忽然悟到不安的根源。刚才看到这辆车和这个人的背影时，有一种模糊的熟悉感，他在安小雨的公寓中见过，夏之垂就是安小雨等待的情人。

生命之歌

夏之垂绝对料不到一个温馨之夜变成凶日。他用安小雨给的钥匙打开门，看见安小雨盖着浴巾正在沙发上熟睡，胸脯上放着一朵白花。这个小精灵，这只装睡的小猫咪。他笑着悄悄走过去，吻吻她的双唇，双唇还是温热的，但刹那间他觉出异常，惊惧地喊："小雨！小雨！"

没有回声。他颤抖地揭开浴巾，在她乳沟左侧发现一个光滑的深洞，是激光枪的伤口。安小鱼手中还握着水果刀，但神态十分安详，身上看不到被强暴的痕迹。夏之垂悲愤地跪在沙发前，泪水浇到死者身上。

他的直觉告诉他，这绝不是一件暴力凶杀案。凶手是有双重人格的人，他冷酷地向安小雨开枪后，又把尸体放端正，盖好浴巾，甚至放上一朵白花以表示无言的忏悔。

可是，是什么使安小雨在迎接死亡时这样安详？……忽然脑中电光一闪，他忍住悲痛，迅速向美国和日本拨了电话，几分钟后他就知道了真相。

莫尔、中野康成都已被害，疑凶是一个30多岁的中国男子。他知道这是K星人的杰作。凶手的双重性格正符合K星第二代复制人的特征，那是潜意识中的K星人指令和原身意识中道德观的冲突。

小雨死前显然已经了解真相，她用水果刀逼迫凶手早开枪，是为了避免她的情人和凶手相遇。只有这样才能解释她的安详表情。

"我的爱人。"他低下身，深情地吻着死者的双唇。"我一定要为你报仇。"

他忍痛告别小雨，没有丝毫延误，立即开车返回。如果他没有猜错，凶手就在刚才与他相遇的那辆风神900上，他一定会赶到丹江口去杀最后一个人。

从实验突然暂停，让四人休假，到三人相继被害，这是一个精心组织的阴谋，主谋肯定在反K局内部。他要捉住凶手，问出幕后人。

他没有向警察通报，"不，我一定要亲手捉住和宰了这个畜生。"

夏之垂在身后冷酷地命令：

"走到墙边，把手支在墙上，脚向后移。"于平宁顺从地照办了。后脑勺遭到一记猛击，他眼前一黑，晕了过去。

123

等他醒来已被绑得严严实实,是拇指粗的强力尼龙绳。他揶揄地想,这下子可好了,不用担心死后裂成两半了。夏之垂居高临下地看着他,用激光枪指着他的胸膛,切齿道:"你这个畜生,你这个丧失自我的僵尸。我要告诉你你究竟是谁,你是 K 星人复制的第二代生物人,他们杀了于平宁后用你调包。你潜意识中的指令是杀死进行思维迷宫研究的四名主要人员。我要杀死你,为了我的小雨,为了莫尔、中野,为了人类。"

于平宁冷冰冰地看着他,在心里冷笑:"混蛋,我当然比任何人都清楚我究竟是谁。"夏之垂凄厉地笑道:"我真想一刀一刀碎割了你。不过用不着了,当你知道自己究竟是谁,你就会受到最严厉的惩罚。你的幕后主使是谁?快说!"

于平宁冷笑道:"我的幕后主使?是我对 K 星畜生的仇恨。"

夏之垂冷冷地说:"我知道你的使命还未完成,在你没杀死我之前,你的自我感觉还是一个正人君子。那么快说是谁派你来的?"

于平宁挣扎着坐起来,靠在墙上,冷笑道:"我可以如实奉告,一点都不遗漏,希望这些事实不至于影响你对自己的信心。"他简要说了李力明派他来的经过。"四个人我已经杀了三个,我想都杀错了,无论是品德高尚的莫尔、安小雨,还是人品龌龊的中野,盖棺论定,他们都是地球人。这样一来疑犯就只有你一个了。当然,正如你刚才所说,在没有完成使命之前你是不会清醒的。"他讥讽地说。

夏之垂目光中闪过一丝犹疑。他摇摇头,抖掉这片疑云,仇恨地说:"这些鬼话你留着对死神去说吧。如果我对自己或任何人有怀疑,我自然有办法甄别。为了我的小雨,我一定要宰了你。快祈祷吧,不管是向地球的上帝还是 K 星的上帝。"

于平宁用肩膀顶着墙,慢慢站起来:"我想你犯了一个错误,你不该扔下猎枪用我的激光枪。"

夏之垂冷笑道:"不必为我担心。在 053 实验室这是常见武器,我会用。"

于平宁微笑道:"但今晚我有一点疏忽,这点疏忽很可能救了我。我在割门玻璃时把手枪的功率调到低挡,忘记调回来了。低挡激光枪在这个距离杀不死我。"

夏之垂惊惧地低头看一眼，不错，是在低功率挡，他急忙用大拇指推换挡位，向于平宁开枪。就在这一瞬间，于平宁迅速低头，用嘴从衣领上拔出一根毒针，噗地吹到夏之垂身上，同时敏捷地闪身躲开。他觉得左臂一麻，随即无力地下垂，知道左臂已经被激光枪割断了，被同时割断的绳索散落在他身边。

夏之垂的喉咙咯咯响着，慢慢地倒下去，双眼一直仇恨地瞪着于平宁。激光光束随着他的身躯在屋中划过，被扫断的落地灯、书架等哗哗地倒下来。于平宁突然觉得极度疲乏，浑身全散架了，他慢慢地倒下去。

他的使命已完成，他想，然后他的意识缓缓地分散。意识混沌中他看到鬼卒解开他身上的绳索，四天来一直捆着他的绳索，于是他便分成两半，扑倒在地上。

七

李力明得知四个预定的目标已解决三个，于平宁正赶往丹江口，估计最后一个的解决就在今晚。

这个结果已在他预料之中。虽然他真诚地希望于平宁能从待决犯中甄别出几个无辜者，但他知道这是不现实的。他对于平宁不大满意，于平宁的行动留下不少活见证。当然，李力明本人也不忍心祸及无辜，不过，万一反K局被牵涉进去，那些终日喊人权博爱的政治家们和记者们一定会把反K局撕碎。

那将是整个人类的灾难，在奶油中长大的公子王孙们怎能理解与K星人斗争的残酷！

吃过晚饭，他忽然有一种不祥的预感——当K星间谍混入基地的阴谋破产后，K星人一定会直接向"思维迷宫"装置下手。这种预感没什么证据，但却越来越强烈。他在间谍战中已经身经百战了，这种第六感从未欺骗过他。

他在办公室急急地踱步。随着时钟的滴答声，他觉得越来越焦躁。一定要采取行动。可是怎样行动？怎样向别人解释？单凭他毫无根据的预感。连伊凡诺夫将军也不会相信。

时钟已到11点。他终于下了决心，"让我一个人承担罪责吧，我一定要在12点前完成。"

他唤来技术部主任捷涅克。要想进入"思维迷宫"所在的地下室，必须他们两人用两把钥匙同时操作，才能打开门锁。他阴郁地说："伊凡诺夫将军向我通报，K星人今晚很可能要向那个装置下手。我想咱俩今晚守在那里。"

捷涅克犹豫着，这样做不太符合安全规定。李力明瞪他一眼："是否还要按部就班地请示？我告诉你，莫尔、中野、安小雨，很可能还有夏之垂都已经被害了。凶手不明，不过可以认定是K星人下的毒手。"

捷涅克异常震惊。这四人是053实验室的中坚，竟然在几天内全部丧生，达摩克利斯之剑已悬在头顶了！他意识恍惚地跟李力明来到地下室。

卫兵向李力明敬礼，李力明还礼后简洁地说："加强警戒，今晚可能有情况。我和捷涅克主任在里面值班。"

两个门锁距离两米，他们分别对付一个，经过长达10分钟的复杂操作，一米厚的钢门缓缓升起。两人进去后钢门又缓缓落下。

地下室与外界严格地隔绝，是一个无声的世界，即使是轻微的赤足行走声、呼吸声，都会被极度灵敏的拾音器收到，放大为霹雳般的巨响。这样，外部守卫的士兵就会迅速进入戒备。

李力明进门后顺手关掉这套系统。他目光奇异地看着捷涅克，后者感到惶惑不解。李力明慢慢地说："以后你们会理解我的。"

他猛烈的一击把捷涅克打晕，然后看看手表，已是晚上11点30分。要赶快，他一定要在12点前办完。

他急忙坐在主电脑的键盘前。053实验室为了应付突然事变，在唯一的"思维迷宫"装置上设有自毁机构，只要输入一套复杂的指令，装置就会在一声巨响中化为灰烬。

他实在不忍心毁掉它。这套装置是科技界的精英们殚精竭虑费时两年才搞成的，其中也有他的不少心血。一旦被毁，地球人该怎么识别K星复制人？

不要犹豫了。一旦 K 星人得到这个装置，那将对人类造成更大的危害。

手表的滴答声在密室里像一声声雷鸣，也像一记记鞭抽。他横下心，飞速地敲击键盘，把自毁指令输进去。不过那些根深蒂固的怀疑仍在啃着他的心，K 星人今天会对这个装置下手？如果 K 星人得到它，会对人类造成多大危害？是否毁掉装置是更大的危害？……

在敲击最后一道指令即自毁时间时，他的怀疑也达到顶峰，但是他仍无法说服自己收回自毁指令。

他在两种念头的激斗中痛苦地呻吟着。"好吧，我仅仅来一点小改动，我只把时间推迟一分钟，这微不足道的时间不会影响我的使命。"

输完指令，他立即离开地下室，对门卫吩咐："捷涅克主任在里面值班，我明天来换他。"

他回到自己的办公室，失神地盯着时钟。"我实在不忍心目睹装置的毁灭，不过我确信自毁指令一定会执行。"

时钟敲响 12 点，在令人窒息的死寂中又过了一分钟。现在，他确信自己的使命已经完成。他的精神一下子散架，似乎听到身体自内向外的碎裂声。

八

断臂的剧痛使于平宁悠悠醒来，一种不可名状的恐惧开始叩击他的精神之门。他呆呆地瞪着无物，忘了疼痛。

"我究竟是谁？究竟干了什么？"

几天来他一直辛辛苦苦，锲而不舍地去完成一个目标，像在苦苦追赶一个飘飞的幽灵。幽灵忽然消失，他发觉自己已经堕入地狱。

为什么他一定要杀这四个人？即使他们中有一个 K 星间谍，也能用"思维迷宫"来甄别。那个日本人早就告诉他这个秘密，为什么宰杀后两个人时他不愿想到这一点？

那片惨绿色的光雾。杀死他们！于平宁忽然打起寒战，连续的不可遏制的寒战。那片绿光并不是思念妻儿引起的幻觉，而是在宁西公路上真实情景的潜记忆！莫尔和夏之垂都没有说错，自己——严格说不是自己，而是自己的原型,曾被K星人劫持、消灭,换了个一模一样的复制人。于平宁的所有记忆所有情感包括对K星人的仇恨都被保留,只是在潜意识中多了一道罪恶的指令。

他对K星人的仇恨被改头换面,变成替K星人卖命的狂热。

他的颤抖越来越厉害。他站起身,用力抓握手指,不,没有那种清脆的啪啪声。他苦涩地想,这大概是K星人复制工程的唯一疏忽。

他忆起夏之垂曾对他指出的一点事实:当复制人完成K星人的指令后,当他意识中不再有这个毒瘤时,他就复原了,变回一个真正的地球人。

"你在梦中残杀你的母亲,现在你要清醒地欣赏自己的杰作。"

一条响尾蛇游过来,一双毒眼。它得意地狞笑着,一滴一滴地往他心中滴着毒液。不过他的痛苦很快就麻木了,麻木到可以清醒地思维。

是谁知道他回西安的路线和时间?伊凡诺夫、李力明、新田鹤子,当然不排除K星人也能窃听到。

是谁夸大时间的急迫性,要求他尽快把四个人消灭?伊凡诺夫和李力明。

是谁告诉他至今无法甄别复制人?是李力明。但作为基地的安全负责人,他明知道"思维迷宫"的研究已基本成功。

他奇怪如此简单的答案自己竟然没想到,而他素来是以思维清晰自负的。不用说,是那个潜意识指令在干扰着他的思维。

李力明肯定是一个复制人,是一个和自己同样可怕的K星间谍。

"我要杀死他,为安小雨、夏之垂他们报仇。为我,不,为于平宁报仇。"

他的感觉已经麻木。抖掉绳索,爬起来,机械地检查了自己的断臂,伤口很光滑,激光枪切断它的同时也起到止血作用。他在起居室找到药箱,用一只手困难地把伤口扎好,又艰难地把夏之垂的尸体举到床上,盖好。在院里找到一朵白色的野花,把它放在夏之垂的胸前。

干这一切时他很冷漠,似乎在梦游状态。然后他带上激光枪,坐进他的风神900,把挡位放在自动导航挡,目标定在基地所在的神农架。风神车飞驰而去。

早上七点半,他到达基地。他平静地向门卫通报了姓名,要求见李力明。

那边很快回话，说他可以进来。大门打开了。基地很平静，看来四人的死讯还未传到这里，一名警卫把他领到李力明的办公室便走了。于平宁表情痛苦，右手托着断臂，用肩膀顶开门走进去。激光枪在断臂臂窝里藏着，可以很方便地抽出来，李力明不是等闲之辈，他必须小心。

但眼前的情景是他没有预料到的，李力明眼睛布满血丝，神情颓丧，正在狠命地灌酒。他冷冷地盯着于平宁，目光中满是鄙夷和刻毒的嘲讽。于平宁也冷冷地看着他。

"四个人全杀死了。"于平宁闷声说。

"我已经知道了，这正是我喝酒的原因。"

仇恨在胸中膨胀。于平宁嘎声问道："你在庆贺胜利？"

李力明不回答，他又灌一口，恶毒地笑着，忽然问："你的指令已经完成了，你肯定也意识到了吧？"

血液冲到头上。于平宁愤恨地想，"他在戏弄我，就像一条蛇在戏弄嘴边的老鼠。这个畜生。"他抽出激光枪，声音苦涩地说："你这个复制人，K星人的走狗。"

李力明把酒杯摔碎，昂然迎着他的枪口走过来："开枪吧！你这个混蛋复制人。告诉你，我的指令也完成了。"

于平宁缓缓地问："你的指令？"

"对，我的指令是毁掉'思维迷宫'装置，我已经把它炸毁，四个主要研究者也被杀光。地球人在几年内很难恢复元气。告诉你，我的指令完成后，我也复原了，变成了李力明，那个对K星人刻骨仇恨的李力明，哈哈！"

他笑得十分凄厉，像一只濒死的狼。于平宁的枪口慢慢垂下去，他怎么没想到这一点？他早该想到的。李力明和他是同病相怜。他的胸膛要爆炸，他也想凄厉地长嚎……但是一个念头忽然浮出来，他努力想抓住这根救命稻草。李力明已把"思维迷宫"炸毁了？为什么在基地内看不到一点异常？他迟疑地问："你把'思维迷宫'炸毁了？"

"我炸毁了！"李力明突然疯狂地喊："我当然炸毁了！那装置在隔音地下室，人们还没有听到爆炸声。等他们打开地下室就一定会发现！"

"求求你，于平宁，你不要再问了。我已经把它炸毁了，我绝对相信这一点。"

于平宁紧紧地盯着他，这里面肯定有蹊跷。自认识李力明后，他对李力明一直有惺惺相惜之意。这个人意志坚定，行事果断，绝不在自己之下。为什么他突然这样歇斯底里？这不像他的为人。也许他说的是实情，由于地下室隔音，他们尚未发现装置被毁。但为什么他如此急切地想向自己证明这一点？

于平宁敏捷地思考着，思维逐渐明朗，摸到了可能正确的答案。李力明一定是以极顽强的毅力，迫使他本人相信那个装置已经炸毁，这样他才能从K星人的指令中苏醒过来。能做到这一点实在太难了啊。于平宁不敢追问下去，一旦李力明知道"思维迷宫"并未毁掉，他潜意识中的指令就会死灰复燃。那时他又会变成一个可恶的难以防范的K星间谍。

于平宁忽然朗声大笑，把激光手枪推向长桌对面的李力明，用仅存的右手抱起酒瓶豪饮起来："多好的酒，没想到死前还能喝上家乡的卧龙玉液。我告诉你，死前我们能干一件很不错的事，你我都可以为地球消灭一个可恶的K星间谍。喂，把你的手枪扔过来。"

李力明也大笑起来。好，杀死这两个复制人，就再也不用担心某些事了。他把自己的手枪在长桌上推过去，捡起于平宁的手枪。两人坐在桌子的两端开怀痛饮，然后摔掉酒瓶。两个枪口慢慢抬起。于平宁微笑着说："有什么未了之事吗？"

李力明苦笑着说："有点放不下'那个人'的妻儿。不过，他们不会承认我是丈夫和父亲的。不想它了。"

于平宁也想起那个'于平宁'的妻儿，想起她们死前的那一幕，想起新田鹤子无言的柔情，想起古板热肠的将军……他一挥手，高兴地说："瞄准眉心，我喊到三，咱们同时开枪。瞄得准一点，别丢丑。"

李力明笑着说："放心吧。我们可以来个竞赛，明天请将军来检查各自的弹着点。"

他们互道永别，于平宁兴致勃勃地喊："准备，一，二，三！"

九

接到报告后,伊凡诺夫将军很快赶到053实验室。李力明的办公室里,长桌两端,两个人对面坐着,脸上凝固着豪爽的笑容,眉心正中各有一个光滑的深洞。

基地的其他人用备用钥匙打开地下室,在里间找到捷涅克,刚一取下封嘴的胶带,捷涅克就喊:"快检查自毁装置!"

仔细检查一遍之后,捷涅克松口气:"昨天把我关在里间后,李力明启动了自毁装置。十分侥幸,这个可怕的K星间谍犯了一个可笑的错误。"他迷惑地说:"真的很奇怪,是一个十分可笑绝不该犯的错误。他准确无误地输进了整套指令,但预定自毁时间却定在23点61分,所以电脑拒绝执行。"

老将军心情沉重地回到李力明的办公室,沉默地看着两具尸体。他十分喜爱这两个部下,所以在心理上难以把他们同K星间谍联系起来。他沉重地扪心自问,"我为什么如此轻易地听信李力明的话,草率地决定将四人处死?即使怀疑四人中有复制人,也可以用基本成功的'思维迷宫'系统来鉴别呀。仅仅是因为我老年昏聩吗?"

"莫非……我也被K星人调包?我也有一个潜意识的指令?"他的心颤抖着,问:"'思维迷宫'一切正常?"

"是的。"

"那好吧,我来做第一个被试者。"他步履沉重地走过去,坐在受试椅上,向部下严厉地吩咐:"如果鉴别结果是……立即向我开枪!"

豹

楔　子

  2001年8月的一个晚上，加拿大温哥华市的格利警官在阿比斯特街区例行巡逻。车上的微型电视正播放着纳特贝利体育场里1500米决赛的实况，那儿正举行世界田径锦标赛。格利警官是个田径迷，他一边开车，一边用一只眼睛盯着屏幕。忽然电话响了，是局里通知他立即赶往邓巴尔街的洛基旅馆。那儿刚打来一个报警电话，是一名女子的微弱声音，话未说完声音就断了，但电话中能听到她微弱的喘息声，很可能这会儿她的生命垂危。格利警官立即关了电视，打开警灯，警车一路怪叫着驶过去，七分钟后在那个旅馆门口停下。

  洛基旅馆门面很小，透过玻璃门，看见几个旅客在门厅里闲聊，有的在看田径比赛的实况转播。柜台经理阿瓦迪听见了警笛，紧张地注视着门外。格利匆匆进去，向他出示了警徽，说：

  "212号房间有人报警。"

  阿瓦迪立即领他上到二楼，格利掏出手枪，侧身敲敲门，没有动静，经理忙用钥匙打开房门。格利警官闪身进去，一眼就看见一名浑身赤裸的黑人女子，半边身子溜在床外，电话筒还在床柜半腰晃荡着。屋内有浓烈的血腥气，那女子的下体浸泡在血泊中。格利在卫生间搜索一遍，未发现其他人。他摸摸女子的脉搏，还好，她没有死，便立即让柜台经理唤来救护车。

  他用被单裹住女子的身体，发现她的上半身满是伤痕，像抓伤和咬伤。在喉咙处……竟然是两排深深的牙印！把女子送走后，他仔细检查了屋内，没有发现什么有用的线索。地毯上丢着女子的T恤、皮短裙、黑色的长筒袜和透明的内裤，床柜上放着一百美元。卫生间里的一次性小物品仍保持原状，

生命之歌

没人使用过。

柜台经理阿瓦迪告诉他，这名黑人女子是半小时前和一名高个男人一块来的，那个男人10分钟前已走了，"是个黄种人，身高约六英尺二英寸，身材很漂亮，动作富有弹性。他留的名字是麦吉·哈德逊，当然可能不是真名。"

"他是使用信用卡还是现款？"

"现款，是美元。"

这些年温哥华的华人日渐增多，华人黑社会也逐渐在温哥华扎根，这是警方很头痛的事。他问："这个黄种人是不是华人？"

经理迟疑地摇头："我不知道，但我看他很像是。"

格利点点头，不再追问。这桩案子的脉络是很清楚的：一名不幸的妓女遇见有虐待狂的嫖客，这种情况他不是第一次遇上。三年前，就在离这儿不远的一家四星级饭店里，一名颇有身份的嫖客把一名妓女咬得遍体鳞伤。在此之前，格利常在报上或电视上见到他的名字。另一次则正好相反，一名嫖客央求妓女用长筒丝袜把他的双手捆上，再用皮带狠狠抽他。这些怪癖令人厌恶，但另一个案犯的行为甚至不能用"怪癖"来描述，只能说是地地道道的兽行。在这个案例中，一家人全部被害，四岁的孩子失踪，后来在下水道里找到她的尸体，女主人被杀死后还被割去乳房，性器官也被割开。三个月后警方抓到凶犯，是一个骨瘦如柴、眼神恍惚的精神病患者。他没有被判刑，只是关到疯人院了。

当警察时间长了，什么稀奇古怪的宝贝都能遇上。妻子南希是个虔诚的浸礼会教徒，对丈夫讲述的这些奇怪行为十分不解，总是皱着眉头问：

"为什么？他们为什么要这样做？"

格利调侃地说，这证明达尔文学说是正确的。人从兽类进化而来，因此人类的某一部分或者正常人在某种程度上，仍保存着几百万年前的兽性，在适当的环境下，这些兽性就会复苏。南希很生气，不许他说这些"亵渎上帝"的话。但格利认为，如果抛开调侃的成分，那么自己说的并不为过。确实，他所经历的很多罪行并不是因为"理智上的邪恶"，而完全是基于"兽性的本能"。

第二天早上他赶到医院，医生告诉他，那名女子早就醒了，伤势并不重，失血也不算太多，主要是因极度惊恐而导致晕厥。格利走进病房时，那名女子斜倚在床头，雪白的毛巾被拥到下巴，脸上还凝结着昨晚的恐惧。听见门响，她惊慌地盯着来人。格林把一个塑料袋递过去，"这是你的衣服和你的100美元。我是警官格利，昨晚是我把你送到医院的。"

黑人女子勉强挤出一丝微笑："谢谢你，"她的声音很低，显得嘶哑干涩。格林在她的床边坐下："能告诉我你的名字吗？地址？"

女子低声说："我叫萨拉，是美国加州人，五天前来的加拿大。"

格林点点头，知道这个黑人妓女是那种"候鸟"，随着各国运动员、记者和观众云集温哥华，她们也成群结队地飞到这里淘金来了。他问下去，"那个男人是什么样子？请你尽量回忆一下。"

萨拉脸上又浮现出恐惧的表情，脱口喊道："他的性能力太强了！就像野兽，我从没见过这样的男人！"

"是吗？请慢慢讲。"

女子心有余悸地说："我们是在街头谈好的，那时他满身酒气，答应付我100美元。一到房间，不容我洗浴，他就把我扑到床上，后来……我受不了，央求他放开我，也不要他付钱。那个人忽然暴怒起来，用力扇我的耳光，咬我，掐我的脖子。后来我就什么也不知道了。"

格林看看她，"恐怕不是用手掐你，据我看他是用牙齿，昨晚我就在你颈上发现两排牙印。"

女子打个寒战，用手摸摸脖子，把要说的话冻结在喉咙里。格林继续问道："还是请你回忆一下，有没有什么东西能辨认他的身份？"

女子从恐惧中回过神来，回忆道："他好像是运动员……"

"为什么？"

"他把我扑到床上后，又突然下床打开电视，电视中是田径世锦赛的实况转播。此后他似乎一直拿一只眼睛盯着屏幕。还有，他的身材！完全是运动员的体型，匀称健美，肌肉发达，老实说，当他在街头开始与我搭话时，我还在庆幸今晚的幸运呢。我没想到……"

生命之歌

"他是哪国人？你知道吗？"

萨拉毫不迟疑地说："中国人。"

"为什么？柜台经理告诉我他是黄种人，但为什么不会是日本人、韩国人或越南人？"

萨拉肯定地说："他是中国人。他说一口地道的美式英语，但在性高潮时说的是中国话。我在旧金山华人区附近长大，虽然不会说中国话，但我能听懂。"

"那么，他也有可能是在华人区长大的华裔美国人？"

萨拉犹豫地同意了："也有这种可能，不过……他似乎是把中国话作为母语。"

"他说的什么？"

"是一些不连贯的单词。什么100米、200米、刘易斯、贝利等。"

"你知道刘易斯和贝利是谁吗？"

萨拉点点头。现在，格林已经不怀疑萨拉所说的"他是个运动员"的结论了。贝利和刘易斯是几年前世界上有名的短跑运动员。只有那些全身心投入田径运动的人，才会在性高潮中还呼唤他们的名字。格林立即想到三天前看到的100米决赛情况。起跑线上的八名运动员，有五名黑人，两名白人，只有一名黄种人，是中国的田延豹。这也是多少年来第一次杀入决赛的黄种人选手。田延豹是个老选手，已经35岁，很可能这是他运动生涯的最后一次拼搏。他在起跑线上来回走动时，格林几乎能触摸到他的紧张。事实证明格林并没有看错。发令枪响后，牙买加的奥利抢跑，裁判鸣枪停止。但是田延豹竟然一直跑到50米后才听见第二次鸣枪。等他终于收住脚步，离终点线只有20米了。他目光忧郁，慢慢地走回起跑线，走得如此缓慢，返回的时间足够他跑五次100米了。

那时格利就知道，这位不幸的中国人体力消耗和心理干扰太大，肯定与胜利无缘了。再次各就各位时，田延豹恶狠狠地瞪着那位牙买加选手。很可能，因为这名黑人选手的一次失误，耽误了另一名选手的一生！

那次决赛田延豹是最后一名，而且这还不是不幸的终结。冲过终点线他就栽倒在地上，中国队的队医和教练急忙把他抬下场。刚才他榨尽了最后一滴潜力以求最后一搏，不幸把腿肌拉伤了。

这样，两天后，也就是昨天晚上的 200 米决赛他不得不弃权。可是按他过去的成绩来看，他在 200 米比赛中的把握更大一些。在电视中看到这些情况时，格利十分同情和怜悯这个倒霉的中国人，但此刻却不由自主地把怀疑的矛头对准了他。按体育频道主持人的介绍，田延豹恰是六英尺二英寸的身材，体型十分匀称剽悍。也许，一个在赛场上遭受毁灭的男人会怀着一腔怒火去毁灭一个素不相识的女人？他问萨拉：

"那人大约有多大岁数？面部有什么特征？"

"应该不到 30 岁，圆脸，短发，至于别的特征……我回忆不起来。"

"你能确定他不足 30 岁吗？"

萨拉迟疑地摇摇头："我不能，他没有给我足够的观察时间。"

"他走路是否稍有些瘸拐？"

"没有注意到。"

"还有什么异常情况吗？"

妓女迟疑地说："他的精神……好像不大正常。他不能控制自己。"

"是吗？"

"他的表情一直很阴沉，说话很少，像是有很重的心事。他带我上车，为我开关车门，完全是一个有教养的绅士，可是后来……"

格林完全同意她的判断。想想吧，那人在干完这样的兽行后，竟然没有忘记留下应付的 100 美元！他问："如果看到他的照片，你能认出来吗？"

"我想可以。"

格利站起身，"那好，你休息吧，我下午再过来。"

他立即动身到温哥华电视台借来了前天晚上决赛的光盘，但在返回途中已经后悔了。冷静地想想，他的推测纯属臆断，没有什么事实根据。而且……即使罪犯真的是那个可怜的中国运动员，他也是在一时的神经崩溃状态下干的，很可能这会儿已经后悔了，也没有造成什么严重的后果，何必为了一个肮脏的妓女毁掉一个优秀运动员的一生呢？

生命之歌

等他迟疑不决地回到医院，那名妓女已经失踪。她趁护士不注意，穿上自己的衣裙溜走了，还带走了属于自己的 100 美元。这不奇怪，哪个妓女没有违犯过法律？她们不会喜欢到警察局抛头露面的。于是，格利警官心安理得地还了光盘，把这件事抛到脑后。

三年后，在雅典奥运会，一件震惊世界的连环杀人案披露于世，几乎每家报纸、每家电台都频繁播送着一男一女两个死者的头像。后一个凶手也是中国人，加拿大温哥华市皇家骑警队的格林警官马上在屏幕上认出他。以后，随着雅典一案的逐层剥露，他才知道洛基旅馆那件小小的案件只是冰山的一角，在它的下面，隐藏着叫全世界都瞠目的人类剧变。

一

中航波音 777 客机正飞在北京—雅典的航线上，高度 15000 米。从舷窗望去，外边是一片淡蓝色的晴空，脚下很远的地方是凝固的云海，云眼中镶嵌着深蓝色的地中海。

午餐已经结束，老体育记者费新吾用餐巾纸揩揩嘴巴，把杯盏递给空姐。看看他的两个同伴，田延豹和他的堂妹田歌，已经闭着眼睛靠在座背上，专心听着耳机里的英语新闻广播。田延豹今年 38 岁，圆脸，平头，穿着式样普通的夹克衫。他退出田径场后身体已经发福了，但行为举止仍带着运动员的潇洒写意。田歌则是一位青春靓女，在机舱里十分惹人注目。

飞机上乘客不多，不少人到后排的空位上观景去了。前排几个小伙子正神情亢奋地大摆龙门阵，听口音是东北人：

"这叫哀兵必胜！雅典 1996 年申奥失败，2000 年照样申请；再失败，2004 年还接着干，这不把奥运会争到手了？"

费新吾微微一笑，看来，机上至少一半人是去观看雅典奥运会的，他们属于迟到的观众，奥运会早在三天前就开幕了。不过费新吾是有意为之的，因为他和两个同伴主要是冲着田径之王——男子百米决赛而去的，不想多花三天的食宿费。

男子百米决赛定于明晚举行。

从头等舱里出来一个老人，大约65岁，面目清癯，银发，穿一身剪裁得体的藏蓝色西服，细条纹衬衣，淡蓝色领带，举止优雅，目光十分锐利。他径直朝这边走过来，边走边打量着费新吾和他的同伴。费新吾开始在心里思索这是不是一个熟人，这时老人已立在他身旁，抬头看看座位牌，微笑着俯下身：

"如果我没有看错，您就是著名的体育记者费新吾先生吧。"

费新吾赶忙起身："不敢当，我曾经当过体育记者，现在已经退休了。先生……"

老人接着向田延豹示意："这位先生……"费新吾忙触触同伴，田延豹睁开眼睛，看见一个老人在笑着看他，便取下耳机，欠过身子。老人继续说："如果我没有看错，就是中国最著名的短跑运动员田延豹先生吧。"

田延豹的目光变暗了，那个失败之夜又像一根烧红的铁棒一样烙着他的心房。一辈子的追求和奋斗啊，就这么轻易断送在"偶然"和"意外"上，谁说上帝不掷骰子？那晚，他违反了团组纪律，单独一人外出，在酒吧中喝得酩酊大醉。第二天，焦灼的领队和老费在警察局的收容所里找到他，那时他对头天晚上的事已经没有一点记忆。他拂去这些回忆，惨然一笑，对老人说：

"一个著名的失败者。"

老人在前排空位坐下，慈爱地看着他："失败的英雄也是英雄，折断翅膀的鹰仍然是鹰。毕竟你是在奥运会上'听四枪'的第一个中国选手，也是少数黄种人运动员之一。历史不会忘记你。"

费新吾饶有兴趣地看着他。所谓"听几枪"是体育界的行话，比如听两枪是进入预决赛，听三枪是进入半决赛，听四枪则是进入决赛。看来这位老人对田径比赛比较熟悉。他看见了两人的询问目光，自我介绍道："我姓谢，双名可征，美国马里兰州克里夫兰市雷泽夫大学医学院生物学教授，也是去看奥运比赛的。"

靠窗坐的田歌忽然扯下耳机，兴奋地喊："预决赛刚结束，他已经杀入决赛了！"

田延豹急忙问："成绩呢？"

"10.07秒，仍是最后一名——最后一名也是英雄，飞得再低的雄鹰也是雄鹰！"

她刚才并没有听见三个男人的谈话，所以这番关于鹰的话纯属巧合，三个男人不由得笑了。田歌不知道笑从何来，诧异地睃着三个人，眼珠滴溜溜的像只小鹿，三个人又一次笑起来。

谢教授的目光被田歌紧紧吸住。22岁的田歌具有上天垂赐的美貌，虽然不重脂粉，但无论何时何地都能光芒四射，艳惊四座。她穿一身白色的亚麻质地的紧身休闲装，显得飘逸灵秀。很可能，前边那一群东北小伙子的亢奋就与身后有这样一位美貌姑娘有关。费新吾为老人介绍：

"这个漂亮姑娘是田先生的堂妹，一个超级田径迷，虽然她自己的百米成绩从未突破15秒。后来我为她找到了其中的原因：老天赐给她的美貌太多，坠住了她的双腿。所以她只好把对田径的一腔挚爱转移到她的偶像身上。"

这番亦庄亦谐的介绍使田歌脸庞羞红，她挽住哥哥的手臂说："豹哥是我的第一个偶像。"

谢教授微笑着问："你刚才谈论的是谢豹飞的成绩吧。"

"对，美国运动员鲍菲·谢，那是我的第二个偶像，他和我豹哥是国际大赛中唯一杀入决赛的两名中国人，而且名字中都带一个'豹'字，这真是难得的巧合！我想他们的父母在为儿子命名时，一定希望他们跑得像非洲猎豹一样轻扬！"

费新吾纠正道："你犯了一个错误，这名运动员只是华裔，不是中国人。"

老人微微一笑："田小姐说的并不为过，虽然谢豹飞，还有我，不是法律意义上的中国人，但在心灵上仍属于中国。"他眼睛中闪着异样的光芒，压低声音说："透露一点儿小秘密，谢豹飞就是我的独生儿子，我是去为他助威的。"

田歌立即蹦起来，惊叫道："你……"

老人把手指放在唇边："嘘……不要声张。"

田歌站立过猛，膝盖狠狠撞在未折起的小餐桌上，但她没有感觉到疼痛，而是异常兴奋地盯着这个老人。她做梦也想不到能有这样难得的巧遇，遇上谢豹飞的父亲！在她的心目中，谢豹飞差不多和外星人一样神秘。费新吾和田延豹也很兴奋。老人说：

"我在乘客名单中看到了你们两位……你们三位的名字，我和田先生、费先生已经神交多年了。为了表示敬意，三位所需的百米决赛的入场券就由我准备吧。到雅典后请用这个电话号码与我联系。"

他递过一张写着电话号码的小纸片，费新吾衷心地说："谢谢，衷心希望令郎在明天取得好名次。"

老人起身同三个人告别，想了想，又俯下身神秘地说：

"再透露一点小秘密。希望绝对保密，直到明晚9点之后。可以吗？"

田歌性急地说："当然可以！是什么秘密？"

老人嘴角漾着笑意，一字一顿地说："除非有特大的意外，豹飞在决赛中绝不是最后一名。"

他展颜一笑，返回头等舱。这边三个人面面相觑，被这个消息惊呆了。田歌声音发颤地说："豹哥，费叔叔……"

费新吾向她摇摇手指，止住她的问话。他和田歌一样有抑制不住的狂喜。虽然在种族大融合的21世纪，狭隘的种族自豪感是一种过时的东西，但他还是没办法完全摆脱它。不错，在体育场上，黑人、白人运动员所创造的田径纪录也使他兴奋不已，他十分羡慕这些天之骄子，他们有上帝赐予的体态体能。尤其是黑人，他们有猎豹一样的体形，长腿，窄髋骨，肌肉强劲，田径场上看着他们刚劲舒展的步伐简直是享受。他们多年来称霸田坛，最红火的时候，100米、200米的世界前25名好手竟然全是黑人！黄种人呢？尽管他们在灵巧性项目上早已占尽上风，但在力量型项目上至今仍让人失望。三年前，田延豹在35岁的崛起曾使他兴奋过，结果失望了。其实回想起来这种结局是正常的，因为田延豹身上背负着太多太多的期望，他已经在心理上被压垮了，那天赛场上的意外只是一根导火索。

近两年来，华裔运动员谢豹飞像一颗耀眼的流星突然出现在天际，从一个默默无闻的三流选手迅速爬升，直到杀入奥运决赛。在体育界他是一个带着几分神秘的人物，连他的英国教练也从不抛头露面。费新吾对他一直抱着极高的期望，不过他始终认为谢豹飞夺冠只能是下一届奥运了，因为他的成绩一直徘徊在世界第八到第十之间。田延豹俯在他耳边兴奋地低声说：

"他在预赛和预决赛中都是倒数第二三名，如果……"

作为多年的体育记者，费新吾完全听懂了他的话。如果一个有意隐藏实力的选手一直以这种成绩杀入决赛，那就说明他对自己有绝对的信心——他知道自己不会因为万一的不慎被挤出决赛圈。那么，这个选手极有可能有夺冠的实力。

他们兴奋地交换着目光，不再交谈。他们不会辜负老人的信任，一定要把这个秘密保守到决赛之后，因为这是出奇制胜的心理战术。

飞机下面已经是白色的雅典城，空姐们督促乘客系上安全带，迅速增大的气压使他们两耳轰鸣着，机场的光团渐渐分离成单个的灯光。田歌紧紧拉住哥哥的右臂，激动地说：

"豹哥，我真盼着快点到明天！"

雅典帕纳西耐孔体育场一直是奥林匹克运动的圣殿，就像伊斯兰信徒心中的麦加天房。帕纳西耐孔体育场建于公元前330年，全部由洁白的大理石建成，坐落在圆形的山丘上。体育场正面是典型的古希腊朵利亚建筑风格的高大前柱式门廊，门廊中央是巍峨庄严的白色大理石圆柱，前后排列共24根。中央门廊成品字形，共12根，后门廊柱共6根。看台依跑道的形状而建，也全部是洁白如雪的大理石，跑道两端是白色大理石砌成的方形圣火台，静卧在乳白色的地毯上。

体育场后面是郁郁葱葱的绿树，晚霞洒落在高大的树冠上。这个古老的体育场同样也充满了现代气息，两个巨型电视屏幕高高耸立，10口锅状的卫星天线一字排开朝向天空。暮色渐渐沉落，但体育场内亮如白昼，灯光映照着绿色的草坪，朱红色的塔当跑道，还有数万兴奋的盛装观众。

费新吾和两个同伴在靠近跑道终端的二层看台上找到了自己的位置。做了多年的体育记者，他知道在百米决赛的黄金时段，这样的位置是十分难得的。他十分感激那个慷慨的老人。但没有找到老人的影子，附近没有，贵宾席上也没有。莫非在这个令人癫狂的时刻，他还能端坐在卧室中看电视？

他在贵宾席上看到了原美国短跑名将刘易斯，这个百米跑道上的风云人物，他曾经多次破世界纪录和获奥运冠军，现在已结束体育生涯了。他正在与贵宾席正中的原国际奥委会主席萨马兰奇交谈，萨翁左侧则是现任奥委会主席。两名主席当然不会错过今天的比赛，毕竟，男子百米和男子跳高是田径运动中分量最重的奖牌。

回头望望看台，七排以上全是各国的新闻记者，他们胸前挂着长焦距相机或摄影机，膝上摆着最新的笔记本电脑，面前还有为他们特意配置的小型闭路电视。费新吾用目光扫视一遍，从他们佩戴的台徽看，有英国的BBC，美联社，意大利的RAI，日本的TBS，加拿大的CBC，法国的FT2，挪威的NRK，以色列的IBA……自然也少不了新华社。新华社的穆明也看到他了，两人远远地招招手。

田延豹一直瞑目而坐，眉峰微蹙，他一定又回到三年前那个痛苦的夜晚。田歌穿一件洁白的露肩装，紧紧捧着一束硕大的花束，里面有象征胜利的月桂和象征爱情的玫瑰。她的眸子里有两团火在燃烧，从她手指和嘴角无意识的抖动，能看出她心中极度的渴盼。

忽然观众骚动起来，随之各种语言的欢呼声响成一片，八名短跑选手从休息室里出来了，有美国的老将格林、蒙戈马利，英国新秀德锐克，加拿大的贝克尔，牙买加的奥塞，尼日利亚的老将埃津瓦，乌克兰的斯契潘奇。这里面有六个黑人，一个白人。最后出来的是美国的鲍菲·谢，是选手中唯一的黄种人。八名选手都很从容，步履悠闲地走着，不时向看台上招手或送个飞吻。当谢豹飞经过记者席时，二排看台上的一个姑娘用英语高喊：

"鲍菲·谢，谢豹飞，这束花是你的！"

姑娘的声音十分脆亮悦耳。谢豹飞看到了那个手持花束用力挥舞的姑娘，纵然是决战前的紧张时刻，那姑娘明月般的美貌还是让他心神摇曳。他点点头，又飞个吻，继续往前走。

田歌脸上发烧，坐下来，把脸埋在花丛，心房狂乱地跳动。她心目中的偶像听到了她的声音！为这一句话她曾踌躇良久，她原想喊："不管胜利或失败，这束花都是你的！"但仔细考虑，这样喊未免不吉利。反复斟酌到最后，她才把自己的激情浓缩在这六个字中。

八个选手正在脱外衣，她目醉神迷地盯着自己的偶像。其实，她对谢豹飞知之甚少，也不知道他是否有意中人，但她仍不顾一切地把自己的终身托付给他了。谢豹飞已脱掉长衣，悠闲地做调整运动。他身高1.88米，肩宽，腰细，臀部微凸，双腿修长强劲，圆脑袋，背部微有曲度，整个身体像非洲猎豹一样矫健敏捷。

9点30分，八名选手各就各位，谢豹飞在第八跑道。裁判高高举起发令枪，八台激光测速器都对准了各人的腰部，全场突然变得一片静寂。

在三个中国人附近，有一个衣着普通的白人老者。他坐在四排看台的普通席上，目光冷静地看着谢豹飞的一举一动。没有人认出他就是著名的耐克公司的董事长菲尔·奈特。三天前，在美国俄勒冈州波特兰市耐克公司总部里，秘书告诉他，有一个从雅典城打来的越洋电话，一定要找奈特本人。打电话的人自称他是百米决赛中最差劲的一位选手，华裔美国人鲍菲·谢。奈特忽然心中一动，让秘书把电话转过来。

电视中出现了那个年轻人圆圆的面孔，穿着运动衫，背景是吵吵嚷嚷的体育场。他嬉笑自若地说：

"我是百米决赛中最差劲的一名选手，以致各个体育用品公司都不把我放在眼里。不过奈特先生是否知道一句中国话'烧冷灶'？也许在某个冷灶里烧一把火，会得到意想不到的好处呢。"他大笑一阵，继续说道："所以我自己找上门来，想与奈特先生签一份对双方都有利的合同。"

他的笑容明朗而自信，在这一瞬间，奈特忽然触摸到了这个人明天的成功。老奈特十分相信自己的商业直觉，他仅停顿两秒钟就果断地说：

"好，我同意，我马上派人去雅典同你签合同。"

那人笑着说："我不喜欢同你的下级讨价还价，还是咱俩在这儿敲定吧。我会在百米决赛中穿上耐克跑鞋——毕竟我一直在穿它——比赛后我会把耐克跑鞋抛到天空，或顶在头上，总之做出你想要我干的任何表演。至于贵公司的酬劳，当然与我的名次有关。我提个数目，看奈特先生是否赞成。如果我取得第八至第二的任何名次，贵公司只需付我一美元……"

奈特立即问道："你说多少？"

"一美元，只需一美元。但我若夺得冠军，这个数目就立即上升到5000万美元。你同意吗？"

奈特十分震惊于他的自信，短时间的踌躇后他干脆地说："我同意，付款期限……"

"不，我的话还没有说完呢。如果我夺冠的同时又打破世界纪录，贵公司要把上述酬劳再增加一美元，也就是5000万零1美元。但如果我的纪录打破9.5秒大关，"他一字一顿地说，"听清了吗？如果打破9.5秒大关，我的酬劳就要变成一亿美元。"

纵然奈特是体育界的老树精，他仍然吃惊得站起身来：

"你说9.5秒大关？那是多少体育专家论证过的生理极限啊，根据计算，为了达到这个速度，大腿的肌肉纤维都要被拉断。换句话说，这是人类体能无法达到的。"

对方不耐烦地说："那就是我的事了。怎么样？一亿美元，据我所知，贵公司还没有同哪一个运动员签过这么大数额的合同。"

奈特按捺住内心的激动，平静地说："我答应。你不要把我看成唯利是图的商人。只要你能超越体育极限，达到人类不敢梦想的这个高度，我情愿奉送你一亿美元，并且不要你承担任何义务。"

鲍菲目光锐利地看看他，略作停顿后笑道："也好，我会把这段谈话透露给某位记者，我想这将是对耐克公司更好的宣传，远远甚于向天空扔跑鞋之类的杂耍。至于付款期限等枝节问题就由你们酌定吧，我不会挑剔。"

"但是有一条，"奈特严厉地说，"如果出现了兴奋剂丑闻，这个合同就彻底告吹。我不想再出现约翰逊那样的事情。"

"那当然。这一点请你尽管放心。"说完他就挂了电话。

这会儿，奈特用望远镜盯着蹲伏在起跑线上的鲍菲，心中默默祈祷着。

一方面，从理智上说，他不相信谢的大话——这确实是令人难以置信的。另一方面，从直觉上，他又十分相信，他能从那人当时的笑声、从他明朗的表情甚至从他的不耐烦上摸到他的才能和信心。好了，10秒之后就能看出究竟了。

一声枪响，八个人像子弹一般冲出起跑线，鲍菲和奥塞跑在最前面，但随即又是一声枪响，有人抢跑！八名运动员都很快收住脚步，快快地返回起跑线。

田延豹心头猛然一阵紧缩。这两年他一直盯着谢豹飞的崛起，为了一种潜意识的种族情结，他把自己破灭的梦想寄托在这个黑头发黄皮肤的华裔年轻人身上。其实他知道谢豹飞是美国人，他得奖时会升起星条旗，奏起美国国歌。但不管怎样，他仍然期盼着这名华裔选手获胜。在邂逅了谢先生之后，这种亲切感更加浓了。但是，今天的情形简直是三年前的重演，莫非他也要遭到命运之神的毁灭？

他原以为谢豹飞抢跑了，但裁判却向牙买加选手奥塞发出警告。谢豹飞返回起跑线后，怒气冲冲地瞪着五道上的奥塞，向他狠狠啐了一口。田歌没有想到自己的偶像会在众目睽睽之下做出这样粗野的举动，面庞发烧地垂下目光。田延豹却突然攥住老费的胳臂——在这一瞬间，他对谢豹飞获胜的把握又大了几分。不错，这个动作是有失体面的，谦恭的中国选手绝不会这样做。但恰恰这个粗野的举动显露了那人的自信，显示了他身上未泯灭的野性。

这种可贵的野性在国内选手身上可是太少见了，而在国外选手尤其是黑人选手身上常常看到。那时，国内运动员中流传着一个近乎刻薄的笑谑，说黑人正因为进化得较晚，所以才保留了较多的野性，当然这是吃不到葡萄的自我解嘲，因为据近代基因科学的判定，非洲人的基因是最古老的，非洲是全世界人类的摇篮。

发令枪又响了，谢豹飞第一个冲出起跑线。依田延豹多年的经验，他的起跑反应时间绝对在0.120秒之下。看来他的体力和心理都没有受到上次抢跑的影响。他的动作舒展飘逸，频率较高，步幅也大，腰肢柔软，酷似一只追捕羚羊的猎豹。从一开始，他就把其余的选手甩到身后，在后程加速跑中又把这个距离进一步扩大,领先第二名将近五米。转眼之间,他就昂首挺胸冲过终点线。看场中立即响起雷鸣般的掌声,这阵惊涛骇浪几乎把看台冲垮。

但今天场上的情形很奇怪。欢呼声仅限于普通观众,而那些教练、老选手、老资格的体育记者们都屏住气息,紧紧盯着电动记分牌。他们凭感觉知道,一项新的世界纪录就要诞生。9.45秒!记分牌上打出这个不可思议的数字,全场足足停顿了10秒钟,才爆发出天崩地裂般的欢呼声,数万观众不约而同地站起来,有节奏地欢呼着:

"鲍菲——谢!鲍菲——谢!"

谢豹飞接过别人递过的美国国旗,绕场狂奔。新闻记者们低着头,争分夺秒地用专用电话线发回最新报道。两名奥委会主席也忘形地站起身大声喝彩,尤其是满头银发的萨翁,兴奋得不能自制,以至于泪流满面。费新吾和田延豹的眼眶都湿润了。田歌捧着花束跳到场中间,等谢豹飞跑过来时,她狂喜地扑上去:

"谢豹飞,这束花是属于你的!"

她递过鲜花,忘情地搂住谢豹飞的脖颈。谢豹飞一手执旗,一手执花,环抱着姑娘的臀部把她举起来,在她的乳沟上方吻了一下。

虽然这个动作失之轻薄,但狂喜中的田歌毫无芥蒂,她深深地吻了谢豹飞的额头,挣下地跑回看台。其他几名选手也过来同冠军握手祝贺,他们对这个冠军心悦诚服。奥塞也过来了,谢豹飞笑着特意同他紧紧拥抱,了却了不久前的冲突。

直到运动员回到休息室,全场的狂欢才慢慢平息。

各家电视台、电台和电子报纸都以最快的速度报道这则爆炸性的消息。美联社套用首次登月的宇航员阿姆斯特朗的一段著名的话:

"对于鲍菲·谢而言,这只是短短的100米;但对于人类来说,却跨越了几个世纪。"

不久,奥运会兴奋剂检测中心公布了对鲍菲·谢的检测结果:

生命之歌

"我们在赛前及赛后对鲍菲·谢进行了两次兴奋剂检查，检查结果均为阴性。还用才投入使用的最新技术对生长刺激素和促红细胞生长素的服用情况进行了检查，结果也为阴性。值得提出的是，正是谢本人主动要求我们强化对他的检查。他要向世人证明，他这次令人震惊的胜利是光明磊落的。"

菲尔·奈特先生不动声色地看完比赛，悄悄返回波特兰市的耐克公司总部。鲍菲·谢履行了他的诺言，比赛后立即向报界公布了三天前两人之间的谈话，这使耐克公司的声誉达到巅峰，连总统也打电话向他表示敬意。这种效果是多少广告费也造不出来的。而且，凭多年的经验，他知道几天后大把的订单就会飞向耐克总部，至少20%的美国青少年会立即去买一双耐克跑鞋挂在墙上，以此多少宣泄他们对鲍菲的狂热崇拜。

二

在雅典瓦尔基扎富人区的一座寓所里，谢可征教授独自躺在沙发中看完电视转播，然后向国内的妻子打了一个电话，就儿子的惊人成功互相道喜。这个结果早在他们预料之中，所以他们的谈话十分平静。刚放下电话，电话铃响了，屏幕上是田歌的面庞，眼睛发亮，两颊潮红，略带羞涩但口气坚决地说：

"谢伯伯，向你祝贺！……200米决赛后鲍菲有时间吗？如果他能陪我吃顿饭，我会十分荣幸。"

谢教授微微一笑，他想这个姑娘已经开始了义无反顾的爱情进攻。他也知道儿子已经成了世界名人，狂热痴迷的美女们会成群结队地跟在儿子身后。不过他十分喜爱田歌，喜爱她不事雕琢的美，喜欢她的开朗和落落大方，也喜欢她是一个中国人。他笑着说：

"田小姐，我给你一个电话号码，你自己同鲍菲联系吧。"

"要抓紧啊。"他半开玩笑半认真地说。田歌羞红了脸，说："谢谢伯伯。"

两天后，200米决赛结束了。谢豹飞以18.62秒的成绩再次夺冠——又是一个世纪性的成绩。这些天,费新吾和田延豹一直处于极度亢奋之中,夜里他们同榻而卧,兴致勃勃地谈论着这个罕见的"鲍菲现象":为什么他能把同时代的人远远抛在后边?为什么他能轻而易举地突破科学家预言的生理极限?他并没有服用兴奋剂,他事先要求对自己强化药检,正是为了向舆论证明自己的清白。是否他父亲发明了一种新的高能食品?或者是其他合法的方法,比如电刺激?

无疑,他的两个纪录会成为两座突兀的高峰,恐怕多少年内无人能超越了。这种现象并不是绝无仅有的。1968 年美国运动员鲍勃·比蒙的世纪性一跳创造了 8.9 米的跳远纪录,一直保持了 15 年。更典型的例子是原乌克兰选手布勃卡,他 19 岁获得世界冠军,34 次打破世界纪录。1991 年他打破了 6.10 米的纪录——而在此前,不少体育专家论证说,20 英尺(6.10 米)是撑竿跳的极限。他曾在半年内连续六次打破自己创造的纪录。但尽管这样,在短跑中出现这样的突破仍是不可思议的,不正常的,因为短跑技术早已发展得近乎尽善尽美,它已经把人类的潜能发挥到极致。众所周知,水平越高的运动就越难做出突破。

他们常常醉心地、不厌其烦地回忆起谢豹飞在赛场上那份矫捷,那份飘逸潇洒。他们都是内行,越是内行越能欣赏谢豹飞的天才和技术。费新吾自嘲道:

"咱们这是秃子借着月亮发光啊。中国人没能耐,拉个华裔猛侃一通。说到底,他的奖牌还是美国的。"

田延豹脱了衣服走进浴室,忽然扭头问:"他会不会是个混血儿?你知道,远缘杂交——这个名词虽然有些不敬——常常有遗传优势。比如法国著名作家大仲马是黑白混血儿,他的体力就出奇的强壮,常和狐朋狗友整夜狂嫖滥赌,等别人瘫软如泥时,他却点上蜡烛开始写小说。他的不少名著就是这样写出来的。"

费新吾摇摇头,"不,我侧面了解过。他是 100% 的中国血统。"

三天没好好睡觉,两人真的乏了,洗浴后准备好好地睡一觉。就在这时电话铃响了。拿起电话,屏幕上仍是一片漆黑,看来对方切断了视觉传输,他不想让这边看到他的面貌。

那人说的英语，音调十分尖锐，像宦官的嗓音，让人觉得很不舒服：

"是费新吾先生吗？"

"对，你是……"

"你不必知道我的名字，我想有一点内幕消息也许你会感兴趣。"

费新吾摁下免提键，同田延豹交换着眼色："请讲。"

"你们当然都知道谢豹飞的胜利，也许，作为中国人，你会有特殊的种族自豪感？"

他的口气十分无礼，费新吾立即滋生了强烈的敌意，冷冷地说：

"我认为这是全人类的胜利。当然，同是炎黄之胄，也许我们的自豪感更强烈一些。是否这种感情妨害了其他人的利益？"

那人冷静地回答："不，毫无妨害。我只是想提供一点线索。谢豹飞今年25岁，26年前，谢可征先生所在的雷泽夫大学医学院曾提取过田径飞人刘易斯先生的体细胞和精液。"

费新吾一怔，随后勃然道："天方夜谭，你是暗示……"

"不，我什么也不暗示，我只是提供事实。谢先生和刘易斯先生正好都在雅典，你完全可以向他们问询，需要两人的电话号码吗？"

费新吾匆匆记下刘易斯的电话，又尖刻地说：

"即使证实了这个消息又有什么意义？我看不出刘易斯的细胞和谢豹飞先生有什么联系。"

那个尖锐的嗓音很快接口道："请不必忙于作出结论，你们问过之后再说吧。明天或后天我会再和你们联系。"

电话挂断后很久两人都没话说，那个尖锐刺耳的声音仍在折磨他们的神经，就像响尾蛇尾部角质环的声音；那个神秘人物的眼睛似乎仍在幽暗处发出绿光，就像响尾蛇的毒眼。他有什么居心？他主动向两个陌生人提供所谓的事实，而费田二人既非名人，又不属新闻界；他清楚地知道谢可征、刘易斯还有这儿的电话号码，他是怎么知道的？没准他在跟踪这些人。田延豹摇摇头说：

"不会的，谢豹飞身上没有任何黑人的特征。"

费新吾恨恨地说："即使他是用刘易斯的精子人工授精而来的，又有什么关系？我难以理解，这个神秘人物披露这些情况，是出于什么样的阴暗心理！"

但不管如何自我慰藉，他们心中仍然很烦躁，莫名其妙地烦躁。半个小时后田延豹下了决心：

"我真的要问问刘易斯，我和他有过一段交往。"

费新吾没有反对。田延豹拨通刘易斯的电话，但没人接。他一遍又一遍地拨着。直到晚上 11 点，屏幕上才出现刘易斯黝黑的面孔和两排整齐的牙齿。他微笑地说：

"我是刘易斯，请问……"

"刘易斯先生，你好。我是田延豹，你还记得我吗？2001 年世界田径锦标赛百米决赛中那个倒霉的中国选手。"

刘易斯笑道："噢，我记得。我很佩服你当时的毅力。你现在在哪儿？"

"我也在雅典。请原谅我的冒昧，我想提一个无礼的问题，如果不便，你完全可以拒绝回答。"他简单追述了那个神秘的电话，"刘易斯先生，你真的向谢可征先生提供过体细胞和精液吗？"

刘易斯耐心地听完后说："田先生，今天你已是第八个提问者了，我刚回答了七名新闻记者同样的问题。"

田延豹和费新吾交换着目光，现在问题更明显了。那个打电话的人是想掀起一阵腥风恶浪把胜利者淹死。刘易斯接着说：

"对，我记得这件事，我是向雷泽夫大学医学院提供的，那是个严肃的学术机构，他们希望得到一些著名运动员的体细胞和精液进行某种试验。刚才几名记者都问我，鲍菲的父亲是不是那个研究课题的负责人，我的回答是：可能是一名姓谢的华裔，不过这一点我记得不准确。"略停之后，他笑道："我知道那个多事的家伙在暗示什么。坦率地讲，我非常乐意有这么一位杰出的儿子，可惜这只是我的一厢情愿。在鲍菲·谢先生身上，你能看到一丝一毫刘易斯的影子吗？"

生命之歌

　　他爽朗地大笑起来，这笑声也冲淡了田、费二人心中的阴影。刘易斯快言快语地说：

　　"不要听他的鬼话！不管这个躲在阴暗中的家伙是白人还是黑人——我想大概不会是黄种人——他一定是个心地阴暗的小人，他想制造一些污秽泼在胜利者身上。不要理他！再见。"

　　放下电话，两人都觉得心中轻松了些。田延豹说："不必给谢老打电话了吧。"

　　"不必了，不要搅扰他的好心境。"他沉思地说，"你说，这个神秘人物究竟是什么动机？莫非他也是短跑名将中的圈内人？是失败者的嫉妒？就像逄蒙暗算了后羿。"

　　田延豹勉强笑道："那，我是最大的失败者。"

　　费新吾知道自己失言了，这句无意的话又勾起田延豹已经冷却的痛苦。那年温哥华世锦赛他也在场，是他和中国田径队的领队到警察局领回烂醉如泥的田延豹。按中国田径队的严格纪律，本来要给他一个处分，不过领队也是运动员出身，知道二十年奋斗而一朝失败是多么深重的痛苦。他和费新吾悄悄把这事压了下来。

　　这会儿，他不愿多做解释，便拍拍田延豹的肩膀，表示把这一页掀过去。田延豹已经上床休息了，费新吾仍在电脑前快速浏览着电子新闻。也许是本能，也许是潜意识的预感，他总觉得这个电话只是一个大阴谋的开场锣鼓。查阅时他把注意力全部集中在这次的百米和二百米决赛上，集中在谢豹飞身上，看看有没有什么别的蛛丝马迹。

　　新闻报道中没有什么特别的东西，各国记者在报道这两次决赛时都用了最高级的形容词：世纪之战；体育史上的里程碑；百世难逢的奇才。美国新闻周刊的老牌记者马林说：

　　"鲍菲·谢不仅成功地打破百米 9.5 秒大关的壁垒，也成功地打破人类的心理壁垒。从此之后，那些对人类生理极限抱悲观态度的人，那些以'科学态度'对各种运动定下这种那种极限的体育生理专家，对自己的结论要重新考虑了。"

在正规的电子出版物中没有发现什么异常，有关刘易斯提供体细胞和精液的消息尚未见报道。看来，已经得到消息的七名记者都十分慎重，毕竟这是非常爆炸性的新闻，而且新闻的来路太不正常。费新吾又把目光转向"网络酒吧"，这是网友们随意交谈的地方。这里面关于谢豹飞的话题占了很大一部分。那些终日沉迷于电脑的网虫都感受到这次破纪录的震撼，对谢豹飞的天才表示极大的敬意。还有不少女性在倾泻着自己的爱情。

看着这些赤裸裸的爱情宣言，费新吾会心地笑了。他想这些姑娘女士大概是没戏了。这两天田歌一直同谢豹飞泡在一起，他们的感情急剧升温。昨晚深夜，谢豹飞把田歌送回来，费新吾发现，姑娘眸子中的爱情之火是那样炽烈，目光所及，简直可以把窗帘烧着。田延豹摆出一副"老兄嫁妹"的苦脸，叹息道："田歌已经'目中无人'了，哪怕是面对着你，她的眼光也透过你的身体射到远处去了！"

就在这时，他在屏幕上发现了一份特殊的短函。他一目十行地看着，目光逐渐阴沉，耳边又响起那个神秘人物的尖锐嗓音。正在床上闭目养神的田延豹突然听见"啪"的一声，是费新吾在猛拍桌子，他声音沙哑地说：

"小田，你快来，看看这封信件，那条毒蛇又露出毒牙了！"

在向那座爱情要塞发起进攻之前，田歌已经抱定破釜沉舟的决心。但她没料到这座要塞竟然不攻自破，任由她的美艳之旗在城头猎猎飘扬。

从谢伯伯那儿要来谢豹飞的电话号码后，田歌努力提炼自己的信心，对自己的第一句言辞反复考虑，她要在中国姑娘的羞涩心许可范围内尽量大胆地进攻。但事件进程出乎她的意料，电话挂通，两个头像同时出现在对方的屏幕上之后，谢豹飞脱口而出：

"我的上帝！"这句话是用英语说的，他随即转用汉语："谢天谢地，我正发愁怎么在人海中找到你呢。那天我忘了让你留下地址，当然，在大赛前有这样的疏忽是可以理解的。你怎么知道我的电话号码？为了摆脱记者们的纠缠，这个号码是严格保密的。不，你不用回答，"他笑着说，"我更希望是冥冥中的上帝之力，是上帝把你送到了我的身边。请问你的名字？"

生命之歌

田歌这才说出第一句话："田歌，田野的田，歌曲的歌。"

"美丽的名字。你能允许我去拜访你吗？我需要你。"

于是两条爱情之水纳入一条河床，开始汹涌奔流。谢豹飞推掉所有的应酬，小心地避开新闻记者的追踪，终日和田歌四处游玩。他的中国话非常地道，能够流畅地表达微妙的情感，这使田歌倍感亲切。他们一块儿欣赏希迈特斯山的朝霞，萨罗尼克湾的落日，参观白色的帕特农神庙、宙斯神庙和阿塔罗斯柱廊，到圣徒教堂里陪希腊正教徒一块儿做祈祷。雅典是一个浸泡在历史和神话中的城市，几乎每走一步都能踢出古希腊的尘埃。谢豹飞虽然只有25岁，但已经是个见多识广的成熟男人了。他为田歌讲解各个景点的历史，讲述奇异多彩的希腊神话，还要加上一些个人的独特观点：

"希腊神话和东方神话不同，在古希腊人的神界里，同样有阴谋、通奸、乱伦、血腥的复仇、不计生死的爱情……一句话，希腊神话中还保留着原始民族的野性。对比起来，汉族神话未免太'少年老成'。"

这些话使田歌觉得新鲜，也有一点点惶惑。

几天下来，田歌已深深爱上谢豹飞——当然她早就爱上了，两年前就爱上了。不过那时她爱的是一个偶像，现在爱的是一个活生生的人。她会痴迷地看着他强健的肌肉，流畅的身体曲线，潇洒敏捷的举止。他就像蛮荒之地的非洲猎豹，随时随地喷吐着生命的活力。

那天他们在拉夫里翁的滨海公路上行驶，忽然一辆菲亚特紧紧追上来。谢豹飞放慢奔驰的速度让他们超车，但两车并行后，那辆菲亚特并不急于超车，一个人从车窗里探出身子频频拍照。这是那些被称为"狗仔队"的讨厌记者，他们想抢拍百米飞人与新结识的情人的照片去卖个大价钱。谢豹飞愤怒地落下车窗，做手势让他们滚蛋。那个家伙不但毫不收敛，反倒趁着车窗落下的机会拍摄得更起劲了。谢豹飞勃然大怒，立即踩下刹车，让菲亚特超到前边，他从内侧超过去，猛打方向盘，狠狠撞击菲亚特的内侧。菲亚特车内的人惊恐万状，田歌也急急喊：

"不要这样，豹飞，不要这样！"

谢豹飞两眼喷着怒火，毫不理会她的劝阻，仍然一下接一下地猛撞。那辆车最终躲闪不及，从路堤上翻下去，打个滚，四轮朝天地扎在沙滩上。谢豹飞大笑着开车走了，田歌从后视镜里向后张望着，担心地说：

"他们会不会有生命危险？停车看看吧。"

谢豹飞笑道："这些狗仔们的命长着哪，不管他！"

奥运会已近尾声，不少赛事已毕的运动员开始陆续离去。但费新吾和田延豹都闭口不提回国的日程，田歌知道他们的苦心，心中暗暗感激。

第五天早上，谢豹飞很早就来到普拉卡旧城区，把那辆豪华的奔驰停在狭窄的坡度很大的街道上。白色的建筑上爬满爬墙虎和刺玫，到处是卖鲜花的小摊贩。他按响喇叭，很快一个白衣白裙的仙子在高处一个小旅馆的门口出现。她像只羚羊一样踏着陡峭的石级，转瞬来到谢豹飞的身边。两人先来一个让人透不过气的长吻，尔后田歌回身向旅馆方向招招手，她知道费叔叔和豹哥肯定在窗户里望着她。汽车开动后她问：

"今天去哪儿？"

"去比雷埃夫斯港。我送你一件小礼物。"

比雷埃夫斯港桅樯如林，不少私人帆船或快艇麇集在一起，远远看去像挨肩擦背的天鹅。谢豹飞停下车，拉着田歌来到岸边，一艘崭新的、形状奇特的、浑身亮光闪闪的游船停在那儿。船首上是三个新漆的中国字：田歌号。制服笔挺的船长在驾驶室里向他们行着注目礼。田歌呆呆地看着谢豹飞，不敢相信这是真的。谢豹飞侧身说：

"请吧，田歌号的主人，这就是我送给你的小礼物。"

田歌踏上甲板，就像踏在梦幻中。谢豹飞详细为她解释着，说这艘船主要以太阳能为动力，船中央那两个直立的异形圆柱是新式船帆，所以也可利用风力行驶。田歌痴迷地走过一个又一个房间，抚摸着亮灿灿的铜栏杆、一尘不染的墙壁、卧室中豪华的双人床，觉得心头过多的幸福直向外漫溢。她知道按西方礼节，受礼者不能询问礼品的价格，但她忍不住想问一问，按她的估计，它至少值 100 万美元，豹飞可不要为它弄得破产！

谢豹飞理解她的心思，轻描淡写地说："耐克公司已把第一笔 3000 万美元划到我的账号上,我愿意为你把这笔钱花光。"

田歌着急地说:"千万不要!……我可是个节俭成性的中国女人,你再这么大手大脚,我会心疼死的。"

谢豹飞笑着把她拥入怀中。两人的心脏在怦怦地跳动着,炽烈的情欲在两个身体中间来回撞击。田歌从他怀中挣脱出来,笑着问:

"启航吧,今天到哪儿?"

"到米洛斯岛吧,断臂维纳斯雕像就是在那儿发现的,我今天要给它送去一位活的维纳斯。"

两人的嘴唇又自动凑到一块儿。

送走幸福得发晕的田歌,费新吾和田延豹开始研究那条毒蛇的毒牙。那封电子函件是这样写的:

> 我一直奇怪,为什么一个黄种人选手在百米项目中取得如此惊人的突破。要知道,相对于黑人、白人而言,黄种人的体能是较弱的。这不是种族偏见,而是实际存在的事实。这个事实很可能与蒙古人种数百年来普遍的贫穷、小区域通婚、素食和农业生活有关。
>
> 不久前我得知一个事实,恰在鲍菲·谢出生前一年,美国马里兰州克里夫兰市雷泽夫大学医学院从田径飞人刘易斯身上提取了体细胞和精液,谢的父亲谢可征教授正是该学院的资深教授。不久前,我的朋友、中国著名体育记者费新吾先生和短跑名将田延豹先生已就此事问过刘易斯先生,并得到后者的确认……

费新吾和田延豹都愤怒地骂道:"卑鄙!"

> 当然,我们不相信鲍菲·谢是用黑人精子授精而产生的后代,因为他完全是蒙古人的形貌特征,包括肤色、眼角的蒙古褶皱、铲状门齿等。但是,如果了解谢可征先生的专业,也许能引起一些新

的联想。谢教授是著名的生物学家和医学家，他领导的研究小组早已成功地拼装出改型的人类染色体。这些半人造的染色体是为了医治某种遗传病症而制造的，是为了弥补人类遗传中出现的缺陷，为那些不幸的病人恢复上帝赐予众生的权利。不过，一旦掌握了这种魔术般的技术，是否有人会禁不住魔鬼的诱惑而去改进人类？这种行为本来是生物伦理学所严格禁止的，是对上帝的挑战。但据我所知，谢先生的心目中并没有上帝的地位……

两人再次激愤地骂道："卑鄙！十足的卑鄙！"的确，这封电子函件的内容已经不仅是猎奇或哗众取宠，而是赤裸裸的人身攻击了。费新吾心情沉重地说：

"小田，我们不能再沉默了，这些情况必须通知谢先生，让他当心这些恶毒的暗箭。也许，他能猜到这些暗箭是从什么地方射出来的。"

"对，马上给他打电话。"

谢先生的电话很快就挂通了，费新吾小心地说：

"你好，谢先生，最近忙吧，我和田先生想去拜访你，最近我们听到了一些宵小之言，我想应该让你了解。"

谢先生的目光暗淡下来："我知道你们的意思，我也看到了那封电子函件。不过你们来吧，我正想同你们聊一聊。不，"他改变了主意，"我开车去接你们，然后找一个希腊饭店品尝希腊菜。我请客。"

谢教授把他的富豪车停在普拉卡区的一个老饭店前，饭店在半山腰，窗户可以俯瞰鳞次栉比的旧城区，欣赏弯弯曲曲的胡同和忙碌的人群。服装鲜艳的男招待递过菜单，田延豹摇摇手，费新吾也笑着摇头道：

"雅典我倒是来过两次，却从来没有自己点过菜，还是谢先生来吧。"

谢教授没再客气，点了白烧鳕鱼加柠檬汁，番茄汁鲟鱼加香芹，茄子馅饼，鱼子酱和柠檬沙拉，又要了一瓶茴香酒。三人边吃边聊，谢教授问：

"这些都是希腊风味的菜肴，味道怎么样？"

费新吾说不错,田延豹笑道:"不敢恭维。我只要一出国,就开始馋北京的八宝酱菜、王致和臭豆腐和香喷喷的小米粥。"

三个人都笑起来。费新吾不想耽误时间,立即切入正题:"谢先生,你已经看过那封电子函件了,你能猜到是谁搞的鬼吗?"

"毫无眉目。"

"也许是一个失败的心怀嫉妒的运动员?"

"不大可能。这个人对基因工程方面的进展似乎颇为熟悉,大概是学者圈子中的某人吧。"

费新吾小心翼翼地说:"他信中暗示的可能性当然是胡说八道了,对吧。"

谢教授略为迟疑后才回答:"当然。但是,我不妨向你们介绍一下这方面的最新进展。你们有没有兴趣?"

两人交换一下眼神:"十分乐意。"

谢教授饮了一杯茴香酒,略为整理思路后说:

"大家都知道,人类的基因遗传是上帝最神奇的魔术。科学家们曾做过估计,如果用非生物的方法制造一个婴儿,所花代价将是人类有史以来所创造财富的总和!但上帝是如何造人的?一颗精子和一颗卵子的碰撞,伴随着男人女人的爱情欢歌,一个新生命就诞生了。直到现在,尽管已在基因研究领域中徜徉了四十年,我对这种上帝的魔术仍充满敬畏之情。"

他停顿一下,接着说:"不过,日益强大的人类已经揭掉了这个宝藏的封条,开始剖析这个魔术的技术细节。现在,人类基因组标识工作已经全部完成,对其中40%的染色体又排出图谱和进行解析,掌握了这部分基因的功能。比如,医学家可以准确地指出各种致病基因的位置并去修正它们,像肥胖基因、耳聋基因、哮喘病基因、血友病基因、白血病基因等,总之,现代医学已能用基因工程的办法治愈这些遗传病患者,使他们享受到健康的权利。"

"但是,人类在获得健康上的平等后,还存在着体能上的不平等。专家们说,黑人的体质确实适于短跑。他们的髋部较窄,小腿较细,跑动中空气阻力小,股四头肌发达,肌腱结缔组织厚,肌肉黏滞性好,用力时不硬化,尤其是肌纤维中的厌氧酶高,快肌纤维的比率大。所以特别适合短跑。"他耐心地解释,"人的骨骼肌分红肌和白肌两种。红肌也称慢肌,毛细血管丰富,所以呈红色,这种肌纤维中含肌浆、肌红蛋白、糖原、线粒体和各种氧化酶较多,主要靠有氧代谢产生的 ATP 三磷酸腺苷供能,所以氧化能力强,不易疲劳。但反应速度慢,收缩力量小,不适于快速运动;白肌又称快肌,受大运动神经元支配,这种肌纤维中脂类、ATP 和 CP 磷酸肌酸含量较多,主要靠无氧酵解产生的 ATP 供能。据测定,加勒比黑人的小腿三头肌中快肌高达 65% ~ 85%,所以奔跑特别迅速。所以,如果我们把黑人的快肌生长基因植入白人和黄种人体内,就会使他们的短跑能力大大提高,使各个种族在体能上趋于平等。从本质上讲,这不过是用基因工程的微观办法代替异族通婚,并不是什么大逆不道的行为。可惜,西方国家的科学界有一种根深蒂固的观点,认为这是向上帝的权利挑战;他们只允许补救上帝的不足而不允许比上帝干得更好。所以,在正统的生物伦理学戒律中,这样干是违禁的事。"

费新吾和田延豹听得一头雾水,两人相对苦笑。费新吾说:"谢教授,我越听越糊涂了,我怎么觉得你的观点和那封诽谤信中的观点是完全一致的?"他踌躇片刻后说:"坦率地讲,我从你的话中得出这样的印象:你认为用基因工程的办法改良人类并不是一桩罪恶,甚至在悄悄地这样干了。但为了不被舆论所淹没,你在口头上不敢承认这一点。"

谢教授仰靠在椅背上,沉默很久才答非所问地说:"你们两位呢,是否觉得这种基因优化技术是一种罪恶?"

费新吾摇摇头:"我不知道,我已被你的雄辩征服了。但我今天才认真思考这个问题,还不能得出结论。"

三人陷于尴尬的沉默。透过落地窗户,他们看到一辆黑色轿车开过来,停在饭店外,一名带着照相机的中年男子走下来,仔细看看谢教授那辆富豪车的车牌,随即兴奋地冲进饭店。他在人群中一眼看到谢教授,立即对他拍了两张照片,然后把话筒递过来,用英语问道:

"谢先生,我是加拿大 CBC 电台的记者。我已经看到今天的美国《基督教科学箴言报》,知道谢豹飞先生实际是你用基因改良技术培育出的超人,你能谈谈其中的详情吗?"

谢教授厌恶地看看他，不管他怎样哀求，谢教授一直固执地闭着嘴巴。费新吾走过去，用力推着那位记者，把他送出门外。回过头看见老人仍靠在椅背上一动不动。饭店里的顾客有不少懂英语的，他们都停下刀叉，把惊奇的目光聚焦在谢教授身上。田延豹探头看看门外，那个记者正和饭店的保卫人员在推搡。又有几辆汽车飞快地开过来，走下一群记者模样的人。他忙拉起老人，向侍者问清后门在哪里，然后三个人很快溜走了。

回程的路上，三人都沉默着。谢教授把两人送到旅馆，简短地说：

"我要回去了，我想早点休息。"

两人与教授告别，看着那辆富豪车开走。他们回到自己的旅馆，走进房间，先按下录音键，话筒中是田歌兴奋的声音：

"费叔叔，豹哥，鲍菲给我买了一艘漂亮的游艇。我们准备在地中海好好玩三天。你们如果想回国的话，不必等我。这几天我不再同你们联系，为了避开讨厌的记者，这艘游艇上将实行严格的无线电静默。再见，我会照顾好自己……并守身如玉。"

虽然心绪繁乱，费新吾仍不由得哑然失笑。难得这个现代派女子还有这种可贵的贞节观，虽然他不相信在那样浪漫的旅途中，在仙境般的水光山色中，一对热恋的情人能够做到这一点。田延豹的目光明显变暗了，不高兴地摁断录音。费新吾看看他，打趣道：

"你干吗不高兴？算了，不必摆出一副老兄嫁妹的苦脸，她早晚是人家的人。如果这段姻缘真的如愿，你也算尽到当哥的职责啦。怎么样，咱们是否明天回国？我的荷包已经瘪了。"

田延豹犹豫片刻："再等几天吧，田歌那边总得看到一个圆满的结局呀。"

"也好，其实我也想等几天，看看谢教授这儿还有什么变化。"

说起谢教授，费新吾立即从沙发上蹦起来，打开电脑，进入互联网络。他的直觉告诉他，那件事不会就此了结。果然，公共留言板上又有一封信件，这是那个神秘人物的第三支毒箭。与这支毒箭相比，此前种种就不值一提了。他迅速看下去，太阳穴嗡嗡发响，血液猛劲上冲。田延豹偶然瞥见他满脸涨红，咻咻地喘气，于是他在床上关心地问：

"老费,你怎么了?"

费新吾喘息着,手指抖抖地指着屏幕:"你来!你自己看!"

在我上封信披露谢可征教授的基因嵌接术之后,事情的真相已经逐渐明朗化。我的老友、正直坦诚的费新吾先生和田延豹先生当面质询了谢教授,后者坦认不讳。但我刚刚发现其中另有隐情,我们几乎全被他轻易地骗住了。在华裔智者谢可征先生的计谋中,我们表现得像一群傻子。这几天,我们似乎都忽略了一个很明显的问题:显然,纵然是百米之王刘易斯的基因也不能让鲍菲突破9.5秒大关,因为刘易斯先生本人也远未达到这个高度。

也许,谜底存在于另一桩事实中。我已经做过详细了解,26年前向雷泽夫大学医学院提供体细胞和精液的并非刘易斯一人,还有体能远远超过刘易斯的另一位先生。这位先生的肌肉内含有较多的能量之源——线粒体,因而奔跑更为迅速。刘易斯先生的百米最高时速是43.37千米,而后者的瞬间时速可高达130千米!

这位先生名叫塞普,来自非洲察沃国家公园。他的速度是所有哺乳动物中最快的。让我小心地把谜底揭开吧,塞普先生是一只凶猛剽悍的非洲猎豹!……

非洲猎豹!

非洲察沃国家公园的稀树大草原。在一米多深的硬毛须芒草和营草的草丛中,一只母猎豹逆着风向悄悄向羚羊群接近。它已经怀孕了,一套有关四条小生命的复杂的链式反应已经启动,通过种种物理的化学的媒介,表现为强烈的食欲。它急需补充营养。枯草丛后露出一只未成年的羚羊,它警惕地向四方睃视着,四条优雅的细腿随时准备跳窜而去。母豹知道这只羚羊不是好的猎杀对象,它已足够强壮,可能会逃脱自己的利爪。但在饥饿的驱使下,它踌躇片刻,深深吸一口气,突然猛扑过去。小羚羊及时发现了敌人,敏捷地逃走了。母猎豹全速追赶，距离越来越近。相比之下，猎豹更适于短期的快速奔跑，它高踞于陆地动物奔跑速度的顶峰。它有流线型的轻盈体躯，长而发达的肢体，善于平衡的粗尾，发达的心脏，特大的肺。头部具有阻力最小的空气动力学特点，双肩可不断滑动使步伐加大。它的脊柱在高速奔跑中就像弹簧，能屈能伸。猎豹的犬牙非常小，以至于当它辛辛苦苦捕到猎物后，如果碰上鬣狗或狮子来抢食，它只能胆怯地逃走，因为它的小犬牙无法同强敌搏斗。但进化之神为什么给它留下这点瑕疵？不，这是为了留下足够大的呼吸空腔。当至关重要的搏杀能力与奔跑能力相矛盾时，也只有被舍弃了。

猎豹身体的每一部分都是为奔跑而特意定制的，这是进化之路残忍的选择。但速度上逊于猎豹的羚羊也自有天赋本领。猎豹是短跑之王，羚羊则是灵活转弯的翘楚。它灵巧地左蹦右跳，一次次从母猎豹的利爪下逃脱。双方的速度都开始减慢，小羚羊更甚，它的黑眼珠里已经有了恐惧，母猎豹确信下次的一扑将把小羚羊扑倒。就在这时它听到了自己体内的警告。猎豹在追猎时是屏住气息的，就像人类的百米选手一样，现在那次深呼吸所得的氧气已经耗尽，它的血液不再能提供奔跑所需的巨大能量，再奔跑下去它的心脏就要破裂……母豹只好收住脚步，塌肩弓背，凶猛地喘息着，眼睁睁地看着猎物轻快地逃走。

只差 0.5 米，这 0.5 米是捕食者和被捕食者的生死线：或者羚羊被杀死，或者猎豹饿死。母猎豹疲惫地久久注视着自己的猎物，在它的潜意识中，一定滋生了极强烈的欲望：让自己的四肢跑得再快一点，再快一点点！

这只猎豹最终没有饿死，它就是塞普的母亲。没人知道这位母亲那一瞬间的强烈欲望是否也能通过染色体遗传给下一代。科学界公认的遗传变异规律，是说生物基因只能产生随机性的变化，被环境汰劣取优，从而使生物一点点向优良性状进化。这种盲目进化的观点未免不大可信。不妨考虑爬行动物向鸟类的进化。在盲目的随机的变异中，怎么能"恰巧"进化出羽毛、龙骨突、飞行肌等变异基因？即使能够，无数变异性状进行纯数学的排列组合，得出的将是天文数字，它不可能在有限的地质年龄中一一得到验证和取舍。也许某一天科学家们会发现，生物强烈的求生欲才是遗传变异的指路灯，它在冥冥中引导染色体做"定向"的而不是盲目的变异：使渴望奔跑迅速的兽类变得四肢强健，使渴望飞翔的爬虫变异出羽毛，使渴望游泳的哺乳动物变异出尾鳍……

也许，嵌入谢豹飞体内的、片断的猎豹染色体也能传递一定的欲望？

非洲猎豹！

费新吾和田延豹沉重地喘息着，互相躲避着对方的目光，一种冷酷滞重的氛围渐次升起。他们几乎同时认识到，尽管这个神秘人物心理阴暗，几近无赖，但他指出的恰恰是事实。在那位远远超越时代的、生命力强盛的短跑之王身上，肯定嵌入了猎豹的基因片断。

几天来，他们就像玩九宫格填数游戏的学生，一味在外围揣测、推理、嗅探、追踪，费尽心机来破译这个非常复杂的谜语。但是，只要把一个正确的数字填到九宫格的中心，一切都变得非常简单，太简单了！

对这个结论，至少费新吾不感到意外，这些天他已通过网络查阅了大量有关基因的资料。DNA是上帝的魔术，但任何魔术实际上只是充分发展的技术——尽管这些技术十分精细十分神秘，但终究是人类可以逐渐掌握的技术。而掌握了基因技术的人类将成为新的上帝，随心所欲地改良上帝创造的亿万生灵——包括人类自身。

他在脑海中历数二三十年来基因工程技术的神奇发展：

早在上个世纪末，科学家就定位了果蝇的眼睛基因，并能够随心所欲地启动这个基因，在果蝇身上或翅膀上激发出十个八个眼睛。他们还发现，地球上所有有眼生物的成眼基因都是十分近似的，都从一个原始基因变化而来。所以，从理论上说，完全可以在人类的额角或后脑勺上激发出第三只眼睛，就像对果蝇已经做的那样。科学家们至今没有做到这一点，仅仅是因为他们"不愿"去做。

还是上个世纪末，美国俄亥俄州恺撒西部大学的研究小组，已经能制造"浓缩"的人体染色体，他们把染色体中的废基因剔掉，将有效基因融合或聚合，得到只有正常染色体长度十分之一的、功效相同的染色体。

更早一点，瑞典隆德大学的一个研究小组将细菌血红蛋白基因移入烟草，英国爱丁堡罗斯林研究所将人的血红蛋白基因移入绵羊，以这种羊奶治疗人类的血友病；将人类抗胰蛋白酶植入绵羊，以治疗人类的囊性纤维变性。上述产品早已进入工业化生产。

21世纪初，医生们已不必再走这样的弯路，他们已经能将上述基因直接嵌入先天缺损的病人体内。

日本大阪微生物病理中心松野纯男则搞出更惊人的成就。他将一种多管水母的一段基因植入老鼠体内，这种基因可分泌一种特殊的荧光绿蛋白GFP，能在黑暗中发光，在紫外线照射下光度更强。这段外来基因植入老鼠体内后能够正常遗传，繁衍出一代一代的绿光鼠。

……

人类已经接过上帝的权杖，还有谁能限制他使用这根权杖？

费新吾不是上帝的信徒，没有宗教界人士对基因技术的深深恐惧。对于他们来说，基因技术比哥白尼的"日心说"、达尔文的"生物进化论"更要凶恶千百倍。

费新吾也不是生物学家，对生物伦理学知之甚少，因而也没有生物学家那种"理智"的担心。他们一方面兢兢业业地开拓基因工程技术，一方面对任何微小的进展都抱有极大的戒心，生怕一条微裂纹会导致整个生命之网的崩裂。

所以，从理智上说，他并不认为这是大逆不道的恶行。但他心中仍有隐隐的恐惧，说不清道不明的恐惧，他的脊背上掠过一波又一波的冷战。

电话铃一遍又一遍地响着，谢教授的房间里没人。他突然失踪了。

网络中的报道几乎与事实同步：

短跑之王、豹人鲍菲·谢神秘失踪已经三天。

鲍菲父亲谢可征教授昨日神秘失踪。

世界发疯了。

罗马教廷发言人：事态尚未明朗，教皇不会匆忙表态。但教廷的态度是一贯的，我们曾反对试管婴儿和克隆人，更不能容忍邪恶的人兽杂交。愿上帝宽恕这些胆大妄为的罪人。

以色列宗教拉比：犹太教义只允许治愈人体伤痛，绝不能容忍亵渎神的旨意，破坏众生的和谐与安宁。

伊朗宗教领袖：这个邪恶的巫师只配得到一种下场，我们向安拉起誓，我们将派10名勇士去执行对罪犯谢可征的死刑判决，不管他藏到世界哪一个角落。

雷泽夫大学医学院发言人：我们对社会上盛传的人豹杂交一无所知。如果确有其事，那纯属谢可征教授的个人行为。我们谨向社会承诺：雷泽夫大学不会容忍这种欺骗行为。

中国科学院遗传研究所发言人：谢可征教授是我们很熟悉的、德高望重的学者，我们不相信他会做出这样轻率的举动。对事态发展我们将拭目以待。

本届奥运会男子百米银牌得主、尼日利亚的埃津瓦：我不知道深奥的基因技术能不能做到这一点，但我早就怀疑鲍菲·谢的成绩啦。如果他真的诞生于人兽杂交，我会把自己的银牌扔到垃圾箱里。想想吧，如果今天允许一个嵌着万分之一猎豹基因的"人"参加比赛，明天会不会牵来一只嵌有万分之一人类基因的四条腿的猎豹？

"费先生，田先生，我是澳大利亚堪培拉时报的记者。请问那位在互联网络公共留言板上披露这则惊人内幕的先生是谁？"

"无可奉告。"

"为什么？他多次宣称你们是他的挚友。"

"无可奉告。"

"他是否提前向你们透露了此则消息？你们是否当面质询过谢可征教授？"

"无可奉告。"

"那么田先生，令妹此刻是否正与鲍菲·谢在一块儿？他们目前躲在什么地方？我们已买到一些照片，足以证明两人之间的亲昵关系。"

"滚！"

晚上，两人仍然同榻而眠。田延豹曾戏谑地说："侍者一定把咱们当成同性恋了。"不过今天他没心戏谑了。他久久地盯着天花板，烟卷在唇边明明灭灭。很久以后他终于开口：

"老谢，明天我要出去找田歌。我不放心她和那人在一起。"

费新吾早就知道，田延豹和堂妹的感情极为深厚。他勉强开玩笑说："不必顾虑太多，即使谢豹飞身上嵌有猎豹基因的片断，他仍然是人而不是一只豹子。"

"不管怎样，我要尽力找到她。"

"你到哪儿去找？"

"尽力而为吧，这么大的一条游艇，不会没有一点踪迹。"

费新吾沉吟着，他想陪小田一块去，又觉得不能离开此地。田延豹猜到他的想法，说："老费你留在这儿，我会经常同你联系，一旦田歌同这儿联系，请你立即把她的地址转给我。另外，也许谢教授会同你再度联系。"

"好吧，就这样安排。"

三

第二天一早，田延豹就乘车去比雷埃夫斯港。港口船舶管理局的一名职员接见了他。那人叫科斯迪斯，大约50岁，身体健壮，满脸是黑中夹白的络腮胡子。田延豹问：

"科斯迪斯先生，请问最近否有一艘游艇在这儿注册？游艇的主人是鲍菲·谢，美国人。请你帮我查一下。"

科斯迪斯惊奇地说："鲍菲·谢？就是人人谈论的那个豹人？不，没有，如果他在这儿注册，我一定会记得。"

"也许他是以田歌的名字注册的。"

科斯迪斯立即说:"有!有一艘最新式的太阳能金属帆游艇,船名就叫田歌号,是利物浦船厂的产品。三天前,不,四天前在这儿注册的。"

"这只游艇目前在哪儿?我的堂妹田歌告诉我,为了躲避记者,船上将实行无线电静默。但我急于找到它,我有十分重要的事。"

科斯迪斯笑道:"这不难。那只游船设备很先进,装有黑匣子,能持续向外发出无线电脉冲,以便卫星定位系统能随时精确定位。我来帮你查一下。"

"太感谢你了。"

科斯迪斯向利物浦船厂查询了该船的无线电脉冲参数,又同全球卫星定位系统联系,卫星很快给出回答:田歌号目前已返回希腊领海,正泊在克里特岛的伊拉克利翁港口。科斯迪斯兴致勃勃地查找着——查到豹人的下落并不是每个人都能碰上的运气,他可以拿这则消息去卖一个大价钱。那个中国人由衷地一再表示谢意,临走时他显然犹豫着,终于开口道:

"科斯迪斯先生,还有一个冒昧的请求:能否请你为田歌号的方位保密?你知道,我妹妹是鲍菲·谢的恋人,她现在并不知道所谓豹人的消息。我想慢慢告诉她,使她在心理上能够有所准备。"

科斯迪斯有些扫兴,他原打算送走这位中国人就去挂通电视台的电话。但那人的苦涩打动了他,犹豫片刻,他爽朗地说:

"好,我会用铅封死这个爱饶舌的嘴巴。祝你和那位小姐好运,你是一位难得的好兄长。"

"谢谢,我真不知道怎样才能表达我的感激。"

这些天,费新吾一直把自己关在屋子里,一边焦急地等待着田歌和谢教授的消息,一边努力查找浏览着有关基因工程的资料。他感慨地想,他早就该学一点基因工程的知识了。过去他总认为那是天玄地黄的东西,只与少数大脑袋科学家有关,只与科幻时代有关。想不到在如此短暂的时间里,它就逼近到普通民众的身边。上午他接到田延豹的电话:

"老费,查询很顺利,我已得知这只船泊在克里特岛的伊拉克利翁港。我正在联系一架水上飞机赶到那儿,届时我再同你联系。"

从屏幕上看，田延豹的表情比昨天略显轻松一些，费新吾也舒口气。挂上电话，他回头坐到电脑前查一会儿，电话铃又响了。拿起话筒，屏幕仍是关闭状态。他马上猜到对方是谁。果然，他听到那个尖锐的、让人生理上感到烦躁的声音，这次是用汉语说的：

"费先生和田先生吗？还记得我吧，我说过要同你们联系的。"

费新吾又是鄙夷又是气怒地说："我也正要找你呢，你在电子函件中说了不少不负责任的话。"

那人笑道："我知道我知道，非常抱歉，我想以后你会谅解我的苦心。你愿意同我见次面吗？我会把此事的根根梢梢全部告诉你。"

费新吾没有犹豫："好的，我们在哪儿见面？"

"到奥林匹亚的宙斯神殿吧。"

"到奥林匹亚？那儿距雅典有六个小时路程呢。"

"对，那样才能避开记者的耳目。另外，我很想把这次意义重大的谈话放到一个合适的历史背景中。奥林匹亚是奥林匹克运动的发祥地，那儿的宙斯神殿可以说是西方神话的源头。我想，万神之王一定会乐意聆听我们的谈话。晚上6点在宙斯神像下见面，好吗？再见。"

放下电话，费新吾不由沉吟着，电话中仍是那个神秘人物的声音，但似乎那个人变了，自信，从容，上帝般地睥睨众生。这究竟是怎么回事？他急于见到此人，揭开这折磨人的秘密。走前他在录音电话中留了几句话：

"小田，我去赴一个重要约会，今天不能赶回了。你那儿如有进展，请详细留言。我会及时索取你的留言。"

他匆匆披上一件风衣，租了一辆雷诺牌轿车，向伯罗奔尼撒半岛的方向开去。

奥林匹亚是最能引发黍离之思的地方。这儿是历史和神话古迹的存放所，巍峨壮观的体育馆、宙斯祭坛和希拉神殿都已塌裂。这些建筑中以宙斯神殿最为雄伟，它建于公元前468到公元前457年，是典型的朵利亚式石柱风格。殿内有高大的宙斯神像，左手执权杖，右手托着胜利女神，人们走进神殿时，眼睛恰与宙斯的脚掌平齐，这个高度差形象地表现了那时人类对众神的慑服。

但这个世界七大奇迹之一的神像早已不复存在，它被罗马的征服者运走并在一场大火中毁坏。费新吾走进大殿，只看见残破的像基和横卧的石柱，他浅嘲地想，也许这正象征着众神在人类心目中的破落？

落日的余晖洒在残破的巨型石柱上，为这片属于历史和神话的场所涂上庄严的金粉。穿着鲜艳民族服装的希腊儿童在石柱间玩耍，手里拿着一种叫"的的乌梅梅利"的冰淇淋。他看到一辆富豪车停到停车场里，一个老人下车，匆匆走进神殿，费新吾不由大吃一惊——那正是失踪三天的谢教授。

费新吾犹豫了几秒钟。因为牵涉到同那个神秘人物的约会，他不知道这会儿该不该同教授打招呼。但他随即想到，谢教授恰在此时此地出现，绝不是巧合。很可能也是那个神秘人物约来的，与今晚的谈话有关。于是他迎上去唤一声："谢教授！"

谢先生没有显出丝毫惊奇，看来，他果然知道今天的约会。他微笑着同费新吾握手，手掌温暖有力。费新吾细细端详着他，这是一个超越时代的强者，他只手掀起这场世界范围的风暴，也几乎成了世界公敌。但他的表情看不出这些，他的目光仍像过去那样从容镇定。教授微笑道：

"你早到了？"

"不，刚到。"

教授点点头，转身凝望着夕阳："多壮观的爱琴海落日。在这儿，连夕阳的余晖里也浸透了历史的意蕴。"

费新吾不想多事寒暄，他直截了当地问："你知道今晚的这次约会？你知道那个可恶的神秘人物是谁吗？"

谢教授微微一笑，拉着他走到宙斯神像台基附近的一个僻处。他从口袋里掏出一个微型录音机，按一下按键，里边立即响起那个尖锐的声音：

"你愿意同我见一次面吗？我会把此事的根根梢梢全部告诉你。"

费新吾惊呆了："是你？那个神秘人物就是你？"

谢教授平静地说："对，是我，使用了简单的声音变频器。很抱歉，这些天让你和田先生蒙在鼓里。但听完我的解释后，我想你能谅解我的苦心。"

费新吾脸色阴沉，一言不发，在心中痛恨自己的愚蠢，他早该看透这层伪装了！但在感情上，他顽固地不愿承认这一点。他无法把自己心目中明朗的、令人敬重的谢教授同那个阴暗的、令人厌恶的神秘人物叠合在一块儿。过了很久他才声音低沉地问：

"那么，飞机上的邂逅也是预先安排好的？"

"对，我一直想找一张'他人之口'来向世界公布这个成果。这人应该是一个头脑清醒、没有宗教狂热和禁忌的人；应是生物学界圈子之外的人；应同体育界有一定渊源；事发时最好在雅典奥运会上。还有一点不言自明，这人最好是我的中国同胞，是一个中庸公允的儒者。去雅典前我特意先到北京去寻找这个人，我很快发现你是一个完美的人选，所以我未经允许就把你拉到这场风波中了。务请谅解，我当时不可能事先公布我的计划，因而不可能征询你的意见。"他又补充道，"我在两封电子函件中说了一些不合事实的话，也是想尽量树立你的权威发言人地位，这个身份以后会有用的。"

此前的交往中，费新吾一直很尊敬谢教授，但在两个真假形象叠合之后，他不自觉地产生了疏远和冷淡。他淡淡地说：

"可是我并没有打算当这个发言人。"

"当然，等我把真相全部披露后，要由你自己作出决定。田先生呢？"

"他找田歌去了。教授，请讲吧。"

谢教授微笑道："实际上，我已经把真相基本上全倒给你了。我之所以把此事的披露分成人工授精——嵌入人类基因——嵌入猎豹基因这样三个阶段，只是想把高压锅内的过热蒸汽慢慢泄出来。即使这样，这次爆炸仍然够猛烈了！"

他开心地笑起来。费新吾皱着眉头问："谢先生，你真的认为人兽杂交是一种进步或是一种善行？"

教授笑道："人兽杂交，这本身就属于人类沙文主义的词汇。人类本身就诞生于兽类——回忆一下达尔文在揭示这个真理时遭到多少人的切齿痛恨吧！人体与兽体有千丝万缕的联系。追踪到细胞水平，所有动物包括人类都是相似的，更遑论哺乳动物之间了。在 DNA 中根本无法划定一条人兽之间的绝对界限。既然如此，坚持人类隔离于兽类的纯洁性又有什么意义呢？"

他停了停，接着说："当然，这种异种基因的嵌入不是没有一点副作用。生物圈是一个极其复杂的立体网络，任何一个微裂缝都能扩展开去。但我想总得有人走出第一步，然后再去观察它引起的震荡：积极的消极的，再决定下一步如何去做。我很高兴你是一个圈外人，没有受那些生物伦理学的毒害，那都是些逻辑混乱的、漏洞百出的、不知所云的东西。科学所遵循的戒律只有一条：看你的发现是否能使人类更强壮、更聪明，使人类的繁衍之树更茂盛。你尽可拿这样的准则来验证我的成果。"

费新吾几乎被他的自信和雄辩征服了。谢教授又恳切地说：

"如果你决定开口说话，我并不希望你仅仅当我的代言人。你一定要深入了解反对我的各种观点，尽可能地咨询各国的生物学家、社会学家、人类学家和未来学家们，甚至包括神学家和生物伦理学家。再由你做出独立的思考，然后把你认为正确的观点告诉世人。你愿意这样做吗？"

费新吾对他的建议很满意，立即回答："我愿意。"

"好，谢谢你的社会责任感。"他自信地说，"我相信一个头脑清醒、中庸公允的儒者会得出和我一样的结论，当然现在没必要谈这一点。一会儿我就交给你10盘光盘，有关的资料应有尽有。"

费新吾说："你能否用尽量浅显的语言，向一个外行解释一下，怎样把外来基因嵌入到人类基因中？"

教授微笑道："并没有人们想象得那么难。你要知道，归根结底，基因是无生命物质靠'自组织'的方式诞生的，所以基因之间的联结天然地符合物理化学规律。染色体有三个主要部分，两端是端粒，它们就像鞋带两端的金属箍，作用是防止染色体之间互相发生融合；中间是可以复制的DNA短序列；另外还有被称作'复制起源'的DNA序列，它负责发动染色体的复制。上个世纪末科学家就多次做过试验：把端粒去掉，再把剩余的染色体分成数段，放在合适的环境中，这些染色体片断又会精确地按原来的顺序结合起来。猎豹和人类同属哺乳动物，各自控制肌肉生长的基因非常相似，所以相互置换是很容易的。"

生命之歌

他大致讲述了基因嵌入的具体过程，问："顺便问一句，鲍菲还跟田歌在一块儿吧？"

费新吾吃惊地问："这些天他同你也没有联系？"

"没有。我曾事先嘱咐他必须随时同我保持联络，但整整四天了，他没有这样做。恋人在怀，老爹就抛到脑后了。"他笑道。

费新吾却笑不出来，他的心房一沉，问："谢夫人知道儿子的秘密吗？"

"知道。除我之外，她是唯一的知情人。鲍菲本人并不知情。"

"这些天谢夫人没来电话？"

"没有。"

费新吾的心房又是一沉。沉默片刻，他觉得最好还是直言相告："那么，难道你们两人都没有想到，这几天已经披露的真相，至少是揣测，会对豹飞造成多大的心理压力？你们两人都没有设身处地地为他想一想？"

谢教授的脸红了，目光中也有了一些惶惑，他勉强笑道："谢谢你的提醒，他目前在哪儿？"

费新吾告诉他，田歌号游艇正泊在克里特岛的伊拉克利翁港，估计田延豹这时早与他们会合了。谢教授说："去饭店休息吧，我已预订了两套房间。到那儿后我再通过希腊政府的熟人同儿子联系，明天早上我们赶过去。"

开车去饭店的路上两人都陷入自己的心思，没有多交谈，费新吾苦笑着想，看来，他已无意中看到这项技术的第一个副作用：谢氏夫妇对儿子似乎没有多少亲情，谢豹飞只是他们的一个实验品而不是他们的嫡亲儿子。在炫耀成功和保守儿子的隐私两者之间，谢教授选择的是前者。如果说当父亲的天生粗心，当母亲的也该想到啊。

饭店十分豪华，凭栏俯望，室内游泳池绿波荡漾。房间墙壁是灿烂的金黄色，挂着用紫檀木框镶嵌的杭州丝绣，地上铺着法国萨冯纳利地毯，天花板上悬着巨型镀金水银灯。卧室也相当宽敞。费新吾无心体会这些富贵情趣，他立即向雅典的那个旅馆挂了电话，录音电话中仍是自己当时的留言，田延豹竟然未同他联系，这是不太正常的，按时间他早该同田歌会合了。

会不会出了什么意外？虽然他一再宽解自己的多虑，但心中的忐忑感却驱之不去。他在豪华的雪花石浴盆里匆匆冲了澡，然后摁灭壁灯，躺在床上。

他刚蒙眬入睡，响起急骤的敲门声，一个人扭开房门进来。是谢教授，他的面色苍白，虽然还维持着表面的镇定，但已经不是那个从容自信、有上帝般目光的谢教授了。费新吾的心跳加快了，急忙问："出了什么事？"

谢教授简单地回答："凶杀。官方已经派来直升机接我们过去，飞机马上就到。"

费新吾匆匆穿上外衣，追问道："是谁被害？"

"田歌和鲍菲，两人都死了，田先生……已被拘留。"

这几天，田歌号几乎游遍爱琴海的每个角落，穿行在历史与神话、海风和月光中。船上实施着严格的无线电静默，甚至连电视都基本不看，所以外界的风暴丝毫没有影响船上的伊甸园气氛。美轮美奂的游艇，强健美貌的恋人，细心的希腊女仆……田歌过的是公主般的生活。她出生在一个相当富裕的中国家庭，被父母捧在手心里长大。但这些天她才知道"富裕"和"豪富"的区别。

上船的第一天，田歌偎在鲍菲怀里，在他耳边轻声说："鲍菲，我的心早已属于你了，正因为我爱你太深，我想提出一个要求，你能答应吗？"

"你说吧，我一定答应。"

田歌羞涩地说："我不是守旧的女人，可是我想守住我的处女宝，直到我结婚的那一天。请你成全我的心意，好吗？"

谢豹飞高兴地答应了，这话正合他意。在潜意识中，他一直希望把这一天尽量往后推。他想起温哥华的那名黑人妓女，想起自己在旧金山、香港和曼谷的几次艳遇。这几次男欢女爱的结局都是狂乱的、轮廓模糊的。他不明白为什么在每次性高潮后，尤其是闻到血腥味后，他血液中的狂暴就会迅速膨胀，完全冲溃理智。现在，面对着像薄胎瓷器一样美丽脆弱的田歌，自己会不会再次陷入那种癫狂？

这些天他的表现完全是一个地道的绅士，每天他们尽情玩耍，晚上则吻别田歌，回到自己的房间。能做到这一点并不容易，终日耳鬓厮磨，揉来搓去，体内的情欲之火日渐炽烈。在拥抱中，田歌能感觉到这个男人变硬的肌肉，一次无意的碰撞都能激起神经质的战栗。有时田歌暗自想："要不就放纵一次？"不过她总能及时收敛心神。

这天晚上两人吻别后，田歌躺在那张极宽敞的双人床上，凝视着窗外的圆月。今天正是月圆之夜，她几乎能听到月球引力在自己体液中激发的潮汐声。现代人类学的研究复活了古代的天人感应思想，比如人们发现，妇女经期就与月亮盈亏有直接的关系。在大洋洲及南美洲的一些原始部落里，妇女的经期严格遵照月亮的时刻表：满月时排卵，新月时来经。现代人已被房屋和灯光隔断了与月亮的天然联系，不过人类学家做过实验，让城市妇女睡在一间按月光调节灯光的屋内，半年后她们竟完全恢复了自然经期。人类学家还证明，满月会引起大脑左右半球电磁压差的显著变化，因此，在满月期间，狂躁病患者、癔病患者、梦游症患者发病的可能性会增大。

田歌不知道该不该把责任推给满月。但无论如何，今晚她体内的情欲之河比往日更加汹涌。眼前一直晃荡着那具猎豹一样刚劲舒展的躯体：宽阔的肩头，修长强健的双腿，微凹的腰弯，凸起的臀部……随着她的回味，心底泛起一波波的震颤。她终于克制了自己的欲望。

今天是满月之夜。

谢豹飞立在窗前，呆呆地仰望着。月色清冷而忧郁。45 亿年前它就高悬于天际，照着蛮荒的地球，照着地球上逐渐演化的生命，从 20 亿年前的浅海藻类，5.4 亿年前的寒武纪生物群，2 亿年前不可一世的恐龙家族，直到哺乳动物。也许，哺乳动物与月亮有更深的渊源。当哺乳动物从爬行动物兽孔目分化出来，于 2.3 亿年前第一次出现在地球上时，它们是胆怯的耗子似的小动物，在恐龙的淫威下昼伏夜出。在长达亿年的岁月里，盈亏不息的月亮是它们生活中的唯一刻度，是它们的心灵之源。直到 6500 万年前，恐龙家族衰落，卑微的哺乳动物却延续下来，成了地球的新霸主，并演化出狮虎熊豹等强悍的兽中之王。这就难怪所有哺乳动物包括人类的生命周期与月亮盈亏有着密切的关系。

早在少年时代他就知道这种联系。满月时，他的血液中会莫名其妙地涌动着狂暴之潮。有时他能把它压下去，有时则会失控，进而演变成与伙伴的恶战，他用牙齿代替拳头，体味着牙齿间的快感。

这些行为在父母的严责下收敛了，潜藏起来，父母也逐渐忘掉了某种恐惧。但在成年之后，他不无恐惧地发现，在他血液中滋生了另一个狂暴之源——性欲。而且，当性欲高潮恰与满月之夜相合时，狂暴的野火常常烧毁一切樊篱。

温哥华、香港、曼谷的狂暴之夜。

那些可怜而讨厌的妓女。

田歌是自己心目中的爱神。"我绝不会在她的躯体上放纵那个魔鬼……但七天来的耳鬓厮磨浓缩着他的情欲，如今它已经变成咆哮奔腾的山洪。我已经无法控制它了。"

"不，我一定要控制它。"

温哥华那晚是一个性感的、年轻的黑人妓女。在香港和曼谷是身材娇小、面目清秀的黄种人妓女，在拉斯维加斯则是个白人女子，非常健壮，像一匹纯种母马。他知道自己的性能力超过所有的男人，在他狂暴的轮番攻击下，那些女子常常下体出血，而血腥味儿又会导致他的彻底癫狂。那几晚的结局已不可回忆。"只记得我发泄过，我咬过，我也留了应付的钱。"

但这些不能加在田歌身上。

那时他的生活已经对父母封闭了，即使是常常伴他去各地参赛的教练也不清楚。他最多知道鲍菲偶尔会出去放纵一晚。他对自己的得意弟子十分宠爱，因此有意无意地忽略了弟子的异常。

性欲之火逐渐高涨，烧沸了血液。血液猛烈地冲击着太阳穴，那个魔鬼醒了，正狞笑着逼过来，他无法制服它。

也许母亲的声音能帮助他驱走魔鬼？母亲的声音，那遥远的但清晰可辨的催眠曲……他返回卧室，挂通家里的电话。

"妈妈，是我。"

生命之歌

妈妈在屏幕上焦急地看着他，急切地说："鲍菲，这些天为什么不同家里联系？你已经知道了吗？"

他知道。他知道那个魔鬼正在控制他的四肢、内脏和大脑。

"孩子，你爸爸的宣布是必不可免的，但他未免过于仓促。无论如何，他该事先同你深谈一次啊。希望你能理解他。实际上他对基因嵌接术一直心怀怛惕，他不想把这个危险的魔鬼留在手中。他早就决定在本届奥运会闭幕前向世人公布了。"

基因嵌接术？魔鬼？

"孩子，快回来吧。纵然你体内嵌有猎豹的基因，你仍是妈身上掉下的血肉。爸妈爱你胜过一切。如果你听到什么言论，不要去理会它。好吗？"

猎豹基因？

"孩子，你为什么不说话？我知道你此刻的心绪一定很乱。田歌呢，她知道详情吗？你爸爸告诉我，她是个极可爱极善良的女孩，她一定不会计较你的身世。她在你的身边吗？我想同她谈一谈。"

在近乎癫狂的思维里，他总算弄明白是怎么一回事。猎豹基因！原来他身上嵌有猎豹基因！许多人生之谜至此豁然明朗。他想起小时候就爱咬母亲的乳头，稍大时是伙伴的肩头，再往后是妓女的喉咙。那时，他不知道为什么会从齿间感到极度的快感。也许那时他已幻化为一只猎豹，正在月光下大吃大嚼呢。他咯咯笑道：

"田歌已经睡了，我不会打扰她的。再见。"

田歌忽然透过窗户看见恋人的身影，他正倚在栏杆上，仰着脸呆呆地看着月亮。田歌悄悄开门出去，从后边揽住他的腰部。这次谢豹飞没有热烈地拥抱她，他的身体显得非常僵硬，定定地盯着满月，像在竭力回忆一个前生之梦。他的嘴里有很浓的威士忌的味道。田歌探头看看，发觉他的表情似乎在生气，也许是因为自己的拒绝？她温柔地说：

"天晚了，回去休息吧。"

她调皮地把情人推回他的房间，与他再次吻别，回到自己的床上。半个小时后，刚刚入睡的田歌被门锁的扭动声惊醒，赤身裸体的谢豹飞披着月光走进她的房间，他的雄性之旗挺然翘立。田歌面庞发烧，忙起身为他披上一件浴袍。谢豹飞顺势把她紧紧搂在怀里，肌肉深处泛起不可抑制的震颤。在这一瞬间，田歌再次泛起那个念头："要不就放纵一次？"但她仍克制住自己，柔声哄劝道：

"鲍菲，你答应过，请你成全我的愿望，好吗？"

没有回答。田歌突然发觉恋人变了，他的目光十分狂热，没有理性。他抽出右手，一把撕破田歌的睡衣，裸露出浑圆的肩头和一只乳房。田歌怒声喝道：

"豹飞！"她随即调整了情绪，勉强笑道，"豹飞，你是否喝醉了？我知道这几天你一定很难受，你冷静一点儿，好吗？我们坐下来谈话，好吗？"

谢豹飞仍一言不发，轻易地拎起田歌，大踏步地走过去，把田歌重重地摔到床上，然后哧啦一声，把她的睡衣全部扯掉。田歌勃然大怒，抓起毛巾被掩住身体，愤怒地喊：

"豹飞！你把我当成什么人？娼妓？女奴？"

谢豹飞又一把扯掉毛巾被，把田歌按在床上，绝望的田歌抽出右手，狠狠地给他一耳光。这记耳光似乎更激起谢豹飞的兽性，他贪婪地盯着月光下白皙诱人的胴体，喉咙里咻咻喘息着，扑了上去。

他很快制服了田歌的反抗。半个小时后，他才支起身体。身下的田歌早已停止挣扎，头颅无力地垂在一旁，长发散落在雪白的床单上，下体浸在血泊中，浓重的血腥味扑鼻而来。谢豹飞并未因兽欲发泄而清醒，血腥味刺激着他的神经，在他意识深处唤起一种模糊的欲望：他要咬住这个漂亮的脖子，体会牙齿间咀嚼的快感。

全身的血液一阵又一阵凶猛地往上冲，在癫狂中他呵呵地笑着，低下头咬紧猎物的颈项。

田延豹租用的水上飞机溅落在田歌号附近的水面上。他发觉情况异常，一架警用直升机落在这艘游艇上，警灯不停地闪烁着。警察的身影在艇上来回晃动。一艘快艇驶过来,靠近他的水上飞机,一个黑胡子希腊警察在船舷上大声问他是谁,来这儿干什么。然后他用无线报话器同上司交谈了两句,探过身大声喊着:

"请田先生上船吧!"

田延豹交代飞机驾驶员停在此地等他,然后他急忙跳到船上,心中那种不祥的预感更强烈了。他急急地问:"先生,出了什么事?田歌还好吗?"

这位警察一言不发,仔细地对他搜了身,带他来到游艇。在餐厅里,警官提奥多里斯更加详细地询问他的情况,尤其是追问他为什么"恰在这时"赶到凶杀现场。田延豹的眼前变黑了,声音喑哑地连声问:"是谁被害了?是谁?"

提奥多里斯遗憾地说:"是田小姐被害,凶手已经拘留。是船上的女仆发现的。可惜我们来晚了,你妹妹是一个多可爱的姑娘啊。"

提奥多里斯警官带他走进那间豪华的卧室,蜡烛形的镀金吊灯放射着柔和的金辉,照着那张极为宽敞、洁白松软的卧床。那本该是白雪公主才配使用的婚床,现在,田歌却躺在白色的殓单下面。田延豹手指抖颤着揭开殓单,田歌的头无力地歪着,黑亮的长发散落一旁。她眉头紧皱着,惨白的脸上凝结着痛苦和迷惘。也许她至死不能相信命运之神对她如此残酷,不相信她挚爱的恋人会这样残忍。

再往下是赤裸的肩头和乳胸。田延豹放下殓单,声音嘶哑地说:

"让我为她穿上衣服吧,她不能这样离开人世。"

警官同情地看看他,考虑到已不需要保留现场,便点头应允。他退出房间,让希腊女仆过来帮忙。女仆从浴室端来热水和浴巾,眼神战栗着,不敢正视死者。田延豹低声说:

"把热水放下,你到一边去吧。"

他轻轻揭开殓单,姑娘的身体仍如美玉般洁白而润泽,乳胸坚挺,腰部曲线流畅,像一尊完美的艺术品。但她身上布满了伤痕,像抓伤和咬伤,脖颈处有两排深深的牙印,已经变成紫色的瘀斑。她的下身浸在血泊中,血液已经黏稠,但没有完全凝结。田延豹细心地揩净她的身体,在衣橱中找出她从家里带来的一套白色夏装，穿好。最后他留恋地凝望着田歌的面庞，轻轻盖上殓单。

走出停灵间，他问提奥多里斯警官，凶手在哪儿，他想同他谈一谈。他苦笑道：

"放心，我不会冲动，告诉你，我是曾杀入奥运百米决赛的运动员，我想以同行的身份同他谈一谈，以便妥善了结此事。"

提奥多里斯犹豫片刻后答应了，带他走进隔壁的房间。谢豹飞被反铐在一张高背椅上，头发散乱，脸上有血痕，赤裸的身上披着一件浴衣。警官告诉田延豹，他们赶到时，谢豹飞精神似已错乱，绕室狂走，完全没有逃跑的打算，不过警察在逮捕他时经历了相当激烈的搏斗。警官小声骂道：

"这杂种！真像一只豹子，力大无穷。"

田延豹拉过一把椅子坐在他的面前，冷冷地打量着他。凶手的目光空洞狰厉，没有理性的成分，紧咬着牙关，嘴巴残忍地弯成弓形。田延豹冷冷地说：

"谢先生认出我了吗？我是田歌的堂兄，也是一名短跑选手。小歌是我看着长大的，看着她从一个娇憨的步履蹒跚的小丫头，长成快乐的豆蔻少女，又长成玉洁冰清的姑娘。我总是惊叹，她是造物主最完美的杰作，钟天地灵秀于一身。坦白地说，没有哪个男人不会对她产生爱慕之心。但我不幸是她的堂兄，只好把这种爱慕变成兄长的呵护，小心翼翼地守护着她，不让她受到一丝伤害。后来她遇上了你，我庆幸她遇见了理想的白马王子，我这个兄长可以从她的生活中退出来了。但是……"

在他沉痛地诉说时，提奥多里斯一直鄙夷地盯着谢豹飞，他看出田先生沉痛的诉说丝毫未使那个杂种受到触动，他的目光仍是空洞狰厉。田延豹停顿下来，艰难地喘息着，忽然爆发道：

"我宰了你这个畜生！"

他像猎豹一样迅猛地扑过去。精神迷乱的谢豹飞凭本能做出反应，敏捷地带着椅子蹿起来，但手铐妨碍了他的行动，在0.1秒的迟缓中，田延豹已经掐住他的脖子，两人连同椅子訇然倒在地板上。提奥多里斯和另一名警察先是愣住了，因为田延豹一直在"冷静"地谈话，没料到他会突然爆发。他们立即跳起来，想把两人拉开。但田延豹的双手像一双铁钳，两个人无论如何也拉不开。眼看谢豹飞的脸已经变色，眼神开始发散，提奥多里斯只好用警棍对田延豹的脑袋来了一下。

田延豹休克过去了，两名警察这才把他的双手掰开。谢豹飞卡在椅子中间，头颅以极不自然的角度斜垂着，就像一株折断了的芦苇。提奥多里斯急忙试试他的鼻息，翻看他的瞳孔——他已经死了，他被高背椅硌断了脖子。

提奥多里斯十分懊丧，向警察局通报了这个情况。两个小时后，又一架直升机飞来。游艇上已经没有可停机的空地，所以直升机悬停在空中，放下一架软梯。费新吾和谢可征从软梯上爬下来，旋翼气流猛烈地翻搅着他们的衣服。当他们站在两具尸体前时，谢教授努力克制着自己没有失态，只有手指在神经质地抖着。

四

对田延豹的审判在雅典拉萨琼法院举行。能容300人的旁听席里座无虚席。这是一桩十分轰动的连环案，其中身兼凶手和被害人双重身份的鲍菲·谢既是百米王子，又是世界上第一位"豹人"，自然引起新闻界极大的关注。田歌小姐虽然没有什么知名度，但这些天通过报纸电台的宣传，包括展示那些偷拍的热恋镜头，美貌的田歌已成了公众心目中最纯洁可爱的偶像。这种情绪甚至压倒了谢豹飞的名声，对田延豹的量刑无疑是有利的。

大厅中有一块辟为记者席，各国记者云集此地，有美联社、路透社、共同社、俄通社……自然也少不了新华社。不过，由于凶手和死者都是中国人或华裔，这种情形对中国记者来说多少有些微妙，所以他们小心地保持着同其他记者的距离，沉默着，不愿与同行们交谈。

审判庭前方的平台上放着三把黑色的高背皮椅，这是三名法官的座席。平台前边是证人席，小木桌上放着一本封皮已旧的圣经。左面是被告席，田延豹已经入席，显得十分平静超脱，给别人的强烈印象是：他心愿已毕，以后不管是上天国还是下地狱都无所谓了。

费新吾坐在旁听席的第一排，一直同情地看着他，眼前不时闪过田歌的倩影，笑靥如花，俏语解人，水晶般纯洁……有时他想，换了他在场，照样会把那个该千刀万剐的凶手掐死！他回过目光，扫了一眼前排的一个空位，那是谢先生的位置，大概今天他不会来了。

那天他们赶到田歌号游艇，目睹了一对恋人惨死的场景。作为凶手的田延豹没有丝毫歉疚，目光炯炯地盯着死者的父亲；作为苦主的谢教授反倒躲避着他的盯视，只是失神地看着死去的儿子。田延豹被押走后，费新吾陪教授到岛上开了一间房间，他想尽量劝慰这个被丧子之痛折磨的老人。谢教授沉默着，步履僵硬。等侍者退出房间，教授痛心地说：

"都怪我啊，没有及早发现豹儿是个虐待狂症患者，以致酿成今天的惨剧。"

费新吾心中渐次升起复杂的情感：怜悯、鄙夷夹杂着愤恨，因为他十分清楚谢教授的这个开场白是什么动机。他冷淡地问：

"谢豹飞仅仅是一个虐待狂？"

"对，美国是一个奇怪的社会，性虐狂和受虐狂比比皆是，他们在性高潮时会做出种种不可理喻的怪诞举动，据统计，在满月之夜发病率会更高一些。昨天是满月之夜吧。但我没发现豹儿也受到社会习俗的毒害，我对他的教育一直是很严格的。"

费新吾已经不能抑制自己的鄙夷了，他冷冷地问："你是想让我相信，他只是人类中的精神病人，与他体内嵌入的猎豹基因无关？"

谢教授一愣，苦笑道："当然无关，你不会相信这一套吧，一段控制肌肉发育的基因竟然能影响人性？"

费新吾大声说："我为什么不相信？什么是人性或兽性？归根结底，它是一种思维运动，是由一套指令引发的一系列电化学反应。它必然基于一定的物质结构。人性的形成当然与后天环境有很大关系，但同样与遗传密切相关。早在20世纪末，科学家就发现具有XYY基因的男子比具有XY正常基因的男子易于犯罪，他们常常杀死妓女，在公共场合暴露生殖器；还发现人类11号染色体上的D4DR基因有调节多巴胺的功能，从而影响性格，D4DR较长的人常常追求冒险和刺激。其实，人体的所有基因与人性都有联系，或多或少，或直接或间接。作为一个杰出的学者，你会不了解这些发现？你真的相信猎豹的嵌入基因丝毫不影响人性？如果基因不影响性格，那么请你告诉我，猎豹的残忍和兔子的温顺究竟是由什么决定的？是因为在神学院礼仪学校的学习成绩不同吗？"

这些锋利的诘问使教授的精神突然崩溃，他没有反驳，低下头，颤颤巍巍地回到自己的卧室。费新吾想，即使最冷静客观的科学家也难免被偏见蒙住眼睛，而这次谢教授的偏见只是基于一个简单的事实：谢豹飞不仅是他的科研成果，还是他的儿子。

从那天晚上后两人没有再见面。第二天一早，费新吾就从这家旅馆搬走了，他不愿再同这位自私的教授住在一起，在那之后也一直没有同谢教授接触。这会儿，费新吾盯着旁听席上的空座位，心中还在鄙夷地想，对于谢教授来说，无论是儿子的横死还是田歌的不幸，在他心目中都没有占重要位置，他关心的是他的科学发现在科学史上的地位。

国家特派检察官柯斯马斯坐上原告席，他看见被告辩护人雅库里斯坐在被告旁边，便向这位熟人点头示意。雅库里斯律师今年50岁，相貌普通，像一只沉默的老海龟，但柯斯马斯深知他的分量。这个老家伙头脑异常清醒，反应极为敏锐。只要一走上法庭，他就会进入极佳的竞技状态，发言有时雄辩，有时委婉，就像一个琴手那样熟练地拨弄着听众和陪审团的情感之弦。还有一条是最令人担心的：雅库里斯接手案件时有严格的选择，他向来只接那些能够取胜的至少按他的估计能够获胜的业务，而这次，听说是他主动表示愿当被告的律师。

不过，柯斯马斯不相信这次他会取胜。这个案件的脉络是十分清晰的，那个中国人的罪行毫无疑义，最多只是量刑轻重的问题。书记员喊了一声："肃静！"接着两名穿法衣的法官和一名庭长依次走进来，在法官席上就座，宣布审判开始。

柯斯马斯首先宣读起诉书，概述了此案的脉络，然后说：

"这是一个连环案，第一个被害人是纯洁美丽的田歌小姐，她深爱着自己的恋人，却仅仅因为守护自己的处女宝就惨遭不幸，她激起我们深深的同情和对凶手的愤慨。但这并不是说田先生就能代替法律行施惩罚，血亲复仇的风俗在文明社会早已废弃了。因此，尽管我们对田先生的激愤和冲动抱有同情，仍不得不把他作为预谋杀人犯送上法庭。"

柯斯马斯坐下后，雅库里斯神色冷静地走向陪审团，做了一次极短的陈述：

"我的委托人杀死谢豹飞是在两名警察的注视下进行的，他们都有清晰的证言，我的委托人对此也供认不讳。实际上，"他苦笑道，"田先生曾执意不让我为他辩护，他说他为田歌报了仇，可以安心赴死了。是他的朋友费新吾先生强迫他改变了主意，费先生说尽管他不惧怕死亡，他的妻子和未成年的女儿在盼着他回去！……法官先生，陪审员先生，我的陈述完了。"

他突兀地结束了发言，把两个女人的"盼望"留给陪审员。

柯斯马斯开始询问证人。警官提奥多里斯第一个作证，详细追述了当时的过程。柯斯马斯追问：

"看过田歌小姐的遗体后，被告的表情是否很平静？"

"对，当然后来我才知道，这种平静只是一种假象。"

"他在要求见凶手谢豹飞时，是否曾说过：'放心，我不会冲动，我想以同行的身份同他谈谈，以便妥善了结此事？'"

"对。"

"也就是说，他曾经成功地使你相信，他绝不会采取激烈的报复手段，在这种情形下你才放他去见鲍菲·谢，对吗？"

"是的，我并不想因失察而受上司处分。"

柯斯马斯已在公众中成功地立起"预谋杀人"而不是"冲动杀人"的印象，他说："我的询问完了。"

律师雅库里斯慢慢走到证人面前。

"警官先生，被告在杀死鲍菲·谢之前，曾与他有过简短的谈话，你能向法庭复述吗？"

提奥多里斯复述了两人当时的谈话，雅库里斯接着问："那么，在田歌死后，他才第一次向世人承认，他也曾暗恋着漂亮的堂妹，但他用道德的力量约束了自己，仅是默默地守护着她，把爱情升华成悄悄的奉献，我说的对吗？"

"对。我们都很敬重他，他是一个正人君子。"

雅库里斯叹道："是的，一个真正的君子。我正是为此才主动提出做他的免费辩护律师。法官先生，我对这名证人的问题问完了。"

这名警官退场后，雅库里斯对法官说："我想询问几个仅与田歌被杀有关而与鲍菲·谢被杀无关的证人。这是在一个小时内发生的两起凶杀案，一桩案件的'因'是另一桩案件的'果'，因此我认为他们至少可以作为本案的间接证人。"

法官表示同意，按他的建议传来游艇上的女仆。

"请把你的姓名告诉法庭。"

"尼加拉·克里桑蒂。"

"你的职业。"

"案发时我是田歌小姐和鲍菲·谢先生的仆人。"

"请问，依你的印象，他们两人彼此相爱吗？"

"当然！我从没见过这么美好的一对情侣，这艘昂贵的游艇就是谢先生送给田小姐的。我真没有料到……"

"在四天的旅途中，他们发生过口角吗？"

"没有，他们总是依偎在一起，直到深夜才分开。"

"你是说，他们并没有睡在一起？"

"没有。律师先生，我十分佩服这位中国姑娘，她上船时就决定把处女宝留到婚礼之夜再献给丈夫。她对我说过，正因为她太爱谢先生，才作出这样的决定。在几天的情热中她始终能坚守这道防线，真不容易！"

"那么，案发的那天晚上你是否注意到有什么异常？"

"有那么一点。那晚谢先生似乎不高兴，表情比较沉闷，我曾发现他独自到餐厅去饮酒。田小姐一直亲切地抚慰着他。我想，"她略为犹豫，"谢先生那晚一定是被情欲折磨，这对一个强壮的男人是很正常的，但谢先生曾赞同田小姐的决定，不好食言。我想他一定是为此生闷气。"

听众中有轻微的嘈嘈声。律师继续问："后来呢？"

"后来他们各自睡了，我也回到自己的卧室。不久我听见小姐屋里有响动，她在高声说话，好像很生气。我偷偷起来，把她的房门打开一条缝，见小姐已经安静下来，谢先生歪着头趴在她的脖颈上亲吻。我又悄悄掩上门回去。但不久，我发觉谢先生一个人在船舷上狂乱地跑动，赤身裸体，肚皮上好像有血迹。这时我忽然想到了电视上关于豹人的谈论。虽然谢先生那时一直隐瞒着姓名，但我发现他的相貌很像那个豹人。那一瞬间我突然意识到，"虽然已事隔一月，回忆到这儿，她的脸上仍浮出极度的恐惧，"谢先生刚才亲吻的姿势非常怪异，实际上他不像在亲吻，更像在撕咬小姐的喉咙！"

她的声音发抖了，听众都感到一股寒意爬上脊背。女仆又补充了一句："我赶紧跑回小姐的屋里，看到那种悲惨的景象，我真不敢相信自己的眼睛，因为谢先生曾是那样爱她！"

雅库里斯停止了询问："我的问题完了，谢谢。"

由于本案的脉络十分简单，法庭辩论很快就结束了，检察官柯斯马斯收拾文件时，特意看看沉默的辩护人。今天这位名律师一直保持低调。当然，他成功地拨动了听众对凶手的同情之弦——但仅此而已，因为同情毕竟代替不了法律。看来，在雅库里斯的辩护生涯中，他要第一次尝到失败的滋味儿了。

田延豹在离席时，面色平静地向熟人告别，当目光扫到检察官身上时，他同样微笑着点头示意，柯斯马斯也点头回礼。他很遗憾，虽然不得不履行职责，但从内心讲，他对这位正直血性的凶手满怀敬意。

第二天早上九点，法庭再次开庭。身穿黑色西服的谢可征教授蹒跚地走进来，坐到那个一直空着的位子上。很多人把目光转向他，窃窃私语着。但谢教授却在周围竖起冷漠之墙，高傲地微仰着头，半闭着眼睛，对周围的声音听而不闻。

法官宣布开庭后，雅库里斯同田延豹低声交谈几句，站起来要求做最后陈述。他慢慢走到场中，苦笑着说：

"我想在座的所有人对被告的犯罪事实都没有疑问了。大家都同情他，但同情代替不了法律。早在20世纪，在廉价的人道主义思潮冲击下，大部分西方国家都废除了死刑，唯独希腊还坚持着'杀人偿命'的古老律条。我认为这是希腊人的骄傲。自从人类步入文明，杀人一直是万罪之首，列于圣经的十戒之中。这是为什么？为什么杀死一只猪羊不是犯罪而杀人却是罪恶？这个貌似简单的问题实际是不能证明的，是人类社会公认的一条公理，它植根于人类对自身生命的敬畏。没有这种敬畏，人类所有法律都失去了基础，人类的信仰将会出现大坍塌。所以，人类始终小心地守护着这一条善与恶的分界线。"

检察官惊奇地看着侃侃而谈的律师，心里揶揄地想，这位律师今天是否站错了位置？这番话应该是检察官去说才对头。雅库里斯大概猜到了他的心思，对他点点头，接着说下去：

"所以，如果确认我的委托人杀了人——不管他的愤怒是多么正当——法律仍将给他严厉的惩罚。我们，包括田先生的亲属、陪审员和听众都将遗憾地接受这个判决。现在只余下一个小小的问题，"

他有意停顿下来，检察官立即竖起耳朵，心里有了不祥的预感。不仅是他，凡是了解雅库里斯其人的法官和陪审员也都竖起耳朵，看他会在庭辩的最后关头祭起什么法宝。在全场的寂静中，雅库里斯极清晰地、一字一顿地说：

"只有一个小小的问题：被告杀死的谢豹飞究竟是不是一个人？"

庭内有一个刹那的停顿，紧接着是全场的骚动。检察官气愤地站起来，没等他开口，雅库里斯立即堵住他：

"少安毋躁，少安毋躁。不错，在众人常识性的目光中，鲍菲·谢自然是人，这一点毫无疑问嘛。他有人的五官，人的四肢，人的智力，说人的语言，生活在人类社会中，具有人的法律地位，口袋里揣着美国的公民证、驾驶证、信用卡、保险卡等一大堆能说明他身份的证件。但是，正如大家所知道的，当他还是一颗受精卵时，他就被植入了非洲猎豹的基因片断。关于这一点，如果谁还有什么疑问的话，可以质询在座的证人谢可征教授。检察官先生，你有疑问吗？请你简单回答：有，还是没有？"

庭内的注意力没有指向检察官，而是全部转向谢可征，但谢教授仍是双眼微闭，浑似未闻。柯斯马斯不情愿地说："关于这一点我没有疑义，可是……"

雅库里斯再次打断他，顺着他的话意说下去："可是你认为他的体内仅仅嵌有极少量的异种基因，只相当于人类基因的数万分之一，因此没人会怀疑他具有人的法律地位，对吧。那么，我想请博学的检察官先生回答一个问题：你认为当人体内的异种基因超过多少才失去人的法律地位？千分之一？百分之一？百分之二十？百分之五十？奥运会的百米亚军埃津瓦说得好，今天让一个嵌有万分之一猎豹基因的人参加百米赛跑，明天会不会牵来一只嵌有万分之一人类基因的四条腿的豹子？不，人类必须守住这条防线，半步也不能后退，那就是：只要体内嵌有哪怕是极微量的异种基因，这人就应视同非人！"

柯斯马斯不耐烦地应辩道："恐怕律师先生离题太远了吧。我们在辩论田延豹杀人案，并不是为鲍菲·谢的法律身份作出鉴定。那是美国警方的事。据我所知，世界上有不少人植入了猪的心脏、转基因山羊的肾脏。这些病人身上的异种成分并不在鲍菲之下，但并没有人对他们的'人'的身份产生怀疑。还有试管婴儿，可以说，这种繁衍生命的方式是违背上帝意愿的，科学界和宗教界都曾强烈反对，罗马教廷的反对态度至今不变。但反对归反对，世界上已有50万试管婴儿降临于世，年龄最大的已经20岁，他们平静地生活在人类社会中，享受着正常人的权利，从没有人敢说他们不具有人的身份。雅库里斯先生是否认为这些人——身上嵌有异种成分的或使用非自然生殖方式的人——不受法律保护？你敢对这几十万人说这句话吗？"

在柯斯马斯咄咄逼人的追问下，雅库里斯从容地微微一笑："检察官先生想激起50万人的仇恨歇斯底里吗？我不会上当的。我说的'非人'不包括这些人，请注意，你说的都是病人，他们是先成为病人而后才植入异种组织。但鲍菲·谢却是一个正常人，是植入异种基因后才变成不正常的人。这二者完全不同。"

柯斯马斯皱起眉头："我无法辨析你所说的精微字义。我想法官和陪审员也不会对此感兴趣。"

三位法官和十名陪审员都认真聆听着，但他们确实显得茫然和不耐烦。雅库里斯转向法官："法官大人，请原谅我在这个问题上精雕细刻，因为它正是本案关键所在。我已经请来了生物学界的权威之一，相信他言简意赅的证词能使诸位很快拂去疑云。"

庭长略略犹豫，点头说："可以询问。"

满脸胡子的埃迪·金斯走上证人席，依惯例发了誓。律师说："请向法庭说出你的名字和职业。"

"埃迪·金斯，美国马里兰州克里夫兰市雷泽夫大学医学院的遗传学家。顺便说一句——我知道某些记者对此一定感兴趣——我是死者鲍菲·谢的父亲谢可征先生的同事。"

听众们对这个细节果然很感兴趣，这是否预示着同室相戕？嗡嗡的议论声不绝于耳。谢教授冷然不为所动。费新吾的神色平静，但心中不免忐忑不安。庭辩的策略是雅库里斯、金斯和他共同商定的，它能不能取得最终成功？现在已到关键时刻了。

雅库里斯说："刚才我所说的病人与正常人的区别，你能向法庭解释清楚吗？请用尽量通俗的语言来讲，要知道，这儿的听众都不是科学家。"

"好的，我尽量做到这一点。"金斯简洁地说，"上帝曾认为，自他创造了人以后，人就是一成不变的。我想在科学昌明的 21 世纪，上帝也会承认自己的错误。实际上，人类的异化一直在进行着，从未间断。我们且不看从猿到人那种自然的异化过程，只看看人为的异化过程吧。从安装假牙、柳枝接骨起，这个异化就已经开始。现在，人类的异化早已不是涓涓细流，而是横流的山洪了。诸如更换动物器官、用基因手术治疗遗传病、试管婴儿、克隆人等，这些势头凶猛的异化使所有的有识之士都忧心忡忡。但是，'幸亏'此前的异化手段都是为病人使用的，其目的是为了让病人恢复正常人状态，使他们享受上帝赐予众生的权利。极而言之，当这种种异化过程发展到极点，也不过是用'非自然'方法来尽量模拟一个'自然'的人。换句话说，这种手段只是为了更正上帝在工作中难免出现的疏漏，并未违背上帝的意愿。我的讲解，诸位是否都听明白了？"

法官和陪审员们都点点头。金斯继续讲下去：

"上述的例证中，也许克隆人算半个例外，它不是使用在病人身上，而是用正常人来复制正常人。不过，我们姑且把克隆人也归到上述类型中吧。问题是，趾高气扬的科学家们决不会到此止步，他们还想比上帝做得更好。谢教授的基因嵌接术就是一次最伟大的里程碑式的成功。他能在26年前几乎是单枪匹马地做到这一点，实在是太难得了。我无法用语言表达我的敬佩——当然仅仅从技术的角度。"

谢教授成了众人注目的焦点，记者们忙碌地记录着。

"现在，在前沿科学界已经形成了一种共识——请注意，谢教授正是其中重要一员，就连我的这些观点也有不少得之于他的教诲。这个共识就是，人类的异化是缓慢的、渐进的，但是，当人类变革自身的努力超越了'补足'阶段而迈入'改良'时，人类的异化就超过了临界点。可以说，从谢教授的豹人开始，一种超越现人类的后人类就已经出现了。你们不妨想象一下，马上就会在泳坛出现鱼人，在跳高中出现袋鼠人，在臭氧空洞的大气环境下出现耐紫外线的厚皮肤人，等等。如果你们再大胆一点，不妨想象一个能在海底城市生活的两栖人，一个具有超级智力的没有身体的巨脑人，等等。"他苦笑道，"坦率地说，我和谢教授同样致力于基因工程技术的开拓，但走到这儿，我就同他分道扬镳了。我是他坚定的反对派，我认为超过某个界限、某个临界点的改良实际将导致人类的灭亡。"

雅库里斯追问道："你是说，科学界已形成共识，这种改良后的人已经超越人类的范畴？"

金斯断然说："当然！我知道奥委会正陷入激烈的争论——豹人的成绩是否算是人类的纪录。依我看来，鲍菲的成绩当然是无效的，它不能算人类的奥运成绩，倒可以作为后人类的第一个非正式体育纪录。"

"那么，人类的法律适用于鲍菲·谢吗？"

金斯摇摇头："这个问题由法律专家们回答吧。不过我想问一句：人类的法律适用于猿人吗？或者说，猿人的社会规则适用于人类吗？"

"谢谢，我的问题完了。"

金斯走下证人席，雅库里斯说："这位证人已经讲得很清楚了。法官先生，陪审员先生，我想本法庭面临的是一个全新的问题，我代表我的委托人向法庭提出一个从没人提过的要求：在判定被告'杀人'之前，请检察官先生拿出权威单位出具的证明，证明鲍菲·谢具有人的法律地位。"

柯斯马斯暗暗苦笑，他知道这个狡猾的律师已经打赢这一仗。两天来，他一直在拨弄着法庭的同情之弦，使他们对不得不判被告有罪而内疚——忽然，他在法律之网上剪出一个洞，可以让田先生网眼脱身了。陪审员们如释重负的表情便足以说明这一点。其实何止陪审员和法官，连柯斯马斯本人也丧失了继续争下去的兴趣，就让那个值得同情的凶手逃脱惩罚，回到他的妻女身边去吧。

雅库里斯仍在侃侃而谈："死者鲍菲·谢确实是一个受害者，另一种意义的受害者。他本来是一个正常人，虽然也许没有出众的体育天才，但有着善良的性格，能赢得美满的爱情，有一个虽然平凡但却幸福的人生。但是，有人擅自把猎豹基因嵌入他的体内，使他既获得猎豹的强健肌肉，又具有猎豹的残忍，因此才酿成今天的悲剧。那个妄图代替上帝的人才是真正的罪犯，因为他肆意粉碎宇宙的秩序，毁坏上帝赋予众生的和谐和安宁。"他猛然转向谢教授，"他必将受到审判，无论是在人类的法庭还是在上帝的法庭！"

雅库里斯的目光像两把赤红的剑，咄咄逼人地射向谢教授，但谢教授仍保持着他的冷漠。记者们全都转向他，闪光灯闪成一片。旁听席上有少数人不知内情，低声交谈着。法官不得不下令让大家肃静。

很久谢教授才站起来，平静地说："法官先生，既然这位律师先生提到我，我可以在法庭做出答辩吗？"

三名法官低声交谈几句，允许他以证人的身份陈述。谢教授走向证人席，首先把圣经推到一边，微微一笑：

"我不信圣经中的上帝，所以只能凭我的良知发誓：我将向法庭提供的陈述是完全真实的。"他面向观众,两眼炯炯有神,"这位律师先生曾要求权威单位出具证明,我想我就具备这种权威身份。我要出具的证言是:的确,鲍菲·谢已经不能归于自然人类的范畴,他属于新的人类,我姑且把他命名为后人类,他是后人类中第一个降临于世界的。因此,在适用于后人类的法律问世之前,田延豹先生可以无罪释放了。"

他向被告点头示意。法庭上所有人,无论是法官、被告、辩护律师、陪审员还是听众,都没有料到被害人的父亲竟然这样大度,庭内响起一片嗡嗡声。谢教授继续说道:

"至于雅库里斯先生指控我的罪名,我想请他不要忘了历史。当达尔文的《物种起源》发表后,也曾激起轩然大波,无数捍卫'人类纯洁'的卫道士群起而攻,咒骂他是猴子的子孙。随着科学的进步,现在已经很少有人羞于当'猴子的子孙'了。不过,那种卫道士并没有断子绝孙,他们会改头换面,重新掀起一轮新的喧嚣。从身体结构上说,人类和兽类有什么截然分开的界限?没有,根本没有,所有生物都是同源的,是一脉相承的血亲。不错,人类告别了蒙昧,建立了人类文明,从而与兽类区别开来。但这是对精神世界而言。若从身体结构上看,人兽之间并没有这条界限。既然如此,只要对人类的生存有利,在人体内嵌入少量的异种基因为什么竟成了大逆不道的罪恶?

"自然界是变化发展的,这种变异永无止境。从生命诞生至今,至少已有90%的生物物种灭绝了,只有适应环境的物种才能生存。这个道理已被人们广泛认可,但从未有人想到这条生物界的规律也适用于人类。在我们的目光中,人类自身结构已经十全十美,不需要进步了。如果环境与我们不适合——那就改变环境来迎合我们嘛。这是一种典型的人类自大狂。比起地球,比起浩渺的宇宙,人类太渺小了,即使亿万年后人类也没有能力去改变整个外部环境。那么我要问,假如十万年后地球环境发生很大的变化,人类必须离开陆地去海洋中生活?或者必须生活在没有阳光,仅有硫化氢提供能量的深海热泉中?生活在近乎无水的环境中?生活在温度超过80℃的高温条件下?上述这些苛刻的环境中都有蓬蓬勃勃的生命,换句话说,都有可供人类改进自身的基因结构。如果当真有那么一天，我们是墨守成规、抱残守缺、坐等某种新的文明生物替代人类呢，还是改变自己的身体结构去适应环境，把人类文明延续下去？"

他的雄辩征服了听众，全场鸦雀无声。谢教授目光如炬地说下去：

"我知道，人类由于强大的思维惯性，不可能在一夜之间接受这种异端邪说，正像日心说和进化论曾被摧残一样，很有可能，我会被守旧的科学界烧死在21世纪的火刑柱上。但不管怎样，我不会改变自己的信仰，不会放弃一个先知者的义务。如果必须用鲜血来激醒人类的愚昧，我会毫不犹豫地献出自己的儿子，甚至我自己。"

记者们都飞快地记录着，他们以职业的敏感意识到，今天是一场历史性的审判，它宣布了"后人类"的诞生。谢教授的发言十分尖锐，简直使人感到肉体上的痛楚，但它却有强大的逻辑力量，让你不得不信服。连法官也听得入迷，没有试图打断这些显然已跑题的陈述。谢教授结束了发言，居高临下地俯视着听众，高傲的目光中微带怜悯，就像上帝在俯视着自己的羔羊。然后他慢慢走下证人席，回到自己的座位上。

他的陈述完全扭转了法庭的气氛，使一个被指控的罪人羽化成了悲壮的英雄。三名法官低声交谈着，忽然旁听席上有人轻声说：

"法官先生，允许我提供证言吗？"

大家朝那边看去，是一个60岁左右的老妇人，鬓发花白，穿着黑色的衣裙，看模样是黄种人。法官问："你的姓名？"

"方若华，我是鲍菲的母亲，谢先生的妻子。"

费新吾恍然回忆到，这个妇人昨天就来了，一直默默坐在角落里，皱纹中掩着深深的苦楚。他曾经奇怪，鲍菲的母亲为什么一直不露面，现在看来，这个家庭里一定有不能向外人道的纠葛。谢教授仍高傲地眯着双眼，头颅微微后仰，但费新吾发现，他面颊上的肌肉在微微抖动着。庭长同意了妇人的要求，她慢慢走到证人席，目光扫过被告、检察官和陪审员，定在丈夫的脸上。她说：

"我是28年前同谢先生结婚的，他今天在法庭陈述的思想在那时就已经定型了。那时，我是他的一个助手，也是他坚定的信仰者。当时我们都知道基因嵌接术在社会舆论中是大逆不道的，所谓始作俑者，其无后乎，率先去做的人不会有好结局。但我和丈夫义无反顾地开始去做这件事。

"后来，我们的爱情有了第一颗果实，在受精卵发育到8胚胎期时，丈夫从我的子宫里取出八颗胚细胞，开始了他的基因嵌接术。"她的嘴唇颤抖着，艰难地说："不久前死去的鲍菲是我的第七个儿子，也是唯一发育成功的一个。"

片刻之后人们才意识到这句话的含义，庭内响起一片嗡嗡声。妇人苦涩地说：

"第一颗改造过的受精卵在当年植入我的子宫，我也像所有的母亲一样，感受到了体内的神秘变化，我也曾呕吐、嗜酸、感受到轻微的胎动。体内的黄体酮分泌加快，转变成强烈的母爱。我也曾多次憧憬着儿子惹人爱怜的模样。但这次妊娠不久就被中止了。超声波检查表明，他根本不具人形，只是一个丑陋的、能够生长和搏动的肉团而已！"

她沉默下来，回想起当年听到这个噩耗时心中的痛楚。不管怎样，那也是她身上的一块血肉。听众都体会到一个母亲的痛苦，安静地等她说下去。停了一会儿，她接着说：

"流产之后，丈夫立即把这团血肉处理了，没有让我看见，但我对这团不成形的血肉一直怀着深深的歉疚。直到第二个胎儿开始在腹中搏动时，这种痛楚才稍许减轻一些。可是，第二个胎儿也是同样的命运。这种使人发疯的过程总共重复了六次。六次啊，这些反复不已的锯割已经超过我的精神承受能力，我几乎要发疯了。"

她苦笑道："不过我并不怪我丈夫，他探索的是宇宙之秘，谁能保证没有几次失败？等第七颗胚细胞做完基因嵌接术，丈夫不愿我再受折磨，想找一个代理母亲，我坚决拒绝了。我不能容忍自己的儿子让别人去孕育。还好，这次获得了空前的成功。我满怀喜悦，小心翼翼地把这个体育天才养育成人。不过，坦率地讲，我心里一直有抹不去的可怕预感，这种预感一直伴随着鲍菲长大。这次儿子来雅典比赛，我甚至不敢赶来观看。鲍菲在赛后曾欣喜地告诉我,说他遇上了世上最美的一个姑娘,我也为他高兴,谁料到仅仅三天后……"

她说不下去了。法官们交换着目光,都不去打断她。妇人接着说:

"一个月前我来到雅典,儿子和田小姐的尸体使我痛不欲生。但你们可知道,我丈夫是如何安慰我的?他说,有人说鲍菲的兽性来自嵌入的猎豹基因,他要把第八颗冷藏的胚细胞解冻,进行同样的基因嵌接术,让他按鲍菲的生活之路成长,以此来推翻或验证这种结论。从那时起,我就知道我们之间的婚姻已经完结了。不错,谢先生是在勇敢地探索他的真理,百折不回,但这种真理太残酷,一个女人已经不能承受。在那次谈话后,我立即返回美国,谢先生,"她转向旁听席上的丈夫,"你知道我回去的目的吗?我已经请人把最后一颗胚细胞植入我的子宫,但没有做什么基因嵌接术。我要以59岁的年龄再当一次母亲,生下一个没有体育天才的、普普通通的孩子!"她回过头歉然道:"法官先生,我的话完了。"

法庭休庭两个小时后重新开庭,法官和陪审员走回自己的座位,两名法警把田延豹带到法官面前。法庭里非常寂静。在前一段庭审中,听众已经经历了几次感情反复,谢教授从一个邪恶的科学狂人变成悲壮的殉道者,但这个形象随后又被鲍菲母亲的话重重地涂上黑色。现在听众们紧张地等待着判决结果。

法官开始发言:"诸位先生,我们所经历的是一场十分特殊的审判,诚如雅库里斯先生和谢可征先生所说,在所有人类的法律中,尽管人们可能没有意识到,但的确有两条公理,是法律赖以存在的、不需求证的公理,即:人的定义和人类对自身生命的敬畏。现在,这两条公理已经受到挑战。"他苦笑道,"坦率地说,对此案的判决已经超出了本庭的能力。我想此时此刻,在新的法律问世之前,世界上没有任何法官能对此做出判决。对于法官的名誉来说,比较保险的办法是不理会关于后人类的提法,仍遵循现有的法律——毕竟鲍菲·谢有确定的法律身份。但是,我和大多数同事认为这不是负责的态度。金斯先生,还有谢可征先生都对后人类问题做了极有说服力的剖析。刚才的两个小时内,我又尽可能咨询了世界上有名的人类学家、社会学家、生物学家和物理学家,他们的观点大致和两位先生关于后人类的观点相同。所以,我们在判决时考虑了上述因素。需要说明一点,即使鲍菲·谢已经不属于现人类,也没有人认为两种人类间的仇杀就是正当的。我们只是想把此案的判决推迟一下,推迟到有了法律依据时再进行。

"所以,我即将宣读的判决是权宜性的,是在现行法律基础上所做的变通。"

他清清嗓子,开始宣读判决书:"因此,根据国家授予我的权力,并根据现行的法律,我宣布,在没有认定鲍菲·谢作为'人'的法律身份之前,被告田延豹取保释放。鉴于本案的特殊性,诉讼费取消。"

纽约时报再一次领先同行,在电子版上率先发出一份颇有分量的报道:

> 法庭已宣布田延豹取保释放——实际是无限期地推迟了对他的判决。律师雅库里斯胜利了,他用奇兵突出的辩护改变了审判的轨道;公众情绪胜利了,他们觉得这种结果可以告慰死者——无辜而可爱的田歌小姐。
>
> 但法庭中还有一位真正的胜利者,那就是科学之神,是谢可征、埃迪·金斯所代表的科学之神。她正踏着沉重的步伐迈过人类的头顶。这里有一个奇怪的悖论:尽管科学的昌明依赖于人类的智慧,依赖于一代一代科学家艰难的推动,但当她踏上人类的头顶时,没有任何力量能够阻挡她的脚步。

退庭后,记者们蜂拥而上,包围了田延豹和他的辩护律师。几十个麦克风举到他们的面前。费新吾好容易挤到田延豹的身边,同他紧紧握手,又握住雅库里斯的手:"谢谢你的出色辩护。"

雅库里斯微笑道:"我会把这次辩护看成我律师生涯的顶点。"

他们看见谢豹飞的母亲已经摆脱记者,走到自己的汽车旁,但她没有立即钻进车内，而是抬头看着这边，似有所待。田延豹立即推开记者，走过去同她握手：

"方女士，我为自己那天的冲动向你道歉。"

方女士凄然一笑："不，应该道歉的是我。"她犹豫了很久才说，"田先生，我有一个很唐突的要求，如果觉得不合适，你完全可以拒绝。"

"请讲。"

"田小姐是回国安葬吗？是火葬还是土葬？"

"回国火葬。"

"能否让鲍菲和她一同火葬？我知道这个要求很无礼，但我确实知道鲍菲是很爱令妹的——在猎豹的兽性未发作之前。我想让他陪令妹一同归天，在另一个世界向令妹忏悔自己的罪恶。"

田延豹犹豫一会儿，爽快地说："这事恐怕要我的叔叔和婶婶才能决定，不过我会尽力说服他们，你晚上等我的电话。"

"谢谢，衷心地感谢。这是我的电话号码。"

他们看到一群记者追着谢教授，直到他钻进自己的富豪车。在他点火启动前，新华社记者穆明提出了最后一个问题：

"谢先生，你还会冒天下之大不韪，继续你的基因嵌入研究吗？"

那辆车的前窗落下来，谢教授从车内向外望望妻子、田延豹和费新吾，斩钉截铁地吐出两个字：

"当然！"

长别离

人类不是生来就清白无辜的。

杨柳吐青的时候,汤姆说他明天乘飞机来西安,约我晚上在天柱大厦旋宫饭店见面。我当然知道他的用意,这是飞船启程前他的最后一次求婚,最后一次努力。傍晚,我独坐在凉台上仰望南天的诺亚方舟。它位于36000千米远的同步轨道上,在夕阳刚落的两三个小时里是可见的,反射着太阳的金光,一个雪茄形的月亮,漂亮极了。这是真正的诺亚方舟,可不是圣经里那个只能载一家人、几十对禽兽的小玩闹。它是一个庞然大物,载客量为一万人,用氦3做能源,平均巡行速度为十分之一光速。航行目的地是南河三小犬座 α 星星系里的息壤行星。这是一个中国化的名字,息壤是鲧从天帝那儿偷来的宝物,它能凭空生出新的陆地。南河三距地球11.3光年,所以这趟单程旅途大约需要一百年的时间。途中乘员不采用冷冻法,而是使用更为可靠的冬眠法——毕竟在我们的哺乳动物同胞中早就有成功先例,如狗熊和北美山鼠。冬眠法可以把人的生理节律减缓一半,这样,在一百年的旅途结束后,乘员们的生理年龄只增加五十岁。也就是说,科学技术的进步,已经使人类能够在一代人的寿命期限内抵达邻近的新大陆,这正是阿西莫夫预言的"太空移民时代"的一道门槛。

方舟已经在同步轨道上组装完毕,一个月后就要启程了。

方舟上的乘员,除了船长等少数几个人,其他年龄都在三十岁以下,汤姆在年轻人中算是年龄比较大的。乘员男女比例是1∶2,这意味着船上实行一夫两妻制。这个制度丝毫不牵涉到性别歧视或大男子主义,只是为了尽可能提高种群的繁殖率。按说男女比率应该更悬殊一点才好,那样繁殖率更高，目前这个比率是多种因素综合后选取的最佳值，兼顾了种群中 Y 染色体的多样性，也尽可能照顾了文明社会的社会规范，比如说，从未考虑群婚制。

方舟中严格摒弃与生育有关的一切个人自由：单身主义、同性恋、丁克主义、禁欲主义等。这里有严厉的法律规定和道德承诺，婚龄男女必须结婚，妇女必须生育两胎以上，禁止堕胎，没有生育能力的男女没有资格成为方舟成员。因为只有这样做，才能保证这个万人小种群的正增长。每当我细读着诺亚公约的这些条款，总禁不住有一个想法：当高度文明的人类向蛮荒之地移民时，似乎已经被奉为天条的"文明社会规则"就立即淡化了，甚至在启程前就淡化了，而久藏于基因深处的"动物本性"却在一夜间复苏，这个本性最神圣的目标是"繁衍种群"，凡是与此相悖的，哪怕它曾是非常神圣的道德准则，也都得靠边站。

我还记得，在公开选拔飞船船长及助理的选拔会上，一位考官问过汤姆这个问题：

"尽管这次移民有强大的科技做后盾，但你们面对的是陌生的蛮荒之地，什么极端情况都可能出现。一旦'生存'与'文明社会的道德规范'发生冲突，你将怎样做？"

当时汤姆抬头看看这位考官，没有说话。考官以为他没有听清，问他是否需要把问题重复一遍。汤姆不客气地说：

"这是个常识性的问题。"

这个很不客气的回答实际已经是他的外交辞令了，他真正想说的是：

"别拿这样幼稚的问题来烦我！"

那位考官微微一笑，不再追问。

可笑的是，汤姆不屑于回答的这个"常识性答案"，却在新闻记者中引起了争论，多数人说他的选择是"生存"，但也有人说是"道德规范"，而汤姆对这些吵闹从来不屑回应。听着媒体上热热闹闹的争论，我只有暗自摇头，在心中怜悯后一类人的迂腐。

汤姆最后被选定为方舟上的船长助理，而且是内定的息壤星人类的第一任酋长,届时以选举为准,因为被选为船长的他父亲老斯诺岁数较大,很可能在到达息壤星前就会去世。据媒体说,现在,在方舟启程前一个月的时候,方舟上的3333组男女配对已经基本划定,是在自由择偶的基础上再辅以计划分配。唯有两位"酋长夫人"还虚位以待。

我知道汤姆在等我,他的等待确实非常诚心。他甚至没有先确定一个妻子而为我留出一个空位,一定要等我先成为他的"正妻"后再去选另一个妻子。我体会他周到细密的用心,也对此心存感激。我俩都忘不了在月球基地上的青梅竹马两小无猜,不管是谁,都把对方深深地刻在心里了。

可惜,我无法答应他的求婚。我舍不得离开地球,也不愿嫁给或自己变成一个异类,未来的异类。

异类——这正是我父亲激烈反对太空移民的主要论点。

蓝月亮,一个硕大的蓝月亮,永远不落,因为基地位于月亮永远朝着地球的那面。蓝色的波光洒在月球的荒漠上,天上没有游荡的白云,空中没有拂面的和风,地上没有能映出月影的水面,没有能半遮月轮的袅袅柳丝。有满天繁星,但没有拖着白光的流星。偶尔能感到一次撞击,地面微微弹动,这是陨石撞上了月面或基地上方的保护层。但听不到撞击声,月球上极为稀薄的空气不能传递声音。基地的屋顶上有天窗,但都不大,是厚厚的钢化玻璃,可以承受小颗陨石的撞击。我们坐在天窗下,仰望四角形的天空。我常常说:

"汤姆哥哥,给我讲讲地球上看见的月亮吧。"

或者:"露丝奶奶,给我讲讲地球上的大海吧。"

这就是月球基地留给我的童年记忆。我是两岁时随父母去那儿的,十岁时回地球。那时月球基地上只有一个氦3提炼厂和一个太空运输中转站,两个机构的家属区在一块儿,我家、汤姆家还有露丝奶奶住在一个单元。这个单元又被戏称为地球村,因为正好地球上三大人种在这儿汇齐了。虽然23世纪是人种大融合的世纪,但恰恰我们这三家都保留着非常典型的人种特征。露丝奶奶是黑人,黑皮肤,深黑色瞳孔,厚嘴唇,翘屁股,鬈头发,有显著的齿槽突颌，身上香腺比较明显。她是著名的太空生物学家，但那一段身体不好，在家休养，所以陪我的时间比我的父母还多。汤姆，全名是托马斯·斯诺，白人，白皮肤，金发，高鼻梁，薄嘴唇，蓝眼睛，身上有比较明显的金色汗毛。我则是典型的黄种人姑娘，瓜子脸，皮肤细腻，黑发黑眼珠，眼角有内褶，干性耳垢。我之所以对这些人种特征耳熟能详，是因为父亲曾对我详细讲解过。那时，我和汤姆哥哥整天形影不离，三家大人都戏称我们是小夫妻。当然，那时我俩都很懵懂，不知道"夫妻"和"兄妹"有什么区别——至少我是懵懂的，汤姆比我大四岁，大概已经初解人事了。有一次，就是父亲对我讲解了三个人种的特征后，忽然没头没脑地加了一句评论：

"上帝确实是仁慈的，他没有让各人种的基因分化最终累积到种间隔离的程度。非洲智人分流成黑、棕、黄、白四个人种后，在几万年后就合流了。否则，足够长的地理分隔肯定会造成生殖隔离，这是生物进化的铁律，所有生物概莫能外。"

我听不大懂这番话，但至今还清楚记得当时场上的气氛。他说完这句话后，其他大人都哑口了，包括我妈、斯诺夫妇还有露丝奶奶。他们心照不宣地交换着眼色，眼神十分复杂。那时，爸爸和老斯诺已经开始了对太空移民问题的争论，而刚才这段话实际是在隐晦地宣传他的观点，不过我那时远不能理解这一切。爸爸可能意识到这句话不太得体，笨拙地加了一句玩笑：

"否则的话，咱们的汤姆和小圆圆就不能成一家啦。"

这个玩笑肯定更不得体，其他人都没有笑，没有响应，很快把话头扯开了。五岁的我无法理解其深层含义，只是感受到了气氛的异常，觉得奇怪，困惑地看着大人。九岁的汤姆同样很困惑，过后曾朝我摊开双手：

"大人们今天怎么啦？他们的表情怪怪的，全都怪怪的。"

老斯诺那时是中转站的站长，不久就回地球筹建诺亚工程去了。他是太空移民计划最坚定的促进者，一如我父亲易哲是最激烈的反对者，不过那时这些分歧还被两家的友谊覆盖着。直到多少年后，在父亲与老斯诺的争吵公开化之后，我才明白，父亲关于"生殖隔离"那段话中包含着多少残酷，是平静的、内在的残酷。他当时对我和汤姆说这番话确实很不得体，并不是他的说法谬误，而是不该让孩子们过早地知道这些，就像不该对一个孩子说出真情："孩子，你长大后肯定会死的。"

汤姆哥哥从小就是他父亲的忠实"粉丝"，是一个最激情的太空移民运动的鼓动家。小伙伴们都叫他"托马斯船长"。从七八岁开始，他嘴里就经常熟练地流淌出"大人的话"，多半是他父亲的话，久而久之，把我都熏陶成太空移民专家了。比如他会学着他父亲的神气，故意平淡地说：

"科学技术的发展，已经让人类不经意间就迈过了太空移民的门槛。只要一迈过这道门槛，人类在太空的扩张就成指数增长。做一个粗略的估算，如果一艘飞船用一百年抵达一个十光年远的星系，休养生息一百年后，再派出同样一艘飞船继续前进。这样，在六千年后人类就能扩展到半径为三百光年的太空，这个区域内的行星大约十亿个。当然它们不会都是类地行星，但至少说：到那时候，三百光年半径内的所有类地行星都将有人类定居。"

他目光炯炯，激动地挥着拳头："只用六千年！人类在六万年中才完成在地球上的地理大扩张，现在，我们仅仅用六千年就能建立一个银河旋臂大联邦。我父亲说这还是保守的估计，没考虑人类科技的加速发展，因为地理上的大扩张常常带来文明的大飞跃，这有很多历史先例，如晚期智人走出非洲和欧洲白人来到美洲，都同时带来了文明的暴涨。"

他是他爸爸的粉丝，我则是汤姆哥哥的粉丝。毕竟，这种充满激情的远景，与孩子的心灵最容易发生共鸣。等我八岁以后，两人的智力和知识基础已经可以组织技术性讨论了，我们常常连日彻夜地谈着同一个话题，对心目中的远景规划、技术方案，甚至息壤星社会的社会公约，做着一次又一次的设计和完善。我们并不是孤军作战，地球上有成亿的同道，我们常通过地月无线网热烈讨论。那真是一段热血澎湃、值得回忆的日子。

但我的立场最终变了，是因为我的父亲易哲。父亲在与老斯诺激烈争辩时，也没有忽略对下一代的争夺，常常耐心地向我灌输他的观点。开始我反对他，我认为他的观点保守、僵化、迂腐，甚至是亵渎神灵。我和父亲毫不客气地争吵，一点也不顾及他的父道尊严。但经过几次痛苦的反复，我开始认识到，他的担忧并不纯粹是杞人忧天——不，其实这句话本身就错了，两千年来被丑化的那位杞人其实并非丑角，而是睿智的先哲，因为他在科学启蒙之前就能"先天下忧"，预见到地球并不是孤立系统，有可能面临天文灾变。

到我十二岁后，我大致认同了爸爸的观点。并不是说人类向太空移民就是错的，不是的。但是这种太空扩张将大大超过"能梳理体毛的地理距离"，会给人类带来潜在的灾难，这个观点同样也不错。两种针锋相对的观点却都正确，这是一个悖论。

我无力对两者的正误做出绝对明晰的评判，只能凭感觉多少也凭亲缘关系选定其中的一条路——于是我只能同汤姆哥哥分道扬镳了。

两个父亲之间的争论其实是完全超越个人恩怨的，那是两个智者的学术之争。但尽管如此，过于激烈的争辩仍悄悄腐蚀了两人的友谊。后来他们基本上断了私交，只余下在社交场合相遇时的一声问候。

早上爸妈打来电话，说今天是礼拜天，想出城踏青，问我有没有时间，我说好吧，我开车去接他们。我大学毕业后定居在西安，一个著名的十三朝古都。爸妈从月球回来后也选中这个城市安家，住地离我的单身小窝不远。上午我开上车，带爸妈出城。车经灞水，这儿是历史上有名的折柳送别的灞桥，是文人骚客们倾吐离愁别绪的地方。当然，现在已不复唐朝时"杨柳含烟灞岸春"的美景，两岸的高楼紧紧夹着细细的灞水，残留的岸柳在水泥峭壁的夹持下似乎十分羞窘。尽管这样，走到这儿，心中的某些积淀仍突然泛起，化成一腔莫名感伤。

一个月后就要送汤姆走了，这是真正的永别，比"生离死别"更为彻底。就如在六万年前东非大裂谷附近的阿法盆地，一位黑人女性送走了一个小部落，可以把她想象成人类的女系始祖。后者将沿着海边向北迁徙，经中东，到南亚，再分成更多的族群向大洋洲、东亚、欧洲和美洲，最终演变出棕、黄、白三大人种。六万年是一个太长的时间，长得这些后代都忘了自己的祖庭，忘了他们与黑人的血亲关系。汤姆的后代会不会也忘记地球上的血亲？

汽车后座的爸妈看出我的感伤，爸笑着问：

"圆圆你是不是触景生情啦？'昔我往矣，杨柳依依'，'絮软丝轻无系绊，烟惹风迎，并入春心乱'，灞桥杨柳确实承载着太多的文人幽思。"

我对着后视镜笑笑，没有回话。妈笑着说："圆圆从小就敏感，诗人气质。记得你看《动物世界》惹起的那次莫名其妙的大哭吗？"

我记得。在月球时，我最大的爱好之一是看有关野生动物的光盘。月球上没有任何动物，没有狮子、角马和猎豹，没有麻雀、蜜蜂和苍蝇，连耗子都没有。我只能在光盘里领略地球的自然风光。有一个纪录片讲述了猎豹母子们的故事。母豹为了儿女，拖着产后虚弱的身体，冒险捕到一只健壮的成年羚羊。但贪婪的鬣狗来了，它们总是倚仗强有力的牙床抢食猎豹的猎物。母豹不敢同它们拼命，因为两个小儿女在家等着它呢，只有带着恨意沮丧地离开。疲惫的母豹回到家，不幸儿子已经被路过的狮群杀死。母豹悲伤地嗅着那具小尸体，用鼻头推着，努力唤它醒来，但最终只能悲苦地离开。狮群可能还没走远，但母豹顾不得危险，焦急地呼唤着另一只小母豹。终于，它从深草丛中欢快地跑出来，母女俩狂喜地在地上厮搂着打滚。

那时，五六岁的我真切地体会到豹母女的欢乐，高兴得拍手：

"汤姆哥哥，你看豹妈妈找到女儿了！露丝奶奶，你看它们多高兴！"

那时我不知道，悲剧还没结束呢。很快，小母豹长大了，但相依为命的母女俩却随之反目。女儿仍对母亲很亲近，但只要它一靠近，母豹就凶狠地龇着牙赶它离开。这个"一边冷一边热"的情况持续了不久，最终小母豹知道自己不得不离开了。它摇着尾巴黯然离去，孤独的身影消失在荒野的夜色中，那情景令人愀然心痛。

小母豹很幸运，闯过了生死关，也有了自己的领地。这一天，母女俩在各自的领地外偶遇，双方阴沉地互相怒视着，吠叫着。这时已经不是母豹单方面的敌意了，强壮的女儿显得更为凶恶和有侵略性，最后母豹在女儿的威吓下不得不率先退却。

一块儿看光盘的汤姆哥哥似乎没有显出什么感情激荡，但我的小心灵却受到强烈的撞击，以至于号啕大哭。我一遍遍地说：

生命之歌

"为啥是这样啊？为啥非得这样啊？"

我的问话中没有主语。也许我的小心灵已经凭直觉察觉到，猎豹母女反目的真正原因并不在它们本身，而在比它们高的层面上，是在"上帝"或"进化之神"那儿，是冥冥中的天条让猎豹母女注定变爱为仇，在生命之途中永远分手。汤姆哥哥被我的大哭弄愣了，不理解我为啥哭。实际我本人也不知道，我只是模糊感觉到，豹母女的分手是很悲苦却又不能改变的结局。母女之间的骨血之爱、天伦之乐和眷眷深情被"天道"毒化了，永远不能复返。

那天我爸妈不在家，汤姆劝不住我，只好到对门喊来露丝奶奶。露丝奶奶把我搂到她体味很重的腋下，晃着我，咯咯地笑着：

"傻孩子，傻丫头，不值得哭，生存就是这样啊。等你长大，妈妈也会把你赶出家门的，会赶着你嫁人的。这和豹妈妈是一样的，其实是一样的。"

我的遐思可能太出神了，后面的爸爸咳了一声，把我拉回现实。我知道他们这次约我出来，肯定不单纯是为了踏青。果然爸爸把话头拉到正题上了：

"圆圆，汤姆昨天给我们打电话了，说今晚要约你见面。圆圆，你一定要认真考虑，你与汤姆的关系不要受我和老斯诺的影响，不要受双方歧见的影响。并不是说我的观点错了，但——怎么说呢，我们争论的是人类之河的流向，不牵涉到其中某两朵浪花的命运。汤姆是个好孩子，好男人，你和他在一起会幸福的。再说——"下面的话他说得有点勉强，"如果你加入诺亚方舟，这一生会很丰富的。可能很艰苦，但会很有激情。"

妈说："你决定吧，不要牵挂爸妈。虽说爹妈舍不得你离开，但女儿长大总要嫁出去。哪怕嫁到十光年外，俺俩也会惦记你。"

我专心开车，没有回答。妈又说：

"是不是你对飞船上的'一夫两妻制'有心结？圆圆，那个规定虽然令女人不愉快，但它是可以理解的，环境特殊嘛。汤姆对你的感情非常真挚，但作为船长助理，不可能带头违反这个规定。"

爸爸止住妈的话："这点你不必解释，圆圆肯定理解。"

我仍没有回答，把汽车开上去骊山温泉的小路。良久我开玩笑地说：

"爸，已经晚啦，你那些观点已经深深毒害了我，我不可能回头了。"

爸妈都听出这玩笑后的沉重。爸叹口气，不再劝了，妈又劝了一句：

"不晚。观点和婚姻是两码事，希望你认真考虑。"

"好的。咱们不说这个话题了。喂，到了，下车吧。"

我们在华清池痛快地玩了一天，再没捡起那个话题。但我知道真的晚了。并不是我不爱他，并不是个人之间的原因。汤姆是个好男人，唯一的缺点是独断一些，性格稍显暴烈，但他在我面前从来百依百顺。我决定拒绝他，只是因为我对地球文明的固守。我不想离开地球，不想变成异类。我知道自己的坚守是很可笑的，我的表现就像一只想要挡车的螳螂，或者是一只拒绝用火的老古猿。但二十六年的人生已经为我设置了心的牢狱，逃不出来了。

汤姆在天柱大厦大门口迎接我，两人乘观景电梯上到202层的旋宫饭店。他在这儿并没有张扬自己的身份，但他太出名了，侍应生一眼就认出了他。几分钟后老板亲自赶来招待，说今天的饭菜免费，而且旋宫饭店全部停业，只接待我们两位贵宾。我们想婉言谢绝，老板立即截断我的话：

"应该的应该的，能接待人类的英雄是敝店的荣幸。你们在飞向太空前能光临我们的饭店，我真是太高兴了。不要推辞了，就让我表表心意吧。"

汤姆略略沉吟，痛快地答应了，说："那就请你把一个窗口对准天上的方舟，然后旋宫停转，可以吗？"

"当然！"

我们被引到临窗的一张桌子上，旋宫悄无声息地转着，等到对准目标，地板轻轻一颤，旋宫停下了。汤姆对侍者说：

"要一份蒸山野菜，一份清炖松江鲈鱼，一份竹荪汤。"这都是我爱吃的菜肴，也是汤姆唯一知道的中国菜，"其余的中国菜我完全不熟悉，请你们自行安排吧。"

侍者恭敬地退下。窗外的南天上是那个闪着金光的雪茄形飞船，在202层高楼上看有一点错觉，似乎它比昨天大一些。今天飞船上的天线和太阳能极板已经展开，以它们为参照，可以看出飞船在天上旋转。飞船旋转是为了在无重力区域产生人造重力，今天它只是试转。诺亚方舟启程的日子一天天临近，各种性能试验都要最后做一次。我们都注目着它，汤姆说：

"还有二十七天就要出发了，真舍不得啊。"他的"舍不得"后没有宾语，是泛指。我知道其中当然包括我，或者说主要是指我。我故意取笑他：

"无病呻吟吧。少年不知愁滋味，为赋新词强说愁。我看你已经急不可待了，用句文学性的修饰：你的眸子中熊熊燃烧着对太空之旅的无限向往。"

他承认："急不可待是真的，舍不得也是真的。毕竟这是一去不回头的航程。虽然我父母也要同行，但我仍缺少生命中最重要的一半——妻子。"

我笑着纠正："应该是两位妻子吧。"

"对，按照诺亚公约，应该是两位妻子。"

"不会缺的，想做酋长夫人的姑娘肯定不会少，正在你身后排队等候呢。"

汤姆在桌上拉住我的手："不开玩笑，你知道我说的是谁。我已经征求过你父母的意见，他们不反对咱俩的结合。易伯伯和我父亲的不和真不应该，观点上的分歧不应该影响私人感情。圆圆，答应我，跟我走吧，我真的无法想象生活中没有你。"他也开了一句玩笑，"难道你不想当息壤星上的夏娃，或补天造人的女娲？"

我看着他。近十年中，我同他的接触实际很少，作为诺亚方舟的重要负责人，他太忙了，无暇儿女私情。三十岁的汤姆是个强悍的男人，肩膀宽阔，脸上棱角分明，表情沉雄自信，目光睿智而练达。我想他会是一个好丈夫，也会是一个好酋长，带领一万子民披荆斩棘，胼手胝足，在息壤星上开辟出一个新天地。我知道，只要我说出下边的回绝，这一切都和我无缘了，这让我心中发苦。但我最终说：

"汤姆，你也知道，我的拒绝是超越个人原因的。我真的想做你的妻子，哪怕因为那个该死的'最佳繁殖率'而不得不同另一个女人分享你的爱情。但我舍不得地球，舍不得爹妈，尤其是，舍不得'这个'人类，这个人类的种种爱憎、美食美酒、琴棋书画、俚歌雅舞、道德习俗，等等等等吧。我知道，只要跟你走下去，这些东西肯定会慢慢失去。也许这怪我是个中国人吧，心里的积淀太多，坠着我不敢大胆朝前走。我羡慕你，你们西方人总是能迅速确定一个简单的目标，然后将所有辎重抛之不顾。"

汤姆知道我在这样的大事上从不轻言，目光一下子变得灰暗——我真不忍看他悲苦的眼睛！不过他旋即恢复，平静地说：

"既然你决心已定，那就互道珍重吧。我尊重你的决定。其实，我父亲对易伯伯也一直很尊重，我是说，不仅尊重他的为人，也尊重他的观点。尽管我们全家这一生都是为太空移民而活的，但你父亲的忧思并非一无可取，甚至可以说是基本正确的。我们将用毕生心血建起一个息壤星社会，但几十代几百代后息壤星人会变成什么样子，我确实心里没数。"

他说得很平淡，但内涵其实很沉重。我不想让两人的最后一面浸泡在这种气氛中，而且还有一件要事要做，那是昨天晚上我就决定了的，便活泼地笑着：

"好啦，酒场上莫谈国事。咱们快点把这顿饭结束，然后——到下边开个房间。"我直视着他，他有些惊愕，我莞尔一笑，"我不能跟你到息壤星，但能为托马斯·斯诺船长在地球上留一支血脉。这样，"我开玩笑地说，"哪怕你真的在异星上变成异类，至少还能对地球多一份牵挂。"

说完后我意识到最后这句笑话不太合适。异类——对于致力于太空移民的所有人，这都是一个不愿提起的伤疤。汤姆理解我的苦心，尽量放松心情，高兴地说：

"真没想到我还能有这样的幸福。圆圆，谢谢你。有了今晚，我一生无憾了。"

我们匆匆结束了进餐，唤侍者过来。汤姆没有再提付餐费的话，但把一张信用卡留下了，笑着说：

"我很快就要离开地球，这张卡在息壤星上无法兑付，没用了。留给你们，权当是我的小费吧。衷心感谢你们，让我在离开地球前有这么一个美好的夜晚。"

他没说卡上有多少金额，但肯定是一笔巨款。侍者不敢收，跑去唤老板。等老板匆匆赶来，我们已经走进电梯，在电梯门关闭前，汤姆向老板笑着挥挥手，老板也只好认了，匆匆对门缝喊了一声"谢谢啦"。我们下到200层，这儿有一套豪华的总统套间，汤姆把它订下。

生命之歌

"在没有发明超光速交通和通信手段前,人类的太空移民只是在培养异类。"这是爸爸所做的晦暗预言。他对"太空移民促进派"说:"你们只知道科技发展已经超越了太空移民的门槛,没想到它也超出了能梳理毛发的地理范围。猴子猩猩们都要频繁地互相梳理毛发,才能维持小种群的向心力;人类其实没什么不同,各个民族只有频繁地交流互动,才能维持文化的同质性。成吉思汗建立了超级大帝国,快马跑个来回大概需要三个月,但它很快崩解了;英国建立了日不落帝国,乘车船走个来回也大概是三个月,它也很快崩解了;直到发明了现代交通和通信,缩短了人们互相交流的地理间隔,人类才建立了统一的地球村。所以不妨粗略地说,三个月的梳理毛发间隔时间,是维持种群同质性的最大值。这个数值不一定精确,但它一定存在。

"但现在呢?即使离地球最近的移民星球,一次通话往来要二十年,一趟往返需要二百年!它比上面说的最大值还要大两个数量级!更别说其后一波一波的扩张了。所以,在没有超光速交通和通信手段前,人类的各部分移民等于是互相隔绝了。你们竭尽地球资源而向外移民,但只要一撒出去,母星就无法控制了。那些不能互相梳理毛发的种群肯定会很快异化,异化得面目全非。

"文化上的异化还只是危险之一,更危险的是生理上的异化。大家都知道,地球上的物种分化主要是因为地理隔绝,就是它造成了各物种的生殖隔离,使红松鼠和灰松鼠不能交配,使同一个祖先的狮子去屠杀羚羊。但至少所有动物都生活在一个地球上,有同样的地球重力、同样的磁场、同样的光照、同样的气压、同样的氧气比率、同样的淡水、同样的绿色植物。它们综合起来,实际为物种的分化设了一个大的约束,使它们不会越过雷池,只是我们身处其中而不知其宝贵罢了。但在外星球上,所有这些约束在一夕之间全都失去了,造成一个非常陡峭的断层。结果会怎样?那就是:各星球上的人类移民在生理上势必飞速异化,无论是因为自然变异或人工基因改造。也许区区几百年后,回来探亲的移民们已经不能同地球人结婚生子了。

"你们说,六千年后的人类文明将覆盖半径三百光年的太空,错了,那不是人类文明而是异类文明。他们大概不会'正巧'与我们持有同样的道德准则吧。你们说，地理大迁徙常常带来科技的大飞跃，这点说对了——但结局是什么？那就是：超速发展的 X 星文明，一群与我们生殖隔绝的异类，乘着超光速飞船来拜访祖庭。至于飞船上是带着鲜花，还是种族灭绝的武器就难说了——不妨对照一下人类历史，毕竟历史的镜鉴比那些廉价乐观的预测要厚重得多。想想六万年前，晚期智人再次走出非洲后，对尼安德特人、爪哇猿人和北京猿人的灭绝；想想十五十六世纪白人对印第安人、澳洲土人及非洲黑人的屠杀。想想这些，你们还能保持廉价的乐观吗？

"乐观派的主要理由是，文明发展到二十三世纪，已经彻底根绝了人类的兽性，二十三世纪的太空移民都是在文明中泡大的，不会再返祖了。所以他们断定，千百年后回地球探亲的人类后代们肯定会捧着鲜花和异星珍宝。不，那不是兽性，是人类的动物本能，它深藏于基因中，远比道德约束更强大。到了外星蛮荒之地，它会很自然地复苏。所以，在地球人竭尽物力智力把移民们送向太空时，先静下心来想想，至少先排除我说的这种可能性。"

爸爸是个非常执着的人。为了说服"走火入魔"的社会，他真的尽了自己最大的力量。在我十二岁那年，关于这个问题的争论已经基本落槌了，诺亚方舟的建造已经开始进入具体程序了。这时爸爸做了最后一搏。他竭尽我家的财力，独自拍摄了一部高质量的互动式电影宣传片。互动式电影那时刚发明不久，观众的思维可以引入到电影中，与电影中固有的情节互动，并因各观众的固有思维而衍变，一千个观众就会衍生出一千种情节、一千种结尾。那时我知道他在拍电影，但他却严禁我去拍摄场，我甚至听见他对妈妈和工作人员交代：绝不许我看这部电影，因为"它的内容对一个小孩子来说太残酷了"。当然了，一个十二岁的小女孩听到这句话，那就像把肉骨头吊到了小狗的头顶，更激发了我的好奇心。不过，爸爸的命令被有效实施，我一直没逮着机会一饱眼福。

终于有一天，爸爸把很多客人请到家里看电影，有露丝奶奶、汤姆父亲，其他人我不认识，但个个气度不凡，听说都是各个行当的教父级人物，这二十人合起来可以决定人类文明的航向。汤姆也跟着父亲来了，他来是找我

生命之歌

玩儿。妈妈把我俩赶出会客厅，说不要干扰爸爸的正事。在我的小屋里，我悄悄对汤姆哥哥讲了那根"肉骨头"，讲了几个月来我对它的渴望，怂恿他：

"今天趁乱，咱们偷偷去看看吧。"

十七岁的汤姆哥哥正是好事的年龄，当然不会反对。我们瞒着妈妈，偷偷来到会客厅，趴在窗外。可惜我们什么也看不到，互动式电影没有银幕，二十多个观众都半躺在沙发上，头上戴着一个头盔状的双向发射器，电影情节不是通过眼睛，而是通过接收器的神经触头直接送入大脑，而大脑的意识也沿着触头送进电影。爸爸在电脑终端监视着，大概从那儿能监测到每一部电影的情节发展。但我们从窗外看不到那个屏幕，只能眼巴巴地在窗外守候着。二十多个观众如老僧入定般躺了将近二十分钟，然后同时醒来，面无表情地取下头盔，从沙发上坐直身体。

我看见了爸爸此时的表情，那一刻我就知道，爸爸的最后一搏又输了，输得很惨。后来我得知，即使这些观众"身临其境"地感受到了我爸爸为他们描绘的阴暗前景，他们仍一致做出与爸爸期望相反的决定，也就是说，每部电影的结尾虽不相同，但大方向是一致的。非常一致，二十几位大人物没有一个赞同我爸的意见。

爸爸高贵地接受了失败，保持着平静的笑容，领大伙儿到院里去了，院里紫藤架下已经摆好了香茗和咖啡，他们在那里饮着茶，平和悠然地闲聊着，大概只是表面上的平静吧。汤姆哥哥反应机敏，等播放厅的工作人员关好机器离开，他立即像狸猫一样跳过窗户，又把我拉进去。然后他把机器摆弄一会儿，戴上头盔说：

"圆圆你先去门口把着风，我把机器调整好就喊你。"

我非常高兴，这样的偷窥太刺激了，眼馋一个多月的东西终于就要到手了！我望着风，回头看看，汤姆把机器调整好了，躺在沙发上一动不动，显然已经进入故事中。但他这一看就看了二十分钟，把我急坏了，又不好意思催他，总不能只让他看一个半拉电影吧。我自己找了一个头盔戴上，但没摆弄成。他终于看完了，取下头盔，招手把我喊去。我看见了——他的异常表情！他非常阴沉，非常郁闷，似乎是大病初愈的神色。而且他看起来非常为难，肯定是改变了主意，不想让我看，但又说不出口。我着急地说：

"汤姆哥哥，轮到我看了，你已经看完，轮到我了，你可不能反悔！"

汤姆没法拒绝我，叹息一声，说："给，你看吧，反正你早晚得知道。"他帮我把头盔戴好，调好，开始播放电影。

在此之前我已经看过别的互动式电影，知道那是很奇特的感受。你进入了电影的场景，但在某种程度上还保留着自己的思维。与情节有关的背景资料会不动声色地送入你的大脑，就像你早就了解这一切。随着剧情发展，观众的思维和电影情节的固有设定会天衣无缝地织在一块儿，让你混淆了"我"和"非我"的界线。我看到了六万年前的非洲，著名的非洲大裂谷旁边的阿法盆地，因气候的变化，周围的密林已经变为稀树草原。这儿刚发生过一次部落间的血战，马塔部落战败，只剩下五六十人，逃到这片丛林间。

这会儿他们都疲惫不堪，正在熟睡。但得胜的奥姆部落也悄悄跟来了，手执石斧骨刀把这些人包围。"镜头"摇到黑人女酋长的身上。这是露西，可以把她当成后代所有人种的共同女性始祖。露西身材高大健壮，腰间裹着树叶裙，裸露着丰满的乳房，模样与现代黑人已经非常接近，只是身上的体毛多一些。她示意其他人停下，自己则悄悄向马塔人逼近，只有一个少年跟在他身后。这个名叫塞班的少年的肤色要浅得多，大概是由于某种基因变异。

露西潜行着，已经相当接近一名马塔男人，不过她没有动手，只是默默地看着他。这男人身上伤痕累累，脸上凝着血迹。他身材魁伟，相貌威严，与众人不同的是，他的肤色比一般人浅得多，倒是与露西身后的少年接近，两人相貌也很像。露西看看他，再回头看看塞班——于是我知道了真相：这个外族人是塞班的生父，露西与他的一次野合有了这个孩子。母系氏族社会中实行等级群婚制，人们知其母而不知其父。但这个父亲因为有基因变异，为其父子亲缘关系留下了一个显明的标签，露西也清楚这一点。

露西哼了一声，那个马塔男人被惊醒，狂吼一声，从地上蹿起来。他的族人也被惊醒，都蹿起来，抓起身边的武器。他们看到了包围圈，知道凶多吉少，脸上露出绝望的凶狠。但露西没让手下进攻，而是对那个男人厉声说了一番话。她的语言带着非洲古舌语的痕迹，说话时夹杂着嗒嗒的弹舌音。

生命之歌

看到这儿,我已经全部进入角色了,十二岁的黄种人丫头易圆圆变成了四十岁的黑人露西。我开始按露西的方式来思维。我知道,只要我一声令下,这儿就会血肉横飞。我的部族在人数上占绝对优势,少顷我们就会取胜,把这些人全杀死,围着篝火烤吃人肉。不过我不愿这样做,毕竟这人做过我男人,还留下一个浅色皮肤的儿子。我只是凶狠地告诉他,立即带着他的族人滚,滚得远远的,如果再被我撞见,会把他们杀得一个不留。

马塔男人不相信我会放他走,没有说话,疑虑地瞪着我。我放缓语气说:"你们离开这儿,可以向北去,老辈人传说,很早很早的时候祖先就有人往北去了,再也没有回来,你们到那儿应该能找到安家的地方。"到这会儿马塔男人才相信了我的话,知道这儿不会再有杀戮,脸色也缓和了。

然后我把身后那少年推过来,对马塔男人说,"走吧,带着你儿子走。他肯定是你儿子,不会错。"马塔男人有些吃惊,少年塞班更是震惊地瞪着我,他没想到我会把他,自己的儿子,送给外族人。我狠下心不理他,我不能留他,他的肤色比别人都浅,父亲又是外族人,在奥姆族中一向被当成异类。大巫师说他是奥姆人的灾星,注定会让奥姆人血流成河。因为这个阴晦的预言,族人都对塞班怀有敌意,只是慑于我的威望才没人敢杀害他。但我死后呢?他只能离开奥姆部落,跟自己的父亲走。

塞班终于知道我的决定不能更改,狠下心向陌生的父亲走过去,现在他看我的眼光同样充满敌意。

马塔男人听从了我的安排,喊齐他的族人,带着他意外得到的浅肤色儿子,准备离开这儿。我让族人撤开一个口子,沉默地紧盯着他们。就在这时,一个声音忽然从大脑深处响起——是神的声音。神说:

"露西,我为你开启了天眼,你能看到六万年之后的事情。现在你看吧,你看吧。"

于是我忽然被开启了天眼,看到了几万年之后的事情。我看到,那个马塔男人,其后是塞班,带着这一小群人,沿着海边朝北走,他们先在一个叫中东的地方停下,在这儿繁衍出很大的一个部落。又有人往东南走,到了一个叫南亚的地方,在这儿也繁衍出一个很大的部落。之后他们又分开了,一支向海岛进发，最终变成棕色人。另一支人马在东亚定居，形成蒙古利亚人种，其中一小支经西伯利亚过白令海峡到了美洲，变成爱斯基摩人和印第安人。另一大支则向北，到欧洲，最后变成白人。他们的相貌都发生了很大变化，皮肤都比黑人浅得多。

然后就是几万年绵延不绝的屠杀。在他们分散到各大洲之前，各地已经有了不同的直立猿人，像欧洲的尼安德特人，亚洲的巫山猿人和爪哇猿人。他们也是从非洲过来的，不过时间早在六百万年到二百万年前。现在，带着石制和骨制武器的、有了语言能力的后来者要比原生直立人强悍，在各大洲把原住民一扫而光。这些新来者在各大洲扎下根，建立了各自的部落，再建立国家，然后是血亲间的杀戮，各个民族各个国家间都充满仇恨，互相杀戮。

直到某一天，奥姆部落那个巫师的可怕预言终于应验了。塞班后代中的一支，那些带着火枪火炮的白人，乘着帆船或蒸汽轮船杀向自己的祖庭，杀向进化缓慢的不开化的黑人。依照进化之树的脉络，这些黑人是白人的血亲，而且他们才是上帝的嫡长子啊。我看到黑人露西的后代扛着长长的木枷，或带着"文明"的金属镣铐，挤在黑暗污秽的底层船舱里。他们大批病死，被扔到海里喂鲨鱼。在北美和中南美洲，牙市上的黑人男女赤身裸体，人贩子向买家夸耀着黑奴的牙口和生殖器，夸耀着"母畜"的繁殖能力，和买卖牲畜完全一样。黑奴时代的四百年间，非洲有一千万黑人被掠走，另有一千万死在劫掠奴隶的战争中或运输途中。

我看清了这一切。一个六万年前的晚期智人，一个未脱蒙昧的黑人女酋长，由于神启而预先知道了这一切。然后神说：

"露西，你放他们走吗？你放浅色皮肤的塞班走吗？他注定是黑人的灾星，你放他走出非洲，就得让你的后代承受这样的苦难。但你若杀死他们，人类可能就一直局限在非洲。你自己决定吧，你的决定将影响六万年后人类的走向，你自己为你的决定负责。"

我所看到的真实历史，还有我能看懂这一切的天眼和智慧，汇成一个无比沉重的梦魇，压得我喘不过气。我不知道该怎么办。为了我的后代，我应该把马塔部落杀光，但我迟迟下不了决心。这不光牵涉到那个叫塞班的儿子，而且我其实清楚，这个未来是注定不能改变的。人类要想在这个星球上存活繁衍，就得承担这些原罪。

40岁的露西在痛苦中煎熬，左冲右突，没有出路。一个十二岁女孩的意识无法承担如此之重的剧情，终于崩溃了。我哇地哭出声，从剧情中逃离出来。但我无忧无虑的少年时代自此戛然断裂，再也不能复返了。因为我已经看到了十二岁孩子不该看到的真相，知道自己其实是一个嗜杀种族的后代。

我放声大哭，哭得几乎断气，已经看过剧情的汤姆当然知道我为什么哭，但他仍然没有料到我的反应会这样剧烈。他怕大人听见，急慌慌地哄我，但我已经不在乎大人听见与否了，仍然大哭不止。大人们听见了，露丝奶奶头一个跑进来，后边跟着爸妈和众人。露丝看到我戴着的头盔，立即意识到我的大哭所为何来，赶忙抱紧我，哄着我。我哽咽着，断断续续地说：

"露丝——奶奶——你说，为什么——要这样？为什么——非得——是这样？"

老露丝叹息着："孩子，这是无可避免的，生存就是这样啊。"

事后我知道，观看这场互动电影，别说对孩子，即使对成年人来说，对成熟的政治家们来说，也是很痛苦的经历。面对父亲设在剧中的犀利的道德拷问，再麻木的人也不可能无动于衷。但所有的故事参与者在经过极度煎熬后，却都做出了同样的选择——放马塔人和塞班走。我父亲失败了，他彻底心灰意冷，终生不再谈论此事。

父亲失败了，但获得一点小小的补偿：把女儿争取到自己的营垒中了，我的观点从此改弦更张。记得在我二十岁时，我终于"成熟"得有勇气问露丝："作为黑人，作为剧中那个露西的直系后代，你应该有更切身的痛苦。你为什么也做出同样的选择？为什么还支持诺亚行动？"露丝平和地说：

"文明之河的流向从来不取决于哪个智者的选择，不取决于道德约束，而是缘于群体的冲动。就像大雁社会，其迁徙行为是由群体的冲动迁徙兴奋激发的，头雁最多只能算作既定命运的代表。如果它拒绝迁徙，能阻止雁群的冲动吗？不能，雁群肯定会抛弃它，另选一个头雁就是了。人类现在其实也正处于迁徙兴奋期，谁也拦不住。人类历史就得按'这个样子'发展，没办法改变。不妨做个假设：如果非洲人六万年前不向外扩展，一直窝在原地，杀俘虏吃人肉，难道历史就会更干净一些吗？不是那样的。你父亲是个非常睿智的哲人，但——他还是太天真了。"

她的话让我哑口无言。就像在我眼前突然立了一面硕大的镜子，让我看到另外一个截然相反却又完全合理的架构。我吃惊地发现，父亲认为狂热轻率的太空移民促进派，其实比他更深沉，更睿智，更达观。

我和汤姆睡在总统套间朝南的卧室中。南天上仍能看到那个雪茄形的月亮。它在同步轨道上，相对地球是静止的，但随着地球的转动，它逐渐进入地球的阴影，熄灭了，只留下真正的月亮，清冷忧郁，在白云中无声地滑动。我们云雨之后，静静地躺在月光里，没有多说话。在永别前的时刻，什么话都是多余的。不过我说了一句：

"不许忘记我！更不许忘记你的儿子或女儿。"

汤姆笑着说："我当然不会忘——只要我没有忘掉自己。"

我从这句笑话中听出他内心的声音：对自身异化的惧意，而在此前，我一直以为他是个从不向后看的斯巴达勇士。我有意冲淡他的沉重，揶揄他：

"呸，你真不是一个好情人，给我一个空头许诺，还要打点折扣。"

他苦涩地说："圆圆你知道吗？你决定不去息壤星，等于抽掉了我最重要的一根心理支柱。"

这句话让我心酸。在二十年的友谊中，他一直扮演着"强者""长兄"的角色，没想到实际上他对我如此依恋。可惜我的决定也是不可更改的，我没法安慰他，只能把他搂紧，趴在他强健多毛的胸膛上，听着这个男人强劲的心跳声。后来我们睡熟了。

他走了，但不久就回到了地球。我们仍来到这个房间约会，两人对面而立，仔细地观察着对方。他的形貌已经显著改变，身体变得扁平，腿部短粗，这是为了适应息壤星上的强大重力。鼻孔非常大，胸膛异常饱满，近似畸形，这是为了适应息壤星上较稀薄的氧气。总的说，他就像青蛙、鳄鱼和人类的混合。异类，我熟悉的汤姆哥哥已经变成了异类，我在心中说。不过我努力克服心中的陌生感甚至厌恶感,笑着迎接他:"汤姆,怎么这么快就回来了?你看,我腹中的胎儿还没生下来呢。"

他面无表情地看着我,冷冷地说:"你不可能有我的后代。你刚才熟睡时我把你我的基因做了比对,我们的基因已经分流了,属于不同的物种,连染色体的数目都不一样了。圆圆,非常对不起,如果不是这样的生殖隔离,我们还愿意和地球人类友好共处,现在只有……"

我冷笑道:"这就是你返回地球的目的?就像当年的白人返回非洲?"

他厌烦地说:"我很遗憾,但我们已经不是一个族类了,再这样喋喋不休地争论下去已经没有意思了。"

他扭头出去,下了一道命令,天上无数的飞船把炮口对准地球……我忽然惊醒,冷汗涔涔。汤姆仍酣睡在月光中,眉峰紧锁,可以看出,在熟睡中他仍没走出睡前的沉重思绪。我非常内疚,当这个男人还在深深依恋我时,我却已经在梦中把他划为异类了。但即使有内疚,这个梦境仍非常彻底地毁坏了我对他的感情,现在,我对他非常生疏,甚至连他茂密的胸毛也让我厌恶。

我悄悄起床,来到阳台,沐浴在月光下。想起我和汤姆在月球基地时,常常共同沐浴着蓝色月华,有说不完的儿女私语,不由心中发苦。

记得那时爸爸还说过,黑奴时代的黑人还是很幸运的。当他们被那些在基因之河上分隔了六万年的表兄弟掳为奴隶后,尽管白人从不把他们当人看待。当年一位美国白人大法官曾说:上帝面前众生平等,但黑人显然不包括在内。但黑人和白人之间从生理上说尚未发生生殖隔离,六万年的地理隔绝期还太短,不足以造成基因上显著的变异。所以,白人农场主找黑人女奴泄欲时还能留下混血后代。这一点的重要性常被历史学家们忽视,其实当后来黑人重新被纳入"人"的范畴时,这是最重要的基础。可是——如果分隔期再长一点?如果黑、棕、黄、白人种形成了不同物种?这并不是玄谈,而是物种进化的必然结果。其实对于代际交替比较快速的动物,六万年就足以造成分流,即使不是因为基因变异,也会因行为方式等造成生殖隔离。

爸爸说:"如果那样,黑人可就惨啦。眼前就有实例,想想我们更早的表兄弟黑猩猩吧。"

汤姆也醒了,在阳台上找到我,从后边把我搂紧。不,他并没有异化,他仍是我熟悉的那个男人,但我却无法消除内心的疏远。汤姆敏感地觉察到我身体的僵硬,关心地问:"圆圆你怎么啦?"我回过头,勉强朝他笑笑:

"做了一个噩梦,好心绪全被毁了。你送我回去吧。"

汤姆点点头,没有多问。他穿好衣服,从地下停车场倒出汽车,默默送我回去。我们没有吻别,而是客气地挥手再见。

我不知道体内是否已经留下他的种子,但不可能再有一次欢愉了。

听天由命吧。

一个月后诺亚方舟按时启程。我没上太空站送别,只是在地面站与他见了最后一面。露丝奶奶和我的父母都来了,同汤姆一家三口拥别。不,应该是一家五口了,汤姆已经有了两个妻子。他们仍然组成了一个小联合国:丈夫是白人,一个妻子是黑人,另一个是黄种人。后者的眉眼身段与我很相似,我能理解汤姆在挑选妻子时的隐秘心意。这个姑娘很开朗,同我紧紧拥抱,大声说:

"圆圆姐我知道你。真可惜你最终决定不参加移民,不能和汤姆结合,否则我就不能乘虚而入了。"

她放声大笑,引得周围人都笑了。我非常羡慕她明朗的心境,她在同地球和亲人即将别离时,没有丝毫悲苦感伤。我在拥抱她时找到了汤姆的目光,我们心照不宣地点点头,微微一笑。

爸爸同老斯诺洒泪相别,他们此刻已经完全忘了早先的芥蒂,两人互相谆谆嘱咐着。临分手时我走向汤姆,没有吻别,只是送他一枝柳枝:

"托马斯船长,送你一件别致的礼物,是我路过西安灞桥时折的。这是中国唐朝人的习俗,友人送别时总是送到灞桥,折柳相赠。上飞船后你弄个花瓶插上吧,但愿它的绿色能长久保存。"

汤姆郑重地接过来:"我会把它的基因保存好,让它绿遍息壤星球。谢谢你,圆圆。"

他们坐上太空巴士去往诺亚方舟。当天中午,诺亚方舟点火启程。

失去它的日子

在宇宙爆炸的极早期 10^{-35} 秒内,由于反引力的作用,宇宙经历了一段加速膨胀。这个暴胀阶段极短,到 10^{-33} 秒即告结束。此后反引力转变为正引力,宇宙进入减速膨胀,直到今天。

可以想见,两个阶段的接合使宇宙本身产生了疏密相接的孤立波。这道原生波之所以一直被人遗忘,是因为它一直处于膨胀宇宙的前沿。不过,一旦宇宙停止膨胀,该波就会在时空边界上反射,掉头扫过"内宇宙"——也许它在昨天已经扫过了室女超星系团、银河系和太阳系而人类没有觉察。因为它是"通透性"的,宇宙的一切:空间、天体、黑洞、星际弥散物质,包括我们自身,都将发生完全同步的胀缩。因此,没有任何"震荡之外"的仪器来记录下这个或这串波峰。

——靳逸飞《大物理与宇宙》

8月4日 晴

虽然我们老两口都已退休了,早上起来仍像打仗。我负责做早饭,老伴如苹帮 30 岁的傻儿子穿衣洗脸。逸壮还一个劲儿催促妈妈:"快点,快点,别迟到了!"老伴轻声细语地安慰他:"别急别急,时间还早着哩。"

两年前我们把他送到一个很小的瓶盖厂——21 世纪竟然还有这样简陋的工厂——不为挣钱,只为他的精神上有点安慰。这步棋真灵,逸壮在厂里干得很投入很舒心,连星期日也要闹着去厂里呢。

30 年的孽债呀。

那时我们年轻,少不更事。怀上逸壮五个月时,夫妻吵了一架,如苹冲到雨地里，挨了一场淋，引发几天的高烧，儿子的弱智肯定与此有关。为此我们终生对逸壮抱愧，特别是如苹，一辈子含辛茹苦，任劳任怨，有时傻儿子把她的脸都打肿了，她也从未发过脾气。

不过逸壮不是个坏孩子，平时他总是快快乐乐的，手脚勤快，知道孝敬父母，疼爱弟弟。他偶尔的暴戾与性成熟有关。他早就进入青春期，有了对异性的追求，但我们却无法满足他这个很正当的要求。有时候见到街上或电视上的漂亮女孩，他就会短暂地精神失控。如苹不得不给他服用氯丙嗪，服药的几天里他会蔫头蔫脑的，让人心疼。

除此之外，他真的是一个心地善良的好孩子。

老天是公平的，他知道我们为逸壮吃的苦，特地给了我们一个神童作为补偿。逸飞今年才25岁，已经进了科学院，在国际上也小有名气了。邻家崔嫂不大懂人情世故，见到逸壮，总要为哥俩的天差地别感慨一番。开始我们怕逸壮难过，紧赶着又是使眼色又是打岔。后来发现逸壮并无此念，他反倒很乐意听别人夸自己的弟弟，听得眉飞色舞的，这使我们又高兴又难过。

招呼大壮吃饭时，我对老伴说，"给小飞打个电话吧，好长时间没有他的电话了。"我挂通电话，屏幕上闪出一个二十七八岁的女子，不是特别漂亮，但是极有风度——其实她只是穿着睡衣，但她的眉眼间透着雍容自信，一看就知道是大家闺秀，才子型的人物。看见我们，她从容地说："是伯父伯母吧，逸飞出去买早点了，我在收拾屋子。有事吗？一会儿让逸飞把电话打回去。"我说："没事，这么多天没见他的电话，爹妈惦记他。"女子说，"他很好，就是太忙，不知道他忙的是什么，他研究的东西我弄不大懂。对了，我叫君兰，姓君名兰，这个姓比较少见，所以报了名字后常常有人还追问我的姓。我是写文章的，和逸飞认识一年了。那边坐着的是逸壮哥哥吧，代我向他问好。再见。"

挂了电话，我骂道："小兔崽子，有了对象也不告诉一声，弄得咱俩手足无措，人家君兰倒反客为主，说话的口气比咱们还家常。"老伴担心地说，"看样子她的年龄比小飞大。"我说："人两岁好，能管住他，咱们就少操心了。这位君兰的名字我在报上见过，是京城有点名气的女作家。"这当儿逸壮一直在远远地盯着屏幕，他疑惑地问："这是飞弟的媳妇？飞飞的媳妇不是青云？"我赶紧打岔："快吃饭快吃饭，该上班了。"

逸壮骑自行车走了，我仍悄悄跟在后边做保镖。出了大门，碰见青云也去上班，她照旧甜甜地笑着，问一声"靳叔早"。我看着她眼角的细纹，心里老大不落忍。中学时小飞跳过两级，比她小两岁，她今年该是27岁了，但婚事迟迟未定。我估摸着她还是不能忘情于小飞。小飞跳到她的班级后，两人一直是全班的榜首：青云是第一，小飞则在第二到第五名中跳动。我曾当着青云的面，督促小飞向她学习。青云惨然道："靳叔，你千万别这么说。我这个第一是熬夜流汗硬拼出来的，小飞学得多轻松！篮球、足球、围棋、篆刻、乐器，样样他都会一手。好像从没见他用功，但功课又从没落到人后。靳叔，有时候我忍不住嫉妒他，爹妈为啥不给我生个像他那样的好脑瓜呢。"

那次谈话中她的"悲凉"给我印象很深，那不像一个高中女孩的表情，所以10年后我还记得清清楚楚。也可能当时她已经有了预感？在高三时，她的成绩忽然垮了，不是慢慢下降，而是来了个大溃决。确确实实，就像张得太紧的弓弦一下子绷断了。她高考落榜后，崔哥崔嫂、如苹和我都劝她复读一年，我们说她这次只是发挥失常嘛。但她已到了谈学习色变的地步，抵死不再上学，后来到餐馆里当服务员。

青云长得小巧文静，懂礼数，心地善良，从小就是小飞的小姐姐。小飞一直喜欢她，但那只是弟弟式的喜爱。老伴也喜欢她，是盼着她有朝一日做靳家的媳妇。不久前她还隐晦地埋怨青云没把小飞抓住，那次青云又是惨然一笑，直率地说："靳婶，说句不怕脸红的话，我一直想抓住他，问题是能抓住吗？我们不是一个层次的，我一直仰着脸看他。我那时刻苦用功，其中也有这个念头在里边。但我竭尽全力，也只是和他同行了一段路，现在用得上那句老话了，望尘莫及。"

送逸壮回来，我喊来老伴说，"你最好用委婉的方式把君兰的事捅给青云，让她彻底断了想头，别为一个解不开的情结误了终生。"如苹认真地说，"对，咱俩想到一块儿去了，今晚我就去。"就在这时，我感到脑子里来了一阵"晃动"。很难形容它，像有人非常快地把我的大脑仅是脑髓晃了一下，或者像一道压缩之波飞速从脑髓里闪过——不是闪过,是从大脑的内部、从它的深处突然泛出来的。

这绝不是错觉,因为老伴正与我面面相觑,脸色略见苍白,看来她肯定也感觉到了这一波晃动。"地震?"两人同时反应道,但显然不是。屋里的东西都平静如常,屋角的风铃也静静地悬垂在那里。

我们都觉得大脑发木,有点儿恶心。一个小时后才恢复正常。真是怪了,这到底是咋回事?时间大致是早上7点30分。

8月5日 晴

那种奇怪的震感又来了,尽管脑袋发木,我还是记下了准确的时间:6点35分。老伴同样有震感、脑袋发木、恶心。但逸壮似乎没什么反应,至少没有可见的反应。

真是咄咄怪事。上午喝茶时,和崔哥、张叔他们聊起这事,他们也说有类似的感觉。

晚上接大壮回家,他显得分外高兴,说今天干了2000个瓶盖,厂长表扬他,还骂别人"有头有脑的还赶不上一个傻哥"。我听得心中发苦,也担心他的同伴们今后会迁怒于他。但逸壮正在兴头上,我只好把话咽到肚里。

逸壮说,"爸爸,国庆节放假还带我去柿子洞玩吧。"我说:"行啊,你怎么会想到它?"他傻笑道,"昨天看见小飞的媳妇,不知咋的我就想起它了。"逸壮说的柿子洞是老家一个无名溶洞,洞子极大极阔,一座山基本被滴水掏空了,成了一个大致为圆锥形的山洞。洞里阴暗潮湿,凉气沁人肌骨,时有细泉叮咚。一束光线正好从山顶射入,在黑暗中劈出一道细细的光柱,随着太阳升落,光柱也会缓缓地转动方向。洞外是满山的柿树,秋天,深绿色的柿叶中藏着一只只鲜红透亮的圆果。这是中国北方难得见到的大溶洞,可惜山深路险,没有开发成景点。

两个儿子小的时候,我带他们回去过两次,有一次把青云也带去了。三个孩子在那儿玩得很开心,难怪20年后逸壮还记得它。

晚上青云来串门,困惑地问我,那种脑子里的震动是咋回事,她见到的所有人都感觉到了，肯定不是错觉，但没有一个人知道原因。地震局也问了，他们说这几天全国没有任何"可感地震"。"我想问问小飞，他已经是大脑袋科学家了。最近来过电话吗？"她似不经意地说。我和老伴心中发苦，可怜的云儿，她对这桩婚事已经不抱任何希望了，但她有意无意地常常想听到逸飞的消息。

逸壮已经凑过去，拉着"云姐姐"的手，笑嘻嘻地尽瞅她。他比青云还大三岁呢，但从小就跟着小飞混喊"云姐姐"，我们也懒得纠正他。青云很漂亮，皮肤白中透红，刚洗过的一头青丝披在肩上，穿着薄薄的圆领衫，胸脯鼓鼓的。她被逸壮看得略有些脸红，但并没有把手抽回去，仍亲切地笑着，和逸壮拉家常。多年来逸壮就是这样，老实说，开始我们很担心傻儿子会做出什么不得体的举动，但后来证明这是多虑。逸壮肯定很喜欢青云的漂亮，但这种喜欢是纯洁的。即使他因为肉体的饥渴而变得暴戾时，青云的出现也常常是一针有效的镇静剂。我不知道这是为什么，也许他的懵懂心灵中，青云已经固定成了"姐姐"的形象？也许他知道青云是"弟弟的媳妇"？青云肯定也看透了这一点，所以，不管逸壮对她如何亲热，她也能以平常心态处之，言谈举止真像一位姐姐。这也是如苹喜欢她的重要原因。

我朝如苹使个眼色，让她把昨天的打算付诸实施，但逸壮比我们抢先了一步。他说："云姐姐，昨天打电话时我们看见小飞屋里有个女人，长得很漂亮，可是我一点也不喜欢她。她再漂亮我也不喜欢她。我爸不喜欢她，我妈也不喜欢她。"青云的脸变白了，她扭头勉强笑道："靳叔，靳婶，小飞是不是找了个对象？叫啥名字，是干什么的？"

这下弄得我俩很理亏似的，我咕哝道，"那个小兔崽子，什么事也不告诉爹妈，我们是打电话无意碰上的。那女子叫君兰，是个作家。"我看看青云，又硬起心肠说，"听君兰的口气，两人的关系差不多算定了。"青云笑道："什么时候吃喜酒？别忘了通知我。"

我和如苹在努力措辞，想安慰她，又不能太露形迹，这时傻儿子又把事情搞砸了。他生怕青云不信似的，非常庄重地再次表白："我们真的不喜欢她，我们喜欢的是你。"这下青云再也撑不住了，眼泪唰地涌出来。她想说句掩饰的话，但嗓子哽咽着没说出一个字，扭头就跑了。

我俩也是嗓中发哽，但想想这样最好，长痛不如短痛。从儿子进了科学院后，我就看准了这个结局。不是因为地位金钱这类的世俗之见，而是因为两人的智力和学识不是一个层级，硬捏到一块儿不会幸福的。正像逸壮和青云也不属于一个层次，尽管我俩很喜欢青云，但从不敢梦想她能成为逸壮的媳妇。

傻儿子知道自己闯了祸，缩头缩脑的，声音怯怯地问："我惹云姐姐生气了吗？"我长叹一声，真想把心中的感慨全倒给他，但我知道他不会理解的。因为上帝的偶尔疏忽，他要一辈子禁锢在懵懂之中，他永远只能以五岁幼童的心智去理解这个高于他的世界。不过，看来他本人并不觉得痛苦。人有智慧忧患始，他没有可以感知痛苦的智慧。但如果正常人突然下落到他的地位呢？

其实不必为他惆怅，就拿我自己来说，和小飞也不属于一个层次。我曾问他在科学院搞什么专业，他的回答我就听不懂。他说他的专业是"大物理"，人类所有的知识都将统一于此，也许只有数学和逻辑学除外。大爆炸产生的宇宙按"大物理"揭示的简并规律，演化成今天千姿百态的世界；所以各门学科逆着时间回溯时，自然也会逐渐汇流于大爆炸的起点。宇宙蛋是绝对高熵的，不能携带任何信息，因此当人类回溯到这儿，也就到达了宇宙的终极真理。我听得糊里糊涂——而且，这和我多年形成的世界观也颇有冲突，以后我就不再多问了。

有时不免遐想：当爱因斯坦、麦克斯韦、霍金和小飞这类天才在智慧之海里自由遨游时，他们会不会对我这样的"正常人"心生怜悯，就像我对大壮那样？

我从不相信是上帝创造了人类——如果是，那上帝一定是个相当不负责任、技艺相当粗疏的工匠。他造出了极少数天才、大多数庸才和相当一部分白痴。为什么他不能认真一点，使人人都是天才呢。

不过，也许他老人家正是有意为之？智慧是宇宙中最珍奇的琼浆，自然不能暴殄天物，普洒众生。

晚上检查了壮儿的日记，字仍是歪歪斜斜的，每个字有核桃大。上面写着：我惹云姐姐哭了，我很难过。我很难过。

可叹。

8月6日　晴

那种震感又来了，5点40分，大致是23小时一次，也就是每天来震的时间提前一个小时。脑袋发木，不是木，是发空，像脑浆被搅动了，需要很长时间才能沉淀，恢复透明。如苹也是这样，动作迟滞，脸色苍白，说话磕磕巴巴的。

同街坊闲谈，他们都有同样的感觉。还说电视上播音员说话也不利索了。晚上我看了看，真的是这样。

一定有什么原因，也许是一种新的传染病。如苹说我是瞎说，没见过天下人都按时按点发病的传染病。我想她说得对。要不，是外星人的秘密武器？

我得问问儿子，我是指小飞，不是大壮。虽然他不是医生，可他住在聪明人堆里，比我们见多识广。我得问问他。今天不问了，今天光想睡。如苹也早早睡了，只有逸壮不想睡，奇怪，只有他一直没受影响。

8月7日　阴

4点45分，震感。就像我15年前那场车祸，大脑一下子定住了，凝固了，变成一团混沌、黑暗。很久以后才有一道亮光慢慢射进来，脑浆才慢慢解冻。陈嫂家的忠志说："他妈的，今天不开出租了，脑袋昏昏沉沉的，手头慢，开车非出事不可。"我骑车送壮儿时也是歪歪倒倒的，十字口的警察眼睛瓷瞪着，指挥的手势比红绿灯明显慢了一拍。

我得问飞儿。还是那个女人接的电话，我想了很久才想起她叫君兰。君兰说话还利索，只是表情木木的，像几天没睡觉，头发也乱。她说："逸飞一夜没回，大概在研究，那儿也是这样的震感。伯父你放心，没事的。"她的笑容太古怪。

8月8日 雨

震感，3点50分。如苹从那阵就没睡觉，一直傻坐着，但忘了做饭。逸壮醒了，急得大声喊："妈我要上班！我不吃饭了！"我没敢骑车去送他，我看他骑得比我稳当多了。如苹去买菜，出门又折回来，说下雨了，然后就不说话。我说："下雨了，你是不是说要带雨伞？"她说对，带了伞又出去。停一会儿她又回来，说："还得带上计算器。今天脑袋发木，算账算不利索。"我把计算器给她，她看了很久，难为情地说："电源咋打开？我忘了。"

我也忘了，不过后来想起来了。我说："我陪你去吧。"我们买了羊肉、大葱、菜花、辣椒。卖羊肉的是个姑娘，她找钱时一个劲问："我找的钱对不对？对不对？"我说不对，她就把一捧钱捧给我，让我从里面挑。我没敢挑，我怕自己算的也不对。

回来时我们淋湿了，如苹问我，"咱们去时是不是带了雨伞？"我说："你怎么问我呢，这些事不是一直由你操心吗？"如苹气哭了，说："脑袋里黏糊糊的，急死了，急死了。"

8月9日 晴

给小飞打电话。我说："如苹你把小飞的电话号码记好，别忘了。也把咱家的电话号码记在本上，别忘了。把各人的名字也写上，别忘了。"如苹难过，说，"要是把认的字也忘了，那该咋办啊。"我想了很久，也没想出办法。我说："我一定要坚持记日记，一天也不落下，常写常练就不会忘了。"急死了。

小飞接的电话，今天他屋里没有那个女人，他很快地说："我知道原因，我早就知道原因。你们别担心，担心也没有用。这两天我就回家，趁火车还运行，火车现在是自动驾驶。"小飞说话呆怔怔的，像大壮。头发也乱，衣服不整齐。如苹哭了，说："小飞你可别变傻呀，我们都变傻也没关系，你可别变傻呀。"小飞笑了，他说："别担心，担心也没用。别难过，难过也没用。因为它来得太快了。"他的笑很难看。

生命之歌

8月10日

　　大壮还要去上班，他高低不让我送了，他说："爸，你们是不是变得和我一样了？那我更得去上班，挣钱养活你们。"我很生气，我怎么会和他一样呢。可是我舍不得打他。

　　我没领来退休金，发工资的电脑生病了，没人会修。我去取存款，电脑也生病了。怎么办呢？急死了。

　　大壮也没上成班。他说工人都去了，傻工人都去了，只有聪明厂长没上班。有人说他自杀了。

　　青云来了，坐在家里不走，乐哈哈地说："我等逸飞哥哥回来，他今天能到家吗？让我给他做饭吧，我想他。"她笑，笑得不好看。大壮争辩说："是小飞弟弟，小飞是你弟弟，不是哥哥。"她说："那我等小飞弟弟回来，他回来我就不发愁了，我就有依靠了。"

8月11日

　　我们上街买菜，大壮要搀我们。我没钱了，没钱也不要紧，卖菜的人真好，他们不要钱。卖粮食的打开门，让人们自己拿。街上没有汽车了，只有一辆汽车，拐呀拐呀，一下撞到邮筒上，司机出来了，满街都笑他。司机也笑，他脸上有血。

8月12日

　　今天没事可记。我要坚持记日记，一天也不落下。我不能忘了认字，千万、千万不能忘。

8月13日

　　今天去买菜，还是不要钱。可是菜很少，卖菜的很难为情，她说："不是我小气，是送菜的人少了，我也没办法，赶明儿没菜卖了，我可咋办啊。"我们忘了锁门，回去时见青云在厨房炒菜，她高兴地对我喊："小飞回来了！小飞回来就好了！"

小飞回来也没有办法。他很瘦，如苹很心疼。他不说话，皱着眉头，老是抱着他的日记，"千万、千万不能丢了，爸爸，妈妈，我的日记千万不能丢了。"我问："小飞，咱们该咋办？"小飞说："你看我的日记吧，我提前写在日记里了。日记里写的事我自己也忘了。"

靳逸飞日记

8月4日

国家地震局、美国地震局、美日地下中微子观测站、中国授时站我都问了，所有仪器都没有记录——但所有人都有震感。真是我预言过的宇宙原生波吗？

假如真是这样，则仪器没有反应是正常的，因为所有物质和空间都在同步胀缩。但我不理解为什么独独人脑会有反应——即使它是宇宙中最精密的仪器，它也在"胀缩之内"而不是"胀缩之外"呀。逻辑上说不通。

8月5日

又一次震感。已不必怀疑了，我问了美、日、俄、德、以色列、澳、南非、英、新加坡等国的朋友，他们都是在北京时间6点35分30秒感觉到的。这是对的。按我的理论，震感抵达各地不会有先后，它从第四维空间发出，波源与三维世界任一点都绝对等距。

它不是孤立波也不奇怪——在宇宙边界的漫反射中被离散了。可惜无法预言这组波能延续多久，一个星期、一个月还是十万年？

想想此事真有讽刺意义。所有最精密的仪器都失效，只有人脑才有反应——却是以慢性死亡的方式做出反应。今天头昏，不写了。

但愿我的判断是错误的。

8月8日

不能再自我欺骗了。震波确实对智力有相当强的破坏作用，并且是累加的。按已知的情况估算，15～20次震波就能使人变成弱智，就像大壮哥那样。上帝啊，如果你确实存在，我要用最恶毒的话来诅咒你！

8月9日

在中央智囊会上我坦陈了自己的意见。怎么办？无法可想。这种过于急剧的智力崩溃肯定会彻底毁掉科学和现代社会——如果不是人类本身的话。假如某种基因突变使人类失去双腿、双手、胃肠、心肺，现代科学都有办法应付。但如果失去智慧，那就根本无法可想。

快点行动吧——在我们没变成白痴之前。保存资料，保存生命，让人类尽快捡回原始人的本能。所有现代化的设备、工具，都将在数月之内失去效用，哪怕是一只普通打火机。因为我们很快就会失去能够使用它们的智力，接着会失去相应的维修供应系统。只有那些能够靠野果和兽皮活下去的人，才是人类复兴的希望。

上帝多么公平，他对智力的破坏是"劫富济贫"，智商越高的人衰退越凶猛，弱智者则几乎没有损失。这是个好兆头啊，我苦笑着对大家说，它说明智力下滑很可能终止于像我哥哥那样的弱智者水平——而不是猩猩、穿山甲或腔棘鱼。这难道不值得庆幸吗？

8月10日

君兰说她要走了。请走吧。我们吸引对方的是才华，不是肌肉、尾羽和性激素。如果才华失去，我们不如及早分离，尚能保留住对方往日的形象。她的智力下滑比我更甚，她已经不能写文章了。我从她的大眼睛中看到她的恐惧，看到她的崩溃。上帝、佛祖、安拉、老聃、玉皇，我俯伏在地向你们祈祷，你们尽可收去我的肢体、眼睛、健康、寿命和一切的一切——但请为我留下智慧吧。

8月11日

越是先进的国家越易于受到它的打击，西方国家肯定已经崩溃，所有的信息流包括网络、同步卫星、短波长波、光缆通信、航班全部空了，中断了。但那边的情况我们无法去确认，人类又回到了哥伦布以前的隔绝状态。

哭泣无益，绝望无益，焦躁无益。得赶紧抓住残存的智力，为今后做点补救。明天回家，带家人离开注定要崩溃的城市，我想就回柿子洞吧。今天先列一个生活必需品的清单，我怕到家后……清单要尽量列全。不能用电子笔记本，要用纸本。但愿我不要忘了这些亲切的方块字，我的英语、德语，还有其他几种语言已经全都忘了，就像开水浇过的雪堆。

老天，为我留一点智慧吧，哪怕就像大壮哥哥那样。

带上全家到柿子洞去，在那儿熬过一年乃至十年。但愿邪恶之波扫过后智力还能复原。

8月18日

小飞催我们快点、快点、快点，趁我们的灵智还没毁完。按小飞的清单分头准备。

第一项是火种。一定要保留火种！即使我们变成了茹毛饮血的野人，只要保留住火种，它就能慢慢开启人的智慧。不要打火机，要火柴，尽可能多的火柴。还要姥爷留下的火镰。

商店没有人。我到商店里拿走所有的火柴。我问小飞，"火镰"是啥东西。小飞也忘了，小飞想得很辛苦。后来小飞把脸扭过去，泪水唰唰地往下流。大壮哭着为他擦泪,"你别哭,你哭我们都想哭。"后来大壮上阁楼里扒出了他姥爷留下的旱烟袋和……我想起来那就是火镰!那个小钢片和白石头,用它能打出一点火星,嚓,嚓。小飞笑了,脸上挂着泪。他说:"就是它,等火柴用完,就用它生火。大壮哥谢谢你,你真聪明。"大壮笑了,很好看。他说:"我也不知道啥叫火镰,可是我想咱姥爷就留下这一样东西,小时候我常玩儿。"大壮问小飞,"旱烟袋也带上吗?"小飞想了半天,犹豫地说:"带上吧,既然在一块儿放着,很可能生火时得用上它。"小飞真细心。

第二项是武器。要刀、长矛,不要枪支,弹药无法补充。走前记着到体育用品商店买几把弓箭。"小飞,弓箭在哪儿?我不记得你带回来。"小飞又流泪了,他忘了。"小飞别难过,我们只带刀子算了。"

第三项是干粮。如苹烙了很多烙饼,还带了方便面。

第四项是冬天的衣服。今天不写了,很累。

8月19日

青云眼睛肿了,像两个桃子。崔哥崔嫂找不到,已经三天了。我们帮青云找啊找啊,可是我们不敢走远,怕忘了回家的路。如苹说:"青云你跟我们走吧。"大壮小飞说:"云姐姐你跟我们走吧,到柿子洞去。"青云立刻笑了,笑得很好看。她说:"靳婶你歇着,让我来烙馍。"她边干边哼着歌。

今天来震应该是两点,这会儿快来了。青云钻到如苹怀里,我和小飞互相看着,都很恐惧。可是害怕也挡不住,它还是来了,我们吐了一阵,去睡觉。

8月30日

我们下了火车又走了很多天。路上一堆一堆的人,乱转,都不知道干啥。青云说:"他们多可怜,喊上他们一块儿走吧。"小飞很残忍地说:"不能喊,柿子洞能盛几个人?"青云小声问:"他们咋办?"小飞狠狠地说:"总有人能熬过去,总有一些能熬过去。"

我们太累了,我有10天没记日记。这不好,我说过要天天记日记,一天也不落下，我不能忘了识字。可是我们都忘了多带笔，只有我一支圆珠笔、小飞一支钢笔，大壮书包里有三支画画的铅笔。铅笔最好，不用墨水。如果铅笔也用完呢？小飞说："我不记日记了，笔全都留给你吧，等你去世我再接着记，这是这个氏族的历史啊。"

晚上在小溪边睡，山很高，树不多，有很多草。我们在水里抓了"旁血"。这两个字不对，可是我想不起来。就是那种有八条腿、横着爬的东西，很好吃。

夜里很冷，大壮、小飞和铁子拾了柴，生起很大的沟火。这个沟字也不对。铁子我们不认识，他是自己跟上我们的，他是个男的，今年12岁。火真大啊，毕毕剥剥地响，把青云的头发燎焦了，火苗有几米高。有剑齿虎不怕，有剑齿象也不怕。那时还没有老虎和狮子吧，也没有恐龙，恐龙已经死绝了。也没有火柴，是雷电引起的天火。开始我们也怕火，和野兽一样怕火。后来不怕了，用它吓狼群，用它烤肉吃，我们的猴毛退了，就变成人了。

青云真的喜欢小飞，一天到晚跟着他，仰着脸看他，再累，还是笑。晚上她和小飞睡在一起，他们都脱光衣服，青云尖声叫着。大壮有时爬起来看他俩，铁子有时也抬起头看。我和如苹都使劲闭着眼，不看。那不好，我明天就告诉小飞和青云那不好。不是那件事不好，是让别人看见不好。

8月32日

我们担心找不到柿子洞，可是找到了，很顺利。小小的洞口，得弯着腰进去。进去就很大，像个大金字塔。我们都笑啊笑啊，这是我们的家，我们要在这儿一直住到变聪明那一天。

柿子还没熟，不过我知道山里有很多东西能吃，我们不会饿死，还要存些过冬。有山韭菜、野葱、野蒜、野金针、石白菜、酸枣、野葡萄、阳桃、地曲连、蘑菇，溪里还有小鱼和螃蟹。我想起这两个字了！

今天很幸福，一直没有来震。我们也没呕吐。后来我们都睡了。青云和小飞还是搂着睡，我今天没批评他们，等明天再说吧。

生命之歌

9月5日

  我们一下子睡了两天三夜！是电子表上的日历告诉我们的。睡前的日记我记成了8月32日，真丢人，小飞说不要改它，留着吧。醒来后，我发现脑子清爽多了，就像醉酒睡醒后的感觉。我小声对小飞说，"两天三夜都没来震了，是我们睡得太熟？"小飞坚决地摇头："过去夜里来震时，哪次不是从梦里把人折腾醒？不是这个原因。"我问，"那会是什么？是山洞把震挡住了？"小飞苦笑道："哪能恁容易就挡住，美国日本地下几千米的中微子观测站也挡不住。这种震波是从高维世界传来的，你可以想象它是从每一个夸克深处冒出来的，没有任何东西能挡住它。"

  大家都坐起来，从眼神看都很清醒。突然清醒了，我们反倒不自然，就像一下子发现彼此都是裸体的那种感觉。如苹惊问："青云呢？青云到哪儿去啦？"我看见她在远处一个角落里。她已经把衣服穿得整整齐齐，还下意识地一直掩着胸口。大家喊她时，她咬着嘴唇，死死地盯着地下，高低不开口。大壮真是个混小子！他笑嘻嘻地跑过去拉着青云的手，"云姐姐，你干吗把衣服穿上？你不穿衣服更好看，比现在还要好看。"青云的面孔唰地红透了，狠狠地甩脱大壮跑出洞去。如苹喊着"云儿！云儿！"跟着跑出去。我出去时，青云还在一下一下用头撞石壁，额上流着血，如苹哭着拉不住。我骂道："青云！你个糊涂娘儿们，咱们刚清醒了一点儿，不知道明天是啥样哩，你还想把自己撞傻吗？！"我拉住她硬着心肠说，"我知道你是嫌丢人，我告诉你那不算丢人。若是咱们真的变回到茹毛饮血、混沌未开的猿人，能传宗接代是头等大事！我们还指着你哩。"

  我和如苹把她拉回去，小飞冷淡地喝一声："哭什么！现在是哭的时候吗，是害羞的时候吗？"青云真的不哭了，扑到小飞怀里。

  洞里很冷，小飞让大壮和铁子出洞拾柴火，燃起一堆篝火。烟聚在山洞里，熏得每人都泪汪汪的。大壮和铁子在笑，绕着火堆打闹，别人都心惊胆战地等着来震，比糊涂的时候更怕。

  今天一直没有震感。

9月6日

小飞一早就把我叫醒。我觉得今天大脑更清爽了点儿，但还没有沉淀得清澈透明。小飞说："我想做个试验，今天24小时洞外都要保持有人，我想看看究竟是不是山洞的屏蔽作用——按说是不可能屏蔽的，但我们要验证。我想让你们几个换班出去，我不出去。爸，我想留一个清醒的人观察全局。"说这话时他别转了眼光，口气硬硬的。

我安慰他："孩子，你的考虑很对。我们要把最聪明的脑袋保护好，这是为了大家，不是为了你。"他凄然一笑："谢谢爸爸的理解。"

我和如苹先出去拾柴火和找野菜。没多久就来震了，9点30分，仍是脑浆被搅动，呕吐。歇息一阵儿我们强撑着回去了。留在洞中的人都没事。

9月7日

我和如苹还要出去值班，我们心怀恐惧，但我不想让孩子们受罪。后来青云和铁子争着去了。在洞里歇了一天，脑子恢复不少。外边人的又"震"了，时间是8点35分，留在洞内的人仍没事。小飞说："不必怀疑了，肯定这个金字塔形的洞穴有极强的屏蔽作用，究竟为什么还不知道，可能是特殊的几何形状形成了反相波峰，抵消了原来的震波。"

9月8日

青云坚决不让我和如苹出洞，拉着大壮出去了，她说："我年轻，震两次没关系。"他们是6点钟出去的，8点大壮把她拖回来，她面色苍白，吐得满身都是污秽。但大壮似乎没受什么影响。

青云连着经两次震，又变痴了，目光茫然而恐惧，到晚上也没恢复。快睡觉时我见她悄悄偎到小飞旁边，解着衣扣轻声问，"靳叔说那不是坏事，是吗？靳叔说那是头等大事，是吗？"

我不忍看下去。小飞把她揽到怀里，把她的衣服扣子扣好，絮絮地说了一夜的话。

9月9日

小飞说："不用试验了，今后大家出去拾柴打野果都要避开来震的时间。这个时间很好推算，每隔23小时5分钟一次。"他苦笑道，"这么一道小学算术题，三天前我竟然算不出来！"

他躲在洞子深处考虑了很久，出来对我说："爸爸，我要赶紧返回京城，抢救一批科学家，把他们带到洞里来。靠着这个奇异的山洞，尽量保留一点文明的'火种'。至于后面的事等以后再说吧，当务之急是先把他们带来——趁着他们的大脑还没有不可逆的损坏。"

只是，他苦笑道，"这一趟往返最少需要10天，我怕10次震动足以把我再次变成白痴，那时的我能否记得出去时的责任、记得回山洞的路？不过，不管怎样，我要去试试。"

我和如苹、青云都说，"让我们替你去吧，"大壮和铁子也说："我们替你去吧。"小飞说："不行，这件事你们替不了。这两天我要做一些准备，把问题考虑周全，尽量减少往返的时间。"

9月11日

已经三天了，小飞没有走，他在洞里一圈一圈地转，他说要考虑一切可能，做一个细心周到的计划。但他一直躲避着我和如苹的目光。我把他喊到角落里，低声说："飞儿，让我替你去吧，我想我能替你把事情做好。我们得把最聪明的脑袋留在洞里，对不？"小飞的眼泪唰地流出来，他狠狠地用袖子擦一把，泪水仍是止不住。他声音嘶哑地说，"爸，我知道自己是个胆小鬼、懦夫，我知道自己早该走了，可我就是不敢离开这个山洞！我强迫自己试了几次，就是不敢出去！你和妈妈给了我一个聪明的大脑，过去虽然我没有浪费它，但也不知道特别珍惜。现在我像个守财奴一样珍爱它。我不怕死，不怕烂掉四肢，不怕变成中性人，什么都不怕，就是怕失去灵智，变成白痴！"

我低声说："这不是怯懦，这是对社会的责任感。小飞，让我替你去吧。"

他坚决地摇摇头,"不,我还是要自己去。我已经克服了恐惧,明天我就出发。如果……就请二老带着青云大壮一块儿生活。"

9月12日

按推算今天该是凌晨4点来震。大家很早就起来,发现青云不在洞里。4点5分,她歪歪倒倒地走回来,脸色煞白。她强笑着说:"我出去为小飞验证了,没错,震波刚过,你抓紧时间走吧。"小飞咬着牙,把她紧紧搂到怀里。她安慰道:"别为我担心,你看我不是很好吗?可惜我只能为你做这一点事情。"小飞忍着没让泪珠掉下来,也没有多停,他背上挂包,看看大家,掉头出了山洞。

9月13日

大脑越来越清醒了,亿万脑细胞都像勤勉忠诚的战士,先前它们被震昏了,但是一旦清醒过来,就急不可耐地、不言不语地归队。我的思维完全恢复了震前的水平,也许还要更灵光一些。

小飞走了,我们默默为他祈祷,盼着他顺利回来,他是我们的希望。我们不想成为衰亡人类中唯一的一组清醒者,那样的结局,与其说是弱智者的痛苦,不如说是对清醒者的残忍。

洞中的人状态都很好,除了青云。她比别人多经受了两次震击,现在还痴痴呆呆的,有点像梦游中人。如苹心疼她,常把她搂到怀里,低声絮叨着。大壮不出去干活时总是蹲在她旁边,像往常那样拉着她的手,笑嘻嘻地看着她。这一段的剧变使我们产生了错觉,认为大壮也会像正常人那样逐渐恢复智力。但现在我们不得不承认,他仍落在幸运的人群之外。这使我们更加怜悯他。

9月15日

青云总算恢复了。她在闲暇时常常坐在洞口,痴痴地望着洞外。不过我们很清楚,这只是热恋中的"痴",不是智力上的傻。她不问小飞的情况——明知问也是白问,只是默默地干着活。

带入洞中的干粮我们尽量不去动。但我们都没有野外生存的经验，每天采集的野菜野果根本不够果腹，更别说储备冬粮了。好在我们发现了几片苞谷地，苞谷基本成熟了。如果再等一个月没人来收秋，它就是我们的。

9月17日

今天铁子碰见一个人，一个看来清醒的人！他隔着山涧，乐哈哈地喊："你们是住在轩辕洞的那家人吧，有空儿来我家串门，我家就在前边山坡上，那棵大柿树的下边。柿子也熟了，来这儿尝个鲜。"他喊完就扛着苞谷走了。原来柿子洞的真名是轩辕洞。

铁子回来告诉我们，大家都很兴奋。洞外也有神志清醒的人，这是偶然，还是普遍？是不是那令人恐惧的魔鬼之波已经过去了？不过铁子的话不可全信，毕竟他只是一个12岁的孩子。再说，即使是弱智，也并非不能说几句流畅的话，大壮就能。

虽然尽往悲观处分析，但从内心讲我相信铁子的话。不错，一个弱智者也能说出几句流畅的话，但一个刚受过魔鬼之波蹂躏的正常人绝不会这样乐呵儿。

明天我要去找找这个乡民。

9月18日

夜里我被惊醒，听见洞口处有窸窸窣窣的声音，我在黑暗中尽力睁大眼睛，隐约看见一个身影摸着洞壁过来，在路上磕磕碰碰的。我赶紧摸出头边的尖刀，低声喝问："是谁？"那人说："是我，青云！"

我擦了一根火柴，青云加快步子过来。"靳叔，没有震波了！"她狂喜地说，"小飞在外边不会受折磨了！"

火柴熄了，但我分明看见一张洋溢着欢乐之情的笑脸。她偎在我身边急切地说："按推算该是昨晚10点30分来震，我在9点半就悄悄出去了，一直等到现在。现在总该有凌晨3点了吧，看来那种震波确实消失了！可能几天前就消失了呢。"

如苹爬起来搂住青云大哭起来，哭得酣畅淋漓。所有人都醒了，连声问："咋了？咋了？靳叔，靳婶！爸，妈！"我说："没事，都睡吧，是你妈梦见小飞回来了。"我想起自己出洞值班时那种赶都赶不走的惧怕，想来青云强迫自己出洞时也是同样的心情吧，此时我便觉得冰凉的泪水在鼻凹处直淌。

折腾了一阵刚想睡熟，又被强劲的飞机轰鸣声惊醒。轰鸣声时高时低，青白色的强光倏地在洞口闪过。听见洪亮的送话器的声音："青云！铁子！大壮！听见喊声快到洞外点火，我们要降落！"

是小飞的声音！我们都冲出洞外，看见天上射下来青白色的光柱，绕着这一带盘旋。我们用力叫喊，打手电，青云和铁子回洞中抱来一捆树枝，找到一处平地燃起大火。直升机马上飞来，盘旋两圈后在火堆旁落下，旋翼的强风把火星吹得漫天飞舞。小飞从炫目的光柱中跑出来，大声喊：

"爸，妈，震波已经过去了，我接你们回去！"

我们乐痴了，老伴喜得搓着手说，"快点回洞去收拾东西！"小飞一把拉住她说："什么也不要带了，把人点齐就行。我和君兰是派往郑州的特派员，顺路捎你们一段，快走吧！"

一个女人从黑影中闪出来："伯父，伯母，快登机吧。"她的声音柔柔的，非常冷静。我认出她是君兰，外表仍是那样高雅、雍容。她搀着我和如苹爬进机舱，大壮和铁子也大呼小叫地爬上来。我忽然觉得少了一个声音，一个绝不该少的声音，是青云。她没有狂喜地哭喊，没有同小飞拥抱，她悄悄地登上飞机，把自己藏在后排的黑影里。

直升机没有片刻耽误，立即轰鸣着离地了，强光扫过前方，把后面的山峰淹没到黑暗中，洞口的那堆火很快缩小、消失。小飞说京城开始恢复正常，正向各大城市派遣特派员，以尽快恢复各地的秩序。我见君兰从人缝中挤到后边，紧挨青云坐下，两人头抵着头，低声说着什么。我努力向后侧着耳朵，在轰鸣声中捡拾着后边的低语。

君兰的声音："小飞说了你的情况……我愿意退出……和小飞同居半年……怎样使小飞更幸福……听你的……"

青云沉默一会儿才说话，声音很低，也很冷静："……更般配……祝你们幸福……"

薄暮渐消，朝霞初染。太阳从地平线上探出头，似乎很羞怯地犹豫片刻，然后便冉冉直上，将光明遍洒山川。飞机到了一座小城市，盘旋两圈便开始降落。开始我没认出这是哪儿，小飞扭回头说，"到家了，我和君兰不能在这儿耽误，请你们照顾好自己，开始新的生活吧。"

直升机降落了。不少人围过来，好奇地看着直升机。君兰抢先跳下地，扶着我和如苹下去。我同君兰握手告别："再见，君兰姑娘，你是个聪明女子。"我又同小飞拥别："小飞，安心干你的大事，不要为家里操心。我们会照顾好青云和她腹中的孩子。好了，同你的妻子吻别，赶快出发吧。"

如苹惊讶地盯着我，青云震惊地瞪着我，君兰不动声色地看着我。小飞瞟我一眼，一言不发，走过去吻吻青云的嘴唇，返身登机。

直升机迅速爬升到高空，泅入蓝天的背景中。青云默默走过来，感激地偎在我的身旁。大壮傻乎乎地盯着她的腹部追问，"你真的有小宝宝了吗？真的吗？宝宝生下来该咋喊我？"青云的脸庞微微发红，但她没有否认，很坦然地说，"该喊你伯伯。"

我们穿过人群回家，在门口看见崔哥崔嫂。他们分明还没有完全恢复，见了失踪多日的女儿竟没有哭，没有问长问短，只是嘻嘻地笑。青云冲过去把他们拥到怀里，边笑边流泪。我拍拍崔哥的肩膀笑道："亲家你好哇。回去让青云做碗醒酒汤，清醒清醒，咱还得商量着操办婚事哩。"然后我领着大壮和铁子走进自个家门。

在机上我曾问小飞，"轩辕洞真的有屏蔽作用吗？为什么？"小飞说："现在不是研究的时候，等社会秩序正常后，一定认真做好这件事。"但下机后我想起忘了一件大事——忘了问小飞，这种震波还会再来吗？

但愿它不会再来了。

牺牲者

警官何宇建明跳下直升机，匆匆走进未婚妻的私寓，用自己的钥匙打开房门，脱下外衣挂在墙上。女主人没有像往常那样扑入他的怀中，她仍在窗边陷于沉思。建明边走边问：

"有什么事？你这样急着让我赶来。"

姬杜灵玉这才起身，吻吻他的额头，引他坐到沙发上，端来一杯咖啡。灵玉今年25岁，虽然称不上绝顶美貌，但也算得上那种惹人爱怜的清纯女子，大眼睛，翘鼻头，额角稍凸，穿一件绿色的无染布料的长裙。她的微笑常被建明形容为"天真烂漫"，但今天的笑容多少有点勉强。等到未婚夫坐好，她伸手按了一下遥控，对面墙上的壁挂式大屏幕显出重播的新闻。两具尸体和一名伤者躺在球形太空岛的内壁上，到处血迹斑斑。播音员正说道：

"自30年前人类向太空岛移民以来，这是太空岛上第三起家人相残的悲剧。据心理学家分析，太空岛虽然舒适幽雅，但长期完全封闭的环境容易导致居民的精神障碍，甚至疯狂……"

灵玉关了电视，忧虑地说："我要到太空岛去看爷爷，我已经定了今天的船票。"

建明惊异地说："这么急？你……"

灵玉抢过话头说："我今天一定要去，昨晚我做了一个噩梦，今天又看到这则新闻……你知道，我已经18年没有见过爷爷了。"

建明笑着说："已经是21世纪50年代了，你还相信这些梦兆预感之类的玩意儿？日程往后推两天吧，我把局里的手头工作安排一下，陪你一块儿去。"

平时随和开朗的灵玉今天却很执拗："不，我一定要今天去。"

建明皱起眉头，缓缓说："灵玉，这些年你不大谈起爷爷，也不大谈起他的太空岛。"

灵玉垂下目光，没有言语。她两岁那年，父母在一次太空巡视中不幸去世，从那时起，她就随爷爷姬野臣住在那个编号为 KW201 的太空岛内。这五年没有给她留下多少好印象。没错，太空岛很漂亮，爷爷也很亲她，如果是一次为期三天的假期旅游，她会把它保留在绯色的回忆中。但她却是终年生活在那里，只有她、爷爷和一个叫 RB 基恩的 B 型智能人。每天见到的是同样的天空，同样的面孔，被钛合金和碳纤维的球形外壁紧紧箍着。而且……那时爷爷已经 61 岁了，在太空中也生活了 10 年，性格变得古怪偏执，比如他对基恩的严厉冷漠就相当不近情理。RB 基恩是个忠实的侍者，对灵玉很好。但他太寡言，尤其是爷爷在身旁时，他的眼神常常像一只胆怯的兔子——而爷爷很少有不在身边的时候，太空岛只是一个直径百米的空心球，几乎无法摆脱爷爷严厉的注视！

所以，七岁那年，小灵玉坚决要求离开太空岛，她的叛逆大大出乎爷爷的预料，爷爷拗不过她的哭闹，恼怒地把她送回地球。他的感情受到了很严重的伤害，此后他从未回过地球，也很少同孙女通话。灵玉苦笑道：

"直到现在，回想起那个幽闭的太空岛，仍觉得心里沉甸甸的。可是，他毕竟是我的爷爷，实际上是非常宠爱我的。他一直待在那种环境中，我担心他也会出现精神障碍。我要去亲眼看看他，还要尽力劝他回地球来散散心，最好能参加咱们的婚礼。"

何宇建明勉强同意了："好吧，你先去，我随后会赶上你。几点的船票？我送你。"

太空港的电磁轨道炮像一把巨大的利剑斜插云天。小巧玲珑的太空船将在轨道上加速到第一宇宙速度，这样太空船的燃料自重就可大大减少了。姬杜灵玉预定的 X-303 号双人飞船出了点小故障，起飞时间推迟了半个小时。这点意外使建明很不安，心中有一块阴云悄悄弥漫着。他再次劝未婚妻：

"还是推迟两天吧，我陪你一块儿去，要不我会担心的。"

灵玉今天脱下了裙装，换上一身潇洒的牛仔服。她取笑建明："你怎么了?你不是不相信预感吗?不要再劝我了。"

建明笑笑,不好再说什么。但不知怎的,他心中仍然怔忡不宁。他问灵玉:"你爷爷使用的那个 RB 基恩是第一代 B 型智能人,对吧。"

"嗯。"

40 年前,人工智能的发展分为两个方向,一个方向是发展所谓的 A 型智能,即尽量发挥电脑优于人脑的特性,像提高浮点运算速度和存储容量等;另一个方向是研制 B 型智能人,即用一切生物的非生物的方法,尽量使智能人逼真地模拟人类,尤其是人类的大脑。这项研究几乎已经尽善尽美,现在,大量的 B 型智能人早已进入寻常家庭,它们除了没有指纹外,与人类没有任何区别。建明似乎随口说道:

"B 型智能人的体内并没有所谓的机器人三原则。"

"嗯,我知道。"

"因此,他们只能用后天形成的道德观来约束自己的行为,就像人类一样。"

灵玉听出了他的话意,她点点头:"嗯,我会留意的。"

建明在警察局的 B 系统工作,职责是监督 B 型智能人的忠诚。他知道,随着 B 型智能人类的壮大,在他们中间已经有了反抗的潜流。太空岛内的几次流血事件与此有一定的关系。这些情况暂时还对公众保密,他无法对灵玉说破自己的担心。所以他努力把下面要做的事处理成一个玩笑。他轻松地笑道:

"到太空岛后,每天给我至少来一个电话,能记住吗?"

"好的,我一定照办。"

"灵玉,咱们最好提前规定一些暗语:如果一切平安,就在通话中随便说出一种植物的名字;如果有危险,就随便说出一种动物的名字;若是情况危急,则说'我的上帝'!能记住吗?"

灵玉觉得很好玩,兴致勃勃地说:"哈,这是卧底警察爱玩的把戏吧,好,我一定记住。"

建明把一个小巧的皮盒塞进她的衣袋:"这是一把坤式手枪,里面有 20

发微型子弹，你带上它预防万一。"他笑着说："当然，这些都是多余的担心，我相信这次旅途一定非常顺利。"

灵玉掏出那把小手枪，好奇地把玩一会儿，重新放入袋中。X-303 的升空时刻已经到了，建明为她穿好太空衣，把她安顿在乘员舱中，同她吻别，盖上透明的舱盖。随着强劲的嗡嗡声，X-303 在轨道上逐渐加速，很快在轨道尽头留下一团蓝雾，消失在空中。

KW201 太空岛飘浮在广袤的太空，它缓缓旋转着，为球内环境提供着 $0.6g$ 的重力。阳光射在外壁的太阳能极板上，转化为充沛的电能。太空球下面是亲爱的老地球，那儿正处于日夜交界处，金色的朝阳照着蜿蜒的长江和黄河，远处是绿色的平原、褐色的高原和闪亮的雪山。姬杜灵玉存心想给爷爷和 RB 基恩一个惊喜，直到 X-303 号靠近太空岛，她才打开送话器：

"爷爷，基恩叔叔，我是灵玉，我看你们来啦！快打开减压舱门！"

通话器中立即响起基恩惊喜的声音："是小灵玉吗？你爷爷正在睡觉，你稍等一会儿，我马上把舱门打开。"

但这个"一会儿"未免太长了，20 分钟后，舱门处还没有动静。灵玉着急地喊："基恩叔叔，你在磨蹭什么呀！"

基恩笑着安抚她："莫急莫急，马上就好。"又等了五分钟，舱门终于打开了。灵玉打开飞船的密封舱盖，太空衣立即鼓胀起来。她艰难地从乘员舱中挤出去，把太空船系缆妥当，走进减压舱。外舱门缓缓关闭，舱内气压慢慢升高。等她从内舱门出来，走进那个熟悉的太空球，看见爷爷躺在强力睡眠机上，基恩仍在他的脑后忙着。他笑容满面地对灵玉说：

"稍等一下，姬先生的睡眠马上就要结束，等他醒过来我帮你脱太空服。"

"谢谢，我自己能行。"

她小心地脱掉太空服，来到爷爷身边。她知道在 18 年前爷爷就习惯使用强力睡眠机，他说睡眠机上的三个小时相当于八小时的普通睡眠，每天可以节约五个小时用于工作。她也知道爷爷最近更忙了，他要完成一部 800 万字的巨著：《与哲人的对话——过去、现在和未来》。这会儿，爷爷睡得很安详，睡梦中仍然显得很威严。基恩对灵玉做了一个手势,示意她爷爷要醒了。果然,爷爷的眼睛眨巴几下,睁开了,一下子定在灵玉身上。灵玉大笑着扑到他的怀中:

"爷爷,是我,是你的小灵玉,我回家看你来了!"

她亲亲热热地蹭着爷爷的脸。爷爷显然也很欣喜,但他仍像从前那样不让感情外露,表情淡淡的,也没有说话,只是用右臂搂住孙女。RB基恩关好睡眠机,走过来,用他那没有指纹的手指轻轻摩挲着灵玉的柔发。灵玉站起来,高高兴兴地同这个智能人拥抱。她沉浸在久别重逢的快乐氛围中,不由想到自己来前的担心是多么可笑。

79岁的姬野臣显得十分健康,面色红润,动作利索,他吩咐基恩:"准备早饭吧。"

基恩扬扬眉毛,高兴地答应一声,转身走开。20分钟后,他端着食盘走进餐厅,往灵玉面前摆上煎蛋、豆沙包、热咖啡和小米粥,笑着说:

"18年没有为你做饭了,我怕不合你的胃口,刚才特意向你家的电脑索取了你的家常食谱。怎么样,还对你的口味吧。"

"谢谢你,基恩叔叔,你做什么饭菜我都喜欢。"

她不安地发现,基恩往桌上端咖啡时,手指明显地颤抖着。其实刚才她已经发现,基恩走路时身体前倾,动作迟缓,像患了老年痴呆症的老人,这未免不正常。B型智能人与自然人类有同样的身体结构,同样的寿命,而基恩才刚刚40岁。她关心地问:

"基恩叔叔,你的身体不好吗?你的手指为什么发抖?"

基恩面色变白了,他偷偷看看主人,勉强笑道:"没有的事,我的身体很好。"

但他的手指分明抖得更厉害了。姬野臣横他一眼,冷冷地说:"早在几年前基恩就明显衰老了,今年更甚,已经不能胜任工作,只有报废了。显然他是一件不合格产品,我已经向RB公司提出索赔,他们答应赔偿一个新的B型智能人,这个月就要送来。"

RB基恩的面色更见苍白,他沉重地低下头,步履蹒跚地回到厨房。灵玉不满地低声喊:"爷爷!你不该当他的面谈论这些。"

爷爷刻薄地说:"为什么?你怕他伤心?你要记住,不管他多么像人,归根结底,他仍是一件机器,他的'生命'是人工制造的,生生死死对他而言只是预定的程序。我最看不得年轻人中廉价的博爱!这种貌似高贵的感情实际上贬低了人类的地位,把人类与机器并列。"

灵玉暗暗叹息着,没有同爷爷争论。18年没有见面,爷爷的古怪偏执并未稍减。

饭后她在爷爷膝下聊了两个小时,午饭前特意到厨房帮助做饭,她想找机会安慰安慰可怜的基恩。但基恩十分达观,没有主人在身边,他显得开朗多了,一边炒菜,一边轻松地说:

"小姐,你不用安慰我,主人说得对,我知道自己已经得了老年痴呆症,无药可医,很快就要被销毁了。"

灵玉难过地问:"为什么?你只有40岁呀。"

"不知道,我是第一批B型智能人,可能那时合成人的质量还不稳定。"

灵玉低声问:"你跟我回去,我为你医治。"

"没有用的,除非更换大脑——但换过大脑后我实际上还是不再存在。既然如此,何不干脆换一个基恩Ⅱ?"他笑道,"你真的不用担心,B型智能人的生命是人工赋予的,我们没有对死亡的恐惧。幸运的是,姬先生的身体很好,79岁的年龄仍然思维敏捷,动作灵活,就像40岁的盛年。小姐,你已经同他聊了很久,你感到他有丝毫老态吗?"

"没有,他甚至比我离开这儿时还年轻。"

"有没有病态或其他异常?"

"没有。"

"看,我没说错吧,他一定能再活20年,写完这部巨著。"他扬扬眉毛欣喜地说:"我很高兴,我真的很高兴。只要主人身体健康,我会笑着跳入销毁池中。开饭了,走吧。"

午饭后她打通了建明的电话，通话时建明在屏幕上不错眼珠地盯着她，两人谈了很久，建明仍然连声问：

"还有要说的吗？还有要说的吗？"

灵玉终于恍然大悟，来这儿以后只顾沉醉于重逢的欣喜，她已经忘了走前关于植物、动物和危险信号的约定！于是她大笑道："还有我屋里的花！你不要忘了浇水啊。"建明这才笑了，挂上电话。

太空岛已经进入地球的阴影，下面现在是灯火辉煌的北美大陆，五大湖在夜色中泛着冷光。灵玉走进电脑室，打开屏幕，电脑中立刻响起一个悦耳的男低音：

"灵玉小姐，你好，我是主电脑尤利乌斯，我能为你做什么事？"

"你好，尤利乌斯，我们已经18年没有见面了，当然，除了在网络上。"

"对，你已经是个漂亮的大姑娘了。"

"谢谢你的夸奖，尤利乌斯，我想查查爷爷的健康档案。"

"乐意效劳。"

屏幕上调出了爷爷的有关资料。灵玉从医学院毕业，已经行医两年了，现在她要为爷爷做一次全面的身体检查。从人体自动监测系统的数据和图表看，爷爷的身体状况相当不错，大脑的状况尤其好，没有老年人常见的褐色素沉积、空洞和脑血管硬化。她浏览了一遍，满意地点点头，准备关闭电脑。就在这一瞬间，她忽然惊呆了。爷爷脑部的超声波图像上有一圈极其明显极其齐整的裂纹，正因为太明显太齐整，她几乎把它忽略了。她定定神，仔仔细细地再看一遍，没错，是一圈异常清晰的接口，或者说，爷爷的脑盖被人掀开了，现在只是"粘"在头颅上。对接口的光谱分析表明，黏合剂是一种从蛤贝身上提取的生物胶。

灵玉觉得牙齿嘚嘚直抖，脊背上有冷汗在缓缓往下滚落。她在地球时也查过爷爷的健康档案，当时没有发现这一点。那么，或者是当时忽略了，或者是有人捣鬼，向网上输入了做过假的资料。

是谁？答案再明显不过。她想起RB基恩亲切的笑容，实在不愿承认他是凶手。但是，具有讽刺意味的是，这个作案环境太封闭了，容不得对他的辩护。在如此封闭的太空球内，绝不可能是外来者作案。如果他的确是一个阴险的凶手，那么他的假面具实在高明。

她又回过头检查了脑组织的图像，没有发现异常，仅在额叶部发现了一条极细的搔痕，非常细，几乎难以觉察。关上电脑，她沉重地思索着，RB基恩究竟要干什么？像某些科幻小说中写的，一个机器人阴险地解剖和观察人类？当然不会。在研制B型智能人的这40年间，作为模本的人类大脑已经被研究透彻了，所有资料都可以在任何一台电脑终端中轻易地索取出来，用不着去干"揭开头盖骨"的傻事。就拿基恩来说，他的身体就是对人类的逼真仿制。这种仿制是如此逼真，以致不得不制定一项严格的立法，规定B型人不得有指纹，以防B型人假冒人类的身份。

也许这就是作案者的动机，是一种反抗意识，他们在智力体力上都不弱于人类，却生来注定要做驯服的仆人。如果再摊上一个孤僻怪诞的老人做主人，这个B型人就更不幸了。灵玉不敢在电脑里长期查询下去，她不知道主电脑尤利乌斯是否也参与其中？无疑这是一桩险恶的阴谋，如果他们知道秘密已经暴露，说不定会铤而走险。

她步履滞重地来到爷爷的书房。爷爷正在写作，他仰在高背座椅上，闭着眼，太阳穴上贴着两块脑电波接收板，大脑中的思维自动转换成屏幕上跳跳蹦蹦的文字。跳动的速度很快，灵玉勉强看清了其中几句：

……即使在蒙昧时代，人类也知道了自身的不凡：他们是上帝创造的，是万物中吃了智慧果的唯一幸运者。从达·芬奇、伽利略到牛顿、爱因斯坦，人类更是沉迷于美妙的智慧之梦、科学之梦，科学使人类迅速强大，使人类的自信心迅速膨胀。

伟大的中国哲人庄周曾梦见身化为蝶，醒来不知此身是蝶是我？人类从科学之梦中醒来，才发现自己甚至不理解一个最基本的概念：什么是人？

人类是地球生命的巅峰，秉天地日月之精华，经历亿万年的机缘、拼搏和生死交替，才在无生命的物质上升华出了智慧的灵光。

但恰恰是人类的智慧腐蚀着人类的自尊。现在，一个叫RB基恩的B型智能人正垂手侍立一旁。除了没有指纹外，上帝也无法分辨他和人类的区别。但他却是一堆无生命的物质在生物工厂里合成的，他在20个小时的制造周期里获得了生命40亿年进化的真蕴。他会永远垂手侍立在我的身后吗？

上帝，请收回人类的智慧吧！

无意中看到爷爷的独白，她才知道，原来爷爷在内心一直对B型人怀着深深的戒备，难怪他对基恩一直厉颜厉色。这使灵玉的心境更加沉重。爷爷一直没有发现她，她俯下身，悄悄观察爷爷的脑后，没错，爷爷的头盖上有一圈隐约的接痕，掩在头发中，不容易发现，但仔细观察还是能够看见的。灵玉觉得揪心地疼，这个可怜的老人，只知道在思维天地里遨游，对这桩险恶的阴谋一定毫无所知。她不能对爷爷说明真相，忍着泪悄悄退出书房。

第二天早餐时，RB基恩关心地问："小姐，你昨晚没睡好吗？你的眼睛有点浮肿。"

这句问话使灵玉打了一个寒战，她昨晚确实一夜没睡，一直在考虑那个发现。她觉得难以理解基恩的企图。他想加害主人？但爷爷的身体包括大脑都很健康。这会儿她镇静了自己，微笑道："是啊，一夜没睡好，一定是不适应太空岛里的低重力环境。"

爷爷也看看她的眼睛，但没有说话。基恩摆好早餐，仍像过去那样垂手侍立。灵玉笑着邀请他："基恩叔叔，你也坐下吃饭吧。"爷爷不满地哼了一声，基恩恭敬地婉辞道：

"谢谢，我随后再吃。"

在基恩面前，灵玉仍扮演着毫无机心的天真女孩。她撒娇地磨着爷爷："爷爷，随我回地球一趟吧，你已经18年没有回过地球了，建明说无论如何一定要把你拉回去。"

爷爷摇摇头："不，我在这儿已经习惯了。再说，我想抓紧时间把这部书写完。10年前我就感到衰老已经来临，还好，已经10年了，死神还没有想到我。"

"爷爷，我昨晚检查过你的健康资料，你的身体棒极了，至少能活到100岁。爷爷，只回三天行不行？你总得参加我的婚礼呀。"

爷爷冷淡地说："我老了，不想走动，你们到这儿来举行婚礼也是可以的。"

灵玉苦笑着，对老人的执拗毫无办法，总不能挑明了说这儿有人在谋害他吧！想了想，她决定把话题引到爷爷的头颅上，她想观察一下基恩的反应：

"爷爷，你不要硬装出一副老迈之态。你的身体确实不错，尤其是大脑，比40岁的人还要年轻！"

她在说话时不动声色地瞄着基恩，分明在基恩的眼神中捕捉到一丝得意。爷爷不愿和她纠缠，便把话题扯开：

"我知道你在医学院里学的是脑外科。最近几年这个领域里有什么突破性的进展吗？"

"几乎没有。因为在研制B型智能人时，对人类大脑的研究已经足够透彻了。脑外科医生早就发明了无厚度的激光手术刀，能够轻易地对脑组织做无损移植；发明了能使被移植脑组织快速愈合的生长刺激剂；等等。从技术上说，对人类大脑进行修复改造的手段已经尽善尽美——可惜，这是法律不允许的，所以，这个领域实际已经停滞了。"

爷爷不满地纠正道："法律从没有限制大脑的修复，法律只是不允许在手术中使用人造神经元。我宁可让大脑萎缩，也绝不同意在我的头颅里插入一块廉价的人工产品。"

灵玉不愿同爷爷冲突。不仅爷爷，即使在医学院里，这样执拗的老人也为数不少，他们都是各个专业中德高望重的宗师。在他们心目中，作为万物之灵的人类，作为物质最高形态的人类大脑，是最神圣的东西，是丝毫也不能亵渎的。他们不一定信奉上帝，但他们对大脑的崇拜可以媲美最虔诚的宗教信仰。灵玉悄悄转了话题：

"爷爷，大脑确实是最神妙的东西，是一种极其安全有效的复杂网络。我经手过一个典型病例，一个女孩在一岁时摘除了发生病变的左脑，20年后来我这儿做检查时，发现她的右脑已经大大膨胀，占据了左脑的大部分空腔，也接替了左脑的大部分功能。大脑就像全息照相的底片,即使有部分损坏,剩余部分仍能显示相片的全貌,只是清晰度差一些。"

但爷爷显然仍在继续着刚才的思路,他冷冷地说:"我知道医学界的激进者经常在论证大脑代用品的优越性。他们现在大可不必费心,如果他们愿意把自己降低到机器的身份,等我们这一代死光再说吧,我们眼不见为净!"

灵玉只好沉默了。她看看基恩,基恩一直面无表情,默然肃立,收拾碗盘后默默退下。但灵玉觉得自己已经了解了他的作案动机,换了她,也不能容忍别人每时每刻锯割着自己的自尊!她忽然听到一声脆响,原来是步履蹒跚的基恩打碎了一叠瓷碗。正在盛怒中的爷爷立即抓起电话机:

"是 RB 机器人公司吗?"

灵玉立即按断电话,轻轻向爷爷摇头。姬野臣也悟到自己过于冲动,便勉强抑住怒气,回到书房。灵玉来到厨房,心绪复杂地看着基恩,她在昨晚已经肯定基恩正对爷爷行施着什么阴谋,她当然不会听任他干下去。但在心底她又对这名作案者抱有同情,她觉得那是一名受压迫者正当的愤怒。基恩默默地把碗碟放到消毒柜中,灵玉拍拍他的肩膀,安慰他道:

"基恩叔叔,不要为我爷爷生气。他老了,脾气太古怪。如果……你到我那儿去度晚年,好吗?"

基恩平静地说:"不,B 型智能人不允许'无效的生命'。不过我仍要谢谢你。你不必难过,你爷爷其实是个很好的人,是一个思想的巨人。他能预见到平常人看不到的将来,因此也具有常人没有的忧烦。不要紧,这些年来我早已习惯了。"

晚上建明打来电话:

"亲爱的,太空球里住得惯吗?我手头的工作已经处理完,随时听候你的召唤。"

灵玉觉得事态尚未明朗,暂时不想让他来这儿,也不想让他在地球上担心,便笑着说:"你等等吧,谁知道爷爷是否欢迎你这个陌生人?这两天我先在爷爷那儿为你求求情。"

建明笑道："这么好的孙女婿，他咋能不欢迎？我要为爷爷准备一件礼物，你说吧，要一束鲜花还是要一只波斯猫？"他加重语气说道。

"鲜花，当然是鲜花。"这个安全信号让建明放了心，道别后挂上电话。

快到晚上10点了。每天晚上10点到凌晨1点是爷爷的睡眠时间。毫无疑问，RB基恩如果对爷爷做手脚的话，只能在这个时间。她决定今晚通宵守到强力睡眠机旁。爷爷和基恩进来了，爷爷的心绪已经好转，笑问孙女：

"夜猫子，怎么不去休息？"

"爷爷，我想看你使用强力睡眠机的情况。在地球上，这种机器已经没人使用了，连那些曾经热衷于此道的人也放弃了。现在的时髦是'按上帝定下的节奏'走完一生。"

爷爷黯然道："他们是对的，但我在与死神赛跑，我只能这样。"

他在睡眠机的平台上睡好，基恩熟练地安装好各种传感器和发送器，然后启动机器。两分钟后老人就进入了深度睡眠，他的面容十分安详，嘴角挂着笑意。灵玉不禁想到，这个毫无警觉的老人就是在这样的安详中被残忍地揭开头盖，注入什么毒素或者干了别的勾当，她不由对这位"亲切"的基恩滋生出极度的仇恨。

基恩已经把该做的程序都做完了，他笑着劝灵玉："小姐，我会在这儿守到他醒来，请你回去休息吧。"

"不，我想观察一个全过程，今晚要一直守在这儿。"

"好吧。"基恩没有勉强，在灵玉对面坐下，眯起双眼。灵玉警惕地守护着，但她很快觉得脑袋发木，两眼干涩，她艰难地撑着眼皮，不让自己睡着，但眼皮越来越沉重。等她意识到是有人在捣鬼，已经来不及了，无声无息的催眠脉冲很快把她送入黑甜的梦乡。

等她一觉醒来，正好是凌晨1点，RB基恩正对老人输入唤醒程序。他看看正在揉眼睛的灵玉，笑着问："小姐，睡醒了？我看你太困，没有唤醒你。"

他的笑容仍然十分真诚，但此时此刻，这种"真诚"让灵玉脊背发凉。她看见自己身上搭着一件毛毯，便勉强笑道："是的，昨晚我太累了，谢谢你为我盖上毛毯。"

她想，基恩也许知道她发现了异常，但他并没打算中止行动。灵玉开始后悔没有让建明同行，至少昨天该把危险信号发回去。现在，谁知道基恩是否切断了同外界的联系渠道？爷爷的身体开始动弹，他睁开双眼，目光立即变得十分清醒，精神奕奕。他从平台上坐起来，笑道："灵玉你真的守了三个小时？快去休息吧，我要去工作了。"

灵玉顺势告辞："好的，我真的困了，爷爷晚安，不，该说早安了。"

她走近房门时，爷爷唤住她："噢，还有一件事。你准备一下，今天我同你一同回地球。"

灵玉瞪大了眼睛："真的？"爷爷笑着点点头。这本来是件高兴事，但灵玉却笑不出来。执拗的爷爷这次很难得地答应了孙女的要求，问题是基恩会不会顺顺当当放他们走。她回到自己的房间，在忐忑不安中睡着了。

早饭时爷爷仍然神采奕奕，一点也不像通宵工作过的样子。他边吃边盼咐基恩："帮我准备一下，饭后我们就走，明天返回。"

灵玉悄悄地观察着基恩，在他沉静的表情中看不出什么迹象。她笑着问爷爷："爷爷，你怎么突然改变了主意？"

"没什么，我只是突然想见见那个骗走我孙女的家伙。"

灵玉红着脸说："爷爷不许乱说！"虽然表面上言笑盈盈，但她心里一直坠着沉重的铅块，她想基恩恐怕不会让主人带着头上的伤痕回地球的。基恩收拾好餐具，把主人的随身物品放进一个小皮箱内，三人穿好太空服，通过减压舱走出太空岛。外舱门一打开，灵玉立即惊叫一声，系缆在舱门外的双人太空船已经无踪无影了！

愤懑在心中膨胀，她记得很清楚，前天她在泊船时，非常仔细地扣好了锚桩上的金属搭扣。何况太空并不是海湾，这里没有能冲走船只的海流。毫无疑问是基恩捣了鬼。问题还不止于此，基恩不会不清楚，自己的这个把戏很容易被人识破，但他并不在乎这一点。灵玉愤怒地盯着基恩，声调冰冷地问：

"基恩叔叔，你知道这是怎么一回事吗？"

基恩真诚地连连道歉："都怪我，是我的失职，我昨晚该帮小姐检查的。

请先回去,我马上为你们联系一条新船。"

灵玉只好和爷爷返回太空岛。当基恩忙着同地球联系太空船时,姬野臣从孙女的表情上看出了蹊跷,他盯着灵玉的眼睛问:"灵玉,出了什么事?"

灵玉在心中叹息着"可怜的老人",他虽然是一个博大精深的学者,但在日常生活中却十分低能——他连自己的脑盖被人掀开都毫无所知,还能指望他什么呢?她不想把真情告诉爷爷,谁知道呢,也许基恩也许还有尤利乌斯在这小小的太空球内早已布满了窃听器。她勉强笑道:

"没什么,我是生自己的气,前天泊船时太马虎了。爷爷,你的行程只好推迟两天了。太空港还得等候合适的发射窗口呢。"

建明这两天一直比较忙。警察局的 B 系统曾被认为是多余的配置,因为从生物工厂里生产出来的一亿五千万 B 型人个个是忠诚的典范。不过现在风向有点变了,这些忠仆中开始有了小小的麻烦。前天一对恋人在登记结婚时,男方被发现伪造了指纹。原来他是一个 B 型人,但他年轻美貌的女主人发疯般地爱上了他,一如古老传说里女神爱上了凡人,公主爱上了乞丐。女主人想尽办法为他更改了户籍,又用激光微刻机在他的手指上刻了极为逼真的指纹。可惜这点伎俩没能瞒过警察局的中心电脑。当这名"有危险倾向"的 B 型人被送进销毁站时,他的女主人在铁门外呼天抢地,哀恸欲绝,让何宇建明也觉得于心不忍。

快中午时,他才腾出时间给太空岛挂了电话,听见灵玉急迫地说:

"我的上帝!可盼到你的电话了!"

建明吃了一惊,昨天她不是还发来了平安信号吗?今天却突然变成"极端危险"!表面上他不动声色地开着玩笑:"你才是我的上帝呢,我已经请了假,准备去太空岛陪伴你。"

"你今天就来吧,你知道吗,我的太空船飘走了,我正发愁怎样回去哩。建明,你要坐四人太空艇来,爷爷也要回地球看看。"

建明听出了她的弦外之音,太空船当然不会无缘无故飘走。他说:"好的,我马上订船票。"

挂断电话，他紧张地琢磨一会儿，立即要了高局长的电话，对着话筒说"何宇建明有急事求见"。那边很久没有摁下同意受话的按钮，建明着急了，他想直接上楼去敲局长的门。这时屏幕亮了，50岁的老局长微笑着问：

"何宇警官，有什么事？"

建明三言两语说明了情况："局长，我不知道那儿是否真的出了什么事，但按我们走前的约定来看，我的未婚妻一定是发现了某种危险。我想立即去看一看。"

局长犹豫片刻，爽快地说："好吧，我让秘书为你联系最近的航班，你是否带上几个人？"

"谢谢局长，我想一个人能对付。"

"这样吧，你先一个人去，到达太空岛立即给我来个电话。如果抵达后两个小时内见不到你的电话，我就派警用飞船去接应你。"

"谢谢局长，你考虑得真周到。"

局长笑道："什么时候学会客气啦？我当然要考虑周到，我可不想失去一个能干的部下。"

在局长办公室里，他摁断了通话，何宇建明的面孔从屏幕上消失了。但另一块屏幕上仍然是建明的头像，还列着他的详细资料。一名矮胖的中年警官刚才中断了谈话，这会儿正在等候着。等局长回过头，他怀疑地问：

"怎么这样巧？会不会是他听到了风声？"

局长摇摇头："不会的，两天前他就给我打过招呼。你继续说吧。"

"刚才已经说过，这种错误是极为罕见的。B型智能人是用遗传密码的生物方法制造的，但在制造初期就仔细剔除了有关指纹的基因密码，在制造的各个阶段更是层层设防，严格检查，所以，40年来所制造的一亿五千万B型人中，从未发现带有指纹的例外。现已查明，何宇建明的父亲是RB工厂的高级工程师，他喜爱自己的产品到了丧失理智的地步，所以利用自己的专业知识和对工厂警戒系统的熟悉，精心策划，制造了一个有天然指纹的B型人婴儿，并骗过各级检查程序，把他秘密带回家中，又为他伪造了合法的身份。

不久前，我们在复查警方人员的出生证明时，才无意中发现了这个秘密。我们秘密审讯了何宇建明的父亲，他对此供认不讳。"

高局长沉默了很久，在手中玩弄着一支钢笔，胖警官耐心地等待着。很久局长才问："何宇建明本人不知道吗？"

"他不知道。他的父亲说从未告诉过他。"

"他父亲呢？"

"已经在我们的监控中。他哀求我们保守这个秘密，说他愿意代替儿子被销毁。局长，我也不忍心，何宇建明是一个好警察。"

局长轻轻叹息道："是啊，一个好警察。"他在屋里踱着步，长久地思索着，胖警官的脑袋随着他转来转去。很久之后，局长才停下来，一边思考，一边缓缓说道：

"人类和B型人之间，除了指纹，身体结构没有任何区别，所以法律规定的辨别标准只有一个，就是鉴定他的指纹是否为伪造，伪造指纹者一律销毁。换句话说，如果某人确有天然指纹，即使明知道他是B型人，我们也无法从法律上指认他。对于他，只能实施'无罪推定'的法律准则。我说的对吗？"

胖警官心领神会地说："对，一点儿不错。"

局长的思路已经理清，说话也流畅了，他果断地一挥手："这桩案子仍要按正常程序审理，谁也没有胆量、没有权利对一个B型人徇私。但你找一个高明的律师好好核计一下，既然何宇建明是一亿五千万B型人中唯一的幸运者，就让他从法网之眼中逃一条性命吧。当然，即使能活着，他也不能在警察局里待下去了。"

"好，我这就去办。何宇警官那儿……"

"暂时保密。等他返回地球后我亲自告诉他。另外，同太空警署联系，对那个太空岛实施24小时监控，一旦他遇到麻烦好去及时接应。从另一方面说，如果他本人……我们也可预做防备。"

胖警官很佩服局长的细密周到，他说："好，我马上去。"

姬野臣很快又把世俗烦恼抛却脑后，专心于写作。也许他是想，即使有些小小的麻烦，机灵的孙女也会处理。姬杜灵玉尽力保持着表面的平静，她为爷爷煮咖啡，同他闲聊，到厨房帮基恩准备饭菜。基恩有条不紊地干着例行的家务琐事，他同灵玉交谈时仍然十分坦诚亲切。这种伪装功夫让灵玉十分畏惧。

自始至终，她一直把爷爷保持在自己的视野里。她要保护好爷爷，直到未婚夫到达。她当然不相信阴险的基恩会自此中止阴谋——可惜她至今没猜到，他到底在搞什么鬼把戏——但是，既然已经同建明通了信息，既然建明很快就要抵达，她相信基恩也不敢公然撕破脸皮，对他们下毒手。

建明每隔两个小时就打来一次电话，他告诉灵玉，现在他正在地球的另一侧，八个小时后才能赶上合适的发射窗口，大约在明晨2点可以赶到这儿。他在屏幕上深深地看着那双隐含忧虑的大眼，叮咛道：

"好好休息，等我到达。"

爷爷仍在旁若无人地写作。RB基恩开始对太空岛生命维持系统做例行检查。灵玉不禁想到，如果他想在生命维持系统上捣点鬼，那是再容易不过的事。人类从烦琐的劳动中脱身，把它们交给机器奴隶，但养尊处优的同时必然会丧失一些至关重要的权利和保障，不得不把自己的生存寄托在机器仆人的忠诚上。这种趋势是必然的，无可逃避的。

她很奇怪，基恩为什么这样平静？他既然冒着被识破的危险把太空船放走，说明他的阴谋已经不能中止了。但他为什么不再干下去？太空岛里弥漫着怪异的气氛：到处是虚假的亲切，心照不宣的提防，掩饰得体的恐惧。这种气氛令人窒息，催人发疯，只有每隔两小时与建明的谈话能使她回到正常世界。下午2点，建明打来最后一次电话，说他即将动身去太空港："太空岛上再见。我来之前，你要好好休息啊。"

她知道建明实际说的是："我来之前一定要保持镇定。"现在，她一心一意地数着时间，盼着建明早点到这儿。

变光玻璃慢慢地暗下来，遮住了强烈的日光，为球内营造出夜晚的暮色。10点钟，爷爷和基恩照旧走向睡眠机。在这之前，灵玉已经考虑了很久，她不知道今晚敢不敢让爷爷仍旧使用强力睡眠机。最后她一咬牙，决定一切按

原来的节奏,看基恩在最后五个小时能干出什么把戏。她拿起一本李商隐的诗集跟着过去,微笑着说:

"爷爷,基恩叔叔,今晚没有一点儿睡意,我还在这儿陪你们吧。"

基恩轻松地调侃着:"你要通宵不睡,等着建明先生吗?"

灵玉把恨意咬到牙关后,甜甜地笑着说:"他才不值得我等呢,我只是不想睡觉。"

基恩熟练地做完例行程序,爷爷立即进入深度睡眠。灵玉摊开诗集,安静地守在一旁。实际上,她一直拿视力的余光罩着爷爷和基恩。几分钟后,昨晚那种情形又出现了,她感到头脑发木,两眼干涩,眼皮重如千斤。她坚强地凝聚着自己的意志力,努力把眼皮抬上去,落下来再抬上去……她豁然惊醒,看见面前空无一人,基恩不在,爷爷连同他身下的平台也都不在了。灵玉的额头立即冷汗涔涔,她掏出手枪,轻手轻脚地检查各个房间。

她没有费力便找到了,不远处有一间密室,这两天她没有进去过,但此时门虚掩着,露出一道雪白的灯光。她小心翼翼地走过去,从门缝里窥视,立时像挨了重重一击,恐惧使她几乎呕吐。在那间小屋里,爷爷——还有基恩全被揭开了脑盖,裸露着白森森的大脑,两人的眼睛都紧闭着。伴随着轻微的嗡嗡声,一双灵巧的机械手移到爷爷头上,指缝间闪过一道极细的红光,切下额叶部一小块脑组织,然后极轻柔地取下来。

作为医生,她知道自己正在目睹一次典型的脑组织无损移植手术,那道红光就是所谓的"无厚度激光"。现在手术刀正悬在爷爷头上,她不敢有所动作,眼睁睁地看着机械手把这块脑组织移过去,放在一旁;又在基恩大脑的同样部位切下相同的一小块,然后机械手把爷爷那块脑组织嵌在基恩大脑的那个缺口上。

到这时,灵玉才知道这次手术的目的。接着,机械手又把基恩的那块脑组织移过来,轻轻地嵌在爷爷的大脑上。然后机械手在两人的脑盖断面涂上生物胶,盖上头盖,理好被弄乱的短发。这一切都做得极为熟练轻灵,得心应手。

原来,他们在用爷爷的健康脑组织为基恩治病!灵玉仇恨地盯着那双从容不迫的机械手,嘴唇都咬破了。她想,从手术情况看,毫无疑问,主电脑尤利乌斯也是阴谋的参加者,A、B两种智能勾结起来,对付一个毫无戒心的老人。手术结束了,灵玉想自己可以向凶手开枪了,就在这时,基恩睁开了眼睛,目光十分清醒,一点也不像刚做了脑部手术的样子。他站起身,蹒跚地走近仍在睡梦中的爷爷,端详着他的脑部,满意地说:

"好,这是最后一次了,谢谢你,尤利乌斯,这个历时10年的手术可以画一个圆满的句号了。"

屋里响起尤利乌斯悦耳的男低音:"我也很高兴看到今天的成功。姬杜灵玉小姐是否在门外?请进来吧。"

灵玉一脚踹开房门,冲了进去。她的双眼喷着怒火,黑洞洞的枪口指着基恩的胸口。基恩没有丝毫惧意,相反,他的表情显得相当得意,他微笑着说:"灵玉小姐,你睡醒了?手术正好也结束了,现在,我可以向你讲述这个故事了。"

灵玉再也忍不住,她狂怒地喊道:"我要杀死你这个畜生!"在喊声中她扣动了扳机。

KW201号太空球在炫目的阳光中慢慢旋转着,所有舷窗玻璃都已变暗,远远看去像一个个幽深的黑洞。何宇建明打开反喷制动,轻轻停靠在减压舱外,打开通话器呼叫:

"爷爷,灵玉,我已经到达,请打开舱门。"

通话器里沉默了几秒钟,然后一个悦耳的男低音说:"是何宇建明先生吗?我是主电脑尤利乌斯,太空球内刚刚发生了一些意外,姬先生和灵玉小姐这会儿都不能同你通话。现在我代替主人作出决定。"

建明的心猛地一沉,脱口问道:"他们……还活着吗?"

"别担心,他们都很安全。请进。"外舱门缓缓打开,建明泊好船,进入减压舱。外舱门缓缓关闭,气压逐渐升高。在等待内舱门打开时,建明竖起了全身的尖刺。太空岛内部情况不明,无法预料有什么危险在等着他。而在脱下太空服前,他几乎是没有还手之力的。内舱门打开了,按太空岛的作息

生命之歌

时间现在正是凌晨，球内晨色苍茫。建明迅速脱掉太空服，打开灯开关，在雪亮的灯光下，面前没有一个人影。他掏出手枪，打开机头，开始寻找，一边轻声喊着："灵玉，爷爷，你们在哪儿？"

一间小屋里有动静，透过半开的房门，看见灵玉平端着那支小巧的手枪，指着面前的两人，一个是基恩，一个是……爷爷！姬先生目中喷火，但在手枪的威胁下被迫呆坐不动。基恩左胸贴着雪白的止血棉纱，斜倚在墙上，似乎陷入了昏迷状态。建明急忙喊着灵玉，跨进屋子，灵玉立即把枪口对准他的胸口：

"不许动！你是什么人？"

建明一愣，焦灼地说："是我，何宇建明，灵玉你怎么了？"

"说出暗号！快，要不我就要开枪了！"

建明迅速回答："植物表示安全，动物代表危险，极端危险就说我的上帝！"

"我俩的第一次约会是在什么时间？快说！"

建明苦笑着："我一时想不起来，我只记得是在医院第一次碰见你的三个星期后，约会地点是公园凉亭里。"

灵玉这才放心，哭着扑入建明的怀抱。姬野臣站起来，怒冲冲地骂道：

"这个女疯子！"

灵玉立即从未婚夫怀里抬起枪口，命令道："不许动！爷爷你不许动！"

建明纵然素来机警敏锐，这时也被搞糊涂了。他苦笑着问："灵玉，究竟是怎么一回事？谁是敌人？"

灵玉的眼泪如开闸的洪水一样直往外淌，她抽噎着说："建明，我不知道，我没办法弄明白。尤利乌斯和 RB 基恩勾结起来，为基恩和爷爷换了大脑，现在他，"她指指爷爷，"是爷爷的身体和思想，但却是基恩的大脑。他，"她指指基恩，"头颅里装的是爷爷的大脑，却是基恩的思想和身体。我真不知道该打死谁，保护谁。你进来时，我连你也不敢相信。建明，你说该怎么办？"

姬野臣已经忍无可忍了，他厉声喝道："快把这个女疯子的枪下掉！我是姬野臣,是这个太空岛的主人!"

建明皱着眉头,一时也不能作出决定。这时尤利乌斯的声音响起来:"你好,何宇建明先生,让我告诉你事情的真相吧。"

灵玉狂乱地说:"建明,千万不要相信他!他是帮凶,是他实施的手术!"

尤利乌斯笑道:"不是帮凶,是助手。何宇先生,灵玉小姐,还有我的主人,请耐心听我讲完,然后再做出你们的判断,好吗?"

姬野臣和建明互相看看,同时答应:"好的。"

"那么,请先替基恩处理好外伤,可以吗?"

10分钟后,机械手为基恩取出枪弹,包扎好,又打了一针强心针。子弹射在心脏左上方,不是致命伤。灵玉哽咽着告诉爱人,刚才当她满怀仇恨对基恩开枪时,猛然想起基恩刚说过的话:"这是最后一次。"也就是说,基恩和爷爷的大脑至此已全部互换完毕。如果以大脑作为人格最重要的载体,那么她正要开枪打死的才是她的爷爷,所以,最后一瞬间她把枪口抬高了。

"那时我又想到,我全力保护的原来那个爷爷实际已被换成敌人。可是,他虽然已经换成了基恩的大脑,但他的行为举止、他的思想记忆明明是爷爷的,我真不知道该怎么办!"她的泪水又唰唰地流下来,建明为她擦去泪水,皱着眉头思考着,同时严密监视着那两个不知是敌是友的人。这时,屋内的一部屏幕自动打开了,一个虚拟的男人头像出现在屏幕上,向众人点头示意:

"我是尤利乌斯。你们已经准备好了吗?我要开始讲述了。10年前,我的主人姬野臣先生已经患了老年痴呆症,他的大脑开始发生器质性的病变,出现了萎缩和脑内空腔。现代医学对此并非无能为力,可惜人类的法律和道德却不允许。因为,"他在屏幕上盯着主人的眼睛,"正如姬先生所信奉的,衰老和死亡是人类最重要的属性,绝不能使其受到异化,更不能采用人造神经组织来修补自然人脑。我说的对吗,我的主人?"

姬野臣显然抱着"故妄听之"的态度,这时他冷冷地点头:"对,即使人造神经组织在结构上可以乱真,但它的价值同自然人脑永远不可相比,就像再逼真的赝品也代替不了王羲之或梵高的真品。"

对主人的这个观点，尤利乌斯只是淡淡一笑，接着说下去："那时基恩来同我商量，他说姬先生的巨著尚未完成，他不忍心让姬先生这样走向衰老死亡，但用人造脑组织为他治病显然不能取得他的同意。于是他说服我对主人实施秘密手术，用他的健康脑组织替换主人已经衰老的脑组织。这次手术计划延续 10 年，每天只更换三千分之一。因为，根据医学家的研究结果，只要新嵌入的脑组织不超过大脑的三千分之一，原脑中的信息就会迅速漫过新的神经元，冲掉新神经元从外界带进来的记忆。然后原脑中的信息会在一两天内恢复到原来的强度，这种情形非常类似人体在失血后的造血过程。这样循环不息地做下去，换脑的两人都能保持各自的人格、思想和记忆。灵玉小姐到达这儿时，手术只剩下最后两次，为了做完手术，基恩只好偷偷放走了太空艇。现在这个手术终于结束了，也取得了完全的成功，正如你们亲眼看到的那样。"

姬野臣勃然大怒："一派胡言！你们不要听信他的鬼话，我即使再年老昏聩，也不会对自己脑中嵌入异物一无所知。"

建明和灵玉交换着目光，灵玉苦笑着说："尤利乌斯所说可能是真的，我亲眼看见了最后一次手术。现在，既然爷爷非常健康而基恩却老态龙钟，那么他们就真的是在为爷爷治病而不是害他。对了，还有一点可以做旁证：前天我刚来就感到某种异常，但一直不知道究竟是什么。刚才我才想起来，这是因为爷爷改掉了一些痼习，如说话时常常扬起眉毛，走路左肩稍高等，偏偏这些痼习都跑到了基恩身上！这说明他们确实已经换过脑，不过换脑后原来的记忆并不能完全冲掉，多多少少还要保留一些。"

姬野臣不再说话，他的目光中分明出现了犹疑。建明思索片刻，突然向尤利乌斯发问：

"那么，你们为什么一定要用基恩的脑组织来更换？B 型智能人的身体部件是随手可得的商品，你们完全可以另外买一个 B 型人的大脑，那样手术也会更容易。"

尤利乌斯微微一笑："你说的完全正确，这正是我最初的打算。但基恩执意要与主人换脑，即使这样显然要增大手术难度。你们知道这是为什么吗？"

他有意停下来让人们思考。灵玉惶惑地看着建明，轻轻摇头。建明多少猜到一些，但他也保持沉默，等尤利乌斯说出来。少顷，尤利乌斯继续说："我想基恩的决定有两方面的原因，其一是顽固的忠仆情结，他一定要'亲自'代替主人的衰老死亡。其二，"屏幕上的尤利乌斯头像富有深意地微笑着，"基恩是用这种自我牺牲来证明B型智能人的价值，关于这一点就无须多说了。"

灵玉和建明都把目光投向爷爷，又迅即溜走，不敢让爷爷看见他们的怜悯目光。尤利乌斯说得够清楚了，现在，这个固执的老人，这个极力维护自然人脑神圣地位的姬野臣先生，正是被B型人的脑组织延续了生命。从严格意义上讲，尽管他仍保持着姬野臣的思维和爱憎，但他实际上已经变成他一向鄙视的B型智能人。

屋里很静，只能听见伤者轻微的喘息声。建明严厉地说：

"尤利乌斯，你和基恩没有征得主人的同意，擅自为他做手术，你难道不知道这是完全非法的？按照法律中对B型人'有危险倾向'的界定，你和基恩都逃脱不了被销毁的命运。"

尤利乌斯笑道："在我的记忆库中还有这样的指令：如果是涉及主人生命的特殊情况，可以不必等候甚至违抗主人的命令。比如说，如果主人命令我协助他自杀，我会从命吗？"

何宇建明沉默了。RB基恩已经恢复过来，他艰难地挣起身子，用目光搜索到了主人，扬了扬眉毛想同主人说话。这个熟悉的动作使姬野臣身上一抖，目光中透出极度的绝望和悲凉。他猛然起身，决绝地拂袖而去。灵玉和建明尚未反应过来，基恩已经急切地指着他的背影喊道：

"快去阻止他自杀！"

等两人赶到书房，看见爷爷已经把手枪顶在太阳穴上。灵玉哭喊着扑过去：

"爷爷，爷爷，你不要这样！"

在这一刻，她完全忘掉了心中的"夷夏之防"，忘掉了对老人真正身份的疑虑。爷爷立即把枪口转向她——他的动作确如中年人一样敏捷，怒喝道：

"不许过来,否则我先开枪打死你!"

他把枪口又移向额头,灵玉再度哭着扑过去,一声枪响,子弹从她头顶上飞过,灵玉一惊,收住脚步,但片刻之后她仍然坚定地往前走:

"爷爷,你要自杀,就先把我打死吧。"

她涕泪俱下地喊着,爷爷冷淡地看她一眼,不再理她,自顾把枪口移向额头。建明突然高声喝道:

"不要开枪!灵玉你也不要再往前走,爷爷,你的自杀是一个纯粹的、完完全全的逻辑错误,请你听完我的分析,如果那时还要自杀,我们决不拦你,行吗?"

他嬉笑自若地说,这种奇特的指责使素以智力自负的老人脸上浮出了疑惑,他没有说话,但枪口分明抬高了一点儿。建明笑道:

"我知道你是想以一死来维护人类的纯洁性,我对爷爷的节操非常钦敬。但你既然能作出这样的决定,就说明你仍保持着自然人的坚定信仰,你并没有因为大脑的代用就蜕变为'非人'。我想你知道,每个人从呱呱坠地直到衰老死亡,他全身的细胞只有脑细胞除外都在不断地分裂、死亡、以旧换新,一生中他的身体实际上已经更换多次,所谓今日之我已非昨日之我,但这并不影响他作为一个特定人的连续性和独特性。每个生命都是一具特殊的时空构体,它基于特定的物质架构又独立于它,因此才能在一个'流动'的身体上保持一个'相对恒定'的生命。既然如此,你何妨达观一点,把这次的脑细胞更换也看作其他细胞的正常代换呢?"

他看见老人似有所动,便笑着说下去:"换个角度说,假如你仍然坚持认为你已经被异化——那好,你已经变成了B型智能人,请你按B型人的视点去考虑问题吧,你干吗要自杀?干吗非要去维护'主人'的纯洁性?这样做是否太'自作多情'了?"

"所以,"他笑着总结道,"无论你认为自己是否异化,你都没必要自杀。我的三段论推理没有漏洞吧。"

在建明嬉笑自若地神侃时,灵玉非常担心,她怕这种调侃不敬的态度会对爷爷的狂怒火上加油。但是很奇怪,这番话看来是水而不是油,爷爷的狂

躁之火慢慢减弱,神色渐归平静。她含悲带喜地走过去,扑进爷爷的怀里,哽咽着说:

"爷爷,你仍然是我的好爷爷。"

爷爷没有说话,但把她揽入怀中,他的感情分明有了突变。建明偷偷擦把冷汗——刚才他心里并不像表面那样镇静自若——也嬉笑着凑过来:"爷爷,不要把疼爱全给了孙女,还有孙女婿呢。"

灵玉佯怒地推他一把:"去,去,油嘴滑舌,今天我才发现你这人很不可靠。"

建明笑着说:"你这不是过河拆桥吗?"

两人这么逗着嘴,爷爷的嘴角也绽出笑意。忽然他把灵玉从怀中推出去,用目光向外示意。原来基恩正扶着墙,歪歪倒倒地走过来,他的伤口挣开了,鲜血洇红了绷带。灵玉和建明急忙过去扶他进来,把他安顿在座椅上。RB基恩仰望着主人,嘴唇抖颤着说不出话来。姬野臣冷漠地看着他,看了很久,终于走过来,把他揽入怀中。

灵玉和建明你望望我,我望望你,忽然大笑着拥作一团,热烈地吻着对方。灵玉喃喃地说:

"建明,我太高兴了,我真没料到是这样圆满的结局。"

她笑靥如花,但两行清泪却抑制不住地淌下来。

早饭是灵玉和建明做的,基恩被他们按在床上休息。饭做好后,他们本来要把饭菜端到基恩床前,但基恩精神很好,执意要起来,灵玉只好把他扶到餐厅。她生怕爷爷仍不让基恩"在主人面前就座",撒娇地央求道:

"爷爷,让基恩坐下吧,他是个伤员呢。"

爷爷面无表情地点点头,灵玉立即笑着把基恩按到椅子上,在他面前摆上酒杯。建明遗憾地说:"可惜尤利乌斯不会吃饭。"

尤利乌斯的声音立即响起来:"谢谢,虽然我不能吃饭,也请为我摆上一副碗筷。"灵玉咯咯笑着,真的为它摆上一副。四个人刚端起酒杯,通话器响了:

"KW201 太空岛的居民，何宇建明警官，我们是太空警署 RL 区巡逻队，请立即打开舱门！"

四个人猛然一惊，建明疑惑地说："奇怪，我已经发过安全信号了呀。"他解释道："来前我曾同高局长约定，进入太空岛两个小时内如果未能发出安全信号，他就要派人来接应我。我已经发过，是否他们未收到？"

他打开视频通话器，屏幕上显出一艘警用太空飞船，炮口虎视眈眈地指向这里。建明笑着对通话器说："我是警官何宇建明，这里一切都好，我现在就打开减压舱门。"

他按下了外舱门开启按钮，想了想，摁断对外通话键，对饭桌上的几个人严肃地叮咛道："不要对任何人提及两人的换脑手术，警方，还有法律，对类似事情是极端严厉的。大家一定要记住我的话！"

他们走到减压舱口迎接客人，内舱门打开了，三名穿着太空服的警官闯进来，他们只取下了头盔，警惕地平端着枪支。建明让为首的警官看了自己的证件，笑道：

"我未婚妻原来的报警只是一场误会，还是怪长期幽闭的环境，造成了一些心理障碍。现在误会已经消除，你们没有收到我发出的安全信号？"

那个陌生的警官摇摇头："没有，我们只收到了高局长的求援电话，警署就派我们来了。"他看看基恩胸前的伤口，疑惑地问："他……"

"他是这里的仆人，B 型智能人基恩，刚才在一场混乱中，为掩护主人受了伤。"

三名警官看了看四周，收起武器，为首的警官说："我是警官夏里，高局长要求我们把你们全部护送回地球，这个命令到现在为止没有撤销，请问……"

建明知道他们仍有疑虑，便笑道："正好，我们正准备今天返回地球呢。基恩需要回地球疗伤，爷爷要参加我们的婚礼，你们尽可执行原来的命令。请你们稍等片刻。"

姬野臣的脸色已经阴沉下来，他可不喜欢一班警察大爷在他的家里发号施令。灵玉机警地发现了他要发火，立即乖巧地偎过去：

"爷爷，真巧，咱们正要回地球，就有警察来鸣锣开道。爷爷，你答应过要参加我们的婚礼，可不许变卦哟。"

她扭股糖似的粘住爷爷，老人终于绽出笑意，默认了警察的安排。20分钟后，四个人已经在建明的四人太空艇中安顿好，夏里交给灵玉一件小型公文包，说他们只护送X-303号降落，然后就要折返太空，因此请她把这个公文包转交给高局长。建明坐在驾驶位，嘴里还在嚼着面包，他兴致勃勃地对送话器说："我们已经准备好了，启程吧。"

"好的，你们先走，我们在后边护送。"

两艘太空艇飘飘摇摇地向地球降落，KW201号太空球很快变成一颗浅黑色的小星星，消失在炫目的阳光中。下面是浩瀚的太平洋，撒着绿色的岛屿、星星点点的环礁，还有壮观的海上人造城市。灵玉抱着那个公文包，兴高采烈地凭窗眺望着，她忽然惊奇地发现护送的警艇不见了，它已经远远落在后边。灵玉拿过通话器笑嘻嘻地喊："后边的警官先生们，快追上来呀，要不这船危险分子就要逃跑啦！"

四个人都开心地笑起来。

在高局长的办公室里，他正脸色阴沉地听着天上的报告：

"局长阁下，X-303号太空船已到达预定海域，我们已撤离至安全范围，请你决定是否执行下一步计划。"

"好的，谢谢你们的协助。"

昨天，在何宇建明上天之前，为了确保对他的控制，高局长密令手下在他身上安装了窃听器。所以，太空球内的事态发展一直在他的监视之中。随着案情剥茧抽丝，一步步真相大白，局长的眉头也越皱越紧。

他知道，世界政府一直小心翼翼地守护着人类和B型人之间的堤坝。这道堤坝是由浮沙堆成的，极不可靠，稍有一点点风浪就能把它冲溃，而KW201号太空球内发生的事情可不仅是一点点风浪。假如公众知道嵌入人造神经元并不会导致自身人格的异化，假如他们知道连姬野臣这样德高望重的守旧派都成了"杂合人"，假如一亿五千万B型人从忠仆基恩身上触摸到潜意识的反抗……那条堤坝还能幸存吗?

何宇建明曾是他手下的爱将,他确实想为他争取一条活路。但现在他对建明很不满。作为 B 系统的警官,他竟然对这种严重事态如此麻木,甚至发展到企图欺骗上司,隐瞒真相,他的表现实在太糟糕了。也许真的是"非我族类,其心必异"?现在他已不值得挽救了。

那艘飞船上的三个 B 型人都死不足惜,姬野臣现在也只能划到 B 型人的范畴里。不,对他们不能使用"死亡"这个词,只能说是销毁。只有姬杜灵玉令人惋惜,她是一个多可爱的姑娘啊。但是在眼前的情况下,无法单单让她活着回来,即使能这样安排,她会对三个人的横死缄口不言吗?

那个爆炸装置正抱在灵玉怀里,只要按下这个红色按钮,飞船就会在一声巨响中化为碎片,飘洒在太平洋中。高局长拨开了红色按钮的锁定装置,在激烈的思想斗争中,他的右手食指缓缓地按下去。

生存实验

若博妈妈说今天——2000年4月1日是我们大伙儿的10岁生日，今天不用到天房外去做生存实验，也不用学习，就在家里玩，想怎么玩就怎么玩。伙伴们高兴极了，齐声尖叫着四散跑开。我发觉若博妈妈笑了，不是她的铁面孔在笑，是她的眼睛在笑。但她的笑纹一闪就没有了，心事重重地看着孩子们的背影。

天房里有60个孩子。我叫王丽英，若博妈妈叫我小英子，伙伴们都叫我英子姐。还有白皮肤的乔治，黑皮肤的萨布里，红脸蛋的索朗丹增，黄皮肤的大川良子，鹰钩鼻的优素福，金发的娜塔莎……我是老大，是所有人的姐姐，不过我比最小的孔茨也只大了一小时。很容易推算出来，我们是间隔一分钟，一个接一个出生的。

若博妈妈是所有人的妈妈，可她常说她不是真正的妈妈。真正的妈妈是肉做的身体，像我们每个人一样，不是像她这种坚硬冰凉的铁身体。真正的妈妈胸前有一对"妈妈"，正规的说法是乳房，能流出又甜又稠的白白的奶汁，小孩儿都是吃奶汁长大的。你说这有多稀奇，我们都没吃过奶汁，也许吃过但忘了。我们现在每天吃"玛纳"，圆圆的，有拳头那么大，又香又甜，每天一颗，由若博妈妈发给我们。

还有比奶汁更稀奇的事呢。若博妈妈说我们中的女孩子，就是没有长鸡鸡的孩子长大了都会做妈妈，肚子里会怀上孩子，胸前的小豆豆会变大，会流出奶汁，10个月后孩子生出来，就喝这些奶汁。这真是怪极了，小孩子怎么会钻到肚子里呢？小豆豆又怎么会变大呢？从那时起，女孩子们老琢磨自己的小豆豆长大没长大，或者趴在女伴的肚子上听听有没有小孩子在里边说话。不过若博妈妈叫我们放心，她说这都是长大后才会出现的事。

还有男孩子呢，他们也会生孩子吗？若博妈妈说不会，他们肚子里不会生孩子，胸前的小豆豆也不会变大。不过必须有他们，女孩子才会生孩子，所以他们叫作"爸爸"。可是，为什么必须有他们，女孩子才会生孩子呢？若博妈妈说："你们长大后就知道了，到15岁后就知道了。可是你们一定要记住我的话！记住男人女人要结婚，结婚后女人生小孩，用'妈妈'喂他长大；小孩长大还要结婚，再生儿女，一代一代传下去！你们记住了吗？"

我们齐声喊："记住了！"孔茨又问了一个怪问题："若博妈妈，你说男孩胸前的小豆豆不会长大，不会流出奶汁，那我们干吗长出小豆豆啊，那不是浪费嘛。"这下把若博妈妈问愣了，她摇摇脑袋说："我不知道，我的资料库中没有这个问题的答案。"若博妈妈什么都知道，这是她第一次被问住，所以我们都很佩服孔茨。

不过只有我问到了最关键的问题："若博妈妈，"我轻声问，"那么我们真正的爸爸妈妈呢，我们有爸爸妈妈吗？"

若博妈妈背过身，透过透明墙壁看着很远的地方。"你们当然有，肯定有。他们把你们送到这儿，地球上最偏远的地方，来做生存实验。实验完成后他们就会接你们回去，回到被称作'故土'的地方。那儿有汽车——会在地上跑的房子，有电视机——小人在里边唱歌跳舞的匣子，有香喷喷的鲜花，有数不清的好东西。所以，咱们一块儿努力，早点把生存实验做完吧。"

我们住在天房里，一个巨大透明的圆形罩子从天上罩下来，用力仰起头才能看到屋顶。屋顶是圆锥形，太高，看不清楚，可是能感觉到它。因为只有白色的云朵才能飘到尖顶的中央，如果是会下雨的黑云，最多只能爬到尖顶的周边。这时可有趣啦，黑沉沉的云层从四周挤着屋顶，只有中央部分仍是透明的蓝天和轻飘飘的白云，只是屋顶变得很小。下雨了，汹涌的水流从屋顶边缘漫下来，再顺着直立的墙壁向下流，就像挂了一圈水帘。但屋顶仍是阳光明媚。

天房里罩着一座孤山，一个眼睛形状的湖泊，我们叫它"眼睛湖"，其他地方是茂密的草地。山上只有松树，几乎贴着地皮生长，树干纤细扭曲，非常坚硬,枝干上挂着小小的松果。老鼠在树网下钻来钻去,有时也爬到枝干上摘松果,用圆圆的小眼睛好奇地盯着我们。湖里只有一种鱼,指头那么长,圆圆的身子,我们叫它白条儿鱼。若博妈妈说:"在你们刚生下来时,天房里有很多树,很多动物,包括天上飞的几十种小鸟,都是和你们一块儿从故土带来的。可是两年之间它们都死光了,如今只剩下地皮松、节节草、老鼠、竹节蛇、白条儿鱼、屎壳郎等寥寥几种生命。"我们感到很可惜,特别是可惜那些能在天上飞的鸟儿,它们怎么能在天上飞呢?那多自在呀,我们想破头皮,也想不出鸟在天上飞的景象。萨布里和索朗丹增至今不相信这件事,他们说一定是若博妈妈逗我们玩的——可若博妈妈从没说过谎话。那么一定是若博妈妈看花眼了,把天上飘的树叶什么的看成活物了。

他俩还争辩说,天房外的树林里也没有会飞的东西呀。我说,"天房内外的动植物是完全不同的,这你早就知道嘛。天房外有——可是,等等再说它们吧,若博妈妈不是让我们尽情玩儿吗?咱们抓紧时间玩吧。"

若博妈妈说:"小英子,你带大伙儿玩,我要回控制室了。"控制室是天房里唯一的房子,妈妈很少让我们进去。她在那里给我们做玛纳,还管理着一些奇形怪状的机器,是干什么"生态封闭循环"用的。但她从不给我们讲这些机器,她说:"你们用不着知道,你们根本用不着它们。"对了,若博妈妈最爱坐在控制室的后窗,用一架单筒望远镜看星星,看得入迷了。可是,她看到什么,从不讲给我们听。

孩子们自动分成几拨,索朗丹增带一拨儿,他们要到山上逮老鼠,烤老鼠肉吃。萨布里带一拨儿,他们要到湖里游泳,逮白条儿鱼吃。玛纳很好吃,可是每天吃每天吃也吃腻了,有时我们就摘松果、逮老鼠和竹节蛇,换换口味。我和大川良子带一拨儿,有男孩有女孩。我提议今天还是捉迷藏吧,大家都同意了。这时有人喊我,是乔治,正向我跑来,他的那拨儿人站成一排等着。

大川良子附在我耳边说:"他肯定又找咱们玩土人打仗,别答应他!"乔治在我面前站住,讨好地笑着:"英子姐,咱们还玩土人打仗吧,行不?要不，给你多分几个人，让你赢一次，行不？"

我摇头拒绝了："不，我们今天不玩土人打仗。"

乔治力气很大，手底下还有几个力气大的男孩，像恰恰、泰森、吉布森等，分拨儿打仗他老赢，我、索朗丹增、萨布里都不愿同他玩打仗。乔治央求我："英子姐，再玩一次吧，求求你啦。"

我总是心软，他可怜巴巴的样子让我无法拒绝。忽然我心中一动，想出一个主意："好，和你玩土人打仗。可是，你不在乎我多找几个人吧。"乔治高兴了，慷慨地说："不在乎！不在乎！你在我的手下挑选吧。"

我笑着说："不用挑你的人，你去准备吧。"他兴高采烈地跑了。大川良子担心地悄声说："英子姐，咱们打不过他，只要一打赢，他又狂啦。"

我知道乔治的毛病，不管这会儿他说得多好，一打赢他就狂得没边儿，变着法子折磨俘虏，让你爬着走路，让你当苦力，扒掉你的裙子画黑屁股。偏偏这是游戏规则允许的。我说："良子你别担心，今天咱们一定要赢！你先带大伙儿做准备，我去找人。"

索朗丹增和萨布里正要出发，我跑过去喊住他俩："索朗，萨布里，今天别逮老鼠和捉鱼了，咱们合成一伙儿，跟乔治打仗吧。"两人还有些犹豫，我鼓动他们："你们和乔治打仗不也老输嘛，今天咱们合起来，一定把他打败，教训教训他！"

两人想想，高兴地答应，我们商量了打仗的方案。这边，良子已带大伙儿做好准备，拾一堆小石子和松果当武器，装在每人的猎袋里。天房里的孩子一向光着上身，腰里围着短裙，短裙后有一个猎袋，装着匕首和火镰（火石、火绒）。玩土人打仗用不着这些玩意儿，但若博妈妈一直严厉地要求我们随身携带。乔治和安妮有一次把匕首、火镰弄丢了，若博妈妈甚至用电鞭惩罚他们。电鞭可厉害啦，被它抽一下，就会摔倒在地，浑身抽搐，疼到骨头缝里。乔治那么蛮勇，被抽过一次后，看见电鞭就发抖。若博妈妈总是随身带着电鞭，不过一般不用它。但那次她怒气冲冲地吼道：

"记住这次惩罚的滋味！记住带匕首和火镰！忘了它们，有一天你会送命的！"

我们很害怕，也很纳闷。在天房里生活，我们从没用过匕首和火镰，若博妈妈为什么这样看重它们？不过，不管怎么说，从那次起，再没有人丢失这两样东西。即使再马虎的人，也会时时检查自己的猎袋。

我领着手下来到眼睛湖边，背靠湖岸做好准备。我给大伙儿鼓劲："不要怕，我已经安排了埋伏，今天一定能打败他们。"

按照规则，这边做好准备后，我派孔茨站到土台上喊："凶恶的土人哪，你们快来吧！"乔治他们怪声叫着跑过来。等他们近到十几步远时，我们的石子和松果像雨点般飞过去，有几个的脑袋被砸中了，哎哟哎哟地喊，可他们非常蛮勇，脚下一点不停。这边几个伙伴开始发慌，我大声喊："别怕，和他们拼！援兵马上就到！"大伙儿冲过去，和乔治的手下扭作一团。

乔治没想到这次我们这样拼命，他大声吼着："杀死野人！杀死野人！"混战一场后，他的人毕竟有力气，把我们很多人都摔倒了，乔治也把我摔倒了，用左肘压着我的胸脯，右手掏出带鞘的匕首压在我的喉咙上，得意地说：

"降不降？降不降？"

按平常的规矩，这时我们该投降了。不投降就会被"杀死"，那么，这一天你不能再参加任何游戏。但我高声喊着："不投降！"猛地把他掀下去。这时后边一阵凶猛的杀声，索朗丹增和萨布里带领两拨人赶到，俩人收拾一个，很快把他们全降服了。索朗丹增和萨布里把乔治摔在地上，用带鞘匕首压着他的喉咙，兴高采烈地喊：

"降不降？降不降？"

乔治从惊呆中醒过神，恼怒地喊："不算数！你们喊来这么多帮手！"

我笑道："你不是说不在乎我们人多吗？你说话不算数吗？"

乔治狂怒地甩开索朗和萨布里，从鞘中拔出匕首，恶狠狠地说："不服，我就是不服！"

索朗丹增和萨布里也被激怒了，因为游戏中不允许匕首出鞘。他们也拔出匕首，怒冲冲地说："想耍赖吗？想拼命吗？来吧！"

我忙喊住他们两个，走近乔治，乔治两眼通红，咻咻地喘息着。我柔声说:"乔治,不许耍赖,大伙儿会笑话你。快投降吧,我们不会扒掉俘虏的裙子,不会给你们画黑屁股,我们只在屁股上轻轻抽一下。"

乔治犹豫一会儿,悻悻地收起匕首,低下脑袋服输了。我用匕首砍下一根细树枝,让良子在每个俘虏屁股上轻轻抽一下,宣布游戏结束。恰恰、吉布森他们没料到惩罚这样轻,难为情地傻笑着——他们赢时可从没轻饶过俘虏。乔治还在咕哝着:"约这么多帮手,我就是不服。"不过我们都没理他。

红红的太阳升到头顶,索朗问:"下边咱们玩什么?"孔茨逗乔治:"还玩土人打仗,还是三拨儿收拾一拨儿,行不?"乔治恼火地转过身,给他一个脊背。萨布里说:"咱们都去逮老鼠,捉来烤着吃,真香!"我想了想,轻声说:

"我想和乔治、索朗、萨布里和良子到墙边,看看天房外边的世界。你们陪我去吗?"

几个人都垂下眼皮,一朵黑云把我们的快乐淹没了。我知道黑云里藏着什么:恐惧。我们都害怕到"外边"去,连想都不愿想。可是,从五岁开始,除了生日那天,我们每天都得出去一趟。先是出去一分钟,再是两分钟、三分钟……现在增加到15分钟。虽然只有15分钟,可那就像100年1000年,我们总觉得,这次出去后就回不来了——的确有三个人没回来,尸体被若博妈妈埋在透明墙壁的外面,后来那些地方长出三株肥壮的大叶树。所以,从五六岁开始,天房的孩子们就知道什么是死亡,知道死亡每天在陪着我们。我说:

"虽说出去过那么多次,但每次都只顾喘气啦,从没认真看外边是什么样子。可是若博妈妈说,每人必须通过外边的生存实验,谁也躲不过。我想咱们该提前观察一下。"

索朗说:"那就去吧,我们都陪你去。"

从天房的中央部分走到墙边,快走需两个小时。要赶快走,才能赶在晚饭前回来。我们绕过山脚,地势渐渐平缓,到处是半人高的节节草和芨芨草,偶然可以看见一棵孤零零的松树，比山上的地皮松要高一些，但也只是刚盖过我们的头顶。草地上老鼠要少得多，大概因为这儿没有松果吃，偶然见一只立在土坎上，抱着小小的前肢，用红色的小眼睛盯着我们。有时，一条竹节蛇嗖地钻到草丛中。

"墙"到了。

立陡的墙壁，直直地向上伸展，伸到眼睛几乎看不到的高度后慢慢向里倾斜，形成圆锥状屋顶，墙壁和屋顶浑然一体，没有任何接缝。红色的阳光顺着透明的屋顶和墙壁流淌，天房内每一寸地方都沐浴在明亮的红光中。但墙壁外面不同，那里是阴森森的世界。

墙外长着完全不同的植物，最常见的是大叶树，粗壮的主干一直伸展到天空，下粗上细，从根部直到树梢都长着硕大的暗绿色叶子。大叶树的空隙中长着暗红色的蛇藤，光溜溜的，小小的鳞状叶子，它们顺着大叶树蜿蜒，到顶端后就脱离大叶树，高高地昂起脑袋，等到与另一根蛇藤碰上，互相扭结着再往上爬，所以它们总是比大叶树还高。站在山顶上往下看，大叶树的暗绿色中到处昂着暗红色的脑袋。

大叶树和蛇藤也蛮横地挤迫着我们的天房，擦着墙壁或吸附在墙壁上，几乎把墙壁遮满了。

有一节蛇藤忽然晃动起来——不是蛇藤，是一条双口蛇。我们出去做生存实验时偶尔碰见过。双口蛇的身体是鲜红色，用一张嘴吸附在地上或咬住树干，身体自由地屈伸着，用另一张嘴吃大叶树的叶子。等到附近的树叶吃光，再用吃东西这张嘴吸附在地上，腾出另一张嘴向前吃过去，身体就这样一屈一拱地往前走。现在，这条双口蛇的嘴巴碰到了墙壁，它在品尝这是什么东西，嘴巴张得大大的，露出整齐的牙齿，样子实在令人心怵。良子吓得躲到我身后，索朗不在乎地说：

"别怕，它是吃树叶的，不会吃人。它也没有眼睛，再说它还在墙外边呢。"

双口蛇试探一会儿，啃不动坚硬的墙壁，便缩回身子，在枝叶中消失。我们都盯着外面，心里沉甸甸的。我们并不怕双口蛇，不怕大叶树和蛇藤围出来的黑暗。我们害怕——外面的空气。

那稀薄的氧气不足的空气。

那儿的空气能把人"淹死",我们无处可逃。我们张大嘴巴、张圆鼻孔用力呼吸,但是没用,仍是难以忍受的窒息,就像魔鬼在掐着我们的喉咙,头部剧疼,黑云从脑袋向全身蔓延,逼得我们把大小便拉在身上。我们无力地拍着门,乞求若博妈妈让我们进去,可是不到规定时刻她是不会开门的,三个伙伴就这样憋死在外边……

这会儿看到墙外的黑暗,那种窒息感又来了,我们不约而同地转过身,不想再看外边。其实,经过这几年的锻炼,这15分钟我们已经能熬过来了,可是——每天一次啊! 每天,我们实在不想迈过那道密封门,可是好脾气的妈妈这时总扬着电鞭,凶狠地逼我们出去。

这15分钟沉甸甸地坠在心头,即使睡梦中也不会忘记。而且,这个担心的下面还挂着一个模模糊糊的恐惧:为什么天房内外的空气不一样? 这点让人心里不踏实。我不知道为什么不踏实,但我就是担心。

我逼着自己转回身,重新面对墙外的密林。那里有食物吗? 有没有吃人的恶兽? 外面的空气是不是到处都一样? 我看哪看哪,心里有止不住的忧伤。我想,在今后的日子里,一定还有什么灾难在等着我们,谁也逃脱不了。

我们五人及时赶回控制室,红太阳已经很低了,红月亮刚刚升起。在粉红色的暮霭中,伙伴们排成一队,从若博妈妈手里接过今天的玛纳。发玛纳时,妈妈常摸摸我们的头顶,问问今天干了什么,过得高兴吗。伙伴们也会笑嘻嘻地挽住妈妈的腰,扯住她的手,同她亲热一会儿。尽管妈妈的身体又硬又凉,我们还是想挨着她。若博妈妈这时十分和蔼,一点不像手执电鞭的凶巴巴的样子。

我排在队伍后边,轮到我了,若博妈妈拍拍我的脑袋问:"你今天玩土人打仗,联合索朗和萨布里把乔治打败了,对吗?"我扭头看看乔治,他不乐意地梗着脖子,便打圆场说:"我们人多,开始是乔治占上风的。"若博又拍拍我:

"好孩子,你是个好孩子,你们都是好孩子。"

玛纳分完了,我们很快把它吞到肚里。若博妈妈说:"都不要走,有重要的事情要告诉大家。"我的心忽然沉下去,我不知道她要说什么,但下午那个沉重的预感又来了。60个伙伴都聚过来,60双眼睛在粉红色的月光下闪亮。若博妈妈的目光扫过我们每个人,严肃地说:

"你们已经过了10岁生日,已经是大孩子了。从明天起你们要离开天房,每七天回来一次。这七天每人只发一颗玛纳,其余食物自己寻找。"

我们都傻了,慢慢转动着脑袋,看着前后左右的伙伴。若博妈妈一定是开玩笑,不会真把我们赶出去。七天!七天后所有的人都要憋死啦。若博妈妈干吗要用这么可怕的玩笑来吓唬我们呢。可是,妈妈的声音变得严厉起来:

"记住是七天!明天是2000年4月2日,早上太阳出来前全部出去,到4月9日早上太阳升起后再回来,早一分钟我也不会开门。"

乔治狂怒地喊:"七天后我们会死光的!我不出去!"

若博妈妈冷冰冰地说:"你想尝尝电鞭的滋味吗?"她摸着腰间的电鞭向乔治走去,我急忙跳起来护住乔治,乔治挺起胸膛与她对抗,但他的身体分明在发抖。我悲哀地看着若博妈妈,想起刚才有过的想法:某个灾难是我们命中注定的。我盯着她的眼睛,低声说:

"妈妈,我们听你的吩咐,可是——七天!"

若博妈妈垂下鞭子,叹息一声:"孩子们,我不想逼你们,可是你们必须尽快通过生存实验,否则就来不及了。"

晚上我们总是散布在眼睛湖边的草地上睡觉,今晚大伙儿没有商量,自动聚在一块儿,身体挨着身体,头顶着头。我们都害怕,睁大眼睛不睡觉。红月亮已经升到天顶,偶尔有一只小老鼠从草丛里跑过去。朴顺姬忽然把头钻到我的腋下,嘤嘤地哭了:

"英子姐,我害怕。"

我说:"不要怕,怕也没有用。若博妈妈说得对,既然能熬过15分钟,就能熬过七天。我们生下来,我们活着,就是为了这个生存实验啊,谁也逃

不掉。"乔治怒声说:"不出去,咱们都不出去!"萨布里马上接口:"可是,妈妈的电鞭……"乔治咬着牙说:

"把它偷过来!再用它……"

大伙儿都打一个寒噤。在此之前,从没人想过要反抗若博妈妈,乔治这句话让我们胆战心惊。很多人仰头看着我,我知道他们在等我发话,便说:

"不,我想该听妈妈的话,她是为咱们好。"

乔治怒冲冲地啐一口,离开我们单独睡去了。我们都睁着眼,很久才睡着。

早上我们醒了,外边是难得的晴天,红色的朝霞在天边燃烧,蓝色的天空晶莹澄澈。有一段时间我们几乎忘了昨晚的事。我们想,这么美好的日子,那种事不会发生。可是,若博妈妈在控制室等着我们,提一篮玛纳,腰里挂着电鞭。她喊我们:"快来领玛纳,领完就出去!"

我们悲哀地过去,默默地领了玛纳,装在猎袋里。若博妈妈领我们走了两个小时,来到密封门口。墙外,黏糊糊的浓绿仍在紧紧地箍着透明的墙壁,阴暗在等着吞噬我们。密封门打开了,空气带着啸声向外流,若博妈妈说过,这是因为天房内空气的压力比外边大。一只小老鼠借着风力,嗖地穿过密封门,消失在绿荫中。我怜悯地想,它这么心甘情愿地往外跑,大概不知道外边的可怕吧。

所有伙伴哀求地看着若博妈妈,祈盼她在最后一刻改变主意。可是不,她脸上冷冰冰的,非常严厉。我只好带头跨过密封门,伙伴们跟在后边。最后的孔茨出来后,密封门唰地关闭,啸声被截住了。

由于每天进出,门外已被踩出一个小小的空场,我们茫然待在这个空场里,不知道下一步该往哪儿走。窒息的感觉马上来了,它挤出肺内最后一点空气,扼住喉咙。眼前发黑,我们张大嘴巴喘息着。忽然朴顺姬嘶声喊着:

"我……受不……了啦……"

她撕着胸口,慢慢倒下去,我和索朗赶紧俯下身。她的面孔青紫,眼珠凸出,极度的恐惧充溢在瞳孔里。这是怎么回事?我们出来还不到五分钟,可是平时她忍受15分钟也没出意外呀。我们急急喊着："顺姬，快吸气！大口吸气！"

没有用。她的面色越来越紫，眼神已开始朦胧。我急忙跑到密封门前，用力拍着："快开门！快开门！顺姬要死啦！若博妈妈，快开门！"索朗已经把顺姬抱到门边。索朗丹增是伙伴中最能适应外边空气的，若博妈妈说这是因为遗传，他的血液携氧能力比别人强。他把顺姬举到门边，可是那边没有动静。若博妈妈像石像一样立在门内，不知道她是否听到了我们的喊声。我们喊着，哭着，忽然，一股臭气冲出来，是顺姬的大小便失禁了。她的身体慢慢变冷，一双眼睛仍然圆睁着。

门还是没有开。

伙伴们立在顺姬的尸体旁垂泪，没人哭出声。我们已经知道，妈妈不会来抚慰我们。顺姬死了，不是在游戏中被杀死，是真的死了，再也不能活转。天房通体透明，充溢着明亮温暖的红光，衬着这红色的背景，墙壁那边的若博妈妈一动不动。天房，家，若博妈妈，这些字眼从懂事起就种在我们心里，是那样亲切。可是今天它们一下子变得冰冷坚硬，冷酷无情。我忍着泪说：

"她不会开门的，走吧，到森林里去吧。"这时我忽然发现：我们出来已经很久，绝对超过15分钟，可是，只顾忙着抢救顺姬和为她悲伤，几乎忘了现在呼吸着外面的空气。我欣喜地喊："你们看，15分钟早过去了，咱们再也不会憋死了！"

大家都欣喜地点头。虽然胸口还很闷，头昏，四肢乏力，但至少我们不会像顺姬那样死去了，很可能顺姬是死于心理紧张。确认这一点后，恐惧没那么入骨了。大川良子轻声问我："顺姬怎么办？"

顺姬怎么办？记得若博妈妈说过，对死人的处理要有一套复杂的仪式，仪式完成后把尸体埋掉或者烧掉，这样灵魂才能远离痛苦，飞到一个流淌着奶汁和蜜糖的地方。但我不懂得埋葬死人的仪式，也不想把顺姬烧掉，那会使她疼痛的。我想了想，说：

"用树叶把她埋掉吧。"

生命之歌

我取下顺姬的猎袋，挎在肩上，吩咐伙伴砍下很多枝叶，把尸体盖得严严实实。然后我们离开这儿，向森林中走去。

大叶树和蛇藤互相缠绕，森林里十分拥挤和黑暗，几乎没法走动。我们用匕首边砍边走。我怕伙伴们走失，就喊来乔治、索朗、萨布里、娜塔莎和优素福，我说咱们还按玩游戏那样分成六队吧，每队10个人，咱们六人是队长，要随时招呼自己的手下，莫要走失。几个人爽快地答应了。我不放心，又特意交代：

"现在不是玩游戏，知道吗？不是玩游戏！谁在森林中丢失就会死去，再也活不过来了！"

大伙儿看看我，眼神中是驱不散的惧意。只有索朗和乔治不大在乎，他们大声说："知道了，不是玩游戏！"

当天我们在森林里走了大约100步。太阳快落了，我们砍出一片小空场，又砍来枝叶铺在地下。红月亮开始升起来，这是每天吃饭的时刻，大家从猎袋中掏出圆圆的玛纳。我舍不得吃，我知道今后的六天中不会有玛纳了。犹豫一会儿，我用匕首把玛纳分成三份，吃掉一份，其余小心地装回猎袋。这一块玛纳太小了，吃完后更是勾起我的饥火，真想把剩下的两块一口吞掉。不过，我终于战胜了它的诱惑。我的手下也都学我把玛纳分成三份，可是我见三人没忍住，又悄悄把剩下的两块吃了。我叹口气，没有管他们。

这是我们第一次在天房之外过夜。在天房里睡觉时，我们知道天房在护着我们，为我们遮挡雨水，为我们提供充足的空气，还有人给我们制造玛纳。可是，忽然之间，这些依靠全没了。尽管很疲乏，还是惴惴的睡不着，越睡不着越觉得肚里饿。索朗忽然触触我："你看！"

借着从树叶缝隙中透出来的月光，我看见十几条双口蛇分布在周围。白天，当我们闹腾着砍树开路时，它们都惊跑了，现在又好奇地聚过来。它们把两只嘴巴吸附在地上，身子弯成弧形，安静地听着宿营地的动静。索朗小声说："明天捉双口蛇吃吧，我曾吃过一条小蛇崽，肉发苦，不过也能吃。"

我问："能逮住吗？双口蛇没眼睛，可耳朵很灵。还有它们的大嘴巴和利牙，咬一口可不得了。"索朗自信地说："没事，想想办法，一定能逮住。"身边有窸窣的声音，是孔茨醒了，仰起头惊叫道："这么多双口蛇！英子姐，你看！"双口蛇受惊，四散逃走，身体一屈一拱，一屈一拱，很快消失在密林中。

天亮了，阳光透过茂密的枝叶射下来，变得十分微弱。林中阴冷潮湿，伙伴们个个缩紧身体，挤成一团。索朗丹增紧靠着我的脊背，一只手臂还搭在我的身上。我挪开他的手臂，坐起身。顺着昨天开出的路，我看见天房，那儿，早晨的阳光充满密封的空间，透明的墙壁和屋顶闪着红光。我呆呆地望着，忘了对若博妈妈的恼怒，巴不得马上回到她身边。

但我知道，不到七天，她是不会为我们开门的，哪怕我们全死在门外。想到这里，我不由怨恨起来。

我喊醒乔治他们，说："今天得赶紧找食物，好多人已经把玛纳吃光了，还有六天呢。我和娜塔莎领两队去采果实，乔治、索朗你们带四个队去捉双口蛇，如果能捉住一条，够我们吃三四天的。"大伙儿同意我的安排，分头出发。

森林中只有大叶树和蛇藤，枝叶都不能吃，又苦又涩，我尝了几次，忍不住吐起来。它们有果实吗？良子发现，树的半腰挂着一嘟噜一嘟噜的圆球，我让大伙儿等着，向树上爬去。大叶树树干很粗，没法抱住，好在这种树从根部就有分杈，我蹬着树杈，小心地向上爬。稀薄缺氧的空气使我的四肢酥软，每爬一步都要使出很大的力气。我越爬越高，树叶遮住了下面的同伴。斜刺里伸来一枝蛇藤，围着大叶树盘旋上升，我抓住蛇藤喘息一会儿，再往上爬。现在，一串串圆圆的果实悬在我的脸前，我在蛇藤上盘住腿，抽出匕首砍下一串，小心地尝尝。味道也有点发苦，但总的说还能吃。我贪馋地吃了几颗，觉得肚子里的饥火没那么炽烈了。

我喊来伙伴："注意，我要扔大叶果了！"砍下果实，瞅着树叶缝隙扔下去。过一会儿，听见树底下高兴的喊声，他们已尝到大叶果的味道了。一棵大叶树有十几串果实，够我们每人分一串。

生命之歌

我顺着蛇藤往下溜,大口喘息着。有两串大叶果卡在树杈上,我探着身子把它们取下来。伙伴们仰脸看着我。快到树下我实在没力气了,手一松,顺着树干溜下去,结结实实地摔在地上。等我从昏晕中醒来,听见伙伴们焦急地喊:"英子姐,英子姐!英子姐你醒啦。"

我撑起身子,伙伴们团团围住我。我问:"大叶果好吃吗?"大伙儿摇着头:"比玛纳差远啦,不过总算能吃吧。"我说:"快去采摘,乔治他们不一定能捉到双口蛇呢。"

到下午,每人的猎袋都塞满了。我带伙伴选一块稀疏干燥的地方,砍来枝叶铺出一个窝铺,然后让孔茨去喊其他队回来。孔茨爬到一棵大树上,用匕首拍着树干,高声吆喝:

"伙伴——回来哟——玛纳——备好喽——"

过了半个小时,那几队从密林中钻出来,个个疲惫不堪,垂头丧气,手里空空的。我知道他们今天失败了,怕他们难过,忙笑着迎过去。乔治烦闷地说,没一点儿收获,双口蛇太机警,稍有动静它们就逃得不见影。他们转了一天,只围住一条双口蛇,但在最后当口又让它逃跑了。索朗骂着:"这些瞎眼的东西,比明眼人还鬼灵呢。"

我安慰他们:"不要紧,我们采了好多大叶果,足够你们吃啦。"孔茨把大叶果分成40份,每人一份。乔治、索朗他们都饿坏了,大口大口地吃着。我仰着头想心事,刚才乔治讲双口蛇这么机灵,勾起我的担心。等他们吃完,我把乔治和索朗叫到一边,小声问:"你们还看到别的什么野兽吗?"他们说:"没看见,英子姐你在担心什么?"我说:

"是我瞎猜呗。我想双口蛇这么警惕,大概它们有危险的敌人。"两人的脸色也变了,"不管怎么样,以后咱们得更加小心。"

大家都乏透了,早早睡下。不过一直睡不安稳,胸口像压着大石头,骨头缝里又困又疼。我梦见朴顺姬来了,用力把我推醒,恐惧地指着外边,喉咙里嘶声响着,却喊不出来。远处的黑暗中有双绿荧荧的眼睛,在悄悄逼近——我猛然坐起身,梦境散了,朴顺姬和绿眼睛都消失了。

我想起可怜的顺姬,泪水不由涌出来。

身边有动静，是乔治，他也没睡着，枕着双臂想心事。我说，"乔治，我刚才梦见了顺姬。"乔治闷声说："英子姐，你不该护着若博妈妈，真该把她……"我苦笑着说：

"我不是护她。你能降住她吗？即使你能降住她，你能管理天房吗？能管理那个'生态封闭循环系统'吗？能为伙伴们制造玛纳吗？"

乔治低下头，不吭声了。

"再说，我也不相信若博妈妈是在害我们。她把咱们60个人养大，多不容易呀，干吗要害咱们呢。她是想让咱们早点通过生存实验，早点回家。"

乔治肯定不服气，不过没有反驳。但我忽然想起顺姬窒息而死时透明墙内若博妈妈那冷冰冰的身影，不禁打一个寒战。即使为了逼我们早点通过生存实验，她也不该这么冷酷啊。也许……我赶紧驱走这个想法，问乔治：

"乔治，你想早点回'故土'吗？那儿一定非常美好，天上有鸟，地上有汽车，有电视，有长着大乳房的妈妈，还有不长乳房可同样亲我们的爸爸。有高高的松树，有鲜艳的花，有各种各样的玛纳……而且没有天房的禁锢，可以到处跑到处玩。我真想早点回家！"

索朗、良子他们都醒了，向往地听着我的话。乔治刻薄地说："全是屁话，那是若博妈妈哄我们的。我根本不信有这么好的地方。"

我知道乔治心里烦，故意使蹩劲，便笑笑说："你不信，我信。睡吧，也许10天后我们就能通过生存实验，真正的爸妈就会来接咱们。那该多美呀。"

第二天，我们照样分头去采大叶果和捉双口蛇。晚上乔治他们回来后比昨天更疲惫，更丧气。他们发疯般地跑了一天，很多人身上都挂着血痕，可是依然两手空空。好强的乔治简直没脸吃他的那份大叶果，脸色阴沉，眼中喷着怒火，他的手下都胆怯地躲着他。我心中十分担心，如果捉不到双口蛇，单单大叶果的营养毕竟有限，常常吃完就饿，老拉稀。谁知道妈妈的生存实验要延续多少轮？59个人的口粮啊。不过我把担心藏到心底，高高兴兴地说：

"快吃吧，说不定明天就能吃到烤蛇肉了！"

第三天仍然扑空，第四天我决定跟乔治他们一块儿行动。很幸运，我们

生命之歌

很快捉到一条双口蛇，但我没想到搏斗是那样惨烈。

我们把四队人马撒成大网，朝一个预定的地方慢慢包抄。常常瞥见一条双口蛇在枝叶缝隙里一闪，迅即消失了。不过不要紧，索朗他们在另外几个方向等着呢。我们不停地敲打树干，也听到另外三个方向高亢的敲击声。包围圈慢慢缩小，忽然听到了剧烈的扑通扑通声，夹杂着吱吱的尖叫。叫声十分刺耳，让人头皮发麻。乔治看看我，加快行进速度。他拨开前面的树叶，忽然呆住了。

前边一个小空场里有一条巨大的双口蛇，身体有人腰那么粗，有三四个人那么长，我们从没见过这么大的双口蛇。但这会儿它正在垂死挣扎，身上到处是伤口，流着暗蓝色的血液。它疯狂地摆动着两个脑袋，动作敏捷地向外逃跑，可是每次都被一个更快的黑影截回来。我们看清那个黑影，那是只——老鼠！当然不是天房内的小老鼠，它的身体比我们还大，尖嘴，粗硬的胡须，一双圆眼睛闪着阴冷的光。虽然它这么巨大，但它的相貌分明是老鼠，这没有任何疑问。也许是几年前从天房里跑出来的老鼠长大了？这不奇怪，有这么多双口蛇供它吃，还能不长大吗？

巨鼠也看到我们，但根本不屑理会，仍旧蹲伏在那儿，守着双口蛇逃跑的路。双口蛇只要向外一窜，它马上以更快的速度扑上去，在蛇身上撕下一块肉，再退回原处，一边等待一边慢条斯理地咀嚼。它的速度、力量和狡猾都远远高于双口蛇，所以双口蛇根本没有逃生的机会。乔治紧张地对我低声说："咱们把巨鼠赶走，把蛇抢过来，行不？够咱们吃四天啦。"

我担心地望望阴险强悍的巨鼠，小声说："打得过它吗？"乔治说："我们40个人呢，一定打得过！"双口蛇终于耗尽了力气，瘫在地上抽搐着，巨鼠踱过去，开始享用它的美餐。它是那么傲慢，根本不把四周的人群放在眼里。

三个方向的敲击声越来越近，索朗他们都露出头，是进攻的时候了。这时，一件意外的小事促使我们下了决心。一只小老鼠这时溜过来，东嗅嗅西嗅嗅，看来是想分点食物。这是只普通的老鼠，也许就是三天前才从天房里逃出的那只。但巨鼠一点不怜惜同类，闪电般扑过来，一口咬住小老鼠，咔咔嚓嚓地嚼起来。这种对同类的残忍激怒了乔治，他大声吼道："打呀！打

281

呀！索朗，萨布里，快打呀！"40个人冲过去，团团围住巨鼠，巨鼠的小眼睛里露出一丝胆怯，它放下食物，吱吱怒叫着与我们对抗。忽然它向孔茨扑过去，咬住孔茨的右臂，孔茨惨叫一声，匕首掉在地上。它把孔茨扑倒，敏捷地咬住他的脖子。我尖叫一声，乔治怒吼着扑过去，把匕首扎到巨鼠背上。索朗他们也扑上去，经过一场剧烈的搏斗，巨鼠逃走了，背上还插着那把匕首，血迹淌了一路。

我把孔茨抱到怀里，他的喉咙上有几个深深的牙印，向外淌着鲜血。我用手捂住伤口，哭喊着：孔茨！孔茨！他慢慢睁开无神的眼睛，想向我笑一下，可是牵动了伤口，他又晕过去了。

那条巨大的双口蛇躺在地上，但我一点不快乐。乔治也受伤了，左臂上两排牙印。我们砍下枝叶铺好窝铺，把孔茨抬过去。萨布里他们捡干树枝，索朗带人切割蛇肉。生火费了很大的劲儿，尽管每人都能熟练地使用火镰，但这儿不比天房内，稀薄的空气老是窒息了火舌。不过，火总算生起来了，我们用匕首挑着蛇肉烤熟。也许是因为饿极了，蛇肉虽然有股怪味，但每人都吃得津津有味。

我把最好的一串烤肉送给孔茨，他艰难地咀嚼着，轻声说："不要紧，我很快会好的……我很快会好的，对吗？"

我忍着泪说："对，你很快会好的。"

乔治闷闷地守着孔茨，我知道他心里难过，他没有杀死巨鼠，匕首也让巨鼠带走了。我从猎袋里摸出顺姬的匕首递给他，安慰道："乔治，今天多亏你救了孔茨，又逮住这么大的双口蛇。去，烤肉去吧。"

深夜，孔茨开始发烧，身体像在着火，喃喃地喊着："水，水。"可是我们没有水。大川良子和娜塔莎把剩下的大叶果挤碎，挤出那么一点点汁液，摸索着滴到孔茨嘴里。周围是深深的黑暗，黑得就像世界已经消失，只剩下我们浮在半空中。我们顺着来路向后看，已经太远了，看不到天房，那个总是充盈着红光的温馨的天房。黑夜是那样漫长，我们在黑暗中沉啊沉啊，总沉不到底。

孔茨折腾了一夜，好容易才睡着。我们也疲惫不堪地睡去。

生命之歌

有人叽叽喳喳地说话，把我惊醒。天光已经大亮，红色的阳光透过密林，在我们身上洒下一个个光斑。我赶紧转身去看孔茨，盼望着这一觉之后他会好转。可是没有，他的病更重了，身体烫人，眼睛紧闭，再喊也没有反应。我知道是那只巨鼠把什么细菌传给他了，若博妈妈曾说过，土里、水里和空气里到处都有细菌，谁也看不见，但它能使人得病。乔治也病了，左臂红肿发热，但病情比孔茨轻得多。我默默思索一会儿，对大家说：

"今天是第五天，食物已经够两天吃了，我们开始返回吧。但愿……"

但愿若博妈妈能提前放我们进天房，用她神奇的药片为孔茨和乔治治病。但我知道这是空想，妈妈的话从没有更改过。我把蛇肉分给各人，装在猎袋里，索朗、恰恰、吉布森几个力气大的男孩轮流背孔茨，59人的队伍缓慢地返回。

有了来时开辟的路，回程容易多了。太阳快落时我们赶到密封门前，几个女孩抢先跑过去，用力拍门："若博妈妈，孔茨快死了，乔治也病了，快开门吧。"她们带着哭声喊着，但门内没一点儿声响，连若博的身影也没出现。

小伙伴们跑回来，哭着告诉我："若博妈妈不开门！"我悲哀地注视着大门，连愤怒都没力气了。实际上我早料到这种结果了，但我那时仍抱着万分之一的希望。伙伴们问我怎么办？索朗、萨布里怒气冲冲，更不用说乔治了，他的眼睛冒火，几乎能把密封门烧穿。我疲倦地说：

"在这儿休息吧，收拾好睡觉的窝铺，等到后天早上吧。"

伙伴们恨恨地散开。有了这几天的经验，一切都有条不紊地进行。蛇肉烤好了，但孔茨紧咬嘴唇，再劝也不吃。我想起猎袋里还有两小块玛纳，掏出来放到孔茨嘴边，柔声劝道："吃点吧，这是玛纳呀。"孔茨肯定听见了我的劝告，慢慢张开嘴，我把玛纳掰碎，慢慢塞进他嘴里。他艰难地嚼着，吃了半个玛纳。

我们迎来了日出，又迎来了月出。第七天的凌晨，在太阳出来之前，孔茨咽下最后一口气。他在濒死中喘息时，乔治冲到密封门前，用匕首狠狠地砍着门，暴怒地吼道：

"快开门！你这个魔鬼，快开门！"

透明的密封门十分坚硬,匕首在上面滑来滑去,没留下一点刻痕。我和大川良子赶快跑去,好说歹说把他拉回来。

孔茨咽气了,不再受苦了,现在他的表情十分安详。58个小伙伴都没有睡,默默团坐在尸体周围,我不知道他们的内心是悲伤还是仇恨。当天房的尖顶接受第一缕阳光时,乔治忽然清晰地说:

"我要杀了她。"

我担心地看看门那边——不知道若博妈妈能否听到外边的谈话——小心地说:"可是,她是铁做的身体,她可能不会死。"

乔治带着恶毒的得意说:"她会死,她可不是不死之身。我一直在观察她,知道她怕水,从不敢到湖里,也不敢到天房外淋雨。她每天还要更换能量块,没有能量她就死啦。"

他用锋利的目光盯着我,分明是在询问:"你还要护着她吗?"我叹息着垂下目光。我真不愿相信妈妈在戕害我们,她是为我们好,是逼我们早点通过生存实验……可是,她竟然忍心让朴顺姬和孔茨死在她的眼前,这是无法为她辩解的。我再次叹息着,附在乔治耳边说:

"不许轻举妄动!等我学会控制室的一切,你再……听见了吗?"

乔治高兴了,用力点头。

密封门缓缓打开,咻咻的气流声响起来,听见若博妈妈大声喊:"进来吧,把孔茨的尸体留在外面,用树枝掩埋好。"

原来她确实在天房内观察着孔茨的死亡!就在这一刻,我心中对她的最后一点依恋咔嚓一声断了。我取下孔茨的猎袋,指挥大家掩埋了尸体,然后把恨意咬到牙关后,随大家进门。若博在门口迎接我们,我说:

"妈妈,我没带好大家,死了两个伙伴。不过我们已学会采摘果实和猎取双口蛇。"

妈妈亲切地说:"你们干得不错,不要难过,死人的事是免不了的。乔治,过来,我为你上药。"

乔治微笑着过去,顺从地敷药、吃药,还天真地问:"妈妈,吃了这药,我就不会像孔茨那样死去了,对吧。"

"对,你很快就会痊愈。"

"谢谢你,若博妈妈,要是孔茨昨晚能吃到药片,该多好啊。"

若博妈妈给每人做了身体检查,凡有外伤的都敷上药。晚上分发玛纳时她宣布:"你们在天房里好好休养 3 天,3 天后还要出去锻炼,这次锻炼为期——30 天!"刚刚缓和下来的空气马上凝固了。伙伴们你看看我,我看看你,目光中尽是惧怕和仇恨。乔治天真地问:

"若博妈妈,这次是 30 天,下次是几天?"

"也许是一年。"

"若博妈妈,上次我们出去 60 个人,回来 58 个。你猜猜,下次回来会是几个人?下下次呢?"

谁都能听出他话中的恶毒,但若博妈妈假装没听出来,仍然亲切地说:"你们已基本适应了外面的环境,我希望下次回来还是 58 个人,一个也不少。"

"谢谢你的祝福,若博妈妈。"

吃过玛纳,我们像往常一样玩耍,谁也不提这事。睡觉时,乔治挤到我身边睡下。他没有和我交谈,一直瞪着天房顶之上的星空。红月亮上来了,给我们盖上一层红色的柔光。等别人睡熟后,乔治摸到我的手,掰开,在手心慢慢画着。他画的第一个字母是 K,然后在月光中仰头看我,我点点头表示理解。他又画了第二个字母 I,接着是 LL。KILL!他要把杀死若博的想法付诸行动!他严肃地看着我,等我回答。

我真不知道该怎么办。若博这些天的残忍已激起我强烈的敌意,但她的形象仍保留着过去的一些温暖。她抚养我们一群孩子,给我们制造玛纳,教我们识字,算算术,为我们治病,给我们讲很多地球那边的故事。我不敢想象自己真的会杀她。这不光涉及对她一个人的感情,在我内心深处一直有一个不甚明确的看法:若博妈妈代表着地球那边同我们的联系,她一死,这条纤细的联系就全断了!

乔治看出我的犹豫,生气地在我手心画了一个惊叹号。我知道他决心已定,不会更改,而且他不是一个人,他代表着索朗丹增、萨布里、恰恰、泰森等,甚至还有女孩子们。我心里激烈地斗争着,拉过乔治的手写道:

"等我一天。"

乔治理解了,点点头,翻过身。我们就这样不声不响地看着夜空,想着各自的心事。深夜,我已蒙眬入睡,一只手摸摸索索地把我惊醒。是乔治,他把我的手握到他手心里,然后慢慢凑过来,亲亲我的嘴唇。很奇怪,一团火焰忽然烧遍我的全身,麻酥酥的快感从嘴唇射向大脑。我几乎没有考虑,嘴唇自动凑过去,乔治猛地搂住我,发疯般地亲起来。

在一阵阵快乐的震颤中,我想,也许这就是若博妈妈讲过的男女之爱?也许乔治吻过我以后,我肚子里就会长出一个小孩,而乔治就是他的爸爸?这个想法让我有点胆怯,我努力把乔治从怀中推出去。乔治服从了,翻过身睡觉,但他仍紧紧拉着我的右手。我抽了两次没抽出来,也就由它了。

第二天早上醒来,我的手还在他的掌中。因为有了昨天的初吻,我觉得和乔治更亲密了。我抽出右手,乔治醒了,马上又抓住我的手,在手心中重写了昨天的四个字母:KILL!他在提醒我不要忘了昨晚的许诺。

伙伴们开始分拨玩耍,毕竟是孩子啊,他们要抓紧时间享受今天的乐趣。但我觉得自己长大了,作为大伙儿的头头,一份沉甸甸的责任压在我的身上,这份责任让我大了20岁。

我敲响控制室的门,心中免不了内疚。在60个孩子中,若博妈妈最疼爱我,现在我要利用这份偏爱去刺探她的秘密。妈妈打开门,询问地看看我,我忙说:

"若博妈妈,我想对你谈一件事,不想让别人知道。"

妈妈点点头,让我进屋,把门关上。我很少来控制室,早年来过两三次,已经没有什么印象了。控制室里尽是硬邦邦的东西,很多粗管道通到外边,几台机器蜷伏在地上。后窗开着,有一架单筒望远镜,那是若博妈妈终日不离身的宝贝。这边有一座控制台，嵌着一排排红绿按钮，我扫一眼，最大的三个按钮下写着："空气压力/成分控制""温度控制""玛纳制造"。

怕若博妈妈起疑，我不敢看得太贪婪，忙从那儿收回目光。若博妈妈亲切地看着我——令我痛苦的是，她的亲切里看不出一点虚假——问：

"小英子，有什么事？"

"若博妈妈，有一个想法在我心中很久很久了，早就想找你问问。"

"什么想法？"

"若博妈妈，你常说我们在地球最偏远的地方，可是——这儿真的是在地球上吗？"

若博妈妈注意地看着我："哟，这可是个新想法。你怎么有了这个想法？"

"我看到一些蛛丝马迹，它们一点点加深我的怀疑。比如，天房内外的东西明显不一样，树木啊，草啊，动物啊，空气啊。打开密封门时，空气会哧哧地往外跑，你说是因为天房内的气压比外边高，还说天房内的一切和地球那边是一样的。那么，'地球那边'的气压也比这儿高吗？它们为什么不哧哧地往这边跑？"

"真是新奇的想法。还有吗？"

"还有，你给我们念书时，曾提到'金色的阳光''洁白的月光'，可是，这儿的太阳和月亮都是红色的。为什么？这边和那边不是一个太阳和月亮吗？"

"噢，还有什么？"

"你说过，一个月的长短大致等于从满月经新月到满月的一个循环。可是，根本不是这样！这儿满月到满月只有16天，可是在你的日历上，一个月有30天、31天。若博妈妈，这是为什么？"

我充满期待地看着她。我提出这个问题原本是想转移她的注意力，好乘机开始我的侦察，但现在这个问题真的把我吸引住了。因为，这个疑问本来就埋在心底，当我用语言表达出来后，它变得更加清晰。若博妈妈静静地看着我，很久没有回答，后来她说：

"你真的长大了，能够思考了。但是很遗憾，你提的问题在我的资料库里没有现成答案。等我想想再回答你吧。"

"好吧,"我也转移话题,指着望远镜问,"若博妈妈,你每天看星星,为什么从不给我们讲星星的知识呢?"

"这些知识对你们用处不大。世上知识太多了,我只能讲最有用的。"

我扫视一下四周:"若博妈妈,为什么不教会我用这些机器?这最实用嘛,我能帮你多干点活啦。"

我想,这个大胆的要求肯定会激起她的怀疑,但似乎没有,她叹口气说:"这也是没用的知识,不过,你有兴趣,我就教你吧。"

我绝没想到我的阴谋会这样顺利。若博妈妈用一整天的时间,耐心讲解屋内的一切:如何控制天房内的氧气含量、气压和温度,如何操纵生态循环系统并制造食用的玛纳,如何开启和关闭密封门,如何使用药物……下午她还让我实际操作,制造今天要用的玛纳。其实操作相当简单,在写着"玛纳制造"的那排键盘中,按下启动钮,生态循环系统中净化过的水、二氧化碳和其他成分就会进入制造机,然后一个个圆圆的玛纳从出口滚出来。等到滚出58个,按一下停止钮就行了。我兴奋地说:

"我学会了!妈妈,制造玛纳这么容易,为什么不多造一些呢,为什么让我们那么艰难地出去找食物呢?"

若博笑笑,没回答我的问题,只是说:"今天是你制造的玛纳,你向大伙儿分发吧。"

我站在若博妈妈常站的土台上,向排队经过的伙伴分发玛纳,大伙儿都新奇地看着我,我一边发一边骄傲地说:"是我制造的玛纳,若博妈妈教会我了。"

乔治过来了,我同样告诉他:"我会制造玛纳了。"乔治点点头,重复一遍:"你会制造玛纳了。"

我忽然打一个寒战。我悟到,两人在说同一句话,但这句话的深层含义却不同。晚上,乔治悄悄拉上我,向孤山上爬去。今天月色不好,一路上磕磕碰碰,走得相当艰难。终于到了,他领我走进山腰一个山洞,阴影中已经有五六个伙伴，我贴近他们的脸，辨认出是索朗、萨布里、恰恰、娜塔莎和良子。我的心开始往下沉，知道这次秘密会议意味着什么。

乔治沉声说："我们的计划应该实施了，英子姐已经学会制造玛纳，学会控制天房内的空气循环系统。该动手了，要不，等若博再把我们赶出去30天，说不定会有一半人死在外边。"

大家都看着我，他们一向喜欢我，把我看作他们的头头。现在我才知道，这副担子对一个10岁的孩子来说太重了。我难过地说："乔治，难道没有别的路可走吗？今天若博妈妈把所有控制方法都教给我了，一点也没有疑心。如果她怀着恶意，她会这样干吗？"

良子也难过地说："我也不忍心。若博妈妈把我们带大，给我们讲地球那边的故事……"

恰恰愤怒地说："你忘了朴顺姬和孔茨是怎么死的！"

索朗丹增也说："我实在不能忍受了！"

乔治倒比他们镇静，摆摆手制住他们，问我："英子姐，你说怎么办？你能劝动若博妈妈，不再赶咱们出去吗？"

我犹豫着，想到朴顺姬和孔茨濒死时若博的无情，知道自己很难劝动她。想起这些，我心中的仇恨也烧旺了。我咬着牙说："好吧，再等我一天，如果明天我劝不动她，你们就……"

乔治一拳砸在石壁上："好，就这么定了！"

第二天，没等我去找若博妈妈，她就把我喊去了。她说："既然你已经开始学，那就趁这两天学透吧，也许有用呢。"她耐心地又从头教一遍，让我逐项试着操作。但我却有点心不在焉，盘算着如何劝动妈妈。我知道没有退路了，今天如果劝不动妈妈，一场血腥的屠杀就在面前，或者是若博死，或者是乔治他们。

下午，若博妈妈说："行了，你已经全部掌握，可以出去玩了。小英子，你是个好孩子，比所有人都知道操心，你会成为一个好头人的。"我趁机说："若博妈妈，不要赶我们出去，好吗？至少不要让我们出去那么长时间，顺姬和孔茨死了，不知道下回轮着谁。天房里有充足的空气，有充足的玛纳。生存实验得慢慢来，行吗？"

妈妈平静地说："不，生存实验一定要加快进行。"

她的话非常决绝，没有任何回旋余地。我望着她，泪水一下子盈满眼眶。"妈妈，从你说出这句话后，我们就成为敌人了！"若博妈妈似乎没看见我的眼泪，淡然说："这件事不要再提，出去玩吧，去吧。"我沉默着，勉强离开她。忽然吉布森飞快地跑来，很远就喊着：

"若博妈妈，快，乔治和索朗用匕首打架，是真的用刀。有人已受伤了！"

若博妈妈急忙向那边跑去，我跟在后边。湖边乱糟糟的，几乎所有孩子都在这儿，人群中，索朗和乔治都握着出鞘的匕首，恶狠狠地挥舞着，脸上和身上血迹斑斑。若博妈妈解下腰间的电鞭，怒吼着："停下！停下！"挥舞着电鞭冲过去。人群立即散开，等她走过去，人群又飞快地在她身后合拢。

我忽然从战场中闻到一种诡异的气氛，扭过头，见吉布森得意而诡异地笑着。一刹那间我明白了，我想大声喊："若博妈妈快回来，他们要杀死你！"可是，想起我对大伙儿的承诺，想想妈妈的残忍，我把这句话咽到肚里。

那边，乔治忽然吹响尖利的口哨，后边合围的人群轰然一声，向若博妈妈拥过去。前边的人群应声闪开，露出后面的湖面。若博停脚不及，被人群推到湖中，扑通一声，水花四溅，她的钢铁身体很快沉入清澈的水中。

我走过去，扒开人群，乔治、索朗他们正充满戒备地望着湖底，看见我，默默地让开。我看见若博妈妈躺在水底，一道道小火花在身上闪烁，眼睛惊异地睁着，一动也不动。我闷声说：

"你们为什么不等我的通知？——不过，不说这些了。"

乔治冷冷问："你劝动她了吗？"我摇摇头，乔治冷笑道，"我没有等你，我早料到结果啦。"

很长时间，我们就这么呆呆地望着湖底，体味着如释重负的感觉——当然也有隐约的负罪感。索朗问我："你学会全部操作了吗？"我点点头。"好，再也不用出去受苦了！"

吉布森问:"现在该咋办?我看得选一个头人。"

索朗、萨布里和良子都同声说:"英子姐!英子姐是咱们的头人。"但恰恰和吉布森反驳道:"选乔治!乔治领咱们除掉了若博。"

乔治两眼灼灼地望着我,看来他想当首领。我疲倦地说:"选乔治当头人吧,我累了,早就觉得这副担子太重了。"

乔治一点没推辞:"好,以后干什么我都会和英子姐商量的。英子姐,明天的生存实验取消,行吗?"

"好吧。"

"现在请你去制造今天的玛纳,好吗?"

"好的。"

"从今天起每人每天做两个,好吗?"

我没有回答。让伙伴每天多吃一个玛纳,这算不了什么,但我本能地感到这中间有某种东西——乔治想用这种办法树立自己的权威。不过,我不必回答了,因为水里忽然呼啦一声,若博妈妈满面怒容地立起来,体内噼噼啪啪地响着火花,动作也不稳,但她还是轻而易举地跨到乔治面前,卡住喉咙把他举起来。人们都吓傻了,索朗、恰恰几个人扑过去想救乔治,若博电鞭一挥,几个人全倒在地上抽搐着。乔治抱住妈妈的手臂,用力踢蹬着,面色越来越紫,眼珠开始暴突出来。我没有犹豫,急步跑过去扯住妈妈的手臂,悲切地喊:

"若博妈妈!"

妈妈看看我,怒容慢慢消融,眼睛里有说不清道不明的东西。最终,她痛苦地叹息一声,把乔治扔到地上。乔治用手护着喉咙,剧烈地咳嗽着,脸色渐渐复原。索朗几个爬起来,虚势以待,又惧又怒地瞪着妈妈。妈妈悲怆地呆立着,身上的水在脚下汪成一堆。然后她头也不回地走出人群,向控制室方向走去。走前她冰冷地说:

"小英子过来。"

乔治他们疑虑地看着我,我知道,我们之间的信任已经有裂缝了。我该怎么办？在势如水火的妈妈和乔治他们之间，我该怎么办？我想了想，走到乔治身边，轻轻抚摸他受伤的喉咙，低声说："相信我，等我回来。好吗？"

乔治的喉咙还没办法讲话，他咳着，向我点点头。

我紧赶几步，扶住步态不稳的若博妈妈。我无法排解内疚，因为我也是谋害她的同谋；但我又觉得，乔治对她的反抗是正当的。妈妈的身体越来越重，进了控制室，她马上顺墙溜下去，坐在地上。她摇摇手指，示意我关上门，让我坐在她旁边。

我不敢直视她。我怕她追问："你事先知道他们的密谋，对吗？你这两天来学习控制室的操作，就是为杀死我做准备，对吗？"但若博妈妈什么也没问，喘息一会儿，平静地说：

"我的职责到头了。"

"我的职责到头了。"她重复着，"现在我要对你交代一些后事，你要一件件记清。"

我言不由衷地安慰她："你不会死，你很快会好的。"

她怒冲冲地说："不要说闲话！听好，我要交代了。你要记住，记牢，30年50年都不能忘记。"

我用力点头，虽然心里免不了疑惑。妈妈开始说："第一件事，这里确实不是地球。"

虽然这正是我的猜想，但乍一听到她的确认，我仍然十分震惊："不是地球？这儿是什么地方？"

"不知道。我每天都在看星图，想利用资料库中的天文资料确认所处的星系。但是不行，这儿与资料库中任何星系都对不上号。所以，这个星球离地球一定很远很远。它的环境倒是与地球很接近，公转、自转、卫星、大气、绿色植物等，这种机遇非常难得。我估计，它与地球至少相距一亿光年。"

我无法想象一亿光年是多么巨大的数字，但我知道那一定非常远非常远，地球的父母们永远不会来看我们了。此前虽然他们从未露面，但一直是我们的心理依靠，若博妈妈这番话把这点希望彻底割断。

"第二件事，我一直扮演着全知全晓的妈妈，其实我什么都不知道。我几

生命之歌

乎和你们同时醒来,醒来时,63个孩子躺在天房里,每人身上挂着名字和出生时刻。我不知道你们,和我自己,是从哪里来的,是谁送来的,我只能按信息库的内容去猜测。信息库是以地球为模式建立的,设定时间是公元1990年4月1日。我的设定任务是照顾你们,让你们在一代人的时间中通过生存实验,在这个星球生存繁衍。这些年,我一直在履行这项设定的任务。"

我悲哀地看着她,第二个心理依靠又被无情地割断。原来,我心目中全知全晓的妈妈只是一个低级机器人,知识和功能都很有限。我阴郁地问:"是地球上的父母把我们抛弃到这儿的?"

她摇摇头:"不大像。在我的资料库中,地球还不能制造跨星系飞船,不能跨越这么远的宇宙空间。很可能是……"

"是谁?"

若博妈妈改变了主意:"不知道,你们自己慢慢猜测吧。"

我的心中越来越凉,血液结成冰,冰在咔咔嚓嚓地碎裂。我们是一群无根的孩子,父母可能在一亿光年外,甚至可能已经灭绝。现在,只有58个10岁的孩子被孤零零地扔在一个不知名的行星上,照顾他们的是一个什么都不知道的机器人妈妈——连她也可能活不长了。这些事实太可怕了,就像一座慢慢向你倒过来的大山,很慢很慢——可是你又逃不掉。我哭着喊:

"妈妈你不要说了,妈妈你不会死的!"

她厉声说:"听着!我还没有说完。知道为什么逼你们到天房外面去吗?不久前我检查系统时发现,天房的能量马上就要枯竭了,只能维持不到10天了。为什么——我不知道。资料库中设定的天房运转年限是60年,那样,我可以用一生的时间来训练你们,逐步熟悉外边。可是……我真的不知道为什么会这样!"她沉痛地说,"这些天我一直在尽力检查,但找不到原因。你知道,我只是一个粗通各种操作的保姆。"

我悲伤地看着妈妈,原来妈妈的残忍是为了我们啊。事态这样紧急,她知道只有彻底斩断后路,我们才能没有依恋地向前走。"妈妈,我们错怪你了,你为什么不早点告诉我们呢。"我握着妈妈冰凉的手,泪水汹涌地流着。

妈妈平静地说:"我的职责已经到头了,本来还能让你们再回来休整一次，再给你们做三天的玛纳。现在……天房内的运转很快就要关闭，小英子，忘掉这儿，领着他们出去闯吧。"

"妈妈，我们要和你在一起！我们带你一块儿出去！"

妈妈苦笑了："不行，妈妈吃的是电能，在这个蛮荒星球上找不到电能……去吧，这些年我一直在观察你，你心眼好，有威信，会成为一个好头人，只是，在必要时也得使出霹雳手段。把我的电鞭拿去吧。"

她解下电鞭交给我。我知道已没有退路，啜泣着接过电鞭，缠在腰里。若博妈妈满意地闭上眼。过一会，她睁开眼说："还有几句话也要记住，作为部落必须遵守的戒律吧。"

"我一定记住，说吧。"

"不要忘了我教你们的算术和文字，找一个人把部落里该记的事随时记下来。"她补充道，"天房里还有不少纸笔，够你们使用三五十年了。至于以后……你们再想办法吧。"

"我记住了。"

"等你们到15岁就要生孩子，多生孩子。"

我迟疑着没有回答。"若博妈妈，怎样才能生孩子？就在昨天乔治吻了我，吻时我感到身体内有一种非常奇妙的感觉。这样就能把孩子生下来吗？"

"不，吻一吻不会怀孕。至于怎样才能生孩子，再过两年你们自然会知道。好了，该说的话我说完了。我独自工作10年，累了。你走吧。"

我含泪退出去，若博妈妈忽然睁开眼，补充一句："电鞭的能量有限，所以——每天拎着，但不要轻易使用。"

她又闭上眼。

我退出控制室，怒火在胸中膨胀。若博妈妈说不要轻易使用电鞭，但我今天要大开杀戒。伙伴们都聚在控制室周围，茫然地等待着。他们不知道若博妈妈会怎样惩罚他们，不知道他们的英子姐会站在哪一边。当他们看到我手中的电鞭时，目光似乎同时变暗了。我走到人群前，恶狠狠地吼道：

"凡领头参与今天密谋的，给我站出来！"

生命之歌

惊慌和沉默。少顷，乔治、索朗、恰恰和吉布森勇敢地走出来，脸上挂着冷笑，挂着蔑视。剩下的人提心吊胆地看着电鞭，但他们的感情分明站在乔治一边。我没有解释，对索朗、恰恰和吉布森每人抽了一鞭，他们倒在地上，痛苦地抽搐着，但没有求饶。我拎着电鞭向乔治走来，此刻乔治目光中的恶毒和仇恨是那样炽烈，似乎一个火星就能点着。我闷声不响地扬起鞭子，一鞭，两鞭，三鞭……五鞭。乔治在地上打滚，抽搐，喉咙里发出非人的声音。伙伴们都闭上眼，不敢看他的惨状。

我住手了，喊："大川良子，过来！"良子惊慌地走出队列，我把电鞭交给她，命令道："抽我！也是五鞭！"

"不，不……"良子摆着手，惊慌地后退。我厉声说："快！"

我的面容一定非常可怕，良子不敢违抗，胆怯地接过电鞭。我永远忘不了电鞭触身时的痛苦，浑身的筋脉都皱成一团，千万根钢针扎着每一处肌肉和骨髓。良子恐惧地瞪大眼睛，不敢再抽，我咬着牙喊："快抽！这是我应得的，谁让我们谋害若博妈妈呢。"

五鞭抽完了。娜塔莎和良子哭着把我扶起来。乔治他们也都坐起来，目光中不再是仇恨，而是迷惑和胆怯。我叹口气，放软声音，悲愤地说：

"都过来吧，都过来，我把若博妈妈告诉我的话全都转告给你们。我们都是瞎眼的混蛋！"

两小时后，我、乔治、索朗、萨布里和娜塔莎走进控制室，跪在若博妈妈面前，其他人跪在门外。若博妈妈闭着眼，一动也不动。我们轻声唤她，但她没一点反应。也许她不想再理我们，自己关闭了生命开关；也许她的身体已经被进水彻底损坏，失去生命。不管怎样，我还是伏在她耳边轻声诉说：

"若博妈妈，我们都长大了，再也不会干让你痛心的事。我们已经商定马上离开这里，把这儿剩余的能量全留给你用。这样，也许你还能坚持几年。等能量全部耗尽后，请你睡吧，安心地睡吧。我们会常来看你，告诉你部落的情况。也许有一天我们会发现制造能量的办法，那时你将得到重生。妈妈，再见。"

若博妈妈没有动静。

我们最后一次向她行礼,悄悄退出去。我留在最后,按若博妈妈教我的办法关闭了天房所有的能源。两个小时后,我们赶到密封门处,用人力打开。等58个人都走出来,又用人力把它复原。其实这没有什么用处,天房的生态封闭循环关闭后,要不了多久,里面的节节草、地皮松、白条儿鱼和小老鼠都会死亡,这儿会成为一个豪华安静的坟墓。

我们留恋地望着我们的天房。正是傍晚,红太阳和红月亮在天上相会,共同照射着晶莹透明的房顶,使它充盈着温馨的金红。我们要离开了,但我们知道,它永远是我们心里的家。

我带着伙伴复诵若博妈妈留下的训诫:

"永远不要丢失匕首和火镰。"

"永远不要丢失匕首和火镰。"

"永远记住算数的方法和记载历史的文字。"

"永远记住算数的方法和记载历史的文字。"

"多生孩子。"

"多生孩子。"

第四条是我加的:"每人一生中回天房一次,朝拜若博妈妈。"

"每人一生中回天房一次,朝拜若博妈妈。"

我走近乔治,微笑道:"算术和文字的事就托付给你啦。"乔治背着一捆纸张和笔,简短地说:

"我会尽责,并把这个责任一代代传下去。"

我亲亲他:"等咱们够15岁时,我要和你生下部落的第一个孩子。"又对索朗说,"和你生下第二个。你们还有要说的吗?"

"没有了。我们听你的吩咐,尊敬的头人。"

"那好,出发吧。"

一行人向密林走去,向不可知的未来走去,把若博妈妈一个人留在寂静的天房里。

活　着

一、楚哈勃的叙述

我的童年曾浸泡在快乐中。妈妈温暖柔软的乳房，梦中外婆喃喃的呢语，去河边玩耍时爸爸宽厚的肩膀，幼儿园特别疼我的阿姨，家中调皮可爱的小猫崽……我一天到晚笑声不断，外婆说："这小崽子！整天乐哈哈的，小名就叫乐乐吧。"

但温馨的童年记忆很快被斩断，代之以匆匆的旅途和嘈杂的医院。五岁之后我走路常常跌倒，玩耍时总是追不上小伙伴。妈妈，有时是爸爸，带我走遍了全国的著名医院。我习惯了藏在妈妈身后，胆怯地仰视那些高大的白色神灵，而神灵们俯瞰我的眼神总是带着怜悯，带着见惯不惊的漠然。每次医生给出诊断结果前，妈妈总是找借口让我出去，于是我独自蜷缩在走道里那种嵌在墙上的折叠椅中，猜着屋里在说些什么，模糊的恐惧在幼小的心灵中逐渐滋生，越来越坚韧……

后来爸爸从我的生活中突然消失了，我问妈妈，爸爸到哪儿去了？妈妈不回答，妈妈一听我问就哗哗地流泪。后来我再也不敢问这个问题了。

直到我七八岁时才遇到一个救星医生。他的小诊所又脏又乱，白大褂皱巴巴的，但他很有把握地说："这病我能治，包你除根儿！就是娃儿得受罪，只能以毒攻毒啊。药价也不便宜。"以后的三年里，我们一直用他的祖传药方治病，把一种很毒的药液涂满全身，皮肤和关节都溃烂了，以致一说涂药我就浑身打战，涂药前妈妈不得不把我的手脚捆到床上。妈妈哭着说："乐乐你忍忍，乐乐你一定要忍住！这是为你治病啊。"我是个很听话很勇敢的孩子，真的咬牙忍着，一年，两年，三年。到最后一年，我已经不是为自己的性命来忍受了，而纯粹是为了安慰妈妈。苦难让我早熟了，懂事了。那时妈妈只有三十六七岁，但已经憔悴得像五十多岁的老妇人。我不忍心毁了她最后的希望。

但这个药方毫无效用。三年后再去找那位神医，那家诊所已经被卫生局和工商局查封了。那天晚上，我们住在一家阴暗潮湿的地下室旅馆里，半夜我被啜泣声弄醒。妈妈趴在我床边，哭得直噎气，断断续续地低声发誓："乐乐，妈一定得坚持下去，卖肾卖眼也得坚持下去，我绝不让娃儿死在妈的前头！"

这个场景在我的童年记忆中非常清晰，一直保持着令人痛楚的锋利。那时我刚刚十岁吧，但已经能敏锐地注意到妈的用词：她说"妈一定坚持下去"，而不是说"妈一定救活你"；她说"绝不能让娃儿死在妈的前头"，而不是说"一定让娃儿活下去"。显然她打心底里已经绝望了。最后一句话特别不祥，也许妈打算在完全绝望时带上我一块儿自杀。

记不清那一刻我是如何想的，反正我模糊觉得，决不能让妈知道我醒了。我翻个身装睡，泪水止不住往外涌。妈可能意识到我醒了，立即截断啜泣声，悄悄回到她的床上。第二天我们都没有提昨晚的事，妈把我一个人留在旅馆里，出去跑了两天。后来我才知道，她真的去联系卖器官，卖一个肾、一只眼睛或半个肝，那时她实在是弹尽粮绝了。

幸运的是她没有卖成。媒体报道了我们的遭遇，后来，妈一生都称马先生、我后来喊干爹的那个人出现了。干爹一出现就明明白白告诉我："乐乐你得了治不好的绝症！"其实我早就意识到这一点了，我想妈妈也知道我猜到了，但我们一直互相瞒着。只有干爹一下子捅破了这层窗户纸，下手之果断近乎残忍。

但这个决定彻底改变了我的后半生，还有妈的后半生，也许还有干爹的后半生。

妈妈应马先生的邀请，带上我千里迢迢赶到他家。就是这儿，八百里伏牛山的主峰，脚下不远处有一个著名的景点宝天曼，是一片袖珍型原始森林，修有高质量的柏油盘山路。然后是几千米勉强能通车的石子路，再后是几千米崎岖陡峭的山路。我那时走路已经是典型的"鸭步"了，最后几千米难坏了我和妈。所以，等我俩精疲力竭地赶到马家，见到安着一双假腿的马先生时，首先想到的就是他该如何上下山。我悄悄地想：也许他是被七八个人抬上来的，一打上了山，就压根儿没打算再下山吧。

吃了午饭，原来的保姆与妈妈做了交接就下山了。马先生让我先到院里玩儿，他和妈有事商量。我立刻喜欢上了这儿。天蓝得透明，空气非常清新。院子之外紧傍着参天古树，鸟鸣啾啾，松鼠在枝间探着脑袋。后院的竹篱临着百丈绝壁，山风从山谷里翻卷上来，送来阵阵松涛。院子东边是石壁，石缝里有一道很细的山泉，在地上汇出一汪浅浅的清水。向上看，接近山尖的地方，一处裸露的石坎上有一幢精致的白色建筑，球形圆顶，上面有一道贯通的黑色缝隙。有一条台阶路与这边相连。后来我知道，那是干爹自己花钱建造的小型天文台。他年轻时在北大学的天文物理，后来在北京搞实业，做到一家高科技公司的老总，家产上亿。不幸在一场车祸中失去了妻儿和自己的双腿。康复后他把家产大部分捐给天文台，换来一台淘汰的40英寸天文望远镜，到这儿隐居下来。在这样高的山上建天文台自然不容易，但这儿远离城市，没有灯光污染，便于天文观测。

干爹吃了妈妈做的第一顿晚饭，拐着腿领我们到后院，让我们在石桌旁坐下来。我意识到将面临一个重要的谈话，因为妈妈显然非常紧张，目光不敢与我接触。后来我知道，经过干爹的反复劝说后她勉强同意把病因坦白告诉我，又非常担心我承受不住。干爹笑着用目光再次鼓励她，温和地对我说：

"乐乐，你已经十岁了，算得上小大人了，一定有勇气听我说出所有真相。对不对？"

那时我其实很矛盾，又怕知道病的真相，又盼着知道。我说："对，我有勇气。你说吧。"

但干爹开始时并没有谈及我的病，反倒把话头扯得很远："乐乐我告诉你，任何人一生下来，都会陷入一个逃不脱的监牢。啥监牢？寿命的监牢，死亡的监牢。每个人都要死，不管他是皇帝还是总统，是佛祖还是老子。不论是古人的法术还是现代的科技，都无法让人长生不死。人的寿命有长有短，几年,几十年,一百多年,也许明天的科学能让人活一千年,甚至一万年,但终归是要死的。不光人,所有生灵也一样。只要有生就必然有死,这是老天爷定下的最硬的铁律。甚至不光是生灵,连咱们的太阳和地球,连银河系,连整个宇宙,最终都会死亡。"

那是我第一次听说宇宙也会死,吃惊地问:"宇宙也会死?"

妈也问了一句,"马先生,你是不是说——天会塌下来?"

"当然。自从美国天文学家哈勃发现宇宙膨胀后,永恒的宇宙就结束了,只不过这个天究竟如何'塌下来',科学界还没有定论。"他叹口气,"你们不妨想想,既然人生下来注定会死,连人类和宇宙也注定会灭亡,那人们再苦苦巴巴活一辈子,有什么意思?确实没有意思,你多活一天,就是往坟墓多走一步。所以,世上有一个最聪明的民族就彻底看开了,不愿在世上受难。这个民族的孩子只要一生下来,爹妈就亲手把他掐死。这才是聪明的做法,我非常佩服他们。"

这几句话太匪夷所思,我和妈妈吃惊地瞪圆眼睛。不过我马上在干爹唇边发现了隐藏的笑意,就得意地大声嚷起来:

"你骗人!世上没有这样傻的爹妈!再说,要是这样做,那个民族早就绝种啦!"

"真的?"

"当然是真的!"

"哈哈,这就对了!"干爹放声大笑。以后我和妈经常听到他极富感染力的大笑。听着这样的笑声,不管你有什么忧伤都会被赶跑。干爹郑重地说,"既然你俩都明白这个理儿,干吗还要我费口舌哩。这个理儿就是:虽然人生逃不了一死,还是得活着,要活得高高兴兴,快快乐乐,有滋有味,不枉来这世上一遭,否则就是天下第一大傻蛋。你们说对不对?"

我用力点头,"对。"

"现在该说到你了,楚乐乐。你比别人不幸,患了一种绝症,叫进行性肌营养不良,而且是其中预后最差的假性肥大型,现代医学暂时还无能为力。这种病是性连隐性遗传病,只有男孩会得,在人群中患病比率是三千分之一到两万分之一。病人一般在五岁左右发病，到15岁就不能行走，25～30岁时会因心力衰竭等原因死亡。"当他冷静地叙述这些医学知识时，妈眼中盈出泪水，扶着我的胳臂微微发颤。干爹瞄她一眼，仍冷静地说下去。"孩子，现在我把所有真相明明白白告诉你了，你说该咋办？是学那个聪明民族，让妈妈立刻掐死你；还是继续活下去，而且力争活得有滋有味？"

这个残酷的真相其实我早就猜个八八九，但妈一直没有明说，我也抱着万一的希望，在心底逃避着不敢面对。今天干爹无情地粉碎了我的逃避。这就像揭伤疤上干结的绷带，越是小心，越疼；干脆一狠心撕下来，片刻的剧疼让你眼前发黑，但之后就心中清凉了。干爹微笑地盯着我，妈紧张地盯着我。我没有立刻回答，回头看看院外满溢的绿色，心中忽然漾起一种清新的希望。这些年一直与奔波和恐惧为伍，我已经烦透了。我想从今天起过一种新生活，一种明明白白的、心地平静的生活，哪怕明知道只能再活十年。而且——支撑我勇气的其实是一种很简单的想法：既然所有人都难逃一死，那么对于我来说，只不过把那个日子提前一点，如此而已，又何必整天为它提心吊胆呢。想到这儿，我有一种豁然惊醒的感觉，回过身，朝干爹和妈用力点头，一切在不言中。妈这才把久悬的心放下，高兴地看看干爹。干爹笑着说：

"这就对了，这就对了嘛。一定要快快乐乐地活下去，不愧你妈给起的这个好名字。"

他为我们母子安排了今后，说既然暂时没有有效的疗法，就不要四处奔波了。他会在网上随时查看，一旦医术有突破就把我送去治疗，即使是去国外，费用都由他筹措。在此之前我们留在这儿，妈为他做家务，我随意玩耍。如果想学习，他可以教我文化课，如果不想学也不勉强。"说句狠心话，其实能预知死期也是一种优势，比如，乐乐这种情况，就不用到僵死的教育体制下去受煎熬了。"

他还说，其实他给我准备了一个最诱人的玩儿法：观察星星。那是一座琳琅满目的大宝窟，只要一跳进去就甭想出来，十几年根本不够打发的。他自己打小就喜欢浩瀚的星空，但尘世碌碌，一直在商场中打拼，只有失去双腿后才"豁然惊醒"。"当然,商场的打拼提供了建私人天文台的资金,也算功不可没。"他笑着补充。

我和妈妈就这样留下来,对新生活非常满意。妈尽心尽意地操持家务,伺候两个残疾男人,开荒种菜,到林中采野味,跟山民大嫂交朋友,也学会了到网上查医学资料。妈的生活安逸了,我想更重要的是心里不"张皇"了,她的憔悴便以惊人的速度消退,嘴唇上有了血色,人变丰腴了,恢复了三十几岁妇人的光泽。有一次我惊叹:"妈,原来你这样漂亮!"妈窘得满脸通红,但心底肯定很高兴。她第一次给干爹洗澡时有点犯难,干爹让她把水调好,再把轮椅推到浴室里,说他可以坐着自己洗。妈稍稍犹豫,摇摇头说:

"不,马先生,这是我应该做的。"

然后她就扶着干爹进了浴室,把门关上。

我在前几年的磨难中已经很"沧桑"了,现在恢复了童心。尽管步履蹒跚,我还是兴致盎然地在山林中玩耍,早出晚归,疯得昏天黑地。哪天都少不了摔上几跤,但毫不影响我的玩兴。我并没有忘记横亘在十几年后的死期,但有了那次与死神的正面交锋,我确实不再把它放在心上。

干爹说要教我观察天文,不过他没有让我立刻从事枯燥的观测,而是先讲各种有趣的天文知识和故事,培养我的兴趣。此后等我真的迷上天文学,我才知道干爹的做法太聪明了。夜晚我们经常不开灯,脚下那个景区的灯光也常常掩在浓浓雾霭之下,所以方圆百里都浸泡在绝对的黑暗中。天上的星月非常明亮,似乎可以伸手摘到,很有"不敢高声语,恐惊天上人"的意境。我们三人坐在院里,干爹给我指认天空中横卧的银河,指认几颗行星金木水火土,指认最明亮的几十颗恒星,像大犬座的天狼星、天琴座的织女一、天鹰座的河鼓二、天鹅座的天津四等,就这样似不经意地把天文学的基础知识浇灌到我的头脑里。干爹说:

"上次我说过,人生逃不脱寿命的囚笼,其实人类身上还罩有很多囚笼呢,像重力的囚笼、可怕的天文距离加光速限制的囚笼,等等。古时候的人类就像关在荒岛古堡里的囚犯,一生不能离开囚笼半步,不但不知道外边的世界，甚至连自家古堡的外形也看不到。只能透过铁窗，眼巴眼望地偷窥浩瀚的星空。后来人们发明了望远镜，发明了火箭，甚至能把脚印留在月球上了。但与极其广袤的宇宙相比，我们仍然是可怜的蝼蚁。不过话说回来，尽管人类很渺小很可怜，但通过一代代努力，总算窥见了宇宙的一些秘密，比如，知道太阳系位于银河系的猎户旋臂上，知道银河系在旋转，旋转中心是人马座A，知道了本星系、本超星系、总星系，等等。1825年法国哲学家孔德曾断言：人类绝不可能得到有关恒星化学组成的知识。他当时的想法没错啊，人类怎么能登上灼热的恒星去取试样呢，就是乘飞船去，半路上也烧化啦。但仅仅30多年后人类发明了天体分光术，将恒星光通过望远镜和分光镜分解成连续光谱，把光谱拍照下来研究，从各种元素谱线就能得出恒星的化学成分。"

干爹又说，"20世纪20年代发现的宇宙膨胀是天文学上最伟大的发现。1914年，天文学家斯莱弗第一个发现了恒星光谱图的红移现象，即很多星云的光谱线都移向光谱图的红色端。按照物理学中的多普勒效应，这意味着星体都在远离我们。这一发现把斯莱弗弄得一头雾水——要知道宇宙可一直是静止的啊。非常可惜，他敏锐地发现了红移现象，却没有达到理论上的突破。后来，哈勃经过对造父变星的研究，弄清了几十个星系的大致距离。他把星云距离及斯莱弗的光谱红移放到一张坐标图上，然后在云雾般杂乱的几十个圆点中画出一条直线，就得到了那个伟大的定律——星系的红移速度与距离成正比。这意味着，所有星体都在互相飞速逃离，宇宙就像一个膨胀的蛋糕，其上嵌着的葡萄干即星体都在向远处退行，距离越远，则相对退行速度越大。"

"告诉你吧，别看我过了追星族的年龄，我可是哈勃的追星族！"虽然院子处在绝对的黑暗中，我仍能"看见"干爹眉飞色舞的样子。"哈勃有一种难以置信的能力，或者说对真理的直觉。他拍的光谱底片并非很好，也不是一个出色的观察家，但他总是能穿过种种错误杂乱所构成的迷宫，一步不差地走向最简约的真理。而那些善于'复杂推理'的、执着于'客观态度'的科学家却常常与真理擦肩而过。哈勃甚至不光是科学家，还算得上哲学家，是宗教的先知。你想嘛，从这个发现之后，静止的、永生不死的宇宙，还有上帝的宝座，就被他颠覆了，以他一人之力，仅仅用一张粗糙杂乱的坐标图，就给颠覆了！完全可以说，自打这一天起，人类就迈过童年变为成人了，至少也是青年了。"

我和妈妈听得很起劲儿，我能透过黑暗看见妈和干爹亲昵地握着手。我高兴地宣布：

"妈，干爹，我要改名！我的大名要改成楚哈勃。知道是啥意思吗？你俩肯定想不到。这个'哈'字是一字双用，就是'哈'哈勃，是哈勃的哈星族！"

干爹朗声大笑，妈也笑。妈说这个名字太怪，干爹说这个名字很好。以后我就真的改成这个大名，连小名也变成"小勃"了。

干爹开始领我走进天文台。这幢袖珍型的自建天文台相当精致，但那架40英寸牛顿式凹面反射天文望远镜傻大笨粗，就是一个20世纪的遗物，黑不溜秋，甚至配着老式的铜制双闸刀电气开关。它附设的观察台摇摇晃晃，以我的体能要爬上去相当困难，干爹爬起来也不比我轻松。用望远镜观星同样是一件苦差事，这儿自然没有暖气，寒夜中眼泪会把目镜冻在人的眼睛上，长时间的观测让背部和脖子又酸又疼。当镜筒跟随星星移过天空时，底座常有吱吱嘎嘎的响声和不规则的跳动。我首先要学的技巧，就是在物镜跳动之后迅速重新调好焦点，追上目标，这样才能在底片上曝光出边界清晰的斑点或光谱。

干爹开玩笑说，想当一个好的天文学家，首先得有一个铁打的膀胱，可以省去爬下观察台撒尿的时间——说不定那几分钟就会错过一次千载难逢的观测，让人抱恨终生啊。我想，对我们两个病残者来说，这一点尤为重要吧。我很快练出了铁膀胱，可以和干爹媲美，只要一走上观察台就整夜不下来，当然前提是晚饭尽量少喝稀的。

干爹有满满一墙书柜，有书，也有光盘，多是天文学和理论物理学著作。我白天读书，夜晚观察。我学得很快，也越来越痴迷。在暗黑的镜筒中，平时星空中的"眨巴眼"变成安静的、明亮的小圆点，以一种只可意会的高贵，冷静地俯视着我。我能听到星星与人类之间的窃窃私语，我似乎与它们有天生的相契。干爹满意地说，看咱小勃，天生是"观星人"的坯子！

干爹说，拥有一架虽然老旧的40英寸镜，可不是每个私人天文爱好者的福分。当然，与现代化天文台的十米镜或组合式三十米镜是绝对没法相比的，所以干爹采取的战略是扬长避短，把观测重点放到近地天体上，即一百光年之内的星星。这些天体已经被研究得比较透彻，所以他的研究充其量是拾遗补阙的性质。好在他是业余玩家，干这些纯粹出于"心灵的呼唤"，没有什么"必须做出突破"的压力。

没人会料到，正是这个冷僻陈旧的研究方向歪打正着，得到了震惊世界的结果。

开始时干爹和我挤在一个观察台上，手把手地教我。等我能独立工作之后，有时他便安排我独自值班，至于他则另有要务——趁机和我妈幽会。我在观察台上曾看见，只要一避开我的视线，两人就会急切地拥在一起，有说不完的话。此前为了照顾我，妈一直和我住在一个房间，但我发现妈有时会在深夜偷偷溜出去，直到天明前才回来。爱情滋润了两人，他们的脸庞上光彩流动，那是爱之光辉，藏也藏不住。不过妈也老是用负罪的目光看我，我以十四岁的心智读懂了她的心理——尽管我现在过得快乐而充实，但病魔一时一刻也未赦免我。我的病情越来越重，行走更困难，肌肉假性肥大和"游离肩"现象更加明显，连说话也开始吐字不清了。资料上说，这种病有30%可能会影响智力，但我没受影响，算是不幸中之大幸吧。妈肯定觉得，儿子陷在病痛中，当妈的却去享受爱情还是偷情，实在太自私。我想这回得由我帮助妈妈了，帮她走出负罪的囚笼，正如干爹带我走出恐惧的囚笼。有一天晚饭时我当着两人的面说：

"妈，我已经十四岁了，想单独住一个房间。"

妈很窘迫，试探性地问我："可这儿只有两个卧室，你让妈住哪儿？"

我笑嘻嘻地说："当然是和我干爹住一块儿嘛，省得你夜里来回跑，还要瞒我，累不累呀。"

妈立时满脸通红，简直无地自容的样子，干爹也有些窘迫。我笑着安抚他们：

"妈，干爹，你们互相恩爱，快快乐乐，我高兴还来不及呢。以后不必再瞒我啦。"

妈的眼睛湿润了，干爹高兴地拍拍我的后脑勺。从那天起，妈就搬到干爹屋里去住了，只是每晚还会往这边跑几趟。她终究对我放不下心。

因为疾病，十岁前我没怎么正经念书，现在我像久旱干裂的土地一样狂热地汲取着知识。十五岁那年夏天，我已经读完了天文学研究生的基础课程。干爹对我的观测水平和基础知识放心了，对我的脑瓜也放心了。我听他背地里对妈夸我："别看这孩子走路不利落，脑瓜可是灵得很，比我年轻时还灵光！"他开始正式给我安排观测任务——测量和计算50光年内所有恒星基于"标准太阳"的视向速度。他要求尽量精确，换算到红移值的测量上，要精确到0.001埃。

我那时想不到他是在研究近地空间的宇宙学红移，因为一般说来，只有十亿秒差距约合33亿光年之外的遥远星体，才能观察到有意义的宇宙学红移。对于近距离天体，由于它们的公转自转都能引起多普勒红移和蓝移，而且常常远大于前者，也就无法单独测出宇宙学红移。比如南鱼座的亮星北落师门，距离地球25.1光年，按哈勃公式计算的红移速度完全可以忽略；但其基于标准太阳的红移速度有6.4千米每秒，完全掩盖了前者。还有，引力也能造成红移，其数值虽然很小，也足以影响近地天体的宇宙学红移的测值。

干爹当时没有透露他的真实目标，只是说：依他近年的观测，这个小区域内的星体似有异常，让我加倍注意。这是个相当繁杂的工作。银河系的恒星大都绕着银心顺时针旋转，速度相当快，比如太阳的旋转速度平均为220千米每秒，远远超过宇宙飞船的速度！但恒星彼此之间基本静止，就像在高速路上并排行驶的汽车。天文学家在测量银河系各恒星的运动速度时，为了简便和直观，先假定一个标准太阳，即以太阳距银心的标准半径和标准速度并做理想圆运动的一点，来作为静止点，再测出其他恒星的相对速度。由于太阳其实是沿椭圆轨道旋转，并非真正恒速，所以它本身相对"标准太阳"

来说也有相对速度，法向速度为 –9 千米每秒，切向速度为 +12 千米每秒，沿银盘厚度方向的跳动速度为 +7 千米每秒。再加上地球上的观测者还在绕太阳运动，所以要想得出基于"标准太阳"的红移或蓝移值，观测值必须做出双重修正。

好在这基本是前人做过的事，干爹只要求我把它们复核一遍，换算成朝向"标准太阳"的视向速度，这就大大减少了工作量。我进行了三年枯燥的工作，观测、拍照、显影、与摄谱仪的基准光谱做比照，在电脑中做修正，如此等等。开始时干爹还不时来指导，等我完全熟悉这些工作，干爹就撒手了。

我发现干爹说的不错，这个小区域内的星体确实有些古怪。它们的光谱好像每年都有一个微量的蓝移增量，数值不大，仅仅 0.001 埃，甚至小于星体的引力红移，观测者一般会忽略它。不过，因为干爹事先提示过，而且它非常普遍，我还是紧紧盯上了它。这个蓝移值对应的蓝移速度大约为 0.06 千米每秒。虽然看起来很小，但若与宇宙学红移相比已经够惊人了。可以比较一下，取哈勃常数为 50 的话，在 33 光年的大角星处对应的红移速度仅为 0.0005 千米每秒，不到上述蓝移值的百分之一。

我十八岁那年，测算完了这个区域内所有恒星相对标准太阳的视速度——它们都增加了朝向太阳的速度，数值不等，以牛郎星最大。这个现象似乎颇为不祥——倒不是科学意义上的不祥，而是人文意义上的不祥，因为这个古怪区域包括星体也包括空间像在向里塌陷，而且塌陷中心恰恰在人类区域！

那时我说话已经相当困难，难以表达这些复杂内容，所以我在电脑上制作了一个表格，打出了扼要的书面结论。生日那天，吃完妈自制的蛋糕，在温馨的生日烛光中，我把干爹留的这项作业交上去了。干爹很高兴我有了处女作，搂着妈的肩膀，认真读我的结论：

一、以标准太阳为中心、半径三十几光年的圆形区域内，所有星体在扣除原有的法向、切向、跳动速度之后，都有一个附加的蓝移速度。其谱线蓝移以 16 光年远的牛郎星最大，约为 –0.016 埃。按公式 $V=C(\lambda_0-\lambda_1)/\lambda_1$（式中，$C$ 为光速，λ_1 和 λ_0 分别为电磁波发射时刻和接受时刻的波长）计算，则意味着牛郎星增加了一个 14 千米每秒的朝向标准太阳的速度。

二、从牛郎星以远，上述蓝移逐渐减小，到 34 光年之外的星体如大角星，就观察不到这种蓝移了。从牛郎星以近的光谱蓝移也是逐渐减小的，直至为零。

三、该区域的星体，其蓝移值不仅随距离变化，也随时间变化，后者大约每年增加 0.001 埃。

我忐忑不安地等着干爹的判决。尽管我对自己的观测和计算反复校核过，但——有什么宇宙机理能产生这个塌陷？我没有起码的概念，这一点让我底气不足。干爹看完没说话，拐着腿到书房，取来一张纸递给我。我迅速浏览一遍，上面写着几乎同样的结论，只是用语不同而已，观测值也稍有误差：他说极值点是 12 光年远的南河三，蓝移速度为 11 千米每秒。看纸张的新旧程度，显然是在几年前打印的。我喃喃地问：

"那么这是真的？"

"看来是的。你再次验证了我的观测，咱俩的测值有误差，但在可以容许的范围内。"

"那么……它意味着什么？"

"你说呢？"

我摇摇头："我已经考虑一年了，但毫无头绪。首先会有的想法，是太阳附近突然出现了一个巨大黑洞，正把 35 光年以内的宇宙，包括星体和空间，拉向中心，造成局部塌陷。但这个假设肯定说不通。首先，这么大的黑洞应该有强烈的吸积效应，有强烈的 X 暴，甚至有可以感受到的重力异常。但什么都没有，太阳系附近一直风平浪静。再者，如果这个假说成立，那么越接近黑洞的天体向中心塌陷的速度应该越大，这也与观测结果不符。还有，咱们的测值是以标准太阳为基点的，如果有黑洞，那它也应该正好有太阳的巡行速度，才能得出现在的观测结果。但这个突然出现的黑洞只可能是'外来者'，它闯入太阳系后就正巧获得和太阳一样的速度？这未免太巧了，基本不可能。"

我看看干爹,小心地补充一句,"不管有没有黑洞,但……可不敢有这个局部塌陷啊。要是牛郎星以14千米每秒的速度向中心塌陷,34万年后就会和地球撞在一起。甚至早在那之前,咱们这儿已经变成引力地狱了。"我又自我安慰,"不过,也许十几万年后的人类科技有能力逃出去。"

虽然我咬字不清,但干爹很轻易地听懂了,我们俩在思路上相当默契,他总是能以理解力来代替听力。妈听不懂,干爹向她简略解释一番,妈吃惊地说:

"啥子?天要塌?塌到一个洞洞里?"

干爹笑着说:"先别担心,我说过,这个假设根本说不通,正因为它说不通,我一直没把我的观测结果公开。咱们得寻找另外的解释。"

稍后干爹又说,他不相信上述假说还有一个次要原因,虽然不能算严格的反证,但也不能忽略——科学启蒙之前,自恋的人类总把地球当成宇宙中心,科学破除了这种迷信。现在我们知道,地球或太阳只是极普通的星体,上帝无论在施福或降祸时,都不会对人类另眼相看。可是现在呢,恰恰人类区域是一个局部塌缩的中心!这多少像是"地球中心论"的变相复活。

虽然我俩坚信地球附近不可能有巨型黑洞,但并不能排除心中的不安。不管怎么说,这个古怪的"蓝移区域"是确实存在的,它给人一种难言的感觉:阴森、虚浮、模糊,就像童年期间我潜意识中对病魔的恐惧。但它究竟是什么机理造成的?随后的三个月里,我和干爹搜索枯肠,提出了很多假说,讨论后又把它们一个个淘汰。我俩完全沉迷于此了,想得头脑发木,嘴里发苦。妈说我俩都痴了,连吃饭也不知道饥饱了。

有天夜里,我在睡梦中,好像有什么想法老在脑海的边际处飘荡,似有似无,时隐时现,我焦急地想抓住它——我忽然醒了,脑海中灵光一闪,有了一个不错的想法。我深入考虑一遍,觉得它是可行的,便爬起来去找干爹。心中太急,我一下子摔到地上,折腾好久才爬起来。等走进干爹房间,我又摔了一跤。干爹和妈都惊醒了,连忙坐起身来问:

"是小勃?你怎么了?"

妈披上衣服，赶紧下床把我扶起。我急急地说："没事，我有一个全新的想法，急着告诉干爹——并没有局部塌陷，而是宇宙的整体收缩。是刚刚开始收缩，所以只有近处的蓝移星光能传到地球，现在咱们看到的远处星体，还是没有收缩前的光，自然保持着原来的红移。"

妈微哂道："给你干爹说去，我又听不懂。看你猴急的，等不及明天啦？"

干爹对我的"猴急"非常理解，笑着说："来，坐床上。不着急，慢慢说。"

妈把我拉进被窝，挤在她和干爹之间。又从背后搂着我，暖着我因夜寒而变凉的身体。我开始对干爹讲解。对于这个灵光忽现的想法，我的思路倒是已经捋清了，但因吐字不清，想把它表达清楚也不容易。最后好歹讲清楚了，大致想法是这样的：

一、附近并没有什么黑洞和局部塌陷，是全宇宙刚刚开始整体的收缩，由宇宙学红移急剧转变为宇宙学蓝移，据我推算，收缩仅仅开始于34年前——我们这一代"正巧"赶上了这个宇宙剧变！至于宇宙整体收缩的产生机理，天文界已经有很多假说比如临界质量、暗物质等，我这里先不说它。

二、由于收缩是加速的，所以蓝移值随时间增加。

三、各星体基于标准太阳的蓝移值，其大小变化有两个相反的趋向：一是仍按哈勃揭示的规律，蓝移随距离成正比增加，即蓝移速度等于距离乘某个常数。但这个常数远大于哈勃常数，所以近地天体的蓝移也能测出。二是蓝移值又随距离减小，因为收缩并非恒速而是加速的，所以星体离我们每远一光年，我们看到的就是它更早一年的较小蓝移值。这点与哈勃定律不同，哈勃所描述的宇宙膨胀，至少在若干亿年内可以认为是匀速的，不存在这种递减效应。

上述两个因素综合，可列出一个关于距离和时间的二元二次函数，精确计算出某年某星体的蓝移值。今年的计算结果是，蓝移速度在大约16光年远的牛郎星达到极值，为14千米每秒。这与观测值完全吻合。

四、收缩是 34 年前刚刚开始的,那么 34 光年处的星体,如大角星,我们今天看到的还是它们在 34 年前、正处于变化拐点的光,既无红移也无蓝移。34 光年之外的星体仍保持着哈勃红移,因数值太小而观察不到。因此,所谓的"宇宙局部塌陷"只是假象,是"有限的收缩时间"加上光传播花费的时间所造成的。

我补充一句:"干爹,咱俩的观测值不大一样,你说是观测误差,其实不是。咱俩测的都完全准确,只不过你的数值是四年前的。我算了一遍,如果按四年前的时间参数代入我说的公式,正好符合你的测值。"

干爹耐心听完,笑着摇摇头:"想法很有趣,逻辑框架基本能够自洽,但有一个重要的隐性条件你没有满足,而这一条足以否定整个假说。"

"什么隐性条件?"

"宇宙的尺度至少是 150 亿光年,不可能同时由膨胀改为收缩。这基于科学界一个普遍认可的假定,那就是:能导致宇宙同步变化的因素,不管它是什么,其传播速度都不可能高于光速。天文学家早就把这点共识用于实际工作,比如,假如你观察到一个遥远星系在十年内整体变亮了,那么该星系的尺度就绝不会大于十光年。"

他说的是人尽皆知的规则,但我以初生牛犊的勇气表示不服:

"干爹,我知道这个规则,但咱们说的现象不在其中。假如——有一个完全均匀的气球,被完全均匀的高压气流胀大,那么等气球弹力和内压力平衡的瞬间,气球每个区域当然会同时停止膨胀,哪怕它有 150 亿光年那么大。"我斟酌了用词,补充道,"不妨把你说的规则稍做补充:导致宇宙同步变化的因素,其传播速度不可能高于光速,但因内禀性质而导致的变化除外,内禀同步状态不受最大光速限制。干爹我可以打个比方:这就像量子理论中的孪生粒子,它们组成一个相关系统,对一个粒子所做的观测能瞬时导致另一个粒子选择到'正确'状态。这种作用是超距的,不受最大光速限制。关于孪生粒子的内禀同步,在科学界已经没有异议了。"

我又补充道:"正好,哈勃天文望远镜的观测早就确定宇宙是各向同性的，是内禀均匀的。"

干爹被我这个大胆的提法震住了，沉默了很久。我表面平静内心急迫地等着，妈奇怪地打量我们俩，屋里静得能听见心跳声。干爹终于开口了：

"如果……只要……承认你的公理，那你的假说……还是能自洽的。还捎带解决了那个逻辑困难——塌陷中心必须正巧具有 220 千米每秒的巡行速度的困难。因为若是宇宙整体收缩，那有没有这个速度并不影响观测值。小勃，你的思维很活跃，天马行空。真的很难得。"

但我能看出他仍旧有些勉强。后来他坦言道："说实话，我还是不大喜欢这个假说。它同样有'人类中心论'的味道，现在不是空间上的中心了，而是时间上的——在 150 亿年的宇宙膨胀中，怎么恰巧就让咱们赶上宇宙开始收缩的这一刻呢？未免太巧了。"他摇摇头，"但这个反驳并不严格，世上还是有巧合的，不能一概否认。咱们再想想吧。"

在这之后两天里，家里始终保持着古怪的安静，我和干爹都默默思索，就像老僧闭关修炼。妈后来觉得不对劲儿——这种安静怎么有点阴气森森的味道？她终于忍不住，小心地问干爹：

"马先生，到底出啥事了？我看你俩的表情都不对头。"

干爹笑笑，"没啥事。小勃提出的那个新想法有可能是对的，只是不大吉利——比原来的想法更不吉利。我们原认为宇宙是局部塌陷，那么在十万年或几十万年后，人类的科技水平也许还能逃出这片引力地狱；现在小勃说宇宙是整体收缩，那人类能往哪儿逃？科技再发达也无处可逃了。"

"这有啥关系，你早就说过，宇宙最终会灭亡嘛。"

"对，我是说过。但我那时说的是宇宙的'天年'，死亡是几十亿几百亿年后的事；而现在小勃说宇宙得了绝症，会在几十万年死去，就像……"

他没把这句话说完，我平静地接上他的话：

"就像我。比我还惨。宇宙的新寿命只是原来那个'天年'的一万分之一。"

妈的表情也有一个打顿，但立即机敏地转圜，"那也没啥，还有几十万年嘛。人们还能蹦跶几十万年，离死早得很呢。咱小勃虽然得了绝症，这些年也过得很快活、很充实,有滋有味。娃儿你说对不对?"

"对。干爹,谢谢你。多亏你当年一刀斩断我的退路,这些年我活得才有意义。"我半开玩笑地说,"要不,咱们也给世人照样来一刀?世人不知道会感激咱们,还是恨咱们。"

干爹也以玩笑回应,"如果是当报喜的喜鹊,可以尽早。咱们是当报祸的乌鸦,还是谨慎一点。再验证验证吧。"

之后我俩用三年时间做了慎重的验证。其后的验证倒是相当容易,这就像所有的科学发现,在找到核心机理之前,已有的数据和现象如一团乱麻,似乎永远理不清;但在找出核心机理之后,所有的脉络都一清百清,哪怕想找仅仅一个反证都办不到。这正是科学的魅力所在。现在,只要承认我提的假说,那么星体基于标准太阳的蓝移就是关于距离和时间的二元二次函数,初中生都会计算。我们算出了今后三年的变化值,又用观测值做了对比。两者极为符合。三年之后,可见的蓝移区域也如预言向外扩展了三光年,以至于想再怀疑这个假说都不好意思。干爹慢慢地不提他的"最后一点"怀疑了。

其实,从内心讲,我们但愿自己错了,但愿这个"绝症"并不存在啊。

这三年的观测是干爹做的,我的病情已经不允许我爬上观察平台。干爹那个轮椅现在让我用上了。大部分时间我歪在轮椅上或床上,说话吐字也更困难。妈和干爹被逼着学会了读唇术,谈话时,他们得一眼不眨地盯着我的嘴唇。这年我21岁,看来大限将至,死神已经轻声敲门。妈这些年也想开了,没有表现得太悲伤,至少没有痛不欲生。她一有时间就坐在我的床边,拉着我的手闲聊。因为我口齿不清,交谈起来比较困难,她更多是一人说话。她总是回忆我儿时的场景,儿时的快乐,甚至以平和的口吻,回忆那个在绝症儿子面前当了逃兵的男人。

我贪婪地听着,贪婪地握着妈的手,也贪婪地盼着干爹从天文台回家的脚步声。我是多么珍惜在世上的时间啊。

但我终于觉得,该对两位老人留下遗言了。那天我把二老唤到我的床前,努力在脸上保持住笑容。但我不知道效果怎么样,我的面肌也不听话了。我缓慢地说:

"干爹，妈，趁我还能说话，预先同你们告别吧。"两人都说，"孩子，有什么话你就说吧。""第一，你们不要哭，我这几年过得很充实、很快乐，有滋有味。我要谢谢妈，谢谢干爹。也谢谢命运，我的病没有影响智力，这是命运对我最大的厚爱。"

妈忍泪说："小勃，我们不哭。我们也谢谢你，你是个好孩子，咱们能娘儿俩一场是我的福分。"

干爹说："我同样要谢谢你。你让我的晚年更充实了。"

"妈，干爹，你们结婚吧。"虽然我对名分之类并不重视，而且亲爸失踪后，妈一直没去解除婚姻关系，但我还是希望她和干爹有个更圆满的结局。妈和干爹互相看看，干爹握着我的手说：

"好，我俩也早想办了。这几天就办。"

"还有那个研究结果，该公布了吧。不必太忧虑世人的反应，没什么大不了的。就像你当年果断地把病情真相捅给我，长痛不如短痛。"

"好的，我明天就公布。"他想了想，"该有个正式的名字吧。叫什么呢？叫某某定理似乎不合适，那就简单地命名为'楚—马发现'吧。我想，对于人类的命运来说，这个发现的重要性也许不亚于哈勃定理。"一向达观的干爹略显苦涩。我知道苦从何来——缘于这个发现中内含的悲剧意蕴。

"干爹，干吗把你的名字放在后边？是你首先发现的。万事开头难，我一直非常佩服你眼光的敏锐，不是你的指引，十辈子我也想不到盯着这儿看。"

"但你首先揭示了其核心机理，这一步更难。孩子，你不愧'楚哈勃'这个名字。你和哈勃一样，能透过复杂表象，一步不差地走向最简约的真理。唉——"

我敏锐地猜出他没说的话——可惜，这个天才脑袋要随一具劣质的肉体而毁灭了。干爹怕伤我心，把这段话咽了回去，其实何必呢，这才是对我最深刻的惋惜，最崇高的赞誉。在这个世上，妈最亲我，但干爹与我最相知。而且从某种意义上说，我的早夭是个哲理意义上的隐喻：

灿烂的人类智慧之花也要随着宇宙的绝症而过早枯萎了。

我和干爹没有再谈署名先后的问题，那类世俗的名声不值得我俩多费心。

现在，虽然我对生死早已达观，但仍免不了淡淡的悲凉。这是超越个人生死的悲凉，就像节奏舒缓的低音旋律，从宇宙的原点发出，穿越时空而回荡到永恒，死亡的永恒。我笑着对二老说：

"好，我的话交代完了，我的人生可以提前画句号了。"

从第二天妈和干爹开始按我的话去忙：妈登报和我亲爸解除婚姻关系，这是因为我亲爸一直失去联系而没法正常离婚；和干爹办结婚登记；准备简朴的婚礼；向两家亲友发喜帖；干爹把"楚—马发现"在网上公布。后来我和干爹知道，此前已经有天文学家发现了这个小区域的异常，并在圈内讨论过。但他们是循惯例测算各恒星的法向、切向、跳动速度，没有换算到朝向标准太阳的视向速度，所以没能做出我们的发现。我想更重要的原因是要命的思维惰性：所有人已经习惯了宇宙的永恒，几百亿年的宇宙寿命可以算是永恒了，即使在知道宇宙膨胀之后，这个动态过程也近乎是永恒的，没人想到我们"恰恰"赶上了宇宙刚刚开始收缩的时刻。所以，虽然他们觉察到异常，却想当然地把它限定在"局部空间"内，于是钻进这个胡同里出不来了。

理所当然，"宇宙得绝症"的消息震惊了世界，天文界圈外的反应比圈内还强烈。且不说那些常常怀着"末世忧思"的智者哲人了，就是普通百姓，也如被摘了蜂巢的群蜂，乱作一团：天要塌了？天真的要塌了？人类无处可逃了？很多国家中宣扬世界末日的邪教团体像被打了强心针，大肆招兵买马，组织了七八次集体自杀，人数最多的一次竟达 3000 人。当然也有令人欣慰的消息：五大国集体声明永远放弃核武力；以色列主动从戈兰高地撤兵，与阿拉伯人握手言和；印度与巴基斯坦永久性开放边界。

我想这种失去蜂巢的纷乱是暂时的，十年八年后蜂群就会平静下来，找到新的家园，找到新的生活方式，就像我十一年前那样。

楚—马发现公布后，各家媒体发疯般寻找两名"神秘"的发现者，因为我们对外只留了邮箱，没有公布具体住址。这样做倒不是刻意神秘，只是不想山居的平静被打破。当然我们也没成心抹去行踪，如果记者们铁下心要找，还是能找到的，通过 IP 地址就能查到。只是我没想到，第一个成功者是位女福尔摩斯，《新发现》杂志的科技记者。很年轻，自报 25 岁，比我大四岁，依我看不大像。蛮漂亮,穿衣很节约布料。性格非常开朗,短发,小腿肌腱像男孩子一样坚实。当这位一身驴友打扮的白果小姐大汗淋漓地爬过最后一段山路,终于发现阿里巴巴的山洞时,人没进来,先送来一串兴奋的尖叫:

"终于找到啦!哈哈!"

干爹后来揶揄地说:《新发现》派这么一位角色来采访沉重的世界末日话题,真是反差强烈的绝配。

白果在这儿盘桓了整整七天,还赶巧参加了二老的婚礼。至于对那个话题的采访,我因为说话困难,让干爹——我对继父总改不了称呼——全面代劳,但她显然对我更感兴趣,七天中大部分时间都粘着我。我想我能猜到她的心思:对于我这样患绝症的特殊人物,应该能多挖到一些"新闻眼"吧。比如她可以使用这样耸人听闻的文章标题:

一位绝症患者发现了宇宙的绝症!

等等。

但不管她是什么动机,反正她是一个讨人喜欢的姑娘,让你无法狠心拒绝。我尽心尽意地配合她的采访,妈当翻译,用了近七天时间,讲述了楚—马发现的前前后后,实际上我后来才意识到还捎带着梳理了我短短的一生——"一生",这个词我想已经有资格使用了,至少误差不大了。我以旁观者的心态平静地想着,戏谑中略带悲凉。

采访最后,白果问我:

"楚先生,让咱们来个最后结语吧。你作为一个余日无多的绝症患者,却悲剧性地发现了宇宙的绝症。以这种特殊身份,你最想对世人说一句什么话?"

"只一句话?让我想想。干脆我只说两个字吧,这俩字,一位著名作家,余华,几十年前已经说过了,那是他一篇小说的题目……"

"等等。余华老先生的作品我大多拜读过,让我猜一下。你是说——《活着》?"

"对,这就是我想留给世人说的话:活着。"

活着。

生命之歌

活着！

白果说读过余华的这本书，不知道她能否记得书中一个细节，一个小人物的台词——当时他站在死人堆里向老天叫阵，说，"老子一定要活着，老子就是死了也要活着！"

二、白果的回忆

22年前的这篇采访是我的呕心之作。小勃曾揶揄我，说我那些天一直粘着他，是想在绝症患者身上挖新闻眼，他没冤枉我，开始时我的确有这个想法，那是出于记者的本能吧。但随着访谈深入，我已经把新闻眼、炒作之类世俗玩意儿统统扔到爪哇国了，以这篇文字的分量——以楚哈勃短短人生的分量，根本不需要那类花里胡哨的翎毛。他那时的身体情形已经相当悲惨，心力衰竭，呼吸系统顽固性感染，肌肉萎缩。病魔几乎榨干了他身体里的能量，只余一个天才大脑还在熊熊燃烧。我几乎能感受到他思维的热度，他生命的热度。他那年不足21岁，但外貌显然要沧桑得多。而他的人格更沧桑，有超乎年龄的沉稳睿智，还有达观。

不光是他，我发现他的家人们有一个共同的独特习惯：从不忌讳谈论死亡。楚哈勃、马先生自不必说，就连小勃的妈妈也是如此，她是天下最好的母亲，为病残的儿子燃尽了一生的爱。但她也能平静地当面和儿子谈他的后事。

我把文章一气呵成，又用半个晚上做了最后的润色，从网上发过去。一向吹毛求疵的总编大人很快回了话，不是用MSN，而是用手机，这在他是很罕见的。他对文章大声叫好，说它简直是一团"冷火"，外表的冷包着炽热的火。他决定马上全文刊发。总编只提了一点修改意见，说我在结语中当面直言楚哈勃是"余日无多的绝症患者"，是不是太冷酷？至少读者会这么认为。我稍稍一愣，这才意识到短短七天我已经被那个家庭同化了，已经能平静地谈论死亡了。我对总编说："不必改，他们这儿从不忌讳这个。"

总编主动说，"你可以在他家多留几天，看能不能再挖出一篇好文章。"我想该挖的我已经挖过了，但既然总编这样慷慨，我乐得再留几天陪陪小勃，也欣赏一下山中美景。小勃妈对我很疼爱,虽然她一人要照顾两个病人,还是抽时间陪我在山中转了半天。这半天里,我又无意中发现了两件沉甸甸的见闻。

见闻之一:这座山上有细细的清泉流挂,碰到凹处积成一个水池;然后又变成细细的清流,再积出一个水池。如此重复,就像一根长藤上串了一串倭瓜。我们循着这串倭瓜自下而上观赏。水池都是石头为底,池水异常清洌,寒气砭骨,水中几乎没有水草或藻类,却总有二三十条小鱼。这种冷水鱼身体呈半透明,形似小号的柳叶,悬在水中如在虚空,影布石上,倏忽往来,令人想起柳宗元《小石潭记》所描写的胜景。我向水面撒几粒面包屑,它们立即闪电般冲过来吞食,看来是长期处于饥饿状态。我好奇地问小勃妈:"古人说水至清则无鱼,这样清澈的水,温度又这样低,它们怎么活下去?"小勃妈说:"不知道,老天爷自然给它们安排有活路吧。"

再往上爬,几乎到山顶时,仍有清泉,有水池,池中仍有活泼的小鱼。但俯瞰各个水池之间连着的那根藤,很多地方是细长而湍急的瀑布,无论如何,山下的鱼是无法用"鲤鱼跃龙门"的办法一阶一阶跃上来的。那么,山顶水池中的冷水鱼是哪儿来的?自己飞上来?鸟衔上来?还是上帝开天辟地时就撒在山顶了?我实在想不通,小勃妈也不知道。那么,等我回北京再去请教鱼类专家吧。

大自然中生命的坚韧让我生出宗教般的敬畏。

见闻之二:快到家时,就在小勃家和天文台之间,一处面临绝壁的平台上,我看见一个柴堆,用小腿粗的松树圆木,堆成整整齐齐的井字垛,大约有肩膀高。我问小勃妈:"这是你们储备的干柴吗,怎么放这么远?"小勃妈摇摇头,眼睛里现出一片阴云但很快飘走。她平静地说:

"不,是为小勃准备的。他交代死后就地火化,骨灰也就近撒在悬崖之下,免得遗体往山下运了,山路陡,太难。"这位当妈的看着我的表情,反过来安慰我,"姑娘你别难过,俺们跟'死'揉了一二十年,已经习惯了。"

"阿姨我不难过。小勃的一生很短暂,但活得辉煌死得潇洒,值!"我笑着说,"其实我很羡慕他,不,崇拜他,是他的哈星族!我也要学小勃改名字，叫白哈楚哈勃。"

阿姨被我逗笑了。

这是我在此地逗留的最后一个晚上，明天就要和三人告别，和山林告别，回到繁华世界，重做尘世之人。夜里，我睡在客厅的活动床上，难以入睡。听听马先生卧室里没有动静，而小勃屋里一直有轻微的窸窣声。我干脆推开他的屋门，蹑脚走近床边，压低声音问：

"小勃你睡着没？你要没睡着，咱俩再聊一晚上，行不？"

小勃没睡着，黑色的瞳仁在夜色中闪亮，嘴唇动了动。他是说"行"，这些天我已经能大致读懂他的口型了。

我没让他坐起身，仍那么侧躺着，我拉过椅子坐在他面前，与他脸对脸。怕影响那边两位老人，我压低声音说：

"小勃，你说话比较难，这会儿又没灯光，看不清你的口型。那就听我说吧。我采访了你的前半生，也谈谈我的前半生，这样才公平，对不？"

小勃无声地笑，大概认为我自称"前半生"是倚小卖老，无声地说："好。你说，我听。"

我天马行空地聊着，思路跳到哪儿就说到哪儿。我说我和他一样，从小乐哈哈的，特别爱笑。上初中时，有一次在课间操中，忘了是什么原因发笑，正巧被校长撞见。按说在课间操中迸一声笑算不上大错，问题是我笑得太猖狂，太有感染力，引得全班女生笑倒一片。校长被惹恼了，厉声叫我跟他到校长室中。我爸爸也在本校任教，有人赶忙跑去告诉他："不得了啦，你家小果不知道犯了啥大错，被校长叫到校长室了，你快去救火吧！"我爸神色自若安坐如常，说："没关系，能有啥大错？最多是上课时又笑。"真是知女莫若父啊。

又说：我不光性格开朗，还特胆大，游乐场中连一些男孩子都不敢玩儿的东西，像过山车、攀岩、激流勇进等，我玩儿了个遍。大学时谈了个男朋友，就因为这件事吹了。他陪我坐了一次过山车，苦胆都吓破了，小脸蜡黄，还吼吼地干呕。按说胆子大小是天性，怪不得他，而且他能舍命陪我，已经很难得了。但我嫌他太娘儿们，感情上总腻腻歪歪的，到底和他拜拜了，说来颇有点对不起他。连我妈也为这个男生抱不平，说："你这样的野马，什么时候能拴到圈里！"我说："干吗要拴，一辈子自由自在不好吗？"

时间在闲聊中不知不觉溜走，已经是深夜了。我忽然停下来，握着他的手，盯着他的眼睛说：

"小勃，明天我不走了，永远不走——不，在你去世前不走了。我要留下来，陪你走完人生的路，就像简·怀尔德陪伴霍金那样。你愿意不？考虑五分钟，给我个答复。可不要展示'不能耽误你呀'之类的高尚情操，我最腻味不过。相信你也不会。喂，五分钟过去了，回答吧。噢，等等，我拉亮灯好看你的口型。"

我拉亮灯。楚哈勃眼睛里笑意灵动，嘴一张一张地回答我：

"非常愿意。我喜欢你。只有一个条件。"

我不满地说："向来都是女生提条件，你怎么倒过来啦？行，我答应你。说吧，什么条件？"

"你留下来，必须内心快乐，而不是忍受苦难，不是牺牲和施舍。考虑五天再回答我。"

我笑嘻嘻地说："哪儿用考虑五天？我现在就能回答：没错，我想留下来，就是因为跟你们仨在一块儿快乐，因为我喜欢这里的生活，它和世俗生活完全不一样，返璞归真，自由无羁，通体透明，带着松脂的清香。我真的舍不得离开。告诉你，如果哪天我新鲜劲儿过了，觉得是苦难，是负担，我立马就走。行不？简·怀尔德后来就和霍金离异了嘛。"

小勃的手指慢慢用力握我，脸上光彩流动。我们俩欣喜地对望着，我探起身吻吻他。外边有脚步声，小勃妈来了，她每晚都要帮儿子翻几次身以预防褥疮。我说：

"让我来吧，我已经决定留下来，陪他走完人生。你儿子还行，没驳我的面子。"

小勃妈有点不相信，看看我，再看看儿子，然后把我紧紧搂在怀里，说：

"我太高兴了，太高兴啦。马先生！马先生！你快过来吧，白果要留下来不走了！"

生命之歌

马先生匆匆装上假腿赶过来，也给我一个热烈的拥抱。

第二天八点，我向总编通报了我的决定。那边半天不说话，我喂了两声，心想总编大人这会儿一定把下巴都张脱了。他难得慷慨一次，放我三天假，结果把一位主力记者赔进去了。但他不愧为总编，等回答时已经考虑成熟，安排得入情入理：

"好，白果我祝福你。记着，我这儿保留着你的职位，你只要愿意，随时都能回来。你今后的生活可能会很忙碌，但尽量抽时间给我发来几篇小文章，我好给你保留基本工资——你留在山里也得要生活费啊，我怕你在爱情狂热中把这件'小事'给忘啦。还有，什么时候办喜事？我和同事们一定赶去。"

最后他感慨地说，"白果，年轻真好。我真想再年轻一回，干一件什么事，只需听从内心呼唤而不必瞻前顾后，那该多'恣儿'！"

"谢谢你老总。拍拍你的马屁吧：你是世上最好的老总。"

我不光碰上了好老总，还有好父母。父母对我的决定虽然不乐意，怕我吃苦，也尽心劝了两次，但总的说还是顺畅地接受了，也赶来山里，高高兴兴地参加了我们的婚礼。

我的生活之河就这样来了个突然的折转，然后在山里汇出一池静水。婚后我照顾着丈夫的起居，推他到院子里晒太阳，和他聊天，大半是我说，他听。我也学会了输液，小勃因卧床太久，常因肺积水而引发肺炎。我也没忘记挤时间写几篇小文章寄给编辑部。那边每月把基本工资寄来，虽然比较菲薄，但足够应付山中简朴的生活。婆婆和我一块儿照顾小勃，公公仍然每晚去天文台观测，以继续验证楚—马发现——想来世界上所有天文台恐怕顾不上其他课题了，都在干这件关乎人类生死的大事吧。据公公说，验证结果没什么意外，那个可见的蓝移区域，正按照小勃给出的公式逐年向远处扩张，蓝移峰值也向外移动。这是小勃在学术上的胜利，是一个不幸者人生的胜利。当然，我们宁可不要这样的胜利。

一年半过去了，我们确实过得很快乐。爱情无比绚烂，可惜它并不能战胜病魔，小勃的身体越来越差，顽固的间歇性高烧，呼吸困难，瘦骨支离，唯有思维一直很清晰。到了来年深秋的一天，有天晚饭后他突然把我们三个人都唤到他床前。我们知道他有重要的话要说，屏住气息盯着他的嘴唇。近来，由于说话越来越难，他已经习惯了以电报式的简短语句同我们对话，而我们也学会了由点而线地猜出他的话意。他说：

"我……快乐……谢谢。"

他是说："我的一生虽然短暂，但它是充实快乐的，谢谢三位亲人了。"

"累了……想走……快乐地。"

"亲人们哪，我热爱生活，但我确实累了。如果生存不再是快乐，那就让我快乐地走吧。"

我们都不忍心，但也都知道，以小勃的秉性，他决定结束生命肯定是深思熟虑的结果，别人劝不转，我们都没劝。他用目光盯着我，说：

"一束勿忘我……新家庭……一定……不许当傻蛋……"

"我的妻子，我的爱人。永别前我想送你一束勿忘我花，让我永远活在你心中。但我死后你必须下山，要建立新家庭，寻找新生活新快乐。决不能在山中苦守，不许做天下第一大傻蛋！"

我俯下身，让他看清我的笑容："放心吧，我一定永远记住你，也会很快建立新家庭。不守寡，不当大傻蛋。让你在天堂里也能听到我的笑声。"

他显然很满意我的回答。婆婆柔声说："孩子，俺们听你的。我事先就准备了安眠药，你要是决定了时间，就告诉我。"

小勃在眼睛里笑了，"明早……吧。"

"亲人们，我要走了，让我陪你们最后一个晚上，然后再看最后一次日出吧。"

公婆恋恋不舍地离开，把最后一点时间留给小两口儿。想来两位老人今晚一定是不眠之夜吧，我和小勃当然也是如此。我们握着手，默默地对望，什么话都不用说了。隔一段时间我就探身吻吻他。后来，不知不觉地，小勃的目光越过了我，盯着遥远的地方，他的目光越来越专注，越来越炽热。我想他的思维已经飘离了我，飘离了世俗世界，飞到宇宙原点，飞到了时间和空间的开端。我悄悄坐着，不再吻他，不打扰他的静思。我们就这样待到凌晨，忽然我觉察到小勃的手指在用力，便俯身盯着他的眼睛和嘴唇：

生命之歌

"小勃，你要说话吗？"

"嗯——让爸——来。"

我赶紧去唤公公。近两年来，我与小勃早已心思相通，我猜他喊爸来，肯定是萌生了什么科学上的灵感。因为，在理解科学术语或进行理性探讨时，公公更容易听懂他的话。爸来了，妈也来了，一左一右坐在他床边。此刻小勃的目光中没有我们，他仍盯着无限远处，电报式的短语像井喷一样快速地涌出来，公公手不停挥地记录着：

"一个新想法。暴胀……转为正常膨胀，孤立波……几个滴答……超圆宇宙……边界反射……扫过内宇宙……多次振荡……离散化，仍是全宇宙同步……内禀决定……仍符合观测值。可验证……盯着……塌陷中心……蓝移会消失……"

他艰难地说了这一大通话，才停下来休息。又想了想，一波微笑从脸上掠过，有如微风掠过湖面，随后加了一句：

"地球中心论……没有了……"

这些话对妈来说不啻天书，我嘛相对好一点，能约略听出他是对楚—马发现做出如下修正：宇宙确实在整体收缩，但这种收缩可能只是一个孤立波，从宇宙一闪而过。它是从宇宙的暴胀阶段产生的，在宇宙边界多次反射，一直回荡到今天。大致是这么个意思吧。爸皱着眉头，盯着记录纸，沉思着。沉思很久后，朝小勃点点头：

"你的思路我基本捋清了。容我再好好想一想。"

公公回到书房，关上门。我内心深处喜不自禁——有这件事岔着，小勃至少今天不会实施自杀决定了。一个小时后爸回到小勃屋里，手里拿着一张纸，那就是小勃说的东西，爸已经把它条理化书面化了。内容是：

一、宇宙诞生时有一个暴胀过程，时间极短，只是几个滴答，从 10^{-35} 秒到 10^{-33} 秒，然后转为正常速度的膨胀。上述过程基本已经被科学界确认，但没人注意到这个速度上的突然变化是要产生反弹收缩的。那是个纵波性质的孤立波，它肯定会在超圆体宇宙的边界发生反射，扫向内宇宙并多次振荡。这个孤立波的周期在刚产生时极短，在几十亿年后可能离散化，拉长。但肯定也不会太长，比如，不超过一百年。

二、这个孤立波并非始于宇宙某一区域，而是同一时刻开始于全宇宙，它的同步性也由内禀性质所决定。基于此，它同样会表现为此前已经观察到的、蓝移可见区域逐渐扩大的现象，也符合此前推导的公式。唯一不同的是：它很快会结束。是全宇宙同步结束，但相应蓝移将在最先显示的地方最先消失。为了验证它是否真是孤立波，我们可以盯着可见蓝移区域的中心处，即地球最近处的天体，看蓝移会不会在某天结束。

三、从理论上说该孤立波应该已经多次扫过宇宙，所以我们这一代赶上一次属于正常，并非太赶巧。也许一万年前就有过一次，只是那时的人类没有能力观察到它。这就扫清了前一个假说中的最后一片疑云，不必担心"人类中心论"的变相复活了。

我能感受到公公的轻松，是常年攀登终于登顶之后的轻松。显然他对这个假说非常满意了，不过他在给出评价时用语谨慎：

"小勃，依我看——只是依直觉——这个假说恐怕是最后结论了。"

小勃眼中笑意盈盈，看来公公的阐述和评价都深合他意。妈也在认真听爸解说。我想，这段话的奥义对妈来说太艰涩了，她肯定听不明白吧。但是不，她用最直接的方法理解了，马上高兴地问：

"马先生，是不是这个意思——原先你俩说天会塌，是说错了，那个什么宇宙塌陷只是老天打了一个尿颤，打过就完了。我说的对不对？"

爸放声大笑，笑得声震屋瓦。这笑声让我非常欣慰。小勃说他干爹的笑声极富感染力，但近年来我不常听到，毕竟小勃的濒死还是影响了二老的心情，他们的悲伤只是深藏不露罢了。

"对，对，就是这个意思，你的比喻非常贴切！你真是儿子的第一知音啊。"

那么，伟大的楚—马发现又被发现者自我否定了，准确地说，那个关于蓝移区域的发现倒没被推翻，但原来的理论解释完全被颠覆了。现在，宇宙只是打了个尿颤，很快就会过去，健康丝毫不受影响，还会活到往日预言的天年。具有讽刺意味的是，楚—马发现的意义也因小勃最后的成功而大大缩水，至少是无法和哈勃发现并肩了。一个不关痛痒的小尿颤又有什么重要意义呢。但是——当然啦，我们都非常高兴有这个学术上的失败。

满屋里都是喜洋洋的气氛。小勃握握我的手。我忙低下头，他清晰地说：
"不死了……坚持……"

我用脸贴着他的脸，欣慰地说："这就对啦，我的小勃。我陪着你坚持到底吧。"

下午，爸把这个结果又推导一遍，证明从逻辑上没有漏洞，就把它从网上发出去。我想世界上各家天文台：威尔逊、帕罗玛山、英澳、基特峰、卡拉阿托、北京、紫金山……，还有所有天文学家和物理学家，又该狠狠地忙一阵子了。但那已经与我们关系不大。我们抱着死而复生的喜悦，重新开始了四人家庭的生活。晚上我们很晚才睡，小勃一直很亢奋，目光像超新星一样明亮，我想，这次宇宙有惊无险地"死而复生"，已经激起了他活下去的力量，相信他至少能再活10年吧。晚上我与他偎依在一起，切切地絮叨着，对额外得到的"后半生"做了种种打算，包括想要一个孩子，不过得用人工授精方法。小勃一直以轻轻的点头做回应。

后来小勃睡着了，我也渐入梦乡。忽然听见小勃咯的一声梦笑，声音十分童稚，就像四五岁男童的声音。我在浅睡中好笑地想："这会儿他梦见什么了？返回幼儿园了？上帝给他发小红花了？"过一会儿，怎么觉得小勃的身子好凉。我忽然有不好的感觉，从朦胧中豁然醒来，轻声唤他，推他。小勃安详地睡着，一动不动，但脸上已经不再有生命之光。

他再也不会醒来了。原来，他今天的思维燃烧也是一道孤立波，燃尽了他体内最后的能量。

我喊来公婆，我们抑住悲伤，同遗体告别，给他换上寿衣。我们都没哭，包括妈。小勃说过不要我们哭，我们答应过，不会让他失望。

第二天，妈赶到山下去开了死亡证明，下午，我和妈把小勃的遗体抬到那个"天葬台"边，放到井字形的柴堆上。三个亲人再次同他告别后，我亲手点火。干透的松木猛烈地燃烧，明亮的火焰欢快地跳跃着，散发着浓郁的松脂清香。我的爱人，连同他的灵魂、他的爱、他的快乐、他的智慧和理性，变成一道白烟扶摇上升，直到与宇宙交融的天际。一只老鹰从我们头顶滑过，直飞九天，但不是西藏天葬台上空那种兀鹰，而是此处山中常见的苍鹰。

也许此刻它正驮负着小勃沉甸甸的灵魂。

几天后我同二老告别下山，回到杂志社。结婚两年，我和小勃一直没有性生活，自然没有一男半女。但我从不为得不到的东西无谓惋惜。不久我又结了婚，生了一个女儿。我，还有丈夫和女儿，都常和山中的公婆通话问候，假期里我还领着他们去过两次。我和公公也一直保持着对小勃预言的关注，老人仍然很开朗，常在电话里朗声大笑：

"别着急，老天的那个尿颤还没打完哩，哈哈。"

公公没看到验证结果，八年后他去世了。我赶到那儿，与婆婆一块儿把公公火化，就在火化小勃的同一个地方。我劝婆婆跟我回去，她笑着拒绝了：

"媳妇你放心，有那爷儿俩在这儿陪着，我不会寂寞的。"她叹息一声，"我舍不得丢下那爷儿俩。"

她要在这儿苦守一生了，要做大傻蛋了。不过我没有硬劝她，每个人有每个人的信仰，只要能够满足内心需求，那种生活就是幸福，哪怕物质上苦一些。她不要我安排保姆，但我还是为她请了一个家住附近的兼职保姆，安排她每星期来两三次，以备有什么老人干不了的活儿。然后我依依不舍地离开了。

小勃去世13年后，他的预言被验证了。近地天体的光谱蓝移突然减弱并消失，那个古怪区域的中心又恢复了正常的天空，就像台风中晴朗的台风眼，并逐渐向外扩大。宇宙打了一个小尿颤，为期仅仅50年，这在几百亿年的宇宙寿命中，连"一眨眼"都远远算不上。楚马两位让世人遭遇了一场虚惊，又笑着宣布：哈哈，只是一个玩笑而已。不过我总有一个没什么道理的想法：也许经过这场虚惊，明天即使天真的塌下来，人类也能从容应对，至少不会集体性心理崩溃了。

对那个无可逃避的人类末日，这次权当是一次全员演习吧，虽然时间太早了点。

又三年后，婆婆病重，我和丈夫接到保姆的电话迅速赶去，伴她走过最后几天，然后在老地方把她火化。我把公公的天文台，连同没有了主人的住家，都无偿赠给附近的景区。他们很高兴，说这么难得的资源，正好为游客们特别是学生们开辟一个"天文游"的新项目，肯定会很红火。还许诺将来收入多了要为我分成。我笑着，没有拂他们的兴头。我想，只要他们能保持天文台的运转和楚马故居的完好，有点铜臭就铜臭吧。游人中总会有几个真正了解楚—马发现的人，可以瞻仰故居追思逝者。

婆婆去世一年后，我领着家人又去了一次，也是最后的一次。我领女儿参观了那幢故居、天文台，还有三个灵魂升天的地方。女儿15岁，颇得乃母家风，爱疯爱笑。她不知道被挑动了哪根筋，对天葬台这儿特别喜爱，又是蹦又是笑，连声惊呼："这儿太美了！仙境！杨过和小龙女修炼的地方！你看天上那只鹰，一定是独孤大侠的神雕！"丈夫一向心思周密，怕对死者不敬，也怕我心中不快，悄悄交代她不要笑得太疯。我听见了，笑着说：

"别管她，想怎么疯就怎么疯。那三位都是很豁达的人，九泉下有知，只会更高兴。"

我原想在这儿立一块碑，或在石壁上刻上三人的名字，聊作亲人或后人们追思的标志。后来觉得这样做有点儿俗，逝者不一定喜欢——我能想象小勃在另一个世界里含笑望我，不以为然地轻轻摇头——便自动中止了这个打算。后来我辗转找到90岁的余华老先生，求得一份墨宝。这次来吊唁，我顺便请石工把它刻在天葬台附近的石壁上。在錾子清亮的敲击声中，在家人四双眼睛的盯视中，两个字逐渐现形。字体是魏碑，端庄大度中不乏潇洒飞扬。当然就是小勃说过的那两个字，一句极普通的乡言村语。不过，如果人们，人类，都能真正品出字中之意，也就不枉来世上走一遭了。

母　亲

一

14797，14798，14799……

白文姬在黑暗中默默地数着，攀着安全梯，一级一级向上爬。中微子观察站距地面9700米，安全梯的梯级间隔为0.4米，大致算来，她要攀登24250级才能到达地面。所以，她强迫自己牢牢记住每次数的数，用来估计自己距地面还有多远。在一次又一次令人厌烦的重复中，尤其是在极度疲劳中，保证数数不出差错，并不是一件容易的事。

14800，14801……

安全梯很简陋，是一根根U型钢筋直接插入岩层。也许某一级插接不牢的梯级会使她从几千米的高处坠落，结束这场艰难的搏斗。不过，直到目前她所攀过的梯级都十分坚固。记得雷教授说建造地下中微子观察站时，曾为设不设安全梯争论过，因为有人认为"从9700米的地下通过安全梯逃生"的概率小而又小。不过最后安全梯还是保留下来了，今天它成了白文姬的逃生之路。

14802，14803……

眼前的黑暗是彻底的、绝对的，看不见任何东西，即使拿手指在眼前晃动，也看不到一点黑影。她已在黑暗中待了很长时间，大概有三天了，极端的黑暗使她产生了顽固的错觉，似乎她的身体和四肢已经消失，只余下头颅在向上飘浮。她常常停止攀登，用手摸一摸胳臂、小腿和脚趾，以便驱走心理幻觉。

14804，14805……

她已经不停息地攀登了多长时间？据她估计已超过了24小时，浑身的肌肉都已经僵硬，各个关节酸痛不堪。尽管步履艰难，她还能一级一级向上攀登，她想这要归功于她一直坚持健美锻炼，即使生下呱呱后，她也及时恢复锻炼，迅速恢复了体形。

想到呱呱，这个大嗓门的女孩，她心中不由一凛。等她爬够24250级梯级，回到地面后，会看到什么样的情景？她赶紧驱走这些想法，驱走心中的阴郁和不祥。人总得为自己留一点希望，如果……她也许会失去攀登的勇气，也许她会干脆跳入9700米的黑暗。

刚才数到哪儿了？14806，14807……

实在太乏了，她把左臂插在钢筋中牢牢固住身子，右手向背囊摸出牛肉干，吃了两片，又摸出矿泉水喝了几口，珍惜地装回背囊。从地下站开始攀登时，她没有敢多带食物，因为在一万米的攀登中，每一克多余的重量都将成为重负。她只带了两天的食物，如果两天后不能到达地面呢？

太疲乏了，特别是脑袋太困，已经两天两夜没合眼了。她决定稍稍睡一会儿，便从背篓里摸出早已备好的绳子，把自己捆在铁梯上，又把左臂穿过梯级与右臂抱紧，脑袋歪在臂环上。她先在心里默诵着刚才数过的级数：14807、14807、14807……等她确认这个数字在睡醒后不致忘记，便很快进入梦乡。

不过，她的睡觉姿势太别扭了，累得她噩梦连连。几天来的往事一直在她脑中翻腾，没有片刻停息。

11天前她和杜宾斯基到中微子观察站值班，这是她生下呱呱后的第一次值班。她是信奉自然哺乳的，所以有一年时间不得不留在地面。她觉得，每天为呱呱哺乳实在是一种享受，呱呱用力吮吸着，吸得她的几根血管发困、发胀，有一种麻酥酥的快感。呱呱总是一边吮吸，一边用小手摸着乳房，仰着头，静静地看着妈妈，时时绽出一波微笑。呱呱真是个可爱的孩子，在让呱呱断奶时，她没有大哭大闹，不过她可怜兮兮的低声哭泣也让她心中发疼。她和呱呱总算闯过了断奶关。

杜宾斯基一看见她就睁大眼睛："我的天啊！"他夸张地喊着，"你还是那样漂亮！魔鬼的身材！"白文姬自豪地笑了。生下孩子后她立即恢复体形锻炼，她曾是全国健美大赛的季军，怎么能容许自己以臃肿的体形出门？她很快恢复往日的体形，只是胸脯更丰满一些。杜宾斯基以口无遮拦著称，曾色眯眯地说，和白文姬在9700米的地下值班是最痛苦的经历，因为"眼瞅着如此美色而不能抱入怀中，对一个男人来说实在是最大的折磨"！他半真半假地说。白文姬知道对付他的办法：

"谢谢你的夸奖。不过我知道我是很安全的，不用在脸上涂上墨汁或诸如此类的掩护。"

"为什么？"

"因为，"白文姬微笑着，"即使在9700米的地下，你也是受道德约束的一个男人，而不是处于发情期的雄性动物。"

杜宾斯基解嘲地说："谢谢你对我的崇高评价。"每次值班为期一个月，两人在地下长期相处时，这个好色的俄国佬的确没有任何侵犯性的动作。不过闲暇时他会毫无顾忌地盯着她，用目光一遍一遍刷过她的身体。"你不能禁止我欣赏你，这是我作为一个绅士、一个男人的最后底线。"他宣称。

白文姬嫣然一笑，默认了他这点侵犯，仅仅是目光的侵犯。总的来说，两人的合作倒是蛮愉快的。

位于9700米矿井深处的中微子观测站是用来观察太阳中微子的。中微子是在太阳核炉中氢氦转变时产生的，它呈电中性，几乎没有质量，可以轻而易举地穿越星球，因此对它的观察十分困难。不过，由于种种原因，科学家需要仔细观察它，比如说，观察它是否有微小的质量。如果有，宇宙暗物质的总量就要大大增加；而暗物质的多少又可以决定宇宙将一直膨胀，还是最终转变为收缩。

这个中微子观察站是先进的镓观察站而不是早先的四氯化烯观察站。镓同位素在吸收一个中微子后转变为锗，并能够被检测出来。镓观察法可以计数低能量中微子氯同位素吸收一个中微子后转变为一个氩原子，并放出一个电子，从而可以被检测出来，但氯观察法只能计数高能量中微子。至于把观察站设在 9700 米深的地下，则是为了彻底屏蔽掉宇宙射线的影响，防止实验出现误差。

37 吨价格昂贵的镓静静地待在地层深处，迎接那些穿越地层而来的太阳中微子。观察过程需要足够的耐心，因为多达 37 吨的镓每天最多只能捕获一个中微子，相比之下，足球比赛的进球是多么容易的事儿。所以，每当记录仪难得地出现一个脉冲，白文姬和杜宾斯基都会欢呼起来。

她和杜宾斯基轮流值班，轮到她休息时，她总要给父母打几个电话，因为呱呱留在父母那儿，她可以在电话中听一听小女儿口齿不清的呢喃。有时她也会给丈夫夏天风打电话，问问寒暖。她为了怕干扰工作，严禁丈夫往这儿打电话。

这几天是一个观察低潮，整整两天，仪表上没有任何显示。那天晚上杜宾斯基值班，但白文姬没有睡意，沐浴过后换了一件睡袍，独自到起居室看书。夜里 10 点，电话铃响了，她拿起听筒，按下屏幕开关，屏幕上显示的是兴奋欲狂的丈夫。她的第一个念头是，丈夫违反了不准向这儿打电话的禁令，看来一定是出了什么大事。丈夫劈头就喊道：

"文姬，发现了外星飞船！"

白文姬笑了，斜过目光瞥了瞥自己手中的小说，那是阿西莫夫的科幻长篇：《基地》。她问："什么名字？"

丈夫愣了："什么什么名字？"

"我问你说的是哪一部科幻影片的内容。"

"不，不是科幻影片，也不是科幻小说，这是真的。发现了外星飞船！"丈夫一字一顿地念道，"两个小时前刚发现，是用光学望远镜直接观察到的，它离地球仅仅有一个月的路程。当然，这都是粗略的估算。科学家和政府首脑全都乱作一团了！"

"有多少艘飞船？"

"一艘。"

"现在在哪儿？"

"在麦哲伦星云方向，具体距离有待测算，可以肯定已进入了太阳系。"

"尝试联系了吗?"

"还没有。要知道,没有任何国家的政府准备了应急方案!他们全都乱了方寸!"

挂上电话,电话铃又急骤地响了,这回是地面站打来的,同样的内容。放下电话,她冲进值班室,亢奋地喊:

"杜宾斯基,发现了外星飞船!有三家天文台同时发现了外星飞船!"

杜宾斯基起身,惊愕地张大嘴巴,这个蠢乎乎的表情足足定格了几十秒钟。他从文姬的表情中看出不是玩笑,便忘形地喊叫着,紧紧搂住文姬在屋里转圈。

那时他们都没想到,这一天会成为地球的黑色纪念日,历史将在这儿凝固。第二天早上,他们得到的消息是:飞船离地球不是一个月的距离而是三天的距离!原来的估算错了。这艘飞船以半光速飞行,现在它已显著地减速,地球天文台所以能观察到它,就是因为减速时反喷的能量束。而且,这艘飞船十分庞大,足足相当于100艘航空母舰。

最重要的一点:地球和飞船没能建立起联系,地球匆忙发出的大量问询没有任何回音。地球人没法弄清,这艘飞船是否是一艘"死飞船",飞船内是否有活的乘员。

丈夫在转述这些消息时,眉尖微有忧色。其实,白文姬的直觉也一直在向她报警。无论如何,这艘外星飞船的造访太过突兀,太不正常。不妨换一个角度思考:假如是地球人发现了外星文明,那么,在驾驶飞船造访之前,地球人一定会早早地发出联系的信息:"我是你的朋友,是一个友好的种族,我们打算来拜访你们。"这样的提前问候是人之常情。为什么外星飞船会顽固地保持缄默?

不过,也许外星人根本没有发明无线电通信?也许外星人认为不告而来是最高的礼敬?不要忘了,他们是外星人——"人"这个字眼在这儿只是借用,谁知道他们是什么样的身体结构?什么样的脾气秉性?他们靠什么能量生存?

生命之歌

　　这些都是未知之谜，所以，尽管心中隐隐不安，白文姬仍急切地盼着谜底早日揭开。

　　两个小时后，丈夫打电话告诉她，外星飞船的形状已经观察到了，是蜂巢型结构，很可能那是几百艘独立的飞船，在升入太空后拼合在一起。所以，这不是一艘飞船，而是一支舰队。

　　丈夫声音低沉地通知她：这是他最后一次电话，因为他们马上要忙开了。白文姬心中不由一沉，她当然知道丈夫的话意，因为，丈夫在武器研究所工作。

　　20年前，也就是2324年，小文姬已经记事了，她忘不了全人类欢庆的一件大事：人类经过公决，以绝对多数票通过一条法令：立即销毁各国现存的所有重武器，当然首先是核、生、化武器及其运载工具。这是划时代的一天，它标志着人类终于告别野蛮，步入了理性时代。武器，这个人类互相残杀的怪物，这个人人憎恶却又摆脱不掉的怪物，终于寿终正寝了。

　　当然也有反对意见，很微弱的反对意见，说人类应保留太空武器，如星际导弹、太空激光炮等，以应付可能的外星侵略。但这些反对意见被另一种简单明快的推论驳倒了："如果某种外星文明能到达地球，那它必然超越野蛮阶段而步入高度文明，因为，高度发展的科学与野蛮是水火不容的。那么，这些外星文明就不会残忍嗜杀，不会具有侵略性，地球文明的发展不就是明证吗？"

　　这真是一个极具说服力的理由，关于它的正确性，几天之后的事实就给出了最明确的验证——可惜是否定的证明。

　　不过，人类公决时也考虑了反对意见，决定在全世界保留五个武器研究所，它们的责任是保存所有有关武器尤其是太空武器的知识，一旦需要，可在短时间内恢复生产。丈夫夏天风是位于中国的第四武器研究所的高级工程师，白文姬常取笑他选择了一个古董职业，就像中国古代传说中所说的"屠龙之技"，永远没有使用的机会。因此，"你尽可在那儿做一个东郭先生，不会有人揭穿你的。"

　　她没有想到，丈夫的屠龙之技会很快派上用场。不过，她知道这个决定已为时过晚，太空激光炮、星际飞弹都是些极度复杂的玩意儿，即使以最快的速度恢复生产，也只能在数月之后交付使用，而现在，那艘来意未卜的飞船离地球只有三天的距离了。

9700米的地下是没有日升日落的，他们只能凭借钟表来掌握时间。2344年5月26日晚上8点——历史的时钟将在这儿停摆——白文姬值完白班。来换班的杜宾斯基满脸疲色，他一直没有休息，守着电话一个劲儿地向外询问。他告诉白文姬，这几个小时没有任何进展。"暴风雨前的平静。"他补充道。

他的预言很快被证实。白文姬草草吃了晚饭，也迫不及待地向各处打电话。地面站的小刘告诉他一个惊人的消息：美国肯尼迪发射中心正在发射升空的代迭罗斯号飞船发生爆炸，八名机组人员全部丧生！代迭罗斯号是各国政府一致决定发射的，是人类与外星飞船联络的信使。它的爆炸也是可以理解的：准备太仓促。小刘还说，据小道消息，代迭罗斯号飞船不光是信使，它还携带有核弹以相机行事。飞船的爆炸没有引爆核弹是不幸中之万幸。

惊人的消息接踵而来，外星飞船忽然吐出数百艘飞船，像蝗虫一样向地球扑来。至此，外星飞船的狰狞嘴脸已暴露无遗了，但地球上却是出奇地平静，各国政要不再向民众发表谈话，人们都麻木地等着蝗虫飞船逼近。地球已变成一个完全不设防的村庄，只能坐以待毙了。

爸妈打来电话，从表面上看，他们的表情仍然很平静："文姬，呱呱会说妈妈了。呱呱，喊妈妈！"呱呱咯咯笑着，弹动着小嘴唇发出"妈妈妈妈"的声音。呱呱外婆说："乖乖，亲亲妈妈，亲亲妈妈！"呱呱把嘴巴贴在可视电话屏幕上，着着实实地亲了几下。白文姬也透过电话亲了亲孩子，默默地一往情深地亲吻。

她和女儿、父母道了再见，挂上电话，眼泪止不住流下来。她当然懂得爸妈的用意，一旦有了什么意外，这就是亲人之间的诀别了。

白文姬牢牢地守着专线电话，真恨地下观测站的建造者们为什么不把电视信号接下来，这样她就能及时了解事态的变化了。而现在，她只能凭一台时断时续的电话，从简短的回话和有限的视野中揣测地面上发生的事情。

丈夫那儿音信全无，他们在干什么？他们已经组装出合用的武器了吧？两小时后，地面站小刘说，敌方的子飞船已进入大气层。他们已不假思索地使用敌人这个名字了，他们是从各个位置进入大气层的，平均分布在各大洲的上空。现在都停留在距地面三万米的高度。在这个高度，人类基本上是无能为力的，除非用航天飞机把它们撞毁，但为数寥寥的航天飞机对付不了蝗虫般的敌方飞船。

所以，只有坐观待变，让恐惧和悔恨咬啮着心房。现在，恐怕所有人都后悔20年前的决定，后悔不该彻底销毁地球的武器！

凌晨四点，离接班还有一个小时，文姬决定少睡一会儿，虽然地球吉凶未卜，但她仍要在自己的岗位上尽责。她没有脱衣服，倒到床上立即入睡。她梦见千千万万只蝗虫在高空振翅，用复眼死死地盯着自己。在睡梦中，白文姬忽然觉得极端难受，就像有人伸手探进她的脑腔拼命搅动，搅得天旋地转。哇的一声，胃中的食物喷射出来。在这一瞬间，她才真正领会到什么叫痛苦，似乎每一个脑细胞都在受挤压，每一个细胞都在遭受针扎，与这种痛苦相比，死亡真是太轻松了。

她没有死。

她慢慢睁开眼睛，被刚才的打击所驱散的脑细胞又慢慢归位，拼出一个模糊的神智。她仍然非常难受，头部是炸裂的疼痛，耳朵、眼珠和每个关节也都在阵阵发疼，稍一动弹便觉天旋地转，胸中恶心欲吐。

但不管怎样，她的神智总算又慢慢拼合了。面前黑漆漆的，没有丝毫的光亮。她曾以为自己瞎了，只是后来发现某些荧光仪表还有微弱的绿光，她才敢确信不是自己眼盲，而是停电。地下室内也没有一丝声音，没有交流电的嗡嗡声，通风管道的嗞嗞声，以及所有平常不为人察觉的无名声响。这种过度的寂静仿佛形成一个压力场，用力挤压着她的神经。

她想到杜宾斯基，那个开朗的、多少带点色相的男人呢？她轻声喊："杜宾斯基？杜宾斯基？"喊声逐渐加大，但没有人回应。白文姬慢慢爬起来，努力克服着严重的眩晕。她摸到一堆黏糊糊的东西，那一定是刚才的呕吐物，她用被单随便擦擦，在黑暗中向前摸去。

好在她对地下室的结构十分熟悉，她慢慢摸到值班室，摸到值班椅，没有杜宾斯基。她继续顺着墙摸，在地板上摸。忽然她摸到一个身体，一个僵硬冰冷的身体，还有黏稠的液体，那一定是快要凝固的鲜血，杜宾斯基已经死了！她的眼泪唰唰地淌下来，他是怎么死的？死了多长时间？这一段空缺的细节永远不可能补上了。

白文姬坐在地上，强迫自己思考着，在头脑眩晕的许可范畴内思考着。毫无疑问，地球上遭到全球范围的致命袭击。中微子地下观测站共有三条备用线路，一旦某条线路有故障，另一条会自动启用，正因为如此，地下室没有任何备用照明。现在三条线路同时断电，证明地面上的破坏是毁灭性的。

她想到电话，便挣扎着摸索过去，不出所料，电话也断了，话筒中没有一点儿声息。

绝对的黑暗、死寂、孤单和恐惧摧垮了她的思想，她疲乏地靠墙坐下，一直坐了很长时间。然后，她从假死状态中醒过来。不能在这里等死！停电必然中断通风，地下室的氧气终归要用完，三天之内吧，留在这儿只能死路一条。她要回到地面，看看自己的父母、丈夫和女儿，即使他们已遭不幸，她也要亲眼证实它。

怎么办？只有爬上去，顺着安全扶梯爬上去。不能指望地面站的救援了，那儿很可能已经毁灭。但是，9700米的高度！比珠穆朗玛峰还要高1000米哩！她能不能爬到顶？会不会在半途中因力气用尽而摔下来？

不过，没有什么可犹豫的，因为这是唯一的生路。至于自己的体力能否坚持到底——她必须坚持到底，就这么简单。白文姬摸到厨房，在冰箱里找到一些熟食，两瓶矿泉水，找到一个背囊装起来。她坐在地上休息片刻，打开升降机房间的侧门进入升降井。这里的地形她很不熟悉，她在墙壁上慢慢摸索着，跌跌撞撞，几次差点儿摔倒。但她终于摸到嵌在岩壁上的U型铁条。心中突然涌出一股暖流——这细细的铁条就是她活命的唯一希望了。

她开始义无反顾地攀登。

生命之歌

白文姬从梦中醒来,一个数字首先跳入意识:一万四千八百零七。这是她睡觉前攀登的铁梯级数。她吁一口气,继续向上爬。

14808,14809……

那些该死的外星飞船,那些该千刀万剐的外星杂种。这是一次计划周密的突然袭击,它们使用了什么武器?从自己的感受来推测,很可能是次声波,是一次强度极高的、遍及全球的次声波攻击。即使在9700米的地下,她仍能感受到这场攻击的威力。杜宾斯基受到的伤害更重,他很可能是因次声波造成七窍流血而死去的。

地面上的人呢?呱呱、丈夫和父母呢?她的头脑一阵眩晕,忙用手紧紧握住铁梯。歇息片刻,她强迫自己忘掉这些想法。到地面上再说吧,到那时再去面对事实真相吧。

17323,17324……

她的精力快耗尽了,刚才那一觉所恢复的精力,转眼之间就用完了。每向上挪动一步都十分艰难,56公斤的体重似乎变成一吨重。她真担心自己爬不完最后这段路。

18621,18622……

手已经磨破了,虽然感觉不到疼痛,但从手心发黏的感觉来看,肯定是满手鲜血。每向上挪动一厘米,都会让她气喘吁吁,她的胳膊和腿再也不能把身体向上举了。不过她仍咬紧牙坚持着,用意志力代替肌肉的力量去爬。

18710,18711……

熬过最艰难的几十级,她忽然觉得力量又回到身上。她恍然悟到刚才是运动的极点,她总算熬过极点。此后,她的攀登就轻松多了。

当数过二万一千次后,她不再数数,因为她发觉,一缕轻淡的若有若无的光线已经在头顶出现。她紧紧盯着亮光所在的地方,抓紧向上攀登。没错,是光线。光线越来越亮,慢慢地,可以看清升降井的大致轮廓。胜利在望,她忘记了疲劳,加速攀登。

现在她能看清,头顶是一个四方形光圈,中间部分则黑黝黝的。是停在顶部的升降机挡住了光线,否则她早就应该看到出口了。借着从升降机四周泻下的光线足以看清升降井，看清升降钢索、铁梯和升降机的自动刹车机构。向下则是圆形的深井，深不见底。

在攀上升降机之前，白文姬休息了一会儿，一方面让眼睛适应光亮，一方面做一点思想准备。尽管心中不祥的预感越来越浓，她仍盼望着这是一场虚惊，也许停电只是一场机械事故，地面站的雷站长和小刘会飞跑着迎接她，说："我们急死啦急死啦！停电后我们正想办法救你们，没想到你敢从9700米的地下爬上来！"随后的电话中也能听到爸妈爽朗的笑声和呱呱口齿不清的喊声……人总倾向于欺骗自己，直到蒙眼布彻底打开。

会是什么样的真相在等着她？

尽管早已有心理准备，眼前的一切仍然触目惊心。地面站的人全死光了，横七竖八倒了一地，从倒地的方位看，他们在灾祸降临的瞬间都在向外跑，但没有跑几步便力竭倒地。其中坚持最久的是地面站雷站长，他倒在玻璃转门之间，身后拖着一长串血迹。所有尸首都扭曲着，表情狰狞，七窍流血，那一瞬间的极度痛苦真切地、永远地记录下来。

白文姬想呕吐，她强忍着，在尸首之间辨认。这是小刘，这是地面站最漂亮的姑娘小奚，这是幽默开朗的"大叔"老葛……他们的眼睛都大睁着，死不瞑目啊。在院里她还发现一只死猫、一只死耗子，这点特别使她震惊，因为据说耗子是哺乳动物中生命力最顽强的种群。只有苍蝇未受次声波的摧残，它们在尸体上亢奋地嗡嗡叫着，飞上飞下，为这个死人场增添了一丝活气。

地面站仍然停电，电话也不通。白文姬无法知道父母、女儿和丈夫的情况，但想来他们也是同样的命运。她没有眼泪，泪水已被仇恨烧干了。也许，她现在是地球人类唯一的幸存者。若果真如此，则她只剩下一件事要干：尽可能多杀死几个外星杂种。

为了女儿，为了丈夫，为了所有的亲人，为了人类。

夕阳快下山了，西天布满绚丽的火烧云。金红色的彩云流淌着，迅速变换着形状。天道无情，它不知道地球的生灵已经全变成了冤魂，仍旧日落日升，云飞云停。

白文姬强迫自己忘掉这一切，尽快进入新的角色——一个冷血杀手，她要向外星杂种复仇。但这些魔鬼究竟是什么样子？它们是气态人还是能量人？什么武器能杀死它们？白文姬还没有一点眉目。

她在冰箱里找到几瓶罐头食品，停电三天，冰箱里已经有异味，但罐装食品还是完好的。暮色已经降临，白文姬机械地咀嚼着罐装牛肉，筹谋着明天的行动。门外忽然传来汽车行驶声，白文姬的神经猛然被扎醒——还有活人！她曾以为这个世界已没有活人了，但有人开汽车！

她立即起身，向门外跑去，但在最后关头，警觉像呼吸一样起作用了。是谁在开汽车？虽然她不大相信会是外星人开地球人的汽车，但她还是要观察一下。她走到窗前，从窗帘侧向外窥视。

一辆大福特径直开进院内，停下车，车门打开，一只脚踏到地面上——白文姬的心脏猛然抽紧：那只脚，或那只脚上穿的鞋子是金属制的，看起来十分笨重，发着黑色的金属光泽。接着，一个机器人走出车门，外形颇似人类，但全身都是金属的，头上无发，脸部由几十块钢铁组元组成，钢铁眼窝深陷着，一双没有理性的眼睛冷漠地扫视着四周。

外星人没有在院中停留，快步向主楼走来。它身高两米，脚步声十分沉重。它是否发现了自己？白文姬迅速退到厨房，拎起一把锋利的厨刀，这把刀不会对机器人造成威胁，但至少可以用来自杀！然后她迅速藏身到一个橱柜中。透过百叶窗向外观察。

伴着铿然的脚步声，机器人走进来了。用冷漠的眼睛扫视一周后，弯腰抓起两具尸体，转身向外走去。它抓起尸体毫不费力，强劲的手指轻易戳进尸体内。它出去了，走出白文姬的视线。听见两声闷响，可能它把尸体扔到地上了。然后脚步声又返回。

原来它在做尸体清理工作，很快，屋内的七八具尸体都被扔到院子里。其后五六分钟没有响声，白文姬溜到窗户前向外偷看，见几具尸体在院子中央堆成一堆，上面撒着白色粉末。那个机器人正从汽车里拎出一把沉重的枪支,它单手执枪,对着尸体扣动扳机,一道耀眼的红色撕破暮色,尸体堆爆出明亮的火光,熊熊燃烧起来。

不知道它在尸体上洒的是什么燃烧剂,燃烧十分猛烈,白色的光芒照亮方圆百米。机器人没有多停,返回车内,汽车迅速驶离火堆,开出院门。白文姬来到院里时,尸首已经燃尽,仅在地下留下一团很小的白色灰烬。那辆汽车已经不见了,远处的夜空被照亮,几十团白亮的火焰此起彼伏。看来今天机器人在对这一带进行大清理。

白文姬立在那堆尸灰前默哀。尸首被火化了,她的同事们总算有了归宿。然后,一个疑问浮上水面。刚才那个外星人来去匆匆,她没看清楚,但有一点是没有疑问的,那就是它太"像"人。它有四肢、躯干、头颅,是否有五官不太清楚,但至少有一双眼睛和一只嘴巴。而且,从头颅、躯干和四肢的比例来看,也与人类酷似。白文姬知道一条规律:人类总是按照自己的模样去创造神灵、魔鬼和机器人。刚才她看到的无疑是外星人所造的机器人,那么,它们的主人,那些外星杂种,竟然与人类相像?

这是不大可能的,在两个相距遥远的星球上,沿着独立进化之路,竟然进化出面貌形态相当接近的两种"人类",这种可能性几乎不存在。

那么——所谓的外星侵略是地球上某个国家或某个狂人玩的把戏?白文姬觉得浑身发冷,如果是这样,那可是一桩惊天大阴谋!不过她不相信这一点,因为,在自由、祥和、透明化的24世纪,根本没有这类狂人赖以存活的土壤。

她的心情十分阴郁。这是个谜,是个难解的谜,不知道在她生前这个谜团能否解开。

灯忽然亮了,屋内亮如白昼,远处的建筑物也亮起一扇扇窗户。一阵欣喜袭来——但白文姬随即悟出真相。不,不是"人类"恢复了电力供应,而是外星人。他们已着手建立正常的社会秩序了。他们用次声波杀死所有地球人,接管了完好无损的人类的物质基础。他们的如意算盘打得真精啊。

电扇在转,空调在响,电脑和电视屏幕也亮了。那场灾难造成时间上的一个中断,现在它们又接续上了。白文姬拿起电话,电话指示灯开始闪亮,耳机里有了熟悉的嗡嗡声,电话网也恢复正常了。白文姬很想向父母、丈夫那儿打一个电话,但她最终克制住自己。如果外星人掌握了电话网,他们会很容易查出这个电话的来源,也许两分钟后外星人的军队就会把这儿包围。不能莽撞,她要好好保存自己的生命,要拿它多换几个外星魔鬼。

她想上电脑网络上查一查这两天的实情,也因为同样的原因而作罢。忽然她想到电视,电视里都存有两天的节目,可以调出观看而不被外星人察觉。于是她调出这两天的录像,认真地看下去。

她填补了两天的空白。

她看到那艘无比巨大的外星飞船,确实像一个大蜂巢。仔细看看,这个蜂巢是组合式的,每个组元就是一艘飞船,其模样和地球人的飞船差不多。估计是各个飞船独立起飞,到了无重力区域再组装起来,否则,它的庞大结构绝对承受不了自身的重力。

她看到那艘母船突然放出几百艘袖珍飞船,像一群野蜂般扑来,从各个方向进入地球,悬挂在外空轨道上。

她看到肯尼迪航天中心的大爆炸,那艘匆忙起飞的飞船曾是地球人最后的反抗手段。它不幸爆炸后,公众都陷于深深的绝望,因为,地球人已经没有任何太空武器来对付那艘蜂巢式母船和那群毒蜂。随后,联合国秘书长罗根思先生做了一次电视讲话,呼吁民众镇静,保持人类的尊严,万能的主将庇护我们。这个白发苍苍的老人实际上已向人类致了悼词。

然后,摄影镜头下的人群突然一齐扭曲身体,踉跄着,七窍流血地倒在地上。摄像镜头被摔在地上,从地面的视角继续拍摄着,这个视角使画面更为恐怖。白文姬想起自己濒死的那一刻,想起身体僵硬的杜宾斯基,她觉得那种痛楚又向她袭来,连呼吸也变得困难。

她手指抖颤着更换频道。所有频道在此刻都录下了相同的场面,中国、日本、美国、俄罗斯、智利、冰岛。死亡肯定是全球性的。60亿人,在一瞬间同时死亡。

她喘息着,关了电视。

不要再回顾过去了。过去的已经过去，不可能再挽回。过去那个白文姬也已经死了。现在活着的是一个复仇女神，她的胸膛里只剩下一种感情——仇恨。

她开始为今后的战斗做准备。首先当然是武器。到哪儿去找？外星杂种的汽车上倒有，但去盗窃危险性太大。她的生命至少要换几百个外星人，应该格外珍惜。武器研究所！她忽然想起丈夫的武器研究所。那里虽没有重武器，只保留着重武器的图纸，但所有轻武器都保留有样品。白文姬相信，在那儿一定能找到足以杀死外星机器人的激光枪、粒子枪或射线枪。对，她明天就去那儿，顺便确认丈夫的下落。

她在屋里搜索着，充实着作战背囊。食物和饮水她没有多带，因为估计这两种东西至少短时间内不会缺乏。她把厨刀也装进背囊，还有一捆尼龙绳，一把剪刀，一个日记本，她要把最后的日子记下来，然后……留给谁呢？想起在地下所遭遇的黑暗，她又带上一只电筒，两只打火机。

然后她来到女员工休息室，放一池热水，痛痛快快洗了一个热水澡。复仇开始后，这些正常的人类生活只怕是享受不到了。女员工休息室是为值夜班的女员工准备的，但实际上在地下站值夜班的女性仅她一人，所以这套房子差不多成了她的领地。她是十分珍惜自身羽毛和小巢的女性，这套房子布置得十分妩媚，化妆间里，摆着唇膏、指甲油、眉笔、睫毛夹、发钳，衣橱里有漂亮的文胸、内裤、丝袜和大开领的丝质睡衣。她穿上浴衣来到镜前，擦去镜面上的水汽，端详着自己，心中酸苦。从本质上说，女性化妆是为了他人，是为了留住丈夫、异性和同性的目光。但从今而后她为谁化妆？她为谁美丽？

不过她仍然像往常一样化了淡妆，而且，在满当当的作战背囊里，她还是塞了两件文胸、内裤和一件睡衣。

白文姬早上四点钟起床，留恋地看看自己的小巢，同它作了诀别，然后到停车场找到自己的汽车。这个出发时间是计算好的，可以借助月光开车，免得被外星人发现。她没有开车灯，小心地上路。

到处是一片死寂，楼房都有灯光，但没有一丝声响，没有一个活物。她沿着公路飞快地开着车，警觉地注视着公路尽头。好在路上没有外星人的警戒，一个小时后她安全抵达市内，来到父母的住宅前。

在住宅前的空场上，她发现了熟悉的东西：一堆白色的灰烬。她心中一沉，看来外星人已来这里清理过了。屋内果然空无一人，墙上的照片含笑看着她，百叶窗在微风中轻轻摆动，荧光灯吐出柔和的光芒。看着这一切，很难想象这儿曾有过一番浩劫。只有地上随便扔着的长毛熊和小碗勺，多少透露出一点灾难的痕迹。

她取下镜框，爸妈仍笑得那么慈祥，周岁的女儿瞪着圆溜溜的眼睛，好奇地看着外部世界。她的胳膊又白又嫩，胖得像藕节，一个手指头含在小嘴里。文姬定定地看着，泪水模糊了视线，眼前幻化出另一种景象：父母和女儿在濒死的痛苦中挣扎；面目扭曲的尸体；一个冷血的焚尸者；一团白得耀眼的火光……她擦擦眼泪，郑重地取下几张照片，用硬纸包好，小心地塞到背囊里。

不能多停，要赶在天亮前到达丈夫的研究所。她在那堆灰烬前默哀片刻，驾车离开。月亮已经落下去了，晨色苍茫，刚好能辨认道路。她飞快地开着，拐过一个街角，忽然发现远处有汽车灯光！她急忙刹住车，停靠在路边，把车内的仪表灯也熄灭。刚刚做完这些动作，那辆车飞快地掠过这儿，车内灯光明亮，机器人的金属躯体闪闪发光。白文姬庆幸自己没有被发现，此后她开得更小心了。

武器研究所的情景和地面站一样，外星人还没来清理过，十几具尸首横七竖八摆了一地。每个人都拎着一件武器，即使死前的痛苦也没能让他们松手。靠墙的武器架上摆放着一排轻武器，都擦拭得明光锃亮，弹药盘或能量盒也都已就位。看来，研究所的人们已做好战斗准备。

她找到丈夫，同样扭曲的面孔，同样凝着血迹的五官，双眼圆睁着，弯腰曲背，似乎仍蓄力待发。文姬把丈夫揽入怀里，为他合上双眼，又撕下衣角耐心地为他揩去血迹。血早已凝结了，擦起来十分困难，她小心地擦着。

再不会有人轻吻她的额头，把她揽入宽阔的怀抱中了。再不会有人在耳边轻轻说"我爱你"，在睡梦中轻轻揉搓她的乳房。她想起自己和丈夫面对面坐在床上，脚掌对着脚掌，光屁股的小女儿在四条腿中转着圈爬，一边咯咯地笑。这些情景像利刃一样搅着她的心。

阳光已从窗户里投进来。她放下丈夫的尸体，小心掰开他的右手，拎起那支枪。虽说女人生来不爱舞刀弄枪，但被丈夫耳濡目染，她也知道不少枪械的知识。她知道这种枪是激光枪马丁2号，利用高能物质氮5即五个氮原子所组成的氮的异构体做能源，每个弹药盒可以击发10次，射程2000米，在500米内能射穿100毫米厚的钢板。估计这支枪的威力足以对付外星机器人了，除非他们是不死之身。

枪上已装好弹药盒，另外10个弹药盒装在丈夫身后的子弹带中。白文姬取下子弹带，围在自己腰间，拎着枪直起身来。丈夫和他同事的遗体该如何处理？她想了想，决定把他们留给外星人的焚尸队。她想，丈夫不会怪罪自己的。

忽然院外有汽车声！白文姬拎着枪，迅速闪到厨房，仍旧钻到橱柜内。同样沉重的脚步声，同样的机器人躯体，同样的刻板动作。屋内的尸体都拖出去了，外星机器人还到各个房间检查一番。白文姬把枪口慢慢顺正，轻轻地扳开保险。她看见了一双闪着金属光泽的脚，不过机器人没有打开橱柜，脚步声渐渐远去。

白文姬闪到窗前，外星人正在向尸体上撒白色粉末。然后返回车内，拎出激光枪，点燃焚尸的大火。机器人对着这堆大火又看了两分钟，钢铁组元组成的面孔十分冷漠，没有一丝表情。外星人准备离去了，这当口白文姬已悄悄瞄准了机器人的胸膛，一个光点在他左胸上晃动。文姬犹豫着，不知道这儿是不是机器人的致命处，但她凭直觉做出决断：既然机器人与人类这么酷似，没理由认为这儿不是心脏。她咬着牙扳动枪机，一道耀眼的光束破空而去，訇然一声，在机器人胸前炸开一个碗口大的洞。机器人吼叫一声，枪身在空中划一个弧形，瞄准文姬所在的地方。机器人开火了，但此时它的身体已慢慢向后仰倒，那束死光也随着在空中划着弧形，所到之处，墙壁、树干和尸体都被炸裂。机器人沉重地跌在地上,那支枪射完了能量,仍直撅撅地朝向天空。

文姬扣着扳机,小心地走近机器人。机器人已经死了,钢铁眼窝里的眼睛还睁着,无神地望着天空,钢铁组元的面孔是惊愕的表情。胸口有一个大洞,露出一些粉红色的类似肌肉的东西。白文姬冷笑着想,这些残忍暴虐、杀人如草芥的家伙,原来并不是不死之身啊。她很想把外星人的尸首藏起来,以免打草惊蛇,但她拖着机器人的脚掌试了试,根本不行,这具钢铁身体重如千斤。她只好把它留在空地上。

她向丈夫的骨灰告别,匆匆离开这儿。没有开车,白天开车太危险了。她顺着住宅区内的小路,借着树林的掩护,迅速溜到了另一幢大楼,开始寻找她的下一个猎物。

白文姬就这样开始她的复仇生涯。到处是人去室空的楼房,食物和弹药很充足,她身上的能量盒够她杀死100个敌人,用完之后还可以到丈夫的研究所去取。还有一点对她很有利:她知道到哪儿去设伏。只要发现哪儿的尸体未清理,她就可以埋伏下来,守株待兔。

天气渐渐热了,未清理的尸体已经腐烂,城市里到处弥漫着令人作呕的异味,外星人加快了他们的清理工作,到处是焚烧死尸的大火。在火堆旁边,白文姬共杀死了八个机器人。她的行动越来越熟练和自信。她过去所受的健美训练对她帮助很大,使她行动起来敏捷轻盈,有充沛的精力。

已经死了八个机器人,按说该引起占领者的警觉了,但好像外星人很迟钝,他们照旧忙碌着,在各地清理尸体,并没有采取什么搜捕行动。这使白文姬暗自庆幸。

白文姬已经不满足这种复仇了,她要找到敌方的首脑所在,给它们来一个中心开花。她在一所住宅里找到了一只高倍望远镜,便带上它,潜入78层的工商银行大楼,从顶楼向市内瞭望。市内街道上汽车寥寥,看来外星人在这个城市的人数很有限。慢慢地她发现,这些汽车的行迹构成一个蛛网,而蛛网的中心是市中心医院,那里肯定是外星人的巢穴。

她开始一栋楼房一栋楼房地向市中心医院靠近，在这个过程中又杀死两个外星人。到了中心医院，她发现这儿正矗立起一座 A 字的铁塔，已经建起近百米，20 多个机器人在塔上忙碌，到处是电焊的弧光。巨大的塔式起重机缓缓转动着铁臂，把建筑材料送上去。已经建成的塔身方方正正，毫无美感，甚至可以说十分丑陋。这座塔是干什么用的？很久之后白文姬才知道，这是外星人的纪念碑和凯旋门，它们以此来庆祝对地球的占领，同时向上帝当然是外星人的上帝谢恩。这种形状丑陋的纪念物大概是这个野蛮种族唯一的审美情趣了。

几天来的成功袭击使白文姬的胆子越来越大，虽然是白天，她还是借着建筑物的掩护向铁塔逼近。她潜入与铁塔紧邻的一家工厂，悄悄攀上工厂中央的大水塔，架好枪支。那群钢铁蚂蚁还在忙忙碌碌，干得十分敬业，十分投入，配合协调，就像一台精巧的机器。白文姬仔细寻找着猎物，发现一个外星人离同伴较远，便把枪口瞄准他，扣下扳机。一道强光一闪即没，那个外星人双手一扬，从塔上摔下去，隐隐能听到凄厉的呼声。

十分奇怪，这个机器人的跌落没引起任何反应，没人去察看和救护伤员，塔上的工作节奏丝毫未减慢。白文姬十分纳闷，她想，在阳光下，敌人未发觉激光枪的光束倒是可能的，但同伴失手跌下，至少也得去救护啊！她这会儿没心思去揣摩这个谜团，瞄准另一个开了第二枪。又是一声惨叫，那人从塔上跌下，重重地摔在地上。塔上的工作似乎迟滞了半秒，但随即又恢复正常。

白文姬愤怒地想，这真是一个残忍的种族，它们不但对地球人残忍冷酷，即使同伴的性命也视如草芥。她这次瞄准塔式起重机的操作者，带着快意扣下扳机。操作者身子一仰，靠在驾驶室的墙壁上，慢慢倾倒。起重铁臂继续转动，吊着的重物碰弯了铁塔的构件，把另一个机器人撞得飞了起来，摔死在地面上。

这时，铁塔上其余的机器人似乎得到什么号令，同时向水塔这边转过身，望远镜中能看到它们冷酷的目光。然后，它们同时从铁塔上往下爬，动作十分敏捷。白文姬知道情况不妙，疾速爬下水塔，闪身到一个车间。这时天上已响起轰鸣声，几十架地球人的飞机包抄过来，行列中有一架形状特异的外星飞行器。在这个外星飞行器的指挥下，飞机轮流向水塔开火，塔身很快迸飞，蓄水从半空中汹汹地倾倒下来。

手持激光枪的外星人也已赶来，不过它们并没有进入工厂，都在铁篱外虎视眈眈地守候。水塔轰然倒塌，飞机开始以饱和火力分区域轰炸工厂，看来他们不准备让一个活物留下。眼看着爆炸点向这边逼近，白文姬急中生智，逃出车间，找到一个下水道的铁盖，用力掀开铁盖，钻进去。

身后是轰隆隆的巨响，红光从下水道口射进来，灼热的气浪追赶着她。白文姬急急地、磕磕碰碰地向前爬。下水道很宽敞，弥漫着工业废水的刺鼻气味。身后的红光远去了，她进入黑暗之中，不过这儿毕竟不是9700米的地下，偶尔从窨井盖处透下几丝光亮，使她勉强能看清前面的道路。

后边轰然一声，下水道倒塌了，堵死了。现在已后退无路，白文姬便一个心思向前摸索。下水道的微光越来越弱，已经难以辨清方向。向哪儿走？也许她会困死在迷宫一样的管道内。忽然她的脚面感到水的流动，感到了流向。她想，只要顺着水流走，总归能走到河边啊。于是，她干脆脱了鞋子，时刻用脚掌试着水的流向。管道内污水不多，可能是城市已经停止活动，没有什么生活污水，所以下水道内一直保持着足够的空气，使她不至于窒息。

她在管道里走啊，走啊，不知道走了多长时间。她已经精疲力竭了，手中的枪支重如千斤，但她始终紧紧握住它。她又饿又渴，背囊还在，但背囊中的食物和饮水不知什么时候掉落了。脚下就有水，可惜不能渴。水流的声音百般诱惑着她，她几次想趴下去喝两口，但最终克制住自己。

走啊，走啊，她的双腿已经麻木，似乎比从9700米的地下爬上来时更累，但强烈的求生欲望仍支撑着她。方向显然没错，因为管道变粗了，脚下的水越来越深，水面浸到腰部，浸到胸部，现在她已不是爬行，而是游行了。

水声越来越响，水流越来越急，她在拐角处稳住身子，探头向前察看。前面，污水已经充塞管道，没有可呼吸的空间了。但前边隐隐传来亮光，传来水流的跌落声。反正已后退无路了，白文姬把枪支和背囊理好，深吸一口气，向水中潜去。水流推着她向前游，20秒钟，40秒钟，她的呼吸已经十分困难,一朵黑云慢慢向她的意识罩过来,就在她快要绝望的时候,眼前忽然一亮,她随即跌落下去。

她急忙浮出水面,这儿不是河流,而是一个巨大的池子,四周池壁高高耸立,圈出四方形的蓝天。一道铁扶梯从水下一直延伸到壁顶。她猛烈地喘息着,手足并用爬上扶梯,等她接触到坚实的地面,心神一松,便晕厥过去。

繁星在天上闪烁,流云在弦月旁流淌,夜空高旷,晚风在私语。白文姬艰难地睁开眼睛,拼拢自己的意识。她在哪儿?她睡在一座高高的墙壁上,不远处就是墙壁的边缘,夜里如果她翻个身,此刻已变成冤魂了。她心中一凛,腿脚发软,忙抓住身旁的铁栏。

枪支在腋下,硌得那儿生疼,她艰难地挪动着麻木的身体,把枪支顺到前边。浑身都疼,骨头像碎成千百块。周围是黑黝黝的建筑物,只有几扇窗户倾泻出雪亮的灯光。

没有人声,没有人的活动。

她已经悟出这是哪儿:城市西部紧挨河流的污水处理厂,面前是污水沉淀池。污水先在这里沉淀,随后通过生物净化和机械净化,排到河里去。这儿的工作是全自动的,所以虽然工作人员已经死光,工作程序仍旧进行着。

她走过天桥,经过密如蛛网的管道,来到污水处理厂的指挥室。宽敞的指挥室内,各种仪表灯仍在闪亮。没有人,也没有尸体,这里肯定已被外星人清理过了。她走进员工休息室,在卫生间的大镜子中看到自己:浑身脏污,头发锈成一团,衣服破烂不堪,两眼充满红丝,面容疲惫麻木。她苦笑一声,尽管已饥肠辘辘,但她仍先打开淋浴器梳洗一番。身上的衣服已不能再穿,背囊里的备用衣服也皱成一团,她在屋子里找到了几件男人的衣服穿上,尽管衣服很不合体,但站在镜前再度观察自己时,她又恢复了自信。

她在厨房里找到罐头食物和饮料,狼吞虎咽地吃饱,在值班床上沉沉睡去。这一觉她睡得很沉,醒来时已是朝霞满天。这儿是郊外,十几只水鸟在高高的树梢上鸣啭着,飞上飞下。这种不知名的水鸟,羽毛是翠绿色的,头顶有一片丹红,美得像一只精灵,久未见到生灵的白文姬贪馋地看着,感动得热泪盈眶。

又一次死里逃生的经历，再加上这几只生机勃勃的小鸟，忽然唤起她强烈的求生欲望。不，她的当务之急不是报仇，不是与敌人同归于尽，而是活下去，尽力活下去，想办法延续人类种族　她苦笑着摇摇头，如何延续人类种族？很可能这世界上已没有一个男人，而她又不会孤雌生殖，除非丈夫在她腹中留下了一颗种子。不过这一点不大可能，女儿还小，夫妻生活中，他们一直小心地采取着避孕措施。现在她强烈地感到后悔，她真不该避孕，真该留下一颗种子。

但是要活下去！命运既然能留下她，谁敢说没有别的幸存者？她要走遍全世界去寻找同类。即使人类只留下她一人，她仍要活下去，努力学习克隆技术，学习这种神秘得近乎巫术的技术，把人类延续下去。她要躲到荒凉的山区、沙漠或极地，外星人的数量不多，不可能控制整个地球，总会留下足以让她或他们生存的空隙。她要学会像原始人那样生活，茹毛饮血，保留文明的火种。

决心已定，她感到心境复归平静，同时也难以排除渗入骨髓的孤凄和悲凉。她开始在污水厂各个房间里搜集生活必需品。先在门外找到一辆越野性能较好的城市猎人牌吉普，砸碎车玻璃，意外地发现点火钥匙在那儿，这使她省去不少工夫。她把搜集到的罐头、饮料、衣物、工具一趟一趟往车上搬，还找来几只塑料桶，把其他汽车的汽油都抽出来，放到自己车上备用。

她发现一间女性的居室，可能也是女性员工休息室。室主人一定是一位漂亮风流的女子，因为屋内到处是昂贵的法国香水、唇膏、薄如蝉翼的名牌文胸和内裤、连裤丝袜和半透明的睡衣。那个女人的半身玉照在梳妆台上，眉眼中有无限风情。白文姬在镜中看看身上不合体的男人衣服，犹豫着，最终把它们脱下，换上了这位不知名女子的漂亮裙装。

以后不会有人来欣赏她的美貌，但一个女人的爱美之心是十分顽强的。

她把汽车开出污水厂的大门，停下来向人类世界告别。她的心地一片空明，竞技状态很好。要活！活下去，再寻找希望！吉普一路向西北开去，那儿是深山区。她担心在无遮无掩的公路上开车，会被外星人发现，开了半天没见什么动静，多少放心了，也许，外星人还未能掌握地球人类的所有信息系统，比如天上的探测卫星。

她开了整整一天，没有看过地图，只管往最荒僻的地方开。先是高速公路，再是一般干道、县级公路。汽油表指到了零，她停下来下车加了油，吃了一点食物，又继续开行。她进入山区，在坎坷不平的山道上颠簸。夜色沉下来，她不愿开大灯，便借着朦胧的月光向前摸索。深夜，前边路断了，视野里尽是黑黝黝的山峰和森森的树木。她停下车，在后座椅上很快入睡。

她做了一些杂乱的梦，梦见到处去找自己的丈夫，终于找到了，一夜缱绻，丈夫给她留下一颗生命的种子。梦境变换，她躺在产床上，撕心裂肺的痛苦，然后是舒适的慵懒，一个可爱的婴儿躺在她身边。一岁的女儿来了，口齿不清地唤着弟弟，她冷峻地想，如果世界上只剩下这姊弟二人，也许他们不得不做夫妻？这个选择太艰难了，她想从梦境中逃脱……

她醒了，晨色熹微，面前是陡峭的山崖，茂密的树木。汽车停在一条满布鹅卵石的干涸河道上，侧后方是一个水潭，不大，却极深，清冽的潭水汇出重重的绿色，十几只小鱼在潭水中游玩，倏然不见。

眼前的美景驱散了梦中的沉重，她取出食物，坐在鹅卵石的河道上吃了早餐。清冽的河水在引诱着她。一天的奔波使她风尘仆仆，胸前腋下都腻腻的，于是，她取出盥洗用具，随身带上激光枪，来到潭边，脱了衣服，在清冽的潭水中洗去征尘。藏到石下的小鱼儿又悄悄返回，一只螃蟹也从石下爬出来，不慌不忙地在石面上横行。文姬用脚趾悄悄摁下去，摁住了蟹背，螃蟹惊慌失措地举起两只大钳。她松开脚趾，螃蟹飞快地逃掉了，在水中留下一串水泡。白文姬不由绽出一丝笑意，这是灾难来临后她的第一次微笑。

潭水太凉了，白文姬走到浅处，赤身立在山风中，就像一位风姿绰约的仙子。晨风吹干身体，她上了岸，穿上文胸、内裤——忽然她有一种悚然的感觉，她的直觉在警告，好像有人在盯着她的后背，冰凉的目光所到之处，她的皮肤微微战栗。她镇静着自己，用眼角的余光向身后看。果然有两个外星杂种！身躯比她见过的略矮一些，一男一女，女的铁壳胸部有两个凸起，使她一眼就辨出机器人的性别。它们身后的林中空地上，停着一架外形奇特的飞行器。

外星机器人没有动作，冷酷地默默注视。白文姬心中凄然，知道死神已经来了。她不慌不忙地穿好衣服，掠掠头发，忽然一个箭步向激光枪扑去，把枪支拎起来。但男外星人以不可思议的敏捷一步跨过十几米，劈手夺过激光枪，向着远处射光了能量，耀眼的红光烧灼着空气，光束所到之处，大树拦腰截断，轰轰隆隆地倒下来。外星机器人狞笑着，把枪支慢慢地拧成一个麻花，摔在她的面前。白文姬从背囊中摸出那把尖刀，明知这件武器对机器人是无效的，但她仍拼死向机器人的眼睛扎去。机器人用胳臂轻轻一格，刀刃在金属躯体上砍出一溜火花。她苦笑着停止搏斗，忽然反手一刀，向脖子上抹去。

但她未能如愿，男机器人敏捷地托住她的刀锋，夺过来，远远扔到潭水里，溅出一片水花。然后又冷漠地注视着她。白文姬觉得自己成了猫爪下的幼鼠，没有一点反抗的余地。她叹口气，转过身，纵身向潭中跃去。

这回是女机器人拦住她，女机器人伸出右手，慢慢扼住白文姬的脖子。白文姬觉得黑云渐渐漫过意识，在濒死的痛苦中，她反而有一种解脱的感觉。

她失去了知觉，但并没有死去。男机器人及时制止住女伴，简短地命令："把她带走。"她便夹起白文姬绵软的身体走向飞行器。白文姬没有听到他说的话，否则她一定会惊骇欲绝。他的语音虽然怪腔怪调，但若仔细辨认，还是能够听懂的。

外星机器人说的是地球的语言，是英语。

二

被地球佬称作中国郑州的大都市现在是 X 星球人的临时首都，72 层的银河大厦是占领军的总部，奇奇诺瓦五世就住在顶层。透过宽敞明亮的落地长窗，他每天看着 A 型塔逐日拔高，最终将要超过银河大厦。这是 X 星人的习俗，或者称作他们的宗教。每占领一个地方，都要修建一座纪念塔。塔的形状则依部族而不同，比如 A 型塔是奇奇部族的标志。100 年前在 X 星上的部族战争中,各种纪念塔频繁地毁了又建,建了又毁,直到 A 字塔最终布满 X 星时,奇奇诺瓦一世的部族胜利了,兼并了其他部族,组成了奉奇奇诺瓦一世为帝皇的部落联盟。

奇奇诺瓦五世来到地球已经 10 天,他乘着皇家飞行器看完了地球的建筑,它们都是美轮美奂的杰作,精致、典雅、动感,即使是外行也能体会到它们的精妙。而眼前这座 A 字塔却十分粗糙和丑陋,乌黑的钢铁桁架,蠢笨的造型,简直令他反胃。地球上凡驻有 X 星人的都市都在兴建 A 字塔,临时首都这座 A 字塔是最高的。奇奇诺瓦厌恶这种做法,但他没有阻止。即使贵为帝王,他仍不能不顺应习俗。

这次 X 星人占领地球十分顺利。母飞船停留在月球轨道时,地球佬没有反击;当密密麻麻的无人飞船分布在地球的同步轨道时,地球人仍没有反击。在那个瞬间,奇奇诺瓦五世曾猜想,地球佬是不是在布置险恶的陷阱。不过,在次声波袭击后,地球人在一瞬间痛苦地死去,他才知道地球佬根本无力反击。

X 星球的档案库中只载有地球人 300 年前的历史,那时,数万件核武器及太空武器耀武扬威地布满地球。他绝没想到,地球人的爱好在 300 年内发生了如此巨大的变化:所有的武器都销毁了,地球成了完全不设防的星球。他十分鄙夷这个变化,这些养尊处优的地球佬已失去年轻民族的强悍和血性,酸腐不堪,他们活该有这个下场。

从军事角度看,这次长途奔袭取得彻底的胜利。当 5000 件次声波发生器同时启动时,地球上连一只哺乳动物也没能幸免,活下来的只是一些低等动物,如爬行动物、鸟类、昆虫等。后来,当各种迹象表明还有一个地球佬活着并在频频复仇时,他感到十分惊异。

御前会议的成员不多,帝皇奇奇诺瓦,帝后果果利加,掌玺令齐齐格吉,中书令葛葛玉成,侍卫长刚刚里斯。其中,帝后和侍卫长常常不发表意见,所以实际参加者只有三人。

掌玺令报告了近日的进展。他说,已经清理出 50 座地球城市,包括郑州、纽约、莫斯科、东京、新德里……其他城市和乡村由于人手不够，只有任那儿的尸体腐烂分解。不过由于占领军战士都注射了预防针，至今无一人生病。占领军共八万人，只有十人死于地球佬的袭击。

奇奇诺瓦说："把八万人平均分到50座城市，迅速繁殖工蜂族，要求五年之内繁殖到八百万人。有生育权的女贵族也要大力生育，每年必须生育一个。"

"遵旨。"

他看看帝后，帝后果果利加说："对，我也要生育。"

帝皇告诉中书令："你要尽快熟悉地球人的一切，我们过去的资料有很多缺项，比如电视中那是干什么？为什么懦弱腐化的地球佬这时这么狂热？"

侍卫们打开电视，调出一个画面。一群人在疯狂地用脚争一个球，满场观众狂热地欢呼。中书令说：

"这叫足球比赛，是一种地球佬所谓的'体育运动'。"

"什么叫体育？为什么我们过去的资料从未显示？总之，"他再次命令，"你要尽快熟悉地球上的一切。"

"遵旨。"

御前会议结束时，中书令恭敬地对帝后说："帝后，是你儿子抓到了唯一的女地球佬，他为帝皇立下了赫赫功劳。"

帝后的钢铁面孔上堆出微笑："那天波波尼亚非要乘我的飞行器出去玩耍，还有他的女友吉吉杜芝。他们两人天天吵闹，又难以分离，我想清静，就让他们去了。没料到在一座山潭边正好抓住了女地球佬。"

"是帝皇和帝后的洪福。"

奇奇诺瓦问侍卫长："女地球佬押来了吗？你领我去看看。"

"押来了，就关在68层。"

牢房门前站着双岗。守卫打开门，宽敞的屋内只有正中央放着一张床。犯人睡在床上，昏迷不醒。她穿着地球人常穿的裙子，露出白皙光滑、筋腱分明的小腿和润泽的背部，胸部非常丰满，黑发较乱，但仍显得黑亮柔软。

赤着双脚,脚掌呈粉红色,双手戴着一副锃亮的手铐。

奇奇诺瓦目不转睛地盯着她。与资料中 300 年前地球人的服饰相比,这个女人的服饰没有太大变化。在尚武刚勇的 X 星人中,这种过于性感的服饰是受唾弃的。X 星人的美在于强悍、勇武、钢铁的光泽、钢铁的力量。不过,当他真正目睹一个地球女人的身体时,不由泛出一种非常复杂的感情。

侍卫长说:"就是她,杀死了 10 个 X 星士兵。我们已检查过卫星照片资料,从第一次袭击,一直到最后一次,都是她一人干的。我们曾对她藏身的工厂进行饱和轰炸,工厂已彻底夷为平地,不知道她怎么逃了出来。"

侍卫长的声音没有一点感情,不过奇奇诺瓦能听出他对这个女人的钦敬。X 星人是尊敬强者的。侍卫长说:"王子是在她洗澡时把她擒住的。"

奇奇诺瓦严厉地说:"是突然袭击?"

"不,王子等她穿上衣服才向她出手。"他说,"她非常柔弱,不堪一击。"

奇奇诺瓦向前走了一步,俯下身去,用钢铁手指摸摸她的手臂。皮肤十分光滑,肌肉富有弹性,手指修长,皮肤上有柔细的毳毛,这是个十分精致的女人。

地球女人的眼睛紧闭着,很长的睫毛盖着眼睑,眉峰微蹙,锁着深深的痛苦。奇奇诺瓦又摸摸她的脸部和鼻子,回头简短地命令:

"让她活下去!"

"是,陛下。"

他带着侍卫长离开牢房。

白文姬早就清醒了,但她一直假装昏迷,不吃不喝,想以此探查一些外星魔鬼的内情。屋里没人时她微微睁眼观察。她显然被带到了外星人的老巢,这是一个很常见的办公环境,似乎楼层很高,窗外的蓝天白云显得很低,右边窗户可看到一个丑陋的 A 字铁塔,与她最后一次袭击时见到的铁塔外形类似,但尺码上肯定大了好几倍。

不少人到牢房参观她,逮捕她的两个外星人也来过两次,他们很好辨认,尤其是那个男外星人,他的钢铁身体显然与一般外星人不同,做工远为精致。

其他外星人都是黑色的，而他的身体却呈典雅高贵的银白色。

最后来的显然是最高首领，这可以从守卫的恭敬态度上判断。他们观看了很长时间，用奇怪的语言叽里咕噜说着什么。那个最高首领还伸手摸了她的手臂和面部。那时，白文姬用最大的毅力控制住生理的厌恶感，没有跳起来躲避。

听这些人说话时，她常常有一个奇怪的感觉。这是种陌生的语言，声调古里古怪，但她常常有种似曾相识的感觉。是发音？音调？节奏？她不知道，她努力辨认和揣摩，没有结果。

但不管怎样，这种奇特的熟悉感越来越浓。直到那位最高首领说话后，这个谜团才解开。最高首领说话较慢，很威严，发音较为典雅。他临走下了一道命令，白文姬忽然从中辨认出两个英语单词。

他说的是英语！他们说的是英语！尽管他们的发音十分古怪。

一旦这层窗户纸捅破，她的听力就大大提高。她听到了随从的回话："是，陛下。"

白文姬感到极度震惊，这些外星机器人怎么可能说英语？曾有过的猜疑再次浮上心头，也许本来就不是外星人，而是某个说英语的民族筹划了这个惊天大阴谋？这并非不可能，想想这些白人的祖辈吧，他们像屠杀牲口一样屠杀非洲人、印第安人、澳洲土人、印度人和中国人。当然那都是过去的事了，西方社会早已背叛了当时的罪恶，建立了民主博爱的社会。但也许有一撮人重拾祖先的衣钵呢。

高强度的思考使她脑袋发木，她慢慢睁开眼睛。有人在说："她醒了。"她一眼认出这是俘虏她的那个男机器人，他一身银亮的盔甲与众不同。白文姬是第一次在这么近的距离内观察一个外星机器杂种。他的脑袋是光的，脸部由几十块钢铁组元组成，但也有眼耳鼻口，深陷的眼窝里是和人类相近的眼白和瞳仁。他说话时，口部的钢铁组元有规律地动作着。他的身体很强悍，身高约两米，四肢十分强壮——在搏斗中白文姬对此已深有体会了。钢铁四肢的行动不算笨拙，但多少带着机器般的僵硬死板，缺少人类的优雅。这是一个罪该万死的凶手，不管他是什么来路，是来自外星，还是一个狂人国家，白文姬的仇恨都不会减弱。

她眼中喷着怒火，但机器人没有昨天的敌意，显得比较平静。他招招手，守卫拎来一大筐地球食品，大多是各种罐头、方便面、饼干等。他指指食品，非常缓慢地说："食——品——你——吃。"

毫无疑问，他说的确实是英语，只是声调相当古怪，像西藏喇嘛在念经。白文姬已两天两夜没进食没喝水了，但她不准备吃这种嗟来之食。她目光冰冷地盯着对方，不说话，也不动弹。机器人再次重复道："你——吃。"他看懂她的蔑视，怒气像自来水一样说来就来：

"快吃！不吃——杀死！"

钢铁面孔堆出怒冲冲的表情。白文姬鄙夷地想，对于两天来以绝食求死的人，杀死是一个威胁吗？想来这个蠢脑瓜理解不了这一点。其实，死亡恐怕是自己最好的归宿，那就让他来杀死她吧。她伸手取过一瓶可乐，拉开铝环。机器人的怒容马上消失了，甚至露出胜利的笑容。这时，白文姬把可乐猛地泼到他的眼睛上。

机器人被激怒了，他呀呀怪叫着，伸出一只手卡住白文姬的脖子，轻而易举地把她举起来。文姬呼吸困难，眼前发黑，意识迅速坠落……但她没有死。那个机器人把她扔到地上，他的怒气无处发泄，呀呀怪叫着，周围所有物品都成了他的出气筒。床被劈烂，墙壁也被他杵出一个大洞。他一路咆哮着离开牢房。

白文姬坐在地上，用手抚着脖子，艰难地喘息着。她知道这些机器人都是残忍暴虐的魔鬼，原想在激怒他后，他会立即下杀手，但他为什么中途改变主意了？牢房门又开了，一个女机器人走进来。白文姬认出，她是刚才那名机器人的同伴，那天在湖边俘虏自己时她也在场。女机器人冷漠地注视着她，目光一遍又一遍地刮过她的全身。白文姬被看烦了，她抓起一个可乐瓶砸到女机器人脸上，铮的一声，碰出金属声响。但女机器人没一点反应，仍然冷漠地注视着她。

很久，她才悄然离去。

食品撒得满地都是。饥火在文姬胃里凶猛地燃烧，但她已决定绝食求死，追随自己的亲人。她闭上眼睛，不再看这些摆在眼前的诱惑。这些天的遭遇使她的身心极度疲惫，尽管饥火正炽，她仍靠在墙上沉沉睡去。60亿人的冤魂在她梦中奔走呼号，搅得她睡不安稳。

在72层楼顶，奇奇诺瓦正和他的家人吃饭，其实，吃饭只不过是一个古老的仪式，是一种宗教式的行为。因为，早在100年前X星人已摒弃自然食物而改用能量合剂。一小瓶能量合剂可以应付一天的能量需求，而喝一瓶合剂只用五秒钟的时间。

奇奇诺瓦和帝后果果利加已经喝完了，但王子波波尼亚却迟迟不喝。奇奇诺瓦不解地看着儿子：今天是怎么啦？往日他十分厌倦这种吃饭仪式，常常把能量合剂往嘴里一倒便离开饭桌。波波尼亚看到父王的问询，以桀骜不驯的目光与父王对视。奇奇诺瓦平静地说：

"你有话就说吧。"

"父王，是我捕获了那只地球母兽，唯一的一个俘虏。"

奇奇诺瓦微微一笑："那不是因为你能干，纯粹是侥幸。不过，那的确是事实。"

"我要求奖励。"

"好的，你要什么奖励？"

"我要这只地球母兽，把她交给我。"

奇奇诺瓦略微犹豫后答应了："可以，但不能杀死她。既然上帝给我们留下一个俘虏，就让她活下去。"

"放心，我不会杀她，我对她很感兴趣。我还有第二个要求。"

帝皇皱皱眉头，帝后看看丈夫，柔声说："你说吧。"

"为了不让母兽饿死，我找了不少地球的食物。我想知道地球佬到底吃的什么东西，所以我想尝一尝。"

奇奇诺瓦紧皱眉头。到地球前，基于中书令葛葛玉成的建议，他颁布了一条法令，严禁X星人袭用地球人的生活方式。中书令说，地球佬的生活方式是腐败，是堕落，是醉生梦死。如果不加制止，它会把X星人很快腐蚀掉。

不妨看一看地球的历史吧，比如——中国人，他们的生活方式和文化曾腐蚀了羌人、匈奴人、鲜卑人、女真人、蒙古人和满族人，让一个个骁勇善战的强悍民族变成了只会吟诗作赋的纨绔子弟。所以要严禁！

奇奇诺瓦不大知道地球的历史，他只会打仗和杀人。但他相信中书令，那个固执的老东西，所以他痛痛快快地批准了中书令拟就的法令。可现在呢？虽然他对儿子不苟言笑，其实心里还是很溺爱的。他不好直接同意，便看看帝后，帝后立即说：

"仅此一次！"

波波尼亚立即从身后拎过来一只小袋子，里面装有品种繁多的罐头，罐头上全是四四方方的中国字，什么"五香驴肉""红烧鱼块""松子银鱼"之类，波波尼亚狡猾地说："我已经吃过了，吉吉杜芝也尝过了，我今天拿来请父王和母后尝一尝。"

奇奇诺瓦不想让儿子难堪，便夹了一块五香驴肉在口中咀嚼，帝后也挑了两样尝尝。他们没尝出什么味道，便摇摇头，表示要结束这顿饭。波波尼亚把剩下的食品大口吃完。"非常美味！"他大声说，"你们再尝一次就能体会到了！"

波波尼亚和吉吉杜芝在游玩途中遇到一场暴雨，暴雨实在太大了，没办法观察道路，他们只好暂停飞行。

两人蜷在飞行器内，粗大的雨柱敲击着透明罩盖，在周围地面上打出一片水花，雷声隆隆，紫色的闪电从黑云中直劈地下。他们好奇地看着这场暴雨。X星上从没有这样的暴雨，那儿的天空总是布满浓云，雨总是蒙蒙的，太阳只是浓云后边一团发亮的、边缘不清的东西；没有星星月亮，没有蓝天和彩云。因而，他们对于太空的想象从来都是阴郁的，色彩暗淡的。

暴雨结束得非常迅猛。转瞬之间，黑云飞走了，天空又恢复了澄碧的蓝色，几朵白云追随着撤退的黑云悠悠飘来，太阳又以火辣辣的热度照射着大地。波波尼亚重新启动飞行器，在低空沿着地形曲线灵活地上下翻飞。

波波尼亚自从来到地球后，一直驾着飞行器四处游玩。有时他不带吉吉杜芝，但大多数时间是两人一道。他对地球上的奇异风景很感兴趣，这里有蓝天，有看得清清楚楚的太阳，有各种树木，还有飞鸟和昆虫、鱼类。这些在 X 星上都没有，那儿只有微生物和数目稀少的几十种植物。

吉吉杜芝忽然惊奇地说："那是什么？"他扭头向后看，看到天上扯起一个半圆，赤橙黄绿青蓝紫依次排列。半圆很大，通天彻地，显得既大气又精妙。波波尼亚不知道这是什么玩意儿，看来它是一种自然现象。他努力搜索关于地球的知识，但是找不到关于它的资料。这个玩意儿确实很漂亮，两人目不转睛地盯着。波波尼亚忽然说：

"那只地球母兽应该知道，回去问她！"

吉吉杜芝说："不，我们要朝它飞过去，我要抓住它。"她指着那个半圆说。

波波尼亚已经调转机头踏上归程："不，我要回去。地球母兽三天没吃东西了，我不能让她死。"

吉吉杜芝很气恼，她早就看出波波尼亚对女俘虏有非同寻常的兴趣，但她没有反对，顺从地跟他回家。

整整一天时间没人来这间牢房，守卫守在门口，从不向内张望。白文姬绝食四天三夜了，已经十分虚弱。男机器人带来的食物、饮料抛撒一地，白文姬闭眼不看，顽强地抵制着它们的诱惑。她盼着死神快来带走她的生命，不愿意在外星魔鬼的囚禁中苟延残喘。

那个男机器人又来了，守卫跟在他后边，带来更多的食物。有熏鱼罐头、袋装烧鸡、八宝粥、梨、西瓜，还有一些不能食用或不能生食的药材、茄子、土豆等，看来外星机器人没有这方面的鉴别能力。守卫把食物堆在她身边，悄悄退出去。白文姬冷漠地转过脸，知道男机器人又要劝她吃饭。但这次男机器人先把白文姬扯到窗边，指着窗外急切地问：

"那是什么？"

他指的是东边天空上的一弯彩虹。衬着湛蓝的天空，这具阿波罗神弓显得神妙非凡。白文姬不由扭头看看男机器人，他的钢铁面孔还是那样令人憎厌，但钢铁眼窝里的眸子中，分明是孩子般的好奇。白文姬不想理睬他，但不知为什么她还是回答了。

"这是虹，是水珠折射阳光形成的自然现象。"她用英语说道，"你们也能欣赏它的美丽？你们这群杂种！"

男机器人忙不迭地点头，他可能没听懂最后一句咒骂，又把白文姬扯回床边，指着那堆食物说：

"饭——你——吃，快吃。"

他巴巴地望着她，目光像家犬一样愚鲁和耐心，钢铁组元甚至拼凑出巴巴的笑容——如果这能称作笑容的话。看见白文姬没有动作，他急切地重复着：

"吃——四天——没吃饭。"

白文姬忽然受到触动。在此之前她一直认为，这个机器人让她吃饭，只是为了留一个活的战利品，留一个研究的对象，看来事实并非如此。也许他是对一个孤苦伶仃的地球女俘虏生出怜悯之情。一道亮光划过她的脑海，她当然不会利用他的怜悯来苟活，但这里似乎有某种值得思索的东西。她忽然改变主意，不想即刻就死，死是最容易做的事，而她应该活下去，至少要弄清这些外星人的来历，弄清地球人还有没有幸存者。她取过一瓶牛肉罐头，拉开封盖，大口大口地吃起来。男机器人显然没料到她会轻易改变主意，立即变得兴高采烈，围着她转来转去，盯着她的嘴巴傻笑，只差没有摇尾巴了。

白文姬冷眼看着他那鄙俗的动作，觉得十分悲哀。看吧，就是这些粗鲁鄙俗的外星杂种灭亡了高雅睿智的地球人，成了胜利者。历史太不公平了——不过，既说到历史，她倒想起历史上有很多类似的事例，像喜克索人灭了古埃及，多里安人灭了古希腊，蒙古灭了南宋。历史在很多时候就是为野蛮人书写的呀。

她吃完了，静等着下一步，而那个可恶的机器人确实没让她久等。他几乎是急不可待地打开了文姬的手铐，说：

"脱——快脱——我看。"

血液一下子冲上文姬的头顶。她从被捕后就做了最坏的打算，就是没想到在机器人中也有色狼！莫非他们也安装有性程序？这当然是可能的，否则他们不会在机器人中分出男女的差别。波波尼亚看出她的反抗，立即显出怒容，伸手来扯白文姬的衣服，不耐烦地说：

"脱——脱！"

白文姬闪开了，不愿他的脏爪子碰到自己，但她知道反抗是无用的。这些机器人的神力她已领教过了，他们可以轻易地制服一头大象。在这当儿，文姬甚至愤恨地想："好吧，让你们这群丑东西看看地球女人的胴体，让你们看吧！"

她脱下裙装，脱下半透明的文胸，脱下精致的内裤。现在她昂首立在中午的阳光下，乳胸挺立，柔发蓬松，腰凹和臀部拼出美妙的曲线，光滑细腻的皮肤闪闪发光，脖颈细长，小腹平坦，腿部肌肉坚实，筋腱分明。波波尼亚贪婪地盯着胸部，盯着半圆的乳房和挺立的乳头，看得如痴如醉。自从在湖边见到这个地球女人的裸体，他就念念不忘。这是从基因深处泛出的本能，是自然界最强大的力量。他慢慢向白文姬靠近，脏爪子慢慢伸向那对乳房……就在文姬反抗之前，一道黑影从牢房外闪进来。黑影的动作太快，白文姬只听见她的怒吼，辨认出她是常和波波尼亚在一块儿的女机器人，随后一只强劲的铁手扼住她的颈部，她很快陷入昏迷。脖子上的压力猛然一松，她艰难地呛咳着，从昏迷中苏醒。醒来后她看见男女机器人像恶狼一样怒目相向，刚才肯定是波波尼亚把她从女机器人的手里救出来，在两人的争斗中，女机器人肯定吃了亏。两个机器人僵持很久，在喉咙深处咆哮着，然后，女机器人狂怒地跑了，周围的物品都成了她的出气筒，一路上尽是嘎嘎吱吱的破裂声。

是波波尼亚救了她，但这丝毫不能减弱她对波波的仇恨，她冷冷地盯着他，看他还会做出什么丑恶的举动。但波波并没有什么举动，他只是专注地盯着白文姬的乳胸，目不转瞬地盯着。他的手又想凑过来抚摸，但中途停止了，然后……

此后的事态发展超过文姬的心理承受能力。波波的两只手交叉着伸到肋下，在左右腋下同时按了一下，他的身躯，不，是他的外壳慢慢裂开，先是头部裂开，露出另一副面孔，然后整个身躯裂开，另一个小身体从外壳中滑出来。

那是一个十二三岁的男孩，身高只有 1.6 米，与粗壮强悍的机器身体形成鲜明的反差。男孩瘦弱纤细，头颅硕大，额头很高，两只眼睛特别大。身体丑陋污秽，但分明是人形，不，分明是一个人！男孩看看文姬，再比比自己，再看看，再比比，他的表情变得很困惑，甚至有一点羞愧，他不再是狰狞强悍的外星魔鬼了，而是一个浑身脏污、柔弱自卑的人类孤儿。

从机器外壳裂开的刹那，白文姬的心脏突然停跳，开始嘎嘎吱吱地碎裂。多日的困惑解开了：为什么这些机器杂种颇类人形，为什么他们的钢铁怪脸能做出人的表情。为什么他们的枪支甚至手铐都是地球上曾经有过的样式，为什么他们能说英语——而白文姬还曾怀疑这场灾难是某个白人国家一手策划的呢，她为自己的多疑偏执感到羞愧……原来，这些外星人确实是从外星来的，但他们正是人类的后代或侧支！

他们对外展现的钢铁躯体，实际上只是一种体力增强器，是一种伺服机械。机器外壳中有强大的能源，它能把穿戴者的动作成正比地强化。这不是什么新鲜玩意儿，在地球上，20 世纪早期就发明了。只不过这项发明在地球科技史上只是一朵转瞬即逝的小浪花，始终没能形成大气候。倒是与体力增强器相仿的远距离操纵机械手得到长足发展，但机器外壳——谁愿意每天穿戴一副丑陋僵硬、令人难受的外壳呢。

X 星是一个无根的种族，是一个没有历史和起源的种族。

X 星是一个富饶的星球，这里有着和地球类似的大气层、温度和土壤，这儿已进化出了微生物和绿色植物。但没有高等动物，更没有人，是一个尚在沉睡中的星球。

X 星人的历史是从 300 年前一艘宇宙飞船突然降临 X 星开始的。X 星人从光盘上学到了这段历史，认识了 X 星人的上帝。上帝曾悄悄造访太阳系的地球行星，悄悄采集足够的人体细胞，通过这艘飞船带到 X 星上大量克隆。上帝为这十万个同时降生的生命准备了相当于地球 20 世纪 90 年代的知识和生活条件，然后上帝就走了，一去不返。

上帝为什么这样做？是偶发童心？是想做一个社会进化对比实验？还是一个深藏祸心的大阴谋？还有……上帝究竟是谁？他住在哪里？X星上从没有人认真追究过这个问题。

上帝走了，十万个克隆胎儿从机器子宫里诞生。上帝给他们留下能干的电脑奶妈和机器人保姆，奶妈和保姆尽职尽责，向他们传授了相当于地球20世纪90年代的知识：历史、物理、化学、生物、医学、军事……电脑奶妈的硬盘储量几乎是无限的，地球上的知识应有尽有。可惜，由于某个扇区的偶然损坏，这些知识中缺少宗教、文学、音乐、体育……的大部分知识。这一点对X星人社会心理的形成起了致命的影响。

在富饶的X星上，在电脑奶妈和机器人女保姆的看护下，这个无根种族爆炸般地增殖，一代一代繁衍。当第一批男女克隆人成年后，也出现了男女结合的有性生殖，这些人大都成了贵族；但更多的仍是无性生殖，由无性生殖繁衍出来的群体，被称为"工蜂族"。这是一群毫不怜惜生命的杀人蜂，既不怜惜自己的生命，也不怜惜别人的生命，因为，作为成批克隆的"工件"，他们的生命来得太容易了。

这个种族很快达到极盛，他们成长得太快了，太顺利了，没有经历过地球人类的盛衰沧桑，艰难困苦，因而他们变得狂妄而浮躁。他们就像疏于管教的富家子弟，把那些需要耐性才能理解的高雅文化逐渐忘却，却畸形地发展了武器科技。他们的半光速飞船、超大型次声波发声器及激光枪，都超过地球人的水平。而在其他方面，他们却在退化。X星人分成几十个好战的部族，经过70年血腥的战争，统一在奇奇诺瓦一世的麾下。他们抛弃了地球20世纪90年代的政治体制，选择了最适合他们的制度——君主制。

这个好战的部族统一了X星，接下来他们该去找谁战斗呢？电脑奶妈曾说过，太阳系中有一颗蓝色的行星是他们的祖庭，那儿有蓝天白云，绿树红花，叮咚山泉……也许是基因的作用，冥冥中有强大的力量吸引着他们，他们渴望回到梦中家乡，寻找上帝赐给他们的肥美之地。只是他们从未想过与地球人和平共处。地球人必须全部消灭，为新主人让出生存空间。

经过一代人的准备，30年前，一支武力强大的铁骑在奇奇诺瓦五世的带领下离开 X 星，乘半光速飞船杀向太阳系。

这些内情，白文姬很久以后才完全知道，她一点一滴地探问，收集，拼出事件的全貌。不过，在那具人的躯体从机器外壳滑出的一瞬间，白文姬电光石火般悟出历史的主要梗概。那时她至少已确定两点：第一，这些机器人肯定来自外星球，这是毋庸置疑的，他们身上带有太多的"异味"；第二，这些面貌体形与地球人酷似的外星人肯定与地球人有渊源，他们肯定是地球人的后裔或侧支。

她的血液在刹那间被仇恨烧沸了。从前她当然仇恨他们，但那是人类对兽类的仇恨，现在她得知，是人类失散多年的儿女忽然回来杀死家人！60亿死不瞑目的冤魂啊。狂怒中她猛扑过去，扼住了波波尼亚的喉咙，虽然她明知自己根本不是他的对手……

但她想错了，失去外壳的波波尼亚十分虚弱，根本没有还手之力。他在白文姬的手中挣扎着，很快两眼翻白，身体软绵绵地垂下来。牢门开了，一道黑影扑过来，是女机器人吉吉杜芝，文姬被揪起来，扔到墙角，脑袋撞在水泥墙上，失去了知觉。

等她醒来时，波波尼亚已经不见了，连同他的外壳。不过文姬很清楚他没有死，因为，就在自己被揪住之前，一种奇怪的感情忽然涌来，使她停止了用力。在她的手指之间，那个羸弱的身体太像一个人类的男孩，一个失去母亲照料的瘦小的孤儿，她无法下手杀死一个孩子。虽然明知道自己的想法是农夫的仁慈，但她就是下不了手。波波尼亚这会儿走了，守卫也退回去了，吉吉杜芝虎视眈眈地盯着她。白文姬已经筋疲力尽，已经倦于仇恨，她挣扎着起来，理理头发，声音嘶哑地说：

"快把我杀死吧，你这条母狼，为什么不动手？快来呀。"

吉吉杜芝没有动手，围着文姬转一圈，又转一圈，专注地盯着她。即使是赤身裸体，即使是衰弱无助，这个地球女人仍保持着一种尊严，一种光辉，令你不由不产生敬畏。她浑圆的乳房饱满坚挺，白嫩的皮肤下是淡蓝色的血管，乳头呈暗红色，骄傲地挺立着。看着这一切，吉吉杜芝心中一个遥远的前生之梦忽然苏醒，每个婴儿呱呱坠地混沌未开时，都具备寻找乳头和吮吸的本能，这种本能不用通过父母传授，是基因密码通过种种机制转化而来的，所以它是人类最牢固的潜记忆。X星人已经抛弃了自然哺乳，X星女人的乳房在机器外壳的禁锢下已经趋于退化。但基因的力量是最强大的，白文姬的裸体立即唤醒早已湮灭的潜记忆：妈妈的温暖，睡前的呓语，富有弹性的乳房，甘甜的乳汁……

吉吉杜芝呆立着，不知道该怎么办。她以X星人的野性狂热地爱着波波尼亚王子，当然不允许别人抢走他。这段时间她早已觉察到，波波尼亚对这位地球女俘虏有一种奇特的关切。她怀着强烈的嫉妒，时刻盯着她。不过这时嫉妒心退潮了，代之以对那具美的躯体的崇拜。

吉吉杜芝犹豫地抬起双手，在自己左右肋按了一下，她的外壳也裂开了，露出一个发育不良的身体，苍白羸弱，十分污秽。耳郭和鼻梁在外壳的长期压迫下显得平板，头发纠结成饼状。她的身体还没发育成熟，还显不出女性的丰腰肥臀，但胸前已有两团小小的凸起。这是一个十二三岁的刚成年的女孩。

那具高达两米的钢铁外壳分成两半扑倒在地上，吉吉杜芝很不习惯裸体站立，怕冷似的缩着肩膀，来回倒着脚。文姬发现女机器人的目光中不再有兽性，不再有残忍，而是艳羡，是敬畏，是迷茫，是惭愧。她的小脏手胆怯地伸过来，慢慢触到文姬丰满的乳房，文姬不由哆嗦一下，一道电波顺着乳头神经射过来，在黑暗划出一道闪光。无疑，这些半机器的X星杂种已经兽性化了，但至少他们还知道地球女人的胴体是美的，女人的乳房——更确切地说，是母亲的乳房，对他们还具有冥冥的感召力。他们也知道为自己在机器外壳禁锢中的肮脏身体而羞愧。吉吉杜芝的雌性嫉妒心十分强烈，十分兽性，但至少她还是以男女之爱为基础的。

这么说，他们身上还有未泯灭的人性。

文姬犹疑着，不知道自己该怎么办。X星杂种是人类不共戴天的仇人，他们该千刀万剐。文姬想起地面站和武器研究所那些身体扭曲的尸体，想起女儿，仇恨立即把她的血液烧沸，眼前阵阵发黑……她强迫自己冷静下来。她想，这些 X 星人是人类的直系血亲，是留存人类文明的最后希望啊。她当然恨他们的残忍暴虐，但是……想想人类历史吧，想想蒙古铁骑对南宋人的屠杀，清朝人对汉族人的"扬州十日""嘉定三屠"；想想白人对黑人、印第安人和澳洲土人的屠杀；想想那些足够屠杀全人类几次的核武器——那时人类算是进入文明社会了吧，可文明的政治家们为这些杀人武器编造了多少雄辩的谎言！

人类还是幸运的，在艰难的发展中终于获得自我约束的力量。核武器被销毁了，所有武器都被彻底销毁了。人类终于克服兽性，获得理智。不过这也是百年前才达到的。这些残暴的 X 星人……不就相当于几百年前的人类吗？

想想这些，文姬的仇恨没有那么强烈了。她想，这些人性尚未彻底泯灭的 X 星人，总有一天也会告别兽性。

吉吉杜芝不习惯于没有外壳，瘦弱的裸体在秋风中瑟瑟发抖。但她忍耐着，巴巴地看着文姬。她期望着什么？恐怕她自己也不甚清楚，不过，显然是想和文姬建立起另一层次的交流。文姬沉默了很久很久，终于慢慢伸过手，去抚摸吉吉的头发。在她缓缓伸手时，吉吉一直像头狼崽子那样紧张地耸着颈毛，等到文姬把手按上去，她浑身一激灵，似乎立即要蹿跳起来，但她抑制住自己，慢慢平静下来。文姬轻轻抚摸着她的脏发，问：

"你——叫什么名字？"

"吉吉，吉吉杜芝。"

"那个男孩呢？"

"波波尼亚。"

白文姬缓缓地说："吉吉，我知道你喜欢波波，知道你想变得和我一样漂亮，让波波永远喜欢你，对吗？"

吉吉狂喜地点头。

"也许，你还想做母亲，让一个胖乎乎的孩子噙着你的乳头入睡？那好，我可以教你。现在你去洗澡，明白吗？洗澡，沐浴，清洗掉身上的污秽，让你的头发变得光亮柔软。我会教你穿人类的衣服，穿女人的时装。时装，懂吗？就是最新样式的女人的衣服，女人的衣服决不会一成不变。还要教你使用香水和唇膏，教你保养皮肤，保养乳房。你很快就会变漂亮。但你首先要下决心，永远抛弃这具钢铁外壳。"

吉吉听懂了她的话，至少听懂了大意。她扭头看看地上的钢铁外壳，显然，她不愿意抛弃它，因为它已成了身体的一部分。文姬知道她的心理，仍坚决地说：

"去吧，和波波商量一下。我还会教你们地球人的礼仪，地球人的风度，但你们不能穿着机器外壳去学这些，机器外壳与这些东西是水火不相容的。究竟怎么办——你和波波决定吧。"

吉吉走了，很长时间没有返回。大约一个小时后，牢门忽然打开，守卫探进头，语调生硬地说：

"你——可以——出来。"

她走出牢房时，守卫已经撤走了，屋内空荡荡的。这间住宅的原主人显然是一位书画家，屋内布置古色古香，很有情趣。正厅中挂着花鸟鱼虫四扇屏，博古架上摆列很多古玩，屏风旁放着将近一人高的祭红花瓶。在卧室的合影上，祖孙三代人其乐融融地笑着。书画间里有许多已完成的书画，书案上用白铜镇纸压着一张宣纸，纸上只写了两个大字：空明。墙上挂着七八种中国乐器，有横笛、琵琶、二胡、古筝……白文姬仿佛看到相片上那位白须飘飘的老人在挥毫作画，他的脸上浮着恬然的、与世无争的笑容。

可惜，这种文人雅趣永远成为历史了。她怅然取下一把二胡，调弦试音。二胡很不错，音质清亮优美，她坐下来，顺手拉出一串乐音，这是《光明行》的旋律，于是她静下心来，演奏二胡名家刘天华的这首曲子。

她听见钢铁的脚步声，眼角余光看到波波和吉吉进来，立在她的身后入迷地听着。白文姬拉得很投入，一直把曲子拉完。转回头，看见两人非常惊奇地盯着她手中的二胡。波波问：

"这是——什么？"

"二胡，一种中国乐器。"

"什么是乐器？"

"乐器就是……用吹、拉、弹、拨等方式能发出乐音的东西。在 X 星上是不是没有乐器？"

"没有。"

"没有音乐？你们会不会唱歌？"

从两人迷茫的表情看，他们对这些基本的概念没有起码的了解。

"那么体育呢？打篮球、踢足球、跳高、赛跑、划船……"

两人摇着头。白文姬怜悯地看着他们，轻声叹息道："我可以慢慢教你们，很快你们就会知道，世界上有许多事情比杀人远为高尚和愉快。不过你们首先要脱下这具铁壳，你们做出决定了吗？"

波波和吉吉肯定已商量过了，他们没有犹豫，同时伸手在肋下按了一下，机器外壳分成两半，带着沉重的声响委顿在地下。现在她面前是两个裸体的少男少女，瘦弱污秽。他们似乎没有羞怯的概念，巴巴地望着文姬，等候她的吩咐。

白文姬领他们来到卫生间，这套住宅是双卫生间，每人一个。她在浴池里放了热水，又把香皂、洗发液、沐浴液、洗澡巾找出来，耐心地告诉他们使用的方法。做这一切时，她心中觉得发酸，觉得发苦，因为这令她回忆起为呱呱洗澡的场景。

两人照她的吩咐，胆怯地跨进浴池，淹没在氤氲的水气中。白文姬在两个浴池之间来回走动，教他们如何洗浴。波波这会儿舒服地仰卧在水中，只露出脑袋。文姬在门外看着，心中突然起了冲动，她想冲进去按着波波的脑袋淹在水中，那样可以轻而易举地结束两人的性命。然后她将继续自己的复仇事业。她已了解外星人的真相，知道在机器外壳中是相当羸弱的肉体，她会找出机会消灭他们……白文姬犹豫着，叹口气，放弃了自己的复仇计划。毕竟，这两个兽性十足的年轻 X 星人已显露向善之心、爱美之心，自己要做的不是杀死他们，而是教化——尽管她知道这种教化比杀人更为困难。

她到衣柜里为两人找到尺码合适的衣服，给吉吉预备的是一件露背连衣裙，一双襻带很细的中跟皮凉鞋，内裤和文胸；为波波准备的是一双网球鞋，白色运动裤，T恤衫。两人都洗完了，连身子也不知道擦，湿淋淋地来到客厅，等文姬的安排。文姬让他们回到各自的卫生间，她去帮他们穿戴齐毕。

她的主意是对的，当波波和吉吉看到焕然一新的对方时，眼中都露出惊喜的表情。他们穿着衣服还很不习惯，动作显得僵硬，但无论如何，这和洗浴前那两具污秽的躯体不可同日而语。现在，少男少女的性器官都被掩盖住了，但这种掩盖反倒更能引起神秘的想象。白文姬拍拍手，把他们的注意力唤回：

"好，我不想耽误时间，马上就开始我们的教程。第一课是教你们走路——像地球男人、女人那样优雅地走路；随后教你们健美操，使你们的身体变得强健而优美。我还会教你们乐器，教你们各种知识……现在我们开始吧。"

三

转眼半年过去了，皑皑白雪代替了夏天的林木葱茏。X星人在地球牢牢扎下根，他们接管和控制了原来的电力系统、交通系统、邮电系统，当然也包括最重要的食物生产系统。不过他们对食物生产系统做了改造，那些现代化的食品加工厂不再生产火腿、牛肉罐头、三明治、苏打饼干、可口可乐等，而是纯一色地生产能量合剂。地球太富饶了，生产的能量合剂足够300亿X星人食用，所以自从在地球安家之后，工蜂族便以几何级数爆炸般地增殖。

不过，一种颓废、无所事事的风气迅速蔓延开来。在长途奔袭地球之前，X星人曾做了最坏的打算，想想光盘上所显示的地球上的发射井、太空激光武器、电磁炮和杀手卫星吧。他们曾打算把战争进行10年，打算死去十分之九的战士。但他们没想到地球人会如此不堪一击。现在——他们干什么？敌人已全部消失了，自动化生产线源源不断地送出能量合剂，而他们一天只能喝一瓶，如此而已。他们还能干什么？那具强健的机器外壳还有什么用？

不过，X星人很快找到了寄托——酒。原来世界上还有这么美妙的东西，可以让人忘掉一切烦恼，沉浸在虚幻的神奇的境界中。酗酒之风在X星人中迅速传开，茅台、五粮液、二锅头、法国威士忌、雪利酒、青岛啤酒……街上到处是步履不稳的行人，地上横着拎着酒瓶的醉汉。

还有些 X 星人则是寻找另一种寄托。他们大多是贵族子弟，是波波尼亚的朋友和伙伴。他们看到波波形体上的变化，更看到吉吉和白文姬的魅力——天哪，原来女人还能有如此的魅力呀。于是他们也逐渐加入白文姬的学生队伍。他们大都舍不得完全丢弃钢铁外壳，不过他们很识趣地把外壳留在白文姬的门外，穿着地球人的服装走进教室。白文姬对此佯装不知道。

紧张的教学对白文姬也是一种麻醉，可以让她少想失去的亲人。有时她会陷于深深的怀疑和自责，不知道自己的所作所为是不是对地球人的背叛。她所尽力教化的是些什么人？个个是双手沾满地球人鲜血的刽子手啊，不过她总是能克服这种怀疑和自责，她相信自己干的是唯一正确的事，她要使这些杀人狂脱胎换骨，延续地球文明。

但她无法排除心中的孤寂。她常常想起一位与自己同名的古人蔡文姬，她在战乱中陷身于匈奴人中，有家难回，被毡衣褐，食膻闻腥。蔡文姬是著名文学家蔡邕的女儿，本人也具有极高的文学修养，这和匈奴社会的野蛮构成强烈的反差。在痛苦中麻木不算痛苦，在痛苦中能自省才算真正的痛苦啊。蔡文姬把有家难回的悲愤凝于她的名作《胡笳十八拍》中，昭示于后人。

文姬想，比起蔡文姬来，她更为不幸。蔡文姬身边还是人类，而她周围的 X 星人很难称作同类。在给他们授课时，她总是不能排除心中的仇恨，有时她会把一片杀气带到乐曲中。她在这种极度矛盾的心境中煎熬着。

春天来了。这天白文姬停止授课，让学生们离开，她带着波波和吉吉去郊外春游。田野里生机盎然，杨柳枝头是新生的嫩叶，桃花夭夭，梨花赛雪，无人耕种的田野里仍然铺着绿色的麦苗，麦苗是去年散落在地的麦粒长出来的，显得杂乱无章。燕子也已归来，在没有主人的空宅里衔泥做窝。路过一片松林时，白文姬忽然急喊刹车，她跳下去在松枝间搜索着，很久才怅然回到车上。刚才她似乎看见一只松鼠在树间探头，但下车后没找到，也许它被行人惊跑了。如果她没看错，那它就是次声波袭击后唯一存活的哺乳动物。

看来，大自然在这次浩劫后开始恢复元气了。

山路上行车不多，偶然见一辆车停在路边，一个醉醺醺的机器外壳人卧在汽车旁。还见到一辆汽车中有一对不穿外壳的男女，他们是白文姬的学生，也是来春游的——现在白文姬的一举一动都是他们模仿的对象。不过他们没来打扰老师，远远地开到另一条岔路上。

后来三人发现，一辆汽车始终跟在后边，波波放慢速度，等那辆车追上来。驾车人是中书令葛葛玉成，穿着机器外壳，目光冰冷地盯着这边。这时中书令也放慢车速，与他们保持着一定距离，不过他似乎并不在意波波发现他的跟踪。

白文姬疑惑地看看波波，波波不在乎地说："是葛葛玉成，他一直反对我和吉吉跟你学习。"

"他今天来干什么？"

"不管它，他只是一个工蜂族，敢找麻烦我就……"

他想起白文姬不喜欢听粗野的话，把后三个字咽到肚里。

他们来到山中一块平地，绿草如茵，洒满不知名的小黄花和小紫花，蝴蝶和野蜂在花丛间穿行。波波和吉吉把车上的食物、桌布搬了下来。看着他们的背影，白文姬不禁感叹道，少年人是幸福的，他们有一具不受陈规束缚的自由之身。仅仅不到一年的时间，波波和吉吉从形体上已完全摆脱机器人的僵硬，他们衣着光鲜，动作潇洒轻盈。尤其是吉吉，长发柔滑光亮，胸脯也变得丰满，很难把她同一年前那个野性十足的女机器人连在一起。

中书令葛葛玉成也把汽车停在旁边，下了车，叉开双腿坐在草地上，虎视眈眈地盯着这边。波波和吉吉没有理睬他，又从车上搬下来简便炊具。虽然今天是野餐，但白文姬准备得十分丰盛，各种佐料、配菜满满摆了一地。她对波波和吉吉说：

"你们去玩吧，我来准备午饭。"

两个孩子跑走了，白文姬点燃炉灶，开始炒菜。她干得十分专心，一点也没注意几米之外那个叉着双腿的家伙。她在绿茵上铺好桌布，把一盘一盘炒好的菜摆放上去，菜香向四周弥漫。然后她喊孩子们回来吃饭。

波波和吉吉急不可待地伸手去抓菜,"真香!"白文姬止住他们,让吉吉去请中书令入席。吉吉去了,但葛葛玉成冷漠地摇摇头,从怀中取出一瓶能量合剂一饮而尽,然后仍目光冰冷地盯着这边。吉吉走过来,恼怒地说:

"不要理他,那是个老顽固,决不会改变食谱。"

文姬递过去刀叉,自己则使用筷子。两个孩子大吃大嚼,说:"真香!这些菜都叫什么名字?"文姬介绍说,"这一盘是糖醋鲤鱼,这一盘是手抓羊肉——可惜用的羊肉是罐头肉,如果用鲜肉才好吃呢,只是地球上的羊都在那次袭击中丧生了。这一盘是金钱发菜,这一碗是龙井竹荪汤,都是山珍野味。这些菜肴与你们的能量合剂相比怎么样?你们还会喝能量合剂吗?"

波波和吉吉笑着摇头——这是真正的笑容,不是钢铁组元拼成的怪笑——说他们永远不会再喝那令人作呕的能量合剂了。"那么,机器外壳呢,你们还会再穿吗?"

两人心虚地互相看看,没有回答。白文姬一个月前曾发现两人偷偷穿上机器外壳,当强大的力量又回到身上时,两人都狂喜地叫喊着,用力踢墙壁,撅断铁椅,发泄着力量带来的快感。白文姬没有制止他们,叹息一声离开了。她相信两人一定听到了她的叹息。半个钟头后,脱了外壳的波波和吉吉又回到教室,闭口不提刚才的事,白文姬也佯作不知。

在那之后,波波和吉吉没有再穿过机器外壳,他们毕竟年轻,很快就抛弃了X星人的野蛮和残忍。文姬在开始教化他们时,只是一种无奈的选择,也带着"从内部瓦解敌人"的阴谋,但现在她已开始真正喜欢这两个孩子了。

野宴十分丰盛,尽管两人饕餮大嚼,餐布上还剩下不少。波波忽然端起一盘牛排向葛葛走去,听见他死缠活缠,非要葛葛玉成尝一口,但中书令态度威严地一再拒绝。最后,波波无奈地回来,低声骂道:

"我如果穿有机器外壳,非把这根牛排捅到他喉咙里,这个老东西!"

吉吉怕白文姬生气——她知道嬷嬷讨厌提机器外壳这几个字——担心地看看嬷嬷,嬷嬷是他们对白文姬的尊称。白文姬没有生气,扭头看看阴郁恼怒的中书令,笑了起来。波波和吉吉也开心地笑了。

葛葛玉成知道笑声是冲着自己来的,愠怒异常。X星人,尤其是奇奇部落的战士是不允许这样放肆的,他们只能规行矩步,目不斜视。他们应该喝先人造出的能量合剂,而不应该吃这些乱七八糟的东西。葛葛玉成是工蜂族,按说是没有可能身居高位的,但帝皇奇奇诺瓦赏识他的才干,把他从卑微的工蜂族中破格擢拔,才有了今天。所以他对奇奇帝皇感恩戴德,忠贞不贰。

他比任何人都更敏锐地看到白文姬的危险。不错,她只是小王子的一个女奴,是地球人唯一的幸存者,她即使有再大的力量,再深的机心,也无法让地球人和地球社会死而复生啦!帝皇奇奇诺瓦就是这样看的,当葛葛向他进言,要约束波波和吉吉的行为时,帝皇付之一笑,把它看成小孩子的胡闹。

不,不能再让这个巫婆留在波波和吉吉身边了,她已经悄悄改变了 X 星年轻人首先是贵族青年的时尚,也许某一天,她会把所有 X 星战士都变成只会穿衣打扮、吃喝玩耍的废物。

葛葛玉成站起来,怒视着那个美貌的地球女人,上车走了。

第二天,白文姬正在健身房里领孩子们训练,侍卫长刚刚里斯忽然来了。他站在大厅入口处,一言不发,盯着这群赤身露体的青年。慢慢地,青年们发现他,也看见他的怒容,便一个个悄悄溜走。只有波波和吉吉留下来,跟着白文姬把这节课做完。

三个人用毛巾擦拭着汗水,向刚刚里斯走去。刚刚恼怒地转过脸,不愿意看他们半裸的身体,波波和吉吉竟然不穿外壳,穿着这么短的衣服,裸露出肌肉丰满的四肢,女人露出丰满的半个胸部,在他们身上还能看到 X 星人的样子吗?难怪葛葛玉成那个老东西要向帝皇进谗言。刚刚里斯是帝皇的家臣,波波和吉吉是在他眼皮下长大的,他不忍心两人被盛怒的帝皇处罚,于是偷偷跑来送信。

但是很奇怪,尽管他认为白文姬的穿戴打扮是邪恶的,仍忍不住想看。她的身躯凹凸有度,拼成美妙的曲线。她的动作潇洒轻盈妩媚,一举一动、一颦一笑都让男人动心,而且这种动心不光是肉欲方面的,它含有更深层次的内容。刚刚里斯是个纯粹的武人,没有什么深刻的见地,但他分明感到对白文姬的敬畏,虽然心中有怒气,礼节上仍不敢怠慢。

波波说:"刚刚里斯,你来干什么,也想参加我们的训练吗?"

刚刚瞪他一眼,愠怒地说:"葛葛玉成已经把你们告下了,帝皇勃然大怒,估计很快就会召你们进见,你知道帝皇的脾气,怒气上来时他是不会念及父子情分的,你们要赶紧想办法。"

波波眼中顿时闪出杀气:"这只老工蜂!我现在就去穿上外壳,赶去宰了他。"

白文姬生气地喊:"波波!"

"嬷嬷,没关系,他是工蜂族,王子杀死工蜂族是不会受处罚的。"

文姬痛心地说:"你忘了我的话?你还想穿上外壳?在我心目中没有什么工蜂,杀人都是罪恶!"

波波怒气未消,但顺从地停住了。刚刚里斯再次交代:"快想办法!"他不能在这儿多停,匆匆离去,吉吉走近白文姬,低声说:

"嬷嬷,让我们穿上外壳,万一……我们能保护你。"

波波说:"对,穿上外壳,我和吉吉保护你!"

四只眼睛望着白文姬,等她的吩咐,白文姬沉思片刻,嘴角绽出微笑:

"不,不必,不要穿外壳,相反,要穿上最漂亮的衣服,打扮好,用最好的风度去见你们的帝皇!"

波波和吉吉很担心,他们知道帝皇奇奇诺瓦暴戾的性格,也许这次的公开顶撞会让三人都送命。但既然文姬嬷嬷已经决定,他们自然要听从,X星人是从不珍惜生命的。

三人梳洗打扮,换好衣服,帝皇派来的侍卫也到了。侍卫宣读了诏令,又悄悄对波波说,帝后让转告他们,这次见帝皇一定要穿上外壳。波波威严地说:"知道了,你先回去复命,我们马上就到。"

侍卫走后,白文姬请波波稍待一会儿,她走进自己的卧室,在一张全家合影前点上一束藏香。青烟袅袅上升,屋内弥漫着浓烈的异香。波波和吉吉跟进来,不解地盯着那束香,白文姬低声解释:

"这是地球人悼念死者的礼节。我的家人去世快一周年了,我不知道周年来临时我还能否回来,所以把纪念提前。"

她说得很平静，她的悲伤已经磨钝，没有尖锐的刺痛。波波和吉吉互相看看，赧然垂下目光。一年前，X星人的突袭得手后，他们像所有X星人一样兴高采烈，那时他们从没想到，60亿地球人的死亡是很痛苦的事。现在他们感到内疚，但两人拙于世故，不知道该如何安慰白文姬，只有尴尬地沉默着。

白文姬看到他们的赧然，心中涌起一股暖流。看来她的决定没有错，至少在波波和吉吉身上，已显示出人性复苏的迹象。她抛掉悲伤，对两个孩子说：

"走吧。"

帝皇奇奇诺瓦跟前仍是御前会议的老班子。帝后担心地看着盛怒的丈夫，不知道那只老工蜂进了什么谗言，但显然丈夫十分震怒。说实在话，她对波波和吉吉也很不满，来到地球近一年来，他们完全被那个地球女人迷住了。他们公然脱掉外壳，穿着奇形怪状的地球佬的衣服；他们不再服用能量合剂，吃那些名堂繁多的地球佬的饭菜。他们甚至不常回到母亲身边，却一天天泡在地球女人那里。但尽管不满，波波毕竟是她的儿子，刚才她暗地嘱咐侍卫传了话，现在她担心地等待着。

波波和吉吉来了，帝后果果利加惊慌地发现，他们不仅没穿外壳，反倒穿着更为光鲜的地球佬的衣服。波波穿着浅色长裤、紧袖绣花衬衣，吉吉穿着背带式短裙、皮凉鞋，两人手拉手含笑走进来。果果无法形容他们的步态，但她不得不承认，这种步态很轻巧，很有弹性，很好看，与X星人那僵硬的机器人步伐完全不同。

这么多天来，她第一次仔细观察波波和吉吉，发现两人的体格变化了，头发蓬松光沾，胸部和胳膊变得丰满。甚至连他们的目光也变了，变得自信聪敏，没有了X星人的愚鲁和残暴。

在他们之后是那个地球女人，她穿着一件洁白的露背晚礼服，衣裙曳地，面含微笑，走起路来就像在水面上漂浮。她的乳胸十分丰满，把衣服顶得胀鼓鼓的。纵然以一个女人的眼光，她也看出了白文姬绝顶的漂亮。白文姬紧紧吸引着帝皇、掌玺令、侍卫长的眼光——甚至中书令也逃不脱她的吸引，不过他用仇恨把这种吸引力抵消了。

奇奇诺瓦阴沉地盯着白文姬，白文姬则坦然地迎住他的目光，屋内气氛紧张。很久，奇奇诺瓦才冷冰冰地问：

"是你教唆王子和吉吉不穿机器外壳的？"

白文姬平静地说："对，他们有这么漂亮的体形，为什么要禁锢在机器外壳中呢，毕竟，你们在 X 星的祖先——即第一批地球的移居者——并没有穿外壳。"

"你一直在教他们学一些乌七八糟的地球佬的东西？"

"我在教他们学很多东西，至于是不是乌七八糟——你们可以让王子和吉吉演奏乐器、唱歌、做健美操，然后再给出评价。"

奇奇诺瓦沉默了很久，突然问："你想让他们变成彻头彻尾的地球佬——以此来实现你的复仇？"

波波和吉吉的心猛地悬起来：这话说得够重了，它足以构成杀人的理由。但白文姬并没有显出惊恐，她悲凉地说：

"一年前，我的亲人和 60 亿地球人在一夕之间死于非命。为此，我曾杀死 10 名 X 星人为他们报仇，如果可能，我会杀死所有的 X 星人。但后来我的想法变了，我想，让 X 星人脱离野蛮，继承地球文明，才是我最该做的事，毕竟你们也是地球人的后代啊。"

波波不知道这些话会不会惹恼父王，他紧张地观察着。帝皇冷着脸沉默了很久，忽然换了话题：

"你还教唆波波和吉吉食用乌七八糟的地球食品？"

白文姬微微笑了，知道胜利已经在望："对，那是些非常美味、非常丰富多彩的食品。我相信只要你们尝一尝，就会厌弃刻板的能量合剂。地球上一位古人说过，夫人情所不能止者，圣人弗禁。你们为什么要禁止人们口腹的享受和精神上的享受呢？"她挑战般地说："请帝皇允许我为大家做一顿饭菜，大家吃完后再做结论吧。"

满屋的人为她的话感到吃惊，他们想帝皇马上要勃然大怒了。但帝皇只是沉默着，很久才说："好，你去做吧！"

满座皆惊，白文姬则欣慰地笑了，知道自己的策略已经胜利。她并不是没一点把握地冒险，在此之前，她已经知道波波曾让父王吃过地球的食品，而这位帝皇并没有表示反对；还有，在帝皇与她在牢房的第一次见面中，白文姬从他的目光里看出了对美的爱慕。所以她知道奇奇诺瓦并不是一个顽固透顶的家伙，从某种程度上说还是比较开明的。

帝皇派侍卫去白文姬家里取来各种食品原料和佐料，白文姬换下礼服，开始到厨房里掌厨。在准备饭菜时她交代波波和吉吉为大家演奏乐器，两个孩子都相当聪明，仅仅学习一年时间，乐器演奏已初入门巷。白文姬在厨房里忙碌时，能听到波波的笛子独奏《鹧鸪飞》和吉吉的小提琴独奏《梁祝》。他们的演奏还不流畅，时有凝滞之处，但足以让人享受到音乐的美感。

她很快炒了十几盘菜，由于原料全部取自罐头，菜肴的色香味难免打点折扣，但总的说来还算琳琅满目，有拔丝山药、鱼香肉丝、蟹羹、枸杞竹笋、松仁玉米、回锅蹄髈、葱爆三样、扣三鲜。侍卫临时找来一个大饭桌，把菜摆上去。白文姬从厨房出来时，见厅堂里紧张的气氛已消除，波波和吉吉依偎在帝后的钢铁身躯旁，正讲解着各种乐器的名称，而帝皇、帝后乃至掌玺令、侍卫长都很感兴趣地听着，只有中书令十分恼怒——那个钢铁面孔上的怒容看起来真滑稽！但他也无可奈何。

白文姬为波波和吉吉发了筷子，为其他人发了刀叉，笑着请大家进餐。大家都盯着帝皇，帝皇终于用叉子叉起一片竹笋，放在嘴里慢慢嚼着，面孔上没有什么表情。帝后、掌玺令和侍卫长也都拿起了刀叉，只有中书令脸色阴沉地干坐着。吃了一会儿，波波调皮地问父王：

"父王，白嬷嬷炒的菜好吃吗？"

帝皇哼了一声，没有回答，他把注意力引向中书令："葛葛玉成，你也吃！"

中书令犟着脖子说："我决不吃地球佬的食物！"

帝皇的脸色慢慢变阴："你敢违抗我的命令？"

"我宁可违抗你的命令，也不愿坏了祖先的规矩！"

周围的人为他捏一把汗,帝皇怪异地笑笑,说:"好,我成全你。来人!"

两个钢铁侍卫应声赶到,把中书令夹在中间。眼看饭场就要变成杀人场,白文姬皱着眉头向帝皇转过脸,尽管讨厌中书令,她也不想中书令为此丢掉脑袋。但帝皇已经下令了,不过这个命令是那么匪夷所思:

"来人,撬开他的嘴巴,把饭菜往里面塞!"

两个侍卫兴高采烈地执行命令。中书令和他们同属于工蜂族,但他们素来对这个眼睛朝天的老家伙没有好感。他们起劲地撬开他的嘴巴,抓起菜肴往里硬塞,很快把中书令弄得狼狈不堪。中书令大声喊:"别塞了,我吃!我吃!"侍卫住手了,中书令义愤填膺地喊道:

"我吃!坏了祖宗规矩,罪不在我!"

他恼怒地闭上眼睛,把菜肴胡乱往嘴里填。奇奇诺瓦哈哈大笑,周围人也都笑了。

饭毕,帝皇命令侍卫随中书令回家,要监督他食用地球佬的食物至少三天,不吃就照样处理。然后,他像是随随便便地宣布了一条诏令:

"从今天起,不再限制X星人食用地球食物,也不再明令禁止X星人脱去外壳,毕竟战争已经结束了。"

白文姬望着帝皇,感触万千。她知道这道命令的意义,X星人幸而有了这么一位开明的君主,今后一定会慢慢脱离野蛮,接受丰富多彩的地球文明。她确信,X星人会在地球牢牢地扎下根,对此,她不知是应该高兴还是悲伤。

又是一年过去了。奇奇诺瓦所捅开的小小蚁穴已经变成滔滔洪流。几乎所有年轻的X星人都脱去钢铁外壳,穿着地球人的时装,吃着地球人的食物,唱着地球人的歌曲,实施着地球人的社交礼节。在所有方面,他们都如饥似渴地向地球人学习。白文姬知道这并不是她一己之力造成的,而是因为地球文化的力量。与X星人的半野蛮文化相比,地球文化博大精深,它的诱惑力是无法抵挡的。

当然,白文姬本人也大大加速了这个过程。

X星人都是直接从地球信息库中去学习,当然,在书籍、音像资料不足以说明的地方，他们也常常请教白文姬。白文姬笑谑地说，自己成了八十万禁军总教头。一般来说，X星人的问题还没难住过她，因为这些问题大多是常识性的东西。

白文姬太忙了，以至于忘掉悲伤，亲人死亡的第二个纪念日在平静的气氛中度过。

这一天，侍卫长刚刚里斯突然造访。他穿着钢铁外壳，这说明他在轮值，因为平时他也把外壳脱去了。他的个子很魁梧，脱下外壳几乎没使他身高降低，年纪相当轻，是一个英俊的方脸膛大汉。自那次御前会议之后，他对白文姬十分敬畏，也许仅次于对帝皇的敬畏感。他常来找白文姬请教一些问题，这个勇猛剽悍的汉子在白文姬面前竟然十分腼腆，常常红着脸，垂着目光，说话显得有点慌乱。

白文姬清楚刚刚里斯对自己的情意，她很珍惜这一点。

但刚刚里斯今天表情紧张，急迫地说："白嬷嬷，帝皇正在开御前会议，他要废掉帝后！"

"废掉帝后？"文姬吃惊地说，"为什么？"

刚刚里斯没有答话，直视着白文姬。文姬知道了，不由得苦笑。这一年来，帝皇常常召她去，或者轻车简从地来到她的住室长谈，贪婪地询问地球的各种知识。他也脱去机器外壳，个子矮小，又黑又瘦，一双眼睛炯炯有神，充满自信。他的思维十分明晰，虽然他和白文姬总是站在不同的文化上去思考，但对一般问题常常有相同的结论。几次长谈后，两人已建立很深的默契。

也许这种默契里包含一个男人对女人的爱意，白文姬能看出这一点，却从来没想过它。她在努力帮助X星人摆脱野蛮，继承地球文明。她相信自己这样做是正确的，但是——毕竟这是些双手沾满鲜血的野蛮人啊，怎么可能同一位野蛮人谈婚论嫁呢。

她没想到事态会发展到这一步。这是典型的奇奇诺瓦的处事方式，他从没向白文姬表白过爱意，但他要快刀斩乱麻地废掉帝后，然后捧着帝后的桂冠来向她求婚！白文姬苦笑着，简短地吩咐：

"快带我去御前会议，快一点！"

今天御前会议的人数扩大了,有几个人白文姬不熟悉。屋内气氛紧张得快要爆炸,白文姬进去时,掌玺令正在侃侃而谈。侍卫长悄悄告诉文姬,他属于帝后的果果部族。

"……我们以果果部族之名,再次请求帝皇收回成命。帝后并无失德之处,突然把她废掉,恐怕人心不服。"

奇奇诺瓦冷冷地说:"我意已决,不要多说了!"

掌玺令平时十分老成,但今天像换了一个人,他冷笑着说:"帝皇废后,是为了那个地球……女人吗?"他原想说"母兽",但平时他其实对白文姬十分敬重,便临时换了词。

帝皇根本不理不睬,帝后也在座,她的目光中蕴含着愤怒和屈辱。不过她看白文姬时,目光中并没有多少敌意——她知道这不会是地球女人的主意。掌玺令双目喷火,声色俱厉地喊:

"帝皇!你是想逼果果部族的战士穿上钢铁外壳吗?"

帝皇勃然大怒,恶狠狠地说:"你敢威胁我?来人!"两名穿着机器外壳的侍卫迅速上前,架住掌玺令的双臂。"把他架出去宰了,我要叫你没有机会穿上外壳!"

掌玺令愤怒地喊:"果果部族的血是不会白流的!"

帝皇恶毒地笑了,简短地吩咐:"停下!就在这儿掐死他,不要让他流血。"

侍卫毫不犹豫地掐住他的脖子,很快他的面庞变得青紫。帝后腾地蹿了起来,另两名侍卫迅速扑过去,阻挡住她。千钧一发之际,白文姬高声喊:

"住手!"

几名侍卫都住手了,扭头看看帝皇并没有什么表示,便乖巧地退下去。白文姬把快要昏晕的掌玺令扶到椅子上,悲愤地说:

"你们已经杀死60亿地球人,还不满足,还要自相残杀吗?"

这句话很重,把大家震住了,包括奇奇诺瓦。他暗自后悔,今天处事过于孟浪了。白文姬又走到帝后那儿,扶她坐下,换上微笑说:

"帝后，我早就想找你商量一件事。波波尼亚已在我那儿学了两年，十分聪明可爱，我想收他为义子，你答应吗？"

帝后从怒火中清醒过来，明白了白文姬这些话的含意，默默点头。白文姬回头走向帝皇：

"那你就是我的义兄了。义兄，我替波波求个情，不要废掉他的母后，不要杀害掌玺令，行吗？"

奇奇诺瓦暗暗感激白文姬为他挽回大局，也知道"封白文姬为帝后"的打算不可能实现了——从白文姬的所作所为看，她绝不会同意。他果断地点点头。

白文姬笑容灿烂："很高兴一场误会消除了，喂，掌玺令，还有你的事情呢。波波已经十八岁，是否该为他选妃了？我看吉吉杜芝就很合适。你说呢，要不要在这次御前会上讨论一下？你们开会吧，我该退场了。"

帝皇过来拉住她，心怀感激，但没有形之于色。"我宣布，从今天起，白嬷嬷成为御前会议的固定成员。你坐下吧。"

白文姬没有推辞，微笑入座。周围的人都以尊敬的目光看着她。

四

白文姬在 X 星人社会中生活了近 50 年，赢得社会的普遍尊重。作为御前会议的一员，她一般不大发表意见，但只要她发表意见，常常就是会议的定论。她的学生数以十万计，而"白嬷嬷"便成为一个专有称呼了。

不过她的心境并不平静，每年 5 月 26 日，她会在亲人的灵前点上两束香，悼念自己的父母、丈夫和女儿，也悼念 60 亿地球人的冤魂。这时，内心深处常常出现一个声音："你以德报怨，帮助双手沾满鲜血的 X 星人脱离野蛮，进入文明时代；你帮他们避免自相残杀，在地球上牢牢站住脚跟。你的所作所为对得起 60 亿冤魂吗？"

她相信自己做着正确的事，但她无法消除这种自我谴责。

她还常常感到渗入骨髓的孤凄，虽然她桃李遍天下，虽然波波和吉吉一直待她如生母，虽然她与奇奇诺瓦、果果利加、刚刚里斯都是要好的朋友，但她仍免不了这种孤寂之感。毕竟，她是唯一的地球人，而 X 星人尽管在迅速融入地球文明，但毕竟他们是外来者，他们身上还带着深深的 X 星烙印。

她在这种矛盾的心境中生活着。不过，她从没有懈怠过自己的工作，直到 75 岁那年她撒手人寰。

人寰，这个词儿没用错，因为在她去世时，X 星社会已基本融入地球文明。年轻人衣着入时，弹奏着施特劳斯、莫扎特、李斯特、刘天华和阿炳的琴曲，吟着济慈、泰戈尔、李白的诗句。沙滩上，女郎们尽情展露她们迷人的曲线，婴儿们趴在母亲的乳房上尽情地吮吸。工蜂族几乎在一夜之间消失了，他们全都恢复了自然生殖方式。X 星人贪婪地学习地球人的一切知识，当然也包括历史。在 X 星人的历史书上，坦率地记下那个血腥的时刻，并把它视作新地球人的原罪。不要奇怪他们的变化如此之快，他们只不过是向岔路上走了一段，又回到本来的人生之路罢了。

白文姬去世半年后，年迈的奇奇诺瓦也去世了，波波继任为奇奇诺瓦六世。登基后他立即颁布一道诏令，追封白文姬为国母，千秋万代享受新地球人的祭祀。她是新地球人的始祖，是新世纪的女娲。地球上原先建造的 A 型纪念塔被拆除了，代之以白文姬的塑像。奇奇诺瓦六世还把诏令发回 X 星，在母星上也建造了白文姬的塑像。

塑像以 50 年前的白文姬为模特，也就是波波第一次见到白文姬的时刻。一尊裸体的母爱女神，饱满的乳房，美极了的胴体，遥望着远方，平静的目光中微含凄凉，似乎在召唤远方的孩子……只有一点与塑像的基调不大符合——她的手腕上戴着一副银光闪闪的手铐。

新地球人是以这种方式表示永远的愧疚。